# अल्प विराम

[उपन्यास]

# अल्प विराम

उषा प्रियम्वदा

राजकमल प्रकाशन

ISBN : 978-93-88933-55-1

**मूल्य :** ₹795



**पहला संस्करण :** 2019

**प्रकाशक :** राजकमल प्रकाशन प्रा. लि.
1-बी, नेताजी सुभाष मार्ग, दरियागंज
नई दिल्ली-110 002

**शाखाएँ :** अशोक राजपथ, साइंस कॉलेज के सामने, पटना-800 006
पहली मंजिल, दरबारी बिल्डिंग, महात्मा गांधी मार्ग, इलाहाबाद-211 001
36 ए, शेक्सपियर सरणी, कोलकाता-700 017

वेबसाइट : www.rajkamalprakashan.com
ई-मेल : info@rajkamalprakashan.com

**मुद्रक :** बी.के. ऑफसेट
नवीन शाहदरा, दिल्ली-110 032

ALP VIRAM
*Novel by* Usha Priyamvada

छाया के लिए

# पहला खंड

# 1

जब तक मैं नौकरानी को इशारा करूँ, यह कहने के लिए कि यह समय भेंट के लिए उचित नहीं है, वे दोनों खट-खट कर सीढ़ियाँ भी चढ़ गईं और सामने आकर खड़ी हो गईं। उन दोनों ने मुझे पूरी तरह घूरकर देखा। मुझे अपनी वेशभूषा का पूरा-पूरा बोध है, बक्सों की उतराई-चढ़ाई में मेरे कपड़े काफ़ी अस्त-व्यस्त हो गए हैं, बाल भी बिखर ही गए होंगे। मेरे हाथ में एक नीले रंग का मोज़ा है और चेहरे पर खीज और झुँझलाहट।

मुझे अनदेखा करके उन्होंने नौकरानी जमुना को सम्बोधित करके पूछा, ''सर घर पर हैं? हम लोग मिलना चाहते हैं।''

मैं अभी तक उन दोनों को टालने के चक्कर में थी, पर मुझे समय ही कहाँ मिला, क्योंकि तभी सर अपनी लाइब्रेरी का दरवाज़ा खोलकर गलियारे में प्रकट हो गए।

दोनों देवियों ने गद्‌गद मुस्कान के साथ हाथ जोड़े—सर भी मुस्कुरा रहे थे। उन्होंने हाथ से संकेत देकर उन्हें आने को आमंत्रित किया।

''कुछ पीने को भिजवा देंगी?'' वह मुझे देख रहे थे।

मेरी एकदम अवज्ञा करती हुई वे दोनों बेझिझक मुड़ीं और गलियारा पार करके अन्तर्ध्यान हो गईं। अब मैं वैसी की वैसी ही खड़ी हूँ, पास में जमुना मेरा मुँह ताक रही है।

''जाकर चाय बनाती हूँ,'' कहकर वह मुड़ी और किचेन में घुस गई।

पहले यह चौका रहा होगा—जूठे, सँकरे, खाद्य-अखाद्य के दायरे में बद्ध। पर अब इसे एकदम तोड़-फोड़कर मॉडर्न बना दिया गया। यहाँ अब सब बनता है—मुर्ग़ा, मांस, कबाब, तली हुई मछली, जो पहले एकदम निषिद्ध रही होगी। कम-से-कम नानी के समय में, जो अपना सब कुछ समेटकर, दे-दिलाकर इस जगह एकान्तवास के लिए आ गई थीं। अब तो महराजिन और रसोईदारिन का भी आधुनिकीकरण हो गया है, वह 'रामभरोसे की अम्माँ' या 'नई सड़क वाली ब्राह्मणी' नहीं कहलातीं, अपने को 'कुक' कहती हैं और उनके आधुनिक नाम हैं—कल्पना या कल्याणी, और खाना बनाने वाली की जाति पूछना एकदम वर्जित।

इस आधुनिकता के चक्रव्यूह में केवल मैं हूँ—एकदम निरर्थक और निष्प्रयोजन जीवन जीने वाली। कम-से-कम मुझे हर समय यह क्यों लगता है? पिछली बार इन

दोनों से इसी बात पर मेरी बहस या छोटी-मोटी झड़प भी हो चुकी है। दोनों पढ़ी-लिखी हैं, विश्वविद्यालय के दो कॉलेजों में पढ़ाती हैं। अविवाहित तो नहीं लगतीं पर यह पूछना नितान्त पिछड़ेपन की निशानी है। सर, यानी मेरे पति को भी उनके निजी जीवन के बारे में कुछ नहीं मालूम, न वह पूछेंगे ही।

''शादी तो हुई ही होगी!'' वह बोले, ''फ़ैमिली भी होगी!''

''फिर इतना फ़ालतू समय कहाँ से मिल जाता है?'' मैंने कहा, ''पढ़ाने के लिए कुछ तैयारी भी तो करनी पड़ती होगी? क्लास में लेक्चर देने के लिए नोट्स वग़ैरह...''

''वह आजकल कोई नहीं करता,'' पति मेरे भोलेपन पर हँसने लगे, ''आजकल दीवारों पर लिखना, एक-दूसरे की भर्त्सना और आत्मप्रशंसा में समय जाता है। आपका भी तो खाता है, आप भी उसमें लिखने लगिए—अपने गुट की वाह-वाह और दूसरों की खिंचाई...''

तो यह है जीवन की सार्थकता? इनके अनुसार मैं बहुत खोखला, उद्देश्यहीन, निरर्थक जीवन जी रही हूँ, एक पत्नीमात्र?

पति कौतूकपूर्ण दृष्टि से मुझे देख रहे हैं। उन्हें काफ़ी मज़ा आ रहा दिखता है।

''आपने उन्हें बताया नहीं कि मैं भी एम.ए. हूँ, मुझे दुनिया के बारे में मालूम है—कितनी जगहें घूम चुकी हूँ...'' मैं जोश में आ गई थी, जैसे वे दोनों—प्रस्तावना और इलिकी—मेरे सामने खड़ी हैं, ''मैंने बौस्टन में रहकर हार्वर्ड यूनिवर्सिटी में कोर्स लिये हैं, गाड़ी चलाई है।''

मैं चुप हो गई। इस वाक्य ने मुझे पीछे उस सुखमय समय की ओर ढकेल दिया जब मैं उन्मुक्त होकर बौस्टन में गाड़ी चलाया करती थी—निरुद्देश्य, या कभी पतझड़ के रंग देखने के लिए, केम्ब्रिज से वाल्डन पौंड तक—थौरो के निवास स्थान तक...।

''बौस्टन में गाड़ी चलाना इतना आसान नहीं है।'' जैसे प्रसू और इली मेरे सामने खड़ी हैं, ''एक तो ड्राइवर अपनी हेकड़ी के लिए पूरे न्यू इंग्लैंड में प्रसिद्ध हैं; दूसरे, सड़कें, नम्बर इतने गड्डमड्ड और दुरूह। बहरहाल, मैं किसी संस्था या नारे से नहीं जुड़ी हूँ—न नारी-मुक्ति का झंडा पकड़े हूँ, इसका मतलब यह तो नहीं...'' मैं अपने-आप चुप हो गई। पति मुस्कान सहित मुझे देखते रहे, जैसे मैं आगे वही कहूँगी जो प्रसू और इली से चिढ़कर कहती हूँ।

पर मैं चुप रही। कैसे समझाऊँ कि जब वे और अन्य कार्यरत स्त्रियाँ मुझे हिक़ारत की दृष्टि से देखती हैं तो मैं अपने को कितनी हीन और नगण्य समझने लगती हूँ?

''आप इन लोगों से कहीं अधिक स्वतंत्र और मॉडर्न हैं।'' वह मुझे बहलाने लगे, ''आपने अपनी ज़िन्दगी के अहम् निर्णय स्वयं लिये—यह स्वतंत्रता नहीं तो और क्या है?''

''यह आप उनसे कहें न!''

"मैं कह चुका हूँ। आप फ़िज़ूल में परेशान हो रही हैं।" वह मुस्कुरा दिये, "असल में मुझे भी इन लोगों का समय-असमय आ टपकना माक़ूल नहीं लगता।"

"अच्छा ? पर स्वागत तो आप दोनों बाँहें खोलकर ऐसे करते हैं कि..." आगे कहना सही नहीं होगा, सोचकर मैंने बात बदल दी, "एक मोज़ा खो गया है, अब इसका क्या करूँ ?"

"रख लीजिए—कभी-कभी खोई हुई चीज़ें वापस मिल भी जाती हैं।" पति बोले।

मैंने मोज़ा उछालकर कूड़ेदान में फेंक दिया।

"अब वह नहीं मिलनेवाला। जो गया सो गया।"

खोई हुई चीज़ें कहाँ जाती हैं, मैं अक्सर सोचती हूँ। क्या हमारी इस दुनिया से अलग कोई दूसरी क़ायनात है जहाँ खोई हुई चीज़ें इकट्ठी होकर हमें मुँह चिढ़ाती हैं, हमारी खिल्ली उड़ाती अपने जोड़े से आज़ादी पाने का जश्न मनाती रहती हैं ? हमारे चंगुल से निकलकर, अकेले किसी कोने या बिलकुल अप्रत्याशित स्थान पर बस चैन से पसरी रहती हैं ?

एक चीज़ खोई तो स्मृति में उन सब खोई हुई चीज़ों की शृंखला करवटें लेने लगती थी—कंघे, कैंचियाँ, नेलकटर, लिपस्टिक, साड़ी-ब्लाउज़ से बिछुड़ा पेटीकोट। बालपेनों और पेंसिलों का तो कहना ही क्या! मुझे इस समय पूरा विश्वास है कि मेरा नीला मोज़ा भी शायद मेरी परेशानी पर हँस रहा होगा।

पति नितान्त आशावादी हैं। उन्हें पूरा विश्वास है कि देर-सबेर वह खोया हुआ नीला मोज़ा अवश्य प्रकट होगा। उनकी चीज़ें मिल भी जाती हैं। सोचते हैं कि पढ़ने का चश्मा हवाई जहाज़ में छूट गया पर मिलता है पलंग की पाटी और गद्दे के बीच की संधि में। सप्ताहों बाद। तब वह बहुत प्रफुल्ल हो जाते हैं। जब वह ख़ुश होते हैं तो उनके चेहरे पर बच्चों जैसी भोली मुस्कान आ जाती है, और आँखों में चमक। पूरा सौम्य और गम्भीर चेहरा बहुत कोमल और दीप्त हो जाता है।

मुझे अच्छा लगता है और मैं भूल जाती हूँ कि मैंने उन्हें यह कहकर रिजेक्ट कर दिया था कि मुझे उनकी शक्ल पसन्द नहीं है। बावली मैं। अब तो दिन-रात देखने पर भी यह विचार नहीं आता कि उनकी शक्ल मुझे कभी पसन्द नहीं थी। उन्होंने मेरी रज़ामन्दी के लिए काफ़ी समय इन्तज़ार किया था, और उस दौरान वह कई देश-विदेशों में घूम आए थे और पूरा बालज़क साहित्य पढ़ डाला था। मैंने अलमारियों में सजी वे किताबें उनकी लाइब्रेरी में देखी हैं। उन्होंने सम्पूर्ण साहित्य कौड़ियों के भाव ख़रीदा था।

वाल्थैम शहर में एक चैरिटेबिल संस्था है जो ड्रग-पीड़ित, सड़क की गैंग लड़ाइयों में उलझे नवयुवक और नवयुवतियों को सहारा देती हैं। वह संस्था पुस्तकों का डोनेशन लेती है। बौस्टन में कॉलेज या यूनिवर्सिटियों की कमी नहीं है। जो किताबें विद्वान अपनी थाती समझकर सँजोये रहते, उनके बाद वह इसी रद्दी या कूड़े की तरह बड़े-बड़े ड्रमों

में ठुँसी रहती हैं। वहीं से इन्होंने लिया था बालज़क का पूरा साहित्य—वज़न के हिसाब से। उन्हें अमेरिका से दिल्ली तक लाने में जो ख़र्च हुआ होगा, उसकी उन्हें परवाह नहीं थी।

पढ़ने के अलावा कुछ और अच्छा नहीं लगता। उनकी कोई हॉबी नहीं है। बस, चश्मा नाक पर टिकाए अपनी किताब में मशगूल रहेंगे। आजकल 'वार एंड पीस' पढ़ रहे हैं। वह पुस्तक यह पहली बार नहीं पढ़ रहे हैं, पर वैसे ही चिपके हुए हैं, जैसे पहली बार टॉल्स्टॉय का नाम सुना हो!

'यह पुस्तक हरेक साहित्य-प्रेमी को पढ़नी चाहिए'—उनका मानना है। यदि हो सके तो मुझे भी—वैसे ही, जैसे लोग कैलाश मानसरोवर की दुरूह यात्रा करते हैं, एवरेस्ट की चोटी तक जाते हैं, जंगली भालू और भैंसों का शिकार करते हैं।

मैं अपनी सीमाएँ जानती हूँ, 'पढ़ूँगी-पढ़ूँगी' कहती रहती हूँ, पर इतना गम्भीर क़दम मेरे बस का नहीं है। कभी बीबीसी द्वारा 'वार एंड पीस' का प्रदर्शन देख लूँगी, बस। मेरे लिए इतना ही काफ़ी है, जैसे उमर शरीफ़ और जूली क्रिस्टी की 'डॉक्टर ज़िवागो' फ़िल्म देखकर मैंने डींग हाँक दी थी, कि पास्तरनाक मेरे प्रिय लेखक हैं।

धूप ढलने लगी थी, थोड़ी देर में तार पर पड़े कपड़े ठंडे हो जाएँगे। उन्हें उतार लेना चाहिए, मगर मैंने उतारे नहीं। यह नीले मोज़े का जोड़ा मुझे सबसे अधिक पसन्द था क्योंकि आरामदेह था। उसमें अँगूठे और चारों उँगलियों के लिए अलग-अलग ख़ाने थे जिससे चप्पल पर पहनने में आसानी होती थी। अब कहाँ मिलेगा इतना अच्छा ऊनी मोज़ा? यहाँ तो मिलने से रहा। शायद जर्मनी में ख़रीदा था—तब क्या ख़याल आया था कि एक और एक्स्ट्रा ले लूँ? क्या मालूम था कि एक खोएगा तो ऐसे खोएगा, जैसे कि...।

जाने दो—मोज़ा कूड़ेदान में था और वहीं रहेगा। कल कचरे में चला जाएगा। पर मेरे ठंड से ठिठुरते पैर, हलकी-हलकी सूजनवाली पैरों की उँगलियाँ?

मेरी बुरी आदत है—छोटी-छोटी बातों में इतना उलझ जाना कि फिर मेरे आचरण में सन्तुलन नहीं रहता। बौखला जाती हूँ, बदहवास रहती हूँ—दिनों, हफ्तों।

अब जैसे यह नौकरानी जमुना चार घरों में रसोई बनाती है, उनमें एक घर हमारा भी है। सुबह छह बजे से काम करती और ग्यारह-बारह बजे हमारे यहाँ आती। उसे बड़ी ताक़ीदों के साथ विचित्रा मौसी ने भेजा था कि चाहे वह देर में आए या नागा कर दे, नमक-मिर्च ज़्यादा डाले या कम, मैं उससे कभी कुछ नहीं कहूँगी। खाना वह ठीक बनाती थी। कलेक्टर साहब या बड़की भौजी के महाराज जैसी पतली-पतली मुलायम रोटी तो नहीं, पर काम चलाऊ। और रास्ता भी क्या था? मैंने तो कभी रसोई में क़दम ही नहीं रखा था। जमुना आते ही तेज़ गैस पर दाल चढ़ा देती और सब्ज़ी काटती जाती और बिना धोये कड़ाही में डालती जाती, जबकि मैंने उसे ताक़ीद कर रखी थी कि आते ही वह साबुन से हाथ धोये, सब्ज़ियों को आर.ओ. पानी से बार-

बार खँगाले। मैंने अपने भोलेपन में विश्वास कर लिया था कि वह ऐसा ही करती होगी। नौकरों के सिर पर हरदम सवार रहना और उनकी गतिविधि पर कड़ी निगरानी रखना मेरे बस की बात नहीं थी। पर एक दिन, अचानक, किसी काम से किचेन में पहुँचकर मैंने उसे बिना धोये सब्ज़ी छौंकते देखा तो मुझे एकदम से 'शौक' लगा।

"यह क्या? सब्ज़ियाँ धोई नहीं?" मेरे मुँह से निकला।

"धोई तो हैं।" उसने मेरी आँखों में आँखें डालकर एकदम झूठ बोला।

"कहाँ? पानी तो वैसा का वैसा ही है!"

"नल के पानी से धोई है।"

"नल के पानी से? तुम्हें पता है कि सरकारी नल में जो पानी आता है, वह कितना दूषित होता है?"

उसने झन्न की आवाज़ से कड़ाही पर ढकना डाल दिया और मेरी तरफ़ पीठ करके आटा गूँधने लगी।

"यह भी नल के पानी से... ?"

उसने कर्कश स्वर में कहा, "आपने जो बताया है, वही आर.ओ. पानी है—देख नहीं रही हैं?"

उसकी ढिठाई पर मुझे ग़ुस्सा तो बहुत आया पर आगे का परिणाम सोचकर मैं चुपचाप किचेन से निकल आई। आख़िरकार हमारे अलावा तीन परिवार और भी थे जहाँ वह खाना बनाती थी और अभी किसी की दूषित भोजन से मृत्यु की ख़बर नहीं मिली थी।

मैं आकर बाहर बैठ गई। मैंने महीने की शुरुआत में उसे साबुन की बट्टी दी थी कि वह बाहर से आते ही हाथ धो लिया करे, पर वह अभी तक वैसी की वैसी थी। वह जब पूछने आती कि खाना क्या बनेगा, तब मैं पूछती, 'हाथ धो लिये?'

'हाँ!' वह रोज़ जवाब देती। हम दोनों जानते थे कि वह झूठ बोल रही है।

मैं बाहर जाकर बैठ गई। मुझे मालूम था कि ससुराल और सभी मित्र-सम्बन्धी साँस रोके प्रतीक्षा कर रहे हैं कि मैं कब घोषणा कर दूँ कि मुझसे यह सब चूल्हा-चक्की नहीं सँभलता और पति सहित, या उनके बिना जेठ जी की कोठी के गेस्ट हाउस में चली जाऊँ। और सच तो है कि कभी-कभी पलायन करने की बहुत अदमनीय इच्छा होती थी, पर पति का सन्तुष्ट और परिपूर्ण चेहरा देखकर मैं वहीं की वहीं रह जाती। पति अपनी किताबों और अध्ययन-मनन में आकंठ डूबे रहते हैं, उन्हें घर-गृहस्थी में या उसकी रोज़-रोज़ की परेशानियों की न जानकारी है, न परवाह।

मेरी नज़र पति पर लौट आई है। कुछ देर खड़ी-खड़ी उन्हें देखती रहती हूँ। यदि उन्हें मेरी उपस्थिति का बोध है भी तो वह कोई संकेत नहीं देते। नाक पर चश्मा, हवा से थोड़े अस्त-व्यस्त बाल, और अपनी वही पोथी : 'वार एंड पीस'।

"आप एक पैर में भूरा और एक पैर में काला मोज़ा पहने हैं," मैं कहती हूँ।

"मुझे मालूम है," वह थोड़ी देर किताब पढ़ना रोककर बोले, "तुम हँसती हो तो बहुत अच्छी लगती हो।"

वह स्वयं भी मुस्कुराने लगे। मैंने मुस्कान चौड़ी कर ली, "ऐसी चिपकाई हुई नहीं, सहज, स्वाभाविक, खिलखिलाती हुई।"

उनकी दृष्टि स्निग्ध थी। उसमें मुझे हम दोनों का घना रिश्ता नज़र आया। मुझे अच्छा लगा।

"तुम हँसती हो तो सुन्दर लगती हो, पर तुम हो कि हर वक़्त झुंझलाई रहती हो।"

"क्या करूँ?" मैंने लाचारी से कहा, "जान को मुसीबतें लगी ही रहती हैं। कुछ-न-कुछ इरीटेट कर ही देता है।"

"प्रसू और इली?" उन्होंने खिजाने की मुद्रा में कहा।

"हाँ, नहीं तो! सज-धजकर सुबह-सुबह आ धमकीं..."

मुझे पूरा विश्वास था कि उन्हें यह परवाह नहीं होगी कि उनकी रसोई हाइ-जीनिक है।

'मुझे कुछ करना चाहिए,' मैंने अपने-आपसे कहा।

प्रसू और इली से पूछूँ—मगर उनके साथ जाने के लिए मुझे अपनी सारी वार्ड रोब बदलनी पड़ेगी। क्योंकि वे जाड़ों में केवल टसर और गर्मी में कोटा डोरिया साड़ियाँ ही पहनती हैं, यह मुझे बता चुकी हैं।

फिर क्या करूँ?

मेरा ध्यान पिछवाड़े चला गया। गुरुद्वारे के पिछवाड़े और हमारी चौहद्दी के बीच ज़मीन का एक बड़ा-सा टुकड़ा था। ज़मीन तो हमारी ही थी पर वहाँ कुछ सीमेंट की बेंचें पड़ी हुई थीं। सुबह-शाम वहाँ कुत्ते टहलाये जाते थे और कभी-कभार शाम को वरिष्ठ पुरुष आकर बेंच पर बैठ जाते थे। पर जिस चीज़ ने मेरा ध्यान खींचा था, वह था मुफ्त का डे स्कूल। वह रोज़ नौ से बारह तक चलता था, और इधर-उधर के बिना मुँह धुले, लक्ष्यहीन भटकने वाले बच्चों को घेरकर पढ़ाया जाता था। जब मैंने उधर ध्यान दिया तो मुझे पता चला कि वहाँ बहुत ग़लत-सलत पढ़ाई होती है। दो-तीन, शायद अवैतनिक अध्यापिकाएँ, रोज़ नये-नये सलवार-सूटों और कार्डिगनों में आती थीं, छाँह में कुर्सियाँ डालकर वे बैठतीं, बुनाई करतीं और बतियातीं। थर्मस में से चाय निकालकर बिस्कुटों के साथ खाती-पीतीं और दरी पर बैठे बच्चे उन्हें टुकुर-टुकुर ताकते। एक मॉनीटरनुमा सात-आठ साल के बच्चे के निर्देशन में मंडे, ट्यूज़डे, थर्सडे, फ्राइडे—बार-बार गला फाड़-फाड़कर दोहराते, जैसे जीवन की सफलता का यही महामंत्र है! मालूम नहीं, उन्हें इन शब्दों के मतलब पता भी थे या नहीं?

मैंने पति से कहा, "सुनिए!"

उन्होंने मुझे देखा। तब तक उन्होंने 'वार एंड पीस' पढ़नी शुरू नहीं की थी, बस, प्रतीक्षा में थे। यानी कि पुस्तक अभी आई नहीं थी।

'वार एंड पीस' की एक कॉपी तो मेरे पास भी थी जो कि मेरे अमेरिका से वापस आए सामान में कहीं दफ़न होगी। मैंने उन्हें ऑफर भी की, पर उन्होंने कहा, "रूसी में पढ़ने का इरादा है।"

"रूसी में? आपको इतनी..." कहकर मैं बीच में चुप।

कितने-कितने गहरे और विस्तृत आयामों वाला है यह व्यक्ति! मेरे बिना इसने कितना जीवन जिया है, भ्रमण किया है, भाषण दिये हैं, विदेश में पढ़ाया है!

इस समय मैंने अपने को बहुत नगण्य महसूस किया।

वह मुझे देख रहे थे क्योंकि बात मैंने शुरू की थी।

"कहिए?"

"मैं पिछवाड़े के स्कूल में पढ़ाना शुरू कर दूँ?"

वह हँसने लगे, "प्रस्तावना और इलिकी वाकई आपका आब्सेशन बन गई हैं।"

"मुझे लगता है कि मुझे अपने जीवन में कोई ठोस या सार्थक काम करना चाहिए।"

उन्होंने खींचकर मुझे छाती से सटा लिया, हलके से माथे पर चूमकर बोले, "इससे ज़्यादा..."

मैंने अपने को ढीला छोड़ दिया। अभी हम घर में अकेले थे।

"क्या करूँ? अच्छा, आप उन दोनों से मिलना बन्द करें।"

"जैसा आपका हुकुम! वैसे भी वे काफ़ी औसत बुद्धि की महिलाएँ हैं—केवल नारेबाज़ी और हुजूम की साथीगीरी। मुझे वे काफ़ी इरीटेट करने लगी हैं—आगे से आएँ तो कह दीजिएगा कि मैं नहीं हूँ।"

पति हमेशा 'तुम' और 'आप' के बीच टँगे रहते हैं।

"जी, और आप निकल आएँगे और बड़ी-सी मुस्कान के साथ उन्हें अपने अन्त:कक्ष में लिवा ले जाएँगे।"

"और वह स्कूल बन्द होनेवाला है।"

"क्यों?"

"ऐसे ही चल रहा था—अवैधानिक। ग़लत हालत..."

"तो मैं चलाऊँ?" मैंने उत्साहित होकर कहा, "वहाँ शेड डलवा लेंगे, बाथरूम बनवा लेंगे, बच्चियों के लिए आया रख लेंगे..."

"अरे वाह, इतनी प्लानिंग? मगर अभी नहीं। अभी तो पूरा-पूरा ध्यान मेरे ऊपर ही..."

"रात को यहाँ सब कितना अलग लगता है! सारे दिन का शोर, भीड़, हल्ला-गुल्ला, दो-ढाई बजे तक एकदम सन्नाटा। पूरा नवाबगंज सो जाता है। अँधेरे में दिन की सारी कुरूपता ढक जाती है—एक चादर आकर सब कुछ ढाँप लेती है। सिर्फ़ आकाश, तारे, गैलेक्सियाँ..."

मैं चुप। पति की ऐसी बातों की आदी हूँ।

''पहले बना होगा रंगमहल, रासरंग। रँगरेलियों के लिए इस वीराने में, नीली पहाड़ियों की शृंखला के बीच यह जगह जगमग करती होगी। फिर बनी गढ़ी—परिधि के चारों ओर सड़क, कि चार घुड़सवार साथ चल सकें। बने होंगे बुर्ज़, जहाँ से दूर-दूर दिखाई पड़े। भारी-भारी मोटी दीवारें, अँगरेज़ों के तोप-गोलों से रक्षा के लिए—और फिर...''

''और अब हम हैं, आप और मैं...आपकी हज़ारों, अनेक भाषाओं की पुस्तकें... और मेरा...और नीचे के खंड में हैं सुहास और विभास—उनकी माँ। कितना शान्त है सब कुछ! कितनी सुन्दर रात है... !''

''कितने आए, कितने गए—रईस, ऐयाश, नाचनेवालियाँ, फिर ग़दर के दौरान अँगरेज़ों के विरोधी—हमारे बाद...'' वह रुक गए।

''हमारे बाद क्या? हम तो अभी यहाँ बहुत दिन रहेंगे।''

उन्होंने मुझे आलिंगन में ले लिया, ''नहीं, जान, हमारे बाद यह सब ढहा दिया जाएगा और इस लम्बी-चौड़ी प्राइम प्रॉपर्टी पर एक आधुनिकतम मॉल बनेगा।''

''सच कह रहे हैं?''

''बाद में बात करेंगे,'' उन्होंने कहा।

''सार्थक जीवन क्या होता है?'' मैं अचानक पूछ बैठी।

''यह तो आप पर, आपकी सोच पर निर्भर करता है।'' पति ने चाय का प्याला हलके से प्लेट पर रख दिया। ''जीवन में एक उद्देश्य होता है, उसी का पीछा करना सार्थकता है।''

क्या मेरा जीवन सार्थक नहीं है?—मैं अपने-आपसे पूछती हूँ।

पति प्रश्नात्मक मुद्रा से मुझे देख रहे हैं। वहाँ बैठे-बैठे मुझे आसपास का शोर एकदम असहनीय लग उठा। शोर, यानी सामने की सड़क का यातायात, दुपहिए। साइकिलें, ठेला गाड़ी, मोटरें, बस और ऊपर तक प्याज़ और टिंडों से भरे ट्रक।

यह सड़क का शोर कब सड़क से ऊपर छज्जे, बालकनियाँ, छत, खम्भे, दीवारें पार करके हमारे कानों तक आकर गूँजने लगा!

''अरे, जमुना,'' मैं एकाएक रसोई में खटपट करती नौकरानी से कहती हूँ, ''आज भरवाँ टिंडे बना लेना—आता है?''

जमुना हाथ में चाकू लिये दरवाज़े पर प्रकट होती है, ''हमें सब कुछ आता है, आप कहें तो...''

''बस, तो बना लो, हलका रसा लगाकर,'' सहसा मुझे अपने स्वर में मम्मी की ध्वनि आती लगती है—कलेक्टर साहब, यानी भाई श्रीमय के कुक को निर्देश देती हुई।

मैं अपने-आप मुस्कुरा पड़ी, पति ने नहीं देखा। जमुना वापस अन्दर चली गई। सड़क का शोर अपने-आप पीछे हट गया। अभी केवल चाय के प्यालों को प्लेट पर रखने की मीठी-सी खनक!

ये जो देवियाँ—महिलाएँ, लेडीज़, सुबह-सुबह आ गई थीं, उनके नाम सहसा ज़ेहन में कूद पड़े—प्रस्तावना और इलिकी। दोनों अलग-अलग कॉलेज में इतिहास और पॉलिटिकल साइंस पढ़ाती हैं, आधुनिक जीवन के हर पहलू पर राय रखती हैं : स्त्रियों के प्रति अत्याचार, पितृसत्तात्मक परम्परा, आपस का दुर्व्यवहार, खेत और नाले का प्रयोग करते रहने की बुरी आदत, जबकि सरकार घर के अन्दर शौचालय बनाने को प्रोत्साहित करती रहती है—उसके साथ-साथ किस हाल में 'सेवा' की चिकनकारी का सेल, या प्रगति मैदान में कौन से काउंटर पर टसर की कलमकारी साड़ी, 'मृगनयनी' में कब नया स्टॉक आया, और मैं—एक गुम हुए नीले मोज़े में उलझी हुई हूँ और भरवाँ टिंडे बनवा रही हूँ।

ये दोनों चाहती हैं कि मैं उनकी चलाई हुई संस्था की सदस्य बन जाऊँ, सेवा-कार्य करूँ, ज़रूरतमन्द लोगों की मदद करूँ।

पर मुझसे यह सब कुछ नहीं होने का।

मुझे समय ही कहाँ है, न रुझान।

बस, अपने में मगन रहूँ—अपने विचारों में ऊब-डूब रहूँ—कभी नज़र पड़ जाने पर मुस्कुरा पड़ूँ कि अरे, यह सोनजुही तो फूलने लगी, मैंने सोचा था कि सूख गई! यह माली का नहीं, पति के हाथ का कमाल है। हनीमून की विदेश यात्रा में जब मैं कपड़ों, जूतों, इत्र और अटर-सटर ख़रीदने में व्यस्त थी, पति ने ख़रीदे थे : डच ट्यूलिप के बल्ब और अजीबोगरीब फूलों के बीज, फ्रेंच टमाटर, खीरा और एक डिब्बा पौधों के भोजन और विटेमिन का—उसी का कमाल है। उसी विदेशी भोजन से सोनजुही पुनर्जीवित हो गई है और फूल रही है। अपनी टहनियों को इतरा-इतराकर हलके-हलके हिला रही है और हर बार फूल झरकर नीचे गिर जाते हैं।

यह सामने बैठे पति, जो दूसरी बार 'वार एंड पीस' पढ़ रहे हैं, जिन्हें अपने ही प्याले में चाय पीना पसन्द है। और रसोई से आती हुई मसाला भुनने की सोंधी-सोंधी महक, फूलती हुई लताएँ, न ठंड, न गरमी—बस, सुहाना-सा मौसम।

मुझे लगा कि मैं अगली बार प्रस्तावना और इलिकी से मिलने पर कहूँगी, मेरा जीवन सार्थक है।

इलिकी ने मुँह बिचका दिया, "यदि आपको घर-गृहस्थी ही सार्थक लगती है तो आगे क्या कहा जा सकता है? आप बहुत परम्परागत जीवन जी रही हैं।"

"पर हरेक व्यक्ति को अपना जीवन अपनी तरह से बिताने का अधिकार होना, क्या यह स्वतंत्रता-मुक्ति नहीं है?"

"परन्तु आत्मनिर्भर होकर, अपने निर्णय स्वयं लेने के अधिकार के लिए ही हम लड़ रहे हैं।" उन्होंने मुझे चुप कर दिया है।

मैंने अपने जीवन का कोई भी निर्णय नहीं लिया है। विवाह, पढ़ाई, पढ़ाई का विषय, विदेश यात्राएँ—सब कुछ दूसरे ही करते आए हैं। मुझे कभी कोई आपत्ति नहीं हुई—सब कुछ स्वीकार करती गई। डैडी, मम्मी, भाई, पति—सभी के निर्णय। यह ज़रूरी नहीं कि वे सब सही ही थे, पर उन्हें मानते हुए यह कहाँ पता था कि इसका परिणाम क्या होगा! तब तो यही सोचा था कि सब ठीक ही होगा। यह तो डैडी-मम्मी ने स्वयं स्वीकारा था कि सत्रह-अठारह साल की उम्र में 'अच्छा लड़का' सहज ही सामने आ जाने पर तुरत-फुरत मेरा विवाह कर देने में उनसे ग़लती हो गई। मम्मी ने कितना सिर पीटा था, विलाप किये थे, रोई थीं, इतना कि किसी ने ध्यान ही नहीं दिया कि मैं मुँह लपेटे चुपचाप पड़ी रहती थी। पर मेरी आँखों से एक आँसू भी नहीं टपका।

पर वह बात पुरानी हो गई...।

× × ×

मुझे यही अच्छा लगने लगा है : पुरातत्त्वविद् पति। जब वे मुझे प्यार करने लगते हैं तो लगता है, जैसे इस पागलपन का कारण यह है कि यह अंतिम समागम है, पर ऐसा होता नहीं है। यह विक्षिप्तता, आकंठ आकुलता उसी क्षण समाप्त नहीं होती—पर इसी में जीवन की सार्थकता नहीं है? है न?

"सुनिए," मैं कह उठती हूँ, "इन देवियों को आप घर पर न बुलाया कीजिए। अगर विचार-विमर्श करना ही है तो आप अपने कल्चरल सेंटर में मिला कीजिए।"

"आपको अच्छा लगेगा? हम इस विषय पर बात कर चुके हैं।"

"क्या?" मैं कहते ही जान गई हूँ कि मुझे बिलकुल अच्छा नहीं लगेगा।

बिना सोचे-समझे कुछ भी कह देने की यही प्रॉब्लम होती है, नहीं? मुझे बिलकुल अच्छा नहीं लगेगा कि इंटरनेशनल सेंटर के लाउंज में घंटों बैठे-बैठे बतियाते रहें और बोतलों पर बोतलें किंगफिशर बीयर खुलती रहें।

न मुझे यह अच्छा लगेगा कि मैं पति का पुछल्ला बनकर वहाँ बैठकर वाद-विवाद सुनती रहूँ जो मुझे निरर्थक लगता है।

"आने दें, घर पर ही आने दें, मुझे कोई फ़र्क़ नहीं पड़ता। मैं कमरे में चली जाया करूँगी।"

"आप नारी-मुक्ति का नारा लगाने वालियों से इतना डरती क्यों हैं? आप तो स्वयं मुक्त जीवन जी रही हैं।"

मैं चुप हूँ। मेरे पास कोई जवाब नहीं है—कम-से-कम अभी।

फिर भी कहती हूँ, "कैसे?"

''जीवन के महत्त्वपूर्ण निर्णय लेकर...'' वह मुझे खिजा रहे हैं, ''मुझसे विवाह प्रस्ताव रखकर।''

मैं मुस्कुरा पड़ती हूँ—अपने-आप।

''मेरे लिए हर बार मना—मैंने तो आशा ही छोड़ दी थी।'' फिर अचानक, बात बदलकर कहा, ''मैं उन्हें बता दूँगा—प्रसू और इल्ली को—कि आपने ही मुझे प्रोपोज़ किया और जबर्दस्ती शादी करवा ली, और अब एक यक्षी की तरह रिझाने वाली मुद्रा में विचरती रहती हैं, बेचारा पुरुष क्या करे?''

मैं चुप हूँ मगर मुस्कुराने लगती हूँ।

× × ×

एक हाथ में चाकू, दूसरे में खीरा—

मैं काटने को हूँ, पर रुक जाती हूँ।

क्या यह सार्थक है? यह जो मैं कर रही हूँ—मैं अपने-आपसे पूछ रही हूँ—यह खीरा, गाजर, टमाटर काटने की प्रक्रिया, क्या यह एक व्यर्थ काम है? यह मेरे जीवन को सार्थक कैसे कर सकता है?

हर वक़्त यही सवाल मन में उमड़ता-घुमड़ता रहता है कि घर का काम-काज, सजना-सँवरना, कपड़े तहा कर क्रमवार अलमारी में टाँगना, क्या यह सब समय को बरबाद करना है? क्या दूसरों का जीवन सुधारने का प्रयत्न ही सार्थकता है—चाहे वह अच्छे घरों की लड़कियों को पढ़ाना हो, या सब्ज़ी बेचने वालियों को संगठन करना सिखाना या आत्मनिर्भरता का सन्देश देना ही आधुनिक नारी का जीवन सार्थक बनाता है?

मैं खीरा काटने लगती हूँ। तेज़ धार कैसे नरम गूदे को काटती है, कैसे एकसार? एकदम गोल खीरे के टुकड़े इकट्ठे होने लगते हैं, गाजर काटने में थोड़ा प्रयास और करना पड़ता है। हलके हरे खीरे के ऊपर गाज़री रंग के टुकड़े सज रहे हैं। अब मूली—मेरा हाथ रुक जाता है। सलाद काट रही हूँ, कोई राष्ट्रध्वज नहीं रच रही हूँ—आँखें अपने-आप उठ जाती हैं—पति एकटक देख रहे हैं। चश्मा माथे पर टँगा है, मोटी किताब में पढ़ते हुए पृष्ठ पर उँगली टिकी है—मुझसे आँखें मिलते ही मुस्कुराने लगते हैं।

''मैं सोच रही हूँ कि मैं जीवन को सार्थक कैसे बनाऊँ?''

''अच्छा?'' थोड़ा रुककर, ''यह विचार फिर कैसे आया? क्या अपना जीवन आपको सार्थक नहीं लगता?''

''अरे, नहीं, आपकी प्रसू और इल्ली—भाषण देती रहती हैं, मुझे हरदम नीचा दिखाने को...''

''नहीं, ऐसी बात नहीं है। सब आपसे बेहद जलती हैं।''

"जलती हैं! क्यों?" मैंने चाकू प्लेट पर टिका दिया है।

"बस, ऐसे ही। जो कुछ आपका है, उससे।" चश्मा वापस रखते हुए उन्होंने पुस्तक खोल ली, "आपके चेहरे पर चिन्ता की रेखाएँ सूट नहीं करतीं। माथे पर बल, सिकुड़े हुए होंठ—और अगर मैं कहूँ कि जीवन की सार्थकता आपको अपने-आप मिल जाएगी, तो आप मानेंगी?"

"ठीक है—तो मैं कुछ करूँगी, घर से बाहर निकलूँगी।"

पति ने उत्तर नहीं दिया।

मैंने कुछ नहीं किया। कितनी बड़ी गृहस्थी पसरी पड़ी है—कितने कमरे, दालान, छतें, मुँडेरे, पिछवाड़े, कितना बाग़-बग़ीचा—कितने आम, कटहल, नींबू, आँवले के पेड़...!

कितनी उठाई-धराई, बर्तन-भाड़े, कपड़े, धुलाई, प्रेसवाली, अंडेवाली...।

सब कभी-कभी अच्छा लगता है—मन लगाकर छोटा-मोटा काम करना।

भाई के यहाँ जो दर्ज़ी घर में बैठकर सिलाई करता था, उसकी सलोनी-सी पत्नी साथ आती थी। छोटा बच्चा भूमि पर सुलाकर वह मम्मी की चँदेरी साड़ियों पर फाल लगाती थी—एकाग्र, छोटे-छोटे सुगढ़ टाँके। काम ख़त्म करके साड़ी को तहाकर रखते हुए उसके चेहरे पर एक गहरे सन्तोष का भाव रहता था। पहले वह बच्चे को ज़मीन पर सुलाती थी, पर जब मम्मी ने उसे खटोला मँगाकर दिया था तो वह कितनी ख़ुश हुई थी!

मैं भी तो—सारे दिन की चिड़चिड़ाहट, खीज, थकान के बाद रात को गुनगुने पानी से नहाती हूँ। हलकी सुगन्ध वाला लैवेंडर पाउडर लगाकर रेशमी रात्रि-वस्त्र पहनकर जब सोने आती हूँ तब तक पति सफ़ेद कुर्ते-पाजामे में, लैम्प के प्रकाश में अपनी पुस्तक पढ़ रहे होते हैं। मुझे रोशनी में दिक़्क़त होती है इसलिए वह चश्मा उतारते हैं, किताब बन्द कर देते हैं और हाथ बढ़ाकर लैम्प बुझा देते हैं। यदि शुक्ल पक्ष होता है तो चाँदनी हमारे सिरहाने की खिड़की से झाँकने लगती है और मुस्कुराती है हमारी काम-क्रिया पर। कोई अन्तरंग सखी होती तो उसे बताती। पर अब गूँगे के गुड़ की तरह स्वयं आस्वादन करती हूँ—रोज़।

न वह थकते हैं, न मैं अघाती हूँ।

# 2

बचपन से लेकर युवा होने तक, मेरे अन्दर जो बात जम गई थी, वह यह थी कि मेरा परिवार आम लोगों से अलग है। हम बड़े लोग थे। बड़े बँगले में रहते थे। नौकर-चाकरों का झुंड था। डैडी जिस शहर में जाते, उसमें बहुत इज़्ज़त और सम्मान होता। डैडी की चाल, मुख-मुद्रा, कन्धों का रुख और गर्दन की अकड़—यह सब अनजाने हम दोनों भाई और बहन में आ गई थी। हमारे बँगले के आगे जो चमकदार नेमप्लेट लगी रहती थी, उस पर डैडी का नाम—मणिमय वर्मा, डिप्टी कलेक्टर—लिखा रहता था। जिन शहरों में हम रहते, वह महानगरों की अपेक्षा छोटे ही होते थे, इसलिए डैडी का काफ़ी रुतबा था। हमने कभी ग़रीबी नहीं देखी, न कभी अपना काम किया। हमेशा भाई यानी श्रीमय वर्मा के लिए निजी नौकर, और मेरे लिए नौकरानी रहती थी। नौकरानियाँ बदलती रहती थीं, क्योंकि वह लोकल होती थीं और हर ट्रांसफ़र के बाद नई जगह, नई नौकरानी आ जाती थी। कभी अधेड़ खूसट, कभी तरुण। मेरे लिए वह केवल कपड़े प्रेस करने, बिस्तर बनाने, और स्कूल के लिए यूनिफ़ार्म, बस्ता, चोटी वग़ैरह का ध्यान रखने तक के लिए होती थी। उसके आगे वह कुछ और नहीं थी। इसलिए बस अपना ही अपना सोचना, यह मेरी परवरिश का एक अभिन्न हिस्सा बन गया। दुनिया मेरे चारों तरफ़ घूमती थी, और पढ़ने-लिखने में साधारण होते हुए भी मैं अपने को असाधारण और विशिष्ट समझती थी। शायद इसीलिए मेरी कोई घनिष्ठ सहेली नहीं थी—न स्कूल में, न पड़ोस में।

भाई मेरी तरह नहीं थे। उनके स्कूल से ही बहुत सारे दोस्त थे—क्रिकेट खेलने वाले, अन्य अफ़सरों के लड़के। भाई आए दिन खेलकूद, दोस्तों के साथ तफ़रीह करने, पिकनिक पार्टी में व्यस्त रहते थे।

मम्मी को ताश खेलने का शौक़ था, शॉपिंग करना अच्छा लगता था। हमारे घर अक्सर सौदागर आया करते थे—कश्मीर के शॉल वाले, लखनऊ से चिकन के काम वाले। कोई चँदेरी की साड़ियाँ दिखा रहा है तो कोई बनारस की। कभी फ़िरोज़ाबाद से चूड़ियाँ आ रही हैं तो कभी मुरादाबादी नक़्क़ाशी के गुलदस्ते, और तरह-तरह के बर्तनों की नुमायश हो रही है। ऐसे अवसरों पर मम्मी अपनी कुछ सहेलियों को बुलवा लेतीं। यूनिवर्सिटी के रजिस्ट्रार की पत्नी से उनकी विशेष मैत्री थी। मम्मी की एक

और ख़ासियत थी, वह कभी किसी भी फेरीवाले को ख़ाली हाथ नहीं लौटाती थीं—ज़रूरत हो या न हो, हमेशा कुछ-न-कुछ ख़रीदा ही करतीं थीं। हमारे यहाँ आनेवाले काफ़ी तोहफ़े भी लाते थे—कभी खुरचन भरा हुआ थाल, कभी मलीहाबाद से आमों की पेटियाँ, देहरादूनी चावल की बोरी। मतलब यह कि मैं ख़ूब समृद्धि और शान-शौकत के बीच बड़ी हुई और मेरी ज़िन्दगी ऐसे ही कटेगी, हँसी-ख़ुशी, ऋद्धि-सिद्धि के बीच, यह विचार मेरे मन में जड़ पकड़ गया था।

हमारे परिवार में एक और परिपाटी थी—वह यह थी कि घर की लड़कियों की कम उम्र में शादी कर देना। पर लड़कों पर यह लागू नहीं होता। वे अच्छे-अच्छे बोर्डिंग स्कूलों में पढ़ते, बड़े होकर विश्वविद्यालय जाते। कम्पटीशन में बैठना और अफ़सरी की उम्मीद करना उनकी विचारधारा में अटूट रूप से बिंधा हुआ था। इसी के चलते डैडी डिप्टी कलेक्टर थे, और भाई श्रीमय से भी यही आशा की जाती थी। पर बुआएँ आस-पास या दूर की, जिनके नाम पायल, नूपुर, कंगना और झुमकी आदि-आदि थे, जल्दी-जल्दी समृद्ध घरों में ब्याह दी गई थीं। वे अपने-अपने जीवन से सन्तुष्ट लगती थीं।

मगर मेरे साथ भी ऐसा होगा, यह विचार मुझे नहीं आया था। आख़िरकार डैडी पढ़े-लिखे, आधुनिक विचारों के थे। मैं भले ही कम्पटीशन में न बैठूँ, पर कॉलेज, यूनिवर्सिटी ज़रूर जाऊँगी, यह मैं माने बैठी थी। पर न जाने क्यों, परिवार की रीति निभाते हुए डैडी ने हाईस्कूल पास करते ही मेरी सगाई कर दी। क्योंकि यह तो हमारे घर की परम्परा थी—लड़का पढ़ा-लिखा, अच्छा खाने-कमाने की क्षमता रखता हुआ हो; बस, लड़की के लिए यही पर्याप्त था। लड़के का रूप-रंग, आचार-विचार, पसन्द-नापसन्द—इस सबसे किसी को सरोकार नहीं था।

परिवार की बुआएँ भी वकीलों, इंजीनियर, कमाते-खाते लड़कों से ब्याह दी गई थीं। सभी, उस ज़माने के अनुसार, भारी भरकम दहेज़ लेकर गई थीं—शगुन में कैश, लगन में कैश, द्वाराचार पर कैश और विदाई पर कैश।

और मेरे साथ भी यही हो रहा था। विलायत जानेवाला होनहार लड़का, तीन साल की छात्रवृत्ति पर, कुछ बड़ा और अलग बनकर लौटेगा और बिटिया मज़े में रहेगी—नौकर-चाकर, बँगला, मोटर, बच्चे, आया।

बस, और मुझमें था ही क्या? सत्रह-अठारह साल की अनगढ़ लड़की—न किताबें पढ़ने का शौक़, न संगीत, न चित्रकारी, घर के कामों में भी गोल। पर दहेज़ में दादी ठोस सोना दे रही थीं, बाक़ी सारा ताम-झाम, बारातियों की विदाई में सोने की चेनें, बटुए, घड़ियाँ, कपड़े, और भयंकर ख़ातिरदारी! गोश्त बनाने के लिए लखनऊ से खरगोश नामक कश्मीरी बावर्ची बुलाया गया था, बारात के लिए कई बैंडों का इन्तज़ाम भी डैडी ने ही किया था।

पिछले महीने ही तो मेरी सत्रहवीं वर्षगाँठ हुई थी। तब तक मेरे विवाह की कहीं चर्चा तक न थी। मेरे मम्मी की प्रिय सखी मिसेज़ रजिस्ट्रार ने सुझाया मेरे लिए एक

मेधावी लड़का। वह तीन साल के लिए विदेश जा रहा है—वहाँ पी-एच.डी. करने के लिए। उसे शायद छात्रवृत्ति भी मिली है। पत्नी यहीं रहेगी। तीन साल बाद डिगरी लेकर लौटेगा तब तो किसी भी उच्च शिक्षा संस्थान में खटाक से नौकरी मिल ही जाएगी।

"क्यों, क्या कहती हैं?" पापा ने मम्मी से पूछा।

"अच्छा लड़का जब आगे से टकरा रहा है तो सोचना क्या? जाकर देख आइए।" मम्मी ने कहा।

पापा गए, देखा, पसन्द आ गया, 'हाँ' कर आए।

लड़के के पिता इलाहाबाद यूनिवर्सिटी में रीडर रहे थे, अब दिवंगत हो चुके थे। पढ़ी-लिखी, सम्भ्रान्त माँ थीं, दो छोटी बहनें। माँ ने बेटे का पूरा-पूरा मोल आँका था और पापा जो उसे देने में समर्थ थे, राज़ी हो गए थे।

ये लोग मेरे फ़ोटो से ही सहमत हो गए। पापा तो लड़का ठोक-बजाकर देख ही आए थे, और मैं? मैं स्वयं नहीं जान पा रही थी कि मैं करूँ तो क्या? कभी कोई निश्चय लेने का अवसर ही नहीं मिला, न ज़रूरत समझी गई। अभी मिसेज़ रजिस्ट्रार ने, जो इस छोटे शहर में मम्मी की निकटतम सखी थीं, मुझे एक युवक का फ़ोटो दिखाया था।

"पसन्द कर लो," उन्होंने कहा।

मैं चुप।

फ़ोटो ठीक-ठाक था। ग़ौर से या बारीक़ी से देखने का यह समय नहीं था। फिर मुझसे 'हाँ' या 'ना' तो पूछा ही नहीं गया। पापा ने ठीक समझा, इक्यावन गिन्नियों से टीका कर आए। द्वाराचार पर एक सौ एक, और न जाने कितने तोले के आभूषण, जिनमें कमर की तगड़ी अनिवार्य थी।

"घर मेरा देखा-सुना है, पढ़ा-लिखा सम्भ्रान्त परिवार है। लड़का पढ़ने में तेज़ है। आई.ए.एस. बन सकता था पर वह तो पी-एच.डी. करके प्रोफ़ेसर बनना चाहता है। स्वभाव का सीधा-सादा। दो बहनें हैं, कॉलेज में पढ़ रही हैं। रहन-सहन सब तुम्हारे अनुसार है। लड़का शादी के तीन-चार दिन बाद विलायत चला जाएगा, तुम यहाँ रहती रहना। माँ-बाप निश्चिन्त हो जाएँगे। चिट्ठी-पत्री करती रहना।"

मुझे चुप देखकर उन्होंने कोंचा, "क्यों?"

मैंने चुपचाप सिर हिला दिया कि 'हाँ'। विकल्प भी क्या था?

बँगले की रँगाई-पुताई शुरू हो गई थी। भारी-भारी बर्तन, गंगाल, परातें, काँसे के कटोरे, गगरे—सब पर पालिश और क़लई हो रही थी। पिछवाड़े दो दर्ज़ी लगातार बैठे रज़ाई, लिहाफ़, ब्लाउज़, पेटीकोट सिल रहे थे।

शादी से काफ़ी पहले मेहमान आने शुरू हो गए। पापा स्वयं जाकर दादी को लिवा लाए—मय गहनों की पोटली के साथ। वह और भी बहुत लाई थीं—चाँदी की ट्रे, चाँदी के पानी रखने के जग, चाँदी के दर्जनों गिलास। चाँदी के देवता, विष्णु, लक्ष्मी, गणेश—

और भी न जाने क्या-क्या! दादी के साथ ही आईं आरसी बुआ—उनकी सबसे प्रिय भतीजी—जो ससुराल न रहकर उन्हीं के पास रहती थीं।

और भी मेहमान आए, रिश्ते के भाई-भाभियाँ।

यह भाभी अपने में मगन रहती थीं। छैलबिहारी दादा, उनके पति, कलकत्ते में व्यापार करते थे, और भाभी रहीं अपने माता-पिता के साथ कानपुर में। वह कभी कलकत्ता नहीं गईं, कानपुर में ही ज़िन्दगी काट दी। उनके चेहरे पर कभी असन्तोष की झलक नहीं दिखी। हमारे घर की तरह उनके घर पर भी सौदागरों का ताँता लगा रहता था। अक्सर वही, जो हमारे यहाँ आते थे। वही कश्मीर शॉलवाला, चँदेरी वाला, कोई मुर्शिदाबाद की साड़ियों की गठरी थामे। इसके अलावा भी अन्य फेरीवाले—चूड़ियाँ, बिन्दियाँ, रिबन, बटन, चुटीले, यहाँ तक कि मोटे काग़ज़ और सस्ती छपाई की आम पुस्तकें लेकर आने वाला! वह 'तोता मैना', 'बेताल पचीसी', 'लता मंगेशकर के सम्पूर्ण गाने', 'तीस दिन में अँगरेज़ी सीखिए', 'हारमोनियम शिक्षा' आदि पुस्तकें रखता था।

भाभी के पास साड़ियों, शॉलों और तमाम तरह के डिब्बे-डिब्बियों का अम्बार लगा रहता था और वह बहुत रुचि से 'बेताल पचीसी' आदि पढ़ा करती थीं।

"नन्दरानी, तुम ससुराल से लौटोगी तो तुम्हें कोकशास्तर पढ़ने को देंगे," उन्होंने मुझसे कहा।

मेरी कुछ समझ में नहीं आया। इस नई दुनिया में, जिसमें मैं अनजाने, बिना पूछे ढकेल दी गई थी, एकदम भ्रमित, चकरघिन्नी जैसी घूम रही थी। ब्याह हो रहा है, हल्दी उबटन लग रहा है, फूलों के गहनों से सजाई जा रही हूँ—भारी साड़ी के बौर्डर में पैर उलझ जाता है और गिरते-गिरते बचती हूँ।

"कोकशास्तर," कानपुर वाली भाभी ने आँखें नचाकर कहा, "पहले तो तुम्हें समझ में ही नहीं आएगा कि अपने साथ हो क्या रहा है..."

मैंने अब तक ध्यान ही नहीं दिया था कि उनकी एक आँख भैंगी थी—बेचारी! चेहरा ऐसा सपाट और श्रीहीन कि कुछ फबता ही नहीं था, पर वह अपने में और अपनी दुनिया में मगन रहती थीं। छैलबिहारी दद्दा के कलकत्ते में रहने के बावजूद भाभी के पाँच बच्चे थे—शायद दद्दा के बीच में आते-जाते रहने के कारण; लिहाज़ा वह अपने संसार में सुखी थीं।

कहा जाता था, दादी के पास सोने की ईंटें थीं—कितनी, यह किसी को पता नहीं था। पर हर विवाह में वह एक ईंट तुड़वाकर दहेज़ में देने के लिए गहने बनवाती थीं, और मैं तो उनके एकमात्र बेटे की इकलौती बेटी थी।

विवाह के दिन देने के लिए दादी ने गहने निकाले तो परिवार की स्त्रियों में उत्तेजना की लहरें उठने लगीं। दादी हर आभूषण नये लाल डिब्बों में रखकर लाई थीं। वह एक-एक करके डिब्बे खोलने लगीं—यह तीन तोले की झूमर, यह साढ़े चार तोले की

माथापट्टी, छह तोले की मगर चौरानी और झुमके भी उतने ही, नौ तोले की रामनामी और तेरह तोले का पुष्पहार—रोजमर्रा के बुन्दे हलके हैं, कान कटने का डर रहता है न, और यह साढ़े छह-छह तोले के शेरमुँही ठोस कड़े—यह सब मेरे लिए था, कितने डिब्बे, कितना गहना! डिब्बे हाथ-हाथ घूमते, आह-वाह के साथ-साथ मम्मी को पकड़ा दिये जाते और विचित्रा मौसी तुरन्त उसे हिसाब की बही में दर्ज कर लेतीं—नाप-तौल के साथ।

घर के नौकर अपना-अपना काम छोड़कर बरामदे की खिड़कियों से अन्दर झाँकने लगे थे, और कुछ तो चौखट तक आ गए थे।

''अरे राजकुमार!'' आरसी बुआ ने कहा, ''यहाँ मुँह बाए क्यों खड़ा है? अभी डिप्टी नहीं हुआ है, जब होगा तो घूस खा-खाकर ऐसे गहने अपनी दुलहन के लिए गढ़वा दीजो—जाकर दो बालटी पानी तो निकाल!''

''देख तो लेने दें बुआ जी।'' राजकुमार ने कहा, ''बाप रे—आँखें चौंधियाँ गईं!''

आरसी बुआ ने डाँटकर सब नौकर-नौकरानियों को अपने-अपने काम पर भेज दिया। गहने सुरक्षित कर सेफ़ में वापस चले गए और स्त्रियाँ शाम के लिए तैयार होने चली गईं।

तब मेरा श्रृंगार शुरू हुआ। मुझे तैयार करने और सजाने के लिए दो बहनें बुलाई गई थीं जो दुलहन का मेकअप करने और कानों में एक साथ कई-कई बुन्दें पहनाने के लिए प्रख्यात थीं।

आरसी बुआ की एक झक थी। वह बार-बार पेशाब करने जाती थीं और हर बार सिर पर से बालटी भर पानी डालकर नहाती थीं—पूरे कपड़ों समेत। उसके बाद दूसरे धुले कपड़े जिनका भी कुछ ही मिनटों बाद वही हश्र होता। परिवार में कुछ ने हँसकर, कुछ ने चिढ़कर यह बरदाश्त कर लिया था, पर एक बात स्पष्ट थी कि उनका कमरा और गुसलख़ाना अलग ही होता था।

बँगले की छत पर दो बड़े-बड़े कमरे थे और संलग्न गुसलख़ाने। एक कमरा मेरे पढ़ने का था और दूसरे में आरसी बुआ। मैं कब पूरे सामान के साथ ऊपर शिफ्ट कर दी गई, मुझे मालूम ही न चला। पर मुझे शान्ति थी। नीचे के रिश्तेदार और फ़ालतू की कचर-पचर से छुटकारा मिला। आरसी बुआ और उनके बार-बार नहाने की झक से मुझे कोई मतलब न था। समस्या केवल एक थी—ऊपर पानी कम आता था। हर समय दो बालटी पानी उपलब्ध रहे इसलिए एक विशेष व्यक्ति की ज़रूरत थी। नीचे कुएँ से पानी खींचना, फिर बालटी ऊपर तक ले जाना, वह भी बार-बार—आसान काम नहीं था। न जाने कैसे राजकुमार उस चंगुल में आ गया। शायद ग़लत समय में, ग़लत जगह का शिकार। वह पूछने आया था कि ब्याह में उसके लायक कोई काम हो तो बताया जाए। मम्मी ने कह दिया, ''कुछ काम नहीं बचा है। तुम जाकर पढ़ाई करो।''

वह जाने को मुड़ा तो आरसी बुआ ने पूछा, "कौन जात हो?"

"बुआ," मैंने कहा, "आजकल ऐसे प्रश्न नहीं किये जाते।"

"तुम चुप रहो बन्नो!" बुआ ने मुझे घूरकर देखा।

"कहार।" राजकुमार ने धीरे से कहा।

"पानी भर सकते हो?"

"हाँ।" राजकुमार ने कहा।

"जाने भी दें," मम्मी बोलीं, "इसे कहाँ लगा रही हैं? कोई दूसरा अभी मिल जाएगा।"

"नहीं मैडम।" राजकुमार ने विनम्रता से कहा, "पानी ही तो भरना है..."

बेचारा! क्या मालूम था कि कम-से-कम पचास-साठ बालटियाँ कुएँ से ऊपर की मंज़िल तक ले जानी पड़ेंगी।

वह सारे दिन पानी भरने और ऊपर ले जाने में व्यस्त रहता।

"तुम कॉलेज नहीं गए?"

दोनों हाथों में एक-एक बालटी लिये हुए जब वह सीढ़ियों से ऊपर आया तो खट् की आवाज़ से दोनों नीचे रखकर कंधे पर पड़े अँगोछे से मुँह पोंछने लगा। मेरी बात के उत्तर में मुस्कुरा दिया।

"दो-तीन की छुट्टी कर दी है।"

"जाओ, यहाँ कोई और रख लेंगे।"

आरसी बुआ की एक और विशेषता थी—मौक़े-बेमौक़े प्रकट हो जाना। हम दोनों को तीव्र दृष्टि से देखती हुई बोलीं, "ऐ लड़के, तुम्हें बन्नों से बतियाने के लिए पैसे नहीं मिले। चलो, गंगाल भरो और दो बालटी और लाओ!"

"बुआ, यह हमारा नौकर नहीं है। डैडी ने इसे कॉलेज जाने के लिए जगह दी है, आगे चलकर डिप्टी कलेक्टर बनेगा।"

"हुँह!" बुआ ने कहा, "डिप्टी बनना आसान होता तो गाँव-गुरबे, भंगी-चमार सभी डिप्टी बन जाते।"

"बुआ, ऐसा मत कहिए! अब ये शब्द नहीं कहे जाते।"

"बस, तुम तो अपनी ज़बान बन्द रखो बन्नो, इतनी बकर-बकर सही नहीं है। नाम बदल देने से कुल नहीं बदल जाता।"

बुआ से कुछ कहना, बदलते समय की नई संज्ञाओं को समझाना मुश्किल ही नहीं, असम्भव था।

मैं राजकुमार पर सहानुभूतिपूर्ण दृष्टि डालकर चुप हो गई और अपनी खाट पर पड़ी-पड़ी कुएँ की आवाज़ें सुनती रही।

कुआँ इतना बड़ा था कि छह पनहारिनें साथ-साथ पानी भरें, और शायद किसी समय भरती रही होंगी। अब रस्सी घिर्री पर चढ़ी, कब बालटी छप्प से पानी में गिरी,

फिर कई बार उसकी डुब्ब-डुब्ब और फिर उसका पानी छलकाते हुए धीरे-धीरे ऊपर आना। फिर वह कुएँ की जगत से टकराती और पानी दूसरी बालटी में उड़ेल दिया जाता। सारे दिन यह प्रक्रिया बार-बार होती, और मैं लेटी-लेटी सुनती रहती।

मुझे हल्दी चढ़ चुकी थी, कंगना बँध गया था। अब केवल अगले दिन आनेवाली बारात की प्रतीक्षा थी।

आरसी बुआ को शायद इसी ख़ब्त के चलते वापस मैके भेज दिया गया था। वह अब भी काँच की हरी चूड़ियाँ शौक़ से पहनतीं, सफ़ेद धोतियों को कच्चे गुलाबी या अन्य इन्द्रधनुषी रंगों में रँगवातीं और पूरी बालटी अपने सिर पर उड़ेल लेतीं। पूरे परिवार ने उन्हें और उनकी इस झक् या ख़ब्त को स्वीकार कर लिया था। बुआ मेरी दादी की प्रिय कृपापात्र थीं। उनका सारा उठाना-धरना वह बड़े चाव से करती थीं। राजकुमार आगे पढ़ने आया है और उनके मणि दादा का कृपापात्र है, इस बात से आरसी बुआ को जैसे मिर्चें लग गई थीं।

राजकुमार किसी की सिफ़ारिश लेकर गाँव से आया था। हमारे बड़े से अहाते में उसे डैडी ने एक कोठरी ख़ाली करवाकर दे दी थी। 'वह मेधावी है, एक दिन कलेक्टर बनेगा'—डैडी ने कहा था।

जब खाना तैयार हो जाता तो उसकी पुकार होती। वह अपनी थाली, कटोरी और गिलास को हाथ में लिये आ जाता, और रसोइया उसे खाना दे देता। थाली लेकर वह पलट पड़ता और अपनी कोठरी में चला जाता।

उसका कॉलेज दूर था इसलिए वह अक्सर पापा के चपरासी की खड़खड़िया साइकिल माँगकर ले जाता। पहले महीने की छात्रवृत्ति मिलने पर उसने दो पैंटें और दो टी-शर्ट ख़रीदी थीं। कॉलेज से लौटने के बाद वह अपने गाँव के दर्ज़ी के सिले, मटमैले हो आए पाजामे-कुर्ते धारण कर लेता और कोठरी के सामने बैठा कुछ-न-कुछ पढ़ता रहता। उसकी कोठरी मेरी खिड़की के ठीक सामने पड़ती थी—दूर इतनी थी कि केवल राजकुमार का आकार ही दिखाई देता था, मुखाकृति नहीं।

स्कूल से लौटने पर अपने कमरे के अन्दर जाते हुए कभी-कभार सामने पड़ जाता तो विनीत स्वर में पूछ लेता, "आज इंग्लिश में क्या पढ़ा?"

"चार्ज ऑफ़ द लाइट ब्रिगेड..."

तब मैं दसवीं में थी और वह कॉलेज में। गाँव के स्कूल में पढ़ने के कारण उसकी अँगरेज़ी बहुत कमज़ोर थी और उसे इसका पूरा-पूरा एहसास था।

मास्टर साहब मुझे गणित और अँगरेज़ी पढ़ाने आते थे। शायद पापा से अनुमति लेकर वह भी अपनी अँगरेज़ी की किताबें लेकर आने लगा। मास्टर साहब कुर्सी पर बैठते थे, मेरे लिए भी कुर्सी थी पर राजकुमार अपनी किताबों के साथ एक मोढ़ा लाता था और मुझसे दूर, दरवाज़े की चौखट से सटकर बैठता था। वह पढ़ाई में एकदम डूब जाता था। अपने को सरकारी ओहदे के क़ाबिल बनाने की उसकी लगन अटूट थी।

कभी-कभी मुझे उसकी एकाग्रता पर ग़ुस्सा आता, पर उसकी लगन और विनम्रता से छोटे-बड़े सभी खुश थे। उसकी वाहवाही से मुझे जलन भी थी, और उस पर एक प्रकार का छोह भी। यह कैसी थी हमारी मित्रता ? गँवई गाँव का राजू, अब राजकुमार वर्मा—डैडी की अनुमति से।

'वर्मा कोई भी नाम के आगे लगा सकता है,' डैडी ने कहा था, 'जैसे सिंह।'

पर राजकुमार वर्मा, राजकुमार सिंह से अधिक वज़न वाला है।

पर वह अपना स्थान कभी नहीं भूला। बाप पट्टेदारी पर फसल उगाता था, माँ टोकरी में कद्दू, बैंगन, मटर और सहजन की फली लेकर बाज़ार जाती थी। गाँव के स्कूल से बारहवीं पास करने के बाद राजकुमार को लेकर उसकी माँ ही डैडी को ढूँढ़ती हुई आई थी। न जाने कहाँ से उसने उनका पता उपलब्ध कर लिया था! डैडी कभी पैतृक गाँव में नहीं रहे थे, पर राजकुमार में उन्हें एक ऐसी ज्वलन्त चिनगारी दिखी कि वह उसे रखने और खाना-पीना घर से देने को तैयार हो गए।

राजकुमार से मेरा सम्बन्ध इतना ही था कि मास्टर साहब की ट्यूशन में उसकी साझेदारी थी। मुझे वह मितभाषी और महत्त्वाकांक्षी लगता था और मुझे यह सोचकर आश्चर्य होता कि उसमें 'कुछ बड़ा' बनने की लगन आई कहाँ से ? धीरे-धीरे उसकी अँगरेज़ी और उच्चारण सुधर रहा था। मास्टर साहब ने डैडी को रिपोर्ट देते हुए कहा था, 'बेबी रानी का मन पढ़ाई-लिखाई में नहीं है, मगर राजकुमार में ग़ज़ब की लगन है और रेज़र की धार जैसी बुद्धि।'

डैडी प्रसन्न हुए थे।

अभी कम्पटीशन में बैठने में कई साल बाक़ी थे, पर भाई श्रीमय तभी आई.ए.एस. में आ गए थे। उससे डैडी का नाम तो उज्ज्वल हुआ, पर राजकुमार जब अफ़सर बनकर गाँव लौटेगा, तब का नज़ारा कल्पनातीत था।

और अब मेरे ब्याह के दौरान उसे पानी भरने का काम दिया गया था। उसने एक बार भी शिकायत नहीं की, न बहाना बनाया।

बारात के आने पर जनवासे में भाई ने राजकुमार की ड्यूटी लगा दी, और आरसी बुआ उच्च स्वर में 'राजू-राजू' गोहराती रहीं—पानी समाप्त हो गया था। वह कच्चे गुलाबी रंग में रँगी धोती पहने बैठी थीं। बारात आ गई है—इस व्यस्तता में भी राजू दो बालटी पानी लेकर आ गया।

"तुम कैसे ?"

"समय निकालकर आया। सोचा, पता नहीं, बुआ जी को पानी मिला या नहीं!"

तभी बुआ की पुकार सुन पड़ी, "अरे ओ राजू, आज के दिन बन्नो से बतियाना सही नहीं है, दो बालटी पानी और ला।"

राजू ने आज सफ़ारी सूट पहना था। मम्मी ने कर्मचारियों के लिए ऐसे दर्जनों सूट

बनवाए थे। उसमें से एक राजू को भी मिला था। आरसी बुआ जब लोटे पर लोटे अपने ऊपर उड़ेल रही थीं, तब वह लुक-छिपकर ऊपर आ गया था।

''क्या मैं डिप्टी बन पाऊँगा,'' उसने कुछ उदासी से कहा, ''कि जीवन भर पानी खींचता रहूँगा?''

मैं चुप रही। उस समय कुछ कहने की स्थिति में नहीं थी। ब्यूटी पार्लर की वे दो कन्याएँ मेरा मेकअप करने, साड़ी पहनाने के लिए आ गई थीं।

'बारात आ गई, बारात आ गई' के शोर के साथ पुलिस बैंड और आतिशबाज़ी...!

दिल कितना धड़क रहा था! भय से शरीर कम्पित—आगे क्या होगा?

मैंने भाभी का हाथ पकड़ लिया, ''मुझे घबराहट हो रही है।''

मेरी आँखों के आगे अँधेरा और मैं मूर्च्छित।

''अरे-अरे, कुछ खाने को दो, व्रत है...बेचारी फूल-सी कली...''

जो भी मुझे खिलाया-पिलाया गया, मैंने चुपचाप ले लिया।

सम्बन्धियों पर दृष्टि डाली, सभी भारी बनारसी साड़ियों में अपने सम्पूर्ण गहनों से लकदक।

''भाभी, अब क्या होगा?'' एक आर्त स्वर में मैंने कहा।

''वही, जो सबके साथ होता है।''

शायद मैंने ग़लत जगह सवाल कर दिया था।

पर यह भाभी जिन्होंने मुझे अक्षरशः लिया :

''वही, जो हर औरत के साथ होता है। कष्ट होगा, सह लेना।'' वह रुकीं नहीं, ''होगा क्या? पहले ब्याह, फिर बच्चा! तुम तो लकी हो, दूल्हा राजा तीन साल के लिए विदेश। तुम्हें पूरी छुट्टी। न पति का अपने ऊपर थोपना, गर्भ या बच्चे—न बच्चा जनने की तकलीफ़, न उसे पालने की। यहाँ क्या, जैसे ही सँभलो, पति फिर सवार!''

''बस-बस,'' किसी ने कहा, ''तुम भी क्या चरखा लेकर बैठ गईं? हमारी बच्ची वैसे ही घबरा रही है।''

''चलो, मुझे चुप करा दो। कल-परसों जो होगा, उससे तो बन्नो बचने वाली नहीं।''

मेरा गला सूख रहा था। सहेलियों ने ठिठोली में रासरंग के बड़े रंगीन चित्र खींचे थे, पर यहाँ कितनी कड़वाहट थी!

''घबराने की बात नहीं है बिट्टो। एकदम समर्पित मत हो जाना—थोड़ा नखरा, थोड़ी मनुहार तो बनती ही है।''

''पर बाद में?'' मेरा गला सूख रहा था।

सभी ठहाका मारकर हँसने लगीं।

''क्या तुम सचमुच इतनी नादान हो बीबीजी?'' कुछ देर रुककर, ''या फिर बन रही हो? आजकल की दुलहनें, फर्स्ट नाइट टॉप पोज़ीशन!''

'हटो, जाने दो...चुप्प, यह कैसा भद्दा मज़ाक है' के स्वरों में भाभी ने चुप रह जाना ही ठीक समझा।

कमरा ख़ाली हो जाने पर बची हुई दोनों भाभियाँ आपस में खुसुर-पुसुर करने लगीं। इधर मेरा शृंगार हो रहा था। ब्यूटी पार्लर की दोनों बहनें मुझे सुन्दर बनाने में व्यस्त थीं, पर मेरे कान भाभियों के वार्तालाप में ही लगे हुए थे।

"देखो न जीजी," यह मम्मी की मौसेरी बहन की पुत्रवधू थीं। "बड़े होते हुए हर समय निषेध—यह मत करो, वह मत करो! छज्जे बारजे पर निकलोगी तो लोग देखेंगे—लड़के, मर्द जैसे खूँखार जानवर, मौक़ा मिलते ही दबोच लेंगे, सत भंग कर देंगे। उधर फेरे पड़े नहीं, एक अनजान आदमी को पूरी मनमानी करने की छूट—तोड़े, मरोड़े, अधमरा करके छोड़ दे और तुम सब बरदाश्त कर लो क्योंकि तुम्हारा ब्याह हो गया है और दूल्हा तो अपना मज़ा लेगा ही..."

"सही कह रही हो," इन भाभी को सास-ससुर के बधिरपन के कारण ऊँचा बोलने की आदत पड़ गई थी, "हमें तो यह समझने में दो-तीन महीने हो गए कि हो क्या रहा है। बस, तुरन्त बच्चा हो गया। उसके बाद तो झुर्राया हुआ शरीर जैसे जाग गया।"

"क्या हो रहा है?" अपने सूखे, पपड़ाये होंठों को तर करते हुए मैंने पूछा।

"सब अपने-आप समझ में आ जाएगा, कल-परसों में—होगा क्या? वही, जो हर औरत के साथ होता आया है।"

"क्या?"

वे दोनों हँस पड़ीं, साथ-साथ एक विवाहित ब्यूटीशियन भी।

"बच्ची घबरा रही है, आप दोनों बाहर जाएँ," वह बोली।

भाभियाँ अनिच्छा से उठीं और चली गईं।

ब्यूटीशियन चुपचाप मुझे सजाती रही।

ब्याह की रात सबके बीच, भीड़-भड़क्के में कटी। सुबह तक भाभी, बुआ, चाची—सब अपने-अपने कमरों में चली गईं। मैं वैसे ही चारपाई पर झपक गई। आरसी बुआ अपने कमरे में चली गईं।

पानी से भरी बालटी की ऊपर-ऊपर आते तक आवाज़ बदल जाती है। जब वह कुएँ की जगत से टकराई तब मेरी आँखें खुलीं—भोर हो गई, फिर मैंने करवट ली और सो गई।

एक हलके स्पर्श से मेरी आँखें खट से खुल गईं—राजकुमार, मुझ पर झुका हुआ।

"तुम्हारा ब्याह हो गया," उसने कोमल स्वर में कहा, "बहुत सुन्दर लग रही हो।" फिर उसने मेरी कलाई के आभूषण छुए, "यह कंकण है न? कितना चमकदार, और यह किंकणी—सोने की न..."

मैं स्तब्ध! उसकी आँखों में क्या था—एक हुलास, एक चाव, सिर्फ़ मेरे स्वर्णाभूषणों को छूने की लालसा!

''जब मैं कलेक्टर बनूँगा तो अपनी दुलहन को यही सब दूँगा—कंकण, किंकणी...''

और तभी अपने कमरे से एकाएक आरसी बुआ प्रकट हो गईं।

× × ×

उधर बारात के भातभोज की तैयारी हो रही थी—कढ़ी, चावल, बरे, फरे, और दूसरी ओर राजकुमार की पिटाई हो रही थी। उसकी 'हाय-हाय' और चीख़ें मेरे सीने में हज़ारों घाव कर रही थीं।

''वह सिर्फ़ मेरे गहने देख रहा था...'' मैंने मम्मी से कहा, ''चपरासियों को कहें, यह मार-पिटाई बन्द करें।''

मम्मी ने मुझे देखा भर, बैठी रहीं।

मैंने पीछे का दरवाज़ा खोला और वहीं से चिल्लाकर कहा, ''बन्द करो यह सब! मार डालोगे क्या?''

मम्मी ने मेरा हाथ पकड़कर मुझे पीछे खींच लिया।

''बराती आने को हैं? क्या कर रही हो?''

''वह बेक़सूर है...बस, गहने देख रहा था...''

''चुप! बस, चुप्प! एक शब्द नहीं...'' मम्मी ने चीख़कर कहा।

मैंने अपने कमरे की खिड़की से देखा, राजकुमार पेड़ के नीचे निश्चल पड़ा था।

''क्या मर गया?'' मैंने घबराकर कहा।

''शायद बेहोश है।'' किसी ने कहा।

फिर मुझे वहाँ से हटाकर खिड़की बन्द कर दी—घर के अन्दर चुप्पी, जैसे चहल-पहल का वातावरण ही बदल गया। सारे नौकर उदास मुख से काम कर रहे थे। असल में हुआ क्या था—यह किसी ने जानने का प्रयत्न नहीं किया।

''वह सिर्फ़ मेरे गहने देख रहा था...'' मैंने भाभियों से कहा, आरसी बुआ से कहा, मम्मी से कहा।

''उसकी हिम्मत कैसे हुई?'' मम्मी ने कहा।

''अब तुम चुप रहो,'' यह मुझसे कहा गया, ''सबके सामने नाक कटा दी।''

उफ़, वे गहने मुझे हथकड़ी, बेड़ी जैसे काटने लगे थे।

मेरी बिदाई, घर से ससुराल तक की यात्रा में राजकुमार की चीख़ें मेरा पीछा करती रहीं—बेचारा सरल, निर्दोष राजकुमार! कितना पीटा गया था—लात, घूँसों, डंडों से!

चपरासियों ने उसे बेरहमी से मारा था, 'बड़ा आया डिप्टी बनने वाला... !' और वह कहता रहा, 'मत मारो काका, मैंने कुछ नहीं किया!'...फिर एक चुप्पी।

मेरे आँसू उमड़-उमड़कर छलके जा रहे थे...हिचकियों से शरीर हिल रहा था... भाड़ में गए यह आभूषण, यह सोने की तगड़ी, जो अब विषधर की तरह मेरी कमर में लिपटी हुई थी।

बिदा के बाद ससुराल—दहेज देखकर वाह-वाह! चाँदी के थालों में मेवे के ढेर—दर्जनों गिलास। पूरा घर पट जाए, इतना सामान। सास बेहद प्रसन्न, बार-बार बलाएँ लें। जब उन्होंने भारी आभूषण उतरवाकर ले लिये तो मुझे शान्ति मिली।

'न जाने राजकुमार कैसा होगा!'—यह ख़याल बराबर मन में आ रहा था पर पूछने का न समय था, न अवसर।

सारा दिन न जाने कैसे निकला—रस्में, पैर धुलाई, मुँह दिखाई, फूलों की छड़ी से सास की पिटाई, "बस, छुआ भर दो..." एक नारी स्वर ने कहा।

फिर नहा-धोकर नई साड़ी, फूलों के गहनों से श्रृंगार। मैं अपने को शीशे में देखती हूँ—एकदम मुरझाई, एकदम बुझी-सी। कहाँ है वह चाव? वह उत्कंठा? पूरा शरीर जैसे मृत है—कोई हरकत, कोई जुम्बिश तक नहीं!

भाभियाँ, ननदें मुझे कमरे तक लाईं, "अरे, बबुआ कहाँ है?"

कई बार पुकार हुई, बाद में मुझे लाकर कमरे में बैठा दिया। जैसा टी.वी. या फ़िल्मों में देखती आई थी, गुलाब के फूलों और बेले की कलियों की लड़ियों से सजा पलंग, बीचोबीच में घेरदार लहँगे या लाल साड़ी और स्वर्णाभूषणों से सजी दुलहन इन्तज़ार कर रही है—कमरे में मोमबत्तियाँ जल रही हैं, दरवाज़ा खुलता है और रेशमी शेरवानी पहने हुए एक युवक प्रवेश करता है—ऐसा माहौल न यहाँ था, न मैं उस तरह की दुलहन।

"आपका कमरा..." हँसती, बलखाती लड़कियाँ मुझे ऊपर की मंज़िल पर ले गईं।

सामने छत थी—खुली हुई, विस्तृत। एक बड़ा-सा, हवादार खिड़कियों वाला कमरा। बीच में एक पलंग, जिस पर साफ़-सुथरा बिस्तर था, दो तकिये। दीवार के सहारे एक बुक शेल्फ़ थी जिसमें बेतरतीब किताबें ठुँसी हुई थीं। एक लिखने-पढ़ने के लिए मेज़ और एक कुर्सी। कहीं भी गुलाब की पँखुड़ी या रंगीन रोमांटिक प्रकाश नहीं, बस, मेज़ पर एक टेबल लैम्प। और मुझे एक गोटा लगी पीली जार्जेट की साड़ी पहना दी गई थी, फूलों के गहने श्रृंगार में पहना दिये गए थे।

"आप आराम करें, हम शर्बत लेकर आते हैं..." वे हँसती हुई चली गईं।

मुझे प्यास लग रही थी, पर बहुत देर तक कोई नहीं आया। मैं क्या करूँ? सोचती हुई उठी, धीरे से दरवाज़ा खोला। बाहर छत पर, जहाँ सीढ़ियाँ थीं, वहाँ एक लाइट जल रही थी। नीचे से हलकी बातचीत और बर्तनों के माँजे जाने की आवाज़ आ रही थी। मुझे नीचे जाने का साहस नहीं हुआ। छत पर एक नल था, उसे खोला तो पानी

निकला—गुनगुना। चुल्लू से दो घूँट पीकर मैं काफ़ी देर छत पर ही खड़ी रही। पूरा शरीर थकान से बोझिल हो रहा था। फिर वही कमरा था—ख़ाली, नई दुलहन के स्वागत में भी सज्जाहीन। मैं कुछ देर पलंग पर बैठी रही फिर कब थकान और नींद मुझ पर हावी हो गई, मुझे पता ही न चला।

बीच रात जब आँख खुली तो कुछ मिनट यह याद करने में लगे कि मैं कहाँ हूँ। मैं हड़बड़ाकर उठकर बैठ गई। देखा, कुर्सी पर एक युवक, पति ही होगा, बैठा हुआ कुछ पढ़ रहा है। मुझे जगाया नहीं, न हाथ पकड़ा, न घूँघट उठाया। घूँघट तो ख़ैर था भी नहीं—न ज़ोर-ज़बर्दस्ती, न चूमा-चाटी।

मैं हड़बड़ाकर उठकर खड़ी हो गई—साड़ी ठीक की और खड़ी रही। वह शायद मुझे देख रहा होगा। मेरा सिर झुका हुआ था, आँखें नीची।

''आप सो जाएँ...'' कहकर वह उठा, ''बहुत थकी होंगी...''

दरवाज़ा खोला और कमरे से बाहर।

मैं चुप खड़ी रह गई। नज़र पड़ी तो देखा, इस बीच में पानी भरा जग मेज़ पर रखा था, साथ में दो गिलास—चाँदी के, दहेज़ में आए।

मैंने पानी पिया—आकर पलंग पर लेट गई।

सुबह तक चैन की नींद।

नीचे ननद ने कहा, ''भैया अपनी स्टडी में ही सो गए, अम्माँ से ख़ूब डाँट पड़ी...''

मैं चुप।

दूसरी रात।

वही कमरा, वही पढ़ने की मेज़-कुर्सी। आज शृंगार कुछ अधिक ही था—स्वर्णाभूषण, लाल साड़ी।

मैं चुप। प्रतीक्षारत तो नहीं, मगर सोई भी नहीं।

दरवाज़ा खुला, वही युवक पास आकर बैठ गया। उसने मेरी हथेली अपने हाथ में ले ली—निर्जीव, स्पन्दनहीन।

फिर उसने मेरा हाथ छोड़ दिया। उठ खड़ा हुआ। कुछ देर खड़ा-खड़ा सोचता रहा।

''आप आराम करें...'' कहा और फिर दरवाज़े के बाहर।

और मुझे फिर एक और रात की मोहलत।

तीसरी रात।

वही कमरा, वही पलंग। वही नवोढ़ा—थकी हुई, घबराई हुई। आज की रात आख़िरी रात है, क्या होने वाला है? मेरे अन्दर ज़रा भी चाव, उत्कंठा या आशा नहीं थी—एकदम ठंडी, भावहीन।

पति आकर पास बैठ गया। न जाने क्या सोचकर, या फ़र्ज़ अदा कर रहा हो, मुझे बाँह से घेरकर अपनी ओर खींच लिया। उसके होंठ सूखे और पपड़ाए हुए थे। मैं

आलिंगन में बँधी हुई थी। जब उसने मेरे वक्ष पर हाथ रखा तो भाभियों की सारी ठिठोलियाँ, सारी हिदायतें उजागर हो आईं—मैं अपने-आप छिटककर दूर हो गई।

''नहीं,'' फँसे गले से मेरा स्वर निकला।

वह कुछ देर चुप रहा—फिर धीरे-धीरे कहने लगा, ''हम-आप एक-दूसरे को जानते ही कहाँ हैं? अनजान, अपरिचित हैं। विवाह हुआ है पर मैं कोई ज़ोर-ज़बर्दस्ती नहीं करना चाहता।''

मैं चुपचाप सुनती रही।

''क्या यह सही नहीं होगा कि जब हम तीन साल बाद मिलेंगे तो इतने अपरिचित नहीं रहेंगे? पत्र-व्यवहार से एक-दूसरे को जान लेंगे। मैं चाहता हूँ कि तभी इस सम्बन्ध की सही शुरुआत करें, जब हम दोनों ही पूर्ण रूप से एक-दूसरे के प्रतिबद्ध होना स्वीकार करें। एक रात का शारीरिक सम्बन्ध—वह केवल एक रस्म होगी। ज़ाहिर है, आप मानसिक या शारीरिक रूप से इसके लिए तैयार नहीं हैं—और मैं केवल रस्म निभाने के लिए ज़ोर-ज़बर्दस्ती में विश्वास नहीं करता।''

वह चुप हो गया।

उसकी काफ़ी बातें मेरे सिर के ऊपर से होकर गुज़र गईं। समझ में केवल इतना आया कि मेरे साथ ज़ोर-ज़बर्दस्ती नहीं होनेवाली।

''क्यों, ठीक है न?'' उसने पूछा।

''आप ठीक कह रहे हैं।''

समझ में बात आए या नहीं, सहमत होना ही सही है। बहुत बाद में यह क्षण याद करके हँसी भी आई, क्या मैं कहती, 'जी, मुझे तो ज़ोर-ज़बर्दस्ती चाहिए... ?'

वह उठ खड़ा हुआ, ''मुझे पैकिंग करनी है...''

मैं बैठी-बैठी देखती रही।

उसने अलमारी के ऊपर रखे हुए दो फटीचर से सूटकेस उतारे और गर्द झाड़ने लगा।

उस समय उन सूटकेसों को देखकर उस परिवार की ख़स्ताहाली का तुरन्त पता चल गया, और यह भी समझ में आ गया कि यह शादी डैडी के दिये दान-दहेज़ के कारण हुई है—मेरे रूपरंग या गुणों के लिए नहीं।

वह अगली सुबह मुझसे बिना मिले चला गया।

दो दिन बाद भाई आकर मुझे लिवा ले गए।

जाते वक़्त सास ने एक लाल बनारसी साड़ी और गले में एक हार, कानों में वही हल्के बुंदे और हाथों में चूड़ियों के साथ एक जोड़ी कंगन पहनाकर बिदा कर दिया।

''सारा भारी गहना लॉकर में रखवा दिया है,'' भाई से वह बोलीं, ''अभी गाड़ी में साथ ले जाना सेफ़ भी नहीं है...''

भाई क्या कहते—अनुमति में सिर हिलाकर चुप रह गए।

सास बहुत मिठबोली थीं, ''अभी बहूरानी बहुत नादान है, उमर में भी बच्ची है—अच्छा है, दो-तीन साल में समझदार हो जाएगी...'' कुछ रुककर, ''पढ़ाई तो चलती रहेगी न? ख़ाली घर बैठकर क्या करेगी? कुछ घर-गिरस्ती चलाना भी आ जाएगा...''

''जी हाँ,'' भाई ने कहा।

वहाँ से निकली, जैसे जेल से छूटी। स्वस्ति की साँस लेकर घर पहुँची। वापस उसी कमरे में। खिड़की से देखा, राजकुमार की कोठरी में ताला लगा हुआ है।

किसी से उसके बारे में पूछने की हिम्मत नहीं हुई, न किसी ने उसका नाम ही लिया।

फिर बीस-पच्चीस दिन बाद ससुराल से डैडी को बुलावा आया। डैडी तो नहीं जा पाए—अपने मुंशी को भेज दिया।

मुंशी जी लौटे तो उनका चेहरा उतरा हुआ था।

पापा के दफ्तर में मम्मी की बुलाहट हुई।

मम्मी रोती हुई वापस लौटीं। आकर मुझे अँकवार में भर लिया।

डैडी उनके पीछे-पीछे आए—उनका चेहरा एकदम बुझा हुआ था।

''बेटा, एक बुरी ख़बर है...'' रुँधे हुए गले को खँखारकर बोले, ''दूल्हा बाबू...'' वह रुक गए।

मैं मम्मी की बाँहों से अलग हो गई।

''अमेरिका में एक एक्सीडेंट में उनकी डेथ हो गई है। वहाँ से ख़बर आई है, पुलिस की रिपोर्ट के साथ दूतावास से भी सूचना कन्फ़र्म हुई है...''

मैंने कुछ ग्रहण नहीं किया—उनकी ओर टुकुर-टुकुर देखती रह गई।

''हम तो लुट गए,'' कहकर मम्मी रोने लगीं, ''अभी तो एक महीना भी नहीं हुआ...''

मैं रिक्त हूँ। मुझे रोना चाहिए। मुझे शोक मनाना चाहिए।

मैं उसका चेहरा याद करने की कोशिश करती हूँ, पर क्या एक महीने में ही स्मृति धूमिल हो गई है? भर आँख देखा होता, तब न—ऐसा कैसे हो सकता है?

पर हुआ है।

बात मम्मी-पापा ने घूँट ली। कुछ दिनों बाद कॉलेज में मेरा नाम लिख गया, और मैं आगे पढ़ने जाने लगी—जैसे जीवन में कुछ दिन पहले कुछ अप्रत्याशित घटा ही नहीं था!

वह विवाह जैसे एक लॉटरी की तरह था। उसमें मम्मी-पापा हार गए थे और सास जीत गई थीं। बेटा खोने का ग़म तो होगा ही, पर सोने-चाँदी से भरे हुए घर ने कुछ तो क्षतिपूर्ति कर दी होगी।

एक बार कॉलेज से घर आते वक़्त चौराहे पर, जहाँ ताँगेवाले और खोमचेवाले खड़े रहते थे, एक लड़का दिखा था—फटे कपड़ों और पागलों जैसी वेशभूषा में।

''राजकुमार है क्या?'' मेरे मुँह से निकल पड़ा।

ड्राइवर के पास बैठा चपरासी कुछ नहीं बोला।

"ड्राइवर?" मैंने कड़ाई से पूछा।

"पगला गया है। सर में चोट आ गई थी, इधर-उधर घूमता रहता है..."

"कॉलेज नहीं जाता?"

"दिमाग़ ही नहीं रहा तो क्या पढ़ेगा? साहब ने भी निकाल दिया।"

"गाड़ी रोको," मैंने चीख़कर कहा और दरवाज़ा खोलने लगी।

गाड़ी रुक गई। मैं नीचे उतर आई।

"राजकुमार!" मैंने कहा। मैं रो रही थी।

वह कुछ देर मुझे देखता रहा, फिर उसके चेहरे पर एक मासूम-सी हँसी आ गई, "तुम? तुम्हारा तो ब्याह हो गया था न?"

"मेरे साथ घर चलो राजकुमार..."

तभी ड्राइवर और चपरासी गाड़ी से उतर आए। उन्हें देखकर उसने दोनों हाथ सिर पर रख लिये, जैसे अपना बचाव कर रहा हो, फिर वह वहाँ से भागता हुआ एक गली में खो गया...।

मैं रास्ते भर रोती रही—खुलकर, सुबक-सुबककर। ड्राइवर और चपरासी दोनों चुप बैठे रहे। गाड़ी आकर गेट के अन्दर खड़ी हो गई।

पापा अन्दर चाय पी रहे थे।

"पापा, उसे बुलवाइए...आप उसका इलाज करवाइए...उसके साथ ज़्यादती हुई है..."

पापा ने कुछ नहीं कहा, चुप रहे।

"तुम अपने कमरे में जाओ..." मम्मी ने सख़्ती से कहा।

"नहीं जाऊँगी...मैं चीख़-चीख़कर कहती रही कि वह निर्दोष है...उसने कुछ नहीं किया, पर आपने नहीं सुनी।...पढ़ाई छूट गई, पगला गया, सड़क पर भटक रहा है..."

मम्मी ने कहा, "तुम नहीं समझोगी..."

"आप नहीं समझ रही हैं—यह सब जो मेरे साथ, हमारे साथ हुआ है, वह इसी की सज़ा है। आपने उसके सपने छीन लिये और भगवान ने सत्रह साल की उम्र में आपकी बेटी को..."

अब मैं अपने वश में नहीं थी, फूट-फूटकर रो रही थी।

मम्मी-पापा चुप, बुत की तरह बैठे रहे।

कुछ महीनों बाद सुना कि भयंकर ठंड में बेघर, राजकुमार सड़क पर ठिठुरकर मर गया।

सुनकर मैं थोड़ा-सा रोई।

फिर आँसू पोंछ लिये।

असल में, हमारे परिवार में भावनाओं का प्रदर्शन नहीं होता था। हम सब अपने-अपने दायरे में सीमित रहते थे। हमारे बीच फासले थे। मम्मी ने कभी भी बैठकर मेरा लाड़-दुलार नहीं किया। अक्सर हम साथ बैठकर खाना भी नहीं खाते थे यद्यपि हमारे बँगले में सजा-सजाया डाइनिंग रूम था और कुक भी। अक्सर भाई की थाली उन्हीं के कमरे में चली जाती थी, और मन न होने पर मैं भी अपना खाना अपने कमरे में ही मँगवा लेती थी। ऊपर के दोनों कमरे अब ख़ाली पड़े रहते थे, मैं नीचे आ गई थी। राजकुमार की कोठरी में न जाने कौन रहने लगा था! एक स्त्री अक्सर बाहर बैठी रहती थी और सिर खुजाती रहती थी।

सच बात तो यह थी कि भाई श्रीमय और मैं भयंकर रूप से स्वार्थी और आत्मकेन्द्रित थे। शायद जन्मजात। अपने मन के मालिक। दूसरों की इच्छा का सम्पूर्ण उल्लंघन, अपनी मनमानी, और अपने ही सपनों और भावनाओं को जानना और पूरा करना।

मम्मी मेरे ऊपर निगाह रखती थीं। वह जो कहती थीं, मैं निर्विवाद मान लेती थी। उन्हीं ने कहा था कि विवाह के दौरान जो कपड़े बने थे, पहनकर ख़त्म करूँ—और, "जो हुआ, सो हुआ—तुम्हारी ज़िन्दगी थोड़े ही ख़त्म हो गई! तुम कॉलेज जाओ, पढ़ती-लिखती रहो..." वह थोड़ी झिझकीं, "कोई अच्छा लड़का मिल गया तो फिर से..."

"अच्छा लड़का?" मेरे मुँह से अपने-आप निकल गया।

मेरे स्वर में व्यंग्य था।

मम्मी चुप हो गईं। फिर उठकर चली गईं।

मैं अपने रिश्ते के चचेरे-फुफेरे भाइयों की सूची मन में दोहराने लगी। फूफाओं की नामावली मेरे आगे तैर गई। वह सब 'अच्छे लड़के' ही तो थे! भारी-भारी दहेज़ लेकर बुआएँ ब्याही गई थीं। पढ़ा-लिखा, कमाने में समर्थ, ठीक-ठाक परिवार—बस, यही तो 'अच्छे लड़के' की विशेषताएँ होती थीं। शक्ल-सूरत से क्या होता है—शायद इसीलिए फूफाओं के रंग-रूप पर ध्यान न देकर, गोरी-गोरी सुन्दर, भावुक, संगीत सीखती, सितार बजातीं, कविता लिखती बुआएँ ऊँची सरकारी नौकरी वाले, डॉक्टरों, वकीलों और व्यवसायियों को ब्याह दी गई थीं—और उनसे पूछता कौन, कि उन्हें अपने-अपने पति पसन्द आए कि नहीं—वह घर-गिरस्ती चलाने, सास-ससुर की सेवा करने, छोटे देवर-ननदों को पढ़ाने और ब्याहने में लीन हो गईं, उसी प्रकार भाभियाँ भी...।

पर यह मेरे विद्रोही मन की सोच थी—मुझे सभी अपने-अपने जीवन में मग्न दिखाई देतीं। कभी-कभार जब हमारे पास आतीं तो उनके जीवन में कोई विघटन, कोई विद्रोह की झलक भी न दीखती।

एक खोजा तो था 'अच्छा लड़का' मेरे लिए, अच्छा ही होगा। मेरा तो बहुत थोड़ा-सा ही सम्पर्क था, पर भाभी का मत था कि 'जो बिंध गया सो मोती'। कुछ दिन बाद जिससे ब्याह होता है, वह अच्छा लगने ही लगता है।

'तो मम्मी-पापा मेरे लिए दूसरा अच्छा लड़का ढूँढ़ेंगे—हुँह!' मैंने अपने-आपसे कहा।

मेरे कोई सपने नहीं थे—न पहले, न अब। मैं तो राजकुमार को 'डिप्टी' बनने के सपने में शामिल हो गई थी। वह गाँव का लड़का जब डिप्टी बन जाएगा तो पापा को कितना सन्तोष होगा? पूरे गाँव का सीना गर्व से तन जाएगा, और मम्मी उसके लिए पढ़ी-लिखी सुसंस्कृत वधू लाएँगी—पैर फैलाकर, बेसहूर बैठने वाली, हरदम सिर खुजाने वाली लड़की नहीं।

हाँ, यदि उस युवक/पति से कोई रागात्मक सम्बन्ध जुड़ गया होता तो मेरे सपने भी होते, मगर अब हर दिन एक-सा था—विमेंस कॉलेज में क्लास, घर लौटकर साँझ ऐसे ही बिता देना, सो जाना, न कोई सहेली, न साथ, न पुस्तक, न संगीत—एक सपाट, द्वन्द्वहीन जीवन। इसी तरह बी.ए. कर लिया, और फिर ऐसे ही एम.ए. में नाम लिख गया।

मैं जो हूँ, सो हूँ—कभी सोचती हूँ कि मुझे आगे सोचना चाहिए, पर ज़रूरत क्या है? क्या पापा या भाई मेरा भार नहीं उठा सकते? मेरा भार? न कहीं आना-जाना, न शौक़, न सिनेमा या सिविल लाइंस के चक्कर...।

ऐसे ही दिन कट रहे थे, कटते रहेंगे।

भाई आई.ए.एस. में आ गए थे—पहली बार के प्रयत्न में ही। घर में जैसे उत्साह की लहर आ गई—विवाह होगा तो कसकर दहेज़ मिलेगा। शायद उसी के चलते बेटी का भी फिर से ब्याह हो जाए...!

''तुम लड़के देखती रहना, विचित्रा...'' मम्मी बोलीं, ''अगर माता जी ने दुबारा गहना-पत्ता देने से मना कर दिया, तो श्रीमय की बहू को देने के बाद भी मेरे पास बहुतेरा बचेगा।''

मम्मी दिल की बात सिर्फ़ विचित्रा मौसी से ही कहती थीं।

''हाँ-हाँ, क्यों नहीं!'' विचित्रा मौसी ने मेरी तरफ़ देखा, ''यह ब्याह निरानिर तुम्हारी पसन्द से होगा...''

मैं चुप रही, निर्लिप्त। अब फिर वही उत्सव, वही धूमधाम, वही तमाशा—यह सब मुझे नहीं चाहिए था, परन्तु अभी से क्या कहना! वक़्त आएगा तो देखा जाएगा।

''बस, अब सारा दारोमदार श्री पर है,'' मम्मी ने कहा—मेरी एकदम अवज्ञा करके, जैसे मैं स्पन्दनहीन एक खम्भा होऊँ!

''पहली बार तो ठग गए। झूठी शान और नाक ऊँची रखने के लिए सामर्थ्य से अधिक ख़र्च कर दिया। अब दोबारा वह सब करने की हिम्मत नहीं बची है, यह भी रिटायर होने वाले हैं—एक बार कुर्सी छूटी तो उसके साथ का सारा तामझाम भी ख़त्म...''

आई.ए.एस. होते ही भाई के लिए रिश्तों का ताँता लग गया, पर मम्मी-डैडी ने इतनी ऊँची पसन्द कर रखी थी कि कहीं बात नहीं जमी। कुछ समय बाद दूर-दूर तक

बिरादरी में मशहूर हो गया कि इन लोगों की माँगें और दिमाग़ कुछ ज़्यादा ही ऊँचे हैं—लड़की लम्बी दुबली-पतली, गोरी-सुन्दर, कॉन्वेंट की पढ़ी-लिखी और साथ में कुबेर का ख़जाना लाने वाली—गुड लक टु यू मणिमय वर्मा और सुचित्रा वर्मा...!

मैंने एम.ए. कर लिया—डिगरी हाथ में आ गई, काफ़ी है। हमारे बँगले के आगे-पीछे बड़े-बड़े लॉन थे। एक पेड़ पर मेरा झूला था—लाल चन्दन की लकड़ी का। जब मेरा मन होता तो वह पेड़ पर टाँग दिया जाता और रात को अन्दर आ जाता। मैं उसी पर बैठी सूर्योदय, सूर्यास्त देखती। जीवन ऐसे ही बीतेगा—द्वन्द्वहीन, तनावहीन। छोटी-छोटी खुशियों में सन्तुष्ट थी। प्रेम, रोमांस, शारीरिक तुष्टि की चाहना—न जाने क्यों मैं इन सबसे बेपरवाह थी! डैडी का ट्रांसफ़र हो गया। भाई की पोस्टिंग मध्य प्रदेश में हो गई। उन शहरों का मैंने नाम भी नहीं सुना था। छिटपुट रिश्ते आते रहे और भाई की सलाह लिये बिना ही मम्मी-पापा उन्हें रिजेक्ट करते गए। मन में आश्वासन था, 'अच्छे लड़के' की लिस्ट में भाई सबसे टॉप पर थे। आई.ए.एस.—अकेला बेटा, देखने में आकर्षक और फिर बाप भी डिप्टी कलेक्टर! छोटा-सा परिवार, कोई लम्बी चौड़ी ज़िम्मेदारी नहीं। शादी तो होगी ही—कहीं न कहीं—देर या सबेर...!

× × ×

पापा शाम की सैर से लौटे, तो पाया कि आँगन में एक लड़की खड़ी थी—चौड़ी माँग में चटक सिन्दूर, तेल युक्त चिपके-चिपके बाल, बड़ी-सी टिकुली, आँखों में काजल, चटक छापे की साड़ी और हाथों में काँच की हरी-हरी चूड़ियाँ।

वह पापा के चरण-स्पर्श के लिए झुकी, पर पापा पीछे हट गए। एक नज़र उसे देखा, फिर अन्दर आकर मम्मी से पूछा, "तुमने नई नौकरानी रखी है?"

मम्मी सरेशाम से ही रो रही थीं, अवरुद्ध कंठ से कहा, "आपकी बहू है।"

पापा हक्के-बक्के से उन्हें देखते रह गए, अवाक्।

"श्रीमय आए हैं," मम्मी ने रुक-रुककर, रोते-रोते कहा, "कह रहे हैं कि इस लड़की से शादी हो गई है..."

"मतलब, शादी हो गई है? क्या मतलब?"

"उधर के चपरासी की लड़की है...घर में काम के लिए आती थी...कुछ गड़बड़ हो गई। पंच लोग लाठी-डंडे लेकर मार डालने को आ गए—शादी करनी पड़ी..."

"ऐसा कैसे हो सकता है? हमारा श्रीमय नौकरानियों से छेड़छाड़ करे—वह ऐसा लड़का है ही नहीं...कहाँ है? इससे कहो कि पीछे जाकर सर्वेंट क्वार्टर में बैठे—बीच आँगन में क्यों खड़ी है?"

"क्या कह रहे हैं? बात फैल गई तो बड़ी बदनामी होगी और अन्दर मैं घुसने नहीं दूँगी..."

"ठीक है, इसे बरामदे में बैठने को कह दो—श्रीमय आएँ तो बताना।"

वह लड़की कब से खड़ी थी—चुपचाप, इधर-उधर टुकुर-टुकुर आँखों से देखती हुई।

नौकर ने ले जाकर एक मोढ़ा उसके लिए रख दिया।

"बैठ जाओ," अवज्ञा से वह बोला।

उसके अन्दर आने पर मैंने उससे कहा, "जाओ, कुछ चाय-पानी या खाने-पीने को पूछ लो..."

पर वह हिला तक नहीं, "मम्मी जी कहेंगी, तभी..."

भाई के यह कहने पर कि इस लड़की को तो बहू बनाना ही पड़ेगा, नहीं तो वापस जाने पर उसके जात-बिरादरी वाले उनका क़त्ल कर देंगे—पापा को जैसे हार्ट अटैक आ गया।

"यह बेवक़ूफ़ी हुई कैसे?" उन्होंने गरजकर पूछा।

"डैडी, इस लड़की ने घरवालों से मिलकर पैसों के लालच में मुझे फँसाया है, पर मैं इसे छोड़ नहीं सकता—मेरे कैरियर का सवाल है।"

बहुत फ़िल्मी और नाटकीय तरीक़े से डैडी ने भाई को केवल घर से ही नहीं बल्कि अपने जीवन से भी निकाल फेंका। न आना-जाना, न बातचीत, न कोई सम्पर्क। जैसे प्रवाल श्रीवास्तव नाम का उनका कोई जामाता कभी था, वैसे ही श्रीमय वर्मा भी उनका बेटा था, और अब दोनों में कोई नहीं। केवल डैडी, मम्मी और मैं। न भाई की कोई ख़बर मिली, न हमारी ओर से कोई सम्पर्क हुआ।

डैडी की मृत्यु का सुनकर वह लौटे तो अकेले थे। उनकी नई पोस्टिंग हो गई थी और वह हमें लिवाने आए थे।

"मैं उस औरत के साथ नहीं रहूँगी," मम्मी ने घोषणा की।

"वह औरत अब नहीं है," भाई ने कहा।

"क्यों? क्या मर गई?"

"नहीं, कहीं चली गई।"

"चली गई! कैसे?"

"पैसे लेकर।"

मम्मी चुप, फिर बोलीं, "कितना?"

"बहुत। उसे, उसके परिवार को, गाँव वालों को—सबको पैसे भरने पड़े। उन्होंने इज़्ज़त का मुद्दा बना लिया था। वह भी सबसे मिलकर झूठ पर झूठ बोलती रही। अदालत ने हरजाना देने पर शादी रद्द कर दी।"

अब हम तीनों चुप थे। भाई के उठकर जाने पर मम्मी ने लम्बी उसाँस छोड़ी, अकेले में मुझसे कहा, "चलो, छुट्टी मिली।"

बाद में भाई ने बताया कि घरवाले उसे मारते-पीटते थे। सद्भावना में भाई उससे अच्छी तरह बोल लेते थे। कभी-कभार कुछ टिप भी दे देते थे—उसी पर पूरा केस बन गया। लड़की ने भी कहा कि भाई उसे पैसे देते हैं क्योंकि उससे उनका सम्बन्ध है।

मैं बहुत दिनों तक उसके बारे में सोचती रही—चपरासी की अनपढ़ लड़की, बाप या बिरादरी की नहीं मानती तो क्या करती ? अब कहाँ होगी ? शायद उस पैसे से ब्याह हो गया होगा—पर नहीं, किसी को भी पता नहीं कि उस लड़की का क्या हुआ। हाँ, चपरासी ने ज़रूर घर पक्का करवाकर दूसरी मंज़िल बनवा ली और उसका बेटा फटफटिया पर आने-जाने लगा।

नई पोस्टिंग पर भाई का सामान लेकर आनेवाले पुराने ड्राइवर ने फुसफुसाकर मम्मी को बताया, ''हम सबने साहब की तरफ़ से गवाही दी थी...''

तो ऐसे समाप्त हुआ चपरासिन प्रसंग।

पर क्या हुआ मेरे पति प्रवाल श्रीवास्तव को—जो पढ़ने अमेरिका गए और दस-बारह दिन बाद ही एक दुर्घटना में समुद्र में डूब गए ? काफ़ी प्रयत्नों के बाद तैराकों ने उनका ओवरकोट ढूँढ़ निकाला, जिसकी जेब के सीलबन्द काग़ज़ों की बिना पर उनकी एक अप्रत्याशित दुर्घटना में मृत्यु घोषित कर दी गई।

भाई देखने में स्वस्थ और आकर्षक थे। वह कॉलेज के समय से ही अच्छे गायक थे और उनकी आवाज़ पंकज मलिक से मिलती-जुलती थी। उन्होंने पंकज मलिक के गाने का अन्दाज़ अपना लिया था और हर महफ़िल में वह वही गाते थे। ज़िन्दादिल थे और उन्हें कोई झिझक नहीं थी।

कम्पटीशन में तो आना ही है, यह बचपन से ही उनका लक्ष्य था और उनके हॉस्टेल, कॉलेज, पढ़ाई—सभी इसी लक्ष्य पर केन्द्रित थे। उनके साथ उनके तीन-चार दोस्त और सहपाठी भी कम्पटीशन में बैठे और सभी सफल हुए। बिहार के मोतिहारी शहर से आया मधुरेन्द्र फ़ॉरेन सर्विस में और दो अन्य ऐलाइड सर्विस में—एक इनकम टैक्स कमिश्नर बना और दूसरे का पता नहीं।

पापा ने भाई से हलके से बात छेड़ी, ''उस किसी फ्रेंड से बहन की बात करो न ?''

भाई ने कहा, ''सोचा तो मैंने भी था, पर उन सबके बड़े ऊँचे-ऊँचे और महँगे रिश्ते आ रहे हैं...''

''तो फिर तुम भी ऐसा ही सोचो,'' मम्मी ने कहा, ''तुम्हारी शादी के कैश और दहेज़ से बहन ब्याह देंगे...''

भाई बहुत देर चुप रहे, फिर बोले, ''जैसा आप लोग ठीक समझें।''

शायद तभी मेरे मन में पहला दिवास्वप्न फूटा। मैं एक सरकारी गाड़ी में बढ़िया साड़ी पहने बैठी हूँ। गाड़ी में फुक-फुक करती लालबत्ती है और पास में बैठा है वह मोतिहारी वाला युवक, जिसे भाई के दहेज़ से मेरे लिए ख़रीदा गया है—योग्य, बिकाऊ

लड़कों की शृंखला की एक कड़ी। परन्तु उसने एक काफ़ी मूर्ख और बदशक्ल लड़की से शादी कर ली जिसके पिता राजनीति में बहुत सफल थे।

उसके बाद हुआ वह चपरासी की लड़की का प्रसंग। मम्मी-पापा ने कभी उसकी बात नहीं की—न भाई की लम्बी अनुपस्थिति पर कोई टिप्पणी। पापा एक ओर बड़े मॉडर्न थे—भाग्य या ज्योतिष को न मानने वाले, दूसरी ओर परिपाटी पालक। पहले बहनों, फिर बेटी का कम उम्र में ब्याह करके बिदा कर देना। पूरे परिवार में सब भरे-पूरे थे, सुख-दुःख अपने तक रखते—केवल मेरे साथ ही यह प्रसंग हो गया था।

मैंने इतने बरसों में कभी उस युवक/पति के बारे में नहीं सोचा। जानती ही कितना थी! न कोई सम्बन्ध ही बना था, जो याद आते। इबारत धीरे-धीरे मिटती गई—और मैं एम.ए. पास करके झूले पर बैठी रही और सुबह के उजाले और रात के अँधेरे को गुनती रही।

# 3

भाई के साथ उस छोटे-से नये शहर में आ गए। शहर की ऐतिहासिक महत्ता थी पर अब सूखी-सी नदी और ढूहों और ढहते हुए महलों के अलावा कुछ न था। वैसे तो सड़कों पर धूल उड़ती रहती थी, पर जहाँ भाई का बड़ा-सा फैला हुआ बँगला था, उसके आस-पास प्राकृतिक सौन्दर्य की कमी नहीं थी। जब टेसू और पलाश फूलते तो उनके दहकते रंगों से आँखें अघाती नहीं थीं। वहाँ तरह-तरह की चिड़ियाँ थीं, तमाम छोटे-छोटे पशु भी थे—जंगली बिल्ले, नेवले, साही, छछूँदर। उनके आसपास दौड़ने पर भाई का भयानक दीखने वाला कुत्ता अपनी आँखें खोलकर आलस्य भाव से उन्हें देखता और जम्हाई लेकर फिर सो जाता।

मुझे उन सुनसान जगहों में घूमना अच्छा लगने लगा था। बँगले का अहाता ही इतना बड़ा था कि पीछे कुछ दूर जाने पर ही, जहाँ पहले किसी अँगरेज़ अफ़सर का लगाया फार्मल उद्यान ख़त्म होता था, वहाँ अब जंगली झाड़ियाँ थीं। वहाँ मेहँदी भी थी और बाड़ की बाड़ जंगली तुलसी भी, जिसकी मंजरी की ख़ुशबू हवा में मँडराती रहती थी। वहाँ एक गहरी तलैया भी थी। तलैया इसलिए क्योंकि उसका विस्तार छोटा था, पर उसमें इतनी काई और सेवार थी कि अगर कोई उस तलैया में उतरा तो फिर ज़िन्दा वापस नहीं लौटा। इसी कारण वहाँ दिन में भी नौकर-चाकर जाने से आनाकानी करते थे। अहाते की दीवार कई जगह से टूटी हुई थी, और उसके पीछे वन शुरू हो जाता था। वह वन तो नहीं था, जैसे तलैया गहरी नहीं थी, पर पेड़ बहुत पुराने और सघन थे। कभी-कभी कुछ औरतें एक पाँत बनाकर जंगल से आती-जाती थीं—सिर पर बटोरी हुई लकड़ियों का पुलन्दा लिये हुए। उन्हें तलैया के पास से निकलते हुए भय नहीं लगता था। जहाँ बैंगनी फूलों की जंगली बेलें फैली हुई थीं, वहीं छोटी-छोटी दो क़ब्रें थीं—पास-पास। वह बहुत जीर्ण अवस्था में थीं और बहुतों को तो पता भी न था कि वे किसकी क़ब्रें हैं। चूँकि वे बहुत छोटी थीं, इसलिए ज़ाहिर था कि शिशुओं की रही होंगी। कौन थे वे बच्चे जो इस प्रदेश के इस छोटे-से सुनसान शहर में पैदा हुए और कालकवलित हो गए?

'कालकवलित!'— इस शब्द पर मैं सोच ही रही थी, अकेले खड़ी-खड़ी, उस दिन के सन्नाटे में, जहाँ बेलें, लताएँ, बड़े-बड़े पुराने वृक्ष होते हुए भी एक ऐसी

निस्तब्धता थी जो कि केवल ऐसी ही सुनसान जगहों में सुनाई देती है। अचानक मेरी ओर सुगन्ध का एक झोंका आया—एक अपरिचित सुगन्ध, हल्की-हल्की, मन प्रफुल्लित करने वाली—वह न हिना थी, न ख़स, न चन्दन, न मेहँदी या तुलसी। वह तो बहुत बरसों बाद मेरा उस सुगंध से परिचय हुआ। वह बहुत मद्धिम ख़ुशबू वाले, नीले-नीले फूलों की महक थी, जिसे फ्रेंच लैवेंडर कहते हैं।

फिर मैंने देखा, बिना एक भी पत्ता हिले, सहसा एक स्त्री प्रकट हो गई। वह हलके गुलाबी रंग की मलमल का नीचा गाउन पहने थी, जिस पर नीचे-ऊपर, गले और बाँहों में सफ़ेद लेस लगी हुई थी। वह बिना हिले-डुले खड़ी थी। उसका चेहरा पेड़ों की छाँह के कारण अस्पष्ट-सा था, पर फिर भी मुझे लगा कि उसके गालों पर अबाध अश्रुओं की धाराएँ थीं। तब मैंने जान लिया, एक सहज बुद्धि से, कि वे क़ब्र वाले नवजात शिशु उसके ही रहे होंगे। यह सब एक पलक झपकते ही हुआ, फिर वहाँ कोई नहीं था—पेड़ों के नीचे सघन छाया थी, हवा में कोई ख़ुशबू नहीं थी।

मैं वहाँ खड़ी न रह सकी, तुरन्त पलट पड़ी। किसी भय या आशंका के कारण नहीं, सब कुछ स्वयंचालित सा। जब मैं बाहर जाती थी तो मेरे साथ एक चपरासी भी चलता था—वर्दी वाला और उसके हाथ में एक बरछी भी रहती थी। वह सादर, पीछे-पीछे काफ़ी दूर रहता और अगर मैं किसी पत्थर पर बैठ जाती या फूल चुनने लगती या यों ही चुप खड़े होकर जंगली पक्षियों का संगीत सुनती तो वह एक वृक्ष के ठूँठ के पास खड़े होकर बीड़ी पीने लगता। वह ठूँठ उसका प्रिय स्थल था। उस पर ऊपर से लेकर नीचे तक दीमक लगी हुई थी। वह अब भी वहीं खड़ा था।

मुझे पलटते देखकर उसने बीड़ी फेंककर जूते से कुचल दी और विनीत मुद्रा में खड़ा रहा और जब मैं उसके पास से निकलकर आगे बढ़ी तो अपनी पगड़ी सँभालता हुआ वह मेरे पीछे हो लिया।

गर्मी के दिनों में झालर और लेस लगा मलमल का गाउन शरीर पर चिकना और स्निग्ध लगता होगा। कब और किस साल वह युवती यहाँ आई होगी—लन्दन से जहाज़ में? फिर इस बीहड़, सुनसान जगह में उसने अपना आवास बनाया होगा। बच्चों को जन्म दिया होगा और भारत की भीषण तपती हुई गर्मी में उन्हें गवाँ दिया होगा या उन्हें कोई और बीमारी हुई होगी। सहसा मुझे लगा कि मेरे चारों ओर समुद्र है—यहाँ से वहाँ तक पानी का विस्तार। उसमें ऊँची-ऊँची लहरें उठ रही हैं जिसमें जहाज़ डगमग कर रहा है। मैं उत्सुक भी हूँ और भयभीत भी। फिर सब कुछ यथावत, वैसा का वैसा। बड़े से पुराने ढंग के कमरे के बीचोबीच लोहे का पलंग, धीरे-धीरे घूमता हुआ सीलिंग फैन, रोशनदानों के बाहर तेज़ धूप।

धीरे-धीरे मैं दो दुनियाओं, दो अस्तित्व में बँट रही थी। एक थी मैं, जो आज और इस समय में थी—नहाती-धोती, बाल गूँथती, बरामदे में झूले पर बैठती, बाग़ में टहलती। न जाने कौन-सा आकर्षण मुझे उन क़ब्रों के पास खींच ले जाता, और

तब मैं हो जाती गुलाबी मलमल के गाउन वाली मेम, लैवेंडर की भीनी-भीनी ख़ुशबू से परिपूर्ण और मैं ज़ार-ज़ार रोती, अपने बच्चों की मौत पर—मैं कभी वापस लन्दन नहीं गई।

मैं लेटी-लेटी सोचती, उस मेम का क्या हुआ होगा? क्या वह वृद्धावस्था तक जीवित रही होगी या फिर अनजान प्रदेश, अनजान भाषा और अनजान चेहरों के बीच धीरे-धीरे पागल होती गई होगी?

जब भाई दफ्तर चले जाते और माँ खाना खाने के बाद झपकियाँ लेने लगतीं, नौकर-चाकर सब अपने घर चले जाते तो मुझे कोई अनजानी आवाज़ आह्वान करने लगती। मैं बरछीवाले चपरासी को चकमा देकर पीछे रसोई के दरवाज़े से बाहर निकल जाती।

पहले पड़ते गुलाबों के उद्यान, जो अभी भी चौकोर क्यारियों में फूलते रहते थे। उसके बाद मेहँदी और तुलसी की बाड़, नहानेवालों को लीलनेवाली तलैया और फिर लतरों से ढँकी क़ब्रें। मैं पेड़ों की छाँह में खड़ी हो जाती।

मेरी त्वचा पर महसूस होता मलमल का चिकनापन। मेरा शरीर महकने लगता—लैवेंडर की ख़ुशबू से। मुझे लगता कि मेरा दिल चाक-चाक हो रहा है और आँखों में उमड़े आ रहे हैं अबाध आँसू। उन क़ब्रों में सोए पड़े हैं मेरे बच्चे, जो अपनी पहली वर्षगाँठ से पहले ही नहीं रहे थे। मैंने अपने-आप रोपी थीं ये लतरें—अपने बच्चों की याद में।

पर मैं थी, वहाँ खड़ी थी, अपनी साड़ी में, जो पीले रंग की थी, जिसमें हरा तोता-पंखी किनारा था। मेरा दिल साबुत का साबुत था। मेरी आँखें सूखी थीं। यह आज था, विगत नहीं। मेरे ऊपर तेज़ धूप में चमचमाता आसमान था, जहाँ एक हवाई जहाज़ उड़ा चला जा रहा था। यह एकमात्र जहाज़ था जो सप्ताह में एक-दो बार ही आता था। सुबह आता और शाम को वापस चला जाता था। जिस दिन नहीं भी आता था, तब मुझे उसकी आवाज़ की कमी महसूस होती।

मैं वापस आकर अपने लोहे के पलंग पर पड़ जाती। निश्चय ही यह दम्पति का कमरा नहीं रहा होगा—शायद बच्चों की आया या गवर्नेस का होगा। बँगले के चारों तरफ़ चौड़े-चौड़े बरामदे थे, सामने तीन-चार सीढ़ियाँ थीं और गोलाकार खंभे। उसके बाद बैठक रही होगी, फिर खाने का कमरा। बड़े बेडरूम से लगे हुए तीन छोटे-छोटे कमरे थे। आख़िरी कमरे का दरवाज़ा पीछे बरामदे में खुलता था, शायद वहीं साहब का कमोड साफ़ करने के लिए विशेष कर्मचारी आता होगा। बाक़ी दोनों कमरे ड्रेसिंग रूम रहे होंगे। दर्पण, बड़ी-बड़ी शीशम की अलमारियाँ। बड़े बेडरूम में सीलिंग फैन तो था ही, पर दो पुराने स्टाइल के कुंडे भी थे, जहाँ हाथ से झलने वाला बड़ा पंखा लगा होगा और एक आदमी उस पंखे को खींचने के लिए नियुक्त किया गया होगा।

खिड़कियों में पर्दे कैसे होंगे, यह मैं अभी सोच न सकी। पर जान रही थी कि मेरा कमरा अपेक्षाकृत सादा रहा होगा यद्यपि उससे भी संलग्न दो छोटे कमरे थे। ड्रेसिंग

रूम जो दूसरे प्रकोष्ठ में खुलता था। मेरा उन दिनों कोई दायित्व नहीं था—क्योंकि मेम साहब के कोई बच्चा नहीं हुआ था, और होता भी तो उसे पढ़ने-लिखने की आयु में आते-आते दो-ढाई साल तो लग ही जाते। पर मेम साहब इस बीहड़, अनजान प्रदेश में अकेली थीं, और मैं जवान अकेली लड़की। उन दिनों मैं उनकी सखी-कम्पैनियन थी। उनकी सलाहकार। हम साथ-साथ लन्दन से आए नमूनों में से नर्सरी के पर्दे चुनते, मेम साहब के गाउन और फ्रॉकों का कपड़ा पसन्द करते, दर्ज़ी पूरे-पूरे हफ्ते बैठकर हाथ की सिलाई से वह कपड़े सीता। शाम को हम साथ-साथ टहलने जाते। मेम साहब धूप न होने पर भी छतरी थामे रहतीं। हम सोचते कि इस बरसात में कहाँ कौन से फूल लगाए जाएँ, और कलकत्ते की नर्सरी से पौधों और बीजों का इन्तज़ार करते।

पर यह मेम साहब वह नहीं थीं जिन्हें मैं पेड़ों की छाँह में देखा करती थी। वह कमसिन थीं—दुबली-पतली, छरहरी, बहुत कुछ मेरी तरह। यह मेम साहब चालीस-बयालीस की थीं—पकी हुई, तेज़-तर्रार। हिन्दुस्तानी नौकरों पर सख़्त, मातहतों पर और भी सख़्त। और सबसे सख़्त अपने पति, बड़े साहब पर। मुझे अँगरेज़ों की ख़ूबसूरती-बदसूरती का कुछ इल्म नहीं था। मुझे तो साहब बदशक्ल ही लगते थे; वह कभी-कभार ही हँसते, तब उनकी आँखें स्याह से नीली लगने लगती थीं। जब वह आहत होते तो और भी ज़्यादा नीली। तब उनकी बदशक्ली के बावजूद मेरा मन उन्हें पुचकारने का होता।

वह गर्मियाँ थीं। बरामदे में कुली बैठकर पंखा खींचते रहते—ख़स की टट्टियों पर बार-बार पानी डाला जाता। बाहर गुलाब और सारे फूल-पत्तियाँ पीले पड़कर मुरझाने लगे थे, यद्यपि चार माली लगातार उनकी देखभाल में व्यस्त रहते।

ऐसी ही एक दोपहर में एक दर्द-भरी चीत्कार से मैं जाग उठी। एक पल मुझे सँभलने और समझने में लगा, फिर मैं जल्दी से मेम साहब के कमरे की ओर भागी—मेम साहब पलंग की पाटी पकड़े, झुकी हुई थीं। उनका सफ़ेद गाउन रक्त के लाल रंग से भरा हुआ था। उनकी आया उन्हें सँभालने की, सहारा देने की कोशिश कर रही थी।

जिस दिन मेम साहब मरीं, उस अजन्म बच्चे को पेट में लिये-लिये, उनके पूरे रक्त प्रवाह में सेप्टिक हो गया था, उसी दिन से वर्षा शुरू हो गई—भयानक अन्धड़ और तूफ़ान के साथ। पहले धूल-भरी आँधी आई, फिर बिजली की तेज़ कड़क के साथ बादल, और तब मूसलाधार वर्षा। चारों तरफ़ भीगती हुई धरती और रिसते हुए रक्त की महक मँडराने लगी। नौकर-चाकर, सब अपने घरों में, चपरासी और दरबान सामने के चौड़े बरांडे में, साईस और घोड़ा अस्तबल में। मैं अपने कमरे में, अपने पलंग पर और मेरे उघड़े हुए वक्ष पर साहब का सिर—उनकी आँखें बन्द थीं, पर कभी-कभार एक आध आँसू मेरी त्वचा पर चू पड़ता। हम दोनों निश्चल थे—एकदम चुप। कहीं बहुत अन्दर तक अपने-अपने में डूबे हुए। बाहर आँधी थी, हवा थी, तूफ़ान था, बिजली और बादलों की गरज थी, और अन्दर हम दोनों।

यह सब कैसे हुआ, मैं क्या जानूँ? वह एक सहज स्वाभाविक, प्राकृतिक प्रतिक्रिया थी। मेम साहब का शव गिरजाघर में एक बन्द ताबूत में रखा होगा, वहाँ मोमबत्तियाँ जल रही होंगी, और गिरजाघर के खपड़ैलों पर भी बरसात का शोर होगा, जैसा यहाँ इस घर पर था। मेरे कमरे के रोशनदान बार-बार कौंधते, जब बाहर बिजली चमकती होगी।

मुझे याद नहीं कि कितना समय बीता—एक जन्म, दो जन्म, एक शती, डेढ़ शती। कैसे बाँधा जाए विराट और अनन्त को समय की सीमा में?

अब मैं थी मेमसाहब। मैं थी गुलाबी गाउन में और ज़ार-ज़ार रो रही थी। रोती रहती थी—बरसात में, जाड़े में, वसन्त और गर्मियों में। कभी-कभी एक पुरुष मुझे ढाँढ़स बँधाते देखा जाता। कभी वह पुरुष धूप भरी दोपहर में मुझे बाँहों में जकड़कर मुझे प्यार करता—कभी आवेग से, कभी कोमलता से। कभी दिन में, कभी साँझ को। कभी जिन और टॉनिक के नशे में धुत्त रात को। और मैं उन क्षणों का बहुत बेसब्री से इन्तज़ार करती जब मैं अपनी सन्तान को जन्म दूँगी—अपनी रोज़लिन को। वह कैरोलाइन भी पुकारी जा सकती थी, पर वह न रोज़लिन थी, न कैरोलाइन—कुछ ही घंटों के लिए जीवित एक नर शिशु—जिसकी क़ब्र पर मुट्ठी भर मिट्टी डालते हुए मैं टूटकर बिखर गई थी।

मौत मुझे धीरे-धीरे आई थी। भुवाली के एक सैनेटोरियम में। युक्लिप्टिस, चीड़ के पेड़ों से घिरे हुए रुग्णालय में। आस-पास पहाड़ थे, पर उन पर बर्फ़ नहीं थी। रूखी-रूखी, ऊबड़-खाबड़ पहाड़ियों की शृंखला दूर तक चली गई थी। जब मैं कुछ ठीक होती तो मेरे पति मुझे बाहर ले जाते—भीमताल तक। पर मुझे नौका विहार से पहले ही खाँसी आने लगती। कभी-कभी अपने कपड़ों पर रक्त के छींटे मुझे मेम साहब की याद दिलाते जिनके रिसते हुए रक्त ने उनके गाउन को लाल रंग से भर दिया था।

यह किसका शाप था हम पर? हम क्यों अपनी जन्मभूमि से दूर, समुन्दर के समुन्दर पार करके अपने अफ़सर पतियों के साथ इस धूल, गर्मी भरे देश में आए थे? क्या दूसरी पत्नियों के साथ बैठकर चाय पीने या कामचोर और काहिल नौकरों के साथ सिर खपाने? हमारे पति ऊँचे ओहदों पर थे, उनका रुआब था, पर हम क्या थे? बच्चों को जन्म देकर उन्हें मरता हुआ देखने के लिए?

मैं उस सैनेटोरियम में कितने दिन रही, या कब मरी, मुझे क्या याद? मैं तो निरन्तर अपने को उसी उजाड़ और बीहड़ प्रदेश में पाती थी, जहाँ मेरे दोनों बच्चों की क़ब्रें थीं, जिन्हें गोद में लेने का अरमान कभी पूरा नहीं हुआ।

मुझे उन बच्चों की शक्ल भी याद नहीं। उनकी आँखें किस रंग की थीं—नीली या हरी? उनके बाल भूरे थे या सुनहले? वैसे भी अँगरेज़ बच्चे अधिकतर बचपन में ही मर जाते थे। अँगरेज़ों को तब भी सुविधा थी—नौकरों और प्रजा के बच्चे पैदा होते रहते थे और मरते रहते थे। यह देश ही ऐसा था—जैसे बच्चे बचपन में और स्त्रियाँ प्रसवकाल में मरने के लिए ही होती थीं!

# 4

बाहर से मैंने मुंशी जी को आते देखा—वह बहुत वृद्ध और ईमानदार व्यक्ति थे। भाई उनका आदर करते थे। अवकाश प्राप्त करने पर भी कभी-कभी उन्हें बुलवाते थे क्योंकि उनके पास बस्ती और निवासियों के बारे में ज्ञान का भंडार था। बरछी वाला चपरासी मेरे आगे था, मैंने पूछ लिया—उन दो क़ब्रों के बारे में...।

"क़ब्र ? क़ब्र तो यहाँ कोई नहीं है। आस-पास भी नहीं। गिरजाघर के पास एक पुराना क़ब्रिस्तान ज़रूर है।"

"वो...वहाँ...तलैया के पीछे—मुँडेर के पास ?"

मुंशी जी पोपली हँसी हँस पड़े, "अरे बिटिया रानी, वहाँ कोई सती हुई थीं, सुना गया है। उन्हीं का चौतरा है। वह क़ब्र नहीं है। बहुत पुराना है—कम-से-कम चार-पाँच सौ साल पुराना। अब तो लोगों को याद भी नहीं रही। उसका ज़िक्र भी न करें—नहीं तो भीड़ की भीड़ उमड़ पड़ेगी। उन्हें मना भी नहीं कर सकते। आप लोगों को कितनी परेशानी हो जाएगी। आजकल तो लोग फूल-चन्दन चढ़ाने का प्रयोजन ढूँढ़ते हैं।"

"कौन थीं वह सती, कुछ पता है आपको ?" मैं अररर-धम्म होते स्वप्न को पकड़ में बाँधने की कोशिश कर रही हूँ।

"किसी छोटे-मोटे राजा की रानी रही होंगी। पहले यहाँ एक राजमहल हुआ करता था। खँडहर हो जाने पर सफ़ाई करके फ़र्ग्युसन साहब के लिए बँगला बना था। पिछले समय में यहाँ बहुत खँगार और बुन्देले राजे हुए और आपस में ही कटते-मरते रहते थे।" कुछ थमकर उन्होंने पूछा, "आपने 'गढ़ कुंडार' पढ़ा है बिटिया रानी ?"

"गढ़ कुंडार ? नहीं तो—क्यों ?"

"विराटा की पद्‌मिनी ?"

"वह भी नहीं..."

"हाँ, ये पुरानी किताबें हैं। मैंने रद्दी में ख़रीदी थीं। उन पर लेखक के हस्ताक्षर थे, इसलिए उन्होंने जिसे समर्पित की होंगी, उन्हीं के वंशधरों ने कबाड़ी को बेच दीं। मेरी वाइफ़ को पढ़ने का शौक़ है। उनका रामायण-गीता में मन नहीं लगता। बस, नॉवेल पढ़ती हैं।"

मैं एक नकली, ख़ाली मुस्कान चेहरे पर चिपकाए समर्थन में सिर हिलाती रही। मैंने कहीं सुना था कि मुस्कुराते रहकर सुननेवाले की बात पर समर्थन में सिर हिलाते रहने से अच्छा इम्प्रेशन पड़ता है।

उन्हें नमस्कार करके सामने के दरवाज़े से अन्दर घुसते हुए मैंने हलके रंग की लेस के झालरदार पर्दों के पीछे गुलाबी मलमल का गाउन पहने हुए उस मेम को कहीं विलीन होते देखा। पलक झपकते ही मैं आज में थी, यथार्थ में—जनवरी के धुँधलाये आसमान के नीचे, जहाँ आनेवाला इकलौता विमान उड़ता चला जा रहा था, नि:शब्द।

बहुत दिन उदासी और मातम में बीते—मेरे कमरे के बाहर वाले बरांडे में माली ने रंग-बिरंगे गुलदाऊदी के गमले सजाकर रख दिये थे—सफ़ेद, पीले और गहरे उन्नाबी। हर कमरे में फूलों के गुलदस्ते थे—आजकल के गंधहीन, पर सुन्दर आकार वाले फूल। ये फूल बँगले के पिछवाड़े के थे, कहीं दूर से आयायित नहीं। मैं ढूँढ़ती रही पलकों के पीछे उस मेम को, अपने को, पर वहाँ कुछ नहीं था। केवल कौवों की कर्कश आवाज़ें और नौकरों की बातचीत। रसोईघर से अलग थी, संलग्न नहीं। पीछे के बरांडे से लगे हुए दो कमरे—एक पकाने के लिए, एक जिन्स रखने के लिए। मम्मी को यह पसन्द नहीं था। उन्हें कभी-कभार छुट्टी के दिन अपने हाथ से कुछ बनाकर भाई को खिलाना अच्छा लगता था—मूँग की दाल के चीले, ख़ूब घी पड़ा, ख़ूब भुनी सूजी का हलवा। रसोई में उनका जाना बावर्ची और ख़ानसामा दोनों को ही पसन्द नहीं था। उन्होंने बावर्ची का कुल-गोत्र पूछकर ही उसके हाथ का सकरा खाना स्वीकार किया था। वह उसे 'महराज' कहकर बुलाती थीं, यद्यपि वह शक्ल-सूरत से एकदम पंडित नहीं लगता था, पर वह साफ़ कपड़े पहनता था, और उसकी रसोई भी चकाचक रहती थी। मन में कहीं यह जानते-समझते हुए कि वह उनसे जाति-कुल के बारे में झूठ बोल रहा है, मम्मी ने उसे स्वीकार कर लिया था।

मम्मी में एक बहुत बड़ी विशेषता थी—समय और परिस्थिति के अनुसार अपने को ढालते रहना। जब हम लोग दादी के पास पैतृक घर में देहरादून जाते तो वह एकदम आज्ञाकारी पुत्रवधू बनकर रहतीं। रेशमी साड़ी, सिर पर पल्ला, शरीर पर दादी से मिले आभूषण, सारे आगत-अभ्यागतों से सादर मिलना, आनेवाली बुआओं को उपहार—साड़ियाँ जो वह मुर्शिदाबादी साड़ीवाले से ख़रीदती रहती थीं। डैडी के देहान्त के बाद, वह डिप्टी कलेक्टर की विधवा पत्नी की तरह नहीं, बल्कि श्रीमय वर्मा कलेक्टर साहब की माँ के रूप में रहती थीं। पहनेंगी तो चँदेरी की सफ़ेद साड़ी, जिसमें आधे अंगुल जरी की कोर हो। पिएँगी तो सिर्फ़ 'गोमती' चाय, जो उनके लिए विशेष रूप से दार्जिलिंग से आती थी। यह सब शौक़ भाई के मित्र और बैचमेट ही पूरा करते थे। मम्मी में एक सहज आकर्षण था—मातृत्व और गरिमा से पूर्ण एक ऐसी स्त्री की, जिससे भाई के मित्र और उनकी पत्नियाँ अभिभूत रहते थे। मम्मी थीं भी एक अच्छी इनसान—क्षुद्रता और खोट से ऊपर।

उनकी चाय बहुत सहेजकर रखी जाती थी—क़रीब-क़रीब सीलबन्द डिब्बे में। महराज उस चाय को एक स्पेशल छोटी केतली में बनाता था, जिसमें केवल दो ही प्याले आते थे। पहला प्याला मम्मी अपने लिए छानती थीं। वह बिना दूध, चीनी के उस चाय का स्वाद लेना चाहती थीं—दूसरा प्याला मेरे लिए। ज़रा गाढ़ा, गहरे रंग का। उस चाय का मज़ा ही ऐसा था कि फिर किसी और ब्रांड में मज़ा ही नहीं आता। वैसे भी हमारे घर उबाली हुई या बाज़ार में बिकनेवाली आम चाय नहीं बनती थी। पापा अपने लिए चाय कहाँ से मँगवाते थे और उसका नाम क्या होता था, न मैंने कभी जाना, न जानने की कोशिश की। मम्मी हमेशा पहले घूँट के बाद मुँह बनाती थीं और प्याला यों ही छोड़ देती थीं। वह पापा के जाने के बाद की बात है। धीरे-धीरे उनका चाय पीना छूट-सा ही गया, जब तक भाई के बैचमेट हमारे घर आकर न ठहरे। वह स्वयं अफ़सर थे और उनका घर भी सम्पन्न था। उनकी पत्नी भी शत-प्रतिशत आभिजात्य गुणों से भरपूर थीं। अपने पीने के लिए उन्होंने गोमती चाय निकाली थी और उसके साथ वह विशेष केतली जो इंग्लैंड में किसी विशेष स्थान पर ही बनाई जाती थी। कहा जाता था कि उस जगह की मिट्टी में ऐसी ख़ासियत थी कि वहाँ की केतली में बनी चाय का स्वाद ही दूसरा होता था। मम्मी ने शिरीष बरुआ और रोनिता बरुआ के साथ जब चाय पी तो वह एकदम पुलकित हो उठीं, जैसे बरसों बाद उन्हें मन की चाय का प्याला मिला था! उन्होंने इतनी तारीफ़ की, इतनी तारीफ़ की, कि शिरीष बरुआ ने न केवल अपनी चाय का पूरे महीने का स्टाक उन्हें समर्पित कर दिया बल्कि रोनिता बरुआ ने उन्हें वह चाय की केतली भी उपहारस्वरूप समर्पण कर दी जिसके बिना वह कहीं यात्रा नहीं करती थीं।

मम्मी के ना-नुकर करने पर रोनिता ने उन्हें हँसते हुए बताया कि जब शिरीष बरुआ अमेरिका में विशेष प्रशिक्षण ले रहे थे तब रोनिता ने एक दर्जन केतलियाँ ख़रीद ली थीं। यदि यह टूट भी जाए तो मम्मी चिन्ता न करें, रोनिता के पास अभी बहुत-सी केतलियाँ सुरक्षित हैं।

शिरीष ने हँसते-हँसते वायदा किया कि मम्मी जब तक तंग नहीं आ जाएँगी, वह गोमती उन्हें सप्लाई करते रहेंगे।

अभी तक तो मम्मी तंग आई नहीं थीं, बल्कि उन्हें इस चाय की लत पड़ गई थी। अगर यह चाय न पिएँ तो सारे दिन सुस्ती, सिरदर्द और हमेशा प्रसन्नचित्त रहनेवाली मम्मी झुँझलाहट भरी और चिड़चिड़ी हो जाती थीं।

गोमती—जिस नदी तक प्राचीन काल में आर्य आए और फिर उसके आगे नहीं गए, इसीलिए उसका नाम गोमती पड़ा। पर न जाने कहीं पढ़ने या सुनने से मुझे चाय की हरी-हरी पत्तियाँ वाले बग़ीचे नहीं, बल्कि एक अवरुद्ध, सूखी, महाप्रदूषण युक्त एक पानी की धारा की छबि उमड़ती थी। गोमती ही क्यों—गंगा और यमुना का भी यही हाल था। पता नहीं, इस चाय का नाम गोमती क्यों रखा गया—गंगा, यमुना, कावेरी

या नर्मदा क्यों नहीं ? शायद जैसे फूलों और उनकी प्रजातियों के नाम किन्हीं प्रसिद्ध व्यक्तियों या परिवार के लोगों पर रखे जाते हैं, शायद उसी तरह इस चाय का भी नाम रखा गया होगा, कौन जाने ?

दुनिया भर के बेतुके सवाल मन में उठते हैं, जिनका जवाब मिले या नहीं, इससे किसी की भी ज़िन्दगी में कुछ भी फ़र्क़ नहीं मिलता—पर यह केवल बौद्धिक उत्सुकता ही होती है, और मुझे झट से सती के चौतरे का ख़याल आ गया—वह कौन रही होगी, और सती होने के पीछे क्या प्रेरणा रही होगी ? क्या केवल रीति-रिवाज ? समाज की स्त्री के प्रति उपेक्षा ? उसका स्वयं का अपना निर्णय, अपनी महत्ता—या अपमान और ताड़ना से बचने का उपाय ? प्यार भी हो सकता है, यह नहीं कि स्त्रियाँ पति या प्रेमी के मरने के बाद जान नहीं देतीं ? अब तो मेडिकल विज्ञान ने साबित कर दिया है कि 'दिल टूटना' एक सचमुच की शारीरिक प्रक्रिया होती है जिसमें हार्ट अटैक के सारे लक्षण होते हैं और अक्सर प्राणी मर भी जाता है, पर अधिकतर यह स्त्रियों के साथ ही क्यों होता है ? पति के मरने पर वही छत से कूदकर, फ़िनायल पीकर या दिल टूटने से तुरन्त नहीं तो साल भर के अन्दर ही क्यों मर जाती हैं ? क्या आत्महत्या करना स्त्री के लिए आसान होता है क्योंकि पति के बिना न उसकी कोई अस्मिता है, न उसकी आत्मछबि ही स्वतंत्र, स्वाभिमानी प्राणी की है ? क्या पुराने समय में सती होना आत्महत्या नहीं थी ? यह ज़रूरी तो नहीं था कि हर पत्नी अपने पति के साथ सुखी रही होगी ? रनिवास में अन्य रानियों, रखैलों, दासियों और वेश्याओं के रहते उसे पति सहवास का कितना सुख मिला होगा कि ऐसे पति के मरने पर वह अपनी जान दे दे ?

मेरे मन में ऐसे असम्बद्ध विचार उमड़ते हैं और मिट जाते हैं—पानी के बुदबुदों की तरह, और रेशमी क़ालीन पर सोने की जड़ाऊ पायल पहने दो गोरे, ख़ूबसूरत पैर प्रतीक्षारण निश्चल बैठे रहते हैं—रात के रात पूर्ण शृंगार और पति के आने की प्रतीक्षा में। जब ख़बर मिलती होगी कि पति किसी और के प्रांगण में हैं तो क्या वह शृंगार कुम्हला नहीं जाता होगा ?

मैं देखती हूँ, मेरे पैरों में सोने की जड़ाऊ पायल है और मेरे पाँवों के नीचे मखमली ग़लीचा। अभी-अभी रनिवास की ख़ुफ़िया पुलिस ने आकर ख़बर की है कि राजा साहब कहीं और रात बिता रहे हैं—पर मैं भग्न हृदय नहीं हूँ, मुझे ढेर-सी तसल्ली है, राजा साहब मुझे बूढ़े और खूसट लगते हैं। ढेर-सी ताक़त वाली दवाइयों के बावजूद भी वह लार टपकाने के अतिरिक्त और कुछ नहीं कर सकते। उन्हें तो वे स्त्रियाँ ही सन्तुष्ट कर सकती हैं जिनकी सारी शिक्षा-दीक्षा ही इसलिए होती है—वृद्धों और अपंगों की कामलालसा की तुष्टि। पर मैं पत्नी हूँ—शास्त्रानुसार केवल सन्तान देने के लिए, और चिता पर अग्निसमाधि लेने के लिए। मेरी काम-लालसा की तुष्टि के लिए कोई विधान शास्त्र में नहीं है।

राजा साहब को ख़ास तरह की लड़कियाँ पसन्द थीं—'नहि पराग नहिं मधुर मधु' की आयुवाली। मैं भी ऐसी ही विवाहकर आई थी—कितनी भावमग्न और गद्गद थी! मैं भी राज-परिवार की थी। यह सब ऐश्वर्य, वैभव अपरिचित नहीं था, फिर भी रानी होने की गरिमा ही और थी। मैं उन्हें सह लिया करती थी। फिर एक सन्ध्या, पूर्ण शृंगार के साथ बैठी रही, दासियाँ ऊँघने लगीं, दीपक मद्धिम होने लगे, और राजा साहब नहीं आए।

कमरे में फूलों, चन्दन और इत्रों की बोझिल सुगन्ध थी। मैंने बाहर का दरवाज़ा खुला रहने दिया और झिंझरी में से बाहर देखा—वहाँ से आकाश नहीं दिखाई देता है, केवल अँधेरा और दूर टिमटिमाती रोशनियाँ। मैं वापस आकर सो गई—और सोई भी तो कितनी गहरी और कितने चैन की नींद!

राजमहल के ध्वंस पर खड़ा हुआ फ़र्ग्युसन साहब का यह बँगला! इसी जगह क्यों? शायद आसपास की जगहों की अपेक्षा यही सबसे सुरक्षित जगह रही होगी—ऊँची और अलग। सदियों का इतिहास अपनी माटी में सँजोये, न जाने कितनी पीढ़ियाँ, कितने वंश, कितने युद्ध, कितने राज्यों के निर्माण के उतार-चढ़ाव! महाभारत की समाप्ति पर कौरव पत्नियाँ अपने पतियों की मृत्यु पर विलाप करती, इधर-उधर उन्हें युद्धक्षेत्र में ढूँढ़ रही थीं। क्या इस माटी ने भी वही सब देखा होगा? यहाँ बाहर का शत्रु नहीं आया होगा—महाभारत की तरह आपस के ही लोग, मामा-भांजे, चाचा-भतीजे, साले-बहनोई आपस में शत्रुता रखकर एक-दूसरे और पूरे क्षेत्र के विनाश का कारण बने होंगे। और स्त्रियाँ—विदीर्ण हृदय और पूर्ण शृंगार के साथ अग्नि-चिता पर चढ़ गई होंगी। आग से जलकर मरने की मृत्यु कितनी दारुण और त्रासद होती होगी!

मैं मुंशी जी का इन्तज़ार करती रही। उन्होंने दो पुस्तकें लाने का वादा किया था। पुस्तकों के नाम मेरी स्मृति से उतर गए थे, लेखक का नाम तो मुंशी जी ने बताया ही नहीं। न जाने कौन से लेखक ने बुंदेलखंड की पृष्ठभूमि पर राजाओं के मरने-मिटने की कथा लिखी होगी और न जाने किसने वह कबाड़ियों को बेच दी होंगी? क्या यही अन्तिम चरण होता है सारी सर्जना, सारी पुस्तकों का? समय बदल जाता होगा, पीढ़ियाँ, समाज और विचारधाराएँ निरन्तर प्रवाह में रहते हैं। कभी रहा होगा यह राजमहल अपने वैभव की सीमा पर—प्रांगण में शेरों और जंगली भैंसों की लड़ाइयाँ होती होंगी—राजा सामने से और स्त्रियाँ आड़ से यह सब ख़ून-ख़राबा, दो जंगली पशुओं का युद्ध देखते होंगे।

मेरे स्वप्नों में यह ख़ून-ख़राबा नहीं है, न बम के गोले हैं, न मशीनगन या कोई भी बन्दूक। वहाँ सब कुछ भावभीना, सुन्दर और अप्रत्याशित है। शायद दिवास्वप्नों का स्वरूप ही होता है आत्मतृप्ति, चाँद को छू लेना, इन्द्रधनुष पर झूला झूलना।

भाई के घर कितने नौकर-चाकर हैं—बावर्ची उर्फ़ महराज, ख़ानसामा उर्फ़ ऊपर का नौकर, बरछीवाला चपरासी, भाई का ड्राइवर—उनके मातहत। एक बार इस परिधि,

इस काम-काज की दुनिया से निकलते होंगे तो उनका जीवन क्या होता होगा—इस पर मैंने न कभी सोचा, न अपनी ऊर्जा व्यय की। ज़िन्दगी सीढ़ी-दर-सीढ़ी है। उसके अतिरिक्त भाग्य है, सोच-विचार है। भाई एक ऊँचे स्तर की सीढ़ी पर हैं, उनके नीचे कितने मातहत, अलग-अलग स्तर का जीवन जी रहे हैं। मुझे भाग्य या परिस्थिति या जन्म ने एक बिन्दु पर ला खड़ा किया है, जहाँ मैं देर तक सोती हूँ, मम्मी के साथ चाय पीती हूँ—धीरे-धीरे अलस भाव से नहाती-धोती हूँ—महँगे वस्त्र पहनती हूँ—दोपहर में सो जाती हूँ—फिर कपड़े बदलती हूँ और लॉन की हरी घास पर बैठकर भाई के साथ नाश्ता करती हूँ।

कभी-कभी स्त्रियों की एक क़तार दूर ठिठक जाती है। जब बाहर कोई नहीं होता तो पीछे की टूटी मुँडेर से अन्दर आकर, तलैया पार कर, क़ब्रों या सती के चौतरे से अनभिज्ञ, छोटे रास्ते से वे सभी अपने-अपने घरों को चली जाती हैं। अगर बाहर आवाजाही रहती है तो उन्हें वापस, मुँडेर से पीछे मुड़कर लम्बा रास्ता पकड़ना पड़ता है। घास के गट्ठरों का वे क्या करती हैं, मुझे मालूम नहीं। निश्चय ही वह घर की आय में वृद्धि करता होगा। लकड़ियों का पुलिन्दा समझ में आता है, ईंधन—चूल्हा जलाने या जाड़े में आग तापने के लिए, पर घास?

मुझे देखकर क्या वे कुछ सोचती होंगी? शायद यही कि मैं और बड़े साहब, दोनों भाई-बहन अभी, इस उम्र तक कुँवारे ही क्यों हैं? यह अभी तक तो तीन-चार बच्चों की माँ हो गई होतीं। मुझे पूरा विश्वास है कि इसके आगे उनकी कल्पना नहीं जाती होगी, जैसे मुझे भी न उनकी निजी जिन्दगी, उनकी उठापटक, अभाव या ख़ुशी की कोई ख़बर नहीं है। मुझे तो उस स्त्री के बारे में सोचना अच्छा लगता है जिसके अस्तित्व का बचा-खुचा चिह्न वह चौतरा है, जहाँ उसने जान दी थी। शायद वह शान्त रही होगी। पीढ़ियों के सम्मिलित सोच और दबाव ने पूरे-पूरे विश्वास की जड़ पक्की कर दी होगी कि यही राह उचित भी है और सही भी। राजघराने में जन्म लेने, उसके सारे ऐश्वर्य और सुख भोगने के प्राप्य के साथ यह एक कर्तव्य भी जुड़ा हुआ है—सती हो जाना। भले ही एक जीवित स्त्री अग्नि में भस्म हो जाए— यह इक्कीसवीं सदी में कितना जघन्य कार्य समझा जाता है! मुझे अक्सर मालूम नहीं चलता कि दिवास्वप्न कहाँ समाप्त हुआ और कहाँ यथार्थ उसमें घुस गया।

बात सच है, दिवास्वप्नों की दुनिया में ही मेरी सारी कामनाएँ, इच्छाएँ परिपूर्ण हो जाती हैं। फिर मुझे इस दुनिया के कामकाज या उठा-पटक से क्या करना? जब जड़ाऊ पायल पहनकर, रेशमी झूले पर बैठे-बैठे समय बीत जाए, तो रसोई में जीरे, हींग का हिसाब कौन करे?

मालूम नहीं, उस रानी का क्या नाम रहा होगा? कई सौ साल पहले नाम कैसे होते होंगे? उफ़, मुंशी जी क्यों नहीं लाए वे किताबें जो उन्होंने कबाड़खाने से ख़रीदी थीं? तो फिर मुझे ही उसका यानी अपना नामकरण करना होगा? निश्चय ही वह

कविता, कल्पना या तनिमा नहीं रही होगी—वह रही होगी शौर्य, वीरता, ऐश्वर्य का मिश्रण। महाराणा प्रताप के घोड़े का नाम तो आम तौर से पता है पर महाराणी का नाम यदि चारण, भाट लोगों की कथा में हो तो हो, वैसे भी स्त्रियों के नाम वंशावली में कम ही पाए जाते हैं। मेरे मन में कुछ नाम उभरते हैं—मीरा, संयुक्ता, पद्‌मिनी। तब मैं उसे नाम दे देती हूँ—राजलक्ष्मी ? विजयलक्ष्मी ? नागमती ? वासवदत्ता ? लो, मैं फिर कहाँ से कहाँ पहुँच गई... ?

कहाँ नागमती, कहाँ वासवदत्ता!

कितने दिन, कितने महीने एक सही नाम की खोज में निकल जाते हैं! मालूम नहीं, कैसे कथाकार हज़ारों पात्रों के नाम गढ़ लेते हैं, और एक मैं हूँ जो एक तन्वंगी, सौन्दर्यमयी राजदेवी का सही नाम नहीं खोज पा रही हूँ।

एक रात के घने अँधेरे में, जब दासियों ने सन्ध्या को पहनाये आभूषण उतार लिये हैं, जब केश सज्जा से मुक्त मेरी पीठ पर खुलकर, अस्त-व्यस्त पड़े हुए हैं और मैं झिंझरीवाले गवाक्ष से आसमान में दूर झिलमिलाते तारों को अनमने भाव से देख रही हूँ—किसी ने मुझे पुकारा है। बहुत दूर, राजमहल के बहुत नीचे तल से, पहाड़ियों से टकराकर गूँजती हुई आवाज़ ने मेरा नाम लिया है।

सुनते ही मेरे मन में ठक से कुछ लगता है—हाँ, यही हूँ मैं; परन्तु नाम लेकर पुकारने वाला वहीं नहीं चुप हुआ है, वह गायक है और मेरी प्रशस्ति में पूरा-पूरा गीत गा रहा है। मैं ध्यान लगाकर सुनती हूँ पर शब्द अस्पष्ट हैं और उसके इकतारे के सुर में खो-खो जा रहे हैं। मेरे महल की खिड़की के नीचे खड़े होकर वह मेरा ही गीत गा रहा है। पर यह गीत आज का नहीं है। भाषा भी आज की नहीं है। यह गीत अब मेरे समय से तीन-चार सौ साल बाद गाया जाएगा, जिसमें मचला दे के रूप, सौन्दर्य और घोर पतित्व का वर्णन होगा। वह मचला दे, जो जीवन भर—पर उसका विवाहित जीवन था ही कितना! मुग्धा के मध्या तक का संक्रान्ति काल, राजा विराट सिंह के प्रेम-रस में आकंठ रही और उनके मरणोपरान्त सती हो गई।

अरे—यह भी कोई दिवास्वप्न हुआ ? थी भी कोई मचला दे या राजा विराट सिंह ? हाँ, याद आया, मुंशी जी ने विराटा का नाम लिया था, तो विराटा के राजा विराट सिंह निश्चय ही हुए होंगे!

अगर वही गीत कहीं है, तो कोई न कोई उसे अवश्य गाता होगा। पीढ़ी-दर-पीढ़ी की सन्निहित स्मृति में एक रानी के सती होने की कहानी ज़रूर गुँथी होगी।

अँधेरी रात की ठंडक में, मुझे पलंग पर लेटे-लेटे अच्छा लगता है कि मेरे प्रशस्ति-गीत बनेंगे और गाये जाएँगे। पीढ़ियाँ सुनेंगी और कल्पना करेंगी उस रूपवती मचला दे की, जो कि राजा विराट सिंह की चिता पर सती हो गई थी। पर साथ ही एक अनाम, अनजान भय से मैं काँपने लगी हूँ। मुझे लगता है कि सुबह होते ही मुझे ख़बर मिलेगी कि मेरे पति, राजा विराट सिंह, सिधार गए हैं—अपनी मचला दे के राजभवन में नहीं,

किसी कमसिन-सी गोली की गोद में; पर उनको अग्नि मिलेगी मेरी गोद में। मैं देख रही हूँ अपने चारों ओर आग की लाल सुनहली लपटें, और एक असह्य, दारुण पीड़ा— मेरे ही जीवित शरीर से लपटें निकल रही हैं। पर यह पीड़ा कुछ ही समय की होगी जब तक चेतना रहेगी। एक बार चेतनाशून्य होने पर मुझे कुछ भी मालूम नहीं होगा— बस, चारों ओर ढोल, ताशों और जय-जयकार का ही शोर होगा।

मेरे शरीर पर कहीं भी जलने का एक भी निशान नहीं है। जैसे अग्नि ने मुझे निखार दिया है तपाकर और भी रूपवती बना दिया है! ज़ाहिर है कि अगर राजकुमारी थीं तो सुन्दर तो अवश्य रही होंगी। सौन्दर्य और रानीपन आपस में गुँथे हुए हैं। शायद इसलिए कि शौर्य और धन, दोनों ही रूप के लोभी रहे हैं क्योंकि उनमें क्षमता है उसे लूटने की, हासिल करने की; जैसे जहाँगीर और नूरजहाँ का वाक़या। अलाउद्दीन खिलजी और रानी पद्मिनी का प्रसंग। दूसरे, राजसी परिवार आपस में, अपने सरीखे ही परिवारों में विवाह और सम्बन्ध रखते हैं, इसलिए उनके 'जीन पूल' (gene pool) समान ही होते हैं।

# 5

मैं अक्सर पूछती रहती हूँ, विशेष कर मध्यकालीन इतिहास के विद्वानों से, इस राज्य के बारे में। मगर इस प्रदेश के विशाल और गौरवशाली अतीत की भूमिका में एक बित्ते भर राज्य को कौन याद रखता है? फिर भी नामी विश्वविद्यालय निकट ही है और सारे उत्सवों में भाई आमंत्रित होते हैं। हम भी जाते हैं—मम्मी और मैं। कभी-कभी किसी मीटिंग और कॉन्फ्रेंस में आए अतिथियों को भाई भी आमंत्रित कर देते हैं। उपकुलपति, रजिस्ट्रार और अन्य विद्वानों के साथ मम्मी अपने पुराने दिन कुछ देर को जी लेती हैं।

ऐसी ही एक शाम थी। आकाश स्वच्छ और निरभ्र। फूल अपने पूर्ण वैभव पर थे, लॉन पर रसरंग का प्रायोजन था। ख़ानसामा चिकन टिक्का और मेथी मलाई कबाब ट्रे में लिये घूम रहा था। गिलासों की खनक थी, सोडे की बोतलें खुल रही थीं। मैं भी सोडे में नींबू पी रही थी—झागों का मज़ा लेते हुए।

एक अतिथि ने फ़र्ग्युसन बँगले की ओर इंगित करके कहा, ''इसकी बनावट में भारतीय और अँगरेज़ियत का अच्छा मिश्रण है। आपने ध्यान दिया, नींव के पास अभी भी पत्थरों में पशु और मानव आकृतियाँ उकेरी हुई हैं?''

बँगला पुता हुआ था, नींव के पास सघन झाड़ियाँ थीं।

''अच्छा? कहाँ? नहीं तो!'' मैंने जैसे नींद से जागकर कहा।

अतिथि ने घूमकर मुझे देखा—और मैंने उन्हें। उनकी दृष्टि में एक अजीब-सा पैनापन, एक सम्मोहिनी-सी शक्ति थी जिसने मुझे उनकी ओर टकटकी लगाकर देखने को बाध्य कर दिया।

एक सीधी सतर, भरपूर दृष्टि से, ''यहाँ पर जिस पहली इमारत के भग्नावशेष थे, उसी नींव, उन्हीं पत्थरों पर यह बँगला खड़ा किया गया है। इसका मतलब यह है कि फ़र्ग्युसन साहब के आर्किटेक्ट को वह बची-खुची दीवारें मज़बूत और आकर्षक लगी होंगी, इसीलिए जहाँ-जहाँ सम्भव था, उसने नई दीवारें उन्हीं पर खड़ी कीं।''

अब मेरा पूरा ध्यान उन पर था, ''क्या था यहाँ? किस राज्य के अवशेष थे? मैंने सुना है कि यहाँ सती का चौतरा भी है?'' मैंने कहा।

''सती के चौतरे जगह-जगह हैं...''

जैसे यह कोई विशिष्ट या महत्त्वपूर्ण बात नहीं है। पर वह मेरे कमरे के पिछवाड़े है, उस सती का चौतरा—मेरा चौतरा।

''फिर भी—आप चलेंगे देखने?''

दो-तीन अतिथि उत्सुक और शिष्टतावश मेरे साथ चलने को कुर्सियाँ छोड़कर उठ खड़े हुए। आगे चला बरछीवाला सिपाही—पीछे मैं, सुखद उत्तेजना से भरी हुई, उच्छ्वसित।

चौतरे के पास हम रुक गए। बैंगनी फूल सन्ध्या को मुरझा गए थे, मैंने हाथों से लताएँ हटाईं।

''यह तो बड़ा मामूली-सा है...''

''लगता तो साधारण ही है,'' वह कपड़ों के गन्दे होने की परवाह किये बगैर उकड़ूँ बैठ गए। उन्होंने उँगलियाँ दीवार पर फेरीं—एक अभ्यस्त भाव से। वह रुके, एक क्षण को, ''कुछ संख्या तो है, अक्षर भी,'' वह हाथ झाड़ते हुए उठ खड़े हुए, ''मुझे दिन में आना पड़ेगा।''

हम लोग पार्टी की ओर वापस आने लगे। बाद में भाई ने बताया कि वह अतिथि प्रसिद्ध पुरातत्त्व के विद्वान और इतिहासज्ञ हैं और खोदाखादी में उनकी काफ़ी रुचि है।

''उनका नाम क्या है?'' मैंने पूछा। आशा थी, फिर मिलकर आगे का पूछूँगी।

''नाम तो पता नहीं—सब डॉक्टर साहब ही कह रहे थे...''

येऽऽ लो! कहाँ ढूँढूँगी उन्हें? सभी पढ़ाने वाले डॉक्टर साहब होते हैं। मैं बेचैन हो गई, अब कैसे मालूम करूँगी उन पत्थरों का रहस्य? शायद वह डॉक्टर साहब इस उजाड़-सी जगह में लौटकर आए ही न, तोऽऽ?

पर ऐसा नहीं हुआ। वह बार-बार आने लगे—विश्वविद्यालय में एक शॉर्ट कोर्स पढ़ाने, हर सप्ताह—उसी जहाज़ से, जो केवल एक या दो बार आता था।

तीसरी या चौथी मुलाक़ात में वह सारे अक्षर तो नहीं, परन्तु कुछ अर्थ निकालने में सफल हो गए। 1370 तिथि थी, और नाम था—लक्ष्मण सिंह। परन्तु स्त्री का नाम नहीं था। उसे जानने की आवश्यकता भी नहीं थी।

''रानी का नाम था मचला दे,'' मैंने कहा।

''हो सकता है।''

''हो सकता नहीं—था। मुझे मालूम है...''

'कैसे?' दृष्टि में प्रश्न था।

''मैंने देखा है...''

''मचला दे को?'' प्रश्न बहुत कोमल स्वर में था।

मैंने स्वीकृति में सिर हिलाया, ''जड़ाऊ पायलों में, खुले बालों में, गवाक्ष के निकट खड़े दूर देखते हुए...''

वह हँसे नहीं—न विद्रूप में मुस्कुराए। उनकी आँखों में एक पिघलापन था, एक अपलक दीठ और चाह, जो उस समय मैंने नहीं पहचानी।

पर यह मैंने बाद में जाना कि उन आँखों में कुछ ऐसा सम्मोहन था कि मैंने अपने को कहते पाया, "मैंने उन्हें देखा है, कभी-कभी—सपनों में नहीं, जाग्रत अवस्था में। मैंने औरों को भी देखा है..."

"मचला दे को?"

"हाँ, और उसे भी—मिसेज़ फ़र्ग्युसन को," मैं कहते-कहते रुक गई। आँखें उठाकर देखा, कहीं वह हँस तो नहीं रहे हैं? पर उनकी मुद्रा सहज थी।

"किसी-किसी में यह जन्मजात क्षमता होती है—समय के आवरण को पार करके देखने की क्षमता।" वह मुस्कुराने लगे, "आप पिछले जन्म की कोई सिद्ध आत्मा होंगी—त्रिकाल- दर्शी..."

मुझे लाज आ गई। अब कैसे कहूँ कि यह सब मेरी उर्वर कल्पना के करतब हैं—ठाले बैठी एक जवान औरत के दिवास्वप्न? वह कोई पिछले जन्म की सिद्ध आत्मा-वात्मा नहीं है। एकदम साधारण। अपनी लाज और झेंप को छिपाने का एक ही उपाय मेरी समझ में आया—मन्द स्मिति के साथ हलके-हलके सिर हिलाना। अगर त्रिकालदर्शी ही होती तो मुझे दीख जाता कि यह सहज मुस्कान वाला, मृदुभाषी पुरुष ही आगे चलकर मेरा प्रेमी होगा—मेरा सहचर, मेरा पति।

राव लक्ष्मण सिंह और मचला दे! सन् तेरह सौ सत्तर। सामन्तीय प्रथाएँ। स्त्री का आदर-सम्मान भी और उपभोग भी। डॉक्टर साहब/भावी पति के साथ कभी-कभार समय बीतता था। वह कहीं और रहते थे, आया-जाया करते थे। बीच-बीच में फ़ोन भी करते थे।

भाई और मम्मी को यह स्पष्ट दिखाई देने लगा कि वह मुझे पसन्द करते हैं, पर मुझे, त्रिकालदर्शी तो दूर, अपनी नाक के नीचे का भी नहीं दीख रहा था—जब भी बात होती लक्ष्मण सिंह और मचला दे की।

एक बार मुझे उन्होंने लोकगायन का कैसेट भेजा—अनगढ़, अपरिचित भाषा, लय और सुरों में बद्ध एक अजीब, खुरखुरा-सा गला।

"मेरी कुछ समझ में नहीं आया..."

फ़ोन पर वह हँसे, "वह लक्ष्मण सिंह और मचला दे की मिलन-कथा है। अगले महीने आऊँगा तो साथ-साथ सुनेंगे।"

× × ×

सरकारी सर्किट हाउस में पुताई हो रही है। यूनिवर्सिटी का गेस्ट हाउस ठीक है पर मम्मी के अनुसार वहाँ की रसोई गड़बड़ है, इसलिए उन्होंने इन विशिष्ट अतिथि को अपने

गेस्ट हाउस में ही ठहराने का सुझाव दिया है। गेस्ट हाउस बँगले से अलग है। रसोई की सुविधा वहाँ भी है, पर खाना हमारे साथ ही होगा। उनकी गाड़ी सुबह ही आ गई, पर वह निकले बाहर ग्यारह बजे।

मम्मी ने सुबह के नाश्ते की मेज़ पर मुझे आपादमस्तक घूरकर देखा, "आज ज़रा अच्छा पहन-ओढ़कर रहना। रोज़ की तरह धजा बनाकर नहीं।"

"क्यों?"

"वह तुम्हें पसन्द करते हैं।"

"मुझे? क्यों?"

मम्मी हँसने लगीं, "अरे कुछ तो दीखता होगा—तभी न!" फिर चश्मा नाक के ऊपर वापस खिसकाकर देखा, "इनसान की पसन्द! कोई भी, कभी भी पसन्द आ जाए...फिर तुममें कमी क्या है? पढ़ी-लिखी, देखने में अच्छी, परिवार इतना अच्छा। बस, तुम दोनों की उमर में बहुत फ़र्क़ है—वैसे वह बहुत उम्दा इनसान हैं।"

यह एक नया कोण मेरे सुलझे, संयत, सपाट जीवन में कहाँ से आ गया?

शीशे के आगे खड़े होकर बाल सँवारते हुए मैं सोचने लगी। मुझे थोड़ा थमना, थोड़ा ठहरना पड़ा। निरन्तर परिवर्तन ही समय का अन्दाज़ है। मुझे लग रहा है कि शायद आगे जीवन बदलने के लिए मोड़ ले रहा है। पर नहीं—मुझे यह स्वीकार नहीं है। बौद्धिक वार्तालाप के लिए यह व्यक्ति सही है, पर शैया के लिए नहीं। कुरूप नहीं तो आकर्षक भी नहीं। व्यक्तित्व अच्छा है, सोच-समझ साफ़-सुथरी, विचार सुलझे हुए—पर शक्ल-सूरत? ना, वह मुझे ग्राह्य नहीं है।

इस अन्तर्दृष्टि के साथ मेरे मन से एक बड़ा-सा बोझ उतर गया। इस विषय में सोचने-समझने या उसे उलटने-पलटने की ज़रूरत ही नहीं थी। जो निश्चय मन में सायास आ गया था, वही एकदम सही लग रहा था।

मिलने पर हम सहज थे। फिर भी मैंने आँखें बचा-बचाकर उन्हें बार-बार देखा—हर कोण से, और बार-बार मन को एकदम ठंडा, अनुत्तेजित, रसायनहीन पाया।

"आपने कैसेट सुना?" वह पूछ रहे थे।

"सुना तो—पर पूरा समझ नहीं पाई..."

"उसमें दो प्रसंग हैं: राजा लक्ष्मण सिंह भोजन के लिए बैठे, उनकी रानी ने परोसी थाली। राजा लक्ष्मण सिंह को खाना अलोना लगा। थाली छोड़कर उठ गए। रानी को बुरा लगा। व्यंग्य से कहा—'तो ब्याह लाओ मचला दे को!'

मचला दे की सुन्दरता की कहानियाँ दूर-दूर तक। कितने देश-विदेश से राजा आए, कोई मचला दे की तराजू पर पूरा नहीं उतरा। राजा लक्ष्मण सिंह ने लिये हाथी, घोड़े, सवार और राज्य से निकल पड़े। कितने जंगल, कितने रेगिस्तान, कितनी नदियाँ और पहाड़ पार करके पहुँचे मचला दे के राज में। ठानी लड़ाई मचला दे के पिता और

कुटुम्बियों से, और जीतकर ले आए मचला दे को। आके महल बनवाया मचला दे के लिए—इतना भव्य, इतना सुन्दर कि पाँडवों की पटरानी द्रौपदी का महल लगे जैसे झोंपड़ी और मचला दे की रसोई ? ऐसी रसोई, जैसे सीता मैया की रसोई। हज़ारों लोग जीमे, फिर भी कम न होवे..."

मैंने लम्बी साँस लेते हुए कहा, "आपको अक्षरशः याद हो गया ?"

"मुझे एक बार कुछ सुनने या पढ़ने से सब कुछ पूरा याद हो जाता है।"

"यह भी एक जन्मजात, नैसर्गिक प्रतिभा होगी," मैंने बेबसी से कहा।

आगे कहने को हुई, 'मुझे तो अपना कंघा, अपनी बिन्दी, अपनी किताब ही ढूँढ़ने में इतना समय लग जाता है,' पर मुझे याद आ गया कि प्रशंसक के सामने अपनी कमियाँ न बखानी जाएँ तो ही अच्छा।

"पर मुझे अपना चश्मा और चाभियाँ ढूँढ़ने में बहुत समय लगता है..." यह कहकर वह हँसे।

मैंने पाया, हँसते समय वह अच्छे लगते हैं। उनके चेहरे के सारे बेमेल भाग एकसार, घुल-मिलकर एक सौम्य और कोमल मुद्रा धारण कर लेते हैं।

मैं भी हँसी।

"आप हँसते समय बहुत आकर्षक लगती हैं..." उन्होंने अचानक कहा।

"आप भी," मेरे मुँह से अनायास निकल गया।

और तुरन्त ही लजा गई—एक सुलभ, स्वाभाविक मुद्रा में, जैसे एक नई नवेली किशोरी होऊँ!

यह बात यहीं ख़त्म हो गई। हम दोनों ही उठकर अपने-अपने कमरे में चले गए।

"आपने बहुत जगह भ्रमण किया होगा ?"

"हाँ, व्यस्त रहा अपने काम में—पुरातत्त्व और इतिहास के अध्ययन में—कई वर्ष। एक अमेरिका की अनुसन्धान-यात्रा के साथ हरप्पा गया।"

'तक्षशिला ?' मैंने पूछा।

"वहाँ अब कुछ नहीं है—सपाट, उजड़ी धरती और खेत। अब तक खेतों में मूर्तियों, बर्तनों और माला के मनकों के अवशेष मिलते हैं। कुछ संग्रहालय में चले जाते हैं, कुछ यात्रियों को बिक जाते हैं।"

"आपने ख़ैबर पास देखा है ?" मैंने अचानक पूछा।

उन्होंने सिर हिलाया, "पहले कई बार इधर से उधर जाता रहता था, पर अब..."

"बाहरवालों के लिए मुश्किल होगा ?" मैंने कहा।

बात यहीं ख़त्म हुई। मैं अपने बारे में, अपने अतीत के बारे में, मम्मी के आदेशानुसार चुप ही रही।

"राजा लक्ष्मण सिंह तरह-तरह से मचला दे के सत की परीक्षा लें, पर मचला अटल सो अटल। पर राजा को भरोसा ही न हो—तो मचला दे..." उन्होंने बात उठाई।

"जी, वो दूसरा गीत?"

"मचला दे तन-मन से राजा लक्ष्मण सिंह को समर्पित—आईं और उन्हीं की होकर रह गईं...। और रानियाँ जलें-भुनें—राजा के कान भरें।

अन्त में राजा लक्ष्मण सिंह ने मचला दे के लिए अलग रंगमहल बनवाया। रंगमहल क्या, क़ैदख़ाना। आगे-पीछे बंजर पहाड़ियाँ—दूर नीचे नदी। मचला दे हज़ार जतन करें पर लक्ष्मण सिंह के मन में और रानियों का भरा ज़हर जाए ही न! दास-दासियाँ हर समय नज़र रखें—कोई महल में आया तो नहीं? मचला दे ने किसी को दृष्टि उठाकर देखा तो नहीं? मचला दे का वादा—यदि किसी पर-पुरुष ने उन्हें छुआ भी तो वह जान दे देंगी।

एक बार राजा लक्ष्मणसिंह शिकार पर गए—कई दिन हो गए। मचला दे अनमनी, बेकल, प्रतीक्षा में आँखें बिछाये...।

मुँहलगी दासी ने आकर बताया कि दिल्ली से एक मनिहार आया है। क्या लाजवाब चूड़ियाँ हैं उसके पास! कैसे सजेंगी रानी की कलाई में—ज़रा देंखे तो?

मनिहार को बुलाया गया, बीच में परदा—न इधर का उसे देख सके, न उधर का इसे...।

रानी ने परदे के पीछे से चूड़ियाँ देखीं, पसन्द आ गईं—कलाई बढ़ा दी। मनिहार ने चूड़ियाँ पहना दीं। रानी अपनी कलाई पर विचित्र चूड़ियाँ देखकर निहाल, मनिहार को चूड़ियों का दाम देने की बात हुई। मनिहार ने कहा, 'उसे कुछ नहीं चाहिए—अगर मचला दे प्रसन्न हुई हैं तो अपनी एक रेशमी चप्पल दे दें...'

यह कौन बड़ी बात थी! मचला दे ने अपनी रेशमी ज़री के काम वाली विशेष रूप से उन्हीं के पाँव के लिए बनी चप्पल परदे के पीछे से मनिहार के लिए फेंक दी। मनिहार ने चप्पल उठाई, आँखों से लगाई, माथे पर धरी, अपना सामान बटोरा और चला गया।

मचला दे अपनी चूड़ियाँ देखें और रीझें—और करती रहीं राजा लक्ष्मण सिंह की प्रतीक्षा।

तीन-चार दिन बाद राजा लौटे। आवभगत हुई। खा-पीकर पलंग पर पौढ़े। मचला दे निकट बैठीं, राजा ने पूछा, 'मचला दे, आपकी पुरानी चप्पल कहाँ गई?'

मचला दे न घबराईं, न झिझकीं, बोलीं, 'दासी ने उठाकर रख दी होगी।'

राजा ने उनका हाथ अपने हाथ में लिया, 'और ये चूड़ियाँ किसने पहनाईं?'

मचला दे चुप, झूठ कैसे बोलें?

राजा लक्ष्मण सिंह ने जेब में हाथ डाला और मनिहार को दी चप्पल सामने कर दी।

मचला दे एक क्षण में सब समझ गईं—वह राजा ही थे, बदले भेस में, और रानी की अपनी कलाई में मनिहार की पहनाई हुई चूड़ियाँ थीं।

रानी चुपचाप उठीं और बाहर चली गईं—उस अकेली अँधियारी रात में कितने कमरे, कोठरियाँ, सीढ़ियाँ पार करके महल की छत पर जा रुकीं, और कूद गईं नीचे।

राजा लक्ष्मण सिंह ने ख़बर सुनी, उठे, तलवार उठाई, अपना घोड़ा तैयार करवाया और महल से निकल गए। फिर उनका कुछ अता-पता ही न चला—न घोड़ा, न तलवार। जाने आकाश खा गया कि धरती निगल गई! उनके पीछे सामन्तों ने राज्य पर कब्ज़ा कर लिया, आपस में कटते-मरते रहे, और धीरे-धीरे सब कुछ समय के प्रवाह ने लील लिया।''

''और वह सती का चौरा... ?'' मैंने पूछा।

''जहाँ मचला दे की चिता जली थी—राजा लक्ष्मण सिंह की पाग के साथ, वहीं बना स्मारक इस दुख भरी प्रेम-कहानी का...''

''इस कैसेट में यही गीत है? आपको कहाँ मिला?''

''अभी भी इस क्षेत्र में कुछ बूढ़े लोकगायक हैं। पर वे अब कहीं जाते नहीं। आप जानना चाहती थीं, इसलिए...''

हाँ, यह सचमुच हुआ था! मनिहार के वेश में लक्ष्मण सिंह ने मचला दे की कलाई पकड़ी थी पर मचला दे को तो मनिहार की असलियत नहीं पता थी। चूड़ियों से मोहित होकर, बिना आगे-पीछे सोचे, परदे के पीछे से कलाई बढ़ा दी थी। वचन की पक्की थीं, कूदकर जान दे दी। मध्यकालीन प्रतिमान, धारणाएँ, विश्वास—वचन तो वचन! तब क्या जान इतनी नगण्य थी? मान-मर्यादा के लिए जान दे देना कोई बड़ी बात नहीं थी।

× × ×

दोपहर सुनसान होती है। कुछ घंटों के लिए सब कुछ थम जाता है—ऑफ़िस का काम, रसोई, क्यारी गोड़ता हुआ माली! पीछे के टेसू और पलाश के वृक्षों से होती हुई एक पागल-सी हवा इधर-उधर मँडराती है, और साथ में एक पुकार, एक आर्त चीख़—मऽऽ चऽऽ ला दे!

परन्तु यहाँ न पहाड़ हैं, न उनके बीच बहती नदी।

चारण भाट लोगों को इतनी छूट तो है कि अपनी गाथा में वह भूगोल बदल दें। फिर यहाँ, सारे बड़े ऐतिहासिक राज्यों के बीच एक छोटा-सा अस्तित्व—राजा लक्ष्मण सिंह और मचला दे के साथ ही वह भी मिट गया। वह रंगमहल रहा होगा या गढ़ी, जो भी था, समय के साथ ध्वस्त हो गया। अवशेषों पर बना फ़र्ग्युसन साहब का बँगला। उनकी मेम साहब विलायत से कितने अरमान, कितने डर और चिन्ताएँ लेकर आई होंगी—एक तेज़ धूप, भीषण गर्मी और तरह-तरह की बीमारियों से ग्रस्त भारत, जहाँ के निवासी तरह-तरह के देवताओं को पूजते थे। जीभ निकाले, हाथ में कृपाण लिये

एक काली प्रतिमा के आगे भैंसे, बकरे और बालकों की बलि देते थे। जहाँ राक्षस, पिशाच और ब्रह्म देवता निवास करते थे। सच में, वहाँ विलायत का राज चलाना एक भारी बोझ था।

उन लन्दन वाली मेमसाहब को यह सब कैसा लगा होगा? सारे नौकर-चाकर विचित्र भाषाएँ बोलते थे। विचित्र भोजन करते थे। उन पर विश्वास करते हुए भी मन में एक भय-सा समाया रहता था। साथ में बीहड़ में डाकू थे, ठग थे। जंगलों में शेर-चीते आज़ादी से विचरण करते थे। फिर भी भारत था—अँगरेज़ राज के राजमुकुट का हीरा।

मुझे हरदम लगता था कि इस बँगले की ईंट-ईंट में एक अविश्वास, एक भय मँडराता रहता था। क्यों राजा लक्ष्मण सिंह को यह असुरक्षा की भावना सताती रहती थी कि मचला दे उनसे अनन्य, अथाह, अटूट प्रेम नहीं करतीं...कि अवसर मिलते ही वह अन्य व्यक्ति की ओर उन्मुख हो जाएँगी? और मचला दे? क्यों उन्हें विश्वास नहीं दिला पाईं? क्यों दुर्लभ चूड़ियों के आकर्षण में एक नन्ही बच्ची की तरह उन्होंने पर्दे के पीछे से हाथ बढ़ा दिया था ताकि चूड़ीवाला चूड़ी पहना सके?

सुना है, जब लोग आत्महत्या करने के लिए ऊँचाई से कूदते हैं तो उनके गले से अपने-आप एक अवश, आर्त चीख़ निकल जाती है। पर मचला दे के साथ ऐसा कुछ नहीं हुआ होगा। वह स्वाभिमान, एक दर्प से बुर्ज़ से नीचे कूदी होंगी। क्या उस समय, नीचे गिरते हुए वह जानलेवा चूड़ियाँ खनकी होंगी? क्या सोने की पायलों में कैद हीरे-जवाहरात ने छुन-छुन ध्वनि की होगी?

वहाँ शान्ति है—एकदम निस्तब्ध। जैसे जंगल में, जहाँ केवल वृक्ष ही वृक्ष होते हैं, एक नि:शब्द सन्नाटा रहता है। जहाँ हवा से पत्ते भी नहीं सरसराते, न चिड़ियों का कलरव। वे क़ब्रें, मचला दे का चौतरा, या कभी किसी का विश्राम स्थल हरी काई से ढका हुआ स्थित है, जिसके ऊपर बैंगनी फूलों की बेलें बिखरी हुई हैं। उन फूलों का नाम मुझे बहुत बाद में पता चला—मॉर्निंग ग्लोरी उर्फ़ इपोमोइया। पर अभी तो वह सफ़ेद केन्द्र वाली बैंगनी पँखुड़ियों वाले फूल हैं जो हर सुबह तरोताज़ा खिलते हैं और शाम तक सूखकर गिर जाते हैं।

मैं पहले वहाँ एक वृक्ष के सूखे तने पर बैठा करती थी, पर वह अब वहाँ नहीं है। मैं क़ब्रों/चौतरे पर बैठने से कतराती हूँ। वैसे भी वह काई के कारण बैठने लायक़ नहीं है। गर्मी की शामों के धुँधलके में मैं प्राय: रोज़ उस तरफ़ खिंची चली जाती हूँ; पर अब वहाँ उस मेम या रानी मचला दे की छायाएँ डोलती हुई नहीं आतीं। जैसे उनके विलीन होने के साथ मेरे अन्दर का भी एक बड़ा भाग कटकर कहीं लोप हो गया है! मैं अन्दर एक बड़ा घना, घटाटोप अकेलापन या ख़ालीपन महसूस करती रहती हूँ। मुझे हर वक़्त लगता रहता है कि मेरे अन्दर का कुछ खो गया है, जैसे मेरी अन्तरंग सहेलियाँ मुझे छोड़कर कहीं और चली गई हैं! मेरे व्यक्तित्व का हिस्सा मुझसे अलग होकर कहीं खो गया है! बची हूँ मैं—एक फ़ालतू, निराभिप्राय, निष्काम, व्यर्थ जीवन

जीनेवाली एक लड़की, जो जागती है, खाती-पीती है, नहाती-धोती है और सो जाती है। जिसका अतीत उससे बिछुड़ गया है और भविष्य एकदम दिशाहीन है। मैंने कॉलेज में जो कुछ पढ़ा था, सब भूलती जा रही हूँ—शेक्सपियर के समय का इतिहास, शैली और कीट्स की पंक्तियाँ; टॉमस हार्डी के उपन्यास केवल एक धुँधली-सी स्मृति बनकर रह गए हैं, साथ में पढ़ी सांख्य फ़िलासफ़ी। द्वैत-अद्वैत—वह सब क्या था—और हिन्दी ? अगर फाँसी पर भी टाँगे तो भी 'रामचरितमानस' की एक भी चौपाई उद्धरित न हो पाएगी। क्या थी वह पढ़ाई, परीक्षाएँ, डिग्रियाँ ? रोज़ की कक्षाएँ, नोट्स, लाइब्रेरी—कहाँ गईं वह सब ? कहाँ गईं वह घोखी हुई पुस्तकों की नॉलेज ?

सब कुछ एक अन्धे कुएँ में गिरकर लोप हो गया है। कितनी मेहनत, अच्छा डिवीज़न लाने का प्रयत्न ! कुछ सालों बाद दिमाग़ एक धुली हुई स्लेट की तरह बनकर रह गया है।

मुझे याद आती है, कभी-कभी, उस मेम की, मचला दे की, परन्तु अन्दर एक पक्की दीवार-सी खड़ी हो गई है। उनके बार-बार दस्तक देने पर भी उन्हें प्रविष्ट नहीं होने देती।

मैं यहाँ-वहाँ, अनमनी, उचाट डोलती रहती हूँ—माली के लगातार सींचने के बाद भी घास गर्मी के कारण सूखती जा रही है। भाई लम्बे-लम्बे दौरों पर निकल जाते हैं, मम्मी अपनी चाय सावधानी से नाप-तोलकर बनवाती हैं। बहुत दिनों से बरुआ जी का पार्सल नहीं आया है।

एक दिन खाँसते-खखारते मुंशी जी दिखाई देते हैं।

मैं ख़ुश हो जाती हूँ।

"मुंशी जी, वह दो किताबें ?"

"हाँ-हाँ—'प्रेत और छाया' ?"

"'प्रेत और छाया' ?" मैंने चकित होकर कहा, "यह किताब है ?"

"हाँ, लेखक हैं इलाचन्द्र जोशी—अभी हाल में कबाड़ी से ली है।"

"मगर आपने बुंदेलखंड पर आधारित दो उपन्यास देने को कहा था... ?"

मुंशी जी चश्मे के पीछे परेशान दीखे।

"वह...वह..." मुझे याद आ गया, "विराटा की समथिंग...शायद रानी..."

"अच्छा, वह ? वह तो बेटी, कोई माँगकर ले गया और फिर लौटाई ही नहीं। याद भी नहीं है कि कौन था !"

"अगर लेखक का नाम मालूम होता तो..." मैंने बात बीच में ही छोड़ दी।

मुंशी जी ने चाय पी, बिस्कुट खाए और चलने को तैयार हुए तो मैंने अचानक याद करके कहा, "मुंशी जी, आप तो लोगों को जानते होंगे, यानी लोकगायक। मेरे पास एक टेप है, उसे ट्रांसक्राइब करवाना है। पर खो मत दें। अलभ्य है..."

मुंशी जी ने टेप सहेज लिया।

मेरी प्रतीक्षा में धैर्य था, उत्कंठा भी, और उत्तेजना भी। मैं पूरा-पूरा टेप सुनना चाहती थी। मालूम था कि मुंशी जी को इस काम में कुछ समय लगेगा, पर जब कई सप्ताह बाद भी मुंशी जी नहीं आए तो मुझे थोड़ी चिन्ता होने लगी।

भाई के ऑफ़िस में पुछवाया, किसी को उनका अता-पता नहीं था। यहाँ तक कि उनका पूरा नाम भी किसी को याद नहीं था।

अब तो जब मुंशी जी आएँगे, तभी टेप भी आएगा और हिन्दी में, समझ आनेवाला उसका अनुवाद। मैं पूरी कहानी, पूरा गीत सुनने को व्याकुल थी। उन इतिहासज्ञ/पुरातत्त्वी ने तो सारांश ही बताया था।

उनका नाम क्या है, मुझे मालूम नहीं, और किससे पूछूँ?

मैं भी विचित्र प्राणी हूँ—मैंने माथे पर हथेली मारी—इतनी बार मिली पर नाम नहीं पूछा। क्या अच्छा लगता, इतनी मुलाक़ातों के बाद, आपका नाम?

स्वयं ही नहीं बताया। हो सकता है, नाम पुरानी पद्धति का हो—पकौड़ीलाल या छेदामल या फिर रामसुमरन? मेरे नाम की तरह, हरेक का नाम शुद्ध और आभिजात्यपूर्ण नहीं होता। पर न जाने क्यों, यह नाम उनके व्यक्तित्व से मेल नहीं खाता। उनका नाम शुद्ध संस्कृत का होगा—क्या? यहाँ आकर मेरी कल्पना जवाब दे गई।

× × ×

गर्मी बीतने लगी। शुष्क, भीषण जंगल से अब हू-हू करती हवा की आवाज़ें मँडराने लगीं। लकड़ी लाते हुए औरतें भी नहीं दिखाई देतीं, न पिछवाड़े आते-जाते लोग।

× × ×

मैं उस दिन न जाने क्यों भाई के ऑफ़िस की तरफ़ चली गई थी। बरामदे में दो पानी के घड़े और अन्दर एक फ्रिज था। फ्रिज की बोतल से मुँह में पानी की धार डालकर ठंडा पानी पीते हुए मुझे डाकिया नज़र आया। डाकिया भी पुराना था। मुझे पास आते देख सकपकाया। बोतल नीचे रखकर आदर से खड़ा हो गया।

"तुम तो बहुत दिनों से यहाँ हो न?"

"जीऽऽ, बहुत सालों से..."

"तुम मुंशी जी को जानते हो... ?"

"मुंशी हुलास राय—वो जो यहाँ पहले काम करते थे?"

हुलास राय! तो यह नाम था उनका?

"हाँ, वही। पेंशन लेने आया करते थे। काफ़ी दिन से नहीं देखा है..."

डाकिए ने एकदम गम्भीर मुखमुद्रा धारण कर ली, "जी, वह तो फ़ौत हो गए।"

"फ़ौत हो गए?"

"जी, उन्हें स्वर्गवासी हुए कई हफ्ते हो गए हैं..."

अरेऽऽ, मेरा टेप?

"क्या बीमार थे?"

"मालूम नहीं साहब!"

डाकिये के साथ जब ड्राइवर उनके घर गया तो आकर बताया कि परिवार घर ख़ाली करके चला गया है।

अब?

गया सो गया। कभी पूरी तरह से न खुलने वाली पहेली। ज़िन्दगी में कितनी चीज़ें अधूरी रह जाती हैं, एक यह भी सही।

पर मुझे अफ़सोस ज़रूर रहा—मुंशी जी की मृत्यु का भी और मचला दे की कहानी खो जाने का भी...अरे, मगर खोई कहाँ? वह एक बार सुनकर, पढ़कर याद रखने वाले हिस्टोरियन जो हैं, मेरे प्रशंसक!

मुश्किल से भाई से झेंपते-झेंपते फ़ोन नम्बर माँगा। फ़ोन किया तो उनके खड़ूस भृत्य ने रुखाई से कहा, "डॉ. साहब टर्की गए हुए हैं—काम के सिलसिले में..."

"कब तक लौटेंगे?"

"मालूम नहीं—आप कौन?"

'नेवर माइंड,' मैंने मन-ही-मन कहा और फ़ोन काट दिया।

मई-जून के महीने तो साल के सालों आते हैं, पर यह गर्मी—यह मौसम? लगता ही नहीं था कि कभी ऐसी गर्मी आई थी। सुबह से ही सूरज तपने लगता। साढ़े दस-ग्यारह बजे से जो गरम हवा उठती तो अपने उस कूलर से ठंडे कमरे में भी लगता, जैसे मेरा पूरा शरीर झुलस रहा है! बँगले के पिछवाड़े से, जहाँ जंगल था, जहाँ प्राण-लेवा तलैया थी, वहाँ से जब हवा आती तो लगता कि जैसे सैकड़ों, हज़ारों पीड़ित आत्माएँ हाहाकार कर रही हैं! हमारे इस भौतिक जगत और पार्थिव शरीरों के परे भी और सृष्टियाँ हैं, जहाँ तरह-तरह के जीव विचरण करते होंगे। मानव मस्तिष्क की पकड़ से परे—सदियों से बनते, बसते और नष्ट हो जाते इन भग्नावशेषों में कितनी आत्माएँ बन्दी होंगी? जीवनकाल में अपने शिशुओं की मृत्यु पर कलपी होंगी! शत्रुओं के हाथ कालकवलित होते हुए छटपटाई होंगी—जैसे अठारह सौ सत्तावन की क्रान्ति ने, तत्कालीन साहब और उनके परिवार को तलवारों के घाट उतार दिया था! तभी तो वह मेम साहब रोती-सिसकती भटकती रहती हैं!

और मुंशी हुलास राय, भारत प्रशासन के एक छोटे पर कर्तव्यनिष्ठ कर्मचारी, उनके साथ इस प्रदेश की कितनी कथाएँ लोप हो गईं! और कुछ दिनों में वह भी टूटी दीवार पर बनी इबारत रह जाएँगे।

× × ×

मुझे लगा, कोई मुझे पुकार रहा है। आवाज़ कहीं दूर से आह्वान कर रही थी। आस-पास घोड़ों की चाप थी, तलवारों की खनक और फूटते हुए तोप के गोले। मैंने एक अचेतनावस्था में अपने कमरे का दरवाज़ा खोला। गरम हवा का एक थपेड़ा आया और जैसे मुझे अपने साथ उड़ाकर ले गया—वहाँ जहाँ राजा लक्ष्मण सिंह अपने पड़ोसी दुश्मन से जूझ रहे थे। कैसा दपदपाता हुआ चेहरा था—ओज और शौर्य से अभिभूत! मेरे देखते-देखते ही उनके हाथ की तलवार टूट गई और वह घोड़े से नीचे उतरकर, उस तलवार को नीचे फेंक शत्रु से आमने-सामने लड़ने लगे। उनका शव, उस सन्ध्या को, युद्ध समाप्त होने के बाद, वहीं धरती पर मिला...।

नहीं, मेरे मन में इतिहास गड्डमड्ड हो रहा है। क्या वह टीपू सुलतान था, जिसका शव युद्ध के बाद रणक्षेत्र में मिला था—श्रीरंगपटनम में?

आँखों के आगे एक नया दृश्य झिलमिलाने लगता है—अरब सागर में एक विशाल जलपोत कुनार्ड लाइन का लन्दन से बम्बई की ओर तैरता हुआ। रेलिंग पकड़े मैं खड़ी हुई हूँ। मेरे मन में एक उल्लास है। मैं अपने मँगेतर डेविड फ़र्ग्युसन के पास जा रही हूँ। वह भारत में कलेक्टर है। उसने मेरे आगमन से पहले ही नया घर बनवा लिया है। मेरे सामान में ढेरों कपड़ों के साथ विलायती फूलों के बीज और पौधों की टहनियाँ भी हैं। मुझे पति का प्यार ही नहीं, उसी ठाठ-बाट से रहने का अवसर मिलेगा जिसकी मैं पिता की इस्टेट में रहने की आदी थी। मैंने उस नये बँगले की तसवीरें देखी थीं—दो स्वस्थ घोड़े जुती हुई बग्घी। कभी-कभी मेरा दिल ख़ुशी से ऐसे धड़कता था, जैसे कि सीने से उछलकर बाहर आ जाएगा!

× × ×

कितने दिन मैं कोमा में रही—कुछ पता नहीं। शाम को जब चाय पर मेरी बुलाहट हुई तो मैं कमरे में नहीं थी। ढूँढ़ाई हुई, और मैं मिली कहाँ—तलैया की सेवार में उलझी हुई। क्या मैंने स्वयं उसमें कूदने की कोशिश की थी, या किन्हीं अदृश्य हाथों ने मुझे उसमें ढकेला था? मुझे क्या मालूम! मुझे क्या होश था? मैं कौन हूँ, कहाँ हूँ—इस सबकी याद मेरे मन से ऐसे उतर गई थी, जैसे पानी से धुली इबारत!

दिन या हफ़्ते?

किसी ने मुझे बताया नहीं।

धीरे-धीरे होश आया—आँखें फड़फड़ाईं—अपने पास बैठी स्त्री को देखा—पहचानने की कोशिश की।

''मम्मी?'' सूखे गले से आवाज़ निकली।

''अरे, होश आ गया? डॉक्टर प्रमुख, पेशेंट को होश आ गया है!''

पर मैं फिर उसी अँधेरे में वापस चली गई थी—उस तन्द्रा में, जहाँ केवल सन्नाटा था, असम्बद्ध दृश्य छायाएँ—जो इधर-उधर ऐसे डोलती दीखती थीं, जैसे बिना शरीर तैर रही हूँ!

जब पूरा-पूरा होश आया तब मैं अकेली थी। मैंने आँखें खोलीं—बड़ी-सी खिड़की के बाहर लगातार बारिश हो रही थी और पानी की लम्बी-लम्बी धाराएँ काँच पर ऊपर से नीचे सरकती जा रही थीं...।

यह मैं? यहाँ अस्पताली पलंग पर, अस्पताल के कमरे में? मैंने बाँह उठाई, कितनी पतली, सूखी और झुर्रीदार लग रही थी! मैंने लेटे-लेटे ही पैर हिलाए—अँगूठे, उँगलियाँ, सब ठीक थे। दृष्टि भी साफ़ थी—कोई जाला या धुँधलापन नहीं। अपने-आप सिर पर हाथ फेरा...।

क्या मैं बीमार थी? शायद। मैंने नज़रें घुमाकर कमरे को देखा, यह निश्चय ही शहर के इकलौते सिविल अस्पताल का कमरा था। सफ़ेद दीवारें जो धुमैली पड़ गई थीं। छत के बीच लटकता एक फीके नीले रंग का शेड और टिमटिमाता हुआ बल्ब। मेरे सिरहाने एक जाली की अलमारी थी, जिस पर एक प्लेट में कुछ अंगूर और दो सेब रखे हुए थे। पानी का गिलास—पर ख़ाली।

मेरी पलकें अपने-आप ढल गईं। शरीर के पोर-पोर में अथाह, अटूट थकान थी, और मन एकदम ख़ाली, रीता—जैसे प्राण शरीर को पीछे छोड़कर कहीं चले गए हैं! मैं रीती हूँ, पर ज़िन्दा हूँ; मुझे अपने दिल की धड़कन सुनाई दे रही है, पर मुझे ऐसा क्यों लग रहा है कि मेरे शरीर और आत्मा के खंड-खंड होकर बिखर गए हैं?...नहीं, आत्मा के नहीं—वह तो अखंड है। न उसे कोई काट सकता है, न मार सकता है। पर तब चीख़ें मार-मारकर रोने का दिल क्यों कर रहा है? क्यों लग रहा है कि मेरा कुछ अलभ्य, अन्तरंग मुझसे अलग होकर मुझे क्षत-विक्षत, अपूर्ण सा कर गया है?

''अम्माँ,'' मेरे मुँह से बोल फूटता है।

हाँ, वह अम्माँ ही तो हैं—ताँत की किनारेदार साड़ी और बड़े से जूड़े और बड़ी-सी टिकुली सजाए हुए हैं।

''हाँ, रानी बेटी,'' उन्होंने भरे गले से कहा।

''अम्माँ, कुछ खाने का मन हो रहा है...''

''क्या खाओगी?'' उनका स्वर कोमल और मृदुल है।

"वो महराजिन से बेसनी परौंठे बनवा दोगी—आम के अचार के मर्तबान में जो तेल बच गया है, उसके? ख़ूब कुरकुरे। हरी मिर्च का अचार, दादी के हाथ वाला—औरऽऽ..."

"औरऽऽ?"

"मूँग की दाल का हलवा—ख़ूब घी में सराबोर।"

अम्माँ उठ खड़ी हुईं, "अभी बनवाती हूँ।"

तब देखा कि अरे, यह तो मम्मी हैं—चँदेरी की साड़ी और सुनहरे चश्मे वाली! **तब मैं कौन हूँ?**

"मैं कौन हूँ मम्मी?"

"तुम कौन हो? अरे, तुम तो हमारी लाड़ली, रानी बेटी—हमारी सोना! अच्छा, अब तुम आराम करो—मैं पराँठे तैयार करवाती हूँ।"

कहाँ महराजिन, कहाँ आम के मर्तबान में अचार ख़त्म हो जाने पर मसालों से महकता कड़वा तेल, कहाँ दादी के हाथ का अचार—यह कहाँ की स्मृति जाग उठी?

मुझे अब पूरा-पूरा होश आ गया है। वास्तविकता, तन्द्रा, स्वप्निल अवस्था और समय के हेर-फेर को पीछे ठेल, बल्कि धो-पोंछकर मिटाने वाली, सामने खड़ी है।

और बेतरह थकान और कमज़ोरी के अलावा कुछ नहीं बचा है। कितनी थकान, जैसे हिमालय की चोटी छूकर नीचे उतर आई हूँ! जैसे सागर में तैरते-तैरते न जाने कहाँ पहुँच गई हूँ! पर यह पहचाना-पहचाना देस है। मैं अपने घर हूँ—यदि अस्पताल का कमरा घर कहला सकता है तो...।

अधिकतर समय सोती ही रहती हूँ। जागती हूँ तो कभी मम्मी, कभी मेरे लिए रखी मलयाली परिचारिका नज़र आती है। मम्मी हमेशा कुछ पढ़ती नज़र आती हैं और वह, मिसेज़ डैनियल, जब अकेली होती है तो फ़ोन पर बतियाती रहती है।

"बेटाऽऽ," मम्मी कहती हैं, "देखो तो, कौन आया है?"

"कौन?"

मम्मी बिना कुछ कहे बाहर चली गईं। थोड़ी देर में आईं तो उनके साथ जो थे, मैंने पहले उन्हें पहचाना नहीं। फिर जब उन्होंने कुछ कहा तो आवाज़ पहचानकर मैंने अभिवादन का उत्तर दिया। पहचान तो लिया पर उनका पुराना परिचय, पुराना इतिहास एक अधपुँछी, अस्पष्ट इबारत जैसा था।

"हुलास राय," मेरे मुँह से अचानक निकल पड़ा।

"हुलास राय?"

"वह मुंशी जी, जिन्होंने वादा किया था कि वह मुझे बुंदेलखंड की ऐतिहासिक पुस्तकें पढ़ने को देंगे..."

"अच्छा? अच्छा?"

''पर दीं नहीं—किसी को उधार दे दीं और वापस आईं ही नहीं...'' मुझे अपना स्वर ठुनकती हुई, रूठ गई बच्ची की तरह लगा।

मुझे बीमारी क्या थी, शायद मिनी स्ट्रोक, या लू लग गई थी, या सिर में गर्मी चढ़ गई थी...या फिर...यहाँ शब्द केवल फुसफुसाहट मात्र ही रह जाते थे—किसी भूत, प्रेतात्मा या जिन्न ने क़ाबू कर लिया था। मेरी बेहोशी में दवाइयाँ, उपचार भी हुए, चुपके-चुपके झाड़-फूँक और तरह-तरह के नुस्ख़े आज़माये गए। शहद में पीर बाबा की भभूत खिलाई गई। तरह-तरह के मंत्र और आयतें लिखकर कमरे के कोनों में पत्थर से दबा दी गईं। मालूम नहीं, क्या कारगर हुआ कि मैंने आँखें खोल दीं और धीरे-धीरे सहज और नॉर्मल होती गई।

एक दिन अस्पताल से छुट्टी मिलने का दिन भी आ गया।

''मैं फ़र्ग्युसन साहब के बँगले में नहीं जाऊँगी...''

''वहाँ जाने का सवाल ही नहीं उठता। भाई का ट्रांसफ़र हो गया है, भोपाल। अभी हम एक सप्ताह एक गेस्ट हाउस में रहेंगे फिर वहाँ से भोपाल चले जाएँगे।''

गेस्ट हाउस छोटा पर एकदम आधुनिक और नया था, जैसे अभी हाल में ही बना हो! खाना-पीना, चाय-नाश्ता—सभी मिलता था। हमारे पास दो कमरे थे। मेरे कमरे के आगे बालकनी थी। सामने फलों का एक छोटा-सा बाग़—पपीते, नींबू और छोटी-छोटी नारंगियाँ।

# दूसरा खंड

# 6

भोपाल में दो-तीन महीने ऐसे ही निकल गए।

भाई को प्रशासन की ओर से 'केनेडी स्कूल ऑफ गवर्नमेंट' में अमेरिका भेजा जा रहा था। उनके साथ कुछ और सहयोगी भी थे। हम भी साथ चलें, इस बात पर कोई वाद-विवाद नहीं हुआ। मानी हुई बात थी कि जहाँ भी भाई की नियुक्ति होगी, मम्मी और मैं साथ रहेंगे। भाई इतने वर्षों बाद पढ़ाई करने के बारे में शंकित थे—वह भी विश्व-विदित हार्वर्ड विश्वविद्यालय में। हमें फैमिली फ्लैट मिला था और हम ज़रूरत से ज़्यादा लदे-फँदे बौस्टन पहुँचे।

जब हम वहाँ पहुँचे तो पृथ्वी चारों ओर बर्फ़ से ढकी हुई थी। हलकी, भुरभुरी सफ़ेद। शायद बर्फ़ कई घंटों से गिर रही थी। लोगन एयरपोर्ट से केम्ब्रिज शहर जाते हुए मेरे मन में एक अनजाना, अनाम आह्लाद भर उठा। मुझे लगा, मैं अन्दर से एकदम नवीन हो रही हूँ, जैसे एक लम्बी, अँधियारी रात के बाद तरोताज़ा उठी हूँ! अनगिनत सम्भावनाएँ मेरा आह्वान कर रही हैं और मैं इस नये अध्याय के लिए एकदम प्रस्तुत हूँ। मैंने मम्मी को देखा, वह अपने भारतीय ऊन के हलके कोट में सिमटी जा रही थीं। पैरों में चप्पलें थीं। उनका चेहरा तनावपूर्ण और उदास था। पर मुझे शरीर और मन, दोनों हलके-हलके लग रहे थे। मैं अपने को सारी कुंठाओं और पूर्वग्रहों से मुक्त पा रही थी।

हमें फ्लैट में सहज होने में कुछ दिन लगे। भाई तो आते ही अन्य सहयोगियों के साथ काम में लग गए। हमारे घर ठीक करने और सौदा-सुलफ़ लाने के लिए दो स्त्रियाँ आईं। वे नये विद्यार्थियों और उनके परिवार के स्वागत के लिए नियुक्त की गई थीं। उनमें अधेड़ अमेरिकन स्त्री ने हमें घर के उपकरणों को प्रयोग करना बताया कि सिंक में लगी कूड़ा हटाने की मशीन चलाने से पहले देख लें कि इसमें चम्मच या काँटा या बड़ी हड्डी तो नहीं फँस गई है? उसने नल खोल दिया और स्विच ऑन कर दिया, "यह बची-खुची सब्ज़ियों के छिलके आदि के लिए है।"

मशीन एकदम उच्च स्वर में घर्र-घर्र करके चल पड़ी। पहले तो हम चौंके, फिर हँस पड़े। इसी तरह उसने बर्तन धोने की, कपड़े धोने की—सभी मशीनों से परिचय कराया।

मम्मी ने उन्हें चाय पीने का निमंत्रण दिया। उन्होंने अपनी विशिष्ट चाय बनाई जो वह साथ बाँधकर लाई थीं। दूसरी स्त्री जो वयस में बड़ी और अब तक चुप थी, मुझसे पूछने लगी, ''तुम यहाँ किस विषय पर क्लास लोगी?''

''मैं यहाँ आगे पढ़ सकती हूँ?'' मेरे मुँह से निकल गया।

''हाँ-हाँ—स्पेशल स्टूडेंट की तरह। फ़ीस भी कम है, क्योंकि तुम्हें डिग्री नहीं, सर्टिफ़िकेट मिलेगा...''

मैं चुप।

''यदि साहित्य में रुचि है तो 'रूस के प्रसिद्ध उपन्यासकार' नाम का कोर्स ले सकती हो। सप्ताह में एक बार मंगलवार को होता है। प्रोफ़ेसर बहुत पॉपुलर हैं और दूसरा कोर्स मैं कहूँगी कि 'अमेरिका के इतिहास' पर ले लो।''

''मैं अमेरिकन साहित्य पढ़ने की सोच रही थी,'' मैंने तुक्का मारा।

मैं और साहित्य? और इतिहास पढ़ना... ?

पर मैं एकाएक कुछ कह न सकी।

''अब यहाँ हो तो इस विश्वविद्यालय का पूरा-पूरा लाभ उठाओ। कहा जाता है कि चलते-चलते कब तुम किस नोबेल पुरस्कारी से टकरा जाओगी, और तुम्हें पता भी नहीं चलेगा...''

बाप रे, एकदम से इतना सारा बोझ सिर पर लाद दिया गया! ख़ैरियत थी कि वह चाय पीने लगी।

पर उस महिला ने मेरा पिंड नहीं छोड़ा। अपने पर्स से फ़ार्म निकालकर भरवा ही लिये, ''मैं इन्हें जमा कर दूँगी। हमारे पास विदेशी विद्यार्थियों की आर्थिक सहायता के लिए छोटा-सा फंड है। मैं कोशिश करूँगी कि तुम्हारी फ़ीस या तो पूरी माफ़ हो जाए, या घटा दी जाए।''

उनके जाने के बाद मम्मी और मैं एक-दूसरे को देखने लगे।

मेज़ पर जूठे प्याले रखे थे, ''मैं धोए देती हूँ।'' मैंने कहा।

घर का काम करना हमारे लिए अमेरिका में आकर रहने का प्रथम चरण था।

× × ×

उस दिन मुझे कैम्पस बस देर से मिली। आई तो काफ़ी भरी हुई थी। लड़के-लड़कियाँ सब एकनुमा—नीली जींस, काला कोट या जिसे भाई के मुंशी जी 'रूई की फतुही' कहते थे, और यहाँ रूई की जगह बतख के पंख भरी हुई जैकेट। हरेक की पीठ पर एक घातक प्रहार करने वाला बैकपैक और हाथ में फ़ोन। यद्यपि मैं जींस या काला कोट नहीं पहनी थी, परन्तु उन चीनी, कोरियन, दक्षिण भारतीय, अरब चेहरों के बीच अपने को अजनबी नहीं पा रही थी।

घर लौटी। दरवाज़ा उढ़का था, खोला। मेरी ओर पीठ किये एक स्त्री रसोई में दिखाई दी।

बैकपैक रखते हुए मैंने कहा, "हलोऽऽ!"

वह मुड़ी और एक क्षण को मैं अवाक् देखती रह गई।

"मुँह बन्द करो..."

"मम्मी?"

वह मम्मी ही थीं—ग्रे रंग की पैंट, उस पर सफ़ेद शर्ट और लम्बा कार्डिगन। बाल छँटे हुए थे, और चश्मा भी नये फ्रेम का था।

"मम्मी...?" मैंने कहा।

तभी भाई गुसलखाने से तौलिया लेकर निकले, मुझे देखा, और बोले, "देखा, मम्मी कितनी स्मार्ट लग रही हैं...?"

पर मुझे मम्मी बिलकुल अच्छी नहीं लग रही थीं।

भाई की सहयोगी अतिमा तो शुरू से ही पश्चिमी पहनावे में ढल गई थी—फ्राकें, स्कर्ट, बूट। बस, मैं ही थी अपनी साड़ी और चुटिया में। अब मैं अपने को बहुत पिछड़ी और दकियानूस पा रही थी।

मैं जल्दी ही खाकर अपने छोटे-से कमरे में चली गई। अलमारी खोली, जिसमें हैंगरों पर साड़ियाँ टँगी हुई थीं। मैंने अपनी पसन्द की साड़ियों को सहलाया—मिडनाइट ब्लू रंग की कांजीवरम्, पिस्तई रंग की ईकात, मटमैली टसर! बाँधो इन सबको गठरी में और ठूँस दो कहीं। अब ये ऑब्सलीट हो चुकी हैं। साड़ी पहनना अप्रचलित हो चुका है। चलो, बदलो अपने को एक नये रूप में।

एक बार मन में आया तो बस, कोई रोक-टोक तो है नहीं। बाँहें खोलकर आह्वान करो इन नये अनुभवों का। जियो, और अपने हृदय और मस्तिष्क को समृद्ध करो।

× × ×

सचमुच अमेरिका ख़ाली बैठकर, कुछ न करने की जगह नहीं है। भाई दिन-पर-दिन अपने काम और पढ़ाई में बेतरह उलझ गए थे। इतने वर्षों आराम और हुकूमत की ज़िन्दगी के बाद फिर पढ़ाई करना भारी पड़ रहा था।

मेरे दोनों कोर्स, जिनकी फ़ीस क़रीब-क़रीब माफ़ ही हो गई थी, दो सप्ताह बाद शुरू होने वाले थे। मैंने न जाने किस उत्साह और तरंग में अमेरिकन कुकिंग की क्लास ले ली। मैंने अब तक अपने लिए एक टोस्ट तक नहीं सेंका था पर अब मेरे आगे टेलीविज़न पर कुकिंग करते शेफ़ का चित्र नाच रहा था। उसके बाद कंप्यूटर कोर्स लूँगी और ड्राइविंग भी सीखूँगी। मैं उत्साह से भरी हुई इधर-उधर डोलती रहती।

मुझे अपने पर आश्चर्य होता—हमेशा बँधी, संयत और सन्तुलित वातावरण और व्यवहार वाली ज़िन्दगी को इतनी जल्दी काट फेंका और कुछ ही दिनों में ऐसा अपना लिया, जैसे मैं यहाँ केम्ब्रिज में हमेशा से रहती आई हूँ! भारत से आए आई.ए.एस. अफ़सरों को यूनिवर्सिटी से जो फ्लैट मिले थे, वे खुले, साफ़-सुथरे, तीन कमरों वाले थे। सामने बालकनी थी। उसके आगे बच्चों के खेलने का मैदान और बाईं ओर चार्ल्स नदी और बौस्टन शहर को केम्ब्रिज टाउन से जोड़ने वाला पुल। उस पर हज़ारों कारें इधर से उधर जाती रहती थीं। पुल के किनारे दौड़ने वालों के लिए अलग पुलिया थी और वैसी ही साइकिल वालों के लिए। वहाँ खड़े होकर लगता था कि इस जगह पूरे विश्व का प्रतिनिधित्व हो रहा है, और क्यों नहीं, केम्ब्रिज में अमेरिका की दो प्रख्यात यूनिवर्सिटियाँ स्थित हैं, 1660 में स्थापित हार्वर्ड कॉलेज और नवीनाधुनिक एम.आई.टी. तकनीकी और साइंस की विद्यापीठ। सड़कों पर हमेशा विद्यार्थियों की आवाजाही लगी रहती थी। सबकी एक-सी यूनिफ़ॉर्म—नीली फीकी पड़ी जींस, ऊपर टी-शर्ट, पीछे बैकपैक और हाथ में या कान से चिपका फ़ोन। मैं पहले कुछ दिन बालकनी में खड़ी-खड़ी इस मेले, इस युवा प्रवाह को देखती रही, फिर एक दिन मेरा मन भी कर आया कि मैं भी क्यों न इसी समूह का एक भाग बन जाऊँ?

मुझे अपने पर ताज्जुब हुआ जब एक दिन मम्मी से सिर्फ़ यह कहकर कि 'मैं शॉपिंग को जा रही हूँ', घर से निकल पड़ी। बस पकड़ी और हार्वर्ड स्क्वायर में उतर गई। कुछ देर उस रेलपेल में खड़ी रही फिर एक दुकान में जाकर दो जींस ख़रीदीं, कुछ ऊपर के टॉप जूते, बैकपैक और छुटपुट चीज़ें। दुकान के पास ही एक हेयर सैलून था। मैं बेझिझक दरवाज़ा खोलकर अन्दर चली गई। एक अधेड़ उम्र के व्यक्ति ने मेरा स्वागत किया।

"मुझे बाल कटवाने हैं," मैंने कहा।

मुझे अक्सर ताज्जुब होता था कि मैं कैसे बेधड़क, बेझिझक अँगरेज़ी बोलने लगी थी।

उसने मुझे कुर्सी पर बैठा दिया। सैलून छोटा था—तीन-चार कुर्सियों वाला, और इस समय क्लास टाइम होने के कारण भीड़ नहीं थी।

"सुन्दर, इंडियन केश," उसने मेरी चोटी खोलकर मेरे बालों पर हाथ फेरा, "कैसा स्टाइल चाहेंगी—पोनीटेल, कंधों तक या वाश एंड वेयर... ?"

मैं चुप। इतना तो सोचा न था।

"यदि मेरा सुझाव मानें तो वाश एंड वेयर स्टाइल लें। मेनटेन करने में आसानी होगी; दूसरे..." वह रुका, "आपके केश बिना रंग, बिना किसी नकली साधनों के हैं। हम ऐसे केश एक संस्था को डोनेट करते हैं। संस्था का नाम है 'लॉक्स ऑफ़ लव'। उनसे बाल कैंसर पीड़ितों के लिए विग्ज़ बनाये जाते हैं।"

"ठीक है," मैंने कहा।

तो गए मेरे बरसों से सँजोए, रीठे, शिकाकाई, बेसन से धुले और नारियल के तेल से संचित केश! वह कैंची चलाने लगा। उसने कुर्सी घुमाकर मेरा मुँह दर्पण के सामने कर दिया, और मैं अपने को अनचीन्हीं आँखों से देखती रही।

बाद में कितना अच्छा, कितना हलका-हलका लगने लगा! मेरी लम्बी-लम्बी लटें सावधानी से टिशू पेपर में लपेटकर रख दी गईं। मैंने डोनेशन कार्ड भर दिया।

''आप पैडीक्योर करवाएँगी?'' एक युवती मुझसे पूछ रही थी।

मैंने अपने पैरों को देखा, काफ़ी धूल में लपटे थे—गन्दे और उपेक्षित। नाख़ून टेढ़े-मेढ़े और कहीं-कहीं नेलपॉलिश रहित।

''हाँ, क्यों नहीं!'' मैंने कहा।

उस युवती ने कहा, ''मेरा नाम सुलेखा है। आइए, मेरे स्टेशन पर चलें...''

पहले तसले में भरकर आया सुगन्धित गुनगुना झागदार पानी। मेरे पैर उसमें डुबाकर रगड़ते हुए वह हिन्दी में बात करने लगी, ''हमें लॉटरी में ग्रीन कार्ड वीज़ा मिल गया। पति नेपाल में पंडित, अँगरेज़ी के नाम पर गोल। हम दोनों बच्चों के भविष्य का सोचकर यहाँ आ गए। क्या मालूम था कि यहाँ आकर यह काम करना पड़ेगा! वहाँ तो हमारे पाँव पूजे जाते थे। एक संस्था है जो मदद करती है, सिखाती है, नौकरी दिलाती है। मैंने तो कह दिया, 'मुझसे यह नहीं होने का—जात-बेजात के पैर धोने का काम! न बाबा न, लौट चलो अपने गाँव!' कितने दिन रोती रही, फिर दिल कड़ा किया और आने लगी।'' कहते हुए वह मेरे पैरों में बहुत ज़ोर से झामा रगड़ रही थी।

''धीरे-धीरे...''

''सॉरी!...दिल हर बख़त रोता रहता है। वहाँ दस गाँव में इज़्ज़त थी, यहाँ मुझे यह करना पड़ रहा है। पंडित जी को कभी-कभार कोई पूजा या नामकरण के लिए बुला लेता है। मैं तो शर्म के मारे साथ नहीं जाती। अगर किसी ने पहचान लिया तो नाक कट जाएगी। नेपाल में किसी को पता नहीं है कि मैं यहाँ लोगों के पैर धो-धोकर पेट पाल रही हूँ। वाह रे अमेरिका! भाड़ में जाए ग्रीन कार्ड वीज़ा, मगर बच्चे सुनते कहाँ हैं? आपको बताऊँ—एक तरफ़ के टिकट का पैसा जमा कर लूँ तो सबको छोड़कर वापस चली जाऊँ। इज़्ज़त से बढ़कर और क्या है?''

''पति और बाल-बच्चों को छोड़कर...?''

''हाँ, रहें अपने-आप...अभी तो मैं ही पेट पाल रही हूँ...''

पता नहीं, उसकी कहानी सच थी या मेरे हृदय में करुणा जगाकर बड़ी-सी टिप पाने की योजना?

मैंने उसकी ओर देखा, उसकी आँखों की कोर में एक आँसू टँका था।

मैंने उसे उचित टिप दी—न कम, न ज़्यादा; काम के अनुसार।

''फिर आएँ?'' उसने कहा।

"हाँ-हाँ..."

जब मैं घर लौटी तो मम्मी और भाई चाय पी रहे थे।

मम्मी अवाक् मुझे देखती रह गईं।

भाई ने कहा, "कितनी स्मार्ट लग रही हो!"

"तुम कितनी सुन्दर हो गई हो!" मम्मी ने हलके से कहा।

× × ×

मम्मी को अपनी समवयसी महिलाएँ मिल गई थीं। कुछ तो हमारी तरह परिवार का अंग थीं, और कुछ स्थायी रूप से अमेरिका में रहने वाली। उनमें एक महिला, जिनसे मम्मी की विशेष पटरी बैठ गई, शिखा कपूर थीं। उनके पति साठोत्तर दशक में आए थे और स्थायी रूप से बस गए थे। बरसों बौस्टन कॉलेज में प्रोफ़ेसर रहने के बाद रिटायर होकर भारत वापस जाने की सोच रहे थे कि उनका देहान्त हो गया। अब शिखा तीन कमरों वाले एक खुले, धूप भरे फ्लैट में अकेले रहती थीं। उनके दो बेटे थे जो बौस्टन में ही रहते थे। उनकी पत्नियाँ थीं, बच्चे थे—सब अपने-अपने में व्यस्त। अपने-अपने परिवारों में मग्न।

अन्य महिलाओं और शिखा कपूर के नेतृत्व में मम्मी भी प्रसन्न थीं। अख़बारों में सेल के विज्ञापन देखना, रविवार को सेल के कूपन काटना, और शॉपिंग उनकी हॉबी बनती जा रही थी। उन्हें हर चीज़ पसन्द आ जाती थी—चाहे ज़रूरत हो या नहीं। जूते, चप्पल, चादरें, विलायती रज़ाइयाँ, काँच के बर्तन, न टूटने वाले प्लेट, प्याले और सस्ती घड़ियाँ तथा प्लास्टिक के पर्स—उनके कमरे में चीज़ों का अम्बार लगने लगा। भाई देखते और मुस्कुरा देते। केवल सफ़ेद चँदेरी की राड़ी पहनने वाली और नफ़ासत-पसन्द मम्मी का यह नया रूप था। जब वह शॉपिंग के बाद घर में घुसतीं तो उनके हाथ में सस्ता सामान बेचने वाली दुकानों के बड़े-बड़े थैले होते। वह चीज़ें निकाल-निकालकर हमें दिखातीं—देखो, यह चमड़े के मर्दाने बटुए, साठ प्रतिशत छूट पर। यह काँच का फूलदान, सिर्फ़ दो डॉलर का, और यह चार चाय के प्यालों का सेट! उत्साह में वह बच्ची जैसी भोली और प्रसन्न दीखतीं।

भाई के बैचमेट जो अक्सर शाम को हमारे घर ही एकत्र हो जाते, मम्मी को उकसाते, प्रशंसा करते, "आपमें अभी भी जीने का इतना उत्साह है, घर परिवार सजाने का इतना चाव—हमारी माँ केवल भजन के टेप सुनती हैं..."

यह कहते हुए अक्सर उनकी दृष्टि मुझ पर टिक जाती जो अलग-थलग बैठी जम्हाइयाँ लेती रहती थी, जो सम्भावनाओं के इस देश में समय बर्बाद कर रही थी।

अमेरिका में आकर कुछ तो करना ही होगा। कितने लोग यहाँ आने के लिए कलपते रह जाते हैं और अवसर नहीं मिलता। न जाने किस दिव्य शक्ति की कृपा से

यह अवसर गोद में आ गिरा है! भाई के साथ-साथ मैं भी आ गई हूँ, जैसे किसी ने कटूक्ति की थी : गेहूँ के साथ-साथ बथुए को भी पानी मिल गया। वीज़ा के कारण न डिग्री के लिए पढ़ सकती हूँ, न नौकरी कर सकती हूँ—फिर भी कितनी राहें, कितने विकल्प हैं!

मम्मी ने कितनी परम्परागत बेटी, बहन, माँ और डिप्टिआइन, रोल हटाकर स्वतंत्र कर लिया है। श्रीमती वर्मा, जो अब ट्रैक-शू और वैसे ही कपड़े पहनकर अन्य स्त्रियों के साथ पार्क में चक्कर लगाती दीखती हैं—खाने में उन्होंने दो वक़्त की दाल, रोटी, सब्ज़ी छोड़कर पास्ता यानी विलायती पनीर के साथ मैकरोनी, टमाटर के साथ स्पेगेटी बनाना आरम्भ कर दिया है जो हम तीनों चाव से खाने लगे हैं। जो कभी बाज़ार नहीं गईं, घर पर ही सौदागर आ जाते थे, अब रविवार के अख़बार में आँखें गड़ाकर सेल के कूपन देखती हैं, काटती हैं, और गड्डी बनाकर रख लेती हैं। हमारे फ्लैट में तीन कमरे हैं और उनके कमरे की अलमारी, पलंग के नीचे की जगह और कोने डिब्बे और सामान से भरते जा रहे हैं।

भाई के साथ तीन सहयोगी और हैं। अतिमा जो स्वयं अफ़सर है, पति भी था पर कुछ साल पहले नक्सलवादियों द्वारा मारा जा चुका है, वह दो बच्चियों को पीछे छोड़कर आई है। उसका पहनना-ओढ़ना, बातचीत मम्मी को पसन्द नहीं है। एक पति-पत्नी, जो अपने में ही रहते हैं, घर भी छोटा लिया है और भरसक पैसा बचाने में लगे रहते हैं। दो एक और हैं, सभी अफ़सर की कुर्सी के आदी। यहाँ आम आदमी, छात्र की तरह रहना भारी पड़ता है, पर सभी ने इस अनुभव का स्वागत किया है।

शाम को चाय का वक़्त हो गया था। भाई के साथ शुक्ला जी, अतिमा और पंजाबी लौटकर आए थे।

"मम्मी कहाँ हैं?" भाई ने घर में सन्नाटा देखकर पूछा।

"आती होंगी—कहीं गई हैं। चाय का पानी चढ़ा दूँ?" मैंने पूछा।

भाई ने मुझे देखा—अच्छी चाय बनाना मेरे बस का नहीं होगा—शायद यह सोचकर बोले, "कॉफ़ी बना लेते हैं। मम्मी नई मशीन लाई हैं न, उसका उद्‌घाटन करें..."

अतिमा सोफ़े पर अधलेटी थी। साड़ी पहनना उसने पहले दिन से ही छोड़ दिया था, स्लेटी रंग का पैंट-सूट पहने थी। उस पर रक्त रंग की ब्लाउज़। सारा दिन बीतने पर भी उसके बाल, मेकअप, लिपस्टिक—सब एकदम सही थे।

भाई अन्दर से डिब्बा ले आए और खोलने लगे।

अतिमा ने पूछा, "तुम सारे दिन क्या करती रहती हो?"

पहले सच होंठों पर आया, "कुछ नहीं," पर अतिमा की व्यंग्यात्मक मुद्रा देखकर मैंने कहा, "अभी शहर से परिचय कर रही हूँ। इधर-उधर घूम रही हूँ..."

अतिमा चुप, जैसे मैं और कहूँगी, "दो क्लास भी लूँगी—एक रूसी साहित्य पर और एक अमेरिकन इतिहास पर..."

पंजाबी हँस पड़े। पता नहीं, लोग उनका नाम क्यों नहीं लेते थे! शायद इसलिए कि वह जातिसूचक नाम की जगह 'पंजाबी' ही लिखते थे।

"वह क्लास तो आसान होगा। अमेरिका का इतिहास है ही कितना—महज़ दो—सवा दो सौ साल..."

मुझे उनकी विद्रूपभरी हँसी नहीं जँची, "जो भी हो।"

"और रूसी साहित्य—इम्प्रेसिव।" अतिमा बोली।

"दोस्तोएव्स्की तुम्हारे लिए मुश्किल नहीं होगा?"

मैं चुप रह गई। समझ में नहीं आया, क्या कहूँ।

तभी मम्मी आ गईं—सामान से लदी-फदी।

"अच्छा है, तुम लोग हो—देखो, मैं गरमा-गरम समोसे लाई हूँ।"

"समोसे? कहाँ मिले?"

समोसों के साथ रसगुल्ले के डिब्बे भी थे। भाई ने एक डिब्बा खोला और मैंने रसगुल्ले और समोसे मेज़ पर सज़ा दिये।

मम्मी बाज़ार सज-धजकर जाती थीं, मुस्कुरा रही थीं—चाय छोड़कर कॉफ़ी का मज़ा लेने लगी थीं। मैं भी समयोचित कपड़े पहने थी—कसी हुई धूमिल नीली जींस और उसके ऊपर हार्वर्ड विश्वविद्यालय का टी-शर्ट। बाल सुबह ही धोये थे, और घर पर रहकर प्रसाधन करती नहीं थी।

"मम्मी तो एकदम अमेरिकन रंग में ढल गई हैं!" तीसरे मित्र शुक्ला जी बोले, "कितना परिवर्तन आ गया है!"

मम्मी मुस्कुरा दीं, "जैसा देश, वैसा वेश—है न?"

"आपमें अभी भी जीवन के प्रति कितना लगाव है, कितना चाव है!" शुक्ला जी कहने लगे, "हमारी अम्माँ जी तो वही चूल्हा-चौका, छुआछूत, छाप-तिलक में बझी रहती हैं—वाइफ़ को भी साथ नहीं आने दिया।" शुक्ला जी का चेहरा मलिन हो गया। "बच्चों की पढ़ाई का कहकर रोक लिया," उन्होंने आगे जोड़ा।

सब चुप, अपनी-अपनी कॉफ़ी पीते रहे।

"बच्चे अभी छोटे हैं, स्कूल नहीं जाते—कंट्रोल इशू था—अम्माँ बहू को अमेरिका भेजने के नाम से ही बौखला गईं, वाइफ़ भी चुप रहीं..."

अतिमा ने कॉफ़ी ख़त्म करके प्याला मेज़ पर रख दिया।

"हाँ, मैं भी बेटियों को हॉस्टल में रखकर आई हूँ। यहाँ आने का अवसर कैसे छोड़ती...?" फिर उसने मुझे देखा। न जाने क्यों मुझे कोचने में उसे आनन्द आता था, "अब तुम कोई बॉयफ्रेंड भी ढूँढ़ लो—यहाँ तो सतरंगी बहार है—काले, पीले, भूरे, गोरे..."

मम्मी को यह बात चुभी होगी, उन्होंने थोड़ी रुखाई से कहा, "किसी को बॉयफ्रेंड की ज़्यादा ज़रूरत है, किसी को कम..." और उन्होंने सीधी, सतर, कठोर दृष्टि से उसे देखा।

उसने उनकी दृष्टि का वैसे ही उत्तर दिया और मुस्कुरा दी, "मुझे तो ज़रूरत है नहीं..." और उस मुस्कुराहट में भाई को लपेट लिया।

कमरे में एक क्षण के लिए अस्वस्तिपूर्ण सन्नाटा हो गया। फिर शुक्ला जी और पंजाबी एक साथ उठ खड़े हुए, "अब चलना चाहिए...थैंक यू आंटी!"

अतिमा को वैसे ही बैठे देखकर पंजाबी ने कहा, "चलिए, आपको छोड़ देते हैं मिसेज़ भट्टाचार्य!"

"बहुत-बहुत शुक्रिया आंटी।"

तब अतिमा को उठना ही पड़ा। एक झूठा-मूठा थैंक्स हमारी तरफ़ फेंककर वह चली गई।

"मुझे यह औरत फूटी आँख नहीं सुहाती," मम्मी ने अपने-आपसे कहा।

मैंने प्याले-प्लेट समेटकर सिंक में रख दिये।

"कम-से-कम मदद करने का ऑफर तो करती," मम्मी बुदबुदा रही थीं।

"वह स्त्री है, इसलिए प्लेट-प्याले धोये?" भाई ने अप्रत्याशित रूप से कहा।

"लो—तुम धो," मम्मी ने हाथ समेट लिये, "कल से झाड़ू भी तुम लगाना। बड़े हिमायती बन रहे हो!"

भाई बिना अप्रतिभ हुए मुस्कुरा दिये। अँगरेज़ी में बोले, "हाँ, समान अवसर, समान कार्य।"

"तो फिर भाई," न जाने कैसे मैं बोल पड़ी! शायद अतिमा का अफ़सरी गुमान मन में घूम रहा था। "आपने मुझे आई.ए.एस. में बैठने के लिए क्यों नहीं बढ़ावा दिया? शायद मैं आ ही जाती। मूर्खा थोड़े ही हूँ।"

भाई और मम्मी दोनों विस्मित से मुझे देखने लगे।

"हाँ, शुरू से ही—भाई बनेंगे अफ़सर और मेरा ब्याह कर दिया कि...." मेरा गला रुँध गया और अनायास ही मेरी आँखों में आँसू आ गए।

भाई ने मुझे प्यार से बाँहों में भर लिया, "अरी पगली, तुमने भी तो कभी अफ़सर बनने में रुचि नहीं दिखाई! तुम भी अफ़सर बनना चाहोगी, यह कभी दिमाग़ में आया नहीं..."

मैं अलग हो गई, "आता कैसे? परिवार में सभी लड़कियाँ कम उम्र में ब्याह दी जाती हैं।"

मैं अपने कमरे में चली गई। दरवाज़ा बन्द कर लिया। पलंग पर बैठ गई। सच तो यह है कि अतिमा का गुमान मुझे चुभने लगा था।

इस साल कुछ करना है। अपने को इस अकर्मण्य जीवन से निकलकर कुछ बनना है।

दिखा दूँगी सबको।

तो सबसे पहले आसान काम। जाकर कुकिंग क्लास में नाम लिखा दिया। फ़ीस भर दी। लगा, कुछ तो व्यावहारिक काम करना आएगा। मैं भी बनाऊँगी बढ़िया-बढ़िया डिश और अतिथि चटख़ारे लेंगे। परन्तु जब अगले दिन दस सप्ताहों का ब्यौरा मिला तो मुझे विश्वास नहीं हुआ। इस सबके लिए मैंने इतने पैसे भरे? पर अब हो क्या सकता था! क्लास में गई।

एक साफ़-सुथरा कमरा था। दस काउंटर थे। ऊपर चाकू, छुरी, ब्लेंडर वग़ैरह रखे थे। दीवार पर क़रीने से बर्तन टँगे हुए थे। काउंटर के नीचे ओवेन था।

मैंने दस सप्ताहों का कार्यक्रम पढ़ा। हर कुक को ये दस बातें जानना ज़रूरी हैं, वह हमें सिखलाया जाने वाला था :

1. सब्ज़ी उबालना और बेक करना।
2. प्याज़ काटना, सलाद सजाना।
3. तीन तरह के आलू बनाना—बेक करके, तल के और मैश करके यानी भरते की तरह।
4. कपकेक, कुकी और सादा केक बनाना।
5. कड़ाही में मांस पकाना।
6. मांस के साथ तीन फ्रेंच सॉस।
7. चावल और खुसखुस।
8. डबलरोटी—गेहूँ की साधारण।
9. डबलरोटी—भरी हुई, सब्ज़ी, फल और अन्य पदार्थों की।
10. पूरे कार्यक्रम का रिव्यू—
    परीक्षा,
    परीक्षा में कुछ पदार्थ बनाने होंगे। लिस्ट, सामान क्लास से मिलेगा।

मैं वह पर्चा पढ़ती रही। न जाने मैंने क्या सोचा था, यह भूल गई थी कि यह प्रारम्भिक कक्षा है।

मम्मी ने कहा, ''यह सब पैसा बनाने के गुर हैं। सब्ज़ी उबालना, प्याज़ काटना, यह किसको नहीं आता?''

पर मम्मी की बातों से मेरा निश्चय डगमगा गया। क्लास में डेढ़-दो घंटे हमने प्याज़ काटने की प्रैक्टिस में ही निकाल दिये थे। जब सारे टुकड़े हमने सही समय में, सही आकार में, सही चाक़ू से काटे थे तभी क्लास को छुट्टी मिली थी। सभी की आँखों से पानी गिर रहा था। हमारे 'मास्टर शेफ़' कहे जा रहे थे कि तेज़ चाक़ू से प्याज़ के बारीक़ टुकड़े जल्दी-जल्दी काटने से आँखों में झार लगने का मौक़ा ही नहीं मिलेगा।

''प्रैक्टिस, प्रैक्टिस, प्रैक्टिस!'' टीचर ने कहा।

मुझे चाक़ू ठीक से पकड़ना ही नहीं आ रहा था। पास खड़ा चीनी लड़का खट-खट-खट प्याज़ काट रहा था।

क्लास के बाद इंस्ट्रक्टर ने मुझे बुलाया।

हम मेज़ के इधर-उधर बैठे थे।

''देखो,'' उस स्त्री ने कहा, ''तुम्हें मन लगाना पड़ेगा। तुम बहुत अनाड़ी हो—बहुत स्लो। क्लास आगे बढ़ जाएगा और तुम प्याज़ ही काटती रहोगी...''

मैं हमेशा की पलायनवादी, ''अगर मैं क्लास छोड़ दूँ तो... ?''

वह स्त्री मुझे देखती रही।

''मैंने और भी क्लास ले रखी हैं।'' मैंने यों ही उड़ा दिया। ''रूसी उपन्यास—बहुत पढ़ना पड़ता है।''

मैं सरासर झूठ बोल रही थी। यह मेरे स्वभाव के एकदम विरुद्ध था। पर कितना आसान भी था!

''तो तुम क्लास छोड़ सकती हो। तुम्हें पचास प्रतिशत रिफंड मिल जाएगा। यदि तुम सीरियस नहीं हो तो एक सीट छेंक रही हो, हमारे पास लम्बी वेटिंग लिस्ट है।''

''थैंक यू,'' कहकर मैं उठ खड़ी हुई।

ऑफ़िस में गई, क्लास ड्रॉप करने का फॉर्म भर दिया, पैसे लिये।

घर लौटते समय लगा कि कंधों से एक भार उतर गया है।

बाक़ी दिन मैंने कैम्पस में घूमते-फिरते बिताये। आस-पास की दुकानें कितनी फ़ैशनेबल थीं और महँगी भी! दो सड़कों के बीच एक द्वीप जैसा था, जिस पर अख़बारों की बड़ी-बड़ी दुकानें थीं जहाँ विश्व के हर कोने, हर भाषा के अख़बार बिकते थे। बाईं ओर सब-वे का स्टेशन, दाईं ओर बैंक, रेस्तराँ और बड़ी दुकान, किताबों की। सचमुच इस जगह कितनी भीड़ रहती थी! बसें, टैक्सियाँ और गाड़ियाँ तो थीं ही, इसके अलावा कितने पदगामी, विद्यार्थी, सैलानी, तीन-चार भिखारी, ख़रीदार, कितने रेस्तराँ—देश-विदेशों के! हांगकांग कैफ़े के सटा हुआ 'इमली' और कुछ दूर 'ढाबा', मम्मी शायद समोसे वहीं से लाई होंगी।

मैं भी वहीं घूमती रहती थी। जब थक जाती थी तो खुले में एक कप कॉफ़ी लेकर बैठ जाती थी। वहाँ कितने लोग ऐसे ही, घंटों बैठे रहते थे और पदयात्रियों का अनवरत प्रवाह देखते रहते थे। वहाँ कुछ मेज़ों पर लोग शतरंज खेलते भी नज़र आते थे।

शुरू में मैं भारतीय विद्यार्थियों से नज़र मिलने पर मुस्कुरा देती थी, पर अक्सर उस मुस्कान के उत्तर में एक नकचढ़ी मुद्रा ही मिलती। शायद यहाँ किसी भारतीय को देखकर भारतीयता स्वीकारने का चलन नहीं था। कुछ ही समय में मैं पहचानने लगी कि कौन-सा भारतीय स्वदेश से पढ़ने आया है और कौन यहाँ की पैदावार है—और उस नकचढ़ी मुद्रा को अपनाने में समय कहाँ लगा? पर जब घर जाने के लिए बस में चढ़ती तो वह नक़ाब वहीं फेंक जाती। मुझे अपना बहुरूपियापन बहुत मज़ेदार लगता। परन्तु यह भी मेरे बहुआयामी और बौद्धिक बनने का एक चरण था। यही नहीं,

अमेरिकन उच्चारण का एक ऐप डाउन लोड करके, कानों में हरेक की तरह पुंगी लगाकर मैं उसका अभ्यास भी करती रहती।

तभी क्लास शुरू हो गया।

× × ×

'रूसी उपन्यासों के दस प्रमुख स्त्री पात्र' क्लास शाम को होती थी—चार से साढ़े पाँच बजे तक। बीस-पच्चीस विद्यार्थी, एकदम प्रोफ़ेसरनुमा प्रोफ़ेसर, सफ़ेद कमीज़ पर हरे ऊन की धारीदार टाई—उस पर स्वेटर, चश्मा, अस्त-व्यस्त बाल।

कुकिंग क्लास की तरह यहाँ भी पहले दिन पर्चे बँटे।

जिस पर हर सप्ताह की पुस्तक की सूची थी :

आन्ना करेनिना, टॉल्स्टॉय
नताल्या रॉस्तोवा—वार एंड पीस : टॉल्स्टॉय
इरीना प्रोज़ोरोवा—चेख़व
लीज़ा कालीरीना—तुर्गनेव।

लिस्ट पूरी पढ़ी भी नहीं थी कि मेरा दिल बैठने लगा। यह एक दूसरा पहाड़ था जिस पर चढ़ना मेरे बस का नहीं था। अतिमा का चेहरा सामने उभर आया। मैंने होंठ भींच लिये—भरसक प्रयत्न करूँगी। कोई परीक्षा थोड़े ही देनी है, केवल अपनी ज्ञान-वृद्धि के लिए ही तो पढ़ रही हूँ।

क्लास में लेक्चर समझ के बाहर। एक तो विषय से अपरिचित थी; दूसरे, एक सप्ताह में एक लेखक को पढ़ना मेरे लिए असम्भव था—पर दूसरे विद्यार्थी पढ़ भी लेते थे, आलेख भी लिखकर दे देते थे और वाद-विवाद में भी बढ़-चढ़कर भाग लेते थे।

रूस की क्रांति, ज़ार निकोलस द्वितीय का क़त्ल, मार्क्सवाद—यह सब दिमाग़ में ठूँसना चाहती थी पर वह मेरी बौद्धिक क्षमता के परे था।

फिर भी क्लास जाती, तत्परता से नोट्स लेती, पर रुकी हुई थी वहीं 'आन्ना करेनिना' पर। इस एक किताब को तो पढ़ना ही है, चाहे बाल सफ़ेद हो जाएँ।

न जाने कब टॉल्स्टॉय के दूसरे उपन्यास की बारी आएगी—नतालिया/नताशा हीरोइन के बारे में पढ़ने की!

मैं 'आन्ना करेनिना' भी पूरी नहीं पढ़ पा रही थी और क्लास न जाने कहाँ से कहाँ पहुँच गया था। उसमें प्रोफ़ेसर और विद्यार्थियों के वाद-विवाद, तर्क मेरी समझ के परे थे। मैं ऊहापोह में थी। स्पेशल स्टूडेंट होने के कारण मुझे न पेपर लिखने थे, न परीक्षा देनी थी। अपेक्षा थी कि कोर्स की सारी पुस्तकें पढ़ लूँ और शिक्षण से कुछ ज्ञान-वृद्धि करूँ।

यदि मंगल को क्लास में नहीं जाती तो मम्मी और भाई दोनों पूछते, 'आज क्लास में नहीं गई ?' उनके प्रश्नों से बचने के लिए मैं दोपहर को ही घर से निकल जाती और हार्वर्ड स्क्वायर में एक मेज़ पर बैठकर सैंडविच खाती या कॉफ़ी पीती। मेरे आगे हमेशा 'आन्ना करेनिना' के पृष्ठ खुले रहते और जो भी मुझे देखता, एक गम्भीर और समर्पित विद्यार्थी ही समझता।

क्लास में मेरे पास एक और लड़की बैठती थी, वह गम्भीर थी। नोट्स लेती थी और हर दूसरे सप्ताह कोर्स की नई किताब पढ़ती नज़र आती थी। कैफ़े के सामने मुझे अकेला बैठे देखकर वह मुस्कुराई और 'क्या मैं यहाँ बैठ सकती हूँ...' कहकर अपना बैकपैक रखकर कुछ पीने को लेने चली गई। लौटकर आकर बैठी। अपने कोकाकोला को पीते हुए उसकी नज़र मेरी पुस्तक पर पड़ी।

''अरे, तुम अभी यह ही पढ़ रही हो ?''

मैं झेंप गई, ''मैं धीरे-धीरे पढ़ती हूँ...''

''तुम तो स्पेशल स्टूडेंट हो, तुम्हें यह सब पढ़ना अनिवार्य नहीं है। एक काम करो, इस पर बहुत अच्छी फ़िल्म बन चुकी है—लाइब्रेरी से फ़िल्म लेकर वहीं बैठकर देख लो। पुस्तक पढ़ने की ज़रूरत नहीं है...''

फ़िल्म न देखती तो यह पता ही न चलता कि आन्ना ने रेल से कटकर आत्महत्या कर ली—क्योंकि अन्त तक पुस्तक पढ़ना तो बस में नहीं था।

फिर वही हुआ जो होना था। क्लास का समय आया और निकल गया। मैं बैठी-बैठी खीरे और टमाटर का सैंडविच खाती रही और घूँट-घूँट कॉफ़ी पीती रही।

यह बात मैंने पहली बार मम्मी और भाई से छिपाई। मुझे अच्छा लगा कि मैं एकदम निर्भर, पारदर्शी युवती नहीं रही—मैं भी रहस्य, गोपनीय बात दिल में छुपाकर रख सकती हूँ। उसके बाद तैयार होती, बस लेकर कैम्पस जाती और हार्वर्ड स्क्वायर में बैठी रहती। सैंडविच खाती, कॉफ़ी पीती—और सामने का दृश्य देखती रहती। वहाँ आने-जाने वाले छात्रों और प्रोफ़ेसरों की मुद्रा में कुछ ऐसा होता कि हम विशिष्ट हैं, यद्यपि देखने-सुनने में वे आम व्यक्तियों से अलग नहीं होते। मैंने लोगों को ग़ौर से देखना आरम्भ कर दिया—बदरंगी या नीली फटी हुई जींस, नेवी या काले कोट, पीठ पर बैकपैक और आगे खुला लैपटॉप। वहाँ बैठकर लगता कि जैसे सारे विश्व के प्रतिनिधि सामने से गुज़र रहे हैं—चीनी, जापानी, कोरियन, अफ्रीकन, भारतीय!

मुझे अच्छा लगने लगा। मैं भी अपने को उस समूह का एक भाग समझने लगी। मैंने भी अपने अतीत को कुछ समय के लिए भुला दिया—वह अतीत, जो समय-असमय मुझे विचलित कर जाता था। मैं भूली नहीं थी कि मेरा सत्रह साल की उम्र में ब्याह हुआ था, कि वह लज्जालु, भद्र युवक इसी शहर में पढ़ने आया था और यहीं के समुद्र में डूब गया था। उसका शव नहीं मिला था, न भारत से किसी ने उसे ढूँढ़ने का प्रयत्न ही किया। अमेरिकी पुलिस की रिपोर्ट स्वीकार कर ली—और वैधानिक

अवधि बीतने पर उसे मृत घोषित कर दिया गया, और जीवन पूर्ववत् चलने लगा। मम्मी-पापा ने मेरा दुबारा विवाह करने में ज़्यादा प्रयत्न नहीं किया और उस चपरासिन के साथ विवाह-प्रसंग के बाद भाई के रिश्ते आने बन्द हो गए और वह अब तक कुँवारे ही रह गए।

एक दिन मैंने अपने को एम.आई.टी. विश्वविद्यालय के सामने खड़ा हुआ पाया। न जाने क्यों वहाँ बस रुकने पर उतर गई! मुझे याद करने पर भी उस युवक का चेहरा धूमिल-सा लगा। यहीं तो आया था वह। कुल दस-बारह दिन ही तो रहा होगा। सड़क पर कितनी भीड़ थी! वैसे ही विद्यार्थी, वैसी ही वेशभूषा, वैसे ही रंग-रूप।

दूसरी बस आते ही मैं उस पर चढ़ गई। मेरे मन में ढेर-सा सुकून भर गया। मैंने भी देख ली वह जगह, जहाँ वह, मेरा युवा पति, ढेर सारी महत्त्वाकांक्षाएँ लेकर आया था और तीन साल बाद, लौटने पर, मेरे साथ पूर्ण विवाहित जीवन-यापन का वादा किया था। यह सच है कि तब भी मेरे मन में कोई आकर्षण, कोई भी भावना नहीं थी। शरीर और मन, दोनों ही सुप्त रहे थे—तब भी और अब भी। जैसे किसी भी प्रकार की अनुराग-भावना या शरीर-सुख की चाह पनपी ही नहीं थी। सब कुछ शून्य था, रीता, बंजर—जैसे एक तापसी जीवन। कितना द्वन्द्वहीन जीवन था! मुझे कोई शिकायत नहीं थी। मजे में रहती थी, सन्तुष्ट थी। बस, अब इस अतिमा ने हलचल पैदा कर दी थी, जैसे कुछ स्वप्नों ने जन्म लिया था—कुछ करने का, कुछ बनने का।

'रूसी उपन्यास' का कोर्स यों ही छोड़ देने पर मन में अपराध-बोध तो था ही, पर अपने को समझा लिया था कि वह मेरी सामर्थ्य और बौद्धिक क्षमता के बाहर था। फिर भी मन में कलक उठती, इसीलिए अमेरिकन इतिहास पर ध्यान लगाया। अक्सर हम बौस्टन में ऐतिहासिक जगहों पर भी जाते—बौस्टन टी पार्टी का स्थल, जहाँ जॉर्ज वाशिंगटन ने अमेरिकन सेना का भार कमांडर के रूप में सँभाला था, जहाँ बौस्टन हत्याकांड हुआ था।

और हम सब एक टूर पर प्लिमथ भी गए, जहाँ सबसे पहले ब्रिटेन से प्रवासियों का पहला जत्था उतरा था। उस शिप का एक प्रतिरूप भी वहाँ था—उसका नाम मेल्फावर था और वह चट्टान भी देखी जिस पर प्रवासियों ने पहले-पहल क़दम रखा था। जैसे हार्वर्ड विश्वविद्यालय के विख्यात प्रांगण में जॉन हार्वर्ड की प्रतिमा असली प्रतिच्छवि नहीं थी, उसी प्रकार यह चट्टान भी अटकलपच्चू एक जगह स्थापित कर दी गई थी। उसी से अमेरिका में विलायत वालों के आने का ताँता बँध गया। फिर अमेरिका की उपनिवेश की अँगरेज़ी सत्ता से मुक्त होने की लड़ाई। बस में बैठकर आते-जाते कई स्मारकों के पास से गुज़रती हूँ, पर यह स्मारक देखकर पिछले दो-ढाई सौ वर्षों का ही इतिहास सामने आता है—अपने देश के भग्नावशेषों का सदियों पुराना अतीत नहीं।

इतिहास मुझे अच्छा लगने लगा—उत्तर और दक्षिण की सिविल वार, अब्राहम लिंकन की हत्या, जनता की बाढ़ की बाढ़ का पश्चिम में कैलीफ़ोर्निया की ओर प्रस्थान—उर्वर भूमि और सोने की खानों की तलाश में।

और अब, पीढ़ियों बाद, हार्वर्ड स्क्वायर में देश-विदेश के छात्रों और विद्वानों का ताँता। परन्तु नोबेल प्राइज़ विजेता और आम पुरुष में भेद बता पाना सचमुच कठिन लगता है। मुझे यहाँ अच्छा लगने लगा है—फटी-सी जींस और टी-शर्ट में। बदरंगा जाड़े का कोट और बूट।

अभी भी, कभी-कभी 'आन्ना करेनिना' के कुछ पन्ने पढ़ लेती हूँ।

## 7

मैं ड्राइविंग लाइसेंस के टेस्ट के लिए चली तो गई, पर घबरा रही थी। सुना था कि पहली बार में कम लोग पास होते हैं। टेस्ट का समय आया, परीक्षक साथ आकर बैठ गया। जैसा-जैसा उसने कहा, मैं करती गई—लालबत्ती पर रुकना, मुड़ने के लिए टर्न सिग्नल देना, चौराहा पार करने से पहले दायें-बायें मुड़कर देखना, कि कोई सिरफिरा लालबत्ती होने पर भी दनदनाता हुआ चला तो नहीं आ रहा है! पदयात्रियों के लिए रुकना।

और जब उसने कहा, 'अब वापस चलिए...' तो मैं उसी आत्मविश्वास से भरी अन्दर कम्पाउंड में आई और कार सड़क के किनारे लगा दी। मन में था—फ़ेल कर देगा तो क्या हुआ, कोई भूकम्प तो नहीं आ जाएगा!

उतरने से पहले उसने सीट पर बैठे-बैठे कुछ लिखा-पढ़ी की, फिर मुड़कर मुझसे हाथ मिलाया और कहा, "बधाई, आप पास हो गईं..."

"सचमुच?" मैं उसे आँखें फाड़कर देखती रह गई।

"हाँ," वह गाड़ी से उतर गया, "अन्दर आकर काग़ज़ भर दें, आपका लाइसेंस डाक से आ जाएगा..."

मैंने लम्बी साँस ली। न जाने कब से रोके हुई थी—तो मैं पास हो गई? अब मैं यहाँ, अमेरिका में, पूरे देश में गाड़ी चला सकती हूँ? वाह, क्या कहना!

तो कर ही लिया तुमने! एक कितना बड़ा काम कर लिया—कुकिंग क्लास और रूसी उपन्यास का कोर्स आधा छोड़ने की ग्लानि और क्षोभ कुछ कम हुआ।

मैं भाई की गाड़ी चलाते हुए घर लौटी। कितने दिनों बाद इतनी उत्फुल्ल, इतनी प्रसन्न थी।

घर पर हमेशा की तरह चाय पर कई लोग थे, पर उसमें एक परिचित चेहरा दिखा—उन अनाम पुरातत्त्वविद् जी का।

"आप? यहाँ?"

"एक कॉन्फ्रेंस में आया था, सोचा, यहाँ भी रुकता चलूँ..."

"अभी रुकेंगे?" मम्मी एक प्लेट में बिस्कुट सजा रही थीं।

"निर्भर करता है..."

मम्मी ने साभिप्राय उन्हें देखा। मैं भी उन्हें देख रही थी। इस समय गहरे सलेटी रंग के सूट और लाल टाई में अच्छे दिख रहे थे। चेहरे पर आत्मविश्वास की आभा थी।

'इतनी बुरी शक्ल भी नहीं...' मेरे मन में विचार आया।

मैं अतिथियों को बिस्कुट की प्लेट घुमाने लगी।

"आप लोग कब तक हैं?" उन्होंने भाई से पूछा।

"मेरे कोर्स में तो समय बाक़ी है। मम्मी का मन लग गया है। ख़ूब प्रसन्न हैं... और यह भी..." उन्होंने मेरी ओर इशारा किया, "कुछ इवनिंग कोर्स ले रही है। हाँ, वह रूसी उपन्यासकार..."

"रूसी उपन्यासकार?" उन्होंने ताज्जुब से मुझे देखा। "कौन-कौन से पढ़े?"

"अभी तो टॉल्स्टॉय," कहते-कहते रुक गई, "पढ़ रही हूँ—'आन्ना करेनिना' और दूसरा कोर्स है 'अमेरिका का इतिहास'। बहुत रोचक है..."

उन्होंने सहमति में सिर हिलाया।

मम्मी को याद आ गया कि उन्हें जूतों के सेल में जाना है, और भाई अतिमा को घर छोड़ने के लिए उठ खड़े हुए, "आप अभी रुकें...चाय पिएँ...मैं अभी आता हूँ..."

अब रह गए हम दोनों। वह मुस्कुराए, "आपको यह कपड़े सूट करते हैं...बदल रही हैं...अच्छे के लिए..."

मैं बदरंगी नीली जींस पहने थी, ऐसे ही ख़रीदी थी। ऊपर हलके बैंगनी रंग की शर्ट। मैंने अपने-आप बालों में हाथ फेरा—टेस्ट देने के लिए तैयार होकर गई थी। हलका-हलका मेकअप—पिंक लिपस्टिक। सुलेखा की कृपा से हाथ-पैर साफ़-सुथरे और सजे-सँवरे थे।

न जाने क्यों मुझे इस समय लगने लगा कि जो बातें हरेक से गोपनीय रखती हूँ, इस समय इनसे कहूँगी तो यह औरों की तरह मख़ौल नहीं बनाएँगे। मुझे सुनेंगे, समझेंगे। उनमें एक ठहराव है। एक संवेदनापूर्ण दृष्टि। मुझे देखते हैं फिर नज़र बचा जाते हैं। फिर दुबारा देखते हैं, मुस्कुराते हैं...।

मैंने न जाने क्यों कहना आरम्भ कर दिया, शायद घर में केवल हम दो थे और उनकी उपस्थिति में मैं अपने को बहुत सुरक्षित पा रही थी। अन्य अवसरों पर भाई के सहयोगी मुझे वार्तालाप में सम्मिलित करना तो दूर, दृष्टि भी नहीं डालते थे। उनके लिए मैं थी सहयोगी की बिनब्याही बहन—एक पुछल्ला। अतिमा के लिए मैं उसके अहम को बढ़ावा देने की साधन मात्र थी—एकदम निरर्थक फ़ालतू उपस्थिति। इसीलिए मौक़े-बेमौक़े कोंचा करती थी। पर अब, इस समय, इस व्यक्ति की कम्पनी में लग रहा था कि मैं एक फुटनोट नहीं, एक इनसान हूँ, जिसकी भावनाएँ हैं, और उनकी वह पूरी क़दर कर रहे थे। उन्होंने नोटिस की थी मेरी नई वेशभूषा, मुझमें आता हुआ आत्मविश्वास। वह बुझी-बुझी, खोई-खोई श्रीमय वर्मा की मात्र बहन नहीं, अपने-आपमें एक इकाई।

उसी से प्रोत्साहित होकर मैं एक आवेग से कह उठी, "आपको एक मज़ेदार बात बताऊँ—किसी से बताई नहीं है?"

वह सीधी, सतर, द्रवित दृष्टि से मुझे देखने लगे।

"एक दिन क्लास के लिए लेट हो गई। हड़बड़ी में ग़लत क्लास में घुस गई। जाकर पिछली क़तार में चुपचाप बैठ गई। वैसे भी मुझे कुछ करना नहीं होता, स्पेशल स्टूडेंट हूँ। परीक्षा तो देनी नहीं थी, केवल ज्ञान-वृद्धि करनी थी। जो भी समझ में आ जाए—बोनस!"

उनके चेहरे पर उत्सुक मुस्कान थी, जिसने मुझे आगे कहने को प्रेरित किया। घर में मेरी सुनता ही कौन था—न मम्मी, न भाई। अब एक श्रोता मिला था। उनके चेहरे पर एक कोमल, एक स्निग्ध आभा थी। मैंने ठहरकर उन्हें जैसे नई दृष्टि से देखा—कृशकाय, लम्बा शरीर, एकदम गोरा रंग। नाक-नक़्श सुडौल या सुगढ़ या अनुपात में नहीं थे, फिर भी प्रशस्त ललाट था, और कहीं-कहीं सफ़ेद हो चले बाल।

मैं आगे कुछ कहने से पहले रुक गई। 'ऐसे बदशक्ल भी नहीं,' मैं सोच उठी। कुल मिलाकर आकर्षक नहीं पर एक प्रभामंडल था—गहराई, विद्वत्ता और सहजता का।

मैं कहती गई, "पन्द्रह मिनट के बाद लगा कि कुछ गड़बड़ है। प्रोफ़ेसर बार-बार 'इब्सन, इब्सन' कह रहे थे, तब माथा ठोक लिया। इतना तो मालूम ही था कि इब्सन रूसी नहीं थे, क्योंकि कुछ ही दिन पहले उनके नाटक का मंचन हुआ था : 'गुड़िया का घर'। अतिमा और भाई के साथ मैं भी देख आई थी।

मुझे लगा, मुझे यही क्लास लेनी चाहिए थी—कहाँ फँस गई रूसी लेखकों के चक्कर में! इस क्लास की किताबें भी पतली-पतली थीं—'वार एंड पीस' की तरह नहीं कि तकिया बनाकर सो लो..."

वह ठहाका मारकर हँसे। हँसते समय वह बहुत अच्छे लगे। उनका चेहरा दिप उठा और उसमें उनके बेडौल नाक-नक़्श एकसार हो गए।

मैं भी हँसने लगी।

"और हांस क्रिश्चियन एंडरसन की कहानियाँ दोस्तोएव्स्की से अधिक रोचक होंगी," वह कहने लगे। "उस पर यदि आप 'डैनी के' की 'हांस क्रिश्चियन एंडरसन' नाम की फ़िल्म देख लेतीं तो उनकी जीवनी पढ़ने की ज़रूरत नहीं होती।"

मैंने सतर्क दृष्टि से उन्हें देखा।

फिर वह स्वयं ही बोले, "हम प्रोफ़ेसरों को विद्यार्थियों के सारे हथकंडे पता रहते हैं—किताब पढ़ने की बजाय फ़िल्म देख ली, कौन पढ़े 'वार एंड पीस'—बीबीसी वाला नाटक देख लो..."

"आप मुझे टीज़ कर रहे हैं..." मैंने ठुनककर कहा।

"हाँ, कुछ-कुछ," वह अभी भी हँस रहे थे, "सत्र के अन्त में जब विद्यार्थियों से मत माँगा जाए तो कोर्स मूल्यांकन में यह लिख दें कि आपको इब्सन इसलिए पसन्द

है क्योंकि वह टॉल्स्टॉय की तरह मोटे-मोटे पोथे नहीं लिखते...'' वह गम्भीर हो गए, ''पर क्लास जाना बन्द न करें। फिर पास्तरनाक तो आपके प्रिय लेखक हैं...''

''फिर वही टीज़िंग?'' मैंने झूठ-मूठ की गम्भीरता से कहा।

मुझे उनका वहाँ होना, उनसे बातचीत अच्छी लग रही थी।

''और आज मैं ड्राइविंग की परीक्षा में पास भी हो गई।''

''अरे वाह! पहले क्यों नहीं बताया? यह तो बहुत अच्छी बात है। अमेरिका में गाड़ी चलाना स्वतंत्रता की पहली सीढ़ी है।''

''पर अभी डर लगता है।''

''धीरे-धीरे ख़त्म हो जाएगा। आप रूट दो लेकर वाल्डेन पौंड ज़रूर जाइएगा,'' वह रुक गए, बोले, ''आपने थोरो को तो पढ़ा ही होगा?''

''नाम सुना है, पढ़ा नहीं।''

''ज़रूर पढ़िएगा...''

मैंने सिर हिलाया, ''और जब थोड़ा कॉन्फिडेंस आ जाएगा तो वहाँ जाऊँगी भी ज़रूर...''

''ज़रूर जाएँ...''

अब हम दोनों ही चुप थे। एक-दूसरे को देख रहे थे, प्रतीक्षा में कि अगला कुछ बोले।

कुछ कहना ही था, मैंने पूछा, ''आप टर्की से कब लौटे?''

वह चकित दृष्टि से मुझे देखने लगे।

''मैंने एक बार कुछ पूछने के लिए आपको फ़ोन किया था। वहाँ आपका बड़ा रूड-सा भृत्य था...''

''टर्की से लौटे तो मुझे साल-सवा साल हो गया, और वह लड़का, मेरा भृत्य नहीं, मेरे साथ काम करते हुए अपनी थीसिस लिख रहा है। उसकी माँ और बहन भी उसी के साथ रहती हैं। मेरी अनुपस्थिति में वही सब देखता-भालता है—यानी मेरी पुस्तकें...डाक, घर...''

''अच्छा, उसने कुछ बताया नहीं...''

''वह कम बोलता है...''

''टर्की में कोई कॉन्फ्रेंस थी? आप तो देश-विदेश घूमा करते हैं?''

''नहीं, मैंने अपने कैरियर का प्रारम्भ टर्की से ही किया था। तब तक बिलकुल नौसिखिया-सा युवक था। बहुत दिनों से जाने का मन था। जहाँ अन्वेषण हो रहा है, वहाँ नहीं, एक प्रसिद्ध आर्किटेक्ट की बनाई इमारतें देखने की इच्छा थी, इसीलिए गया था...''

''देखीं?''

''हाँ, स्मारक, मस्जिदें। वह पन्द्रहवीं-सोलहवीं शताब्दी में था, नाम उसका सिनन था।''

"कितना मुक्त जीवन है! जब भी मन हुआ, उठे और चल दिये—कभी टर्की, कभी अमेरिका..." मैं कहने लगी। फिर बात बदलकर बोली, "साल भर से ऊपर हो गया। मुझे तो हाल की ही बात लगी।"

"आपको क्या पूछना था? किसलिए फ़ोन किया था?"

मैं सोचने लगी, "अब तो याद ही नहीं है। आपको पता है, उसके बाद मैं बीमार पड़ गई थी—कई महीने लगे। स्वस्थ तो हो गई, पर पिछला सब कुछ, नहीं, थोड़ा-बहुत दिमाग़ से निकल गया। अब सोचती हूँ तो याद भी नहीं आता।"

"वह फ़र्ग्युसन साहब की मेम, उसके बच्चे...रानी मचला दे... ?"

मैंने सिर हिलाया, "नहीं, कुछ भी नहीं। हाँ, आपसे भेंट की याद है। उसके बाद की सारी इबारत धुल गई। सब शून्य। केवल बीमारी के बाद की ही बातें..."

"मुंशी हुलास राय? उनकी तो याद होगी, अगर मेरी याद रही तब..."

"हलकी-हलकी। वहीं होंगे?"

"मालूम नहीं।"

"न जाने कैसा लगता होगा, जब जीवन का कुछ समय हमसे कटकर अलग हो जाए? एक हिस्सा कटकर लोप हो जाए?" वह कहने लगे, "हम अपने मन में, स्मृति में कितनी बातें, कितनी यादें, कितनी चीज़ें ठसाठस भरकर ज़िन्दगी भर ढोते रहते हैं ..."

"अच्छा लगता है—हलका-हलका—एक नये सिरे से शुरू करने का चाव। मुझे लगता है कि मेरे कन्धों से एक भारी बोझ की गठरी कहीं गिरकर लोप हो गई है। अब सिर्फ़ मैं हूँ : जीवन-यात्रा में हलकी-फुलकी, किसी फ़ालतू सामान का बोझ नहीं ढोना पड़ रहा है..."

"जैसे कि..."

"कभी-कभी यही तो सोचती हूँ कि वह क्या बातें, कौन-से लोग, कौन-सी भावनाएँ थीं जो डॉक्टरों ने दवाओं से, बिजली के झटकों से काटकर फेंक दीं..."

"मुझे मालूम है।" उन्होंने मन्द स्वर में कहा।

"आपको...मालूम है...बताइए न, बताइए... !"

"नहीं।" उन्होंने दृढ़ स्वर में कहा, "अब आपके जीवन में उन व्यक्तियों, उन स्मृतियों का कोई स्थान नहीं है। समझ लें, एक बीमारी की शुरुआत थी जो डॉक्टरों के हस्तक्षेप से समाप्त हो गई। उन बातों को जाने दें। ऐसे रहें, जैसे आजकल हैं—भार-मुक्त, स्वतंत्र..."

मैं कुछ देर सोचती रही, फिर बोली, "आप सही कह रहे हैं। अब मैं अकेले ही यात्रा करूँगी—जीवन-यात्रा। अतीत का कोई बोझ कंधों पर नहीं उठाकर चलना।"

वह पानी के गिलास में बर्फ़ के टुकड़ों को कुछ देर हिलाते रहे, फिर मन्द स्वर में बोले, "आपको तो पता ही होगा, मैं चाहता हूँ कि इस जीवन-यात्रा में आपके साथ रहूँ।

चाहता भर नहीं, यह मेरी उत्कट इच्छा है। पर अपनी ख़ामियों से भी पूरी तरह वाक़िफ़ हूँ। मैं उम्र में आपसे कितना बड़ा हूँ—यह अन्तर कम नहीं होता। आपका जीवन चढ़ते हुए सूरज की तरह है और मैं ढल रहा हूँ, फिर भी अभी मुझमें काफ़ी दमख़म है...''

''यह बात नहीं है।'' मैंने बेझिझक कहा। न जाने कहाँ से इतनी हिम्मत, इतना खुलापन आ गया था!

''फिर?''

''अभी मैं किसी प्रकार के कमिटमेंट के लिए तैयार नहीं हूँ। अभी ही तो मुझे पंख मिले हैं। मैं खुले आकाश में उड़ना चाहती हूँ। अपनी सीमाओं को पीछे छोड़कर...''

''आपको विश्वास दिलाना चाहता हूँ कि आपका जीवन अपना ही होगा। कोई सीमा—कोई बंधन नहीं। आप पर किसी प्रकार का प्रेशर, या अपेक्षा या प्रत्याशा नहीं होगी...'' उन्होंने पानी का एक घूँट पिया, ''मैं आपमें एक नई बात देख रहा हूँ।'' वह मुस्कुराए, पर चेहरा उदास हो आया था, ''आपमें एक दृढ़ता आ गई है—एक प्रकार की फ्रीडम। शायद यह वातावरण का प्रभाव है या उपचार के कारण पूर्वग्रहों से छुटकारा। आपके व्यक्तित्व में निश्चय ही यह दृढ़ता एक अच्छा शगुन है...।

हम जैसे हैं, जैसे दूसरों को दिखाई देते हैं, वैसे कभी अपने-आपको नहीं देखते। अपनी छाया दर्पण में हमेशा यथार्थ से सुन्दर लगती है...''

मैं बिना कुछ कहे—बिना कुछ समझे कि इस वार्तालाप का कैसा अन्त होगा, उन्हें ताकती रही।

उन्होंने गिलास मेज़ पर वापस रख दिया, ''बस, इस बात का ख़याल रखें कि कहीं बहुत देर न हो जाए...''

मैं चुप खड़ी हुई उन्हें जाते देखती रही। मन में कुछ चुभा-सा, पर मैंने उन्हें जाने दिया।

अरेऽऽ, नाम तो अभी भी नहीं मालूम? मगर अब क्या पीछे से पुकारूँ, 'सुनिए, अपना नाम तो बताते जाइए,' पर पुकारा नहीं।

पर उनकी बात मन में कहीं टँगी रही। हार्वर्ड स्क्वायर में एक छोटी-सी मेज़ के पास बैठे-बैठे मैं कड़वी कॉफ़ी के छोटे-छोटे घूँट लेती रही।

किताबों की दुकान, ड्रग स्टोर, आधुनिक डेनिश फ़र्नीचर और छोटी-छोटी बोटीक में—कभी कोई कपड़ा पसन्द आता तो ख़रीदने की सोचती पर जब डॉलर और रुपयों का हिसाब-किताब करती तो रुक जाती। फिर भी कुछ-न-कुछ ले ही लेती—छोटी-मोटी सस्ती चीज़ें।

यह सड़क से सड़क घूमना अच्छा लगता। हमेशा क़दम ऐसे उठाती, जैसे किसी उद्देश्य से जा रही हूँ—हार्वर्ड में कक्षाओं के लिए, वाइडनर लाइब्रेरी में पढ़ने के लिए।

फिर भी मुझे लगने लगा कि मैंने अब तक की ज़िन्दगी बरबाद ही की है। एक डिप्टी कलेक्टर की बेटी, आई.ए.एस. की बहन, आराम से रही। पढ़-लिखकर भी अपनी उस मनोवृत्ति में ही उलझी रही—पापा से डरना, मम्मी के दबंगपन से दबना, भाई की हर बात को अच्छी बहन की तरह मानना। यह सब क्या था? सब मुझसे मेरे व्यवहार, मेरे अपनी इस भूमिका में पूरी तरह समर्पित रहने से प्रसन्न रहते थे। पर यहाँ, इस नये परिवेश में आकर मेरे मन में बार-बार प्रश्न उठने लगे थे—क्या हूँ मैं? मेरी पसन्द-नापसन्दगी, मेरा यह दब्बू, कायरता से भरा व्यक्तित्व, ज़िन्दगी के सारे अहम मसलों का दायित्व परिवार के पुरुषों पर छोड़ देना—चाहे विवाह हो, आगे की पढ़ाई हो या यहाँ, अमेरिका, भाई का पुछल्ला बनकर आने का निश्चय—क्या हूँ मैं? यह प्रश्न बार-बार मेरे मन को मथने लगा। भारत में मुझे लगता था कि मेरा एक सन्दर्भ है। समाज, समय और परिवार के द्वारा निर्धारित सीमाओं में रहना कितना सुरक्षित लगता है! कोई न कोई मेरी ज़िन्दगी के सुख-दुख के लिए ज़िम्मेदार तो है! मुझे कुछ नहीं करना—निर्धारित लीक पर सहज रूप से चलते रहना, विवाह...पढ़ाई...फिर कुछ नहीं...यह 'कुछ नहीं' भी अच्छा लगता था। खाओ, पियो, सो जाओ—न काम, न धंधा, न ज़िम्मेदारी। सुख-चैन की ज़िन्दगी जो मुझे अब एकदम खोखली और निरुद्देश्य लगने लगी थी—तो मैं करूँ क्या? कहाँ से एकदम अपने को पहचानूँ—जानूँ कि मैं हूँ कौन?

क्या फिर रूसी उपन्यास पढ़ना शुरू करूँ? मनोविज्ञान की क्लास लूँ? या फिर... ?

'या फिर?' रास्ता ही ठीक लगा। सड़कों पर घूमूँ, विद्यार्थियों की तरह बैकपैक लेकर ऐसे आचरण करूँ कि कहीं से मैं आ रही हूँ और कहीं और जाने की जल्दी है। मगर यह सब एक नाटक बनकर रह गया—एक धोखा। असलियत तो यह थी कि मैं अन्दर-बाहर एकदम ज़ीरो थी—न विचार, न पसन्द, न कोई दिशा। बस, समय की धारा में बही जा रही थी—एक टूटी हुई शाख की तरह।

पर इसमें बुराई क्या है?—मैं रोज़ पलंग पर पड़े-पड़े सोचती। भाई अपने काम-काज, पढ़ाई और शाम को रस-रंग में व्यस्त रहते। अब अधिकतर जमावड़े अतिमा के घर होते। अकेली थी, आकर्षक थी, अच्छी आतिथेया थी।

मम्मी भी व्यस्त थीं। शिखा और मिसेज धर—इनका साथ मम्मी को अच्छा लगने लगा था। विशेष तौर से शिखा का। साल में एक बार पूरा परिवार इकट्ठा होता था और एक दिन में ही आपस की स्पर्धा, ईर्ष्या और तंगदिली से इतने झगड़े होने लगते कि उनके जाने के बाद शिखा चैन की साँस लेती।

"बड़ा लड़का यहीं वाटर टाउन में रहता है। डॉक्टर है। बहुत ऊँचे घर की बहू ढूँढ़ी थी मैंने—पर क्या कहूँ, बहुत धोखा खा गई। वह तो अपने में सजी-सँवरी बैठी रहती है। हाथ तक नहीं हिलाती। बेटा ही सब करता है—नाश्ता, चाय बनाए, बर्तनों

को मशीन में लगाए, फिर अस्पताल जाए। वहाँ के टेंशन। घर आते वक़्त कुछ खाने के लिए लेता आता है। छुट्टी के दिन बीवी को लेकर बाज़ार जाता है, सारे खाने-पीने की चीज़ें ख़रीदता है। कोई नौकरानी टिकने नहीं देती। बहुत शक्की मिज़ाज की है। उसके फ़ोन मैसेज सुनती रहती है। लैपटॉप खोलती रहती है। पर बेटा इतना शरीफ़ है कि सब कुछ झेलता रहता है।''

शिखा ने लम्बी साँस ली।

''हम सब इसी इन्तज़ार में हैं कि एक दिन वह बिगड़ी हुई औलाद अपने-आप छोड़कर चली जाए...''

हम सब चुप।

''कुछ नहीं करती?'' किसी ने पूछा।

''कुछ भी नहीं। बस, सजना, सँवरना और सारे दिन टी.वी. देखना—हिन्दी पैक—सारे चैनल। बस, चैनल बदलती रहती है घड़ी-घड़ी—कभी सोनी, कभी ज़ी, कभी कलर्स...।''

मम्मी ने मुझसे कहा, ''बेटा, ज़रा चाय तो बनाना...''

उन लोगों के साथ मम्मी रम गई हैं—घूमना-फिरना, बाहर जाना, शॉपिंग। उन्हें शॉपिंग करने का चस्का लग गया है। हर सेल में दरवाज़ा खुलने से पहले लाइन में खड़ा होना, सेल की चीज़ों पर झपटना—चाहे मतलब की हो या नहीं। घर आकर हर चीज़ का निरीक्षण करना, प्रसन्न होना, और अगले दिन से फ़ालतू चीज़ों को लौटाने की लाइन में खड़ा होना।

''मम्मी,'' भाई कभी-कभी कहते, ''इतना सामान जाएगा कैसे? भारत में सब ब्रैंड मिलती हैं।''

''क्यों, तीन जनों के बीच कई सूटकेस होंगे कि नहीं...हम तो लाए ही क्या थे?''

''जैसी तुम्हारी मर्ज़ी,'' कहकर भाई चुप हो जाते।

पर अतिमा चुप नहीं रही, ''यह सारी कमीज़ें, कपड़े, स्वेटर, बर्तन आप जो खरीद रही हैं—इंडिया, बांग्लादेश या पाकिस्तान में बने हैं, या फिर चीन। इन सबको यहाँ ख़रीदकर वापस ढोने में क्या फ़ायदा?''

''लेबिल हटा देंगे। जिसे देंगे, उसे लगेगा कि अमेरिका की है...'' मम्मी बोलीं—अपने-आपमें ख़ुश।

तब अतिमा भी चुप हो गई। शायद मम्मी की उम्र और भाई की माँ होने के लिहाज़ से।

लिहाज़ा मम्मी ख़ुश थीं—ख़ूब ख़ुश।

भाई भी ख़ुश थे। अतिमा उनसे चिपकी रहती थी। शायद दोनों ही अपने में बहुत अकेले रहे होंगे।

और मैं ? अपने को नये सिरे से गढ़ने की कोशिश में—जैसे रीते घड़े में बूँद-बूँद पानी। न रात में सपने थे, न दिन में, जैसे एक बिना इबारत की ख़ाली दीवार थी, जो मैं थी।

और मुझे इधर-उधर घूमने का चस्का लग गया। कहाँ तो भारत में घर से निकलने के नाम से ही उलझन लगती थी—चाहे भाई के साथ क्लब हो, या बाज़ार। घर पर ही सब उपलब्ध था। सभी अपनी-अपनी गठरियाँ लेकर बँगले पर हाज़िर होते थे। कभी कहीं बाहर जाने की ज़रूरत ही नहीं पड़ती थी—पर यहाँ अगर साबुत ज़ीरा ख़त्म हो गया या हरी मिर्च या धनिये या पोदीने की ज़रूरत पड़ गई तो मैं झट से गाड़ी निकालती और सेंट्रल मार्केट पहुँच जाती। वहाँ पार्किंग भी आसान थी। कोई काम नहीं भी होता तो भी गाड़ी लेकर घूमती रहती—गार्डेन स्ट्रीट, मैस एवेन्यू, फ्रेश पौंड मॉल या फ़ूडमास्टर। वहीं एक छोटी-सी सड़क पर दोसा फ़ैक्टरी नाम की दुकान दिख गई तो रोज़ रविवार की सुबह ताज़े-ताज़े दोसे ख़रीद लाती। दोसा फ़ैक्टरी के मालिक राव के पास दो-दो पी-एच.डी. की डिग्रियाँ थीं—एक आंध्र प्रदेश से, एक बौस्टन यूनिवर्सिटी से, पर बेकारी की दशा में उन्होंने यह साग-सब्ज़ी, दाल-चावल की दुकान और दोसा-इडली का कैफ़े खोल लिया था। ख़ूब चल रहा था। बिना किसी शर्म के वह पटुता से दोसे बनाते रहते थे और उनकी पत्नी भी, जिन्होंने प्लाज़मा पर रिसर्च की थी। न जाने वह क्या रिसर्च थी! उन्हें पैसे लेते-देते इतना समय कहाँ था कि मैं पूछती। दोसे पैक करवाती, पैसे देती और ले आती। हम! माँ-बेटी ख़ुशी-ख़ुशी खाते और चटकारें लेते। कभी-कभी माँ भाई के किसी साथी को भी बुला लेतीं। उस दिन उन्होंने गिरीश मिश्रा और उनकी पत्नी को बुला लिया।

परोसते-परोसते मम्मी ने ऐसे ही कहा, ''आजकल अफ़सर बाबू कुछ चुप से रहने लगे हैं—क्या पढ़ाई बहुत बढ़ गई है ?''

भाई चुप-चुप रहने लगे हैं, मेरा ध्यान इस बात पर गया ही नहीं था। अपने में इतनी मस्त जो रहने लगी थी।

गिरीश चुप रहे, पर पत्नी सीमा बोल पड़ी, ''वह अतिमा वाला चक्कर...''

गिरीश ने सीमा को घूरकर देखा, वह बीच में चुप हो गई।

''अतिमा वाला चक्कर! क्या ?'' मम्मी ने पूछा।

''आपको तो पता ही होगा, श्रीमय अतिमा को लेकर बहुत सीरियस हो गए थे।''

''हाँ, कुछ ज़िक्र तो किया था। मैंने कहा—जो तुम्हारी ख़ुशी, वह मेरी ख़ुशी। पर सोच लो, उसके दो-दो बेटियाँ हैं—पढ़ाना-लिखाना, शादी-ब्याह सब तुम्हीं पर आकर पड़ेगा...''

मैं उन लोगों का मुँह ताकने लगी। यह सब कब हुआ ? यह सब मुझे क्यों नहीं दीखा ? मम्मी ने भी कुछ नहीं कहा! भाई और अतिमा ?

मैंने अनुभव किया कि यह बात मुझे अच्छी नहीं लग रही है।

"अतिमा ने मना कर दिया। बोली, 'हम भट्टाचार्य और आप लोग सुनार।'"

मैं चौंक पड़ी, "सुनार? कौन, हम? मगर हम तो वर्मा हैं?"

"वर्मा, सिंह, राय—यह तो कोई भी अपने नाम के आगे लगा सकता है," गिरीश ने पानी का घूँट लिया, "यह चटनी बड़ी मज़ेदार है..."

"मगर अतिमा को कैसे पता चला?" मम्मी पूछने लगीं।

"हमारे बैच में सबको पता था—आरक्षण के तहत स्वीकृत हुए थे..."

"मगर उनकी पोज़ीशन बहुत अच्छी थी..." मम्मी बोलीं।

"फिर भी...सेलेक्शन में आसानी तो हुई ही..."

नाश्ता ख़त्म हुआ, गिरीश और सीमा मिश्रा ने बहुत-बहुत धन्यवाद के साथ विदा ली। जूठी प्लेटों का अम्बार मेज़ पर लगा रहा।

"यह सीमा भी," मम्मी चिड़चिड़ी आवाज़ में बोलीं, "खा-पीकर डकारें लेती चली गई। प्लेटें धोना तो दूर, मेज़ से हटा तो सकती थी।"

"जाने भी दो न मम्मी," मैं प्लेटें खँगालकर मशीन में रखने लगी।

थोड़ी देर चुप्पी रही—हम दोनों ही अपने-अपने विचारों में खोये रहे।

रहे होंगे कोई पूर्वज गहने गढ़ने वाले। अब तो पापा, चाचा—सभी पढ़-लिखकर, ऊँची नौकरी करते हुए समाज में घुल-मिल गए थे।

"अब यह जात-पाँत कौन मानता है?" मम्मी अपने-आप कहने लगीं, "तुम्हारे नाना जी ने ही कहाँ मानी? अरमान था कि बेटी को अफ़सर से ब्याहें। तुम्हारे पापा डिप्टी कलेक्टरी में आ गए हैं, सुनकर गाड़ी निकलवाई, रुपयों की थैली निकाली, बन्दूक वाला दरबान लेकर चल पड़े और सुबह होते-होते ही दरवाज़े पहुँचकर टीका कर दिया।

जब मेरी माँ ने पूछा, 'कुछ कुल-गोत्र का पता लगा या कि ऐसे ही टीका कर आए,' तो बोले, 'सब कोई गोरे-चिट्टे, लम्बे क़द-क़ामद के, सम्पन्न परिवार के दीखते हैं। अपने को वर्मा लिखते हैं। लड़का डिप्टी कलेक्टरी में आ गया है और क्या चाहिए...' तो माँ चुप हो गईं। उन दिनों मर्दों की बात मान ली जाती थी।"

"तब तुम्हें कब पता चला?"

"बहुत दिनों बाद। जब तुम्हारे दादा जी का अन्तिम संस्कार होने को आया। मुझे कोई फ़र्क़ नहीं पड़ा...। मुझे ताज्जुब है कि अतिमा जैसी प्रगतिशील स्त्री ऐसा सोचती है..."

मैंने सब चुपचाप सुन लिया।

"चलो, सब कुछ अच्छे के लिए ही होता है—हमें तो अतिमा बिलकुल पसन्द नहीं थी। इतनी नकचढ़ी—दो-दो लड़कियों की माँ—हमारा वंश तो ख़त्म ही हो जाता..."

“अब कहाँ चल रहा है मम्मी...”

“क्यों नहीं, अभी श्री की उमर है। किसी कम उम्र की लड़की से ब्याह करें तो वंश तो आगे चलेगा ही...”

मम्मी ने जम्हाई ली और जल्दी ही सो गईं...।

और मैं फिर अपने उन्हीं विचारों के व्यूह में। क्या करूँ, कैसे अपने में परिवर्तन लाऊँ? अब मम्मी को देखकर मुझे लगने लगा था कि किसी भी आयु में अपना कायाकल्प करना सम्भव है।

सालों का दब्बूपन, निष्क्रियता, अनाम भय—एक दिन में तो जा नहीं सकता। कोई जादू भरी जड़ी-बूटी खाकर पहलवान की तरह ज़िन्दगी के अखाड़े में कूद नहीं सकता, पर प्रयत्न तो किया ही जा सकता है।

मैं सोच में रहती थी—क्या हूँ मैं? कैसे खोजूँ? कैसे पहचानूँ अपने को? क्या वे स्त्रियाँ भाग्यवान होती हैं जो पुरुष के आगे 'मेरे देवता', 'मेरे मालिक' कहकर पूर्णता पा लेती हैं?

नहीं, अब कहाँ हैं ऐसी स्त्रियाँ? यह तो मेरे मन का भ्रम है क्योंकि मुझे अपने-आपसे आँखें मिलाने का साहस नहीं है। न मुझमें इतनी समझ है कि अपने-आपका विश्लेषण कर सकूँ...।

आस-पास देखती हूँ तो लगता है, सारी दुनिया अपने में मगन, अपनी ही रौ में चलती जा रही है। भूख, कंगाली, रोग, बेकारी—इस सबकी किसी को फ़िक्र नहीं लगती। अख़बार मैं पढ़ती नहीं, न टेलीविज़न देखने का शौक़ है, इसीलिए देश-विदेश में बाढ़, भूकम्प, क्रान्ति, युद्ध सबकी ख़बरों से अछूती रहती हूँ।

और मम्मी को देखो, आश्चर्य होता है कि डिप्टी कलेक्टर की पत्नी और आई.ए.एस. बेटे की माँ—जिन्होंने कभी एक गिलास पानी ढालकर नहीं पिया—अब क्या हो गई हैं? एकाएक स्वास्थ्य बनाने का शौक़ चढ़ आया है। रोज़ सुबह-सुबह सलवार-कुर्ते और ट्रेनर जूते पहनकर वॉक पर निकल जाती हैं और जब तक हम लोग उठते हैं, वह दो मील चलकर लौट भी आती हैं, “कितनी अच्छी सड़कें हैं!” वह कहती हैं, “न कूड़ा-कर्कट, न लावारिस कुत्ते—एकदम साफ़-सुथरी, सपाट, ऊपर पेड़ों की छाया, मन ख़ुश हो जाता है।”

वह रोज़ अपना वज़न भी लेती हैं, पर उसमें एक रत्ती भी कम-बढ़ नहीं। सलवार-कुर्ते से वह पैंट-सूट पर बहुत सहज ढंग से आ गईं—साड़ियाँ तह कर सूटकेस में रख दीं, “कितना आराम मिलता है!” वह कहने लगीं, “हाथ-पैर कितने खुले-खुले लगते हैं—न बार-बार पल्ला सँभालो, न फदर-फदर चलो...”

“मम्मी, फदर-फदर तो आप कभी नहीं चलीं—हमेशा सलीक़े से रहीं...” मैंने लचर भाव से कहा। मम्मी के तेज़ी से होते परिवर्तन से मैं ख़ुश नहीं थी। “साड़ी में कितनी डिग्नीफ़ाइड लगती हैं...!”

''मेरे लिए तो, अब, उस साड़ी की कवायद में वापस जाना दुखद लगेगा। मेरी सहज—रिलैक्स रहने की आदत बनती जा रही है।''

''तो मम्मी...'' मैंने कहा, ''आप वापस जाकर भी ऐसे कपड़े पहनेंगी?''

''वापस? अरे, जब समय आएगा तो देखा जाएगा। सारी ज़िन्दगी साड़ी में गुज़ार दी, अब थोड़े समय यह फ्रीडम एन्जॉय कर लें...''

मम्मी काफ़ी अँगरेज़ी बोलने लगी हैं। सहेलियों के साथ ठहाके भी लगाती हैं। ख़ूब घूमने-फिरने भी लगी हैं।

मम्मी मुझे देर तक ताकती रहती हैं, ''तुम सारी ज़िन्दगी यों ही डरपोक और दब्बू बनी रहोगी? अगर तुम्हारी उम्र में मुझे अमेरिका आने को मिला होता तो देखती...''

''क्या देखती मम्मी?''

''अरे, उम्र होने से कोई अरमान, शौक़ ख़त्म तो नहीं हो जाते? हमें तो मन मारना ही सिखाया जाता है, और हम वही स्वीकार भी कर लेते हैं—यह न खाओ, यह न पियो, यह मत करो, वहाँ मत जाओ। निषेध ही निषेध! औरों का डर, पड़ोसियों, समाज और रिश्तेदारों का डर...''

''तो फिर मुझे डरपोक क्यों कहती हैं?''

मम्मी चाय छानते-छानते हँसने लगीं, ''वह तो तुम्हारा स्वभाव ही है अपने में सिमटे, सिकुड़े रहना। मेरा भी दोष है,'' वह रुकीं, मेरी ओर देखते हुए आगे बोलीं, ''माँ-बाप अपने बच्चों को ज़िन्दगी के थपेड़ों से बचाना चाहते हैं, उनकी सुरक्षा कभी-कभी क़ैद बन जाती है।''

चाय पीते वक़्त हम दोनों चुप रहे।

# तीसरा खंड

# 8

"आप बहुत सुन्दर हैं," किसी आवाज़ ने पीछे से कहा।

मैं मुड़ी, चकित, भ्रमित—एक अनजाना चेहरा, स्मृति में कुछ हलचल हुई, पर कोई सूत्र पकड़ में नहीं आया। एक व्यक्ति, वही व्यक्ति जो मुझे हर रविवार को उसी नुक्कड़ पर दिखाई देता है। हर रविवार, जब तक मेरी गाड़ी मुड़ती, वह दूसरी सड़क पर लोप हो जाता। कान में मोबाइल, साधारण कपड़े, खाक़ी रंग की पैंट, धारीदार कमीज़, हवा में उड़ते घुँघराले बाल। शायद वही है, पर मुद्रा शान्त थी। चश्मे के पीछे आँखों में एक चमक।

"जी ?" मैंने कहा, "आपको पहचाना नहीं... ?"

"पर आप हैं बहुत सुन्दर, विशेषकर इस पिस्ते रंग की हरी साड़ी में..."

तभी मम्मी सामने आ गईं। बाथरूम से वापस। टप्प से बोलीं, "प्रवाल ? दूल्हा बाबू ?"

वह भीड़ में लोप, एकदम ग़ायब। जैसे जनता की लहर आई और लील गई।

हम दोनों एक-दूसरे को देखते रह गए—मम्मी और मैं। पहले चुप, फिर वह बोलीं, "क्या कह रहे थे ?"

"कुछ भी नहीं—तुमने क्या कहा ?"

"हमें लगा कि प्रवाल बाबू हैं ?"

हम दोनों चुप—एक-दूसरे को अविश्वास से देखते रहे। फिर मम्मी खिसियानी-सी कहने लगीं, "आँखों को भ्रम हो जाता है कभी-कभी—पीछे से वैसे ही लगे..."

मैंने सिर हिलाया—पीछे से तो देखा ही नहीं था—पहचानने का समय ही कहाँ मिला... ? प्रवाल कहाँ हो सकते हैं ? वह तो कब के समुद्र में डूब चुके हैं... !

पर शव कहाँ मिला था ?

मेरे मन में एक उलझन-सी जागी।

अगले रविवार दोसा फ़ैक्टरी जाने के बजाय मैं उसी नुक्कड़ पर खड़ी थी। ठीक समय पर वही महाशय प्रगट हुए—कानों में मोबाइल, अनसँवरे घुँघराले बाल, चश्मा सरककर नाक पर। न आगे, न पीछे, न उधर देखना—बस, अपने वार्तालाप में लीन, अपनी धुन में...।

"सुनिए..."

एक अचम्भे से भरी दृष्टि, फिर उन्होंने मोबाइल कान से हटाया—और उनके होंठ हिले, "आप... ? कौन ?"

"आप प्रवाल हैं ?" मेरा स्वर ठंडा है, जैसे मुझे पूरी आशा है कि मुझे नकार में ही उत्तर मिलेगा।

"प्रवाऽऽल ?"

प्रश्न टँगा रहा—अनुत्तरित, अधर में कम्पित।

अब हम दोनों एक दूसरे को देख रहे हैं, वह जाने की जल्दी में हैं।

और मैं किसी जल्दी में नहीं।

"देखिए, किसी को भी, राह चलते रोककर आप बेतुके सवाल कैसे पूछ सकती हैं ?"

"जैसे लोग अनजाने, बिना पहचान वाले को बेतुके कॉम्पिलेंट दे सकते हैं..."

तब उस बौखलाए से, बदहवास चेहरे पर से पर्दा गिर गया—एक मुस्कुराहट आई, "आप अब भी, इस समय भी सुन्दर हैं—माफ़ कीजिए, जल्दी में हूँ..." और दो-तीन तेज़ क़दम बढ़ाकर मोड़ पर ग़ायब।

यह सरासर मम्मी का ही दोष है। न जाने क्या इस आस की डोर पकड़े बैठी हैं! जो गया, सो गया—फिर भी... ।

"देखो," मम्मी कह रही हैं, "आए हुए दिन ही कितने हुए थे! यहाँ कौन जानता था ? पता नहीं, किस झगड़े-टंटे में पड़ गए, लुढ़क गए समुद्र में। उनका ओवरकोट तो समुद्र से निकला न! उसके अन्दर की पॉकेट में सीलबन्द काग़ज़ थे, पासपोर्ट, वीज़ा, घर का पता। उसी की बिना पर पुलिस ने क़रार कर दिया—डूब गया। केस बन्द। तहक़ीकात ख़त्म। फिर कोई अता-पता, नामोनिशान नहीं। बॉडी मिलती तब तो शिनाख़्त होती। वैसे भी शायद सात साल लोप रहने के बाद क़ानूनी तौर पर मृत मान लिया जाता है। हम लोगों ने भी दिल पर पत्थर रखकर मान लिया।"

"अगर ज़िन्दा होते तो इतने सालों में कोई अता-पता, कोई खोज-ख़बर..." मैंने धीरे से कहा।

"वो दीखे तो—मानो न मानो, वही हैं।"

"तो आपने जब पुकारा तो कुछ कहा क्यों नहीं ? मैंने ठीक सामने खड़े होकर पूछा तब भी उन्होंने ठीक जवाब नहीं दिया।"

मम्मी चुप।

"यहाँ की पुलिस बहुत बारीक़ी से छानबीन करती है। विदेशी विद्यार्थी का तो और भी। आपने पढ़ा नहीं, एक विद्यार्थी ग़ायब हो गया था, तीन दिन बाद उसकी लाश तैराक़ों ने ढूँढ़ निकाली," मैंने कहा।

"हो सकता है, याददाश्त चली गई हो ?"

"मम्मी, यह सब फ़िल्मों में होता है। आघात से स्मृति चली गई, फिर पुन: आघात से वापस आ गई। अगली बार जब आप उनसे मिलें तो सिर पर डंडा मारें—वह 'सासू माँ' कहकर होश में आ जाएँगे..."

"हाँ, तुम माँ की खिल्ली उड़ा लो। मेरा दिल कहता है कि यह प्रवाल ही हैं।"

"तो ऐसा करो—वह जो हैं न इतिहासज्ञ महाशय, यहाँ भाषण शृंखला में आए हुए थे, उनसे कहो। वह पुरानी चीज़ों की खोजबीन में पटु होंगे—वह ज़रूर पता लगवा देंगे..."

"उनसे तुम्हारी पहली शादी का ज़िक्र करूँ? पागल हो? वह तुमसे ख़ुद शादी करना चाहते हैं। इतने योग्य हैं। हाँ, उम्र में बड़े हैं—बस, तुम ही हो बेवकूफ़..."

मैं चुप।

"क्या मालूम, कहाँ से हवा चलती है तो क्या उड़ाकर लाती है! मालूम नहीं, तुम्हारे भाग्य में क्या है?"

लम्बी उसाँस लेकर ममी चुप हो गईं।

तब से मैं दोसा फ़ैक्टरी नियमित रूप से जाने लगी—वह ख़ब्तुल हवास महाशय मिल जाएँ, यह मन में कहीं न कहीं तो दबा ही होगा। पर अपने को समझा लिया था कि हर रविवार दोसे का लंच कितना स्वादिष्ट रहता है।

कभी-कभार आते-जाते झलक दीख जाती, मगर आमने-सामने नहीं। कभी काउंटर पर दिखते तो मैं मिठाइयों की शेल्फ़ के पीछे छुप जाती। कभी दुकान से निकलते दिखते तो कार में ही बैठी रहती। शायद बहुतों की तरह उन्हें भी रविवार को दोसा खाना पसन्द होगा।

दोसा फ़ैक्टरी की भीड़ समाप्त हो चुकी थी। राव आराम कर रहे थे। ग्राहकों वाली मेज़ पर बैठे कॉफ़ी पी रहे थे। मुझे देखकर बोले, "कुछ समय रुकेंगी?"

"हाँ, हाँ, मुझे जल्दी नहीं है।" कहकर मैं खड़ी देखती रही उनकी अलमारी में सजी-बिकनेवाली चीज़ें—रसमलाई, समोसे, तरह-तरह के पराँठे, मलाई कोफ्ता, प्याज़, लहसन की नान, रोटी, मलेशियाई ख़स्ता कुल्चा!

राव उठकर पटुता से दोसे बनाने लगे।

मेरे पीछे से किसी ने बहुत मन्द स्वर में कहा, "हम शादी क्यों न कर लें?"

मैंने घूमकर देखा—वह खड़ूस, ख़ब्तुल हवास-सा शख़्स, जो अब सजा-सँवरा सामने खड़ा था। बाल तरीक़े से कटे और बनाये गए, नया चश्मा, धुले हुए कपड़े, सफ़ेद कमीज़ और सलेटी रंग की पैंट। इस समय बहुत स्थिर, केन्द्रित मृदुल लग रहा था।

"आपने मुझसे कुछ कहा?"

"इधर-उधर भटकते रहें, एक-दूसरे से मिलने को—यहाँ-वहाँ बहाने ढूँढ़ते रहें—इससे अच्छा कि हम शादी कर लें..."

उसकी आँखों में परिहास की छाया थी।

मैंने भी उसी मूड में कहा, ''क्यों नहीं! मगर मेरी शादी हो चुकी है...''

''किससे?''

जब तक मैं कहूँ, 'आपसे', उससे पहले ही राव ने मुझे दोसे का पैकेट पकड़ा दिया। जब तक मैंने बिल चुकाया, तब तक वह ग़ायब हो चुके थे।

''वह भुवाल संन्यासी का केस नहीं हुआ था?'' मम्मी कहने लगीं, ''बरसों चला था—कितने नाटक, पर्चे, फ़िल्म तक बनी। उसमें यह हुआ था कि राजा रामेन्द्र कुमार को उनकी पत्नी और साले ने मिलकर ज़हर दे दिया, पर जब चिता पर जलाने ले गए तो इतना अन्धड़, तूफ़ान, ओले आए कि लोग शव छोड़कर भाग गए। श्मशान से कुछ नागा संन्यासी गुज़र रहे थे। उन्होंने देखा कि अरे, यह तो मरा नहीं है, उठाकर ले गए। अपनी गुफा-कंदराओं में उपचार किया—ठीक हो गए, पर याददाश्त चली गई। दस साल बाद याददाश्त वापस आ गई, तो वापस गए...क्या करने लगीं? सुन रही हो?''

''हाँ, मम्मी, सुन रही हूँ। गूगल पर देख रही हूँ—भुवाल संन्यासी के बारे में...''

''तो फिर—ऐसा होता है कि किसी कारण याददाश्त चली गई और फिर वापस आ गई। लन्दन तक केस लड़ा था। अदालत ने माना कि वह संन्यासी ही महाराज कुमार था।''

''पढ़ लिया, पढ़ लिया...''

अब हम दोनों चुप।

अच्छी-खासी ख़ुश थी। न कोई झगड़ा, न टंटा—घूमती थी, खाती-पीती थी। बीच में यह महाशय जी कहाँ से आकर टपक पड़े? किस मुहूर्त में टक्कर हो गई कि मम्मी के मन में कीड़ा जमकर बैठ गया? और मैं, जैसे दो नावों में डगमग—हैं भी, और नहीं भी हैं। भुवाल संन्यासी के वकीलों ने हज़ारों गवाह पेश किए थे। उनकी बड़ी बहन सबसे अधिक, पक्की-पक्की विश्वास करने वाली कि यही उनके भाई हैं। मगर यहाँ कौन? सास मर चुकी है, बहनें अपने घर की हुईं। चाचा-ताऊ जमीनें पहले से ही हड़पे बैठे हैं, वे क्यों गवाही देने लगे? और सबसे बढ़कर, हमें इस सबकी ज़रूरत भी क्या है?

'मगर वे अच्छे लगते हैं,' मन में कोई फुसफुसाया।

मुझे न जाने क्यों लगने लगा कि ये उड़ते हुए बाल, बेढंगा-सा चश्मा, अजीब तरह के कपड़े—यह सब एक ओढ़ा हुआ बहुरुपियापन है? यह व्यक्ति न खड़ूस है, न ख़ब्तुल हवास—एक मृदुल मेधावान इनसान निकलेगा।

मगर मैं क्यों हवा में पुल बाँध रही हूँ? भाई की मियाद पूरी हो जाएगी और हम वापस चले जाएँगे—शायद भोपाल। और शायद मुझे ढूँढ़ता हुआ इधर-उधर फिरे, पर मैं कहाँ मिलूँगी? केम्ब्रिज की ब्रॉड-वे और सेंट्रल स्क्वायर से भोपाल कितनी दूर है, परन्तु...एम.आई.टी. तो यहीं है, एकदम पास—और वह भी तो यहीं पी-एच.डी. करने आए थे।

मम्मी के सामने उनकी बात हँसी में कही तो उन्होंने कहा, ''दुबारा शादी करने का क्या तुक है?''

''दुबारा?'' मैं हकबका गई।

''और नहीं—प्रवाल नहीं तो और कौन? इतने दिनों में भी नहीं पहचानी—मूर्ख लड़की...''

मैं चुप।

मम्मी आगे बोलीं, ''मैंने तो उसी दिन पहचान लिया था। सोचा, करने दो ड्रामा, हम भी तो देखें।''

''प ऽ ऽ र, मैं तो नहीं पहचान पाई, अब भी नहीं पक्का विश्वास...''

मम्मी विद्रूप से मुस्कुराईं, ''पर उन्होंने पहचान लिया है। चलो, करवाए देते हैं फिर से शादी—अगर तुम दोनों की यही इच्छा है...''

तो अब, याद करने पर भी कुछ याद नहीं आता—धुँधला-सा चेहरा भी नहीं। कोई भी स्मृति नहीं—उन तीन रातों में थोड़ी-थोड़ी देर देखे चेहरे की।

मम्मी हैं कि आस जगाए हुए हैं कि यह व्यक्ति जो ब्रॉड-वे नाम की सड़क पर सुबह नौ-साढ़े नौ बजे, कान पर मोबाइल चिपकाए, एक झलक दिखलाकर केम्ब्रिज स्ट्रीट पर गुम हो जाता है, प्रवाल ही है।

''वह कहाँ से आता है, कहाँ जाता है, कहाँ रहता है, क्या यह जासूसी भी करनी पड़ेगी?''

''तो करो,'' मम्मी बोलीं, ''तब तो तुम्हें भरोसा आ जाएगा...''

× × ×

एक अमेरिकन स्त्री दरवाज़ा खोलती है। वह नीले रंग की जींस और बदरंगा-सा लाल स्वेटर पहने हुए है। वह मुझे देखती रहती है—एकटक। न जाने क्यों उसके चेहरे पर डरा-डरा-सा भाव है? वह युवा नहीं है। उसके बाल छोटे-छोटे और कच्चे-पक्के हैं, चेहरे पर वयस की रेखाएँ!

''यहाँ जो पुरुष रहते हैं, क्या उनका नाम प्रवाल है?'' मेरी समझ में नहीं आया कि और क्या पूछूँ।

''नहीं,'' उसने सिर हिलाया, ''मैं यहाँ अपने पति के साथ रहती हूँ और उसका नाम यह नहीं है।''

''क्षमा कीजिए—मेरी ग़लती...''

''आप उनकी कौन?''

''मैं प्रवाल की पत्नी हूँ...''

वह एकटक मुझे देखती रह गई। फिर उसने कहा, ''आप अन्दर आएँगी?''

"यदि वो मेरे पति नहीं हैं तो अन्दर आने से क्या ?" मैंने कहा, मुड़ी और बाहर चली आई।

आँखों ने देखा—हरी-हरी घास और किनारे-किनारे डैंडीलायन नाम के फूलों की क़तार, मुरझाए से सूखे-सूखे गुलाब की पुरानी झाड़ियाँ। चारों तरफ़ एक वीरानी, एक उपेक्षा।

तो यह प्रवाल नहीं हैं—मन में एक चैन-सा हो गया। होते तो ज़िन्दगी कितनी उलझ जाती ? एक बार फिर, नये से शुरुआत करनी पड़ती। अब न वे चौबीस-पच्चीस साल के नवयुवा हैं, न मैं सत्रह साल की नववधू।

मैं अभी भी शारीरिक नैकट्य से अपरिचित हूँ—यह कुमारिका/विवाहिता/विधवा अवस्था में शान्ति है।

मम्मी से कह देती हूँ, "तुम बड़ी शक्की हो—यह वह नहीं हैं जो तुम सोच रही हो। बड़ी उम्र की बीवी है उनकी..."

मम्मी सिर हिलाकर चुप हो गईं, "मुझे लगा था, आँखें धोखा खा गईं..."

अब मम्मी भी चैन से हैं, और मैं भी।

× × ×

मैं उस स्त्री से उसके बताए हुए कैफ़े में मिलती हूँ।

कई दिनों से देख रही थी, एक पुरानी ज़ंग लगी हुई छोटी-सी ट्रक। ट्रक सड़क के पार खड़ी रहती है। कुछ देर रुकती है, चली जाती है। यह घर जहाँ से सड़क आगे नहीं मुड़ती, ख़त्म हो जाती है, उसी जगह है।

तीसरे दिन मैं अपनी जिज्ञासा रोक नहीं पाती। घर से निकलकर ट्रक की ओर बढ़ती हूँ—ट्रक के दरवाज़े पर कुछ लिखा है, पर समय के कारण अक्षर धुँधले हो गए हैं पर पढ़े जा सकते हैं : 'शॉ की ताज़ी मछली और झींगे...'

मुझे अपनी ओर आते देखकर ड्राइवर महिला दरवाज़ा खोलकर उतर आती है।

यह प्रवाल उर्फ़ अप्रवाल की पत्नी है।

"आपसे कुछ ज़रूरी बात करनी है..."

मैं उसे अन्दर आने के लिए कहने वाली ही थी कि मन में ख़याल आ गया—इन अमेरिकी लोगों का क्या भरोसा! अन्दर आकर गोली दाग़ दें, छुरा घोंपकर हत्या कर दें ? बेवकूफ़ी में बता दिया था कि मैं प्रवाल की पत्नी हूँ, रास्ते से हटाने के लिए कुछ भी कर बैठे ?

"आप मेरे साथ आएँगी ?"

"मुझे कुछ काम है..."

"तो शाम को चार बजे—इस कैफ़े में..."

उसने कार्ड मेरे हाथ में थमा जाकर ट्रक में बैठ गई, स्टार्ट किया और चली गई।

वह एक मामूली-सा कैफ़े था। हर मेज़ के चारों ओर चार कुर्सियाँ, प्लास्टिक के लाल फूलों और चारख़ाने की लाल पट्टियाँ, जो जब तक न छुओ, कपड़े के मेज़पोश का भ्रम देती थीं। बीच में एक मोमबत्ती, गुलदान में ताज़े फूल। पिछवाड़े कुछ घिरे हुए बूथ थे। वह स्त्री वहीं एक बूथ में बैठी हुई मेरा इन्तज़ार कर रही थी।

वेट्रेस तुरन्त आ गई—शायद वह स्त्री पहचानी हुई होगी।

"आप क्या लेंगी?" दोनों मुझे देख रही थीं।

"आइस टी?" मैंने हिचकते हुए पूछा।

वेट्रेस ने अनुमति में सिर हिलाया।

"तो वही," मैंने कहा।

वेट्रेस लौट गई।

कुछ ही देर में उसने मेरे आगे आइस टी और उस स्त्री के आगे बियर की बोतल और एक गिलास लाकर रख दिया।

उसने एहतियात से बियर गिलास में उड़ेली, एक लम्बा घूँट लिया और मेरी ओर देखकर पूछा, "सो?"

मैं चुप रहकर उसे देखती रही। आज उसने धुमैली-सी शर्ट पहन रखी थी, पर चेहरा सजा था, भँवें साफ़-सुथरी, पलकों पर हलके से रंग का आभास, सहेजकर लगाई लिपस्टिक। वह अपनी ही तरह से अच्छी दिख रही थी।

"तो क्या?" मैंने धीरे से कहा।

"तुम अपने पति के बारे में बताओगी?"

मैं हिचकिचाई, चुप रही। क्यों कहूँ अपनी जीवन-गाथा इस स्त्री से?

"मुझे पता है कि तुम मेरे पति से मिलती-जुलती रहती हो, उसी ने मुझे बताया।"

बाप रे, अब पड़ी मार!—मुझे लगा।

"नहीं, ऐसा तो नहीं है। किसने कहा? आई हैव नथिंग टु टेल" मैंने अँगरेज़ी में कहा। मैं चौकन्नी और सावधान थी, "मेरे पास कहने को कुछ नहीं है। आप बताइए, आप अपने पति से कहाँ मिलीं?"

"वह मुझे अचानक मिल गया था—जैसे देवदूतों ने उसे मेरे लिए सौग़ात रूप में भेजा था। पर तुम क्यों उससे बार-बार मिलती हो? सवाल पूछती हो? एक बात बता दूँ—वह भारतीय नहीं है। वह जिप्सी जाति का है—रोमनी। इसलिए एकदम गोरा, सफ़ेद नहीं है। मैं ग्रीक हूँ। मेरे पूर्वज ग्रीस से आकर यहाँ बस गए थे। मेरा नाम अथीना है..." रुककर उसने एक घूँट पिया, "उसका नाम लकी है—लकी शॉ। तुम उसे तंग करना छोड़ दो।"

मैं चुपचाप अपनी चाय के गिलास में ऊपर तक भरी बर्फ़ हिलाने लगती हूँ। मुझे यहाँ से भागने का मन हो रहा था। पीछे किचेन में शायद मछली तली जा रही थी, उसकी सिसियाँद से मुझे मतली आने लगी।

''आई एम नॉट फ़ीलिंग वेल,'' मैं अचानक उठ खड़ी हुई। मेज़ पर पाँच डॉलर का नोट रखकर मैं बाहर आई।

पाया, अथीना भी मेरे पीछे-पीछे आई है।

''उसे तंग करना छोड़ दो,'' उसने कड़े स्वर में कहा, ''वह मेरा पति है।''

मैं बिना कुछ कहे जल्दी से सड़क पर आ गई।

''वह बहुत परेशान रहता है—हमारा पिंड छोड़ो।''

''ओ.के.'' मैंने मुड़कर उसे देखा। मुझे उसके स्वर के पागलपन से डर लगने लगा था।

घर आकर मैं पलंग पर पड़ गई। मम्मी या भाई, कोई नहीं था। मेरा दिल धड़-धड़ कर रहा था।

अब मम्मी की बात सुनना ही छोड़ दूँगी। एक शख़्स बार-बार नकार रहा है—उसके पत्नी है, नाम है। और हमारे पास सबूत ही क्या है—न फ़ोटो, न विवाह का सर्टिफ़िकेट? बस, मम्मी के अनुसार शक़्ल मिलती है—यह भी कोई बात हुई? मारो गोली इस प्रसंग को!

पर इतना आसान नहीं है। कीड़ा-सा जो दिमाग़ में घुस गया, तो घुस गया। और यह महाशय भी तो, कहीं भी अकस्मात् प्रकट हो जाते हैं। पटेल ब्रदर्स में धनिये-पोदीने की गट्ठी ले रही होती हूँ तो फलों की ढेरियों के पास खड़े नज़र आते हैं। मुझसे आँखें मिलते ही हलकी-सी मुस्कान होंठों पर आ जाती है, पर बात नहीं होती। मैं उन्हें नज़दीक से, बारीक़ी से देखना चाहती हूँ पर अवसर नहीं मिलता। पलक झपकते ही 'अभी हैं', 'अभी नहीं हैं' जैसा खेल होता है—एक क्षण में अलोप। मुझे उनका सामना करने में थोड़ा डर लगने लगा है, क्योंकि मन में यह विचार अटककर रह गया है कि अगर मम्मी की निगाह सच्ची हुई तो?

क्या वह स्त्री, अथीना, झूठ बोल रही है?

और यह, जिनका नाम लकी शॉ है, मुझे खम्भे, दीवार या किसी आड़ से छिप-छिपकर क्यों देखते हैं?

मैं, जैसी हूँ, किसी को सुन्दर लग सकती हूँ, यह विचार मन में नहीं आता। मैंने अपनी आत्मछबि इतनी हीन जो गढ़ रखी है—मुझमें है ही क्या?

सही-सही आत्म-विश्लेषण का माद्दा हो, तब न! पर यह मुझे बहुत बाद में समझ आएगा, अभी नहीं। अभी तो एक कन्फ़्यूज़ स्थिति में रह रही हूँ।

× × ×

हार्वर्ड स्क्वायर में पुरानी किताबों की कई दुकाने हैं। मैं चलते-चलते रुक जाती हूँ। 'आन्ना केरेनिना' वहीं से ली थी। फ़िल्म देखने के बाद किताब रखने का क्या तुक

है ? बेचने पर कम-से-कम तीन डॉलर मिल जाएँगे। किताब के पहले पृष्ठ पर इबारत लिखी हुई थी : 'जन्मदिन पर—अनन्य प्रेम के साथ—तत्याना'।

न जाने किसका जन्मदिन रहा होगा, और न जाने कौन रही होगी वह स्त्री तत्याना! यही पुस्तक देने का गहन अर्थ क्या रहा होगा—देखो, मैं तुमसे कितना प्रेम करती हूँ—या मैं रेल से कटकर जान दे दूँगी ? जो भी हो, किताब पढ़ी नहीं गई थी, क्योंकि उसके कई पन्ने जुड़े हुए थे। मैंने भी नहीं पढ़ी, न पन्नों को काटकर अलग किया, वैसे ही वैसे बेचने के लिए ले आई।

दुकान के आगे हमेशा दो-तीन मेज़ों पर सेल की किताबें रखी रहती थीं—एक या दो डॉलर की। मैं हमेशा उन्हें उलट-पलटकर देख लेती थी। अजीब-सा लगता था—सड़क के उस पार इतने ज्ञान का भंडार, गुरु, शिक्षक, विद्यार्थी। यहाँ विश्व के उच्चतम या समृद्ध छात्र ही प्रवेश पा सकते थे और इस ओर विश्व के उच्चतम विचारकों, फ़िलॉसफ़रों और सर्जकों की पुस्तकें एक या दो डॉलर में बिकने के लिए ढेरी में पड़ी रहती थीं। कामू हो या रिल्के, हरेक का दाम एक या दो डॉलर। पुस्तकें जो फ्रांस, जर्मनी या अन्य देशों की प्रसिद्ध प्रेसों द्वारा छापी जाती थीं, अब रद्दी के मोल बिकने की प्रतीक्षा करती रहती थीं।

'आन्ना केरेनिना' के मुझे दो डॉलर मिले।

"यदि हाशिये वाले पृष्ठ पर कुछ लिखा न होता तो आपको एक डॉलर और मिल सकता था," सेल्समैन बोला। "अगर आप सेल वाली मेज़ से कुछ लें तो एक डॉलर डिस्काउंट दे दूँगा..."

मैं एक डॉलर में एक वाली मेज़ पर जाकर किताबें उलटने-पुलटने लगी। तभी एक शीर्षक मज़ेदार लगा : 'मेरा चश्मा कहाँ है ?' किताब के कवर पर जो तसवीर थी, उसमें चश्मा बालों पर टिका था, जैसे लोग अक्सर धूप के चश्मे को ऊपर करके टिका लेते हैं। मैंने पृष्ठ उलटे-पलटे, शीर्षक के बावजूद पुस्तक गम्भीर विषय की लगी—किसी न्यूरोविशेषज्ञ की लिखी हुई। अन्दर तरह-तरह के चित्र थे : सठिया जाने वालों के मस्तिष्क की अवरुद्ध शिराएँ, सिर में चोट लगने पर विकृत हुआ मस्तिष्क, गोली लगने से मस्तिष्क का एक भाग ही ग़ायब।

अभी देख ही रही थी कि पीछे से एक मन्द स्वर सुनाई दिया, "क्या याददाश्त कमज़ोर हो गई है ?"

मैंने मुड़कर देखा, वही थे—लकी महाशय। कोमल मृदु दृष्टि, हलकी-सी मुस्कुराहट।

"आप यहाँ भी ?"

"यह तो मैं भी पूछ सकता हूँ..."

"क्यों ?"

"आपको देखकर लगता नहीं कि..." वह कहने लगे, "आपको याददाश्त पर कुछ पढ़ने की ज़रूरत है..."

"जी, ज़रूरत मुझे नहीं..." न जाने क्यों मैंने कह ही दिया, "पर शायद आपको है..."

"जी नहीं, मेरी याददाश्त सौ फ़ीसदी सही-सलामत है।"

"सही-सलामत?" कहाँ से यह बोल फूट रहे थे—मुझे मालूम नहीं, "मुझे तो नहीं लगता..."

"आप यह कैसे कह सकती हैं?"

दुकान वाला हम दोनों को ध्यान से देख रहा था। मेरे हाथ में 'चश्मे' वाली पुस्तक थी, और उनके हाथ में 'मध्यकालीन लैटिन काव्य'।

हम दोनों में से कोई भी पुस्तक-चोर, वह भी एक डॉलर वाली, नहीं लग रहा होगा।

"और लकी नाम का मछुआरा लैटिन काव्य की पुस्तक का क्या करेगा? मैं बताती हूँ, क्योंकि आप लकी शॉ हैं ही नहीं..."

वह थोड़ा विचलित दिखे।

"मैं आपको बताती हूँ..."

मेरे मुँह से शब्दों की झड़ी लगी हुई थी, बिना सोचे-समझे मैं कहती गई, "आप लकी शॉ हैं ही नहीं—न जिप्सी या रोमनी। आप प्रवाल हैं—प्रवाल श्रीवास्तव। उनसे मेरा ब्याह हुआ था, तीन दिन की अवधि का। वह यहाँ समुद्र में डूब गए थे," एकाएक मेरा गला रुँध आया।

"अब आप बेसिर-पैर की बातें कर रही हैं—मैं जो हूँ, सामने हूँ," उन्होंने अपने हाथ की किताब वापस रख दी, "जो दिख रहा हूँ, वही हूँ—और कुछ नहीं..."

"आप झूठ बोल रहे हैं," मैंने ढिठाई से गला खँखारकर कहा, "आप प्रवाल ही हैं...हैं...मैंने आपको...मेरी माँ ने आपको पहचान लिया है..."

"देखिए, मालूम नहीं, आप किस भ्रम में हैं। मैं प्रवाल नहीं हूँ—मैंने आपको पहचान लिया है," उन्होंने मेरी नक़ल उतारते हुए कहा, "आप यह किताब ज़रूर ख़रीदें—आपको वाकई इसकी ज़रूरत है।"

जब तक मैं सँभलूँ, वह सड़क की भीड़ में ग़ायब।

और अब मैं खड़ी हूँ—एकदम स्तब्ध, अपने पर हैरान। अपनी बोल्डनेस पर। यह क्या हो गया मुझे, बीच बाज़ार में एक अनजान व्यक्ति से झगड़ा कर बैठी? अनजान नहीं तो और कौन? जब एक व्यक्ति बार-बार कह रहा है कि वह प्रवाल नहीं है तो मैं उसे मान क्यों नहीं लेती? सच तो यह है कि मैंने उन्हें प्रवाल के रूप में पहचाना ही नहीं था—न मुझे विश्वास ही था कि वह प्रवाल हैं। यह तो मम्मी का वहम है जो कीड़ा बनकर दिमाग़ में घुस गया है और यह हैं कि अचानक, अप्रत्याशित टकरा जाते हैं। क्यों बार-बार आकर सामने खड़े हो जाते हैं?

मैं इतनी उद्विग्न थी कि बस, फुटपाथ पर चलती गई। अख़बारों का त्रिकोण, सब-वे की सीढ़ियाँ, हार्वर्ड यार्ड का फाटक—सब खटाखट पार करती हुई घर की ओर चल दी।

हरी बत्ती के इन्तज़ार में खड़े-खड़े मैं जैसे अचानक सारे वातावरण—हलचल—बस, कारें, साइकिलें—विद्यार्थी, सैलानी, स्त्री-पुरुष से एक़दम अलग हो गई। एक़दम से मेरा मन उचट गया। बस, बहुत हो गया। यह तमाशा ख़त्म ही होना चाहिए। हम दोनों जिन अलग-अलग रास्तों पर चल रहे हैं, उसी पर चलते रहें—वही उपयुक्त है। जहाँ कहीं मिल जाना, कुछ अच्छा-अच्छा लगने वाला कह देना इस व्यक्ति का खिलवाड़ है, उसे इस खेल में मज़ा आने लगा है; तो यह मुझे ही समाप्त करना होगा। इस व्यक्ति की अपनी ज़िन्दगी है, बीवी है, उजाड़-सा घर है, मछली पकड़ने का धन्धा है—तो बस! मम्मी को एक झलक भले ही लगी हो, पर पूरे विश्वास के साथ कोई कैसे कह सकता है, जबकि वह व्यक्ति स्वयं ही नकार रहा हो?

पर यदि हुए तो?

मानो उन्हें याद आ गया और किसी दिन सामने आकर कह दिया, 'मैं प्रवाल हूँ,' तो?

इसका कोई उत्तर मेरे पास नहीं है। विचार मुझे भाया, क्योंकि एक गहरे, अनाम स्तर पर यह घुँघराले बालों वाला खब्बीस-सा व्यक्ति मुझे अच्छा लगने लगा है।

'पागल हो गई हो क्या?' मैंने अपने को झिड़का।

बत्ती कई बार बदली, पर मैं वहीं खड़ी रही—उलझी-सी, परेशान-सी, और थोड़ी-सी खेदयुक्त। सपना जब छिन्न होता है तो खेद तो होता ही है।

फिर अचानक क्यों कह दिया, 'आप बहुत सुन्दर हैं...इस पिस्ते के रंग की साड़ी में... ?' और फिर अचानक 'हम शादी क्यों न कर लें?' कोई सही-सलामत, सही होशो-हवास में ऐसा कह सकता है? अगर मैं कहती, 'रुकिए'—और दुकान में जहाँ नकली फूलों के हार टँगे रहते हैं, वहाँ से एक लाकर उनके गले में डाल देती और कहती, 'लीजिए—यह जयमाला,' तो क्या होता?

बस, अब मेरा मन एकदम उचट गया। मैंने वापस लौटने का निर्णय ले लिया। पर मैं स्वयं समझ नहीं पा रही थी कि मेरे मन में इतनी बेचैनी, इतनी अकुलाहट क्यों भर गई है।

किताब की दुकान पर मिलने के बाद फिर दुबारा नहीं दिखाई दिये। कितनी बार दोसा फ़ैक्टरी, पटेल ब्रदर्स और किताबों की दुकानों के चक्कर लगाए, पर कहीं नहीं।

× × ×

वह उसी कैफ़े में बैठी अपनी 'सैम्युअल एडम' बियर पी रही थी।

"तुम फिर आ गईं? क्यों?"

आज मेरे मन में भय नहीं था। मैं कुर्सी खींचकर उसके पास बैठ गई, "मैं यह बताने आई हूँ कि मैं लौटकर जा रही हूँ..."

वह मुस्कुरा पड़ी। अब तक वह बोतल से ही पी रही थी।

"अच्छा निर्णय है। खोई हुई चीज़ें खोये ही रहना सही है..."

मैं चुप।

वेट्रेस पास आकर खड़ी हो गई।

"लैमनेड," मैंने कहा।

"एक बार फिर बता दूँ, लकी मेरा पति है। पहले वह हमारी ही नाव पर मछली, झींगे, केकड़े पकड़ने में मदद करता था। अच्छा इनसान है। फिर ख़बर मिली कि मेरा पहला पति पैट्रिक नहीं रहा। वह अच्छा पति नहीं था। फिर मेरे मुक्त हो जाने पर मैंने लकी से कहा कि अगर हम विवाह कर लें तो वह वैधानिक रूप से अमेरिका में रह सकेगा, नहीं तो पकड़े जाने पर कभी भी उसे वापस जाना पड़ेगा और यह उसे मंजूर नहीं था।" वह एक-एक शब्द तौलकर बोल रही थी।

"क्यों?"

"हमने चर्च में शादी की," वह मुस्कुराने लगी, "वैसे ही, जैसे मैं चाहती थी—लम्बी सफ़ेद ड्रेस में। पैट्रिक के साथ तो मैं भाग आई थी—ऐसे ही बिना किसी ताम-झाम के विवाह कर लिया था। उसने फ़ॉर्मल सूट पहना था, कितना हैंडसम लग रहा था! हमारे विवाह को दस साल होने वाले हैं..."

"बधाई," मैंने फँसे स्वर में कहा।

"और तुम्हारे पति?"

न जाने क्यों मैं कहने लगी, "वह अमेरिका पढ़ने आए थे। किसी को नहीं मालूम, कैसे वह समुद्र में डूब गए। शव नहीं मिला—बस, ओवरकोट मिला। उसमें जो पेपर्स थे, उनसे शिनाख़्त हुई।"

अथीना बियर पूरी किये बिना ही उठ खड़ी हुई, "मुझे जाना है," कहकर वह हड़बड़ाई-सी बाहर निकल गई।

"अरे-अरे!" मेरे मुँह से निकला।

वह रुक गई—मुड़कर मुझे देखा, "तुम ग़लत हो। मेरा लकी तुम्हारा पति हो ही नहीं सकता। तुम्हें धोखा हुआ है। अक्सर लोगों की शक्लें मिलती-जुलती होती हैं..."

मुझे लगा, जैसे वह सच बोल रही है।

"तुम वापस लौट रही हो, अच्छा है। वहाँ जाकर नई ज़िन्दगी गढ़ो—अतीत में डूबकर तुम्हें कुछ नहीं मिलने वाला। न तो लकी तुम्हारा पति है, न मैं उसे जाने दूँगी..."

फिर सप्ताहों के आत्ममंथन के बाद जो सत्य उभरा, उससे मैं हक्की-बक्की रह गई। यदि वह प्रवाल हैं तो भी, और यदि नहीं हैं, तो भी—नहीं चाहिए। उस सम्बन्ध का सूत्र कब का टूट चुका है। उसे गाँठ बाँधकर जोड़ने का कोई तुक नहीं। जो जहाँ है, वहीं सुखी रहे। अथीना अपने लकी के साथ, अतिमा अपने ब्राह्मणपन में, मम्मी अपनी ख़रीदारी में, भाई अपनी कुर्सी पर पदासीन, और मैं... ?

''मम्मी,'' मैंने कहा, ''हम वापस चलें न? मेरा अमेरिका से मन भर गया है।''

मम्मी ने आँखें उठाकर देखा—कुछ देर चुप रहीं, फिर बोलीं, ''मेरा तो नहीं भरा, मैं तो यहाँ रहना चाहती हूँ...''

''क्यों?''

''मुझे यहाँ का खुलापन अच्छा लगता है। कोई रोक-टोक नहीं। कोई दख़लअन्दाज़ी नहीं। कोई बुरा-भला कहने वाला नहीं। चैन की ज़िन्दगी...'' वह कहते-कहते रुक गईं, ''सच कहूँ तो मैं वापस जाना ही नहीं चाहती। फिर वही बड़े अफ़सर की मम्मी—खोखला जीवन...''

''नहीं जाएँगी तो क्या करेंगी?''

''कुछ नहीं। शिखा कहती हैं कि मैं जब तक चाहूँ, उनके साथ रह सकती हूँ। उन्हें मेरा साथ पसन्द है और वह सभी प्रकार से साधन-सम्पन्न हैं...''

''और आगे चलकर नहीं पटी तो?''

''तो वापस चली आऊँगी। वीज़े की अवधि बढ़वाकर रहूँगी। किसी ग़ैरक़ानूनी ढंग से थोड़े ही...''

मैंने धीरे-धीरे कहा, ''तो आपने सब पहले से ही, सोच-विचारकर प्लान बना रखा है?''

मम्मी कुछ नहीं बोलीं।

''पर मेरा मन अब नहीं लगता। मैं तो वापस जाना चाहती हूँ। जल्द से जल्द।''

मम्मी तब भी चुप रहीं।

''मैं अकेली वहाँ जाकर कैसे करूँगी?'' मैंने असहाय होकर कहा।

''अकेली तुम नहीं रहोगी। मुझे पूरा भरोसा है कि एक दिन, जल्दी ही प्रवाल को होश आ जाएगा और वह तुम्हारे आगे आकर खड़े हो जाएँगे।''

''ऐसा नहीं होगा मम्मी, क्योंकि वह प्रवाल है ही नहीं। और मान लीजिए कि हैं भी तो इतने साल तक क्यों नहीं सुध ली?''

''दिमाग़ पर चोट लग गई होगी। पिछला सब भूल गए। तुम्हें देखा तो यादें कुलबुलाने लगीं, इसमें हैरानी की बात क्या है?''

''मम्मी,'' मैंने हँसने की कोशिश की, ''ज़िन्दगी कोई फ़िल्म नहीं है। ऐसा सिर्फ़ फ़िल्मों में होता है। वह हमेशा 'प्रवाल' के नाम से ही चिढ़ उठते हैं...''

मम्मी ने कुछ नहीं कहा, बात बदलकर बोलीं, ''दिल्ली में कुछ दिन मौसी के पास रह लेना, फिर भाई कोर्स ख़त्म करके लौट आएँगे तो उनके साथ भोपाल चली जाना। वहाँ ऐशोआराम से रहना।''

''और आप?''

''देखूँगी कि भविष्य में क्या होता है, पर अभी मेरा मन भरा नहीं है। अगर बीच में लौट गई तो फिर कहाँ आना होगा—ज़िन्दगी भर मलाल रह जाएगा।''

कुछ देर चुप रहकर मैंने कहा, "तो ठीक! मैं लौटकर विचित्रा मौसी के पास रह लूँगी और आपका इन्तज़ार करूँगी।"

मम्मी ने लाड़-भरी दृष्टि से मुझे देखा, वह जैसे कह रही थीं, 'पगली कहीं की!' फिर बोलीं, "वह प्रवाल हैं या नहीं हैं, इसी सोच में उलझी हुई हो न? ऐसे देखो, यदि वह हैं भी, तो उन्हें माँ-बाप, देश, पत्नी से कोई लगाव नहीं रहा होगा, तभी तो सब कुछ छोड़कर, सारे रिश्ते तोड़कर यहीं रह गए। अगर जुड़ना होता तो कब के लौट गए होते। यदि नहीं है तब तो क़िस्सा ख़त्म—वह अपनी ज़िन्दगी में ख़ुश और तुम अपनी ज़िन्दगी में ख़ुश..."

"और अगर माथे में चोट लगने के कारण पिछला भूल गए हों तो?"

"अरे बेवक़ूफ़, तो पिछला भूला रहने दो। उसे कुरेदकर कुछ वापस याद आने वाला नहीं..."

'पर वह क्यों बार-बार... ?'

जैसे मम्मी ने मेरे मन को पढ़कर कहा, "वह शख़्स तुमसे, तुम्हारी भावनाओं से खिलवाड़ कर रहा है या तुम्हें कॉम्प्लिमेंट देकर तुम्हारी ईगो को सहला रहा था, बस। कुछ लोगों की आदत होती है, बेवजह सराहना। और यहाँ, अमेरिका का तो यह क़ायदा ही है। बात-बात पर तारीफ़ करना, उसे महत्ता देना फ़ालतू है।"

मम्मी चुप हो गईं, फिर बोलीं, "जाने का मन है तो वापस चली जाओ, पर मैं अभी नहीं जाने वाली..."

"जैसी आपकी मर्ज़ी।" मैंने बुझी-बुझी आवाज़ में कहा।

मैंने मम्मी से कहना चाहा, 'मम्मी, वह मुझे किसी स्तर पर अच्छे लगने लगे हैं। जो भी हो, वह देखने में खब्बीस लगें, ऊटपटाँग बातें करें, मगर कुछ है जो मुझे उनकी ओर खींचता रहता है। लकी/प्रवाल—इन सबके परे, इस हुलिया के बावजूद एक इंटेलिजेंट, आकर्षक पुरुष हैं और भाते हैं। इतना नहीं कि दुनिया से लड़ जाऊँ या समर्पित हो जाऊँ, पर है एक आकर्षण—एक बीज, जो अंकुरित भी हो सकता है और उपर्युक्त वातावरण न पाकर बहुत नीचे दबा भी पड़ा रह सकता है। मैं लक्ष्यहीन जीवन जीती हुई एक युवती हूँ—बस, थोड़ा-थोड़ा अच्छे लगते हैं। बात ख़त्म हुई। इतने भी नहीं कि उनके लिए जीवन-धारा ही मोड़ दूँ। दूसरे, उनका अपना जीवन है। अपनी पत्नी है। तो वह रहें अपनी दुनिया में, और मैं वापस लौट जाऊँगी और यह प्रकरण समाप्त हो जाएगा।'

पर मैं यह कह न सकी।

× × ×

"भाई, हम घर लौटना चाहते हैं..."

भाई चुप रह गए, फिर बोले, ''मम्मी से बात की ?''

''वह कहती हैं, उनका मन नहीं भरा है। शिखा आंटी के पास कुछ दिन और रहना चाहती हैं।''

भाई रुक-रुककर बोले, ''हाँ, मैंने उन्हें पहले इतना ख़ुश नहीं देखा। शायद वह वापस जाकर फिर अकेलापन महसूस करें।''

''अकेलापन ?'' क्या कहा जाए, यह समझ में न आने पर शब्द दोहराना मेरी आदत है...।

''अकेलापन कभी नहीं जाता, बेवकूफ़ लड़की—उम्र चाहे जितनी भी हो।''

''तो भाई...'' मैं सोच रही थी कि कहूँ या नहीं, पर भाई की मुद्रा में ऐसा कुछ करुण दिखा कि मैं अपने को रोक नहीं सकी, ''तो आप भी—यानी उस चपरासिन...''

''वह चपरासिन नहीं थी, उसका फादर चपरासी था। वह गाँव के स्कूल की पढ़ी थी। यद्यपि दसवीं पास करने के बावजूद उसे अँगरेज़ी में अपना नाम तक लिखना नहीं आता था। पर उससे विवाह करना एक महा भूल थी।''

''तो आपके मन में उसके लिए फीलिंग्स नहीं थी ?''

''पहले मुझे उसका भोलापन, उसकी परिस्थिति, मेरे ऊपर उसका पूरा-पूरा विश्वास अच्छा लगा था। पर बाद में जब पता लगा कि उसने मेरे साथ धोखा किया, अपने बाप और बिरादरी से मुझे लेकर झूठ बोला, और दबाव में आकर मुझे शादी करनी पड़ी तो मैं बहुत बौखला गया। काफ़ी पैसे देकर पीछा छुड़ाया।''

भाई चुप हो गए।

मेरे ध्यान में आया कि वह अकेलेपन को लेकर कुछ नहीं बोले।

# चौथा खंड

## 9

मुझे विश्वास था कि मौसी एयरपोर्ट अवश्य आएँगी—भले ही मेरा जहाज़ आधी रात को पहुँचे। पर वहाँ मौसी नहीं थीं, न मौसा जी की वर्दी वाला चपरासी, न ड्राइवर।

पर यह थे, हाथों में गुलाब के फूलों का गुलदस्ता लिये, मेरा इन्तज़ार करते हुए। मुझे देखकर उनका चेहरा एक ख़ुशी से दिप उठा।

'यह व्यक्ति मुझसे प्यार करता है—बहुत प्यार। तभी तो सुबह के पौने चार बजे, हाथ में ताज़े फूल पकड़े मेरे लिए खड़ा हुआ है।' मेरे मन में अनायास विचार उठा।

"आप? आपको कष्ट हुआ। मौसी का चपरासी और ड्राइवर आया होगा?"

फूल मुझे देते हुए उन्होंने कहा, "नहीं आया है। मेरी फ़ोन पर मौसी से बात हुई थी। उन्होंने कहा कि जब आप जा ही रहे हैं तो ड्राइवर की नींद में क्यों खलल डाला जाए..."

मैं चुप रह गई। उनके आह्लाद-भरे चेहरे को देखने लगी।

शायद वही क्षण था—एयरपोर्ट की हलचल, गरम हवा के झोंकों के साथ भारत की मिश्रित बास, लम्बी यात्रा से थका हुआ शरीर और नींद न पूरी होने से कडुआई आँखों के बावजूद—मैंने दिल में अजीब-सी धड़कन, शरीर में अपरिचित-सा कम्पन महसूस किया। वह अजीब-सी भावना थी, एक विचित्र-सा अनुभव।

मैंने उनके हाथ अपने हाथों में ले लिये और मेरे मुँह से अनायास शब्द निकल पड़े, 'आई थिंक, आई लव यू।'

नहीं, मैंने सिर्फ़ सोचा, कहा नहीं। लगा कि कहा है, पर कहा नहीं।

वह मेरे हाथ कुछ क्षण तक पकड़े रहे, फिर अलग हो गए। ट्रॉली को ठेलते हुए बाहर निकलते हुए हलके से बोले, "इतना सामान?"

"मम्मी मानी नहीं, थोप दिया कि ले जाओ। एक सूटकेस तो सिर्फ़ मौसी की फ़ेहरिस्त का है..."

टैक्सी चल दी। एयरपोर्ट और महारानी बाग़ के बीच कहीं मैंने उनकी ओर देखा—वह मुझे ही देख रहे थे, जैसे आँखों से पी रहे हों!

"क्या...आप...अभी भी मुझसे शादी करना चाहते हैं?"

वह चकित हुए।

उन्हें कुछ कहने का मौक़ा दिये बग़ैर मैं कहती गई, ''यदि हाँ—तो मैं भी 'हाँ' कह रही हूँ।''

मालूम नहीं, मैं क्या सोच रही थी, कि वह क्या कहेंगे?

मेरी आशा के विपरीत उन्होंने बहुत संयत स्वर में कहा, ''ऐसे निर्णय जल्दी में नहीं लिये जाते। यू टेक योर टाइम...''

''मैंने सोच लिया है,'' मेरे स्वर में दृढ़ता थी।

सोच-विचार कर, आगा-पीछा देखकर कोई निर्णय करना मेरे स्वभाव में नहीं है। जो बात सहज, स्वाभाविक रूप से मुँह पर आ जाती है, वही जैसे मेरा सोचा-विचारा निर्णय होता है।

और इस समय मेरे हृदय से यही उभर रहा है।

# 10

विचित्रा मौसी माँ की जुड़वाँ बहन हैं। नानी को यह मालूम नहीं हुआ कि उनके पेट में दो बच्चे हैं। मम्मी पहले हुईं, और कुछ ही मिनटों के बाद, अप्रत्याशित रूप से मौसी। परिवार के किसी ने मसख़री करके कहा, 'विचित्र बात है न, जुड़वाँ बच्चे और माँ बेख़बर...'

माँ का नाम सुमित्रा रखा गया और मौसी का नाम पड़ गया विचित्रा। बाद में माँ का नाम संशोधित करके सुचित्रा हो गया पर मौसी विचित्रा ही रहीं। मम्मी ब्याही गईं डिप्टी कलेक्टर को, और विचित्रा मौसी एक होनहार वकील को। बरसों बाद वह अब ग्रेटर कैलाश में एक तिमंज़िले घर में रहती थीं। मौसा जी सफल वकील थे। केवल एक बेटा—जो निकम्मा निकल गया। उसका कोई ज़िक्र नहीं करता क्योंकि एक दिन वह माता-पिता के सारे बैंक अकाउंट ख़ाली करके, माँ के गहनों की पोटली लेकर मलेशिया चला गया और वहीं बस गया।

मम्मी का जीवन जितना संकुचित और व्यवस्थित था—विचित्रा मौसी का उतना ही उलट-पलट वाला और अस्थिर। वह स्वयं बहुत ही स्वावलम्बी और समझदार स्त्री हैं। उनकी जान-पहचान बहुत विस्तृत है। उन्हें सबसे पहले अपना ऐशो-आराम पसन्द है, फिर उस पर चर्चा। उन्हें दूर-दूर के रिश्तेदारों की पारिवारिक परिस्थितियों की जानकारी है क्योंकि दिल्ली में रहने की वजह से उनके घर में बाहर से आनेवाले सम्बन्धियों का आना-जाना बराबर बना रहता था। पिछले कुछ वर्षों से दमा होने के कारण मौसा जी की वकालत धीमी पड़ गई है, पर उनके मातहत और कर्मचारियों द्वारा काम चलता रहता है।

मम्मी ने मेरे विवाह की ज़िम्मेदारी विचित्रा मौसी को सौंप दी है।

गहने-कपड़े जो भी चाहिए, वही बनवाएँगी।

दोपहर के भोजन के बाद पान और गुटका खाते हुए कहने लगीं, "जीजी कहती हैं कि जो मैं ठीक समझूँ, वैसा ही प्रबन्ध करूँ—तो बात जो मैं ठीक समझती हूँ, कहती हूँ—बुरा न मानना। असल में दूसरी शादी तो सादगी से ही होनी चाहिए, फिर दूल्हा भी उमर वाला, तो घोड़ी, सेहरा ,यह सब जँचेगा नहीं।"

मैं चुप रही।

"अगर तुम्हारी मंशा हो तो मेहँदी, संगीत, लहँगा वग़ैरह करवा देंगे; पर मेरी राय मानो तो पास के कुछ रिश्तेदारों को बुलाकर एक फ़ाइव स्टार होटल में शादी और रिसेप्शन कर देंगे। एक दिन में सब निपट जाएगा।"

"मौसी जी, मुझे लहँगा-वहँगा नहीं चाहिए। जैसा आप सोच रही हैं, वही ठीक रहेगा। मेरे ख़याल में ये भी किसी चक्कर में पड़ने वाले नहीं हैं।"

मौसी ख़ुश हो गईं, "बस, रिसेप्शन में एक अच्छे, नामी संगीतज्ञ को बुला लेंगे—क्लासिकल संगीत वाला। अब चलकर तुम्हारे लिए किसी अच्छे रंग की बनारसी साड़ी ले लें—ज़्यादा नहीं, बस थोड़ा-सा सुरुचिपूर्ण ज़री का काम, ब्लाउज़ थोड़ा भारी, असली ब्रोकेड का। बाक़ी कपड़े बूटीक से ले लेंगे। मेरी पहचान का एक को-ऑपरेटिव है, कांचीपुरम में—उनको फ़ोन कर दूँगी। वह अपना आदमी भेज देते हैं। उन लोगों को हमारी नॉर्थ इंडियन पसन्द मालूम है, तो साड़ियाँ, जितनी पसन्द आएँ, चुन लेना। तुम्हारी ससुराल में पैसे की तो कोई कमी है नहीं—दिल्ली की कितनी कोठियाँ दूतावासों को किराये पर दे रखी हैं, लाखों आते होंगे। मैं तो सोच रही हूँ, तुम्हें एक डायमंड का सेट भी लिवा दूँ। दूसरी बार की शादी में तो दूल्हा ही सब कुछ ख़र्च करता है—सुना है ऐसा..."

मैं अवाक्। ससुराल में पैसा है, यह पहली बार सुन रही हूँ। तभी यह सज्जन शायद कुछ करते-धरते नहीं। जब मन हुआ, देश-विदेश की यात्रा करते रहते हैं। ठाठ से रहते हैं, बढ़िया कपड़े पहनते हैं... ।

"आपको अनुभव है मौसी! आप जो करेंगी, सही करेंगी..." मैंने कहा।

देखा, मौसी का चेहरा खिल गया। बोलीं, "अपने दूल्हा के सीधे-सादेपन से धोखा मत खाना। जब नई दिल्ली बन रही थी तो दादा-परदादा ने बड़ी-बड़ी कोठियाँ बनवा ली थीं। फिर डी.एल.एफ. बना तो वहाँ ढेरों प्लॉट ले लिये। मोती बाग़, पुरानी दिल्ली के माल रोड; कहाँ-कहाँ बाप-दादों ने प्रॉपर्टी नहीं ख़रीदी! जब भाव बढ़े तो प्लॉट बेच दिये। बड़े भाई करोड़ों की कोठी में रहते हैं। तुम आगे से होशियार रहना। अपना पूरा शेयर लेना। यह योगी हैं तो भाई भोगी—सारा दाब लेते होंगे—कोई फ़िफ्टी-फ़िफ्टी थोड़े ही देते होंगे... !"

"आप ही मुझे गाइड करती रहिएगा।"

"शादी के बाद तुरन्त हिसाब-किताब करना सही नहीं होगा। कुछ समय देना, ससुराल में अपनी जगह बनाकर सबका दिल जीतना, फिर सब आप-के-आप आने लगेगा।"

मौसी का पान ख़त्म हो गया था। पीकदान उठाकर उसमें बचा-खुचा थूका और पलंग के नीचे सरका दिया।

"अब तुम भी आराम करो। बहुत बातें हो गईं।"

मौसी ने करवट ली और कुछ ही देर में सो गईं, पर मैं इतनी सारी सूचनाओं को मन में लोट-पोट कर रही थी। कुछ भी ग्रहण करने में कठिनाई हो रही थी।

मौसी के मन में अगर कोई बात जम गई तो मुश्किल से टलती है। मम्मी जितनी लचक वाली हैं और समय और परिस्थितियों में हमेशा अपने को ढाल लेने वाली, विचित्रा मौसी उतनी ही कट्टर। जो लीक पकड़कर चल पड़ीं, सो चल पड़ीं।

इसीलिए शाम की चाय पीते हुए वह फिर कहने लगीं, "तुम्हारे होने वाले दूल्हे को देखकर कौन कहेगा कि इतने रईस ख़ानदान के हैं? कनॉट प्लेस में बड़ी-बड़ी दुकानें बनवाकर किराये पर चढ़ा दीं—दुकानों के ऊपर रहने के फ्लैट।"

"आपको तो पूरा इतिहास पता है मौसी।"

"हाँ, कुछ तो मालूम था, कुछ पता किया। मन में बड़ी तसल्ली हुई। बड़े ठोस लोग हैं और यह तो बस पढ़ने-लिखने में मगन। कोई फ़िक्र नहीं। सालों विलायत रहकर पढ़ा, फिर न जाने कहाँ-कहाँ की खोदा-खादी में बस खानाबदोश हैं, तुम सँभाल पाओगी?"

मैं चुप। क्या कहूँ?

"कभी कुछ प्रॉब्लम हो तो पूछ लेना, मैं तो यहाँ हूँ ही।"

"ज़रूर से, मौसी।"

"तुम अभी भी नासमझ और सीधी-सादी हो। हरेक पर भरोसा कर लेती हो।"

विचित्रा मौसी की बहुत सारी योजनाओं को वीटो कर दिया गया। विवाह होगा कोर्ट में—अपने घर के कुछ लोग, और उनके बड़े भाई और परिवार। मेरे कपड़ों और गहनों की बात उन्होंने मौसी और अपनी भाभी पर छोड़ दी। बाद में सिर्फ़ लहँगे आदि की जगह एक सुनहरे तारों वाली तन्चोई साड़ी और गहने में उनकी बड़ी भाभी का हार, जो उन्होंने अपने संचित गहनों में से विशेष तौर से मेरे लिए भेजा था। विचित्रा मौसी चुप रह गईं। ज़ाहिर था, उन्हें हार पसन्द नहीं आया।

वह कम-से-कम हीरों के सेट की अपेक्षा कर रही थीं। उन्होंने मुझे हार पहनने भी नहीं दिया, "तन्चोई पर केवल मोती फबते हैं," उन्होंने कहा और अपना ख़ानदानी हैदराबादी सतलड़ा मेरे गले में डाल दिया।

शाम को भोज हुआ और संगीत का कार्यक्रम। रोनू मजुमदार ने जैसे अपना बाँसुरी-वादन समाप्त किया, हम चुपचाप वहाँ से उठ आए। गाड़ी बाहर तैयार खड़ी थी, सूटकेस रखे जा चुके थे। वहाँ से हम सीधे अपने लम्बे हनीमून के लिए निकल गए।

कुछ दिन बम्बई, फिर लन्दन, पेरिस, जर्मनी, स्पेन, फिर इटली से ग्रीस। और इस यात्रा में कई महीने लग गए।

कैसा था वह समय! मुझे विश्वास नहीं होता था—न अपने पर, न आस-पास के माहौल पर—और सबसे अधिक इस अयाचित सुख पर।

शुरू-शुरू के दिन अजीब से थे। मुझे लगता ही नहीं था कि मैं वही लड़की/स्त्री हूँ जिसने इतने साल न जाने कैसे वहाँ निरुद्देश्य भटकते हुए बिता दिये!

सुबह जब मैं उठती थी, रात की प्रेम-क्रिया के चिह्न मिटाते हुए नहाती-धोती थी। कुछ लजाई, कुछ सिमटी-सिकुड़ी जब डाइनिंग हॉल में पहुँचती थी, तब तक वह मेरे इन्तज़ार में बैठे रहते थे। वेटर आकर उन्हें नये कप में झागदार कॉफ़ी दे जाता था और मुझे ताज़ा निचुड़ा हुआ सन्तरे का रस।

वह दो-तीन दिनों में हमें पहचानने लगा था, फिर हमारे उठकर बफ़े तक जाने से पहले ही नाश्ता ले आता था। ताज़े कटे हुए फल, अमरूद, पपीते, अनन्नास, फिर बड़ी प्लेट में ताजी पूरी, कचौड़ी, आलू का स्पेशल रसा, जो पूरी के साथ ही रुचता था। कभी-कभी दक्षिणी भोजन—मेदुवड़ा, इडली, दोसा। पति के लिए आमलेट, सॉसेज, टोस्ट-पेस्ट्री।

उनकी पेस्ट्री ज़्यादातर मेरी ओर ही खिसक आती थी। कभी-कभी मैं आँखें उठाकर उन्हें देखती तो चेहरा एकदम शान्त और उद्वेगहीन दिखता, जैसे हम दो अपरिचित पास-पास बैठे हैं! रात भर किस प्रेमक्रिया में लिप्त रहे थे, इसका आभास तक भी नहीं।

पर कभी-कभी कुछ कह देते थे, जिससे मेरे मन में गुदगुदी की लहर दौड़ जाती—उस क्षण में, अजनबियों से घिरे खाने के कमरे में भी, हमें कुछ विशिष्टता जोड़ रही है, इससे वह क्षण आलोकित हो जाता।

"इतनी गूढ़गुल्फा," वह अचानक मेरी आँखों में आँखें डालकर कह उठे।

ताज्जुब कि मैं शरमाई नहीं—हँस दी, फिर अपने कॉफ़ी के प्याले की चुस्की ली और अनायास अपने मुँह से शब्दों को निकलते सुना, "और आप? आप नहीं? ऊपर से इतने शान्त, अलग-थलग, निर्लिप्त और शैया पर...."

"शैया पर क्या?" उन्होंने मुस्कुराते हुए कुरेदा।

"सुबह-सुबह अपनी प्रशंसा सुनने को आतुर हो रहे हैं?" मैंने कहा।

हम दोनों ही मुस्कुरा रहे थे। उस क्षण में मुझे लगा कि सचमुच मैं उनसे जुड़ गई हूँ कि मेरा मन उनसे लग गया है। एक अनजानी ख़ुशी से शरीर, मन पुलक उठा।

और हम न जाने कहाँ-कहाँ घूमे...!

ग्रीस से टर्की। उन्हें ध्वंसावशेष दिखाने का चाव था। मैं उनकी बातें ध्यान से सुनना चाहती थी पर मन भटक जाता था। उनके विशद ज्ञान से चकित थी। पर जैसे हर क्षण टूर, शॉपिंग, खाने-पीने के ख़त्म होने के क्षण का इन्तज़ार रहता था। कहाँ देश-विदेश के होटल, कहीं छोटे, कहीं बड़े कमरे, अलग-अलग सजावट, अलग-अलग भाषा और भोजन।

"अब हम घर लौटें?" एकाएक उन्होंने पूछा।

"ऊब गए?"

"कुछ समय के बाद घर याद आने लगता है। अपना घर—अपना गढ़, अपना रंगमहल।" वह किसी सोच में पड़ गए, "पता नहीं, आपको वहाँ कैसा लगेगा!"

"हमें बाहर घूमते-घूमते इतने दिन तो हो गए..."

"वापस चलने का मन होता है?"

"नहीं—बस, ऐसे ही यहाँ से वहाँ, इस देश से उस देश में भ्रमण करते रहें—नई-नई चीज़ें, नये-नये लोग..."

"पर संग्रहालयों में जाने के नाम से तो आपको रोना आ जाता है।"

"जाइए भी—एमस्टरडैम में सारे म्यूज़ियम नहीं देखे—रोम में? एथेन्स में... ?"

"पर लूव्र नहीं। तब तो आपको शैया-सुख इतना भा गया था कि बेचारी मोनालिसा प्रतीक्षा ही करती रह गई।"

"आप नहीं जो छोड़ते थे!"

"सारा दोष मुझ पर? ख़ुद का जी ही नहीं करता था?"

'बस-बस," पेरिस की याद आते ही मैं झेंप गई।

पति हँसने लगे।

"अब वापस लौटना चाहिए," उन्होंने कहा।

मेरा मन अभी भरा नहीं था। विदेश-भ्रमण का यह अवसर मुझे बहुत भा रहा था। यह भ्रमण भी था, हनीमून भी, और पुराने कुँवारे जीवन को छोड़कर एक नये जीवन का आरम्भ, जहाँ प्यार ही प्यार था।

मुझे विश्वास नहीं था कि यह इतना दुबला-पतला, क़रीब-क़रीब कंकाल जैसे शरीर वाला मनुष्य अपने अन्दर इतनी धधक, इतनी लौ लिये हुए है। साथ-साथ अतल विस्तार और गहराई वाला मौन प्रणय, जो सम्भोग से कभी थकता नहीं, कभी चुकता नहीं, हमेशा तत्पर—और मुझे लथपथ कर देता है अपने वीर्य से, जो बाद में भी कभी धार, कभी बूँद बनकर मुझसे रिसता रहता है...।

और मुझे भाती है, बहुत भाती है यह प्रणय-लीला—कभी चलते-चलते झटपट, कहीं जाते-जाते एकाएक रुक जाना और मुझे एक झटके से निर्वस्त्र करके प्यार करते रहता—और कभी पूरी-पूरी दोपहर, शाम कब झुक आई, चाय-नाश्ते का वक़्त कब निकल गया—इसका कोई भान न रहना। कभी तड़के सुबह, कभी टोस्ट आधा कुतरा छोड़कर...।

हाँ—मुझे यह सब भाता है, बहुत भाता है।

मैंने जब विवाह के प्रसंग पर हामी भरी थी तो मुझे यह सब नहीं मालूम था कि यह सम्मोहिनी आँखों वाला व्यक्ति ऐसा होगा—गम्भीर, विचारशील और रतिक्रीड़ा-प्रेमी। मैंने अपने को बिना रोक-टोक, बिना किसी सीमा के डूब जाने दिया था—वह समर्पण नहीं था, अपने अन्दर अनजानी, अनछुई आग को पूर्ण रूप से प्रज्वलित हो जाने दिया था। मेरे अन्दर भी इतनी लालसा, इतना मतवालापन है, यह मुझे कहाँ मालूम था और मुझे अचम्भा भी हुआ था अपने अनजाने आयामों को पहचानकर, और मन में थोड़ा गर्व था—उनकी काम-लालसा में अपने को पूरा-पूरा भागीदार बनाकर। यह

अब स्वाभाविक रूप से ही हुआ था, जैसे बरसों कोई बीज धरती में छुपा रहे और अचानक धूप, पानी, स्पर्श पाकर अंकुरित होकर लहराने लगे! मेरी काम-लालसा जैसे प्रथम रात्रि से ही विस्फोट की तरह प्रकट हुई थी, धीरे-धीरे पल्लवित नहीं हुई थी। कहाँ से आया था यह सब—असीम, अथाह और संतृप्यता? अगर हाथ भी छू जाए तो पति के निर्वस्त्र होने तक अपनी भी साड़ी उतार फेंकने की तत्परता?

"मैं आपसे—बहुत-बहुत प्यार..." कहते-कहते रुक जाती हूँ। 'करने लगी हूँ'—कहने का मतलब कि अब, विवाह के कुछ महीनों बाद से करने लगी हूँ—पहले नहीं करती थी, "करती हूँ..." मैंने वाक्य पूरा किया, "जैसे सुनती थी कि प्रेमी कहते हैं—तुम्हारे बिना एक पल नहीं जी पाऊँगी—अब लगता है, ऐसा ही..."

पति मुस्कुरा दिये, "कब से?"

"तब से, शायद, जब आप हाथ पकड़कर फ़र्ग्युसन साहब के बँगले के खंभे पर ख़ुदी आकृति को उँगली से उकेरकर मुझे कुछ बता रहे थे और मैंने पहली बार देखा कि उस खंभे को आपकी उँगली कितनी कोमलता से स्पर्श कर रही थी—वह एक प्रेमी का स्पर्श था। मन हुआ कि...कोई मुझे भी छुए..."

वह हँसे।

वह चाय पीने का वक़्त हो चला था—पर हमारे कमरे में मोटे पर्दे थे, हलका-हलका अन्धकार था और गीलेपन में तरबतर दो प्रेमी।

"फिर भी कितने लम्बे समय मुझे लटकाया। ललचाती रहीं, तरसाती रहीं। अगर लफंगा होता तो वहीं कलेक्टर साहब के बँगले से उठवा लेता और..."

"और?"

"घुटनों के बल बैठकर प्रेम की भिक्षा माँगता रहता।"

"आप कितने जटिल हैं!"

"तुम भी तो। फ़र्क़ इतना है कि मैं अपने को पूरा-पूरा जानता-समझता हूँ।"

"और मैं नहीं... ?"

"शायद नहीं—क्योंकि तुम्हारी जीवन-शिक्षा तो अब आरम्भ हुई है।"

"आपकी पत्नी बनकर?"

"तुम मेरा सम्पूर्ण अस्तित्व हो—केवल पत्नी नहीं।"

"आप भी तो—मेरे..."

"नहीं।" पति अचानक उठकर बैठ गए। पलंग से उठकर खड़े होते हुए बोले, "मैं तुम्हारे जीवन में एक विराम हूँ—एक अल्प विराम..."

मैंने कुछ नहीं कहा। कभी-कभी बातों में कहाँ से कहाँ चले जाते हैं!

"अल्प विराम?" मैंने दोहराया।

"हाँ—जैसे वाक्य में एक कौमा, एक अल्प विराम..."

"मैं समझी नहीं?"

"एक दिन समझ जाओगी।...चलो, अब उठो, नहाओ—मैं लॉन पर जा रहा हूँ। बहुत भूख लग रही है।"

पर मैं उठती नहीं। उठूँगी भी नहीं, सहेजती रहूँगी—अंगों की यह सुखद अनुभूति, प्यार की वर्षा का सुख।

मुझे वैसी ही पलंग पर पड़ी देखकर वह मुड़े, झुककर मुझे भरपूर चूमा और कहा, "तुम्हारे लिए चाय भिजवाता हूँ।" दरवाज़ा बन्द करते-करते रुके और कहा, "अल्प विराम।"

मैं हँसी, "हाँ-हाँ, समझ गई, मिस्टर कौमा।"

मगर समझी नहीं। अक्सर इस व्यक्ति की बातों को नहीं समझती। न जाने किन-किन भाषाओं का ज्ञाता—क्या-क्या भाषा बोलता है! अब तो मेरी भाषा में केवल एक शब्द है—हाँ...केवल हाँ...!

बाँहें पूरी तरह खोलकर जीवन का—सम्पूर्ण जीवन का स्वागत करती हूँ।

सब कुछ मेरी झोली में अनायास आ गिरा है—एक बच्चे की तरह हर अनुभव, हर भावना को सँजोकर रखती जाती हूँ।

× × ×

ससुराल में पहला क़दम, हमारी उड़ान रात में पहुँची थी। हमें लेने बड़ी-सी गाड़ी आई थी—वर्दी वाला ड्राइवर और साथ में शायद घर का कोई पुराना भृत्य।

"छोटे भइया," कहकर उसने पति को सम्बोधित किया।

यह छोटे भइया हैं तो बड़े भइया भी होंगे, जिनके आवास पर हम कुछ समय रहने जा रहे थे।

हम जब सब पहुँचे तो सारा घर सोया हुआ था। दरबान ने दौड़कर दरवाज़ा खोला, और पति ने बड़े सहज भाव से सामने के दरवाज़े को हलका-सा धक्का दिया तो वह बड़ी आसानी से खुल गया।

हमारा सामान अन्दर आने लगा—सूटकेस पर सूटकेस। कमरा बड़ा था पर अट गया।

सारा सामान आ गया है, इसकी तसल्ली करके भृत्य ने कहा, "मेम साहब ने कहा है कि ब्रेकफ़ास्ट पर मिलेंगे।"

"ठीक है," उन्होंने दरवाज़ा बन्द किया, कोट उतारते हुए मुझसे कहा, "सुबह साढ़े सात बजे।"

मैं तब तक पलंग पर लुढ़क चुकी थी—पूरे पैर फैलाकर। अपने पर चादर खींचते हुए मैंने विदेशी लहजे में कहा, "उहूँक," यानी नहीं...।

जब जागी तो काफ़ी दिन चढ़ चुका था। पहले आँखें खोलकर चारों ओर देखा—

बड़ा-सा शयनकक्ष, उससे संलग्न स्टडी जिसमें एक बड़ी-सी स्टडी टेबल थी, जहाँ पति बैठे अख़बार के पृष्ठ उलट रहे थे।

मैं जाकर उनके पास बैठ गई, "अरे मैं तो सोती ही रह गई—साढ़े ग्यारह बज रहे हैं!"

"हाँ—जेट लैग..."

"अब तो लंच पर ही मिलेंगे—सॉरी!"

"सॉरी किस बात की? सब जेट लैग समझते हैं।"

"नई दुलहन कैसे सजे?"

"वही—रोजमर्रा के कपड़े," पति ने कहा।

यानी गहना, भारी साड़ी, तैयार होना कुछ नहीं। फिर भी सलीक़े से अपना प्रदर्शन तो करना ही था।

लंच पर हम दो ही थे।

"बाकी सब?" पति ने पूछा।

"ऑफ़िस। मेम साहब का लंच बाहर था।"

"तो फिर हमारे कमरे में ही भेज दो।"

× × ×

कमरा तो नहीं, अपने में स्वतंत्र फ्लैट था। बैठक, शयनकक्ष, स्टडी, अलग-अलग दो गुसलख़ाने और संलग्न श्रृंगार गृह—बड़ा-सा डाइनिंग रूम और उसके पास रसोई। पूरी तरह सजी-बजी। शायद हम यहीं रहें—मेरे मन में विचार उठा, पर चुप रही। पलटने दो जीवन को अपने पृष्ठ—जो भी इबारत सामने आएगी, ग्रहण कर लूँगी।

यह एकदम स्वतंत्र यूनिट—अलग भी और घर के अन्दर भी, क्योंकि अन्दर घुसते ही बाईं ओर मेहमानों का यह यूनिट था और चौड़ा गलियारा, जो बड़े से आँगन तक जाता था। उसे पार करके बरामदे, कमरे और ऊपर जाने के लिए लिफ्ट। ऊपर के खंड में भी जेठ, जेठानी और उनके तीनों बेटों के अपने-अपने फ्लैट, अपने नौकर, अपनी रसोई। केवल ब्रेकफ़ास्ट पर ही सब चौबीस घंटों में एक बार मिलते थे।

हमें अपनी यात्रा प्लस हनीमून से वापस लौटे कुछ दिन हो गए थे—सफ़र की थकान उतर चुकी थी और आसपास का सब—धूप, मौसम, कभी-कभी वर्षा—सहज और नॉर्मल लगने लगा था।

मेरे ब्याह के कारण मम्मी को वापस आना पड़ा था। अब वह भाई के पास भोपाल में थीं। विचित्रा मौसी अपने तामझाम में अकेली। अपनी व्यस्तताओं में मग्न। अब उनके पास केवल ग्रेटर कैलाश का तिमंज़िला घर था और मौसा जी की अपनी वकालत जो गिरते हुए स्वास्थ्य और बेदिली के कारण ढीली हो गई थी। बेटे

के व्यवहार से जैसे वह टूट गए थे। असीम दुःख तो मौसी को भी होगा, पर उन्होंने वह विष की तरह घूँट लिया था। जुड़वाँ बहन का बेटा कलेक्टर और अपना धोखेबाज़ और धूर्त।

तिमंज़िला हमेशा किराये पर रहता था—अक्सर युवा विदेशी पति-पत्नी को, जो भारत पढ़ने या कुछ दिनों के लिए किसी कम्पनी में काम करने के लिए आते थे।

विवाह के इन प्रारम्भिक दिनों में मुझे विचित्रा मौसी का बहुत सहारा था। मेरा विवाह पुरानी दिल्ली के प्रसिद्ध हल्दीपुरी परिवार में हुआ है, इससे मित्र मंडली में उनकी नाक थोड़ी ऊँची हो गई थी मगर वह इस बात से परेशान रहती थीं कि मैं अपने गहनों की संख्या में वृद्धि नहीं कर रही हूँ। उनका मानना था कि मुझे इतनी सादगी से नहीं रहना चाहिए—कम-से-कम हाथ में इतना बड़ा हीरा तो होना ही चाहिए जो झम्मक-झम्मक करके आँखों में चुभता रहे, मगर ऐसा कुछ नहीं हुआ।

खाने की मेज़ पर जेठ जी के इस घर में तेरह-चौदह लोग तो रहते ही थे। जिठानी जी, जिनको कोई नाम लेकर नहीं पुकारता था, अपने में ही सम्पूर्ण रहती थीं। हाँ, उनके कानों में पानों के आकार के बड़े-बड़े हीरे थे, जो सचमुच जगमग-जगमग करते हुए सतरंगी धारें फेंकते रहते थे। उनकी बातों में काट रहती थी और बात-बात में मुँह बिदकाने की आदत। न जाने उन्हें किस बात का दर्प था! उनकी त्वचा अनेक प्रसाधनों के कारण चिकनी और चमकदार थी। बाल कटे हुए। घर में भी वह हमेशा ऊँची ब्रैंड के सैंडिल ही पहनती थीं। सितम्बर का अन्त होने के कारण कभी-कभी हलकी-सी खुनक हो जाती थी, तब उनकी साड़ी के साथ की शॉल का पश्मीना देखकर मेरा मुँह खुला का खुला रह जाता था। सुना था, उनके पास कई हज़ार शॉलें थीं। उनकी देखा-देखी मैंने भी वही मुद्रा अपना ली। थोड़ा टेढ़ा कर सिर रखने की, मुँह बिदकाना मुझे बहुत बचकाना लगता था।

"तुम्हारी गर्दन में दर्द है क्या?" पति एक दिन पूछ बैठे।

मैं हँसते-हँसते लोट गई, "आपकी भाभी जी की अदा को कॉपी करने की कोशिश कर रही हूँ।"

वह भी थोड़ा-सा हँस दिये, "तुम्हें उसकी ज़रूरत नहीं है।"

"मुझे पता था, आप यहीं कहेंगे, और उन पानवाले हीरों के लिए भी..."

"पान वाले हीरे?" माथे पर हलके से बल पड़े, "अरे वो? नहीं-नहीं, तुम पर सूट नहीं करेंगे।"

मैंने कहा, "मुझे चाहिए भी नहीं।"

"शी इज़ नॉट अ हैपी वुमन।"

"क्यों? मुझे तो बहुत ख़ुश, बहुत सन्तुष्ट लगती हैं!"

"अच्छा, पता चल जाएगा, जल्दी ही, क्यों?"

"कैसे?"

"अगर मैं कहूँ—मैं तुम्हें बहुत प्यार करता हूँ, तुम्हारे लिए दुनिया छोड़ सकता हूँ, मगर रानी, खाना तो मुझे किसी और औरत के हाथ का ही रुचता है, तो?"

"तो मैं थाली पटक दूँगी और कहूँगी—तो जाइए उसी के पास, जिसके हाथ का खाना रुचता है।"

"तब मैं कहूँगा—रानी, उसको तो तुम्हारे प्यार में छोड़ दिया, पर क्या करूँ?"

"अब पहेली मत बुझाइए। ऐसा है तो मर्द रहे उसके साथ जिसे चाहता है और खाए वहाँ, जहाँ का खाना उसे रुचता है।"

"यही तो बेचारे भाई साहब बरसों से कर रहे हैं।"

"क्या कह रहे हैं आप?"

"सच! कल पता चल जाएगा। ज़रा ठीक से तैयार हो लें—साड़ी, कपड़ा, सब दुरुस्त।"

"हाय राम—क्या अब तक...रुकिए, अभी विचित्रा मौसी को फ़ोन करती हूँ।"

"उसकी ज़रूरत नहीं है।" उन्होंने मुझे बाँहों में कस लिया, "जैसे हैं, वैसे ही ग़ज़ब।"

× × ×

वह रोज़ सुबह-सुबह नहाकर तैयार हो जाती हैं। जैसी साड़ी, उसी से मैचिंग गहना, हरी तो पन्नों की तिलड़ी, सफ़ेद तो मोतियों की माला। रोज़ उनके पास जाते हुए उत्सुकता रहती है कि आज किस सिंगार में होंगी? हमारे पहुँचने तक उनका अपना नाश्ता-पानी हो चुकता है। वह हमेशा कलफ़दार, सूती पर महँगी साड़ी पहने अपने तख़्त पर बैठी मिलती हैं—पान के रंग से होंठ हलके लाल, और होंठों पर हमें देखकर आई मुस्कान।

वह मेरे जेठ की पहली पत्नी हैं। उनका अपना विस्तृत संसार है। उनके पास जाने का दरवाज़ा भी अलग है और गाड़ी आने का अलग गेट भी। उनके खंड में घुसते ही मुझे अच्छा-अच्छा लगने लगता है।

उनकी तीन नौकरानियाँ हैं—तीनों चटक-मटक, साफ़-सुथरी, काम-काज में पटु। उन्हें पहचानने में समय लगेगा—कलावती, ज्ञानवती और अघानी। तीनों कभी बड़ियाँ-मगौड़ियाँ तोड़ती दिखाई देती हैं, कभी अचार के मसाले कूटने-पीसने में लगी हुई हैं।

लम्बे-चौड़े दालान के बाद बड़ा आँगन है और तब रसोईघर; बल्कि दो-तीन रसोईघर—एक तो स्पाइस किचेन कहा जाता है जहाँ परम्परागत दाल, मसालेदार तरकारियाँ आदि-आदि बनती हैं। उसके बाद मीट किचेन जहाँ के बर्तन, रसोइये, खानसामे अलग हैं।

स्पाइस किचेन में बड़ा-सा त्रिपुंड लगाए महराज का शासन है। वहाँ छोटू, मुंडू आदि लड़के उनके असिस्टेंट हैं। अघानी उम्र हो जाने तक भी अविवाहित है और महराज उस पर स्वीट हैं—यह सर्वसाधारण ज्ञान है। बस, अपनी एक परिधि है, या एक धुरी, उसी पर यह घर और संसार चलता है।

पहले दिन मैं थोड़ी नर्वस थी। अभी तक कोठी का अलग हिस्सा ही देखा था। जेठ जी, अल्ट्रा स्मार्ट जेठानी, अपने-अपने फ़ोन में व्यस्त तीनों बेटे—उनके नाम और काम-धाम के बारे में मैं अनजान ही थी। खाने का कमरा अत्याधुनिक। नाश्ते में भी टोस्ट, अंडा, सॉसेज, फल-जूस।

कुछ दिन बाद पति ने कहा, ''कल नाश्ता कहीं और करेंगे...''

''कहीं और? कहाँ?''

पति उत्तर में मुस्कुरा दिये, ''देख लेंगे।''

बड़की भौजी अपने आसन पर विराजमान थीं।

''आओ, आओ दुलहिन, बमभोला!''

'बमभोला?' यानी पति—मेरी प्रश्नवाचक दृष्टि के उत्तर में—बस, हँस दिये।

भौजी समझ गईं।

''नाम भी बमभोला—और स्वयं तो हैं ही।''

''बमभोला,'' मैंने बिना स्वर के होंठ हिलाए, फिर हम दोनों ही हँसने लगे।

बड़की भौजी भी हँसीं।

ज्ञानवती, कलावती, अघानी, छोटू, मुंडू हाथ में नाश्ते से सजी किश्तियाँ लेकर एक लाइन से आए। पीछे-पीछे त्रिपुंडधारी महराज—उत्सुक दृष्टि से मुझे देखना चाहकर भी लिहाज़ से न देखते हुए।

''आइए महराज, यह हैं बमभोला की नई दुलहिन। अभी विलायत घूमकर आई हैं...''

''प्रणाम,'' पति ने कहा।

महराज मुस्कुराए।

''बेड़मी बहुत बढ़िया है—हमेशा की तरह,'' पति ने कहा।

वह चाव से खा रहे थे और मैं अचरज से उनका यह नया रूप देख रही थी—केवल फ्रेंचप्रेस कॉफ़ी और रूखा-सूखा टोस्ट खाने वाला व्यक्ति—आलू भाजी, ख़स्ता कचौरी, जलेबी—सभी कुछ कितना स्वाद लेकर खा रहा था!

मैंने भी सब कुछ खाया—मज़े ले-लेकर। हर पदार्थ का अपना स्वाद था। जलेबी में मिठास, ताज़ी-ताज़ी कचौरी की कड़क और अन्दर ढेर सारी हींग और मिर्च, उड़द का हलका आभास।

''अब रोज़ यहीं खाना,'' भौजी ने आदेश दिया, फिर मेरी ओर देखकर बोलीं, ''खाना वग़ैरह तो कभी बनाया नहीं होगा। डिप्टी की बेटी—सरकारी नौकर-चाकर...''

"भौजी, इन्होंने अमेरिका में खाना बनाने की क्लास ली है," पति ने कहा। उन्हें पूरी बात पता नहीं थी।

"अच्छा-अच्छा!" वह बोलीं, "अभी तो तुम्हारे खेलने-खाने के दिन हैं। गिरस्ती तो बाद में सभी को ढोनी पड़ती है। क्यों बमभोला, कहाँ शिफ्ट करने का विचार है?"

"वहीं।"

"वहीं?" उन्होंने अचरज से कहा, फिर बोलीं, "एक बार दुलहिन को ले जाकर अपना डेरा तो दिखा दो। ऐसा न करना कि ले जाकर पटक दो।"

"दिखा देंगे, दिखा देंगे," पति ने उठते हुए कहा, "इन्हें वह जगह पसन्द आएगी—अगर नहीं, तो फिर देखा जाएगा।"

वह कभी कोठी के दूसरी ओर नहीं आतीं। उन्होंने स्वयं अपने को वहाँ से निष्कासित कर लिया था—तब से—जब जेठ जी पढ़ने गए और दूसरी पत्नी ले आए।

जेठानी जी बड़की भौजी के एकदम विपरीत थीं—एकदम दुबली-पतली, कटे हुए बाल, चेहरा हमेशा कसा-कसा और अपने-आपमें मुग्ध।

"यहाँ के मर्द ऐसे ही हैं," भौजी कहने लगीं, "पहला ब्याह रीत-रिवाज से, गृहस्थी, बच्चे, फिर जब उमर बढ़ी तो ले आए दूसरी—मेमसाहब, जो अँगरेज़ी बोले, क्लब जाए, ऊँची एड़ी की सैंडिल पहने। सुना है, मैडम जी का एक-एक सैंडिल और हैंडबैग हज़ारों का है?"

मैं चुप सुनती रही।

फिर वह जैसे एक रहस्य बता रही हों, बोलीं, "मगर तुम्हारे जेठ जी की जिह्वा पर मेरे हाथ के खाने का स्वाद बसा है। अचानक आकर खड़े हो जाएँगे और कहेंगे—'क्या खिला रही हो बड़की रानी?' कैसे स्वाद से खाते हैं, जैसे बरसों की भूख हो!"

मैं चुप। सुन रही हूँ। यह बताते समय भौजी के चेहरे पर अनुपम तोष है।

"कितने साल बीत गए—दूसरी के बच्चे बड़े हो गए, सारा सब भुला दिया—नहीं भुला पाए तो मेरे हाथ का स्वाद...। इस खानदान के मर्द ऐसे ही हरजाई हैं," वह थोड़ा-सा हँसीं, "पूरी हल्दीपुर इस्टेट ही पूर्वज को एक रानी की कृपा से मिली—उसी पर खड़ा हुआ यह साम्राज्य। हर मामले में होशियार—पैसा कमाने में, हाकिमों की चाकरी में, औरतों को लुभाने में..."

शायद मेरी भाव-मुद्रा देखकर जल्दी से बोलीं, "हमारे बमभोला अलग हैं। वह तो साधू हैं। हम तो समझते थे कि ऐसे ही रहेंगे—पर जब सुना कि बमभोला ब्याह कर रहे हैं तो सब मुँह बाये रह गए..."

उन्होंने अचानक मेरा हाथ पकड़ लिया, "एक बात माँग रही हूँ—चाहे कुछ भी हो, उनका साथ मत छोड़ना—वह जी नहीं पाएँगे..."

"उसका सवाल ही नहीं उठता," मैंने कहा।

यह मैं जान गई हूँ कि यह व्यक्ति, जो मेरा पति है, जिसे गिने-चुने ही लोग 'बमभोला' कहकर बुलाते हैं, अपने बड़े भाई, बड़की भौजी और घर के सभी नौकर-चाकरों को प्रिय है। सभी उसकी प्रिया—यानी मुझे—हर तरह से प्रसन्न रखने की कोशिश में लगे रहते हैं और मैं पुलकित उच्छ्वसित रहती हूँ इतने प्यार- दुलार से।

अक्सर उनका फ़ोन आ जाता है, ''क्या कर रही हो दुलहिन ?''

''बस, बैठी हूँ।''

''और बमभोला ?''

''वही, कुछ लिख-पढ़ रहे हैं।''

''तो आ जाओ—चाय पी लेना, कुछ बातचीत कर लेंगे।''

उनके पास जाने का मतलब है—थोड़ा-सा तैयार होना, क़ायदे से साड़ी पहनना, बाल सँवारना, और कुछ नहीं तो कानों में बुन्दे तो होने ही चाहिए। नई दुलहिन की ख़ाली कलाइयाँ, ख़ाली गला बड़की भौजी को नहीं सुहाता। उन्होंने दिये हैं हीरे के कंगन, जो साइज़ बड़ा होने के कारण मैंने उठाकर रख दिये हैं। 'नाक छिदवा लो तो हीरे की लौंग भी दे दूँगी।' उन्होंने मुस्कुराकर कहा था।

मुझे कपड़े बदलते देखकर पति समझ जाते हैं कि मैं उधर जा रही हूँ—फिर भी पूछते हैं, ''बड़की भौजी ने बुलाया है ?''

'हाँ,'' मैं ठिठक जाती हूँ।

''कोई अच्छी चीज़ बनी हो तो फ़ोन करवा देना—नहीं-नहीं, मैं ख़ुद ही आधे-पौने घंटे में आ जाऊँगा...और सुनो, सामने से जाने की ज़रूरत नहीं है—इधर साइड से मेहँदी की बाड़ के पीछे दरवाज़ा है, उनके आँगन में खुलता है।'' फिर बोले, ''किसी को साथ ले लें।''

बाहर बरामदे में दो नौकर बैठे हैं—पति निकलकर कहते हैं, ''इनके साथ चले जाओ।''

मैं बाहर आती हूँ—हलकी-सी बदली है। मुझे दरवाज़े तक छोड़कर नौकर पलट आता है।

सामने ही देसी किचेन है, जो 'स्पाइस किचेन' कहा जाता है। वहाँ दालों में छौंक लगता है, असली घी में गाजर का हलवा भुनता है, बेसन के लड्डू बनते हैं। तीज-त्योहार पर मेवा पागी जाती है, मखाने और मेवा की खीर बनती है, और खोये की गुझिया, सेब, मीठे, नमकीन, बेसन की पापड़ी... ।

मैं बड़की भौजी के दालान में प्रवेश करती हूँ। वह वहीं अपने तख़्त पर बैठी हैं—दो गावतकिये रखे हैं।

आँगन में जहाँ अभी धूप है, एक नौकरानी बैठी मँगौड़ी तोड़ रही है—छोटी-छोटी, सानुपात, एकाकार।

"आओ, आओ...!"

मैं विभ्रमित खड़ी रहती हूँ—क्या झुककर पैर छूने का दिखावा करूँ? पर नहीं, "प्रणाम।"

"ख़ुश रहो! वह नहीं आए—हमारे बमभोला?"

"कहा है—कुछ अच्छा बना होगा तो चाय पीने आ जाएँगे।"

वह हँसने लगीं। मँगोड़ी तोड़ती नौकरानी को सम्बोधित करती हुई बोलीं, "किसी से समोसे लाने को कह दो और महराज से कहो—गाजर का हलवा, जो आज बना है, गर्म कर दें और..." मुझसे मुड़कर पूछा, "चाट पापड़ी खाओगी? गोलगप्पे?" फिर नौकरानी से बोलीं, "यह भी मँगवा लो—और अच्छी-सी चाय बनवाना। जानती हो, बमभोला चाय के मामले में कितने नख़रीले हैं," फिर मुझसे कहा, "चलो, तुम्हें अपना खंड दिखला दूँ।"

एक अकेले प्राणी के लिए इतनी बड़ी कोठी है—बैठक, आमने-सामने दो सोफ़े, आरामकुर्सियाँ, मेज़, एक बड़ा टी.वी.—फिर एक के बाद एक तीन विशाल कमरे। उन्होंने अपने कमरे की अलमारी खोली। मैं देखती रह गई—कितनी साड़ियाँ, ब्लाउज़, पेटीकोट। सब क़ायदे से सजी हुई थीं। एक चकरघिन्नी की तरह छुओ तो सामने वाली पीछे चली जाती थीं और नये रंगों की सामने आ जाती थीं।

"बड़ा अच्छा अरेंजमेंट है," मैंने कहा, "मैंने पहले कभी नहीं देखा..."

वह मुस्कुरा रही थीं, "हमारा सब काम बहुत क़ायदे से होता है—चाहे कपड़े हों या घर-गृहस्थी। थोड़ा जाड़ा पड़ेगा तो ये सब कपड़े बदल जाएँगे। इनकी जगह मोटा रेशम, ऊनी और मैच करती शॉलें आ जाएँगी। नौकरानियाँ एकदम ट्रेन हैं, किसी को कुछ नहीं कहना पड़ता। हमारे यहाँ सब काम क़ायदे से होता है। अचारों के सीज़न में अचार, गर्मियों में शरबत, कई तरह के सत्तू—आजकल गाजर का हलवा।"

वह मेरी ओर देखकर हँस पड़ीं, "हमारे यहाँ अचारों के सीज़न में अचार पड़ते हैं—काली गाजर, शलजम, गोभी, तेल का आम, मीठी अचारी, छुन्दा। गर्मी में कटहल, करौंदे, लसौड़े—अरे, किसका अचार नहीं डलता? दूर-दूर तक मर्तबान जाते हैं—लौटाता कौन है? हर साल खुर्जा फ़ैक्टरी से स्पेशल ऑर्डर से बनते हैं। हमारी हींग हापुड़ से आती है, बाक़ी मसाले केरल के केरल स्पाइस स्टोर से। कहने को हल्दीपुरी हैं पर हल्दी की एक गाँठ रियासत में नहीं उगती।...तुम्हें इन बातों का शौक़ है? चलो, तुमसे भी डलवाऊँगी।"

मैं हँसने लगी, "मालूम नहीं—हो पाएगा कि नहीं।"

"हँस लो—बिना खाये-पकाए, सुई-धागा थामे, कढ़ाई-बुनाई जाने कोई औरत टोटल वुमन नहीं होती—चाहे कितनी पी-एच.डी. कर ले या कितनी ऊँची कुर्सी पर बैठ जाए। तुम समझती हो कि स्त्री गवर्नरों, मिनिस्टरों को खाना बनाना नहीं आता होगा? ज़रूर आता होगा। भले ही एक चम्मच भी न उठाएँ।"

मैंने सिर हिलाया।

अब हम उनके भंडारघर में थे, "वह देखो, सबसे ऊँचे टाँड़ पर सीज़नल चीज़ें—आम काटने का सरौता, सेवईं बनाने की मशीन, सेव बनाने के छलने—महीन-मोटे। होली-दीवाली के काम आते हैं। इमामदस्ता, दूसरी शेल्फ़ पर दावतों वग़ैरह में काम आने वाले बड़े-बड़े बर्तन, डेकची, पतीले, कड़ाह, उसके नीचे रोज़मर्रा के..." वह मुड़ीं, "और यह बर्तन—विदेशी बोन चाइना के डिनर पार्टियों के लिए, इधर रोज़ के लिए—तुम लोग तो काँच की प्लेटों में खाते होंगे—हमारे यहाँ चाँदी के बर्तनों में रोज़ खाने का चलन है। रोज़ धुलते-मँजते हैं—चमकते रहते हैं।"

उनका यह प्रदर्शन और भाषण न जाने कितनी देर चलता, यदि पति न आ जाते।

बड़की भौजी ने भंडारघर का दरवाज़ा बन्द कर दिया। हम फिर बरामदे में आ गए—उनके तख़्त के पास।

"बहूरानी को गिरस्ती दिखा रही थी," वह बोलीं, "अब तुम दोनों यहीं रहना, हमारे पास।"

हम दोनों चुप रहे। पति ने कुछ खाया-पिया नहीं।

"मुझे एक भाषण में जाना है, चाय वहीं पी लूँगा, आठ तो बज ही जाएँगे," वह खड़े-खड़े ही चले गए।

हमारे चाय के बर्तन हट जाने के बाद वह तख़्त पर लेट गईं। पैर फैला लिये। बोलीं, "हम सात बहनें थीं—सिद्धेश्वरी, विश्वेश्वरी और तब मैं—तपेश्वरी। मुझसे दो बड़ी और चार छोटी। पिताजी ने जल्दी-जल्दी सबको ब्याह दिया। मैं ज़रा गोरी- चिट्टी थी इसलिए बाबूजी ने इनके लिए पसन्द कर लिया। जन्म-पत्रिका में 36 योग मिल गए थे। एकदम मेल खाती जोड़ी थी। जो देखता, कहता—शिव-पार्वती स्वरूप..."

उन्होंने लम्बी साँस ली, "इनके बाबा जितने ऐयाश थे, हमारे ससुर जी उतने ही तापस। खाने, पीने, हर मामले में एकदम निर्लिप्त। सारे जीवन अम्माँ जी का मुँह जोहते रहे। हमारे ब्याह के कुछ ही दिनों बाद उनका स्वर्गवास हो गया। ससुर जी ने अकेले ही जीवन बिता दिया, पर वह तो अपवाद थे। सच कहती हूँ, ये हल्दीपुरी पुरुष, जितने देखने में अच्छे, अन्दर से उतने ही कपटी, विलासी। औरतों को उलझाने और सताने की कला में माहिर। वह पूर्वज हल्दीपुर नाम की रियासत में रहते थे, राजा उनके ऋण में गले तक डूबा था। सुनते हैं, ग़दर के दौरान इनके परिवार ने अँगरेज़ों का पूरा-पूरा साथ दिया। उसी के चलते हल्दीपुर की रियासत पूर्वजों को मिल गई। उसके बाद तो सभी अँगरेज़ों के पिट्ठू—कोई राजा, कोई राय बहादुर—पर शायद उस निष्कासित किए हुए राजा के परिवार का श्राप रहा होगा—कोई फूला-फला नहीं। इनके बाबा को लकवा लग गया, इनकी माता जवानी में ही चल बसीं। हमें देखो, जीते-जी छाती पर सौत लाकर बिठा दी। बाबू जी ने कॉलेज पढ़ने भेजा था—पढ़ाई करके लौटे तो

साथ में बाँध लाए मनोकामना देवी को। बस, ख़ून के घूँट पी-पीकर जी रही हूँ। जब तब आकर खड़े हो जाते हैं—उन्हीं क्षणों पर जी रही हूँ।''

उनका गला भर आया, ''बस, तुम सुखी रहो। कितने अरमानों से बमभोला तुम्हें ब्याह कर लाए हैं। बरसों से ऐसे ही, बाप की तरह, योगी का जीवन जीते आए हैं। कुछ ख़ुशी पाने का उनका भी हक़ बनता है।''

वह चुप हो गईं। इतनी देर चुप रहीं कि मुझे लगा कि वह सो गई हैं।

थोड़ा अँधेरा हो जाने पर जब उनकी नौकरानी, जाने उसका क्या नाम था, ने आकर बत्ती जलाई तो मैंने देखा, उनकी बन्द आँखों से एक पतली धार बहकर तकिये पर गिर रही है।

मैं चुप, शान्त बैठी रही और आठ बजने का इन्तज़ार करती रही—पति के आने का।

× × ×

हमारी गाड़ी जनपथ और टॉल्स्टॉय मार्ग के चौराहे पर लालबत्ती के बदलने का इन्तज़ार कर रही थी। मेरी नज़र सामने बाईं ओर मैकडोनेल्ड पर गई और सड़क की दाईं ओर, पेड़ों की पत्तियों की छाया से ढँकी हुई एक मूर्ति पर।

''टॉल्स्टॉय?'' मेरे मुँह से निकल पड़ा।

ज़ाहिर था, टॉल्स्टॉय मार्ग पर टॉल्स्टॉय की ही प्रतिमा होगी। सुन्दर थी, गरिमामयी। टॉल्स्टॉय की गम्भीर, विचारमग्न मुद्रा में...।

''मुझे दु:ख होता है कि मैंने 'वार एंड पीस' पूरी नहीं पढ़ी।''

पति मुस्कुरा दिये। उन्होंने भी प्रतिमा देखी थी और उसे ही देखे जा रहे थे।

''मैं फिर पढ़ने की सोच रहा हूँ।''

''फिर? दुबारा?''

''हाँ—इस बार अनुवाद में नहीं।''

बत्ती बदल गई, और मैंने उनकी बात पर ध्यान नहीं दिया।

पति को कभी पता नहीं चला कि मैंने बिना सोचे-समझे उनका विवाह-प्रस्ताव उनकी शक्ल पसन्द न आने पर ठुकरा दिया था। वह बहुत आहत हुए होंगे। वह आयु में मुझसे दुगुने बड़े थे, कदाचित यही सोचकर उन्होंने सन्तोष कर लिया, पर आशा नहीं छोड़ी। जिसे चाहो, उसे उपलब्ध कर लो, शायद उनकी मानसिकता ऐसी ही रही होगी। भद्र पुरुष, कुलीन, उच्च शिक्षित, नामी विद्वान—वह न जाने क्यों अब तक अकेले थे? उनके पक्ष में जो पलड़ा भारी पड़ता था, वह यह कि वह मुझे बेतरह पसन्द करते थे और अभी भी, और मुझे यह कभी समझ में नहीं आया कि क्यों?

शायद पहली मुलाक़ातों में मैं इतनी आत्मलिप्त थी कि मैंने उन्हें ध्यान से देखा ही नहीं। जो देखा था, वह था प्रशस्त ललाट, तीक्ष्ण दृष्टि, रंग गोरा, चेहरा श्रीहीन, बेरौनक, शरीर एकदम दुबला—जैसे अरसे से अल्पाहार पर जी रहे हों! कंकाल समान लम्बे थे और विद्वान तो होंगे ही नहीं, तो बार-बार विश्वविद्यालय में क्यों आमंत्रित होते?

नहीं, मैंने बिना सोचे-समझे मना कर दिया। मम्मी चुप रह गईं। न जाने उनके मन में क्या था! उस पहले विवाह के बाद मामला ठंडा ही हो गया। पापा भी उस चपरासिन प्रसंग से ऐसे टूटे कि मेरे दुबारा विवाह का प्रसंग ही नहीं उठा। पहले पापा और फिर भाई के साथ रहते युवकों से मिलने-जुलने के अवसर नहीं ही से थे और मेरा स्वभाव भी रिझाने की अदाओं से एकदम दूर, इसलिए मेरा जीवन ऐसे ही कट जाएगा, यह मानी हुई बात थी।

उसमें विवाह-प्रस्ताव, बिना सोचे-समझे मैंने मना कर दिया—और मामला ठंडा हो गया।

पर जब उन्हें जाना तो पाया कि वह मुझे कितने अच्छे लगते हैं। वह जब मुझे स्निग्ध दृष्टि से देखते या आह्लाद से मुस्कुराते तो उनके चेहरे के सारे नाक-नक़्श एकसार लगने लगते। उन्हें आकर्षक तो नहीं कहा जा सकता, पर बदसूरत भी नहीं। पर जो आकर्षण सहज था, वह उनकी मेधा की दीप्ति, उनका मधुर स्वभाव, और मेरे लिए विशेष—शैया-सुख, जो मैंने अब तक जाना ही न था। पर अब जब जान गई थी तो मेरी लालसा अदम्य थी—सदैव अतृप्त, सदैव लालायित। और सबसे आश्चर्यजनक बात यह थी कि उसे लेकर मुझे कभी भी शर्म या अजूबापन महसूस नहीं हुआ।

यूरोप प्रवास से लौटकर, पति को भारत में उनके अपने परिवेश में देख रही हूँ—वह लौटकर एकदम अपने पुराने जीवन में रम गए हैं। बड़े भाई के साथ सुस्थ और प्रसन्न दिखते हैं। दोनों भाइयों में बहुत प्यार है, यह स्पष्ट दिखता है—जैसे कहीं भी मिल जाने पर, लॉन पर शाम की चाय या सुबह के नाश्ते पर—जेठ जी का हमेशा व्यस्ततापूर्ण और कसा हुआ चेहरा छोटे भाई से बात करते समय बहुत सौम्य हो आता है। दोनों घर-बाहर एक से कपड़े भी पहनते हैं—तंग पाजामे पर नफ़ासत पूर्ण महँगे कुर्ते, चिकनकारी युक्त, या भागलपुरी सिल्क और बाहर जाने पर सूट और टाई।

जेठ जी नाश्ते के बाद अपना फैला हुआ कारोबार सँभालने अपने ऑफ़िस चले जाते हैं और पति हमारे कमरे में लौटकर लिखने-पढ़ने में। वह क्या लिखते-पढ़ते हैं, इसकी मुझे जिज्ञासा होनी चाहिए, पर है नहीं। अभी तो नई दुलहन होने के लाड़-प्यार में ही सारा समय निकल जाता है। सम्बन्धी, मित्र वृन्द, पति के सहकर्मी—विचित्रा मौसी का पसरा हुआ वृहद संसार। मेरे भोपाल जीवन पर यह नया जीवन पसर गया है और जैसे वह कुँवारेपन की चर्चा एकदम लोप हो गई है।

पति बैठक में पढ़ते-लिखते रहते थे, बीच-बीच में आकर झाँक लेते थे—पानी पीते थे, आँख मिलने पर मुस्कुरा देते थे। मुझे कभी झपकी आ जाती थी, कभी टी.वी.

देख लेती थी। अपने मन में झाँकती तो पाती कि सुख और दुःख और विरक्ति के अतिरिक्त भी एक और मनःस्थिति होती है—परम तुष्टि की।

हाँ, मैं सन्तुष्ट थी। पति भी प्रफुल्ल लगते थे।

यही तो है एक सुखपूर्ण दाम्पत्य जीवन।

बस, सबके साथ खाने की मेज़ पर इकट्ठा होने पर मैं अपने को सबसे अलग-थलग पाती थी। उस तरह की बातें मेरे लिए नई थीं। जिन लोगों की चर्चा होती थी, उनके नाम मेरे लिए नये ही थे, और मैंने पाया कि उनके बारे में जानने या उनसे जुड़ने में मुझे कोई दिलचस्पी नहीं थी। जो भी परोसा जाता, चुपचाप खा लेती, और उठ जाती।

सितम्बर के महीने में बैठकर क्यारियाँ रोपते, गोड़ते, पानी लगाते हुए मालियों को अनमनी आँखों से ताकती रहती।

सामने की सड़क पर हमेशा चहल-पहल रहती थी, पर यह निवासस्थान सड़क से दूर, काफ़ी अन्दर था, इसलिए शोर या धूल-गर्द कम थी। कितना कुछ अलग था भाई के घर से! पर देखा जाए तो आराम और सुविधा का जीवन एक-सा ही होता है। वहाँ भी हम दो-तीन जन थे, और यहाँ भी। घर की चहल-पहल, आने-जाने वालों की क़तार के बावजूद हम दोनों अपनी दुनिया में अकेले थे।

"इन्हें किताबघर दिखाया या नहीं?" दूसरे दिन ही जेठानी जी पूछ बैठीं।

"अभी नहीं।" पति ने कहा।

"तो कब दिखाओगे—दिग्गज देवर जी?"

"अभी काम चल रहा है," पति अपना टोस्ट कुतरते हुए बोले।

कई दिन ब्रेकफ़ास्ट पर न होने के कारण शिकायत हुई—तो हमने सोचा, पहले यहाँ का—कॉफ़ी और टोस्ट। फिर उधर—जलेबी और कचौड़ी।

"कैसा काम?" जेठ जी ने पूछा।

"रैनोवेशन, किचेन, कमरे..."

"यानी कि वहाँ जाकर रहोगे?" जेठ जी ने चौंककर पूछा।

"हाँ—क्यों?"

"छोटी बहू वहाँ कैसे रहेंगी, अकेली?"

"जंगल में मंगल!" जेठानी जी ने ताना मारा।

"नहीं नहीं," जेठ जी ने कहा, "यह बिलकुल अनप्रैक्टिकल है। और ग़लत भी। इतनी-सी लड़की वहाँ कैसे रहेगी? नहीं—तुम दोनों यहीं रहोगे, हमारे साथ। जैसे रह रहे हो—कोई तकलीफ़ है?" उन्होंने मुझे देखा।

"नहीं, कोई तकलीफ़ नहीं है।" मैंने बड़ी शिष्टता से कहा।

जेठानी जी की ओर देखा, वह नज़र नीचे किये हुई थीं। कुछ देर में बोलीं, "सो तो सही है, मगर इनकी सम्पदा यहाँ कहाँ समाएगी?"

"नहीं बमभोला," जेठ जी ने ज़रा सख़्ती से कहा, "तुम छोटी बहू को उस बियाबान में हरगिज़ नहीं ले जाओगे। घबरा जाएँगी। वह कोई रहने की जगह है? ऐसा करें—मोती बाग़ की कोठी ख़ाली है, उसमें शिफ्ट हो जाओ।"

जेठानी जी ने मुँह बिदका दिया, "मुन्ना आएँगे तो कहाँ रहेंगे?"

"मुन्ना अभी तीन साल के लिए बेंगलोर में हैं—जब आएँगे तो देखा जाएगा।"

जेठ जी निर्णय लेने के इतने पक्के हैं और जो वह कहते हैं, वह पत्थर की लकीर है।

"मुन्ना से पूछ तो लें।"

"पूछना क्या है?"

मैं चुपचाप यह वार्तालाप सुन रही हूँ। मेरे चेहरे पर अचरज, अबूझ अचरज देखकर जेठानी जी ने कहा, "एक बार दिखा तो लाओ—फिर इन्हीं को डिसाइड़ करने दो। हो सकता है, वहाँ इन्हें अच्छा लगे।"

बाद में बड़की भौजी बताती हैं, बहुत सारी प्रॉपर्टी ट्रस्ट में है, बिक नहीं सकती—केवल किराया आ सकता है, किराया भी लाखों में। बड़े जेठ जी, जिनका नाम गुणेश्वर है, सबके कर्ता-धर्ता हैं। किसको कितना मिले, यह वही तय करते हैं।

"बमबोला, तुम्हें बताया, कितना बढ़ाएँगे? अब तो दुलहिन के भी खर्चे होंगे।

"पूछा नहीं, जितना आएगा, हम रह लेंगे।"

"यह क्या बात हुई—छोटी बहू का भी तो उतना ही हक़ बनता है।"

"मत कहिए—मत कहिए भौजी—यह तो शॉपिंग करते वक़्त दीन-दुनिया भुला देती है।"

"ऐसा भी नहीं," मैंने कहा, "जब से आई हूँ, एक बार भी नहीं गई।"

"हम लोग गए थे तो तीन सूटकेस थे, लौटे तो ढाई महीने में ग्यारह हो गए थे।" पति ने कहा।

बड़की भौजी हँसीं, "सही बात तो यह है कि उस जगह कोई सही दिमाग़ वाला इनसान नहीं रह सकता और ज़रूरत भी नहीं है। इतने बँगले, कोठियाँ हैं, माल रोड पर रहो, डी.एल.एफ. में रहो। मोतीबाग़ की तो कोठी मुन्ना ने घेर ली है..." फिर मुझे देखकर समझाया, "उनके यानी सपत्नी के बड़े बेटे। सपूत जिस चीज़ में हाथ डालें, उसी में घाटा।"

हम सब हँस दिये।

"इसी तरह बड़े-बड़े घर बरबाद हो जाते हैं। लाड़ करने वाली माँ के सत्यानाशी सपूत...ख़ैर, हमारे तो कोई औलाद ही नहीं है। जब तक हैं—हैं, फिर हमें क्या..."

इस वार्तालाप के दो दिन बाद जेठानी जी ने आकर कहा, "मुन्ना से बात हुई थी, वह लौट रहे हैं, बेंगलोर की फ़ैक्टरी बन्द हो रही है।"

पति ने कहा, "अच्छा? सुनकर दुःख हुआ," फिर जोड़ा, "फ़ैक्टरी बन्द कर रहे हैं?"

"तो मोतीबाग़ की कोठी तो मिल नहीं पाएगी—वैसे औरंगज़ेब रोड की कोठी गेस्ट हाउस है। दो बड़े-बड़े कमरे हैं, अलग गेट—क्यों?"

"आप फ़िक्र मत करें," पति ने कहा।

मैं चकित हूँ, भ्रमित हूँ—हम कहाँ रहें, इस पर इतना वाद-विवाद क्यों? पर चुप रहती हूँ। बड़ी-सी, खुली शानदार नई कोठी में रहने का विचार अच्छा लगता है। बाग़-बग़ीचा, माली, नौकर, ड्राइवर—पर कुछ कहती नहीं।

"आज अच्छा मौसम है," पति बाहर जाने को तैयार हैं। पर्दा हटाकर बाहर देखते हैं, "घर देखने चलोगी? कभी न कभी तो निश्चय लेना ही पड़ेगा।"

पति दरवाज़े के पास खड़े हैं। खाक़ी रंग की पैंट, उस पर हलकी-हलकी धारीदार कमीज़, ऊपर अँगरेज़ी ट्वीड का कोट।

मैंने शॉल घसीटी, शीशे में अपने को देखा, कपड़े सही थे। विचित्रा मौसी ने विवाह के अवसर पर ढेर सारी नई साड़ियाँ ख़रीदवा दी थीं। यहाँ फेरी वाले नहीं आते थे। हम गाड़ी पर जाते थे और बड़ी-बड़ी फ़ैशनेबल दुकानों से ख़रीदारी करते थे।

हम दोनों बाहर निकले। पति ने भूगोल समझाई थी पर मैंने ध्यान नहीं दिया था, पर मुझे दिल्ली की सड़कें अच्छी लगती थीं—चौड़ा विस्तार, किनारे-किनारे सघन, सुदृढ़ वृक्ष, जामुन, अमलतास और कितने, जो मैंने कभी देखे भी नहीं थे। इनमें न फूल आते थे, न फल—केवल छाया और आकार के कारण लगाये गए थे। मुझे सड़कें अच्छी लगती थीं—मुगलिया इतिहास से परिपूर्ण। पर कुछ आगे जाकर जब नये-नये विचित्र नाम आने लगे तो मैंने रुचि खो दी।

"यह ओलाफ़ पाल्मे कौन थे?" मैं एकाएक पूछ बैठी।

पति ने चौंककर मुझे देखा—कुछ कहें, उससे पहले ही मैंने कहा, "नेलसन मंडेला जानती हूँ, पर नई दिल्ली की सड़कों के नाम... ? क्या विदेश में महात्मा गांधी रोड होगी?"

"हो सकती है।"

# 11

हमारी गाड़ी न जाने कहाँ-कहाँ, नई-नई सड़कों, बाज़ारों, भीड़-भड़क्के से होकर जा रही थी! पति कहने लगे, ''कभी यहाँ से दिल्ली काफ़ी दूर रही होगी, विशेषकर बहादुर शाह की दिल्ली, चाँदनी चौक और लाल क़िले वाली दिल्ली। अब शहर हमारे चारों ओर उमड़ आया है। सभी कुछ दिल्ली नामक फैलते हुए शहर की परिधि में—गाँव, सराएँ, चौक। यह नवाबगंज भी ऐसा ही है। पहले इसका नाम कुछ और रहा होगा। एक छोटी-सी नगण्य रियासत, जिसके नवाब मुगल सम्राट के ताबेदार। उनकी छत्रच्छाया में अपनी ज़िन्दगी जीते हुए। नवाबगंज में ही है नवाबगढ़ी। जहाँ से अरावली पर्वत की इक्की-दुक्की शुष्क, कँटीली झाड़ियों से भरी एक-दो चोटियाँ दिख जाती हैं, वहीं। किसी दुर्ग की तरह शिखर पर स्थित नहीं, बल्कि दो-तीन पहाड़ियों के पीछे अपने को छिपाये। उसका अस्तित्व तभी समझ में आता है जब कुछ टीले पार कर घुमावदार सड़क पकड़ी जाए। सामने से छिपी हुई, मुख्य सड़क से आने-जाने वाले उसके अस्तित्व से एकदम बेख़बर। सुना था कि वह नवाब का रंगमहल था जहाँ उसने अपनी तमाम नर्तकियों को बसा रखा था। वहाँ नवाब का हरम था...''

पति ने आगे कहा, ''अनगिनत सुन्दर स्त्रियों का आवास। नाच-गाना, रंग-रस से भरपूर जीवन। सारे दिन सजना-धजना, सारी रात नाचना-गाना। सुना था, अशर्फ़ियों से उस नवाब की दाल में छौंक लगता था।''

मैं चुप हूँ। यह जैसे क्लास पढ़ा रहे हैं, मैंने सोचा। मुस्कुराहट आ गई। यूरोप-भ्रमण में वह ऐसे ही भाषण देते थे—चाहे पेरिस हो या टर्की की नीली मस्जिद। वे शब्द मेरे ऊपर से ऐसे निकल जाते थे, जैसे बतख के परों पर पानी की बरसात।

वह कहते गए, ''नवाब ने बहादुरशाह का साथ दिया। उसकी छोटी-सी सेना ने जमकर अँगरेज़ों का सामना किया। उसके बाद का इतिहास तो तुम जानती ही होगी कि बहादुरशाह को क़ैदी बनाने के बाद अँगरेज़ों ने किस नृशंसता से दिल्ली वालों का क़त्लेआम किया। जब गलियों और हवेलियों में घुस-घुसकर बेक़सूर लोगों को भून डाला, तब सोच सकती हो कि उनके साथ कैसा सलूक किया होगा जो अँगरेज़ों के खिलाफ़ लड़ रहे थे! नवाब के बाद उसकी सेना ने वहीं शरण ली, पर अँगरेज़ों को ख़बर लग ही गई। काफ़ी गोलियों से उड़ा दिये गए, अनगिनत लोगों को वृक्षों

पर लटकाकर फाँसी दे दी। जो नहीं मर पाए—गर्मी, धूप में प्यास से तड़प-तड़पकर मर गए। तभी तो यह अभिशप्त इलाक़ा कहलाता है। अँगरेज़ लोगों को सबक सिखाना चाहते थे। 1857 के दौरान जो अँगरेज़ मारे गए थे, उनका हिसाब चुकाना चाहते थे। जताना चाहते थे कि हुकूमत किसके हाथ में है।''

वह जैसे क्लास पढ़ा रहे हों और मैं एक बेवकूफ़-सी विद्यार्थी हूँ—कूढ़मगज़, जिसके दिमाग़ तक यह सब पहुँचाना था।

शायद उन्हें स्वयं लगा कि वह लेक्चर मोड में हैं, थोड़ा मुस्कुराकर चुप हो गए।

''और बताइए न, बड़ा दिलचस्प है। वह नाचने-गानेवालियाँ कहाँ गईं ?''

''क्या मालूम! जहाँ ठौर मिला होगा, वहीं चली गई होंगी।''

वह चुप हो गए। बहुत देर चुप रहे।

हमारी गाड़ी एक भीड़-भड़क्के वाली सड़क से होती हुई एक जगह रुक गई। वहाँ बड़ा-सा फाटक था—पुराने ज़माने के भारी-भारी किवाड़ जिन पर नुकीली-नुकीली, शायद लोहे की छोटी-छोटी बरछियाँ-सी ठुकी हुई थीं। चारों ओर एक ख़ूब ऊँची और चौड़ी दीवार थी जिसको लाँघना असम्भव-सा ही रहा होगा।

ड्राइवर ने हॉर्न बजाया—दरवाज़ा अन्दर से धीरे-धीरे खुला। गाड़ी अन्दर जाने लगी तो दरबान ने हमें सलाम किया और अलग हट गया। अन्दर इमारत के चारों ओर एक नहर थी, शायद नुमायशी, क्योंकि वह किसी भी सेना का आक्रमण रोक नहीं सकती थी। हाँ, अन्दर आने के लिए शायद तैरकर आना पड़ता होगा, पर अब उस पर एक पैदल जाने के लिए पुल था। नहर में पानी नहीं था—वह सूखी थी और पुरानी पत्तियों और पेड़ों की टहनियों से भरपूर।

ड्राइवर ने गाड़ी पेड़ों की छाँह में खड़ी कर दी। इमारत में घुसने के लिए बहुत बड़ा फाटक था जिसमें चार घोड़ों वाली बग्घी खड़ी रहती होगी। उसके बाद गहन अंधकार वाला बड़ा-सा कमरा, जो अस्तबल रहा होगा। पर हमें उधर जाना नहीं पड़ा, क्योंकि बाईं ओर ड्योढ़ी थी, उसके बाद पौरी—तब चौखट लाँघकर कितना बड़ा आँगन, जिसके चारों ओर मेहराबदार बरामदे और उनके अन्दर क़तार के क़तार कमरे और कमरों के भीतर कोठरियाँ—हमाम।

मुझे सब कुछ बहुत अजीब लग रहा था। दिन के उजाले में भी कहीं-कहीं अँधेरा सा था—कितनी बड़ी और कितनी अकेली डरावनी सी जगह...!

हमारे आगे-आगे बहुत विनीत भाव से चौकीदार चल रहा था। उसके पास मोटे-मोटे गुच्छे थे जिनमें पुरानी चाभियाँ लटक रही थीं। वह मेहराबदार बरामदों के पास ठहर गया। मैंने देखा, अन्दर दरवाज़ों की क़तार थी। पुरानी पद्धति के भारी-भारी लकड़ी के दरवाज़े। चौकीदार चाभी से ताला खोलता और बिना चर्र-चूँ किये दरवाज़ा खुल जाता। अन्दर घुप्प अँधेरा होता, वह बत्ती जलाता। मैंने देखा कि कमरों के अन्दर कमरे थे, कोठरियाँ। उनमें खिड़कियाँ नहीं थीं, पर सब जगह साफ़-सुथरी। एकदम ख़ाली

पड़ी थीं, जहाँ कभी खिलखिलाहट के बीच मेहँदी रची जाती होगी, लटें सुलझाई जाती होंगी, दुपट्टे रँगे जाते होंगे, नाच-गाने का रियाज़ होता होगा—घुँघरू खनकते होंगे, और बाद में भूखे-प्यासे अँगरेज़ों के खिलाफ़ लड़ते, बहादुरशाह के समर्थक सिपाही इन्हीं कमरों और कोठरियों में छिपकर तूफ़ान के निकल जाने के इन्तज़ार में बैठे रहे होंगे, पर तूफ़ान उन्हें घसीट ही ले गया।

"यहाँ तो एकदम अँधेरा रहता होगा?" मेरे मुँह से निकला।

"असूर्यम्पश्या," पति बोले, "पहले नर्तकी, फिर पसन्द आ जाने पर नवाब के हरम का एक अंग—सोच सकती हैं। यहाँ की घुटन, इच्छाओं और अरमानों का गला घोंटकर तिलतिल मरना..."

"उफ़! नहीं सोच सकती।" मैंने कहा।

"अब यहाँ पुराने इतिहास का कोई चिह्न नहीं है," पति कहते गए, "नवाब के बाद उसका वंश ही ख़त्म हो गया। सब लोग तितर-बितर हो गए। नवाब गले तक कर्ज़ में डूबा हुआ था। उसके बदले उसने यह गढ़ी साहूकार को दे दी। वह मेरे नाना थे। दूरदर्शी थे। दिल्ली एक दिन बढ़ते-बढ़ते यहाँ तक आ जाएगी, इसका उनको इल्म रहा होगा। मेरी माँ उनकी अकेली सन्तान थीं। उनका स्वर्गवास कम उम्र में ही हो गया था। नानी यहाँ अन्त तक रहीं—और उनकी वृद्धावस्था में मैं उनके पास आकर रहने लगा।"

एक लड़की कहीं अन्दर से निकली और हमारे आगे आकर खड़ी हो गई।

"नमस्ते डाकसाब...नमस्ते मैडम...आपका कब से इन्तज़ार था।"

"यह सुहास है," पति ने परिचय कराया, "मेरा जो स्टूडेंट है न, विभास—उसकी बहन। ये नीचे रहते हैं।"

मैंने उसे देखा और फिर चारों ओर के वीरान सन्नाटे।

"हम उधर रहते हैं।" उसने कहा, "चाय बना रही हूँ।"

"नहीं-नहीं, सुहास, फिर किसी दिन," पति ने कहा, "अभी तो खा-पीकर घर से निकले हैं।"

"फिर भी," वह मेरी तरफ़ देखकर मुस्कुराई, "आप ऊपर का देख लें—मगर चाय तो पीनी ही पड़ेगी।"

वह चली गई, जहाँ बरामदे में दिन में भी बल्ब जल रहा था।

"ऊपर चलें।"

ऊपर की मंज़िल पर जाने के लिए दो ज़ीने थे—दाएँ और बाएँ। दाएँ जीने की सीढ़ियाँ डरावनी और चौड़ी। बाईं ओर की सीढ़ियाँ अँधेरी और सँकरी। मर्दानी और ज़नानी?

हम दाईं ओर से ऊपर चढ़े। नीचे झाँककर देखा—तब लगा, कितना बड़ा आँगन है। ऊपर परिधि के चारों ओर मज़बूत-सी रेलिंग। उस पर जो रंग किया गया था, वह

अभी पूर्णत: सूखा नहीं था। मैंने अपने को सँभालने के लिए उस पर हाथ रखा तो भूरे रंग और तेल का मिश्रण मेरी हथेली पर लग गया।

"अरे!" मैंने कहा।

मैंने हाथ हटाकर सँभलने की कोशिश की, और पति ने मेरी बाँह पकड़ ली।

"क्या हो गया? सम्हलकर चलें।"

इस समय ऊपर छत, मुँडेरों, जँगलों, रेलिंग, बुर्ज़ियों—सब पर उजली-उजली धूप बिखरी है जिसमें बरसों की काई, गिरी हुई ईंटें इमारत के पुरानेपन का संकेत कर रही हैं। जेठ जी की कोठी से निकलकर लग रहा था कि जैसे मैं इतिहास के पन्नों में खो गई हूँ। ऐसे ही तो होते थे नवाबों, राजाओं, सरदारों के आवास। मोटी-मोटी ऊँची दीवारों, छतों और बुर्ज़ियों से अपने को सुरक्षित रखने का प्रयत्न। पर अब इसकी क्या ज़रूरत है? चारों ओर जनता और वाहनों का प्रवाह है, इन सबके बीच यह कितना असंगत लग रहा है!

"किधर चलें?" मैं पूछती हूँ।

"इधर," पति आगे-आगे चलते हैं।

छज्जा पार कर हम दूसरी तरफ़ आ गए हैं। वहाँ खुली छत है जहाँ एक बरामदा है। बरामदे के ऊपर आधी छत, खुली जगह और बरामदे की परिधि को स्पष्ट करने के लिए नीले रंग की चिकें हैं, जो अब समेटी हुई हैं। छत पर कुछ ख़ाली गमले रखे हैं—नये रँगे हुए, मिट्टी से भरे, पौधों की प्रतीक्षा में।

पति ने दरवाज़ा खोला, "यह आपका कमरा।" अन्दर आकर खिड़कियाँ खोलने लगे।

खिड़कियों से दूर तक खुला, नीला आसमान दिख रहा था। दूर जाकर वृक्षों का झुरमुट था और उसके पार एक ऊँची-सी इमारत का पिछवाड़ा, बाईं ओर पहाड़ियाँ थीं—सुनसान, शुष्क और धूसर...।

मैंने कमरे पर नज़र डाली—कितना बड़ा कमरा था! उसमें उसी के अनुपात का बड़ा पलंग था—एक ओर बैठने के लिए एक छोटा-सा सोफ़ा, दो कुर्सियाँ और बीच में एक मेज़। खिड़कियों पर हलके-हलके रंग के पर्दे थे, जो इस वक़्त हवा से हिल रहे थे।

"साथ में कुछ जगह और है—देखेंगी?"

उस कमरे से संलग्न एक दूसरा कमरा, जो ख़ाली था। उसके बाद चमचमाता हुआ अत्याधुनिक बाथरूम, और उसके साथ से एक और कमरा, जहाँ नई-नई अलमारियाँ क़तार से लगी हुई थीं। उन्होंने एक अलमारी खोली—ख़ाली थी, पर थी वैसी ही चकरघिन्नी वाली।

मैं कमरे में वापस आ गई, सोफ़े पर बैठ गई।

चुप।

"क्यों?"

''इतनी पुरानी जगह में इतना नया रेनोवेशन?'' मैंने कहा।

''पसन्द नहीं आया?''

''नहीं, आया तो। आपने सब कुछ सेलेक्ट किया? बहुत अच्छा है। मुझे यह अल्पिष्ठ शैली पसन्द है।''

''मुझे पता था कि आपको अच्छा लगेगा। चलें, अब किचेन भी देख लें—एकदम अमेरिकन स्टाइल, जैसी आपको आदत है।''

ग्रेनाइट, संगमरमर, चमकता हुआ स्टोव, अलमारियाँ, काउंटर—मैंने लम्बी साँस ली।

''अब चलें—मेज़र सरप्राइज़ तो बाक़ी है।''

''अब और कितनी सरप्राइज़ें बाक़ी हैं—पुरानी गढ़ी, नये कमरे, नया फ़र्नीचर, मॉडर्न किचेन... ?''

''अरे, आइए तो...''

वह आगे-आगे चले, हम उसी छज्जे से होकर दाईं तरफ़ की सीढ़ियों की तरफ़ बढ़े। उन्होंने हँसते हुए दरवाज़ा खोल दिया।

मैं ठिठककर रह गई।

''इतनी किताबें?'' मेरे मुँह से निकल पड़ा।

वह मुस्कुरा रहे थे—एकदम आह्लादित।

वह बहुत बड़ा हॉल था। चारों तरफ़ भारी-भारी काँच लगी शीशम की अलमारियाँ थीं—खचाखच किताबों से भरीं। हॉल में तीनों तरफ़ बालकनी थी, वहाँ भी अलमारियाँ थीं, पर इतनी ठोस नहीं, और सब काँच से बन्द भी नहीं, ऊपर जाने के लिए एक सीढ़ी दीवार से टिकी खड़ी थी।

बालकनी में कुर्सियाँ थीं, छोटी-छोटी मेज़ें थीं, लैम्प थे—बैठकर पढ़ने के लिए।

जैसे एक विस्तृत लाइब्रेरी।

''इतनी किताबें—हज़ारों की संख्या में...'' मेरी समझ में नहीं आ रहा था कि मैं अपना अप्रत्याशित विस्मय कैसे व्यक्त करूँ।

''जी—मेरे वर्षों की संचित सम्पदा।''

मैंने लम्बी साँस ली।

वह मुस्कुरा रहे थे—बहुत हर्षमय, गर्वमय मुस्कान।

''जब मैं पेरिस में रहकर पढ़ रहा था, तब अक्सर खाना खाने के बजाय एक पुस्तक ख़रीद लेता था। उस समय के रोमांच का क्या कहना! एक नशा-सा छा जाता है। आपको याद होगा, मैं लन्दन में अक्सर बिना बताए ब्रिटिश म्यूज़ियम चला जाता था?''

''मुझे 'हैरड' और रीजेंट स्ट्रीट पर छोड़कर,'' मैंने मुस्कुराने की कोशिश की।

इस समय हॉल में एक ख़ास तरह की चुप्पी थी। दीवारों से सटी अलमारियों में सजी वे किताबें जैसे मुझे घूर रही थीं...।

"मेरी सम्पदा—मेरी ज़िन्दगी का निचोड़..." उन्होंने एक पुस्तक मुझे पकड़ा दी, "मेरी थीसिस—अपने मुँह मियाँ मिट्ठू—पर इसी ने मुझे अकादमिक जगत में स्थापित कर दिया।"

मुझे लगा, मुझे दिलचस्पी दिखानी चाहिए।

"मैं अवाक् हूँ," मैंने कहा।

पति ने किताब मेरे हाथों से ले ली और वापस रखते हुए कहा, "मुझे मालूम है कि आपको किताबों में इतनी रुचि नहीं है—फिर भी, आपको यह सब दिखाना बहुत ज़रूरी था। आपको भी तो पता चले कि कैसे ख़ब्ती से नाता जोड़ लिया है!"

तब मैं मुस्कुराई, "यह तो अच्छा ख़ब्त है—मुझे गर्व है,"—और तब जाना, सचमुच गर्वित हूँ।

हॉल में तीन बड़े-बड़े दरवाज़े थे, जिनके पार एक पतला-सा छज्जा था। छज्जे पर मोटे-मोटे पर्दे पड़े हुए थे।

"धूप को रोकने के लिए," पति ने कहा, "नहीं तो किताबें ख़राब हो जाएँगी।"

मैंने पर्दा हटाकर देखा—सड़क थी, पर सुनसान। उस पार आम के वृक्षों का समूह और चारों ओर छोटी-छोटी कँटीली झाड़ियाँ।

"एक तरफ़ इतनी भीड़, इतना यातायात, दूसरी तरफ़ इतना सन्नाटा।"

"शोर है मगर चिड़ियों और तोतों का," कहते हुए उन्होंने एक छोटा दरवाज़ा खोल दिया। "मेरा फ्लैट।"

एक साधारण अनुपात का कमरा था। एक ओर एक तख़्त पड़ा था, दो-तीन तकिये, सिरहाने मेज़, लैम्प और दो-तीन कॉफ़ी के मग।

"आप यहाँ रहते थे?"

"हाँ। नानी उधर, जहाँ अब हमारा कमरा है। जब तक वह रहीं, खाना-पीना उन्हीं के साथ होता था।"

"फिर?"

"उनके जाने के बाद बड़े भैया के पास चला जाता था। इधर कभी-कभी विभास के घर से आ जाता था।"

उन्होंने दरवाज़ा बन्द कर दिया, "यह नवाब का रंगमहल था। यहाँ महफ़िलें जमती थीं। रास-रंग, नाच-गाना—सब होता था। सोच सकती हैं, सुन्दर नर्तकियाँ, गवैये, साज़िन्दे—कैसा होता होगा वह माहौल?"

"कल्पना कर सकती हूँ," मैंने कहा।

मैं स्तब्ध थी, स्तंभित, हक्की-बक्की। कुछ भी कहने के लिए शब्द नहीं जुट रहे थे, बस, पति का हर्षोल्लास से भरा चेहरा देख रही थी। उनका सारा शरीर उमंगित, आलोड़ित था।

मुझे बहुत साल पहले की, एकदम भूली हुई बात याद आ गई। मेरे विवाह के दिन दादी के चेहरे पर ऐसा ही हर्षोल्लास था, जब वह अपनी थाती, अपने गहने अपनी पौत्री को सौंप रही थीं, एक-एक डिब्बा खोलकर दिखाती हुई—यह नौ तोले की रामनामी, यह जवा हार, यह मटरमाला, यह बाजूबन्द, यह झुमके, यह झूमर, यह तीस-बत्तीस तोले की तगड़ी...।

"कुछ पीने को होगा, मुझे प्यास लग रही है?" मैंने सूखी आवाज़ में रुक-रुककर पूछा।

"हाँ, उधर चलें—चौकीदार से कहा तो था।"

उन्होंने सावधानी से दरवाजों में अन्दर से सिटकिनियाँ लगाईं, अलमारियों पर नज़र डाली, फिर बाहर निकलकर दरवाज़ा बन्द कर दिया। दुबारा ताला खींचकर देखा कि ठीक से बन्द है या नहीं, जैसे कोई इनकी सम्पदा चुरा लेगा!

मैं मुस्कुरा पड़ी।

हम वापस आकर बरामदे में बैठ गए। पति ने नया फ्रिज खोला—उसमें बियर की दो बोतलें थीं।

"बोतले हैं मगर बोतल खोलने वाला नहीं—न गिलास।" पति ने कहा।

उन्होंने जेब से चाभी निकाली, बोतल खोलने का ढकना निकालकर बोतल खोल दी, पर पी नहीं। अपना फ़ोन निकाला—थोड़ी देर में ताज़ा-ताज़ा मौसमी का जूस सामने था और पति के लिए ख़ाली गिलास।

"नमस्ते मैडम—मैं यहाँ सामने नारंग जूस सेंटर चलाता हूँ। और भी चीज़ें रखता हूँ। कभी भी ज़रूरत पड़े, फ़ोन कर दें—लड़के से भेज दूँगा।"

"कितने?" पति ने पूछा।

"नहीं-नहीं, सर जी, आज तो पहली बार मैडम घर आई हैं।" वह विनम्र था। बचा-बचाकर बार-बार देख रहा था। पर उसके साथ के अठारह-उन्नीस साल के लड़के के चेहरे पर अचरज लिखा हुआ था : 'इतनी बड़ी उम्र के मालिक और...और... ?'

जूस ठंडा था, प्यास तृप्त हुई।

मैंने लम्बी साँस ली।

"कैसा लगा?" पति ने पूछा।

"मुझे तो कोई आशा ही नहीं थी। मिलेगा, यह सोच भी नहीं सकती थी। आप कहाँ जा रहे हैं, कहाँ ले जा रहे हैं, कुछ भी जानकारी नहीं थी। आपने कहा—'चलो', तो उठी और चली आई।"

"अगर आप यहाँ न रहना चाहें तो और भी विकल्प हैं। बड़की भौजी चाहती हैं, उनके साथ रहें। लाड़ करना चाहती हैं और घर-गृहस्थी में ट्रेनिंग भी देना चाहती होंगी..."

मैं चुप सुन रही हूँ।

"नहीं, तो हम गेस्ट हाउस में भी रह सकते हैं। कहते हैं गेस्ट हाउस, मगर एकदम अलग यूनिट है। काफ़ी जगह है। मुख्य घर में एक एम्बेसी है। हमारी अपनी ड्राइव-वे और दरवाज़े अलग और दूर हैं...या फिर किसी और भी अत्याधुनिक फ्लैट में—गुड़गाँव यहाँ से दूर नहीं पड़ेगा..."

"और आपकी सम्पदा? आप यहाँ से दूर रह पाएँगे?"

"कोशिश करनी पड़ेगी—आता-जाता रहूँगा..."

"नहीं, जी, नहीं—मैं इन निर्जीव सम्पत्तियों से आपको नहीं बाँटूँगी—हैं तो आप भी हल्दीपुरी ही..."

हम दोनों हँसने लगे।

फिर मैं गम्भीर हो आई, "मुझे लगता है कि मैं यहाँ रह सकती हूँ—यहाँ ख़ुश रह सकती हूँ..."

"सुनकर अच्छा लगा," वह उठ खड़े हुए। मेरा हाथ पकड़कर उठाया।

"अब कहाँ?"

"वापस," वह बोले।

सच में, प्रसन्न दिख रहे थे। मैंने उस अजीब-सी जगह का डर मन से निकालना चाहा। मेरा मन हो रहा था कि कहूँ कि मुझे एकदम आधुनिक फ्लैट चाहिए—नया, चमचमाता हुआ, पर, 'आपकी जो इच्छा' कहने वाली पत्नी की तरह मैंने चुप रहना ही ठीक समझा।

"हम लोग जाने वाले हैं," पति ने बड़की भौजी से कहा।

उन्होंने अभी अपना मगही पान मुँह में रखा ही था। कुछ क्षण बाद बोलीं, "कहाँ? कहीं फिर घुमक्कड़ी के लिए निकल रहे हो?"

वह पान सिर्फ़ भौजी के हाथ का ही खाते थे। कुछ देर बीड़ा हाथ में पकड़े रहे, फिर बोले, "नहीं, अपने घर।"

"कहाँ? मोतीबाग़ की कोठी सही हो गई?!"

"नहीं—अपने घर—यानी कि नवाबगंज..."

भौजी की आँखें निकल पड़ीं, "नवाबगंज? उस भुतही,' बदनाम जगह ले जाकर इस लड़की को पटक दोगे? दिमाग़ ख़राब हो गया है? पूरी दिल्ली में सत्रह जायदादें हैं और तुम नया ब्याह करके नवाबगंज रहोगे? नहीं-नहीं, यह नहीं हो सकता। मैं होने नहीं दूँगी!"

हम दोनों चुप हैं।

"सत्रह जायदादें बड़के भैया की हैं, हमारी नहीं। फिर भौजी, हमारे पास तो ले-देकर नवाबगंज ही है। कितने साल से रह रहे हैं।"

"तुम रह रहे हो अकेले! यह छोटी-सी, भोली-सी दुलहिन वहाँ कैसे रहेगी? न दोस्त, न एहबाब—कभी गिरस्ती चलाई है?" वह मुझसे पूछती हैं।

"नहीं।" मैंने कहा।

"कहाँ चलाई होगी? सरकारी नौकरों की पलटनें रहती हैं बमभोला—तुमने सही तरीक़े से सोचा नहीं है, बस, अपनी उन किताबों के साथ रहने को व्याकुल हो रहे हो, पर यह लड़की क्या करेगी? कितनी भोली, कितनी सरल है!"

"हाँ, वह तो है," पति मेरी ओर देखकर मुस्कुराए। "इसीलिए तो सबसे छिपाकर वहाँ ले जाकर रहना चाहता हूँ," फिर वह सहसा गम्भीर हो गए, "सचमुच भौजी, मुझे इनकी बहुत चिन्ता रहती है। मेरे पीछे यह अकेली ज़िन्दगी कैसे सँभाल पाएँगी?"

"भगवान करे, तुम हज़ार चाँद के दर्शन करो, अस्सी बरस तक जियो," कहकर वह चुप हो गईं। आगे कुछ नहीं बोलीं।

और एक दिन बिना ढोल-ताशे के हम अपने घर चले आए।

बाहर की दीवारें इतनी पुख्ता और समय के प्रहार से इतनी काली हो गई थीं कि उनको साफ़ करना मुश्किल था, पर फिर भी सफ़ाई-धुलाई का पूरा प्रयत्न साफ़ दिख रहा था। गेट पर आम के हरे पत्तों और गेंदे, गुलाब के फूलों की बन्दनवार थी और हमारे स्वागत में चौकीदार, माली, उसके लड़के, पहलवान, सफाई वाला जमादार— सभी एक नई वर्दियों में, रंग-बिरंगे साफ़ों में हमारे स्वागत के लिए खड़े थे। राह चलती दो-चार औरतें भी रुककर अन्दर झाँकने लगीं। हमारे पहुँचते ही पीछे-पीछे गाड़ी में विचित्रा मौसी भी आ पहुँचीं।

"अभी रुकना," उन्होंने पुकारा।

फ़िल्मों या टेली सीरियल की तरह गृह-प्रवेश की कोई रस्म नहीं हुई। मौसी ने दीया जलाकर नये दामाद की औपचारिक रूप से आरती की। माथे पर रोली, चावल का टीका, मेरे माथे और माँग के बीच सिन्दूर और कहा, "आओऽऽ।"

पर उससे पहले क़तारवार खड़े सब नौकरों ने एक-एक करके मुझे फूलों के गुलदस्ते भेंट किये और पति सबको जेब में हाथ डाल-डालकर रुपये देते गए। फिर हम लिफ्ट से ऊपर गए, जहाँ छत पर अक्टूबर की धूप बिखरी हुई थी। इधर-उधर सब साफ़, धुला-पुँछा, कमरे खुले थे। हम जाकर बरामदे में बैठ गए।

विचित्रा मौसी की नौकरानी ने हमारे आगे काजू रोल, मोतीचूर के लड्डू और दालमोठ की प्लेटें घुमाईं पर किसी ने कुछ नहीं लिया।

"तुम्हारे घर से कोई नहीं आया? पता तो होगा कि तुम लोग शिफ्ट कर रहे हो...?" मौसी ने मुझसे पूछा।

"वे लोग व्यस्त रहे होंगे।" मैंने कहा, "और बड़की भौजी..." मैंने विचित्रा मौसी को देखा।

उन्हें उनके अस्तित्व का पता है। उन्होंने सहमति में सिर हिलाया। शायद दिल्ली समाज में यह बात सर्वविदित होगी कि गुणेश्वर हल्दीपुरी की दो पत्नियाँ हैं।

"बड़की भौजी बहुत अपसेट हैं।"

"अच्छा, जब तक तुम लोग सेटिल नहीं होते, मेरी यह..." उन्होंने नौकरानी की ओर देखा, "आकर खाना बनाकर जाया करेगी—लंच। तब तक मैं किसी को ऊपर के काम के लिए देखती हूँ। सुबह की चाय-पानी तो तुम सँभाल ही लोगी?"

मुझे डर लगा कि कहीं पति कह न दें कि 'सुबह-सुबह के प्रेम-प्रसंग से समय मिले तब न,' पर वह चुप रहे। जेठ जी के यहाँ कॉफ़ी और टोस्ट के लिए उठना उन्हें बहुत अखरता था, पर वहाँ तो हम मेहमान थे, और केवल नाश्ते पर ही दोनों भाइयों की भेंट होती थी इसलिए हम अपनी काम-क्रीड़ा स्थगित करके प्रयत्न करते थे कि वहाँ समय पर पहुँच जाएँ।

"हाँ, उसकी कोई प्रॉब्लम नहीं है।"

"तुम्हारा किचेन मैं एक दो-दिन में सेट कर दूँगी—आटा, दाल, मसाले...उफ़, सुचित्रा जीजी की यह ज़्यादती थी कि उन्होंने गिरस्ती सँभालना ज़रा भी नहीं सिखाया। हमेशा कह देती थीं, 'यह जहाँ भी जाएगी, नौकर-चाकर होंगे सँभालने के लिए।'"

यह मैंने चुपचाप सुन लिया।

"आज तो मैं इसे साथ ले जा रही हूँ, कल से भेज दूँगी। शाम को छह बजे तक ड्राइवर से छुड़वा दिया करना। आज के खाने का क्या होगा?"

"बड़की भौजी भेजेंगी।" पति ने कहा।

"ठीक है, तब हम चलें," विचित्रा मौसी उठ खड़ी हुई, "तुम परेशान मत होना, डरना भी मत। नीचे का खंड तो बन्द है, हर कमरे में ताले लगे हैं और हर बरामदे में लाइट बल्ब और ऊपर का देखो, कितना मॉडर्न, कितना खुला, हवादार..." वह चलने को तैयार हुईं, "नौकर-चाकरों की बातों पर ध्यान मत देना। सब अन्धविश्वासी होते हैं। यहाँ तुम ख़ुश रहोगी। जब पति प्रसन्न तो तुम्हें भी अच्छा लगेगा।"

उनके जाने के बाद हम अकेले बैठे रह गए। उनके माथे पर टीका था पर चावल झड़ गए थे।

मैंने एक बार फिर महसूस किया कि पति की प्रसन्नता असल में मेरी प्रसन्नता से जुड़ी है। मेरे यहाँ आकर, उनकी अपनी किताबों के बीच, उनके अपने घर में रहने के निश्चय से वह अन्तरतल तक सन्तुष्ट हैं।

"तो चलें—उद्‌घाटन करें?" उन्होंने कहा। "अरे!" उन्होंने हलके से बाँहें पकड़कर मुझे उठाया, "अरे, बनो मत। मैं जानता हूँ—सारा शरीर उत्कंठा से काँप रहा है।"

"और आप उत्तेजना से।"

अब यहाँ यही होगा—कभी भी, किसी भी समय, किसी भी जगह, और वे सब

नाचने-गाने वालियाँ, वह शाही कुक, अशर्फियों से दाल छौंकने वाले, वह सिपाही हमारी ख़ुशी में ख़ुश होंगे और असीसें देंगे।

उस रात अनायास ही पानी बरसा। बहुत देर तक बरसता रहा—जब तक प्यासी धरती आप्लावित नहीं हो गई। सुबह सब कुछ शान्त था—प्रकृति छकी हुई, पेड़-पौधे, लताएँ अघाये हुए—और वह धूप से झुलसे, प्यास से तड़प-तड़पकर मरते वफ़ादार सैनिक, यदि वे अभी भी पेड़ों से लटके होते तो उनकी भी प्यास बुझ गई होती।

कल रात कितना पानी बरसा—चारों ओर लोग यही बात कर रहे थे। यहाँ तो कभी पानी ही नहीं बरसता! बरसात में भी बादल आते हैं, पर बरसते नहीं। उमड़-घुमड़कर तरसा-तरसाकर चले जाते हैं। अतृप्त आत्माएँ सब ऊपर-ऊपर पी जाती हैं।

और इस मौसम में इतनी बरसात?

"कोई बात नहीं," पति ने करवट बदलकर आँखें मूँद लीं।

"ऐरावत हमको आशीर्वाद दे रहा था।"

× × ×

मुझे अच्छा लगने लगा।

मैंने कुछ दिन प्रतीक्षा की कि शायद लोग हमसे मिलने आएँ। बड़की भौजी का ड्राइवर छुट्टी गया था और टैक्सी लेकर कोई आने नहीं देगा। औरों को मैंने आने को कहा ही नहीं। मेरी जेठानी जी की प्रतिक्रिया देखने की बिलकुल इच्छा नहीं थी। वह सब देखकर मुँह बिचका देंगी और मुझे बुरा लग जाएगा।

कुछ दिन बाद जेठ जी का ड्राइवर आकर दो बन्द बोरे दे गया। एक बोरे में बर्तन थे—देगची, भगौने, कड़ाहियाँ, काँसे के कटोरे और बड़ी-सी परात, ताँबे और पीतल की बालटियाँ। दूसरे बोरे में काँच के कुछ बर्तन थे—प्लेटें, प्याले, केतली, दूध और शक्करदानी। सब कुछ अख़बारों में पैक करके सहेजकर रखा था। एक पुरानी, बहुत बार धुली और घिसी साड़ी में खाने के बर्तन थे—चाँदी की थालियाँ, कटोरियाँ, गिलास, चम्मच, हाथ धुलाने के लिए झारी। मेरे चारों ओर यह सामान बिखरा था और मैं बीच में बैठी सोच रही थी कि मुझे भी बड़की भौजी की तरह भंडारघर बनवाकर वैसे ही सजाना चाहिए।

इनमें से किसी भी चीज़ की हमें ज़रूरत नहीं थी। मम्मी ने जो अपार ख़रीदारी की थी, उसमें गृहस्थी का काफ़ी सामान उन्होंने मुझे दे दिया था।

मैं सोच रही थी कि इस सामान का क्या करूँ कि जेठानी जी का फ़ोन आ गया, "सब सामान ठीक से मिल गया?"

"जी, जी—मगर इतना सब भेजने की कोई ज़रूरत नहीं थी।"

"घर में सभी को चाँदी के बर्तनों में खाने की आदत है—देवर जी भी...चाय के बर्तन कैसे लगे? लन्दन से लाई थी।"

"लन्दन से मैं भी लाई हूँ," मेरे मुँह से निकल गया, "थैंक यू, आपने इतना सोचा।"

"अरे, तुम्हें तो बहुत मिलना चाहिए था, तुम्हारे पति ने सब गँवा दिया।"

मेरा मन हुआ, पूछ लूँ—कैसे? जुए में हारकर? ऐयाशी में? पर चुप रही,।

"धन्यवाद। कभी इधर आएँ।"

"अभी तो हम दोनों बंगलोर जा रहे हैं, वहाँ सारा वाइंड अप करना है, बाद में आएँगे।"

"ज़रूर।" मैं बोली, "प्रतीक्षा रहेगी। यहाँ सब बहुत अच्छा है।"

वह फ़ोन पर हँसीं, शायद मुँह बिचकाया हो!

मैं देखने के लिए कहाँ थी!

× × ×

जमुना कुछ कहना चाह रही है, पर झिझक रही है।

मुझे डर है कि वह कल से महीने भर गाँव जाने की छुट्टी के लिए कहेगी या नौकरी छोड़ ही देने के लिए।

मैं अपने को व्यस्त करने का नाटक कर रही हूँ। उसकी ओर देखूँगी तो वह कह देगी।

"बहू जीऽऽ!"

मैं उसकी अवज्ञा कर रही हूँ।

"मैडम जी!" उसकी आवाज़ दृढ़ है, "आपसे कुछ कहना है।"

तब विवश होकर कहना पड़ा, "क्या है?"

"यह जो नीचे वाली लड़की है, सही नहीं है।"

"सही नहीं है? क्या मतलब? इतनी अच्छी तो है।" मैंने कड़े स्वर में कहा।

"उस पर भूत-प्रेत का वासा है।" जमुना कहने लगी।

"सब बकवास!" मैंने सख़्ती से कहा।

"नहीं मैडम, वह सारी-सारी रात नंगे होकर नाचती रहती है। आपने नहीं सुनी घुँघरू की आवाज़?"

"यह सब रबिश है, एकदम पोंगापंथी, अन्धविश्वास।"

"नहीं मैडम, सच है। आँखों देखी बात है। भाई तो मालिक के किताबघर में बैठा रहता है, माँ राधा सुवामी है। मुँह लपेटकर पूजाघर में दिन भर बैठी रहती है।" जमुना कहती रही, "लड़की अच्छी है—पर क्या करे, जब जिन्न आता है तो सारे कपड़े उतारकर फेंक देती है और नाचने लगती है—आँखें जैसे अंगारे, चेहरा दिप-दिप..."

मैं चुप।

"यह गढ़ी है ही ऐसी। मैं तो नीचे से ऊपर आने तक 'भूत पिसाच निकट नहीं आवे' जपती रहती हूँ।"

मुझे हँसी आ गई, "मैं बात करूँगी।"

"निकल ही जावे तो अच्छा," बात पलटकर बोली, "क्या बनाऊँ? मालिक की पसन्द की कुरकुरी भिंडी?"

"हाँ, हाँ," कहकर मैंने उसे टाल दिया।

रात को पति से कहा, "जमुना कह रही थी कि सुहास रात-रात भर नाचती है, आपको पता?"

"हाँ—उसका इलाज चल रहा है। यौन-प्रवंचित हिस्टीरिया-ग्रस्त है।"

"ऐसी भी बीमारी होती है? तो अत्यधिक यौन-सुख हिस्टीरिया भी होता होगा?"

पति हँसने लगे, "होता है, मगर उनको, जिन्हें यौन अरुचिकर लगता है—मगर तुम्हें तो यह..." कहकर उन्होंने मेरे गाल पर ठुनका दिया।

किचेन में खाना बनाकर जमुना चली गई होगी। वृक्षों पर पक्षी वृन्द सो गए होंगे। शायद निर्वस्त्र सुहास नृत्य कर रही होगी। उसकी माँ मुँह लपेटे जप कर रही होगी। विभास कम्प्यूटर पर झुका होगा—दुनिया के सारे काम चल रहे होंगे, और मैं?

पूर्णतः रिक्त होने के बाद कुछ पल के लिए झपक जाते हैं—मैं निश्चल हूँ—प्रतीक्षित कि वह कुछ क्षणों में आँखें खोल देंगे, पूर्ण रूप से प्रस्तुत!

और मैं भी तो?

शायद यौन-प्रचुर हिस्टीरिया पीड़ित—इन्हीं क्षणों में पूर्ण तुष्ट, परिपूर्ण।

× × ×

एक दिन अचानक नीचे का घर ख़ाली हो जाता है।

मैं विचित्रा मौसी के घर से लौटती हूँ तो देखती हूँ, एक ठेले पर नीचे का सामान लदा है।

मैं खड़ी रह जाती हूँ।

बूढ़ी अम्माँ जी एक बेतुकी साड़ी पहने हैं—ठीक से बाँधी नहीं गई है, ऊँची-नीची, गहरे रंग का छापा, झुकी हुई कमर, हाथ में लकड़ी।

"हम वापस रुद्रपुर जा रहे हैं। डॉक्टर साहब ने सुहास और दामाद जी की सुलह करवा दी है। कुछ ग़लतफहमी थी। अब सुहास दामाद जी के साथ इलाहाबाद रहेगी और हम अपने गाँव में खेती-बाड़ी देखेंगे।"

"और विभास?"

"यहाँ आता-जाता रहेगा। किताब तो पूरी करनी ही है। कहता है, कम्प्यूटर से काम चलता रहेगा।"

इससे पहले मैंने कभी अम्माँ जी पर नज़र तक नहीं डाली थी। उन्हें भरपूर दृष्टि से देखा—उनका झुर्रीदार, सूखा, सिकुड़ा चेहरा इस समय कितना सुखमय लग रहा था!

"सुहास ब्याह के बाद कभी वापस गई नहीं। सुना है, दामाद जी ने अपना इलाज करवाया है। अब सही हैं। सुहास राज़ी है—बस, और क्या?"

नीचे का घर ख़ाली हो गया। अँधेरा, साँय-साँय।

जमुना को तो टिप्पणी देनी ही थी, "सुना है कि पति नामर्द था...हाँ भई, हमारी तरह थोड़े ही—हफ्ते में तीन-चार बार लगवाना पड़ता ही है।"

मेरी कड़ी भावमुद्रा देखकर वह किचेन में घुस गई और चटनी पीसने के लिए मिक्सी चलाने लगी।

मुझे हँसी आ गई—जैसे जमुना को अपने दाम्पत्य-सुख के बारे में बताना ज़रूरी था! फिर एक विचार कौंधा—वह हमारे बारे में क्या कहती होगी? दूसरे घरों में ज़रूर बतियाती होगी। बूढ़ा पति और जवान पत्नी—बुढ़भस या अनन्त प्यास...!

"उँह," मैंने अपने आपसे कहा, "यह क्या समझेगी—कूढ़मगज, अनपढ़, गँवार," पर मन में कोई फुसफुसाया—शरीर सुख और तृप्ति के लिए क्या अनपढ़, क्या गँवार—हाँ, सभी पति इतने पटु नहीं होते होंगे, जैसेकि...।

कभी-कभी नीचे अँधियारे मेहराबदार गलियारे में जाकर, निर्वस्त्र होकर, बाँहें फैलाकर, दरवेशों की तरह गोल-गोल घूमकर नाचने की इच्छा होती है।

क्या वह जिन्न मुझ पर आ गया है?

"इस जिन्न से डरकर सब भूत भाग जाएँगे," पति हँस रहे हैं।

हँसते समय कितने अच्छे लगते हैं! उनका सारा चेहरा एक अन्तर्-आभा से झिलमिल करने लगता है।

"मुझे तो अपना जिन्न पसन्द है।"

"तो कभी उसे ख़ुश करें न!"

"कैसे?"

"वैसे, जैसे सुहास करती थी।"

"चैलेंज कर रहे हैं? तो चलिए—वही सही।"

"सच?"

"हाँ—क्यों नहीं! मगर मुझे नाचना नहीं आता।"

"बहाना?"

"नहीं—सीखूँगी, फिर पटु होकर आपके सामने आपको रिझाने के लिए..."

"'खाक हो जाएँगे तेरी जुल्फ़ के सर होने तक'।" उन्होंने कहा।

"क्या मतलब?"

"जाने दें।"

बात ख़त्म हुई।

साँझ होते ही नीचे के दरवाज़े बन्द कर दिये जाते। निःशब्द सन्नाटा रहता। बस, ड्योढ़ी के पार एक ट्यूबलाइट रात भर जलती रहती।

क्या हुआ उस जिन्न का? क्या कहीं और चला गया? किसी और पर आशिक़ हो गया? क्या सुहास अब सुखी है?

पर मैं तो सुखी हूँ—परिपूर्ण, परितृप्त।

और पति हैं—अपनी पुस्तक पढ़ने में लीन।

जब भी उन पर दृष्टि जाती है, मेरा मन बेहद लाड़ से भर उठता है। पर लाड़ तो वह करते हैं—पूर्ण विश्वास, पूर्ण हृदय से...।

मुझे कभी मचला दे की तरह बुर्ज़ से कूदकर जान नहीं देनी पड़ेगी। मचला दे?

मैं अनमनी हो आती हूँ। कहाँ सुना है यह नाम? कौन थी मचला दे? यह विचार मन में आया कहाँ से? कहाँ से कहाँ का तार जोड़ देता है यह स्मृतिकोष!

"सुनिए, क्या हुआ था सुहास के पति को... ?"

"आत्मविश्वास की कमी थी, घबरा जाता था—समय-पूर्व स्खलन हो जाता था।"

"आपको कैसे पता? सुहास ने बताया?"

"उफ़, उससे ऐसी बातें करूँगा? विभास ने बताया था, अब वह चिकित्सा से ठीक हो गया है।"

"इसकी भी चिकित्सा होती है?"

"हर चीज़ की चिकित्सा होती है—हर ऑब्सेशन की भी।"

तो मैं सोच में पड़ गई—आरसी बुआ की भी?

× × ×

"अंडेवाली आकर लौट गई—अब नाश्ते में क्या खाएँगे?"

वह आमोद से मेरे कान की लवें कुतरने लगे।

"अरे ऽऽ, क्या कर रहे हैं?"

"अंडे और सॉसेज से भी मज़ेदार।"

"आप नरभक्षी होते जा रहे हैं।"

वह उठंग कर पलंग के सिरहाने टिक गए।

"मैं नहीं, तुम," उन्होंने खिजाया।

"सच? ग्यारह बजने वाले हैं—लोग क्या कहते होंगे?"

"वही, जो सुना है।"

मैंने अपने को चादर खींचकर ढकना चाहा तो उन्होंने पकड़ ली।

"क्या सुना है?" मैंने पूछा।

"यही कि मालिक कहीं गए थे दूर, बियाबान में, वहीं मिल गई एक जादूगरनी। भेस बदलकर रिझा लिया और ब्याह कर लिया—बस, मालिक तो अब बन गए भेड़ा। जिधर घुमाओ, घूम जाएँ!...नहीं रे, यह तो यहीं की रहने वाली कोई नचनिया है, यहीं आत्मा भटक रही थी, मालिक पर रीझ गई।"

"फिर?"

"सब ठहाका मारकर हँसे—अरे ऐसा क्या बुढ़ऊ में?— वाह, क्यों नहीं? कित्ते पैसे की जायदाद है!—नहीं रे, बहुत ख़ुश हैं मालिक!—इत्ते सालों में कभी देखा है?"

सब वार्तालाप उन्होंने अलग-अलग स्वरों में नक़ल करके बताई—चौकीदार, अंडेवाली की आवाज़ों में।

मैं हँसने लगी, "चलिए, बाँध दूँ आपको आपके खूँटे से।"

"ज़रूरत नहीं है। अपने-आप पालतू, एकदम वश में किये भेड़े की तरह आगे-पीछे घूमता रहता हूँ। सच में, बदनाम हो गया हूँ। सभी को उत्सुकता होती है तुम्हें देखने की, मिलने की, कि यह है कौन जिसने ऐसे उन्मुक्त विचरते इनसान को एकदम जाल में बाँध रखा है? तुम सोचती हो कि इतने लोग जो रोज़-रोज़ आकर खड़े हो जाते हैं, सचमुच रिसर्च के बारे में बात करने आते हैं। वे देवियाँ, जिनसे तुम इतना दुखी रही हो, मुझसे मिलने आती हैं।—नहीं, वे सब अच्छे ख़ासे स्वतंत्र स्वभाव के पुरुष को भेड़ा बनाने का गुर सीखना चाहती हैं।"

"अच्छा, बस, उठने दें। वह खाना बनाने वाली आती होगी और अगर उसने जाकर विचित्रा मौसी से कह दिया तो पल भर में मम्मी, भाई—हाय राम..."

चादर खींचकर अलग कर दी और अनावरण स्नानघर चली गई।

अब मुझे निर्वस्त्र होकर कमरे में चलने-फिरने में किसी प्रकार की लज्जा, कुंठा नहीं है। सब कुछ सहज, प्रकृतिदत्त, अपने में सुन्दर और कितना-कितना सुख झेलते रहने का माद्दा—यह सब मेरे अन्दर परत-दर-परत था। जैसे एक आग थी, जिसमें एक फूँक, एक चिनगारी की आवश्यकता थी। अब मैं दहकती रहती थी—दिन-रात, हर समय, कभी भी...।

यह अगर मैं हूँ तो इतने वर्षों तक अपने को पहचाना क्यों नहीं? पर जान रही थी कि यह केवल शारीरिक केलि-क्रीड़ा मात्र नहीं है, हम दोनों एक-दूसरे के पोरों में, शिराओं में, रक्त की लालिमा में बसे जा रहे हैं—ऐसे गहरे स्तर पर, जहाँ एक के न रहने पर भी दूसरा मन, आत्मा, शरीर में बसा रहेगा।

हलकी-सी सफ़ेद स्कर्ट और बिना बाँहों की फ्रेंचलेस की ब्लाउज़ पहनकर बाहर आती हूँ। दोनों ही पेरिस में ली गई थीं। यह अत्याधुनिक कपड़े मैं तीन-चार सदी पुरानी जगह पर पहनकर खड़ी हूँ पर सब कुछ सही लग रहा है। मैंने सोच लिया है कि मैं भी हरदम सजी-सजाई तो नहीं, मगर ढंग और सुरुचि से कपड़े पहनकर रहा करूँगी।

मारो गोली फ़ालतू चीज़ों को, और उन नारे लगाती हुई देवियों को भी। अब जब भी वे वक़्त-बेवक़्त टपक पड़ेंगी, मैं उन्हें सार्थक समय बिताती मिलूँगी—किताब पढ़ती हुई, या फ़ोन पर गम्भीर (पर किससे) बात करती हुई।

''आप हर वक़्त इसी में चिपके रहते हैं,'' मैंने कुछ दिन बाद कहा। ''मैं तो जैसे नगण्य हो गई हूँ। हूँ ही नहीं...''

''ऐसी बात नहीं है। बस, मैं हूँ ही ऐसा। किताबों में इतना लीन हो जाता हूँ कि बस—मगर पहले चलता था क्योंकि अकेला था, पर अब ध्यान रखूँगा कि तुम निग्लेक्टेड न फ़ील करो...''

मैं बहुत देर तक मुँह फुलाए रही, फिर समझ में आ गया है कि जो जैसा है, वैसा ही रहेगा—जैसे मैं। पर मैं तो बदल सकती हूँ।

''सुनिए,'' मैंने कहा, ''आप तो अपनी 'वार एंड पीस' में तल्लीन रहते हैं, मैं भी कुछ पढ़ना शुरू करूँ?''

''पास्तरनाक।'' उन्होंने चिढ़ाया।

मैं भी मुस्कुराई, ''नहीं, कुछ और—सोच रही हूँ।''

'' 'चौदह फेरे'।'' पति ने कहा।

'' 'चौदह फेरे'? यह कौन-सी किताब है?''

''कमाल करती हैं...''

फिर मैंने दबी आवाज़ में पूछा, ''किसने लिखी है?''

पति ठहाका मारकर हँसे, ऐसे कि जमुना किचेन से झाँकने लगी। वह ऐसा कम हँसते हैं, पर अब हँसे तो हँसते ही रहे।

मैं बहुत बुरा मान गई, ''अब मैं दुनिया-जहान के हर लेखक का नाम तो जान नहीं सकती। टॉल्स्टॉय, इब्सन, रवीन्द्रनाथ—काफ़ी नहीं हैं?''

जब वह जी भरकर हँस चुके, तौलिये से मुँह पोंछते हुए बोले, ''अच्छा, तो रवीन्द्रनाथ भी लिस्ट में आ गए?''

'' 'स्टोरीज़ बाई रवीन्द्रनाथ टैगोर'—मैं नाट्य रूपान्तर टी.वी. पर देख चुकी हूँ।''

''वेरी गुड—वेरी गुड,'' पति ने मनाते हुए कहा, ''कभी-कभी फ़िल्में ओरिजनल पुस्तक से अच्छी बन जाती हैं।''

'चौदह फेरे' अगले दिन आ गई और मैंने पढ़ना भी शुरू कर दी। अब हम दोनों अपनी-अपनी कुर्सियों में अपनी-अपनी किताबों में लीन बैठे रहते। दुख सिर्फ़ इतना था कि इलिकी या प्रसू या उनकी साथिनें कभी इस समय नहीं प्रकट हुईं, कि देखतीं, हमारे घर का वातावरण कितना गम्भीर और इंटेलेक्चुअल हो रहा है!

'' 'चौदह फेरे'?'' विचित्रा मौसी कुहुककर झपट पड़ीं। किताब पर्स में रख-कर बोलीं, ''मैं एक दिन में पढ़कर भेजती हूँ—कब से दुबारा पढ़ने की सोच रही थी—बस, कल...''

और फिर उनकी सहेली ने झपट ली—कल देने का वादा करके। और फिर वह कहीं गुम हो गई। मैं अधर में झूलती रही। कुछ प्रश्न अनुत्तर ही रहें तो अच्छा। मगर परिणाम यह हुआ कि विचित्रा मौसी के हाथ जैसे कारूँ का ख़ज़ाना लग गया। उन्हें पढ़ने का इतना शौक़ होगा, मुझे मालूम नहीं था।

''मेरे पास अधिक उपन्यास नहीं हैं,'' पति ने कहा, ''बस, ये दो हैं, इन्हें ले जाएँ, मगर यह 'चौदह फेरे' की तरह नहीं हैं। बाक़ायदा पैसे देकर मुंशी जी से ख़रीदी थीं। यह कभी पढ़ेंगी—इस उम्मीद में रखी हुई हैं। यह गुम न हो जाए—ध्यान रखें।''

मौसी ने किताबें उलटीं-पलटीं, फिर बोलीं, ''पहले 'विराटी की पद्मिनी' ले जाती हूँ। 'गढ़कुंडार' बाद में पढ़ूँगी...''

विभास उठा और रजिस्टर में मौसी के नाम पुस्तक दर्ज कर ली, ''एक हफ्ते में ?'' उसने पूछा।

''अरे, दो दिन में,'' मौसी बोलीं।

''उड़ गए फुलवा—रह गई बास,'' पति ने अचानक कहा।

विभास, मौसी और मैं—तीनों उनका मुँह देखने लगे।

''इस पुस्तक में एक पंक्ति है—ऐसे ही याद आ गई।''

''गाकर सुनाइए,'' मैंने कहा।

''उड़ गए फुलवा—रह गई बास,'' पति ने गाया।

''अरे, आप तो इतना अच्छा गा लेते हैं!'' विचित्रा मौसी बोलीं, ''सीखा है क्या ? सुर-ताल एकदम दुरुस्त।''

पति मुस्कुरा दिये।

रात को मैंने कहा, ''जब से आपने 'वार एंड पीस' शुरू की है, उसी में चिपककर रह गए हैं। जब हम यात्रा पर थे तब आप हर वक़्त गुनगुनाते रहते थे, मुझे बड़ा अच्छा लगता था।''

पति ने किताब बन्द कर दी, चाँदी के गिलास पर से ढक्कन हटाया, कुछ घूँट पिये, ''तब हर वक़्त गुनगुनाने का मन होता था—मस्ती के दिन थे।''

''और अब ? हनीमून समाप्त हो गया ?''

वह हलके से हँसे। हाथ बढ़ाकर उन्होंने लैम्प बुझा दिया, ''हर चीज़ की एक ऋतु होती है—उसी तरह गाने, गुनगुनाने, हँसने की भी। मगर सच है, मैं इस पुस्तक में इतना डूब गया हूँ कि तुम्हारा मुँह फुलाना जायज़ है,'' उन्होंने मुझे अपनी ओर खींच लिया। मैं उनकी छाती पर औंधी गिरी रही और वह लोरी की तरह गाने लगे, ''उड़ गए फुलवा—रह गई बास...''

आँखें खोलीं तो पाया, वह न जाने कब गाना बन्द करके सो चुके हैं। मैं उठकर बैठ गई। बहुत देर उनके शान्त, सोए हुए चेहरे को देखती रही—कभी-कभी उनकी पलकें फड़कतीं, न जाने क्या सपना देख रहे होंगे! आशा है—सुन्दर, शान्तिपूर्ण।

उस क्षण मैं ब्रह्मांड के प्रति अत्यन्त कृतज्ञता से भर उठी। उन अनजानी दैवी विभूतियों ने जिन्होंने मुझे इनकी ओर उन्मुख किया और उस क्षण के प्रति कृतज्ञ कि मुझमें इतना साहस भर दिया कि मैं उनसे बेझिझक अपने से विवाह की बात कर सकी। इस समय शान्ति से होंगी यहाँ रहने वाली आत्माएँ—शायद अलक्ष रूप से यहाँ आसपास हों! अगर हैं तो देखें—मेरा सुहाग भाग और दें हज़ारों-हज़ारों असीसें...।

× × ×

स्वर्णकार होने की बस एक परम्परा रही—घर में सारी लड़कियों के नाम गहनों पर रखे जाते थे। इसीलिए नीलम, चुन्नी, पन्ना, मणिमाला, झुमकी, नूपुर, पायल, कंकणा और उस परम्परा में अन्तिम मैं—शिंजिनी। पिता मणिमय और भाई श्रीमय। दादा मायाशंकर, उनके भाई लक्ष्मी शंकर। बस, पैसा ही पैसा, सोना ही सोना। एक बात का लाभ उठाया, सब कुछ बदलने के बाद भी काग़ज़ पर अपनी जाति वही रखी। इस दूरदर्शिता का भी लाभ हुआ। पापा बने डिप्टी कलेक्टर और भाई हो गए आई.ए.एस.। यह बात नहीं थी कि क्षमता नहीं रही होगी, परन्तु जाति के कारण आसामी हुई। जब अवसर मिल सकता है तो लाभ क्यों न उठाया जाए?

मैं कुछ क्यों नहीं बन पाई?—मैंने कभी सोचा नहीं। लड़की होने के नाते कोई अपेक्षा ही नहीं की गई—एक होनहार लड़का देखकर, ढेर सारा दान-दहेज़ देकर ब्याह दी गई। बस, बाद की पढ़ाई तो केवल सुविधानुसार हुई। उसका लाभ उठाना या नौकरी करना या अपने पैरों पर खड़ा होना—उसकी कोई ज़रूरत ही नहीं समझी गई।

यह सब विचार बुलबुले जैसे उठते हैं, लीन हो जाते हैं। आसपास देखती हूँ, सब मस्त जीवन जी रहे हैं। व्यस्त, कोई भी सार्थक जीवन की बात नहीं करता।

बड़की भौजी से पूछ लिया, 'दीदीजी, क्या आप समझती हैं कि आप सार्थक जीवन जी रही हैं?'

वह रोज़ हिन्दी का अख़बार पढ़ती हैं, टेलीविज़न पर ख़बरें देखती हैं, उन्हें अन्दर-बाहर का ज्ञान है।

'और नहीं तो क्या?' वह कहती हैं, 'अगर हम न होतीं तो यह कोठी, बँगला चल पाता? त्राहि-त्राहि मच जाती। छोटी तो मेम साहब बनकर, ऊँची ऐड़ी का सैंडिल पहनकर डोलती रहतीं! उनके बस की है यह चार मंज़िली कोठी? गाड़ियाँ, ड्राइवर, मालियों की बात छोड़ो, दो दिन में चौका सत्यानाश हो जाता।'

साफ़-सुथरा, सुचारु रूप से चलता चौका। बड़े महराज, छोटे महराज, कलावती, ज्ञानवती—बिस्तर बनाने और कपड़े सहेजने के लिए। अघानी झाड़ू-पोंछे और कूड़े के लिए। इसी में बड़की भौजी का जीवन बीत रहा है। वह प्रसन्न और सन्तुष्ट हैं। कभी गीता-रामायण नहीं पढ़तीं, कभी भजन-कीर्तन में नहीं जातीं, न कभी डाइनिंग

टेबल पर दिखाई देती हैं। बड़े भाई साहब, भाभी, बच्चे—सब साथ-साथ दिखाई देते हैं पर बड़की भौजी अपने दालान में, अपनी चौकी पर रखी चाँदी की थाली में खाना खाती हैं, चाँदी के गिलास में पानी पीती हैं। उनके बर्तन अलग हैं। उनका जीवन अलग है। मेरे ख़याल में रोज़ सुबह नहा-धोकर, कलफ़ की हुई सूती धोती पहनती हैं, और उसी से मैच करता हुआ गहना।

पर उनकी बात मन में अटक गई है : 'इस घर में दो-दो ब्याह करने का रिवाज है।' उन्होंने मुझसे कहा था, 'पहला ब्याह लड़कपन में—दूसरा ब्याह अपनी मर्ज़ी से। नये फ़ैशन की नई बहुरिया—अँगरेज़ी बोले, लिपस्टिक लगावे, शराब पिये...' पर रहा नहीं गया, बोल पड़ीं, 'जैसे तुम।'

आगे कुछ कहें, पति ने निषेध के स्वर में कहा था, 'जाने भी दें, भौजी—आप किन बातों को लेकर बैठ गईं!'

बड़की भौजी कुछ क्षण चुप रहीं, फिर बोलीं, 'इतना जानती हूँ कि मैं जो भी हूँ, घर की धुरी हूँ। अब उसे जो भी कह लो।'

मैं जमुना से पूछती हूँ—पूरी बात नहीं। मुझे मालूम है, उसका पति निठल्ला है। उसकी कमाई पर जीता है। शराब पीता है, पीटता है। दो बेटा-बेटी फिलहाल स्कूल जाते हैं, आगे की कौन जाने!

फिर भी रहा नहीं जाता—पास बैठकर मटर छीलती हुई जमुना से पूछ ही बैठती हूँ, "अच्छा, जमुना, अगर तुमसे कोई कहता कि जो चाहो सो करो—तो क्या करतीं?"

वह मुझे प्रश्नभरी दृष्टि से देखती है।

"क्यों? क्या करती? पढ़ती-लिखतीं। इन दोनों की तरह भाषण देतीं।"

जमुना पहले हँसती है, फिर चुप हो जाती है। कई छीमियाँ छीलने के बाद कहती है, "वही तो किया। पढ़ने में मन नहीं लगा, स्कूल से भाग आई। अम्माँ के साथ-साथ खाना बनाना आ गया, फिर बिरजेश मन को भा गए तो ब्याह कर लिया।"

"अब?"

"अब क्या? हम लोगों में यही रीत है—मर्द शराब पिये, नशे में ग़ुस्सा कर मारे-पीटे। जब मन आए तो अपना काम ख़त्म करके अलग हो जाए और औरत नौ महीने भुगते।"

वह उठी, छिलके बटोरे और रसोई में चली गई।

कुछ देर में मटर छौंकने की सुगन्ध हवा के साथ बह आई।

तो चलो—जमुना, बड़की भौजी, प्रस्तावना, इलिकी, सब अपनी-अपनी तरह से ख़ुश। मैं नाम जोड़ती हूँ—मम्मी। पहले चँदेरी की साड़ी में और गोमती चाय पीकर सन्तुष्ट, विचित्रा मौसी अपनी और जगवार्ता, कचर-पचर में मगन।

और मैं भी तो—पति के अथाह प्यार में डूबती-उतराती, बिना किताब-कहानी पढ़े, बिना चाय-नाश्ता या लंच, डिनर की चिन्ता या महीने का ख़र्च कैसे चलेगा—इन सबसे परे, इस पुरानी गढ़ी, हवेली, कोठी, इमारत में रह रही हूँ। शाम को तोतों का कलरव सुनती हूँ; सारा दिन कहाँ, कैसे निकल जाता है, पता नहीं चलता। अख़बार भी नहीं पढ़ती। पढ़ो तो बेकार की चिन्ताओं में मन उलझ जाता है—बलात्कार, भ्रष्टाचार, ट्रैफ़िक जाम, बिजली-पानी की कमी। अफ्रीका में हाथियों की हाथी दाँत के लिए हत्या। आर्कटिक में वातावरण गर्म होने के कारण सफ़ेद भालू का विस्थापित होना। विश्व भर में, यहाँ-वहाँ, आतंकवादी हमले...!

बस, बैठी रहो और हलके-हलके झूले को पैंग देती रहो—पति अपनी लाइब्रेरी में, जमुना रसोई में। बड़की भौजी बड़ी-मंगौड़ी बनवा रही होंगी। उनकी गृहस्थी में सब कुछ है—दही की मथानी, इमामदस्ता, अचार के आम काटने का सरौता, घर में सेवईं बनाने की पीतल की मशीन, सेव छाँटने का छन्ना, तवे, कड़ाही, डेकची, दोसा तवा और सिल बट्टा—सब सहेजा हुआ है और समय-समय पर काम निकलने पर अपनी नियत जगह से निकलता है और काम ख़त्म होने पर वहीं वापस रख दिया जाता है। सारे मसाले भी शब्दानुसार डिब्बों में सजे हुए हैं—अजवायन से लेकर ज़ीरे तक। वैसे ही, जैसे पति की हज़ारों किताबें भी क्रम से चुनी हुई हैं—मूल्यवान और अलभ्य सबसे ऊपर की शेल्फ़ में, जिन्हें उतारने के लिए विशेष सीढ़ी है। विद्यार्थियों और शोधकर्ताओं के काम की किताबें आँख के सामने, जिससे निकालने और रखने में सुविधा हो।

और एक हूँ मैं—जिसे कभी दोनों मोज़े साथ रखने की तमीज़ नहीं है।

तो तुम चाहती क्या हो?—मन में अपने से प्रश्न करती हूँ।

वह अतीत, वह सपने, वह दुपहरिया की साँय-साँय करती हवा—झरते हुए फूल...!

वह सब, जो डॉक्टरों ने काटकर फेंक दिया। बस, कभी-कभी एक धुँधला-सा सपना, एक छाया-सी तैरने लगती है। कभी-कभी दूर से एक टेर आती है, कोई बुलाता है, पर समझ में नहीं आता...।

"ख़ुश रहा करो बिट्टो," विचित्रा मौसा कहती हैं।

"ख़ुश हूँ, मौसी।"

पति मुझे देर तक अनझिप दृष्टि से देखते हैं—मैं मुस्कुरा देती हूँ।

देखो मुझे—कितना प्रसन्न—कितना सार्थक जीवन—क्या सचमुच? जैसे दूर से कोई मुँह बिराता है!

"जीजी ने यह ठीक नहीं किया!"

विचित्रा मौसी की आदत है—एकदम बिना संदर्भ के बात शुरू कर देती हैं। मैं उनका मुँह ताकने लगी।

"तुम्हें बिलकुल नहीं सिखाया, गिरस्ती कैसे चलाते हैं—खाना बनाना, सीना पिरोना।"

मैंने लचर भाव से कहा, "मम्मी हमेशा कहती थीं कि जहाँ मैं जाऊँगी, करने को नौकर-चाकर होंगे।"

"मगर नौकरों से काम करवाने का भी एक गुर होता है—क्या मजाल कि यह जमुना बिना हाथ-पैर धोए ग्रेटर कैलाश के किचेन में घुसे! तुम्हारे यहाँ तो सब भेड़ियाधसान..."

शायद मेरा मुँह उतर गया होगा—पति ने पुस्तक से आँखें उठाईं और हलका-सा मुस्कुराकर बोले, "मौसी जी, अभी तक तो फ़ूड पॉयज़निंग हुई नहीं है।"

मौसी ख़ुशामदी भाव से मुस्कुरा दीं, "अरे, मैं तो यों ही कह रही थी।"

× × ×

एकाएक माधवमोहन गठरी-मुठरी सँभालते हुए आ जाता है। पुराना नौकर है। पहले शहर में रहकर पति का घर सँभालता था, बाद में गाँव चला गया। खेती करता, बच्चों को पढ़ाता-लिखाता है, घर-बार देखता है। यह उसकी तीसरी पत्नी है। पहली दो विवाह के दो-तीन साल में ही मर जाती थीं। अब तीसरी से इसी अन्धविश्वास के कारण शादी नहीं की है, परिपाटी के अनुसार रख लिया है। वह साथ में तीन बच्चे लाई है—बना-बनाया परिवार। माधवमोहन सुखी है। वैसे वह अपने को मॉडर्न समझता है। कामचलाऊ अँगरेज़ी भी जानता है। ड्राइवर भी है और गोश्त-कलेजी बनाने में उसका सानी नहीं।

पति घर पर नहीं हैं।

"माधवमोहन," मैं कहती हूँ, "कैसे आए?"

"छोटे भैया ने बुंलवाया," वह थोड़ा चकित होता है, "बीमार हैं क्या?"

अब चकित होने की बारी मेरी थी, "नहीं तो! कभी-कभार बुख़ार आ जाता है, इस मौसम में तो सभी को..."

माधवमोहन सूटकेस नीचे रख देता है।

"लगता है, विदेश जाने की तैयारी करके आए हो?"

मैं अभी भी हलके-फुलके, परिहास के मूड में हूँ।

"पिछली बार तो मुझे ले गए थे, पर इस बार तो आप हैं—आप ही साथ जाएँगी छोटी रानी साहिबा।"

मैंने इस सम्बोधन पर इस समय ध्यान नहीं दिया। माधवमोहन के चले जाने पर मैं सोचने लगी—बीमारी? बीमारी क्या? कभी-कभार बुख़ार—कई-कई दिन तक। उतरता है तो पसीने में एकदम सराबोर। चादर, तकिया सब गीला। पर उठकर

जब तक वह कपड़े बदलते हैं—मैं भी चादर हटा देती हूँ। आकर वह वापस लेट जाते हैं—गम्भीर, मौन। पपड़ाए हुए होंठों को तर करने के लिए बार-बार ज़बान फेरते हैं, पानी का घूँट लेते हैं। मौसम स्थिर होते ही शायद एकदम ठीक हो जाएँ, क्या मालूम!

"यह अक्सर हो जाता है?" फिर भी मैंने पूछ लिया।

"पहले होता था, अब कई साल बाद हुआ है।"

"बुख़ार उतरता है तो पसीना तो आता ही है," मम्मी ने कहा, "फिर भी डॉक्टर को दिखा लें।"

उनके साथ माधवमोहन गया। मुझे वैसे भी अस्पताल, रोगी, डॉक्टर, नर्सें, भीड़-भड़क्का—इन सबसे अरुचि है।

अप्रिय को अनदेखा करना मेरी पुरानी आदत है। मम्मी बीच-बीच में दो-चार दिन को आ जाती हैं, जैसे अपने को तसल्ली दे रही हों कि उनकी पगली-सी बिटिया के साथ सब ठीक चल रहा है। और सचमुच जब वह आती हैं तब सब ठीक चलने ही लगता है। मेरी झुँझलाहट और तनाव कम हो जाते हैं। जमुना समय पर, नहा-धोकर आती-जाती है, खाना भी मनोयोग से बनाती है, पर मम्मी के जाने के बाद फिर वही पुराना ढर्रा—तीन-तीन दिन तक वही कपड़े, जाले-मकड़े देखकर भी न देखना, पानी की बोतलें ख़ाली छोड़ जाना—जबकि फ़िल्टर से बोतलें भरना जमुना के कामों में शामिल है।

पीछे का स्कूल न जाने क्यों बन्द हो गया है! शान्ति है और ग़लत-सलत हिसाब और अँगरेज़ी की प्रतिदिन हत्या न होने से मुझे टेंशन भी नहीं होती।

माधवमोहन ने चाय के साथ चूड़ा-मटर बनाया था, जो मुझे पसन्द है।

माधवमोहन ने उनकी ओर प्याला बढ़ाते हुए साभिप्राय देखा, "हम तो कहते हैं कि आप एक बार बाहर हो आइए—वहाँ अपने पुराने डॉक्टर को भी दिखा लें।"

"पुराने डॉक्टर?" मैंने पूछा।

"हाँ—पहचान के हैं। मन को तसल्ली हो जाएगी। आपको भी अच्छा लगेगा। अपने फ्लैट में रहिएगा।"

माधवमोहन सामान समेटने लगा।

"अपना फ्लैट?"

मुझे लगा कि मैं हर बात बार-बार दोहरा रही हूँ—पर तभी याद आया कि यह व्यक्ति, जो मेरा पति है, मेरे पहले भी यह काफ़ी ज़िन्दगी जी चुका है। उसके जीवन में भी उतार-चढ़ाव आए होंगे, जैसे मेरे। मैंने भी तो अपने बारे में उन्हें कुछ नहीं बताया। मेरी ज़िन्दगी, जहाँ तक पति का प्रश्न है, उस क्षण से शुरू हुई थी जब मैंने उनसे पूछा था, 'आप अब भी मुझसे शादी करना चाहते हैं?'

और उन्होंने मेरे हाथ अपने हाथों में ले लिये थे। उनकी हथेलियाँ पसीजी हुई थीं और हाथों में हलका कम्पन था।

“हाँ, छोटा-सा, दो कमरों का,” पति ने कहा, “एक समय मैं अमेरिका में ही बस जाने की सोच रहा था, तभी ले लिया था—मेमोरियल ड्राइव पर।”

“मेमोरियल ड्राइव पर?” आगे मैं चुप।

मेमोरियल ड्राइव चार्ल्स नदी के तट पर है—हार्वर्ड और मैसेच्यूसेट स्कूल ऑफ टेक्नोलॉजी के पास, महँगा इलाक़ा।

“नदी के पास?” मैंने पूछा।

“हाँ, एकदम। सड़क पार करो—तो नदी।”

‘फिर वहाँ रहे क्यों नहीं? फ्लैट का अब क्या करते हैं? किराया कि बन्द पड़ा है?’ मन में प्रश्न उठे और बुदबुदे की तरह विलीन हो गए। यदि बताना चाहेंगे तो स्वयं ही बताएँगे।

फिर भी मैं सोचती रही—कितने रहस्य छिपाए हुए हैं! सच तो यह है कि मुझे कभी उनके पुराने जीवन के बारे में कोई उत्सुकता नहीं थी, न अब है। मुझ जैसी आत्मलिप्त, आत्मकेन्द्रित स्त्री को अपने सिवा किसी में कोई दिलचस्पी नहीं है। मेरे विचार केवल मेरे ही संसार के इर्द-गिर्द घूमते रहते हैं।

पर यह तो मेरे पति हैं। मेरी ज़िन्दगी के साझेदार। मुझे इनके बारे में तो जानना ही चाहिए—कहाँ-कहाँ और क्या-क्या पढ़ा, कहाँ-कहाँ घूमे और रहे, कितनी स्त्रियाँ?

यहाँ आकर मैंने विचारों पर रोक लगा दी। जो कुछ उन्होंने अनायास बताया था, वे रूसी लड़कियाँ, उज़बेगिस्तान की वेश्याएँ।

‘बस-बस—मुझे आगे नहीं सुनना,’ मैंने उन्हें रोक दिया था। शायद उन्हें भी लगा होगा कि वह कुछ ज़्यादा कह गए, एकदम चुप हो गए। फिर कभी किसी स्त्री की बात नहीं की, और न मेरे मन में आया कि मैं इस प्रसंग पर कोई बात उठाऊँ, कि इतनी उम्र तक आपने शादी क्यों नहीं की? क्या इन आने-जाने वालियों से ही काम चलता रहा?

शायद मुझसे पहले किसी के लिए प्रतिबद्ध होने का मन न चाहा होगा, यह सोचकर मुझे बड़ी गहरी आत्मतुष्टि हुई कि मुझे इन्होंने इतना सुन्दर पाया कि अपना जीवन-केन्द्र ही बदलने को प्रस्तुत हो गए। पर मेरी जैसी बोरिंग स्त्री, जो न किताबें पढ़ती है, न जिसे लोगों को आन्तरिक जीवन में दिलचस्पी है, जो न कहीं आना-जाना चाहती है, समाज-सेवा में तो रुचि है ही नहीं—बस, छोटी-छोटी नगण्य बातों में उलझी रहती है :

तो ऐसी हूँ, तो हूँ।

पति को पसन्द हूँ, वह चाहते हैं, मेरे मूड का उतार-चढ़ाव देखते रहते हैं, मुस्कुरा देते हैं, समझा देते हैं, आकंठ डूबकर प्यार करते हैं :

मैं तुष्ट हूँ।

## 12

हम दोनों चाय पी रहे थे। माधवमोहन ने आकर कहा, ''एक बाबू नीचे खड़े हैं, सजनी सिरीवास्तव को पूछ रहे हैं।''

हम दोनों ने एक-दूसरे को कुछ विस्मय से देखा।

''ऊपर ले आओ,'' पति ने कहा।

माधवमोहन के साथ सीढ़ियों से जो ऊपर आया, उसे देखकर मैं हत्बुद्धि रह गई। समझ में नहीं आया, क्या करूँ—रात के कपड़े अभी भी पहने थे, एकदम अस्त-व्यस्त।

उन्होंने बढ़कर पति से हाथ मिलाया, ''मैं लकी शॉ,'' मेरी ओर इशारा करते हुए बोले, ''मैं इनसे बौस्टन में मिला था।''

''ओऽऽ, आइए, बैठिए-बैठिए,'' पति पूर्ण रूप से कुशल आतिथेय बन रहे हैं, ''माधवमोहन, इनके लिए कुछ पीने का लाओ...क्या लेंगे—कॉफ़ी, चाय? हम लोग चाय ले रहे हैं—देर में उठते हैं।''

हम पर दृष्टि डालकर कोई भी देख सकता है कि हम सद्य:विवाहित हैं—भावमुद्रा, कपड़ों की अस्त-व्यस्तता और आपस की बेतकल्लुफ अन्तरंगता से।

''नमस्कार,'' बहुत देर बाद मेरा बोल फूटा, ''आप? यहाँ? भारत में? कैसे?''

''बस, ऐसे ही।''

लकी शॉ इस समय बिलकुल अलग वेशभूषा में थे। सलेटी रंग का सूट, साफ़-सुथरे, कुछ हद तक बने-ठने। पहली नज़र में पहचाने न जाने वाले।

''मैंने तो आपको पहचाना ही नहीं,'' मैंने कहा, ''आप वहाँ से बिलकुल भिन्न लग रहे हैं...आपकी पत्नी? वह अथीना कैसी हैं?''

''शी इज़ नो मोर—अब वह नहीं है।''

''ओऽऽ—मुझे दु:ख है।''

''तभी मैंने सोचा, क्यों न कुछ दिन बौस्टन/केम्ब्रिज से दूर चला जाऊँ।''

हम दोनों चुप। माधवमोहन चाय रख गया।

''लीजिए...कहाँ जाने का इरादा है?''

''कोई विशेष जगह नहीं—शायद सहारनपुर।''

''पर वहाँ तो अब कुछ नहीं रहा,'' मेरे मुँह से निकल पड़ा।

पति और लकी, दोनों ही मेरा मुँह ताकने लगे।

''मुझे पता नहीं था। सोचा था कि...'' वह चुप हो गए।

फिर कहने लगे, ''मुझे आपकी मौसी जी ने आपके विवाह के बारे में बताया, बधाई।'' फिर मुड़कर पति से बोले, ''आप बहुत भाग्यवान हैं। ऐसी सुन्दर पत्नी के लिए बधाई—नमस्कार।''

पति ने उनके साथ जाने का उपक्रम किया, परन्तु वह खटाखट सीढ़ियाँ उतरते चले गए।

पति के साथ मैं भी छज्जे की रेलिंग से देखती रही—गेट पर खड़ी टूरिस्ट टैक्सी में बैठे और नवाबगंज के यातायात में खो गए।

''विचित्र पुरुष है,'' पति मुझे भेदती हुई नज़र से देख रहे थे, ''मिलने आए और रुके भी नहीं—शायद...''

मैं चुप रही विभ्रमित। अब मुझे उनसे क्या करना—मैं अपनी दुनिया में रमी हुई हूँ। वह प्रसंग तो समाप्त हो चुका। तब मैं मुक्त थी पर वह नहीं, अब वह मुक्त हैं पर मैं आकंठ बन्दी।

मैं पति के प्रश्न के उत्तर में हलके से मुस्कुरा दी।

''पुराने आशिक़?'' पति ने चिढ़ाया, ''दौड़े-दौड़े आए और मुझे देखकर बुझ गए।''

''अरे, जाइए!'' फिर मैंने उन्हें चिढ़ाया। ''आपको सारी दुनिया में...''

''क्या करूँ, इतना इनसिक्योर हूँ।'' पति बोले, ''तभी तो इस गढ़ी में, इसकी मोटी दीवारों के बीच लाकर रखा है—किसी की दृष्टि भी न पड़े। पुराने ज़माने का एकाधिकारी, आततायी पति हूँ।''

''जी हाँ—तभी व्यस्त रहते हैं अपनी उस पुस्तक में। पता है, पत्नी कहीं जाने वाली नहीं, किसी को आँख उठाकर देखने वाली तक नहीं।''

''झूठी। एकदम। लकी शॉ पर नज़र पड़ने के समय अपना चेहरा देखा होता, खिल उठा था।''

''अरे जाइए—मैं तो उनको ठीक से जानती भी नहीं...''

''तभी न, वह बीवी के मरते ही सीधे टिकट कटाकर यहाँ आ गए! मगर उन्हें आपका पता मिला कैसे?''

''मम्मी से मिला होगा,'' मैंने ऐसे स्वर में कहा कि यह प्रकरण यहीं समाप्त।

× × ×

पति उसी पुस्तक 'वार एंड पीस' पढ़ने में लीन हो गए हैं। मैं नहीं पढ़ पाऊँगी। मैंने निश्चय कर लिया है, मैं ऐसे ही रहूँगी—घर-बार में व्यस्त, पत्नी का पूरा-पूरा दायित्व

निभाती हुई। इससे मेरे क़दम धरती पर जमे हुए हैं, और न जाने क्यों मुझे रोज़-रोज़ का महत्त्वहीन जीवन अच्छा लगने लगा है!

पर हमेशा नहीं। कभी-कभी मन बहुत उचट जाता है। घर-गिरस्ती, जमुना, माधवमोहन—सबसे ऊब उठती हूँ।

''आप जिस चरण से गुज़र रही हैं, उसे अस्तित्ववादी क्राइसिस कहा जाता है,'' पति ने हलके से मुस्कुराकर कहा।

''वह क्या?''

''जब हम अपने-आपसे पूछने लगते हैं—मैं कौन हूँ? मैं यहाँ क्यों हूँ? मेरे साथ जीवन में क्या हो रहा है?''

''और?''

''और भी बहुत-सी बातें। प्रस्तावना और इलिकी ने अपनी उपस्थिति से आपको बाध्य कर दिया है कि आप अपनी जीवनधारा, अपने विचार और धारणाओं को एक्ज़ामिन करें।''

''हूँ—तो?''

''अस्तित्ववादी विकल्प यह है कि कोई विकल्प नहीं है।''

''यह क्या बात हुई!''

''यही बात है—विकल्प यह है कि कोई विकल्प नहीं है।''

''हुँह...!''

जीवन में कोई अर्थ है या जीवन सारहीन है? हम सब एक बहुत साधारण स्तर पर जीते हैं, यह सब गूढ़ प्रश्न फिलॉसफर और थिंकर्स पर छोड़ देते हैं। बहुतेरे तो कभी यह सोचते भी नहीं। वह एक आइडेंटिटी पकड़ लेते हैं—मैं हिस्ट्री की प्रोफ़ेसर, नारी विमुक्तीकरण की सक्रिय सदस्य—श्रीमती सो एंड सो...

अस्तित्ववादी विकल्प? क्राइसिस—जीवन के अर्थ...?

मैं न जाने कितने दिनों से मन में गुनती-तौलती रहती हूँ। एक दिन जब फिर प्रस्तावना को देखती हूँ तो जैसे लोटती-पोटती, हिलती-डुलती ज़िन्दगी धुरी पर आकर टिक जाती है। मैं मुस्कुराकर उनका स्वागत करती हूँ। उनके चेहरे पर आश्चर्य की रेखा है, ''आपके डॉक्टर साहब आज सुबह-सुबह ही निकल गए हैं, आप मेरे साथ चाय पिएँ...''

वह हमारी बैठक में आ जाती हैं। चारों ओर नज़र घुमाती हैं। बीच का दरवाज़ा उढ़का हुआ है जिसकी दरार से हमारा शयनकक्ष दिख रहा है।

''बैठिए—मैं चाय मँगवाती हूँ।'' मैं आवाज़ देती हूँ।

थोड़ी देर में माधवमोहन ट्रे लाकर रख देता है और चाय छानने लगता है। माधवमोहन के हर काम में सलीक़ा है।

''आज इलिकी नहीं आईं?'' मैंने पूछा।

"उनका बेटा बीमार है, बुख़ार है—तो वह सीधे कॉलेज से घर चली गईं।"

"उनके बेटा है?"

"हाँ, दो बेटे हैं। घर में बूढ़े सास-ससुर साथ रहते हैं। उनके पति दवाइयाँ बेचने के एजेंट हैं। अधिकतर दौरे पर रहते हैं।"

"आप लोग घर-परिवार की ज़िम्मेदारियाँ ढोते हुए भी बाहर इतना काम करती हैं?"

प्रस्तावना ने कहा, "आप भी कर सकती हैं।"

मैंने उनकी तरफ़ बिस्कुट की प्लेट सरकाई, "करूँगी—पर अभी तो..."

"हाँ, नई शादी, नई गृहस्थी, आगे समय है।"

प्रस्तावना इस समय हाथ में झंडा लिये नारीवादी नारे लगाती हुई स्त्री के अतिरिक्त एक समझदार महिला लग रही थीं।

"हरेक के जीवन में अस्तित्ववादी क्राइसिस तो बनी ही रहती है," मैंने बहुत आसानी से कह दिया, "असल में, प्रस्तावना जी, विकल्प तो यही है कि कोई विकल्प नहीं है।"

प्रस्तावना ने चाय का ख़ाली प्याला मेज़ पर रख दिया। शायद पहली बार उनका ध्यान प्याले की नज़ाकत पर गया—अँगरेज़ी बोन चाइना का सुन्दर-सा प्याला—जेठानी जी का रिजेक्ट।

"अब चलती हूँ," वह उठकर खड़ी हो गईं, "हम हस्तशिल्प वस्तुओं की प्रदर्शनी करने वाले हैं, आपको निमंत्रण भेजूँगी—बाँगड़ू छपाई, कच्छ का हस्तशिल्प।"

"ज़रूर-ज़रूर," मैं उनके साथ उठ खड़ी हुई।

उनके जाने के बाद भी मैं बैठी-बैठी सोचती रही—क्या जीवन में जो कुछ मिल रहा है, उसे सहर्ष गले से लगा लूँ, सहेज लूँ? एक स्तर पर पति अच्छे लगते रहे होंगे, मैं मम्मी की बातों में कितना फँस गई थी—अमेरिका में एक विक्षिप्त-से व्यक्ति से अचानक ही उलझ गई थी। इस समय बैठे-बैठे मैंने स्पष्ट दृष्टि से अपने को तौलते हुए महसूस किया कि मैंने उन्हीं लकी शॉ को आकर्षक पाया था। उनमें एक ऐसा चुम्बकीय आकर्षण, एक ऐसी हॉरमोनल सुगन्ध थी कि मैं उनकी ओर खिंचने लगी थी। उनका गाहे-बगाहे मिल जाना अच्छा लगने लगा था। जैसे एक अज्ञात, अनाम स्तर पर रविवार की प्रतीक्षा रहती थी कि दोसा फ़ैक्टरी में वह अवश्य दिखाई देंगे। उनके बिखरे हुए घुंघराले बाल, काले फ्रेम का चश्मा, चेहरे पर एक बदहवासी मेरे मन को गुदगुदाने लगी थी।

चलो, वह अध्याय समाप्त हुआ।

पति के साथ मैं कितनी सुखी हूँ! और तब यह बोध मुझे आपादमस्तक हिला गया कि मुझे भी उनसे कितना प्यार है, जो दिन-पर- दिन गहरा होता जा रहा है! केवल शरीर का सुख ही नहीं, उनके विचारों, उनकी बातों से, उनकी मानवता से मैं कितनी

अभिभूत हूँ! और जीवन यों ही चलता जाएगा, भविष्य का विस्तार रहेगा। वह पुस्तकें पढ़ेंगे, लिखेंगे और मैं छोटी बच्ची के गुड़ियों के खेल की तरह अपनी गृहस्थी चलाऊँगी—इठलाऊँगी, मुस्कुराऊँगी—कभी-कभी झुंझला भी जाऊँगी—पर सम्पूर्ण, प्रसन्न और हाँ—सार्थक!

× × ×

वह अक्टूबर की सुबह है। दिन सुखद। हवा में हरसिंगार के फूलों की महक। पति अपनी कुर्सी पर विराजमान, अपनी पुस्तक में व्यस्त। दिल्ली के जीवन और स्त्रियों की एक बात मेरे ध्यान में आई है—हर अवसरोचित कपड़े, कभी टसर सिल्क की साड़ी, कभी उड़ीसा की ईकात बॉर्डर वाली। आज प्रस्तावना और इलिकी, दोनों मुझे लेने आई हैं, और एक की सूती साड़ी पर जयपुरी छापा है और दूसरी की सादी सिल्क पर डेढ़ अंगुल ज़री का बॉर्डर। मैं जाकर झट से कपड़े बदल लेती हूँ—हस्तशिल्प कला की प्रदर्शनी के बिलकुल उपयुक्त—ब्लाउज़ की बाँहों पर शीशे का काम और बाँधनी के कामवाली साड़ी।

पति आँखें उठाकर देखते हैं, थोड़ा-सा मुस्कुरा देते हैं—'अच्छी लग रही हैं' के भाव से।

हमें माधवमोहन ड्राइव करके प्रदर्शनी में ले जाता है। मैं उत्साहित हूँ, उत्सुक भी। वहाँ चाँदी के भारी आभूषणों वाली, गहरे गुदने-युक्त कलाकार स्त्रियाँ हैं। स्टॉलों पर काफ़ी भीड़ है। ख़रीद-फ़रोख्त चल रही है। मैं भी काफ़ी चीज़ें ले लेती हूँ—शीशे की कढ़ाई की स्कर्टें, मम्मी और विचित्रा मौसी के लिए कच्छ की कढ़ाई के बड़े-बड़े बैग, पर जब पर्स खोलती हूँ कि मेरे पर्स में केवल डेढ़ सौ रुपये हैं। मैं सकुचाकर खड़ी हुई हूँ और वे दोनों मुझे देख रही हैं, "ज़्यादा पैसे लाने की याद नहीं रही?"

मैं जैसे उनके आगे अपने को बहुत बौनी, बहुत नगण्य पा रही हूँ। शर्म से अपने गालों को तपता पा रही हूँ।

"कोई बात नहीं—मैं दे देती हूँ," इलिकी झट से अपना पर्स खोलकर अपना कार्ड कैशियर को पकड़ा देती हैं।

"धन्यवाद। घर पर चलकर दे दूँगी।"

इलिकी मुस्कुरा दी। अपना कार्ड स्मार्टली पर्स में रखा और पर्स कंधे पर लटका लिया।

"हम इन स्त्रियों को समर्थ बना रहे हैं। इस हस्तशिल्प प्रदर्शनी से जो मिलेगा, इनके सहकारी बैंक में जाएगा। वहाँ इन सबका खाता है—अलग-अलग, काम के अनुसार। यह इनका अपना पैसा होता है। इससे पति पर आर्थिक निर्भरता—यानी पितृसत्तात्मक पद्धति का पालन अनिवार्य नहीं होता।" इलिकी कहने लगती हैं।

जैसे मैं कक्षा में इनकी छात्रा हूँ और मुझे भाषण मिल रहा है। मुझे नोट्स लिखने चाहिए—आर्थिक स्वतंत्रता। किसी पुरुष—चाहे पिता, पति या पुत्र—पर निर्भर नहीं रहना।

घर पहुँचने पर हम अपने पैकेट रख देते हैं। वे दोनों बैठ जाती हैं। मैं उनके लिए फ्रिज से जूस निकालने जाती हूँ कि माधवमोहन आकर मेरे हाथ से जग ले लेता है, "आप बैठिए, थकी लग रही हैं।"

पति भी तभी आ जाते हैं, "कैसी रही प्रदर्शनी?"

फिर मेज़ पर रखे पैकेट को देखते हुए कहते हैं, "काफ़ी ख़रीदारी हो गई?"

एक फुँदना लगा बुकमार्क निकालकर मैंने उन्हें देते हुए कहा, "यह आपके लिए—हाँ, रुपये कम पड़ गए..."

"कम पड़ गए? लेकर नहीं गई थीं?"

मैं चुप।

पति अन्दर गए, अपनी अलमारी से रुपये निकाले और लाकर मुझे पकड़ा दिये।

मैंने वह बिना गिने इलिकी को दे दिये, "धन्यवाद।"

इलिकी ने नोट गिने और बाक़ी बचे हुए हाथ में पकड़े रहीं, जैसे असमंजस में कि किसे दें! फिर उन्होंने हाथ बढ़ाकर पति को दे दिये।

जूस पीकर वे दोनों चली गईं।

"थक गईं?" पति ने लाड़ से पूछा, "मुँह क्यों उतरा हुआ है?"

"आपको मालूम, उन अनपढ़ स्त्रियों का भी बैंक में खाता है? वह कढ़ाई-सिलाई करके अपना पैसा कमाती हैं और स्वयं..."

"तो? आपने कभी अपने अलग खाते की बात ही नहीं की—चलिए, आज ही खुलवा देते हैं।"

"पर होगा तो आपका ही दिया? मेरा अपना तो कुछ कंट्रीब्यूशन नहीं होगा।"

"यह मेरा-आपका क्या? कहें तो सब कुछ आपका करवा दूँ—तब आप गिन-गिनकर मुझे चवन्नी-अठन्नी दिया कीजिएगा।"

वह हँस रहे थे, पर मुझे हँसी नहीं आई।

सचमुच पापा, भाई, पति—इन्हीं के दिये हुए पर जीती रही। ठीक है, क़ानूनी तौर पर मेरा हक़ है, पर मेरा अपना तो कुछ नहीं—न मम्मी का अपना, न विचित्रा मौसी का—हाँ, बस, उसका है, उस अतिमा का। कितना दम्भ है उसे अपनी अफ़सरी पर!

मैं एक लम्बी साँस लेती हूँ। सामान उठाकर अलग रख देती हूँ। पैकेट खोलती भी नहीं।

शीशों की चमक और उनके चारों तरफ़ के सुघड़ कढ़ाई मुझे मेरी परवशता का एहसास दिलाएगी।

मैं मन-ही-मन सोचती रहती हूँ—एम.ए. के बाद कभी नौकरी करने पर ध्यान ही नहीं दिया। ज़रूरत भी क्या थी? ख़ुश थी अपनी जगह—अपने पुत्रीत्व पर। पापा

थे न! अगर मैं कहती तो शायद मान भी जाते, कभी सोचा ही नहीं—अपनी निर्भरता, अपनी परवशता के बारे में। इतनी जागृति तब नहीं थी, अब क्या करना?

"उन लोगों को आने से मना कर दिया कीजिए," मैंने पति से कहा, "मैं बेकार में डिस्टर्ब हो जाती हूँ—मूड ख़राब हो जाता है।"

पति ने प्रतिवाद नहीं किया।

उसके बाद जब भी आने के लिए प्रस्तावना या इलिकी का फ़ोन आता, पति व्यस्त होने का बहाना बना देते; या फिर मैं या माधवमोहन ही उन्हें टाल देते। फिर उनका आना बन्द हो गया।

पर मेरे मन में एक फाँस कसकती रहती। इस मर्ज़ का कोई इलाज नहीं था। मैंने अब तक यही समझा था कि पति और मैं एक ही हैं—हर परिस्थिति के साझेदार। मेरा उनसे कुछ अलग, कुछ अपना अर्जित होना चाहिए, यह बात प्रस्तावना और इलिकी की ही देन थी, और इसीलिए उन्हें मैंने जीवन से निष्काषित कर दिया था।

मैंने अपने को समझा लिया कि कुछ अर्जित न करने पर भी, बाहर नौकरी न करने पर भी, मेरा जीवन अर्थहीन नहीं है।

यहाँ से वहाँ तक पसरी गृहस्थी को सुचारु रूप से चलाना—मम्मी, विचित्रा मौसी की तरह परिवार को सलीक़े से पालना—यह भी अपने में महत्त्वपूर्ण है, अपने में सम्पूर्ण।

× × ×

मैं करवट बदलती हूँ—दाएँ-बाएँ, सीधी, पेट के बल। कभी तकिया इधर, कभी उधर।

पति इतनी देर को कहाँ चले गए? उठकर झाँका, लाइब्रेरी में अँधेरा है। बरामदे से माधवमोहन के खर्राटों की हलकी-हलकी आवाज़ आती है। नीचे का खंड एकदम ख़ाली है—बस, जहाँ ऊपर आने की सीढ़ियाँ शुरू होती हैं, वहाँ एक लाइट रातभर जलती रहती है, जल रही है।

अब नीचे के खंड से मुझे भय नहीं होता, न अँधेरे से दहशत होती है, जैसे वह सब अतृप्त आत्माएँ हमारे अपूर्व सुख से सन्तुष्ट होकर शांत हो गई हैं! जब से माधव-मोहन आया है, एक घड़ा भर पानी नीचे रखता है। रोज़ पुराना पानी बाहर दीवार की संधि में उगते पीपल के पेड़ पर डाल देता है। जो भी प्रेतात्मा वहाँ रहती होगी, जल पीकर सन्तुष्ट हो जाती होगी।

पति उस पर हँसते हैं—पर वह चुपचाप रोज़ घड़ा भरता है और घरौंची पर टिका देता है।

मैं रात्रि-वस्त्र सँभालती हुई कमरे से निकलती हूँ तो देखती हूँ, पति मुँडेर के सहारे खड़े हुए हैं और अँधेरे में न जाने क्या देख रहे हैं। आसमान में सप्तमी या अष्टमी

चाँद है—उजाला नहीं, चारों ओर धुँधला-सा प्रकाश, जिसमें बाग़ के सारे वृक्षों की आकृति दिखती है, बस।

"यहाँ क्या कर रहे हैं?" मैंने हलके से पूछा।

"कुछ नहीं, अन्दर गर्मी-सी लग रही थी।" उन्होंने कहा और बाँह से मेरी कमर घेर ली, पास नहीं खींचा।

हम अपनी-अपनी दूरी पर खड़े रहे पर एक-दूसरे का स्पर्श महसूसते हुए। उसमें कितनी अंतरंगता थी, कितनी अभिन्नता! पर अभी हम सटकर, एक-दूसरे के शरीर को छूते हुए नहीं, अपने-अपने में डूबे हुए।

"आज शायद आधा चाँद है," मैंने मन्द स्वर में कहा।

"आपके बेटा हो तो उसका नाम अर्धेन्दु रख दीजिएगा।"

"मेरे बेटा हो!" मैंने अचरज से कहा, "यह आपने क्या कह दिया? वह आपका बेटा नहीं होगा? और इतना भारी-भरकम नाम—लोगों की ज़बान लड़खड़ा जाएगी।"

"हाँ—सो तो है। जाने दें, यों ही मुँह से निकल गया।"

हम दोनों चुप। मेरा मन अन्दर जाने को हो रहा है, पर उन्हें ऐसे अकेले छोड़ने का भी नहीं।

"दक्षिण में एक आशीर्वाद है—तुम एक हज़ार चन्द्रमा के दर्शन करो—यानी अस्सी साल तक जियो..."

"अस्सी साल जीना आजकल के लिए कोई बड़ी बात नहीं है। अस्सी आजकल का साठ है।" मैंने कहीं सुना वाक्य दोहरा दिया।

हलकी-सी हवा चली और पेड़ों की पत्तियों में सरसराहट-सी हुई। किसी पक्षी ने पंख फड़फड़ाए और रात में न जाने किसकी गुहार की!

"हरसिंगार फूलने लगे," पति ने कहा, "अक्टूबर चल रहा है, सुगन्ध आ रही है।"

हवा में हलकी सुगन्ध तो थी—बहुत हलकी। न जाने किस वृक्ष या फूल की! शायद हरसिंगार ही रहा होगा।

"आप अन्दर चलें—मैं अभी आता हूँ।"

मैंने अचानक उनसे कहा, "यू नो, आई लव यू वेरी मच—बहुत प्यार करती हूँ आपसे।"

उन्होंने झुककर मेरा गाल चूम लिया, "आई एम बिगनिंग टु रियलाइज़ दैट—मुझे विश्वास होने लगा है।"

उस चुम्बन में एक दूरी का आभास मात्र था—यह तो मुझे बहुत बाद में याद आएगा, जब मैं इस रात को याद करूँगी। इसी रात से हमारी यात्रा का दूसरा चरण प्रारम्भ हुआ था। पर उस प्रसंग के बाद मैं उलझी-उलझी-सी रहती हूँ। न जाने कई धुँधले, अस्पष्ट चित्र मन में जागते-सोते उभरते हैं और उन्हें पकड़ने से पहले ही वे

लोप हो जाते हैं—कहाँ, कौन से लोक में? जबकि मैं यहाँ ठोस, यथार्थ लोक में बैठी हूँ—नवाब गंज से निकलते ही वह टीन की छतों वाली छोटी-छोटी दुकानों की क़तार, रुई धुनकर रज़ाई भरने वाले से लेकर, टिंडा, लौकी और थोक में प्याज़ और टमाटरों की दुकानें। ऑटो, मोटर बाइक और छोटी-बड़ी मोटरों का धुआँ सुबह-शाम वातावरण में मँडराता रहता है। मैं घंटों सामने वाले जूस भंडार के मालिक को अपने ठेले पर नारंगियों और मौसमियों की क़तार सजाते टकटकी लगाकर देखती रहती हूँ—वह कैसे क्रेट में से फल निकालता है, हथेली में घुमा-घुमाकर परखता है, फिर उसे सावधानी से सजा देता है। थोड़ी दूर हटकर गन्ने का रस पिरता है, उसी से सटा पान वाला। इन सब दैनिक छोटे-छोटे धन्धों में व्यस्त लोगों की अपनी सिमटी हुई दुनिया के बीच हमारी यह पुरानी गढ़ी, ऊँची चहारदीवारी से घिरी हुई, पपीते, मीठे नींबू के पेड़ और दीवार पर एकदम पसरी हुई बेगमबेलिया बैंगनी, गुलाबी, सफ़ेद, लाल। दरवाज़ों के इर्द-गिर्द क्यारियों में सदाबहार और माली-मालिन के मूड पर निर्भर रंगहीन, गंधहीन फूल। मालिक दख़ल नहीं देते, बस, हज़ारों किताबों की झाड़-पोंछ और उनके स्वास्थ्य की ही फ़िकर—जाले, मकड़े और दीमक के आक्रमण से सुरक्षा!

"आपकी किताब से तंग आ गई हूँ।" मैं अचानक कह उठी। "मेरा मन करता है कि कहीं भाग जाऊँ?"

"मुझसे दूर?" उनका चश्मा नाक पर नीचे सरक आता है।

"सबसे।"

"कहाँ?"

"एक नाव हो—वह समुद्र पर तैरती रहे।"

"आहा!" वह उकसाते हैं।

"छोटी-सी नाव—दो लोगों के लायक। एक छोटा-सा किचेन। सोने के लिए एक बेंच, बस।"

"नाव चलाएगा कौन?" उन्होंने मुस्कुराते हुए पूछा।

"उ.फ़! आप तो इतने प्रैक्टिकल हैं," मैंने कहा, "अगर दिवास्वप्नों में भी इन सब बातों पर ध्यान दूँ तो वह दिवास्वप्न कैसा?"

"अच्छा, वह जो आए थे, लकी शॉ—उनसे कहेंगे कि आपको नाव पर ले जाएँ।"

"लकी शॉ?" मेरा दिल एक क्षण को धड़कना भूल गया। "आपको कैसे पता?" मैंने बहुत हलके से पूछा।

"सम्पर्क रहता है। इंटरनेट द्वारा मेरे मित्र बन गए हैं। कभी-कभार हम एक-दूसरे को ई-मेल भेज देते हैं।"

"आपने बताया नहीं?"

वह हँसे, "अपनी बीवी का आशिक़—अपना रक़ीब—उस पर नज़र तो रखनी ही चाहिए।"

''यह क्या बेसिर-पैर की बात?''

उन्होंने चश्मा ऊपर सरकाया, उनकी उँगली अभी भी दो पन्नों के बीच टिकी हुई थी, ''मेरा मन भी करने लगा है।''

''कहाँ का?'

''ऊपर।'' उन्होंने आसमान की ओर इशारा करते हुए कहा।

''ऊपर?'' मैंने दोहराया।

''हाँ, मुक्ति—इन सब चीज़ों से मुक्ति, जिन्होंने हमें बाँध रखा है। मेरी अमूल्य किताबें और आपका चूल्हा-चौका। मैं भी फ्री और आप भी फ्री।''

अन्य स्त्रियों की तरह मैंने उन्हें न बरजा, न झिड़का—सोचती रह गई। हमेशा अकेले और उन्मुक्त रहने वाला यह व्यक्ति भी इस तामझाम से बेचैन हो उठता है।

''तो मैं कहाँ जाऊँगी?''

''वहीं—समुद्र पर तैरती नाव पर। ऊपर आकाश, नीचे पानी। बस, इशारा करने की देर है, वह लकी साहब, आपके ऐयार आशिक़, सिर के बल दौड़ते चले आएँगे।''

अन्दर-ही-अन्दर अच्छा लगता है, पर चुप रहना स्वीकृति होगी, इसलिए बेमन से कहती हूँ, ''रहने भी दीजिए!''

मगर वह बातों का तार पकड़े रहे, ''क्यों? वह मेरी तरह बूढ़े नहीं हैं, आपको पसन्द भी करते हैं, शायद आप भी।''

मैं उठ खड़ी हुई। अन्दर-ही-अन्दर विचलित होने लगी थी, जैसे उन्होंने मन की चोरी पकड़ ली हो! सब कुछ छोड़कर भाग जाने की इच्छा में क्या इस सम्बन्ध से भी मुक्ति पाना निहित नहीं है?

''छोड़िए यह सब बातें। अपनी किताब पढ़िए। मेरे दिमाग़ में हमेशा कुछ उलटा-पुलटा चलता रहता है, यह तो आपको शुरू से ही पता है।''

''जो दिखता है, वही सब कुछ नहीं है—यही तो आपका आकर्षण है।'' वह मुस्कुराए और अपनी 'वार एंड पीस' में वापस चले गए।

मैं वहीं, वैसे की वैसे ही बैठी उन्हें गूढ़ दृष्टि से देखने लगी, जैसे उन्हें चीह्नने का प्रयत्न कर रही होऊँ! परत-दर-परत जो यह पति नामक संज्ञावाला है, उसे मैं कितना जानती हूँ? मेरे बग़ैर उन्होंने कितने साल जिए हैं। उन सालों में उन्होंने क्या-क्या किया है, कितने देश-विदेशों में भ्रमण किया है, यह सब उनके बारे में 'करीक्युलम वीटा' नामक पृष्ठों में सम्मिलित है, पर उसके अलावा अन्तर की गहरी से गहरी परतों में जो निहित है, उसे मैं क्या जानती हूँ? यह जानती हूँ कि उन्हें शानो-शौक़त पसन्द है— बढ़िया सजावट, फ़र्नीचर, बर्तन, लैम्प, मुलायम गद्दा। पर टिके हुए हैं इस पुश्तैनी हवेलीनुमा घर में, जबकि बड़े भाई नई दिल्ली की भव्य कोठी में डेरा जमाये हैं। विवाह के बाद बड़े भाई के साथ कोठी में रहने की बात हुई थी पर भाभी ने तुरन्त काट दी थी।

'इनकी हज़ारों धूल-धक्कड़ भरी किताबें यहाँ कहाँ जमेंगीं—दीमक से चटी हुई? वह तो जहाँ हैं, वहीं हैं, और देवर जी अपनी सम्पदा को छोड़कर आने वाले नहीं।'

हम दोनों ने चुपचाप सुन लिया था और तब से नवाबगंज में ही रहते रहे। मुझे उस कोठी के लॉन, गमले, फूलों, बड़े-बड़े बरामदों और ऊँची छत वाले कमरों पर कभी डाह या लालच नहीं हुआ। यहाँ रहने में शान्ति थी। परिवार या बड़े लोगों के लिहाज़ या अदब करने का झंझट नहीं था। मेरी भी आदत छोटे से परिवार में रहने की थी। पति विवाह से पहले लेख लिखते थे, जहाँ-तहाँ भाषण देते थे, विदेशी विश्वविद्यालयों में शौर्ट कोर्स पढ़ाते थे—पर अब तो यहीं, इसी दुनिया में सन्तुष्ट लगते हैं। बैठे-बैठे पढ़ते रहते हैं, या फिर उधर के खंड में अपनी लाइब्रेरी में चले जाते हैं। कभी कोई मिलने आ जाता है तो अपने अन्तरराष्ट्रीय केन्द्र में जाकर मेहमाननवाज़ी कर देते हैं—कमरा, खाना-पीना, वोदका और व्हिस्की सहित।

मन में फिर ख़याल उठा—कितना जानती हूँ इन्हें? परत-दर-परत कितने रहस्य छुपाए हैं? हमारा दैहिक सम्बन्ध कितना मधुर है, यह मुझ पर कितना प्यार लुटाते हैं, पर मैं? अब मैं क्या अपने को उधेड़कर, खोलकर देखूँ?

तो ब्याह के बाद पति पर प्यार कितना गहरा और बहुआयामी होता जा रहा है, यह अनुभव कर मुझे अपने पर अचम्भा होता है। जब उनसे जुड़ने का विचार आया था तब सब कुछ सही, सटीक, सन्दर्भपूर्ण लगा था, और उस निश्चय पर मुझे कभी सन्देह नहीं हुआ। मैं सच में कितने मैच्योर होती जा रही थी यद्यपि ज़रा-ज़रा-सी बात पर झुँझला जाना, खीज उठना अपनी जगह बरक़रार था। शायद यह पति का व्यक्तित्व था जो मुझे निरन्तर परिपक्व करता जा रहा था। मुझमें पूर्णता आती जा रही है। इसका मुझे बराबर एहसास रहता था—विचारों में, भावनाओं में, जीवन के सन्दर्भ में।

यह बात सच थी कि पति लकी शॉ की तरह युवा या प्रियदर्शन नहीं थे, पर उनके उदार, कोमल व्यक्तित्व ने उनके चेहरे में एक दूसरी तरह का आकर्षण ला दिया था।

मेरी ओर देखकर जब वह हँसते या मुस्कुराते थे, तब उनके चेहरे पर जो रौनक़ आ जाती थी, वह अपूर्व होती थी। प्रवाल के चेहरे की मुझे याद नहीं। उस विवाह के समय बार-बार सुना था कि दूल्हा एकदम रूप-रंग, क़दकामद, शक्लसूरत में मेरे बिलकुल अनुरूप था। पर उस उम्र में तो सभी के चेहरे पर यौवन की छवि रहती है। पर पचास पार करके भी जो पुरुष लुभावना बना रहे, वह उसके अन्तर के आयामों का ही गुण होगा। लकी शॉ मुझे अच्छे लगने लगे थे—अपने ख़ब्बीसनुमा हुलिए के बावजूद और अब जो मुझे ढूँढ़ते हुए आए थे, तब तो एकदम सजे-धजे, अच्छे ही दिख रहे थे।

"इतनी गहरी सोच?" न जाने कब से पति मुझे देख रहे होंगे।

"मेरी आँख झपक गई थी।" खिसियाकर मैंने कहा।

"झपकी में सुन्दर सपना—तुम्हारे होंठों पर बड़ी प्यारी मुस्कान थी—मैं देखता रह गया। तुम्हारा मीठा सपना तोड़ने का मन नहीं हुआ।"

मैं उठी और उनके गाल को चूम लिया। उनकी त्वचा धूप में बैठने के कारण उष्ण थी और दाढ़ी के कारण खुरदुरी।

"अरे, इतना बड़ा पुरस्कार?" वह पुस्तक खोलने से पहले कुछ देर रुके रहे, फिर बोले, "कुछ पृष्ठ पढ़ लूँ," और डूब गए अपनी पुस्तक में।

मैं बैठी रही। कुछ करने को था नहीं। दोपहर के लंच और शाम की चाय के बीच का व्यवधान। मैं चुपके से उठी और कमरे में चली गई। आकर पलंग पर बैठ गई। खिड़कियों के पर्दे खुले हुए थे और बाहर हलकी-हलकी धूप फैली थी जिसका प्रकाश कमरे में था।

मेरे विचार फिर लकी शॉ की ओर चले गए। मैं न जाने क्यों उन्हें दोष नहीं दे पा रही थी! पहली बात तो यह कि वह प्रवाल नहीं थे। स्थिति से पलायन की इच्छा किसे नहीं होती! मालूम नहीं, हमारा विवाह प्रवाल की सम्मति से हुआ भी था या नहीं! विदेश जाने से पहले लड़के को खूँटे से बाँध दो, नहीं तो लड़का विलायत जाकर हाथ से निकल जाएगा। यदि यह प्रवाल हैं भी तो एक सिरे से नई ज़िन्दगी, नया परिचय बनाने का अवसर मिला। अगर पुराना व्यक्तित्व और ज़िम्मेदारियाँ उतारकर फेंक दीं तो क्या हुआ? जो पत्नी पीछे छूट गई, उससे लगाव ही क्या था?

मगर अब इन बातों को उधेड़ना-बुनना क्या?

अब मेरी ज़िन्दगी यह मीठी-मीठी धूप है। इतना बड़ा घर है, इनकी हज़ारों किताबें हैं और माधवमोहन के आ जाने से मेरी ज़िन्दगी बहुत सुगम हो गई है।

मैं धीरे-धीरे जान रही हूँ कि पति इतने सरल, सीधे-सादे व्यक्ति नहीं हैं। न जाने क्या सोचते रहते हैं? एकाएक मैं पूछ बैठी थी, "आपने क्यों कहा था कि यह अल्प विराम है?"

"यह नहीं, मैं।" उत्तर मिला।

"क्यों, ऐसा क्यों कहते हैं?"

"अब यह मत कहने लगना कि हमारा तो सात जन्मों का साथ है!" पति ने कहा, "क्योंकि मैं तो पुनर्जन्म में विश्वास ही नहीं करता। नहीं चाहता, अगले छह जन्मों में तुम मेरे लिए बैठी रहो, कुँवारी रह जाओगी।"

उनके साथ मैं भी मुस्कुराने लगी।

फिर बात का सूत्र उठाकर मैंने कहा, "वाक्य में अल्प विराम भी बहुत महत्त्वपूर्ण होता है।"

"हाँ, होता तो है," वह हलके से मुस्कुरा दिये, "वह एक जोक है न, 'ईटस, शूट्स एंड लीव्ज़' (Eats, Shoots and Leaves) —यानी खाया, शूट किया और चला गया।"

"किसी रेस्तराँ में?"

"नहीं, नहीं। चाइनीज़ पैंडा पशु के लिए लिखना था कि वह अंकुर और पत्तियाँ खाता है पर लिखने वाले ने ग़लत जगह कौमा लगा दिया तो वाक्य हो गया—Eats, Shoots and Leaves (खाता है, शूट करता है और चला जाता है)। जैसा पैंडा पशु न हो, कोई बन्दूकधारी गुंडा हो!"

"पूर्ण विराम क्यों नहीं?"

"पूर्ण विराम तो तभी लगता है जब कहानी/ज़िन्दगी ख़त्म हो जाती है।"

मैं अब हँस पड़ी—उनकी बात पर नहीं, यह चुटकुला समझ आने पर।

"थोड़ी देर में समझ आया—न अल्प विराम—न पूर्ण विराम—केवल विराम..." मैंने इस भाव से कहा कि बात ख़त्म।

एक बार फिर पैंडा की बात सोचकर हँस दी, पर खिलखिलाकर नहीं। यह सोचकर कि कैसे 'ईटस, शूट्स एंड लीव्ज़' एक ग़लत कौमा की वजह से बदल गया। पर वह मुझे अनबूझी दृष्टि से देखते रहे—कैसी पहेली?

कहाँ की बात कहाँ से उठाते हैं और अधर में टँगा छोड़ देते हैं। शायद इनकी गहराई और गूढ़ता को समझ ही नहीं पाई। समझना ही नहीं चाहा। बस, अपने में डूबी रहती हूँ—गरम कपड़ों में कीड़े, रसोई बनानेवाले की गन्दी आदतें, आलू, प्याज़, दाल, चावल।

कहीं मैं भी एक कौमा बनकर न रह जाऊँ?

नहीं, उसका कोई चांस नहीं है। गम्भीर, बुद्धिमान और इतना सारा चाहने वाले पति...।

"मुझे रूसी साहित्य का कोर्स अधूरा नहीं छोड़ना चाहिए था..." कहकर मुझे स्वयं लगा कि मेरी बात का सन्दर्भ नहीं है, पर एक क्षण में मन न जाने कहाँ-कहाँ घूम आया और बात मुँह से निकल पड़ी।

"वह कम लोगों के बस की बात होती है। रूसी साहित्य पढ़ना आसान नहीं है। आप तो बस डॉ. ज़िवागो की फ़िल्म देखिए और 'वार एंड पीस' का टी.वी. ड्रामा।"

"पर आप तो पढ़ रहे हैं, और वह भी रूसी भाषा में?"

"तभी तो इतना समय लग रहा है, पता नहीं..."

बात बीच में काटते हुए, "कितना समय और लगेगा..." मैंने पूछा।

"धीरे-धीरे पढ़ रहा हूँ।"

उन्होंने पुस्तक बन्द करके पास की मेज़ पर रख दी। बाँहें उठाकर शरीर सीधा किया। फिर खाँसने लगे।

वह एक बहुत बूढ़े व्यक्ति की खाँसी थी।

"यह कैसे खाँस रहे हैं?" मैं घबरा गई। "उस दिन डॉक्टर के पास गए थे, उसने क्या कहा?"

"उन्नीस साल की उम्र से धुआँधार सिगरेट पी रहा था। कभी-कभी ऑक्सीजन की कमी हो जाती है। फेफड़े एकदम..." वह कहते-कहते रुक गए, "एकदम काले पड़ गए होंगे।"

मैं चुप। बात कहाँ से कहाँ चली गई!

उन्होंने एक लम्बी, पिघली हुई दृष्टि से मुझे ताका, फिर आँखें बन्द कर लीं। फिर लम्बी आह भरी—और शान्त हो गए।

# 13

"सोच रहा हूँ, टेस्ट करवा लूँ..." पति चाय पीते-पीते बोले।

मैं चुप रही।

वह टेस्ट कराने गए तो पता चला कि रात में रुकना पड़ेगा।

"आप अकेले रह सकेंगी? माधवमोहन को भेज दूँ?"

"नहीं, रह लूँगी, फ़िक्र न करें।"

मैंने कह तो दिया कि मैं अकेले रात को रह लूँगी, पर मन में ऐसी छटपटाहट होने लगी, जैसेकि मुझे यहाँ से निकलना चाहिए—न जाने वहाँ, अस्पताल में क्या हो रहा होगा!

पहुँची तो ग्यारह बज रहे थे। अकेले कमरे में बैठे थे। अस्पताली पलंग के सिरहाने को उठाकर सहारा ले लिया था और लीन थे अपनी पोथी में।

आहट सुनकर उन्होंने आँखें उठाईं और मुझे देखकर मुस्कुराने लगे, "अरे तुम? इतनी रात में? अकेले? कैसे?"

मैंने आश्वस्ति की साँस ली, "मेरा मन घबरा रहा था। पता नहीं, आप कैसे होंगे?"

"इतना प्यार! कैसे उठाऊँ?"

"और नहीं तो क्या! कुछ सीरियस बात हो जाती तो?"

"कुछ भी ऐसा नहीं है। टेस्ट हुए हैं, कल रिज़ल्ट आ जाएँगे, इसीलिए रोका है। फिर यह प्राइवेट अस्पताल है, उसे ख़र्चा भी तो निकालना है।"

"तो अस्पताल ने रह जाने को कहा और आप मान गए? सोचा नहीं कि मैं..." और दो आँसू टपक पड़े।

"अरे, अरे!" उन्होंने मेरे गाल पोंछे, "तुमने ख़ुद बड़ी बहादुरी से कहा था कि मैं एक रात रह लूँगी।"

"अब पता चल गया न—नहीं रह पाई आपके बिना।"

"किसी फ़िल्मी संगीत की लाइन लगती है।" उन्होंने कहा, "तो फिर घर चलते हैं।"

"ऐसा कैसे?"

'डिस्चार्ज हो जाएगा। अस्पताल कमरे का चार्ज कर लेगा।'' उन्होंने फ़ोन उठाया और किसी से बात की।

कुछ देर में एक नर्स ने आकर पूछा, ''आप घर जा रहे हैं—किसके साथ?''

''मेरी पत्नी।''

उसने उन्हें उठाने में मदद की। उनका सामान पैक किया।

पति ने मुझे देखा, ''चलें?''

''माधवमोहन कहाँ है? वही ले चलेगा न!''

''तो तुम कैसे आईं?''

''टैक्सी से!'' उनके आगे पूछने से पहले ही मैंने कहा, ''जूस सेंटर वाले ने बुला दी थी। वह भी संग आया था यहाँ तक।''

''जूस वाला?'' उन्होंने आश्चर्य से कहा।

''हाँ, मैं पर्स लेकर बाहर निकली, तो वह दुकान बन्द कर रहा था। टैक्सी बुला दी और यहाँ तक छोड़ भी गया। आपका हाल पूछ रहा था।''

''पन्द्रह-बीस रुपैया में जगह देने का फ़ायदा हुआ।'' माधवमोहन ने टिप्पणी की, फिर मेरी ओर देखकर कहा, ''वह सब ज़मीन अपनी है, प्राइवेट। भइया जी ने पन्द्रह-बीस रुपैया किराये पर सारी दुकानें दे दी हैं—और लोग सैकड़ों ले...''

पति ने उठते हुए कहा, ''अरे, ग़रीब लोग हैं, रोटी-रोज़ी कमाकर गुज़ारा कर लेते हैं। उनसे मुनाफ़ा क्या लेना!''

माधवमोहन ने मेरी ओर देखकर आँखें गोल-गोल नचाईं।

बाहर निकलते हुए वह गाड़ी लेने चला गया और अचानक ही मेरे अन्दर का बाँध टूट गया। मैं खड़ी-खड़ी रोने लगी। अस्पताल में कोई खड़ा होकर रोये तो स्वाभाविक लगता है।

लिफ्ट खुली और नर्स पति को व्हीलचेयर पर लाती दिखाई दी। मैंने झटपट आँसू पोंछ लिये।

पति ने कैशियर के पास जाकर पैसे भरे, नर्स को धन्यवाद दिया और मेरे पास आकर खड़े हो गए, ''अब क्या?''

''घर चलें।''

माधवमोहन पोर्च में गाड़ी ले आया था। दरबान ने दरवाज़ा खोला और माधवमोहन ने दरबान की मुट्ठी में कुछ दबा दिया।

हम बैठ गए। उन्होंने बाँह से मेरा कंधा घेर लिया।

''इतनी कमज़ोर बनोगी तो कैसे चलेगा? वैसे मैं ठीक हूँ। कभी-कभी ऑक्सीजन की कमी हो जाती है।''

''और बुख़ार, खाँसी, पसीना?''

''सब सीज़नल है। इस मौसम में सभी को खाँसी-बुख़ार हो जाता है।''

हम घर आ गए। घर की हर बत्ती जल रही थी। पूरा घर, नीचे-ऊपर, जगमगा रहा था। माधवमोहन ने एक-एक कर बत्तियाँ बन्द करनी शुरू कीं।

"आज से आप यहीं सोएँगे," मैंने कहा।

"उफ़—बीमार व्यक्ति पर अत्याचार!"

"झूठ-मूठ उधर सोने लगे हैं। मुझे पता है, देर तक किताब पढ़ते रहते हैं।"

"अच्छा, अच्छा!" उन्होंने कहा।

तो फिर वापस आ गए अपने शयनकक्ष में, अपने पलंग पर, जहाँ मैं पति से सटकर, हथेली पर गाल टिकाए एकदम आश्वस्त सोती थी। अब उनकी खाँसी भी कम थी और बुख़ार भी।

कुछ दिन बाद उन्होंने कहा, "चलिए, कहीं बाहर घूम आएँ। वैसे भी पाँच-छह महीने तो हो ही गए हैं।"

"कहाँ—कोणार्क? मास्को, लेनिनग्राड, ताशकंद?"

वह हँसने लगे, "अब उसका नाम लेनिनग्राड नहीं रहा। मैं आपकी फ़ेवरेट जगह सोच रहा था—बौस्टन..."

"बौस्टन?" मैं ख़ुश हो गई, "वहाँ तो ठंड शुरू हो गई होगी, और..."

"और आपके वह आशिक़ भी तो वहीं हैं—वह लकी प्रसाद शॉ!"

"लकी शॉ 'प्रसाद' कब से हो गए?"

"मैंने नाम में जोड़ दिया—अच्छा लगता है न, लकी प्रसाद शॉ!"

मैंने कंधे उचकाए, "मुझे क्या? मुझे उनसे क्या करना?"

"अरे ज़ालिम—चाहने वालों से इतनी बेरुख़ी? चलो, यह तो हसीनों की आदत होती है, मुझे कितने बरसों तड़पाया।"

मैं हँसने लगी, "पर मैं तो यहाँ हूँ, आपके पास..."

"और वह बेचारे कविता लिख रहे होंगे—उपन्यास के अध्याय टाइप कर रहे होंगे।"

"कविता? उपन्यास?"

"हाँ, एक कॉलेज में पार्ट टाइम पढ़ाते हैं और साथ-साथ लिखते भी हैं।"

"आप यह सब कैसे पता रखते हैं?"

"अपने रक़ीबों का हाल और पता रखना बुद्धिमानी का काम है। कब तुम्हें रिझा लें और उड़ा ले जाएँ—मैं बेचारा बूढ़ा मानुस कैसे पीछा करूँगा?"

"आप बस मुझे चिढ़ाना छोड़ें—न वह मेरे आशिक़ हैं, न आपके रक़ीब। मुझे उनसे कोई लेना-देना नहीं।"

"मगर दिल के किसी कोने में, न चाहते हुए भी भाते तो हैं, भाते हैं न? सच-सच..."

''वह ख़ब्तुलहवास, खब्बीस, एकदम रूड? बस, बहुत खिजा लिया, अब बस, यह टॉपिक बन्द।''

वह हँसे, ''तो फिर बौस्टन के टिकट करवा लें—पहले कुछ दिन होटल में रहेंगे—'ताज' में—बौस्टन शहर के मध्य में, केम्ब्रिज से दूर। फिर कुछ दिन में फ्लैट मिल जाएगा तो वहाँ शिफ्ट हो जाएँगे। मैं पुश्किन की कविताएँ पढ़ूँगा और तुम ढेर-ढेर शॉपिंग करना।''

मैं मन-ही-मन पुलक रही थी—बनते हुए कहा, ''न जाने कब इन रूसी लेखकों से पिंड छूटेगा!

''आपको मालूम,'' जैसीकि मेरी आदत है, एकाएक बात छेड़ देती हूँ, ''जब आप अस्पताल गए थे, मेरा मन घबराने लगा तो मैं आपकी लाइब्रेरी में जाकर बैठ गई। किताबों ने मुझसे कहा कि तुम भी कुछ लिखो-पढ़ो। अब बौद्धिक पुस्तक लिखना तो मेरे बस का है नहीं तो सोचा कि क्यों न एक उपन्यास लिखूँ?''

वह चुप रहे। होंठों पर कौतुक-भरी मुस्कान।

''तो बताइए, उपन्यास कैसे लिखते हैं?''

''यह बताया-सिखाया नहीं जाता—एक नैचुरल, आत्मजनित टैलेंट होता है। अब मैं प्रयत्न भी करूँ तो उपन्यास नहीं लिख सकता।''

''जैसे एक किताब, वैसे दूसरी। बस, एक रिसर्च की, दूसरी कहानी की,'' मैंने कहा।

''ऐसी सरल बात नहीं है। बाईं तरफ़ का ब्रेन विकसित होता है तो विश्लेषणवादी हो जाता है, दाईं तरफ़ का ब्रेन मौलिक विचार आदि का सोर्स होता है। यदि एक ओर का अधिक शक्तिशाली हो जाए तो दूसरा कमज़ोर पड़ जाता है। मैं आलोचक, समीक्षक, विश्लेषणवादी हूँ इसलिए उपन्यास लिख तो लूँगा, पर दमदार नहीं।''

बाप रे—ज़रा-सी बात पर इतना भाषण!

''तो कोई कार्यशाला ज्वाइन कर लूँ?''

''क्या टॉल्स्टॉय या प्रेमचन्द किसी कार्यशाला में गए थे?''

''बात मत उड़ाइए,'' मैंने कहा, ''सुना है, अमेरिका के विश्वविद्यालयों में लेखन की कार्यशालाएँ होती हैं। बस, अमेरिका जाकर मैं भी...'' मैंने बात बीच में छोड़ दी। ''अच्छा, बताइए—उपन्यास कैसे लिखूँ?'' मैं बच्चों की तरह ठुनक रही थी।

''तो ध्यान से सुनिए—मैं बहुत सख़्त गुरु हूँ। एक बार बताता हूँ, बार-बार नहीं।''

''सुन रही हूँ।''

''नम्बर एक—कथानक यानी प्लाट यानी उपन्यास की कहानी, नम्बर दो—पात्र, नम्बर तीन—वार्तालाप। समझीं?''

मैंने सिर हिलाया, समझ गई।

''तो आपका कथानक क्या होगा?''

''यही—मेरी कहानी आप—यह घर...''

''तो बड़ा बोरिंग होगा,'' वह हँसते हुए कहने लगे, ''कथानक में कुछ नवीनता होनी चाहिए। पाठक को लगे, उसने कोई नई चीज़, नई भावभूमि, नये विचार डिस्कवर किये हैं।''

''मेरा उपन्यास तो नितान्त प्रेम-कहानी होगा।''

''तो फिर उसके दो ही अन्त हो सकते हैं—दुखान्त या सुखान्त। यह तो आप पर निर्भर करता है यानी लेखिका पर।''

मैं सोच में पड़ गई।

''आपके माथे पर चिन्ता की रेखाएँ अच्छी नहीं लगतीं।''

पति ने मुझे पास खींचा और चूमने लगे।

''आप उपन्यास लिखेंगी तो मैं क्या करूँगा?''

''अपनी 'वार एंड पीस' पढ़िएगा।''

''अरे, वह तो ख़त्म होने वाली है!''

''तब कोई और मोटी पोथी पढ़ने लगिएगा। मैं दिखा दूँगी उन प्रस्तावना और इलिकी को—मैं एकदम फ़ालतू नहीं हूँ।''

''आप अभी भी उन दोनों को प्रभावित करने के चक्कर में हैं?'' पति ने आश्चर्य भाव से कहा।

''मेरे मन में काँटा अटक गया है।''

'और अगर उपन्यास फिस्स हो गया तो?''

''क्या मतलब?''

''अगर अच्छा न बन पाया तो? तब अधिक जगहँसाई नहीं होगी?''

यह तो मैंने सोचा ही न था, एकाएक खिलकर कहा, ''तो आप उसे सँवार दीजिएगा।''

वह हँसने लगे, ''पर नायक मैं ही—इसकी गारंटी दीजिए।''

''दे रही हूँ।''

''तब हो चुका उपन्यास! नायक तो हरदम प्रेमिका को प्यार ही करता रहेगा—उपन्यास आगे कैसे चलेगा? मगर कोई बात नहीं, ऐसे भी उपन्यास लिखे जाते हैं—सेक्स और बस, सेक्स,'' फिर एकदम गम्भीर होकर बोले, ''पर तब आपको छद्मनाम रखना पड़ेगा—विलायती और देसी का मिलन। जैसे गार्गी डैनियल, अनुसूया जेम्स या फिर धाँसू—विक्टोरिया पार्वती गंगाधरन...''

वह निश्चय ही मेरा उपहास कर रहे थे।

''जाइए—मैं रूठ गई।''

उपालम्भ-भरी दृष्टि। मुझे मालूम था कि उस आह्वान को वह टाल नहीं पाएँगे।

पर मैं लिखूँगी, लिखूँगी ज़रूर। 'गढ़कुंडार' पढ़कर देखूँगी कि कथानक, वार्तालाप और पात्रों का विस्तार कैसे किया है। क़िस्सा-कहानी ही तो है, कोई रॉकेट साइंस तो नहीं!

चुपचाप मन में गाँठ बाँध ली, और छुपा ली—लिखूँगी, छुप-छुपकर और जब दिखाऊँगी तो कितने चकित होंगे? कितने दिनों बाद मेरे मन में दिवास्वप्न उपजा—मेरी पुस्तक का विमोचन हो रहा है। हॉल भरा है। तालियाँ बज रही हैं। मेरे ऊपर यश और पुरस्कारों की वर्षा हो रही है। मैं राष्ट्रपति भवन में पद्म पुरस्कार लेने आई हुई हूँ—आँखें खोलीं, वह सब लोप हो गया था। बस, छत पर पंखा धीरे-धीरे घूमता हुआ हलकी-हलकी हवा दे रहा था।

पति कहते हैं, "लिखने से पहले कुछ उपन्यासों को पढ़ लें।"

"'वार एंड पीस'?" मैं परिहास के मूड में थी।

"वह आपके क्या, बहुतों के बस का नहीं। अब किस सोच में पड़ गईं?"

वह स्निग्ध दृष्टि से मुझे देख रहे थे, जिसे देखकर मुझे लगता है कि यह व्यक्ति मुझे सचमुच चाहता है, और यह बोध मुझे कहीं गहरे स्तर तक तुष्टि देता था—इसके विपरीत वह लकी प्रसाद—हमेशा दूर-दूर धकियाते रहते थे, जैसे मेरे पास आने से डरते हों! जाने दो—हमारे बीच कितने सागर हैं, मैं यहाँ अपने सुखी संसार में! सब कुछ अच्छे के लिए ही हुआ—बस, मम्मी की झक् थी।

पति कुछ कह रहे थे, "वह मुंशी जी की दो किताबें मेरे पास हैं—उनसे पढ़ने की शुरुआत करें—रोचक हैं।"

"देखूँगी," मैंने बात टाल दी।

× × ×

मैंने अपना सामान सँजोना शुरू किया—साड़ियाँ, चप्पलें...।

"सुनिए," मैंने अचानक कुछ सोचते हुए कहा, "आपने बताया नहीं कि कितने दिन रहना है?"

"लौटने की तारीख़ खुली रखी है। जब तक आपका मन लगे, रहिएगा, नहीं तो जल्दी लौट आएँगे," पति कहते हैं।

"सब कुछ मेरा मन? मेरा निश्चय? आपकी कोई ज़िम्मेदारी नहीं है?" मैंने ठुनककर कहा।

"क्यों, अच्छा नहीं लगता? सब कुछ आपकी इच्छाओं की धुरी पर टिका है।"

"अच्छा—तो—लगता है," फिर जल्दी से, "मगर इतनी ज़िम्मेदारी से घबराने लगती हूँ।"

"आदत डाल लीजिए—सारा स्त्री आन्दोलन—अपनी ज़िम्मेदारी—अपने-आपके लिए ही तो चल रहा है..."

"आप कब स्त्री आन्दोलन में?"

"हमेशा से, तभी तो आपको आत्मनिर्भर देखना चाहता हूँ।"

"आत्मनिर्भर—आर्थिक रूप से?"

"नहीं, अपने निश्चय अपने-आप। अपने जीवन को कैसे जिएँ, उसका निर्णय। मगर आप तो बहुत आज्ञाकारी हैं—भाई का कहना माना। अब हर वक़्त मेरी इच्छा क्या है, पूछती रहती हैं।"

"मगर मुँह नहीं जोहती।"

"मुझे आपमें यही बात अच्छी लगती है। न जानते हुए भी आप काफ़ी निर्णय अपने-आप लेती हैं।"

"जैसे?" मुझे सचमुच जिज्ञासा है।

"अमेरिका में, उसी रंग में ढल जाना। कपड़े-लत्ते, व्यवहार, गाड़ी चलाना। मुझसे विवाह का अकस्मात निर्णय।"

मैं कपड़ों को तहा रही थी—एकाएक गड्डी को सरकाकर बोली, "हाँ, न जानते हुए, न समझते हुए भी मैंने अपनी दिशाएँ स्वयं निर्धारित कीं..."

अरे ओऽऽ प्रवाल/लकी, तुम्हारे पीछे न भागने का, अपने अंकुरित होते आकर्षण को उखाड़ फेंकने का—सभी मैंने अपने-आप ही तो सोचा और कार्यान्वित किया।

"तो फिर, वहाँ मैं वहीं के कपड़े पहनूँगी। वहीं नये कपड़े ख़रीदूँगी—चलेगा न?"

"हाँ, हाँ, क्यों नहीं! मगर कुछ साड़ियाँ ले चलें तो अच्छा रहेगा—शायद ज़रूरत पड़े।"

मैंने होंठों पर उँगली रखी। यह आदत न जाने कब से है—अनिश्चय के क्षण में।

"तो बस, एक साड़ी—आपके कहने का मान रखने के लिए। बताइए, कौन-सी?"

"लाल बनारसी ख़ूबसूरत है, पर औत्सविक, शायद ऐसा मौक़ा न आए।" उन्होंने एक साड़ी उठा ली, "यह काली रख लें। मुझे मुनिया बॉर्डर पसन्द है।"

मेरे लिए यह महँगी और दुर्लभ साड़ी यही औरंगाबाद से लाए थे। मैंने उसे सूटकेस की तह में एहतियात से जमा दिया। साथ में पेटीकोट, ब्लाउज़ और काली लेस लगा काला ही ब्रेज़ियर।

"क्या मैं यह भी रख लूँ? आप इन्दौर से लाए थे। रंग भी सुन्दर है, मगर थोड़ा मटमैला-सा।"

"मटमैला नहीं," उन्होंने कहा, "माटी के रंग का।"

"सॉरी!" मैं हँसने लगी और उसे भी रख लिया।

अब मैं भी उत्सुक और उत्फुल्ल थी—अमेरिका में समय बिताना और वह भी बौस्टन में। उस जलेबी की दुकान की याद आ गई, वह दोसा फ़ैक्टरी—और वह नुक्कड़, जहाँ अब किसी के प्रगट होने की राह नहीं देखूँगी।

वहाँ की सड़कें, वहाँ की बड़ी-बड़ी नामी दुकानें, वहाँ का बौद्धिक वातावरण—न बाबा न, मैं कोई कोर्स-वोर्स नहीं लेने वाली। पति पुश्किन पढ़ेंगे और मैं उनसे छिपाकर अपना उपन्यास लिखूँगी—कहीं दूर तो जाना नहीं है, बस, अपनी ही कहानी।

मैंने सूटकेस बन्द कर दिया।

"लीजिए, मेरा सामान तो हो गया।"

"उँगली से रेत पर हम अपना नाम लिखते हैं और पानी की लहर आकर उसे मिटा जाती है," पति बोले। कुछ देर मुझे देखते रहे, फिर बोले, 'उमर ख़य्याम।'

## 14

फ़र्ग्युसन साहब के बँगले के पिछवाड़े की पगडंडी पर उन्होंने चलते-चलते अचानक पूछ लिया था, ''आपके प्रिय लेखक कौन हैं?''

मम्मी हैरानी से मेरा मुँह देखने लगीं। मैंने बिना सोचे-समझे कह दिया, ''जेन आस्टिन।''

असल में जेन आयर और जेन आस्टिन को कन्फ्यूज़ कर गई थी।

''और?'' उन्होंने आगे पूछा।

''टामस हार्डी।'' बी.ए. में पढ़े अँगरेज़ी लेखकों में एक नाम उभरा। फ़ार फ्रॉम द मैडिंग क्राउड—याददाश्त कुलबुला रही थी।

''अँगरेज़ी के अलावा भी कोई पसन्द है?''

न जाने क्यों मैंने कह दिया, ''पास्तरनाक।''

वह ठिठककर खड़े हो गए, ''पास्तरनाक? उपन्यास या कविताएँ?''

मुझे तब क्या मालूम था कि रूसी साहित्य के प्रेमी से भिड़न्त हो गई है! मैंने तो डॉ. ज़िवागो फ़िल्म की पसन्दगी के कारण नाम ले लिया। पास्तरनाक कवि भी थे, यह मुझे क्या मालूम था! आगे कुछ और न पूछने लगें, इसलिए मैं वापस बँगले की ओर मुड़ गई।

''अभी आई,'' कहकर मैं जल्दी से अन्दर चली गई।

अब उनकी हज़ारों पुस्तकों से भरी लाइब्रेरी के बीचोबीच खड़े हुए वह क्षण याद आ गया। मैं हँसने लगी। थोड़ा-सा उनकी ओर झुककर बोली, ''आपको पता है, मैंने पास्तरनाक का केवल नाम ही सुना है, आपको प्रभावित करने के लिए कह दिया था।''

''मुझे मालूम है। तुरन्त पता चल गया था कि आप झूठ बोल रही हैं—अच्छा लगा था।''

× × ×

''मेरा मन वहाँ वापस जाने को करता है।'' मैं अनायास ही कह गई।

''कहाँ? अमेरिका तो जा ही रहे हैं।'' पति ने किताब के पृष्ठ पर उँगली रखी और उसे बन्द करके मुझे भरी पूरी दृष्टि से देखा।

''नहीं,'' कुछ देर चुप रहने के बाद मैंने कहा, ''वहाँ—वापस, जहाँ भाई की पोस्टिंग थी। फ़र्ग्युसन साहब के बँगले में...''

वह उसी सीधी सतर दृष्टि से मुझे देखते रहे।

''न जाने क्यों वह अपना घर जैसा लगता है—अस्थायी पड़ाव की तरह नहीं। मुझे वहाँ बहुत तसल्ली-सी होती थी। ऐसा लगता था, जैसे अपने घर में हूँ!''

''और यह?'' उन्होंने पूछा।

''यह—घर?'' मैंने आसपास दृष्टि घुमाई—कमरे, पलंग, चादर, दोहर, तकिए—पर कुछ कहा नहीं।

''यह घर नहीं लगता?'' उन्होंने कुरेदा।

''घर तो असल में यही है, पर न जाने क्यों मुझे अपना अस्तित्व पराया-पराया लगता है। सब कुछ आपका ही तो जुटाया हुआ है। आपकी पसन्द का आधुनिक फ़र्नीचर और हज़ारों किताबें। वे किताबें मुझे जैसे मेरी कमअक्ली पर मुँह बिराती-सी लगती हैं। पन्ना खोलो और पढ़ो तो कुछ समझ में नहीं आता—पालि, प्राकृत, संस्कृत...''

उन्होंने किताब खोल ली, अपनी उँगली हटाई, पर किताब खुली रही, पढ़ना नहीं शुरू किया।

''और अब यह जानलेवा 'वार एंड पीस' कब तक ख़त्म करेंगे?''

उन्होंने कहा, ''फ़र्ग्युसन साहब का बँगला अब नहीं है, उसमें आग लग गई थी। ख़ाली था।''

''अरे ऽ ऽ!'' मैंने कहा। आँखें भर आईं।

''उसका जल जाना ही अच्छा था।''

''क्यों?''

''हर चीज़ की एक अवधि होती है। उसकी अवधि पूरी हो गई होगी।''

''विचित्रा मौसी कहती हैं कि वह भुतहा था—और मैं भी किसी भूतनी के चंगुल में आ गई थी।''

वह ठहाका मारकर हँस पड़े। कुछ देर बाद संयत होकर बोले, ''आपकी विचित्रा मौसी का नाम एकदम सटीक है—विचित्र प्राणी हैं।''

मैंने उनके चेहरे पर आँखें जमाकर पूछा, ''क्या वह सही कहती हैं?''

''आप भूत-प्रेम पर विश्वास करती हैं... ?''

''पता नहीं, मरने के बाद।''

''सब मनगढ़न्त बातें हैं। भूत-प्रेत कुछ नहीं होते। ख़ास कर इस सदी में। वह एक प्रकार का हिस्टीरिया होता है। अक्सर स्त्रियाँ ही...'' वह कहते-कहते रुक गए।

''रुक क्यों गए?''

''आगे कुछ कहना स्त्री सन्दर्भ में अनुपयुक्त माना जाएगा। अब आप अपने को सताइए मत। आपके साथ एक दुर्घटना हुई थी, उसी को चाहे कुछ भी कह लें।''

"क्या दुर्घटना?"

"पैर फिसलकर ताल में गिर गई थीं।"

"मुझे कुछ याद नहीं—फिर बच कैसे गई?"

"वह जो भूतनियाँ वहाँ डोलती रहती थीं—विचित्रा मौसी के अनुसार—उसी में से किसी ने आपको बाहर खींच लिया—आधी बाहर, आधी पानी में—ऐसे मिलीं। आप भी कभी उनमें से एक रही होंगी—अभिशप्त, अतृप्त आत्मा। वह भटकन का समय समाप्त होने पर पुनर्जन्म हुआ, पर पहले सम्बन्ध आपको वहीं खींचकर ले गए।"

"आप मज़ाक कर रहे हैं।"

"इसे एक मज़ाक ही समझिए।" वह पुस्तक में मग्न हो गए, यानी बात ख़त्म।

मगर क्या हुआ था मुझे? क्या कर रही थी वहाँ—उस तपती हुई, सुनसान दोपहर में, जबकि पास के जंगलों से हाहाकार करता हुआ एक बवंडर-सा उठता था और बँगले की चहारदीवारी के बाहर थम जाता था?

मुझे कुछ स्पष्ट याद नहीं पड़ता। पर क्यों लग रहा है कि मेरा कुछ बहुत अमूल्य मुझसे छिन गया है? हाय, यह रिक्तता—अन्दर, बाहर, आसपास—वस्त्रों से ठुसी हुई अलमारियाँ, चाँदी की थाली-कटोरियाँ—जड़ाऊ कंगन, सोने की पायलें—इतने चाहने वाले पति—

पर, तब भी—

कहीं दूर भाग जाने का मन करता है—बहुत दूर, किसी अकेले, अनजाने प्रदेश में जहाँ मेरे अलावा सन्नाटा हो—न घर, न गृहस्थी, न कोई रिश्ता, न कोई बन्धन, एकदम उन्मुक्त! करोड़ों की आबादी वाली इस दुनिया में कोई ऐसी जगह नहीं है?

ऐसा होना सम्भव भी नहीं है। बस, यों ही बँधी रहूँगी इस अटूट शृंखला से—पानी नहीं आया, बिजली चली गई, नौकरानी ने हाथ नहीं धोये—ऊनी कपड़ों में कीड़े लग गए—

ऐसे ही बीतेगी क्या बची ज़िन्दगी?

और ज़िन्दगी लगती है कारावास की तरह लम्बी।

मैं लम्बी-लम्बी साँसें लेती हूँ।अपने सौभाग्य को याद करती हूँ—चाहने वाले पति, पर्याप्त पैसा, अपना घर, अच्छी-अच्छी चीज़ें—बर्तन, गिलास, कटोरियाँ, तवा, कड़ाही, चिमटा।

फिर अन्दर से एक लम्बी साँस।

× × ×

"यह लीजिए," पति सामने खड़े हैं और हाथ में जो लिये हैं, उसे हवा में झुला रहे हैं।

"क्या है?" मैं कुछ दूर हूँ, ठीक से देख नहीं पाती।

"आपका मोज़ा।"

"मो ऽ ऽ ज़ा?"

"हाँ, खोया हुआ मोज़ा मिल गया। मैंने कहा था न कि अक्सर खोई हुई चीज़ें मिल जाती हैं।"

मैं पूछती हूँ, "कहाँ था?"

"वहीं, मोज़ों की ड्राअर में। मेरे मोज़ों में मिल गया था।" वह हँसे, "तो मैं ही चोर निकला।"

पर मैं नहीं हँसी, न मोज़ा हाथ में लिया।

"अब इसका क्या करना? वह पहला वाला तो मैंने फेंक दिया। क्या मालूम था कि यह मिल जाएगा? फेंक दें इसे भी। अब क्या करना?"

उन्होंने मोज़ा मुझे पकड़ा दिया। रंग-रूप सही था, मगर कीड़ों ने कुछ छेद कर दिये थे।

"इसमें कीड़ा लग गया। आपकी ड्राअर के सारे कपड़े कट जाएँगे।"

"वह ख़ाली कर दी है। गोलियाँ मँगवाकर डलवा देंगे..."

तो मिल गया मोज़ा, मगर जल गया फ़र्ग्युसन साहब का बँगला, पिछवाड़े का टेसू और पलाश का जंगल। क्या उसमें भी आग लग गई, या जंगल की आग ही बँगले को लील गई? जीवन में ऐसी उलट-पलट क्यों होती रहती है? अभी सब कुछ स्थिर, उपस्थित है और दूसरे दिन कुछ नहीं। कहीं बवंडर, कहीं भूकम्प, कहीं समुद्री तूफ़ान।

फिर उनकी याद आ गई।

"कहाँ खो गईं?" वह पूछ बैठे।

क्या कहा था अथीना ने—खोई चीज़ों को खोये ही रहने दो। पर पति का विश्वास है कि खोई चीज़ें अक्सर मिल जाती हैं—अमेरिका के उस उत्तरी पूर्वी कोने से, जहाँ से कोई मुझे खोजता हुआ आया था, और मैंने उसे चले जाने दिया। कैसा लगता होगा—एकदम अकेले, ऊपर विस्तृत आकाश, नीचे गहरा पानी? वहाँ भी एकदम निस्तब्धता होती होगी। हवा के झोंके, लहरों का गान, पानी की छप छप—मैं जा सकती थी, पर बहुत देर हो चुकी थी। समय निकल गया था और उसे वापस लौटाया नहीं जा सकता था। क्या वह मेरी कायरता थी, या पलायन या मैं भविष्य के अनजानेपन से डर गई थी या मैं इन्हें, पति को छोड़कर जा नहीं सकी? वह झिझक नहीं थी, न डर, मैं सच में इनसे बेइन्तहा प्यार करने लगी थी। यह उधेड़बुन तो बाद का ही काम है। जब पास में एक बहुत छोटा क्षण हो—पलक झपकने का सा, तब जो निर्णय लिया जाता है, वह केवल उसी समय का निर्णय नहीं होता, वह तो अवचेतन मन में, किसी अनजाने स्तर पर खुदबुद होता ही रहता होगा।

फिर वह तो चुप ही रहे थे, एक बार भी कुछ नहीं कहा—आए और उठकर चले गए। मैं करती तो क्या? रात्रि-वस्त्रों में उठकर खड़ी हो जाती और धड़ाधड़ सीढ़ियाँ

उतरते हुए लकी शॉ से कहती—'रुकिए...' पर क्यों? मैं प्यार करती हूँ तो इनसे, पति से, निर्णय तो लिया था विवाह का। सोच-समझ कर, आगा-पीछा सोचकर क़दम उठाना मेरे स्वभाव में नहीं है। एकदम मन में जो उभरा—कह दिया। हाँ, उससे पहले कुछ होता तो होता। ऐसा ही तो था हमारा पारस्परिक सम्बन्ध। मैं पूछती थी—आप प्रवाल हैं? और वह कहते थे—नहीं—नहीं—नहीं। और अब याद आया कि उन्होंने अभी भी अपना परिचय लकी शॉ कहकर दिया था। सच में वह यही है जो दिखाई देते हैं—प्रवाल श्रीवास्तव हैं ही नहीं...।

तो बस, वह प्रसंग समाप्त हो गया।

× × ×

मम्मी की उपस्थिति में न जाने ऐसी क्या बात थी कि मुझे हमेशा असन्तुलित कर देती थी। कहती वह कुछ नहीं थीं पर उनकी पूरी भावमुद्रा में असन्तोष और आलोचना स्पष्ट रहती थी। पति, उनकी हज़ारों किताबें, नई-पुरानी, अपने पढ़ने-लिखने की ज़िन्दगी और नवाबगंज की सामने से पुरानी पर अन्दर से नवीकरण की हुई गढ़ी, चौकीदार, माली, अंडेवाली और खाना बनानेवाली का आना-जाना, गुरुद्वारे का भोंपू, सामने छोटी-छोटी दर्जनों दुकानें, जूसवाला, प्याज़, आलू, टिंडे, कद्दू बेचने वालों की क़तार, फिर रुई धुनकर, रज़ाई बनाने वाला, दड़बों में बन्द मुर्गियों वाला—मुझे इस सबकी आदत पड़ने लगी थी।

मगर पहली बार मम्मी ने घबराकर कहा, "यह सब क्या है? तुम यहाँ कैसे रहती हो? मैंने सोचा था, नई दिल्ली के आलीशान बँगले में होगी—ऐशो आराम से, पर कहाँ लाकर पटक दिया? तुमने कभी कुछ ऐसा देखा? ऐसे में गिरस्ती चलाई?"

मम्मी की टिप्पणी से अपने चारों ओर खड़ी की गई सन्तोष की दीवार भरभराकर गिर गई। मैं उस ध्वंस के बीच खड़ी रह गई—अपनी छेद्यता, भेद्यता में आहत, घायल।

मम्मी आगे बोलीं, "कहाँ लाकर पटक दिया है? ख़ुद तो किताब में नाक अड़ाए बैठे रहते हैं—साधू-सन्त जैसे! जब सारी जायदाद उठाकर दे ही देनी थी तो फिर तुमसे ब्याह क्यों किया?"

"क्या फ़र्क़ पड़ता है मम्मी," मैंने कहा, "मैं ख़ुश हूँ।"

मम्मी की नाक-भौं चढ़ी ही रही।

चाय मैंने ही बनाई, मम्मी चुपचाप देखती रहीं—मेरा पानी उबालना, केतली खँगालना, एहतियात से नापकर चाय डालना।

अनजाने में ही उन्होंने एक लम्बी साँस ली।

"यह सब तुम्हें करना पड़ता है? एक पूरे समय का नौकर तो होना चाहिए।"

"मैंने कितना कुछ सीख लिया है मम्मी।" मैंने मनुहार के स्वर में कहा।

"वह तो मैं देख रही हूँ।" चाय में चम्मच घुमाते हुए वह कहने लगीं, "मुझे बिलकुल अन्दाजा नहीं था कि तुम इस पुरानी, भुतही जगह पड़ी होगी—कितने बड़े-बड़े अँधेरे कोटर, उजाड़ छतें। पूरी कोठी तो नहीं, कम-से-कम एक नया, अच्छी जगह फ्लैट तो होना चाहिए। आस-पड़ोसी हों, सहेलियाँ हों, बाहर जाओ, हँसो-खेलो। विचित्रा बता रही थीं कि तुमने हीरे-मोती के सेट तो दूर, एक अँगूठी तक नहीं ख़रीदी है?"

मैं क्या कहती—चुप रही। लगा, मम्मी ठीक कह रही हैं। नये आने वालों को हज़ारों किताबें, नीचे का ख़ाली खंड—और नवीकरण करने पर भी हमारा आवास भुतहा और उजाड़ तो लगता ही होगा, पर मैं तो उनके सतत प्यार की वर्षा में इतनी रची-बसी थी कि मुझे यह सब विचित्र नहीं लगता था।

"मुझे अच्छा लगता है—इन्हें भी। पढ़ने-लिखने के लिए यहाँ कितनी शान्ति है!"

"हुँह!" मम्मी ने उसाँस छोड़ी।

मम्मी की बात से मन में न जाने क्यों अकुलाहट भर गई! मैं तो जो मिलता गया, स्वीकार करके सन्तुष्ट रही, पर दूसरों को यह सब कितना अजीब लगता होगा, यह मैंने सोचा न था।

× × ×

पति रात को देर तक अपनी मेज़ से सटे बैठे लिखते रहते हैं, क्या कोई नया आलेख? क्या कोई नई पुस्तक? अपने में लीन।

"क्या लिखते रहते हैं?"

"तुम्हारे लिए प्रेम-पत्र।" उन्होंने कहा।

मैं हँसने लगी, "प्रेम-पत्र? मुझे कभी किसी ने प्रेम-पत्र नहीं लिखे।"

"तो अब मिलेंगे।"

"लाइए, दीजिए, पढ़ूँ।"

"अभी नहीं, बाद में।"

मैं मान गई।

मम्मी ने जब कहा कि वह विचित्रा मौसी के पास ठहरना चाहेंगी तो मैं तुरन्त मान गई।

उनकी पहली विज़िट में, बाद में स्वयं ही पति ने मम्मी को बताया, "मम्मी, यह पुराना-सा घर देखकर आपको झटका लगा पर मुझे यह जगह पसन्द है। बहुत शान्त हुआ करती थी—आगे-पीछे बड़े-बड़े घने पेड़, सड़क पर इक्का-दुक्का सवारी। अब तो बहुत व्यस्त हो गई है। मगर आप फ़िक्र न करें—हम कुछ दिनों में ही बाहर घूमने का प्लान बना रहे हैं। हमारे पीछे यहाँ मॉल बनेगा, ऊपर कुछ फ्लैट—उसी में चार बड़े-बड़े, पूरे लम्बे-चौड़े फ्लैट हमारे होंगे, आप भी आकर रहें।"

"उसमें तो समय लगेगा।"

"तब तक हम अमेरिका ही रहेंगे। एक फ्लैट है न, वहीं।"

"अमेरिका जाने का प्लान है? चलो, अच्छा है।" मम्मी प्रसन्न मुद्रा में बोलीं, "यहाँ से पिंड छूटेगा।"

हम दोनों अकारण, उनके इस घर के प्रति रोष को देखकर हँसने लगे।

"आप फ़िक्र न करें—कुछ ही दिन की बात है। फिर देखिएगा, इस मनहूस घर के कितने करोड़ रुपये मिलेंगे। आपकी बेटी को कैसी शान-शौक़त से रखूँगा।"

मम्मी सन्तुष्ट लगीं।

'यह गढ़ी ढहा देंगे तो?' मैं कहने वाली थी कि यहाँ रहने वाली आत्माएँ कहाँ जाएँगी? क्या चमचमाते हुए नये मॉल में भटकते रहना उन्हें भाएगा? पर मम्मी यह परिहास नहीं समझेंगी, यह सोचकर चुप रह गई।

मम्मी कुछ देर बाद बोलीं, "इसे डिमॉलिश होने और नया मॉल, नये फ्लैट बनाने में तो कई बरस लग जाएँगे।" फिर मेरी ओर देखकर कहा, "तब तक अमेरिका में ही रहना—यहाँ क्या रखा है?"

"मम्मी, महीने-दो महीने में घर लौटने के लिए व्याकुल हो जाएँगे। वहाँ दो-ढाई साल रहने का सवाल ही नहीं उठता।"

पति मुस्कुराए, "अगर ऐसा हुआ तो हम गेस्ट हाउस में रहने चले जाएँगे—एकदम अलग, इंडिपेंडेंट यूनिट है, एकदम मॉडर्न।"

मम्मी आश्वस्त लगीं।

मैं जान रही थी कि पति मम्मी का मन रखने को कह रहे हैं—न यह भुतही गढ़ी बिकेगी, न टूटेगी। मॉल बनना केवल मम्मी को ख़ुश करने के लिए मनगढ़न्त बात है। ज़्यादा से ज़्यादा दो-ढाई महीने रहकर वापस लौट आएँगे।

पर मैं चुप रही। मम्मी का भ्रम क्यों तोड़ूँ?

पर पति कहने लगे, "कि सम्भव है, हम अमेरिका में ही बस जाएँ—लौटे ही नहीं, तब?"

मम्मी मुस्कुराने लगीं, "ऐसी सम्भावना है क्या?"

"हाँ, क्यों नहीं! आपकी रानी बेटी वहाँ कितनी प्रसन्न रहती थीं! अपनी गाड़ी, सुव्यवस्थित जीवन, हमेशा गर्म-ठंडा पानी, हर वक़्त की बिजली—फिर पहचान वाले भी वहीं हैं।"

"कौन?" मम्मी पूछ बैठीं।

"अरे वही, लकी प्रसाद शॉ! वह यहाँ इन्हें ढूँढ़ते हुए आए थे।"

मम्मी का चेहरा देखने लायक़ था।

हम दोनों हँसने लगे।

पहले पापा, फिर भाई, मैं तो सन्तुष्ट थी। सब कुछ तो था। कभी फिर ब्याह होगा, यह आशा मुझमें तो पनपी ही नहीं थी। मम्मी-पापा को रही होगी—पर भाई के अकेले रह जाने पर वे दोनों चुप-चुप हो गए थे। पापा के बाद मेरे लिए दूल्हा खोजता कौन? और न परिवेश ऐसा था, न मेरी मनोवृत्ति जो कहीं आऊँ-जाऊँ, किसी से मिलूँ जो मुझ पर आशिक़ हो जाए। पर ऐसा हुआ, अनायास। अकस्मात आशिक़ मिल गए, और उनके सम्पर्क में आकर मुझे भी वह अब अच्छे लगने लगे। पहले जीवन एक सपाट, एकरस गति से चला जा रहा था, पर अमेरिका ने मुझे और मम्मी, दोनों को बदल दिया था। हमेशा दब्बू रहने वाली मुझमें कितना साहस, कितना आत्मविश्वास आ गया था! अच्छा लगता था।

और यहाँ भी। यदि नौकरानी और उससे जुड़े सिरदर्द न हों तो जीवन सुखमय था। यद्यपि मुझे अभी नीचे के सुनसान, अँधेरे खंड से डर लगता था पर वहाँ सन्नाटा था। जो भी वहाँ के वासी थे, डेरा-डंडा उठाकर चले गए थे और अगर कुछ बचे भी होंगे तो हमारे सुख में सुखी होंगे, मुझे यह विश्वास हो चला था।

पति अपनी किताब पढ़ते रहेंगे और मैं खोई हुई चीज़ें ढूँढ़ती रहूँगी। जमुना बिना नहाये, बिना हाथ या दाल-सब्ज़ी धोये रसोई में घुसी रहेगी।

मेरा किसी पर, या ज़िन्दगी की किसी लहर पर कोई बस नहीं है। बस मैं हूँ, पति हैं, गृहस्थी है। विचित्रा मौसी जब-तब आ जाती हैं। मुझे खींचकर कभी बाज़ार, कभी अपने लेडिज़ क्लब के उत्सव में ले जाती हैं। मगर सुकून मुझे यहीं मिलता है—इन बुर्ज़ियों, मेहराबों, मोटी-मोटी काली हो आई दीवारों के बीच। कभी-कभार सीढ़ियाँ चढ़कर ऊपर चली जाती हूँ—बुर्ज़ियों पर कबूतर घूमते रहते हैं, पर जब से बन्दरों को देखा, तब से ऊपर जाना बन्द कर दिया। वहाँ है भी क्या—साँय-साँय करती हवा, जहाँ बैठकर नृत्य, संगीत, बन्दूकों की धाँय-धाँय—सब मन में उजागर होने लगती है। कितनी पीढ़ियाँ यहाँ रही होंगी... ?

'छोड़ो ऽ ऽ,' मैं अपने से कहती हूँ। पति ठहरे पुरातत्त्वविद्—प्राचीन इतिहास के अध्येता, पर शायद मैं भी उन्हीं के रंग में रँगती जा रही हूँ। प्रस्तावना और इलिकी सुनेंगी तो मुझ पर कितना हँसेंगी—छोटे-छोटे सपने, छोटी-छोटी ख़ुशियाँ!

"अमेरिका से हम रूस भी जा सकते हैं?" मैं अचानक उत्साह से भर उठी, "आपको भी अच्छा लगेगा।"

"नहीं, रह चुका हूँ। अब कहीं और चलेंगे, जहाँ आपको भी अच्छा लगेगा। रूस तो शॉपिंग के मामले में ज़ीरो। अच्छा, एक बात बताइए", वह मेरी ओर मुड़कर देखते हैं, "लन्दन, पेरिस, ज्यूरिख़ में तो शॉपिंग ही शॉपिंग—मगर यहाँ हिन्दुस्तान आकर कोई भी शॉपिंग नहीं, ऐसा क्यों?"

मैं थोड़ा सकुचा गई—हनीमून पर जाकर इतनी शॉपिंग करना शायद सही नहीं था।

''पहली बार गई थी—कितने बड़े-बड़े नामी स्टोर—ख़रीदने का चाव लगता था—यहाँ क्या? मगर आप रूस में क्या कर रहे थे? पढ़ रहे थे? रूसी वहीं सीखी?''

''नहीं, पढ़ाई के बाद भारतीय दूतावास से संलग्न।''

''दूतावास? कैसे?''

उन्होंने चश्मा उतारकर रख दिया। पृष्ठ के बीच उँगली रखकर किताब बन्द कर दी।

''फ़ॉरेन सर्विस में था, रूस में पोस्टिंग हुई थी। उससे पहले बुल्गेरिया में था।''

''आप फ़ॉरेन सर्विस में थे?'' मैं अचकचाकर उनका चेहरा देख रही थी, ''आपने कभी बताया नहीं? सर्विस क्यों छोड़ दी? क्या कोई फ़ॉरेन सर्विस...भाई को पता है?''

''कोई ख़ास बात नहीं समझी। उन दिनों कम्पटीशन में बैठने का फ़ैशन था, साथ के सभी लड़के ट्राई कर रहे थे, तो मैंने भी सोचा—चलो, हम भी ट्राई किए लेते हैं। आ गया, कुछ साल रहा, फिर लगने लगा कि यह मेरे लिए सही नहीं है, तो छोड़कर इतिहास और पुरातत्त्व में लौट आया। यह कोई अहम बात नहीं थी।''

''अगर रहते तो अब तक किसी बड़े देश के राजदूत हो जाते। कितनी इज़्ज़त होती है!''

''तब आपसे कहाँ मिलता?'' वह मुस्कुराए।

''मुझसे मिलना कोई अहम बात है? अच्छा, बताइए, आपकी कोई विदेशी गर्लफ्रेंड थी?''

''ढेरों।'' वह हँसने लगे।

''आपको तो रूसी भी आती है। बस, कुछ दिन रहेंगे—पहले ताशकंद, फिर मॉस्को।''

वह मुस्कुराते रहे, देखते रहे।

''मॉस्को में क्रेमलिन देखना चाहती हूँ और हरमिताज भी।''

''हरमिताज मॉस्को में नहीं है।''

''जहाँ भी हो—इस बार रूस ज़रूर जाएँगे।''

''और पास्तरनाक की क़ब्र के दर्शन नहीं करेंगी?''

''अब आप मुझे तंग कर रहे हैं।''

उन्होंने किताब से उँगली निकाल ली, पृष्ठ खुल गया।

मैं उल्लसित, पर मौन।

वह किताब पढ़ने में लीन हो गए।

पश्चिम में आकाश गुलाबी था। तोतों का एक झुंड कलरव करता हुआ पिछवाड़े के पेड़ों पर उतर रहा था। सड़क के पार शोरगुल बढ़ने लगा था। नारंग जूस सेंटर के आगे कई लोग खड़े थे। कुछ स्त्रियाँ टमाटर और प्याज़ ख़रीद रही थीं। मुझे एक बार फिर बड़ी परिचित-सी अनुभूति हुई, जैसे मैं अपने शरीर से निकलकर हवा में तैर रही

हूँ! जो कुछ हो रहा है, उसे मैं ऊपर से देख रही हूँ—आसपास भीड़-भड़क्का, ट्रैफ़िक—बाज़ार का हल्ला-गुल्ला—मैं शरीरविहीन, संज्ञाविहीन अधर में विचर रही हूँ।

"मैडम जी," एक कर्कश स्वर। धड़ाम। मैं नीचे, यथार्थ में।

"क्या है?"

मैं कुर्सी पर बैठी हूँ—स्थूल साकार। पश्चिम में सूरज डूब रहा है। हर तरफ़ गुलाबी-गुलाबी उजाला फैल रहा है। पति रूस नहीं जाएँगे—उनकी इच्छा नहीं है, तब फिर कहीं आसपास ही, जहाँ भी वह जाना चाहें, मेरे लिए हर देश नया होगा।

"इस्तरी के कपड़े लाया हूँ।"

"ठीक है, रख दो। कितना हुआ?"

"साहब एडवांस दे चुके हैं," वह मुड़ा और चला गया।

"इसकी बीवी बीमार थी—आप घर पर नहीं थीं।"

"अच्छा किया।"

अब मैं पूर्णरूप से धरती पर हूँ। शाम हो रही है। अभी-अभी नौकरानी आकर खड़ी हो जाएगी—उसे शाम के खाने का बताना होगा।

मैं उठ खड़ी हुई, "आपने ठीक ही कहा, रूस इतनी दूर भी है, ठंडा भी," फिर उन्हीं की बात को दोहराते हुए हलके व्यंग्य से बोली, "और जब शॉपिंग नहीं है तो जाने का मतलब क्या है?"

वह मेरा व्यंग्य समझ गए, मुस्कुराकर बोले, "तब तो हांगकांग जाइएगा, चीन भी। वहाँ हरेक चीज़ की कॉपी मिलती है—रोलेक्स घड़ी, डिज़ाइनर पर्स..."

मैंने कुछ नहीं कहा।

"अफ़सरी क्या कोई ऐसे छोड़ देता है?" मैं विचित्रा मौसी से कहती हूँ, "जब छोड़नी ही थी तो बैठे ही क्यों?"

विचित्रा मौसी को यह बात भी पता थी, बोलीं, "क्यों नहीं! एक लीक पकड़कर क्यों चला जाए? और छोड़ने का क्या—यह ऐसे ही हैं, तभी न अपने हिस्से की सारी जायदाद छोड़ दी—और तुम भी तो—वह सेर तो तुम सवा सेर। कब से कह रही हूँ कि कम-से-कम हीरों का एक भारी सेट तो बनवा लो—मगर तुम सुनो तो तब..."

मगर न जाने क्यों मैं गत रात्रि की बात सोचने लगी। हम दोनों ने एक-दूसरे को प्यार किया था—देर तक, धीमे-धीमे, ठहर-ठहरकर, उद्वेगहीन।

सुबह के उजाले में भी वह मिटा नहीं। दिन प्रारम्भ हुआ। तोतों के झुंड आकाश में उड़ गए। जमुना ने आकर चाय बनाई है। वह दो दिन से वही सलवार-कुर्ता पहने है, शायद नहाई नहीं होगी। पता नहीं, हाथ भी धोये हैं या ऐसे ही आटा गूँधने लगी है? नाश्ता वह अपने मन का बनाती है, यानी जो उसका खाने का मन होता है, हमें देती है, ख़ुद खाती है और डिब्बे में घर ले जाती है। वह उसके लड़के का टिफ़िन होता है।

आज उसने आलू के पराँठे बनाए हैं, साथ में दही और अचार।

न पति ने खाये, न मैंने। बस, कॉफ़ी पी ली।

पति अपनी लाइब्रेरी में चले गए और मैं पूरी तैयार भी नहीं हुई थी कि विचित्रा मौसी आ गईं।

वह बड़े फाटक, ड्योढ़ी, पौरी, सीढ़ियों से होकर नहीं आतीं, नीचे से लिफ्ट लेती हैं जो पति की लाइब्रेरी के आगे ही रुकती है।

मैं दीवार के कँगूरे पर बैठे बन्दर को देखकर अपने कमरे में ही बन्द थी—विचित्रा मौसी की आवाज़ सुनकर हड़बड़ाकर निकली क्योंकि रात का बिस्तर अभी बना नहीं था। किसी नौकर से बिस्तर लगवाने में मुझे शर्म आती थी इसलिए उस पर खींचकर बेड कवर डाला और बाहर आकर कहा, "मौसी! अच्छे को आ गईं—आज लंच पर चलें... ?"

विचित्रा मौसी की नज़र चारों ओर घूमी। मेरी ऐशोआराम की ज़िन्दगी से वह प्रसन्न थीं।

"सारे दिन क्या करती रहती हो ?" उन्हें मालूम था कि मैं कुछ नहीं करती, फिर भी औपचारिक प्रश्न तो पूछना ही था।

"कुछ-न-कुछ," मैंने कहा, "बस, दिन निकल जाता है।"

"तुम भी कुछ पढ़ा-लिखा करो।"

यानी उपन्यास, कहानी, कविता—जीवनी—मुझे रुचि ही नहीं है। हाँ, कभी-कभार किसी पत्रिका के पेज उलट लेती हूँ...पति की तरह नहीं—बस, पुस्तकों में लीन। एक दूसरी ही दुनिया में खोये हुए, धूल भरी हज़ारों किताबों के बीच मग्न रहते हैं। नहीं, धूल भरी नहीं, बाक़ायदा झाड़ने-पोंछने के लिए एक आदमी है। पसन्द की किताबें शीशे के पल्लों के पीछे बन्द रहती हैं। आये-दिन कोई आता रहता है। हस्तलिखित पुस्तकों को वह स्वयं निकालकर देते हैं और स्वयं वापस रखते हैं।

ऐसा पति!

इतना विद्वान!

इतना प्रख्यात!

और मैं—खोए हुए मोज़े को लेकर कई-कई दिन परेशान रहती हूँ—वह खोया हुआ मोज़ा केवल मोज़ा ही नहीं है, मेरी सारी खोई हुई चीज़ें हैं।

अनायास ही लकी शॉ का चेहरा मेरी आँखों के आगे उभर आया।

# 15

हमारे जाने का दिन नियत हो चुका है, यह सुनकर मम्मी भोपाल से आ गईं। मैंने अपने पास रुकने को नहीं कहा।

एयरपोर्ट से उन्हें लेकर विचित्रा मौसी के घर चली गई। हम अन्दर पहुँचे तो वहाँ अलग ही दृश्य था। दूसरी मंज़िल पर, जहाँ विचित्रा मौसी की अपनी ज़नानी बैठक थी, कई स्त्रियाँ नीचे बैठी हुई थीं। कारपेट पर सफ़ेद चादर बिछी हुई थी और ढोलक, मँजीरे और तबले की टनकार के साथ मौसी पुराने फैशन की गोटा लगी साड़ी पहने हारमोनियम बजाते हुए गा रही थीं। उन्होंने हमें चुप रहने का संकेत किया, तब हमने देखा, दो युवतियाँ कैमरा लिये यह दृश्य रिकॉर्ड कर रही थीं। विचित्रा मौसी का गला मीठा था और सुर भी सधा हुआ था। वह गणेश-वन्दना गा रही थीं।

एक युवती ने इशारा किया—कैमरा रुक गया और गाना भी।

''यह सब क्या तमाशा है?'' मम्मी ने पूछा।

''आंटी जी,'' एक युवती ने विदेशी लहजे में, मगर हिन्दी में कहा।

''तमाशा नहीं—हमारी रिसर्च है। हम स्त्रियों के ट्रेडिशनल—'पारम्परिक'।'' विचित्रा मौसी ने कहा।

''हाँ, वही। संगीत इकट्ठा कर रहे हैं—घर में गाये जानेवाले।''

दूसरी युवती ने कैमरा सँभालकर रखते हुए कहा, ''हम परम्परागत संगीत...'' वह शब्द ढूँढ़ रही थी।

''इकट्ठा,'' मौसी ने कहा।

''हाँ, कलेक्ट कर रहे हैं। वह गीत, जो उत्सवों पर गाए जाते हैं, जन्म पर, विवाह पर...''

उसने झोले में से पानी की बोतल निकाली और डाट खोलकर बड़ा-सा घूँट लिया, ''यह हमारी बी.ए. ऑनर्स की रिसर्च है।'' वह अपने-आप अँगरेज़ी में कहने लगी थी, ''आजकल फ़िल्मी संगीत इतना छा गया है कि कुछ दिनों में ये पुराने गीत, तीज-त्योहार लोप हो जाएँगे और आम ज़िन्दगी फ़िल्म और टेलीविज़न को फ़ॉलो करने लगेगी।''

हम उन्हें देखते रहे—ऊपर से नीचे तक—भारतीय त्वचा, नखशिख, पहनावा।

दोनों विचित्रा मौसी की सुन्दर साड़ियाँ पहने थीं, परन्तु बातचीत-मुद्रा, खुलापन एकदम पाश्चात्य।

"मैं रेचल उत्तरा और यह मेरी जुड़वाँ बहन—रूथ मल्लिका।" उसने परिचय दिया।

"और यह जीजी," मौसी हँस रही थीं," मेरी भी जुड़वाँ बहन।"

"ओ ऽ ऽ!" रेचल का मुँह गोल-गोल था, "और..." उसने मेरी ओर देखा।

"यह तुम्हारे हल्दीपुरी अंकल की वाइफ़—बहन की बेटी।"

"ओ ऽ ऽ, कितनी सुन्दर! उन्होंने कभी नहीं बताया।"

"आप लोग मेरे पति को जानती हैं?" मैंने पूछा।

"जानती हैं? बहुत अच्छी तरह। हमारे पिता के अच्छे मित्र हैं। उन्हीं ने हमारा यहाँ रहना सेट किया है।"

'अरे!' मैंने मन-ही-मन कहा, 'मुझे एक बार भी नहीं बताया कि इस बार विचित्रा मौसी के पेइंग गेस्ट मेहमान उनके अमेरिकन मित्र की दो लड़कियाँ हैं!'

उनकी आदत है, कितना कुछ गोपनीय रखते हैं!

विचित्रा मौसी ने कहा, "जीजी, पहले चाय पिएँगी कि आराम करेंगी?"

मगर मम्मी कुछ कहें, उससे पहले ही हमारी जमुना चाय लेकर आ गई। साफ़-सुथरी, बाल पीछे चोटी में, सलीक़े के कपड़े। मुझे देखकर मुस्कुराई और ट्रे मेज़ पर रखते हुए बोली, "साहब को नहीं लाईं? वह भी गाना-बजाना सुन लेते।"

चाय के साथ गर्म-गर्म कचौड़ियाँ थीं—मटर की और गाजर का हलवा, मठरी, साँके। रूथ और रेचल के लिए खीरे के सैंडविच।

"यह सब तुमने बनाया जमुना?" मैंने पूछा।

"हाँ। सैंडविच मोहन भइया ने सिखाए—बाकी चीज़ें तो जानती थी।"

"हमें बनाकर कभी नहीं खिलाईं?"

जमुना सबको प्लेटें पकड़ा रही थी, मेरी बारी आई तो बोली, "आपने कभी कहा ही नहीं," वह दाँत निपोड़कर हँसने लगी—मुदित मुद्रा में।

चाय पीते-पीते विचित्रा मौसी कहने लगीं, "हमारे यहाँ गीत गाने की भी परम्परा होती है—विवाह के पहले-पहले गणेश-वन्दना—कि सारा काम निर्विघ्न हो। फिर गौरा पार्वती का गीत—क्योंकि वही अखंड सुहाग देती हैं। उसके बाद यदि लड़की का घर हो तो बन्नी, लड़के का घर हो तो बन्ने, फिर भात..."

"और बरात आने पर गालियाँ..." ढोलकवाली ने कहा।

"गालियाँ—यानी अब्यूज़—ऐसा क्यों?"

अन्दर से मौसा जी के खाँसने की आवाज़ आई, "कोई है?" उन्होंने पुकारा।

मौसी ने हारमोनियम अलग सरका दिया और हड़बड़ाकर उठ खड़ी हुईं। ढोलक, मँजीरे वाली स्त्रियों से कहा, "कल आ जाइएगा—इसी समय।"

वह अन्दर चली गईं।

मम्मी और मैं तीसरे कमरे में ठहरे, जहाँ न कूलर था, न एयर कंडीशनर, न संलग्न बाथरूम।

"हमसे ज़्यादा तो वे लड़कियाँ ही मज़े में हैं," मम्मी ने कहा।

विचित्रा मौसी हमारे पास आ ही रही थीं, सुन लिया, कहने लगीं, "सब समय का खेल है। बीमारी के कारण इनकी वकालत तो ठप्प ही समझिए—ऊपर के खंड का जो किराया है, उसी से काम चल रहा है...कोई बँधी पेंशन तो है नहीं।"

"मेरा यह मतलब नहीं था।"

पर मौसी रुकीं नहीं।

मुझे घर से निकले कुछ ही घंटे हुए थे पर अचानक पति की याद आने लगी—माधवमोहन देखभाल कर रहा होगा, पर वह अपनी किताबों के बीच, लीन बैठे होंगे। आजकल उन्हें न जाने क्यों किताब समाप्त करने की जल्दी थी?

दूसरे दिन फिर जमावड़ा हुआ। ढोलक, मँजीरे, कैमरा—हम सब।

"न दिये मुट्ठी तिल, तिलों में मेरा जिया..." वह सुरीली आवाज़ में गाने लगीं :

"बैठक बैठन्ते, ससुर हमारे—
कहो बहू जान, कितने की लाऊँ मेवा
न चहिये तेरी मेवा, न चहिये तेरी मेवा
क्या एक मुट्ठी तिल में,
क्या बोरी ख़ाली हो जाती,
क्या आए तेली फिर जाते—
न दिये मुट्ठी तिल..."

अन्तिम पंक्ति सभी स्त्रियों ने मिलकर गाई।

"मतलब?" रेचल ने पूछा।

"मतलब यह कि घर की बहू प्रेग्नेंट है। शायद उसका मन तिल-गुड़ खाने का हुआ होगा पर उसकी इच्छा पूरी नहीं हुई। उसे तिल-गुड़ खाने को नहीं मिला। ऐसा ही होता था, अपनी सारी इच्छाएँ मारते-मारते मन ही मर जाता था। तो अब सन्तान को जन्म दिया—बेटा हुआ होगा, तभी परिवार इतना लाड़ कर रहा है। ससुर, जेठ, देवर, सभी बारी-बारी से पूछ रहे हैं कि वह क्या खाना चाहती है—मेवा, फल, जलेबी, मिठाई? तो वह व्यंग्य से कहती है—जब मेरा मन तिल खाने का था तो एक मुट्ठी तिल नहीं मिले। अब मुझे कुछ न चाहिए—न मेवा, न फल, न मिठाई..."

"सो सैड!" रेचल ने कहा।

"हाँ, इसी तरह लड़कियों की चाह, अरमान कुचल जाते थे। जो घर के बड़े, पुरुष तय करते थे, वही होता था। देखो, जीजी को मिले मणिमय वर्मा—गोरे, हैंडसम डिप्टी कलेक्टर..." उन्होंने बात बीच में छोड़ दी।

"अरे," मम्मी ने कहा, "हमसे ही कहाँ पूछा गया? पिताजी को अफ़सर दामाद चाहिए था—गए, पसन्द कर आए, ब्याह दिया..."

मेरे मन में आया—जैसा आपने मेरे साथ किया। पीढ़ियाँ बदल गईं, मगर मनोवृत्ति नहीं।

"अरे, अब समय बदल रहा है," मौसी ने कहा। फिर मेरी ओर देखकर हँसीं, "अपने-आप पसन्द कर लिया, ब्याह तय कर लिया—बस, आकर बता दिया कि मौसी, ऐसा-ऐसा है..."

विचित्रा मौसी को इतना ख़ुश मैंने पहले कभी नहीं देखा था।

ज़ाहिर था, उन्हें अपनी भूमिका बहुत भा रही थी। रेचल और रूथ आसपास घूमती रहती थीं, प्रश्नों की अनवरत झड़ी—और विचित्रा मौसी बहुत धैर्य से उनकी हिन्दी सुधारतीं, उनके प्रश्नों का उत्तर देतीं।

"इन सब गानों का कोई अभिप्राय तो रहा होगा?" मितभाषी रूथ अचानक पूछ बैठी।

"देखो, मैं समझाती हूँ—सदियों से हम स्त्रियों का जीवन एक बहुत संकुचित दायरे में बन्द था। पुरानी सोच, स्त्रियों पर पुरुष का अविश्वास। लड़की बड़ी हो रही है, कुछ ऊँच-नीच न कर बैठे! छोटी उम्र में ब्याह करके छुट्टी करो। स्त्रियों को कोई निर्णय लेने की स्वतंत्रता नहीं थी। सम्मिलित परिवार होते थे। बाबा, ताऊ, चाचा-पिता—इन सम्बन्धियों के निर्णय पर पूरा जीवन आधारित रहता था। वही विवाह तय करते। वर-वधू का स्वभाव, रुचि मेल खाती है या नहीं—इस सोच की कहीं जगह ही नहीं थी। लड़की को बचपन से ही एक पटकथा सुनाई जाती है, पति परमेश्वर है। 'अन्ध, बधिर, कोढ़ी, अतिदीना, ऐसेहु पति का कर अपमाना नारि पावे दुख जमपुर नाना...' सही शब्द याद नहीं हैं, मगर भाव यही है। जिसको परिवार सौंप दे, उसी के साथ चली जाओ। ससुराल में सबकी सेवा करो, आज्ञाकारी पत्नी और बहू बनकर रहो।"

विचित्रा मौसी एक क्षण को रुकीं। रूथ की उँगलियाँ उसके लैपटॉप पर दौड़ रही थीं, वह नोट्स ले रही थी, और रेचल आज कैमरे के पीछे थी।

"घुटकर रह जाती थीं औरतें।" विचित्रा मौसी कहने लगीं, "विवाह-गर्भ—यही अवसर होते थे जिनमें गीतों द्वारा वह अपने को एक्सप्रेस कर सकती थीं। इसमें तीन कैटेगरी समझ लो। एक वह—जिसमें स्त्री अपने अरमान व्यक्त करती थी। दूसरी वह—जिनमें वह अपनी परिस्थितियों पर कमेंट करती थी और तीसरी—व्यंग्य, उलाहने। कहीं तो मवाद निकालना ही था। यह एक साइकोलॉजिक अभिव्यक्ति होती थी। इसी तरह स्त्रियाँ जीवन में सन्तुलन रख पाती थीं।"

मम्मी कहने लगीं, "अरे, एक गीत हमें भी याद आ गया। राम-सीता का सन्दर्भ है। इन लोकगीतों में अक्सर पौराणिक नाम दे दिये जाते थे—कौशल्या-सी सास, दशरथ-से ससुर, राम जैसा पति, लक्ष्मण जैसा देवर—एक आइडियल फैमिली की

कल्पना—पर पीछे एक लड़की का चाव है। उसका ब्याह हो गया है, मगर उसे पता नहीं चलता कि सामने बैठे पुरुषों में पति कौन है क्योंकि पहले देखा ही नहीं था—चलो, गाओ विचित्रा।

"कौने रंग मुँगवा—
कवन रंग मोतिया
हो कौने रंग, ननदी
तोरे बिरना...।"

मूँगा कौन से रंग का है, मोती कौन से, ओ ननद, यानी सिस्टर-इन-लॉ, तुम्हारे भाई का रंग कैसा है?

तो उत्तर मिलता है :

"लाल रंग मुँगवा
सफ़ेद रंग मोतिया
साँवरे रंग भउजी
मोरे बिरना...।"

"आगे?" रूथ ने पूछा।

"आगे का याद नहीं," विचित्रा मौसी ने सिर हिलाया।

"मुझे भी नहीं..."

रूथ और रेचल ने लम्बी साँस ली, "हम तो सोच ही नहीं सकते।"

"तुम्हें ज़रूरत भी नहीं है," मौसी बोलीं, "अच्छा, तुम वहाँ शादी करोगी या यहाँ वाले से?"

"क्या मालूम आंटी जी," वह बात बचा गई। "अभी तो पढ़ रहे हैं..."

"मगर बॉयफ्रेंड तो होंगे ही...न? कॉलेज में पढ़ती हो?"

रूथ और रेचल ने एक दूसरे को देखा, हँसने लगीं—कुछ नहीं बोलीं।

"इसका है," रेचल बहन को खिजाती हुई बोली, "सप्ताहान्त पर घर भी आता है, रहता है। मौम और डैड को पसन्द है।"

"एक ही कमरे में?" विचित्रा मौसी ने पूछा।

"हाँ, एक ही कमरे में—स्वाभाविक बात है।"

विचित्रा मौसी ने सिर हिलाया, "यहाँ भी यही चलन होता जा रहा है। अतिमा आती है तो श्रीमय के साथ ही तो रहती है।"

मम्मी चुप हैं—एकदम चुप।

रेचल उत्तरा चपल, वाचाल और रूथ मल्लिका मितभाषी, पर उसकी आँखें जैसे सारा वातावरण, बातचीत, हम लोगों की उपस्थिति, हरेक का निरीक्षण करती रहती थीं। दो जुड़वाँ बहनें, जिनकी माँ उन्हें एक अनाथालय में छोड़ आई थी और उन्हें उत्तरा और मल्लिका नाम वहीं मिले थे। कई विदेशी एजेंसियाँ उस अनाथालय से संलग्न

थीं और उसी एक एजेंसी द्वारा एक सम्पन्न यहूदी परिवार ने उन्हें गोद ले लिया था। प्यार से पाला-पोसा और अपनी सभ्यता के साथ उनको भारत से भी जोड़ा। अब उन्नीस साल की आयु में वे पहली बार भारत आई थीं और विचित्रा मौसी की पेइंग गेस्ट बनकर रह रही थीं। दोनों अलग-अलग कॉलेजों में पढ़ती थीं और दोनों ने एक-एक वर्ष हिन्दी सीखी थी और यहाँ भरसक हिन्दी बोलने का प्रयत्न करती थीं। वे घर और बाहर विचित्रा मौसी की ढेरों साड़ियों में से लेकर क़ायदे से साड़ी पहनती थीं पर उनके चलने-फिरने, हाथ-पैर हिलाने में एक खुलापन था, जो परम्परागत साड़ी परिधान से मेल नहीं खाता था। वह जींस और शर्ट पहनने वालों का आचरण था।

''एक-एक साड़ी में तेईस-तेईस सेफ्टी पिन लगती हैं,'' मौसी ने कहा, ''तभी सुबह से रात तक एक-सी टिकी रहती हैं...''

''हम लोग कितने लकी निकले,'' रूथ कहने लगी।

''मैं तो, एज़ अ बेबी, बीमार ही रहती थी—कभी यहाँ इन्फ़ेक्शन तो कभी वहाँ। हमारी माँ ने हमें कितने अथाह लाड़-प्यार से पाला-पोसा—हम लोग कितने ऐशो-आराम से पाले गए! अब मैं स्मिथ कॉलेज में हूँ और रेचल सारा लारेंस में—अगर गोद न लिये गए होते तो कहीं फुटपाथ पर भीख माँग रहे होते।''

''या कब के मर चुके होते...'' रेचल गम्भीर हो आई थी, ''मैं तो जब से भारत आई हूँ—तब से उस अलक्ष्य शक्ति को बार-बार धन्यवाद दे रही हूँ, जिसने हम पर कृपा की।''

''किस्मत!'' मँजीरे बजाने वाली ने कहा।

हम सब गम्भीर हो गए थे।

''लड़कियों के रहने से घर का वातावरण ही बदल गया, है न?'' मम्मी ने मौसी से कहा।

''हाँ। जब डॉक्टर साहब ने...'' मौसी भी सभी की तरह मेरे पति को 'डॉक्टर साहब' कहने लगी थीं, ''मुझसे कहा तो मुझे घबराहट हुई—दो जवान अमेरिकन लड़कियाँ? पर उन्होंने समझाया कि वे बहुत शिष्ट और स्वभाव की अच्छी हैं। वे भारत में ऐसे परिवार के साथ रहना चाहती हैं जहाँ वह कुछ सीख सकें। उनके माता-पिता भी आश्वस्त रहें कि वे सेफ़ हैं। देखो, कितनी घुल-मिल गई हैं! जो बनता है, खा लेती हैं।''

''अच्छा किया, रख लिया,'' मम्मी बोलीं, ''वकील साहब को कोई तकलीफ़ तो नहीं है?''

''नहीं-नहीं, वह भी ख़ुश हैं। सुबह की चाय तीनों साथ पीते हैं, अख़बार पढ़ते हैं।''

''अच्छा है। कब तक हैं?''

''बस, आठ-दस दिन और। चली जाएँगी तो घर ख़ाली-ख़ाली लगेगा। और ये दोनों भी हफ्ते भर में जा ही रहे हैं।'' उन्होंने मेरी ओर देखा।

'यह हैं ही ऐसे'—मैं सोच उठी, 'इन्हें हरेक की फ़िक्र रहती है—चाहे मौसी हों या सुहास—और बिना एक शब्द कहे जो भी अपने से होता है, करते रहते हैं—ऊपर से बस, किताबों में लीन।'

और उनकी तुलना में मैं कितनी स्वयंलिप्त—मैं और केवल मैं?

"आप अमेरिका में क्या करेंगी?" रूथ मुझसे पूछ बैठी।

हम सब उबले हुए सिंघाड़े खा रहे थे। छत पर सुनहरी धूप थी।

"मैं एक नॉवेल लिखने की सोच रही हूँ," मैं मुस्कुरा रही थी, "डॉक्टर साहब कहते हैं—क्यों नहीं! हरेक प्राणी में कम-से-कम एक कहानी निहित रहती है।"

"अरे, वाह!" रूथ ने कहा, "बहुत अच्छा! मैं भी राइटर बनना चाहती हूँ। कॉलेज में कविता लिखने की क्लास में हूँ। हमारे अध्यापक को उनकी कविता पुस्तक पर 'पुलिट्ज़र पुरस्कार' मिला है। आजकल भारतीय मूल के लेखकों का बहुत चलन है। झुम्पा लाहिरी हमारे यहाँ भाषण देने आई थीं—पर मैं जा नहीं सकी।"

मैंने पूछा नहीं कि यह कौन हैं।

'दुखान्त या सुखान्त?'

'हिन्दी में या अँगरेज़ी में?'

'वहाँ शाम की कार्यशाला शुरू कर दीजिएगा।'

प्रश्नों की झड़ी।

मैंने वैसे ही हाँक दिया था—जैसे पास्तरनाक के प्रिय होने की बात उड़ा दी थी।

"आपको क्या! हल्दीपुरी अंकल को अपना एडिटर बना लें—वह सब काँट-छाँटकर दुरुस्त कर देंगे।"

"मुख्य चरित्र तो वही होंगे।" मैंने शरमाकर कहा।

"वाह, वाह! हम प्रतीक्षा करेंगे।"

बहुत देर चुप रहने के बाद विचित्रा मौसी बोलीं, "तुम्हारे पास लिखने के लिए मसाला भी काफ़ी है।"

"कैसा?" रेचल ने पूछा।

मम्मी ने मौसी को चुप रहने का इशारा किया, पर मौसी रुकने वाली नहीं थीं, "यह तुम्हारी उम्र की रही होंगी, इनका ब्याह हो गया था।"

"अरे—फिर?" मुड़कर मुझसे पूछा, "लव मैरिज थी? फिर क्या हुआ?"

"लव मैरिज तो दूर" मैंने विद्रूप से कहा, "हम दोनों ने एक-दूसरे को देखा तक नहीं था।"

मम्मी की मुद्रा देखकर विचित्रा मौसी ने बात बदल दी।

"बहुत अच्छा विचार है, ज़रूर लिखना।"

कमरे में आ गए तनाव को महसूस करके रूथ और रेचल ने आगे बात नहीं बढ़ाई।

"चलकर देखें," रूथ ने कहा, "रिकॉर्डिंग कैसी हुई?"

घर के सारे काम ख़त्म करके, चौका उठाकर, मौसा जी ठीक से बिस्तर पर चले गए हैं, इसकी आश्वस्ति करके, विचित्रा मौसी हमारे कमरे में आती हैं। दोनों जुड़वाँ बहनें मन्द स्वर में अपने दुःख-सुख की बातों का साझा करती हैं—तब तक मैं सो जाती हूँ; पर आज मैं आँखें बन्द करके, मम्मी के बिस्तर की तरफ़ पीठ करके लेटी थी। यहाँ की चहल-पहल मनभावन थी, पर मेरा मन अपने घर जाने को व्यग्र था। विचित्रा मौसी ने हलकी आवाज़ में मुझे पुकारा, मैंने उत्तर नहीं दिया।

"सो गई है।" मम्मी ने कहा।

विचित्रा मौसी उनके बिस्तर पर बैठ गई होंगी।

मम्मी बोलीं, "अच्छा किया तुमने, आज प्रवाल के बारे में उन लड़कियों को नहीं बताया। उस रस्ते न जाना ही अच्छा।"

"सो तो है। बेटी अपने जीवन में कितनी रच-बस गई है, ख़ुश है। पति बड़े हैं तो क्या—परिपक्व हैं, बहुत ध्यान रखते हैं।"

मम्मी ने कहा, "हमें बौस्टन में वह मिले थे। जाने क्यों अपना नाम बदल लिया है! गोरी औरत से ब्याह कर लिया है! हमें पहचानने से इनकार कर दिया था। हाल में उनका फ़ोन आया, हिन्दुस्तान आने वाले थे, हाल-चाल पूछ रहे थे। पता भी पूछा, मैंने तुम्हारा नम्बर दे दिया था, क्योंकि सही-सही पता मालूम नहीं था।"

"हाँ, आए थे। सच में दीदी, मुझे तो ठीक से शक्ल याद भी नहीं थी—मैंने इसका पता दे दिया। कहा—सूटकेस यहीं छोड़ जाइए, रुक भी सकते हैं। हम ट्रिप एडवाइजर से संलग्न हैं, कमरे देते हैं। मिलने गए तो लौटकर आए, बहुत उदास थे। मैंने चाय वग़ैरह पिलाई। कहने लगे—अब यहाँ रुकना क्या, पौने तीन बजे रात की फ्लाइट से वापस चला जाऊँगा। आगे मैंने कुछ नहीं पूछा, अपने-आप बोले—एक दुर्घटना में स्मृति विलुप्त हो गई है। परेशान रहता हूँ। मालूम नहीं, कौन हूँ? मेरा अतीत क्या है? एनीवे, एक दिन के पैसे भरे और चले गए। मैंने भी ले लिये। बिज़नेस तो बिज़नेस है। मुझे तो सच्चे लगे। कोई बेबात में अपना घर-बार, माँ-बाप थोड़े ही बिसरा देता है?"

मुझे अनायास खाँसी आ गई। बैठकर पानी पीना पड़ा। वे दोनों चुप।

विचित्रा मौसी ने कहा, "अब दोनों सो जाएँ—काफ़ी रात हो गई है।"

यहाँ सब अपनी-अपनी धुरी पर घूमते हुए मुदित, सन्तुष्ट हैं। विचित्रा मौसी को दोनों लड़कियाँ—रेचल और रूथ—पसन्द हैं। वे हमेशा मुस्कुराती रहती हैं, कभी किसी बात की शिकायत नहीं। दाल, चावल, रोटी और हर दूसरे दिन को मैक्डोनल्ड। वहाँ से मौसा और मौसी के लिए चिकन सैंडविच पैक कराकर ले आती हैं।

एक बार रसोई में मदद करवाने और सीखने के लिए सैंडिल पहने ही घुस आई थीं तो विचित्रा मौसी की पुरानी ब्राह्मणी बाहर निकल आई थी, ''न जात का पता, न माँ-बाप का, न जाने किसका दलिद्दर हैं!''

विचित्रा मौसी ने आँख दिखाई, ''आजकल कोई ऐसी बात करता है तो पुलिस पकड़ लेती है। अमेरिका में जात-पाँत नहीं होती।''

''पर अपने देस में तो होती है।''

न जाने स्वयं उनका नाम, ग्राम, आयु, पता क्या था, लेकिन सभी उन्हें ब्राह्मणी या महराजिन कहके बुलाते थे।

''क्षमा करें, क्षमा करें,'' रूथ और रेचल ने एक स्वर, एक लय में कहा और बाहर आ गईं।

कमरे में काफ़ी देर चुप्पी रही, फिर ब्राह्मणी देवी वापस चली गईं और अपना ग़ुस्सा चिमटे, कलछी और पतीली को पटककर निकाला।

अब यहाँ से निकलना चाहिए—मम्मी ने संकेत से इंगित किया।

चाय पीते-पीते रूथ ने कहा, ''हम तो बिन देखे, बिन जाने-सुने ब्याह की कल्पना ही नहीं कर सकते—और इनके पति तो बहुत असाधारण, बहुत विशिष्ट हैं।'' उन्होंने काग़ज़, क़लम, कैमरा—सब लपेटकर अपने थैले में रख दिया।

''कल का प्रोग्राम?'' आगे बोलीं।

''कल शॉपिंग को चलेंगे—पुरानी दिल्ली, चाँदनी चौक, दरीबा, पराँठे वाली गली, घंटाघर,'' मौसी ने कहा, फिर मेरी ओर मुड़कर बोलीं, ''तुम भी चलना। तुमने अभी वह दिल्ली देखी नहीं है।''

अगले दिन रूथ और रेचल के साथ मैं भी तैयार थी। इनके उत्साह, अबाध हँसी और उन्मुक्तता ने जैसे मुझे भी बाँध लिया था। मैंने कितने दिनों बाद अपने को निश्चिन्त और निरुद्वेग महसूस किया, जैसे मेरा अमेरिका वाला व्यक्तित्व जाग उठा था!

हम लोग हँसते, खिलखिलाते, पटरी पर से फ़ालतू शॉपिंग करते हुए चाँदनी चौक के भीड़-भड़क्के में विचरण कर रहे थे, तो मौसी ने कहा, ''पहले साड़ी शॉपिंग, फिर पराँठे वाली गली में लंच—फिर कुछ चाँदी के गहने।''

''और इतर सुगन्ध,'' रेचल बोली।

पराँठे वाली गली पार करके हम लोग पतली, लम्बी घिसी हुई सीढ़ियाँ चढ़कर साड़ियों की थोक दुकान पर पहुँचे। वहाँ फ़र्श पर सफ़ेद गंजी बिछी हुई थी, और इधर-उधर साड़ियों के ढेर लगे थे।

''आइए-आइए,'' मसनद के सहारे से उठँगकर सेठ हज़ारीलाल ने हमारा स्वागत किया। ज़ाहिर था, वह विचित्रा मौसी को अच्छी तरह जानते थे। उनके कुर्ते की सफ़ेदी, उनके माथे का तिलक और पूरे व्यक्तित्व में एक सौम्यता थी, ''कहिए, क्या देखेंगी?''

अभी हम एक-दूसरे का मुँह ताक ही रहे थे कि मौसी ने कहा, ''कुछ अच्छी बनारसी।''

हमारे सामने खुल रही थीं चमकती, झिलमिलाती, ख़ूबसूरत साड़ियाँ—थान के थान, रेशम की धाराएँ, नदियाँ। 'यह भी, यह भी, यह भी'—रेचल हर साड़ी के लिए कहती जा रही थी, और वह अलग ढेर में रखी जा रही थीं।

''और तुम ? तुम भी तो कुछ पसन्द करो,'' मौसी ने मुड़कर मुझसे कहा।

चलो, मैं भी शॉपिंग करूँ—मैंने सोचा—मम्मी के लिए, विचित्रा मौसी के लिए—अपने लिए भी...।

''हाँ-हाँ, क्यों नहीं, मगर बनारसी नहीं,'' मैंने कहा, ''टसर की...''

अब उन साड़ियों के गट्ठर खुलने लगे। मुझे पापा का समय याद आ गया।

मैं झिझक रही थी, ''आप पसन्द करें न...'' मैंने मौसी से कहा।

हमने कुल कितनी साड़ियाँ ख़रीदीं, इसका लेखा-जोखा नहीं हुआ—सेठ जी घर पर भिजवा देंगे और वहीं भुगतान हो जाएगा।

हम लोग ख़ुश थे।

वहाँ से नीचे उतरे, फिर गहनों की दुकान में घुस गए जहाँ रेचल और रूथ ने ढेर सारे चाँदी के गहने, झुमके, बुन्दे, बालियाँ, कुर्तों के बटन और दर्जनों चूड़ियाँ ख़रीदी, चाँदी के कटोरे, गिलास और इत्रदान।

''तुम भी कुछ ले लो,'' मौसी ने जड़ाऊ झुमके उठाकर कहा।

मैं उत्तर में चुप रही।

''यहाँ घंटाघर था,'' विचित्रा मौसी बोलीं।

''यहीं पर 1857 में अँगरेज़ों ने भीषण मार-काट की थी। बच्चे, बूढ़े, स्त्रियाँ—सभी को भून दिया था—मैंने वह इतिहास पढ़ा है,'' रेचल बोली।

''और नादिरशाह भी तो,'' रूथ ने कहा।

वहाँ खड़े-खड़े और उन दोनों की बातें सुनते-सुनते मेरे मन में बहुत ज़ोर से पति की याद उमड़ने लगी। मेरा मन होने लगा कि यहाँ से सीधे मेट्रो लेकर अपने उसी पुराने, भुतहा, ढहते हुए मनहूस घर में लौट जाऊँ। कोई बहुत व्याकुलता से मेरी प्रतीक्षा कर रहा होगा।

''सुनिए,'' मैंने फ़ोन तुरन्त मिलाकर कहा, ''मेरा मन घर आने को कर रहा है।''

''मेरी याद खींच रही है ?'' कहकर वह हँसने लगे। फिर कहा, ''कुछ दिनों में तो हम बाहर जा ही रहे हैं, एक दिन और मम्मी के साथ रह लें—मैं कल आकर लिवा ले जाऊँगा।''

''वादा ?''

''पक्का।''

वे तीनों चुप होकर मुझे देख रही थीं, ''अरे, तुम शरमा रही हो, क्या बात है ?'' रेचल ने चुटकी ली।

''वह कल आएँगे मुझे लिवाने,'' मैंने मौसी से कहा।

"चलो, कुछ मिठाई ले लें," मौसी घंटाघर वाली दुकान पर खड़े होकर मिठाई का ऑर्डर देने लगीं—सोहन हलवा, पिस्ते की बर्फ़ी, लाल पेड़े, बालूशाही...।

हमने अपनी-अपनी पार्सलें सँभालीं। वह भीड़-भड़क्का, चहल-पहल मुझे अच्छी लगी—सब कुछ कितना सही, सटीक था! भारतीय मूल की समवयसी दो अमेरिकन उन्मुक्त, कुंठाहीन लड़कियाँ, प्यार लुटाती मौसी।

मुझे सहसा अपना जीवन बहुत सुखी, बहुत समृद्ध लग उठा, और मन में एक प्रतीक्षा प्रारम्भ हो गई—अपने घर लौटने की। अपने परिचित शोरगुल और पति के नैकट्य की गरमाई की।

"तुम लोग मेरे पति को कब से जानती हो?" मैंने पूछा।

वे दोनों साथ हँस पड़ीं, "बहुत दिनों से हमारे पिता के मित्र हैं। जब भी अमेरिका आते हैं, हमारे पास अवश्य ठहरते हैं—आप भी अवश्य आएँ।"

अमेरिका—अरे ओ बौस्टन, आ रही हूँ मैं। फिर रूट नम्बर दो पर गाड़ी दौड़ाऊँगी और पटेल ब्रदर्स पर भाजी ख़रीदूँगी—कहीं 'दोसा फ़ैक्टरी' बन्द न हो गई हो!

और, और वह नॉवेल, जिसके नायक श्री हल्दीपुरी होंगे—मैं अपने-आप मुस्कुरा पड़ी।

'देखा जाएगा,' मैंने अपने-आप से कहा, 'कौन याद रखता है कि कब मेरे मुँह से क्या निकल गया था।'

फिर उस दिन, कुछ गाना-बजाना नहीं हुआ। हम सभी थके और छके हुए थे। रूथ और रेचल ऊपर चली गईं और मुझे पति की याद आने लगी।

वह किताबों के बीच लीन बैठे होंगे।

जैसे टेलीपेथी से एकाएक फ़ोन पर इबारत उभरी, 'तुम्हारे बारे में सोच रहा हूँ।'

आह्लादित होकर मैंने उत्तर दिया, 'मैं भी।'

'सोईं नहीं?'

'आप भी तो नहीं,' मैंने उत्तर दिया। 'आप लेने आएँगे?'

'गुडनाइट...'

मैं कुछ जवाब देती, फ़ोन की स्क्रीन बुझ गई। वह सोए नहीं हैं, बैठे होंगे—उन्हीं पोथों के बीच।

मैंने मम्मी को देखा, वह सो गई थीं।

वहाँ सन्नाटा होगा। नवाबगढ़ी में आसपास नीम, पीपल, आम, जामुन के पेड़ चुपचाप खड़े होंगे। कभी-कभार कोई पक्षी पंख फड़फड़ाता होगा—और वह, मेरे पति, अपनी लाइब्रेरी में, अपनी प्रिय पुस्तकों के बीच बैठे हुए कुछ लिख-पढ़ रहे होंगे—और मुझे याद कर रहे हैं।

उस समय छाती में घोंपे हुए छुरे की तरह, मैंने जाना कि मैं भी उनसे प्यार करती हूँ—सचमुच। गहरा। नितान्त समर्पण। इससे पहले क्यों नहीं जाना? फटे मोज़ों, नौकरानियों की आवाजाही, एकदम फ़ालतू बातों में समय बिता दिया।

अब हमेशा उन्हें प्यार करूँगी—हमेशा, हमेशा। वह अपनी किताबें पढ़ते रहेंगे और मैं उन्हें प्यार करती रहूँगी, और उसका रसास्वादन करती रहूँगी।

अन्ततः निश्चय हुआ कि सब चलेंगे मुझे छोड़ने, पति से भी मिल लेंगे और रूथ, रेचल पति की लाइब्रेरी, संग्रहालय भी देख लेंगी।

हम बिना बताए ही नवाबगंज पहुँच गए। विचित्रा मौसी ने गर्म समोसे और रसगुल्ले शाम की चाय के लिए बँधवा लिये थे, पर हमें घर से निकलते-निकलते अँधेरा-सा हो गया।

सारी इमारत अँधेरे में थी। मैं कुछ देर विभ्रमित खड़ी रह गई, जैसे भूल गई हूँ कि यह मेरा ही घर है, मैं यहीं रहती हूँ। फिर एकाएक सामने दरवाज़े की बत्तियाँ जल उठीं और उसी के साथ गढ़ी के सारे लैम्प, दीवारें, बुर्जियाँ और खाई भी जगमगा उठीं।

"वाह," रूथ ने कहा, "इम्प्रेसिव!"

हड़बड़ाता चौकीदार बाहर निकला, "मालिक अपने कमरे में होंगे।"

हम लोग ऊपर गए। लिफ्ट रुकी, हम उत्सुकता से उतरे और लाइब्रेरी का दरवाज़ा खोलकर रूथ और रेचल चिल्लाई, "सरप्राइज़!"

मगर आश्चर्य हमारे लिए था। पूरा हॉल, गलियारे ख़ाली पड़े थे। कहीं भी, एक भी किताब नहीं थी—शीशम की ख़ाली अलमारियाँ हमें घूर रही थीं। कमरे के बीचोबीच एक कुर्सी पर पति बैठे थे, कुछ लिख रहे थे। उनके सफ़ेद कुर्ते के कंधे पर उनकी पशमीने की लोई झूलकर नीचे गिरने वाली ही थी कि हमने एक साथ प्रश्न किये :

"आपकी...किताबें...क्या हुईं?"

"हम आपकी लाइब्रेरी देखने आए थे।"

"तुम लोग कैसे? मैं तो आने ही वाला था।...आइए मम्मी, विचित्रा मौसी!... माधवमोहन?" उन्होंने पुकारा, "ज़रा बैठने का प्रबन्ध करो—कुछ खाने-पीने का। जूस पिएँगी? चाय?"

"हम सब लाए हैं," मम्मी ने कहा, "बच्चियाँ आ रही थीं तो हम लोग भी आ गए।" फिर रुककर, "आप कमज़ोर से दिख रहे हैं! यह बावली शायद देखभाल नहीं करती।"

"माधवमोहन है न, चौबीसों घंटे का। मैं ठीक हूँ। ज़रा मौसम बदलने के कारण आपको लग रहा होगा।"

यह तो पढ़ने-लिखने का कमरा था, कुर्सी या सोफ़ा कुछ नहीं था। माधवमोहन ने तख़्त खिसका दिया और अन्दर से दो कुर्सियाँ ले आया। मम्मी और मौसी कुर्सियों पर बैठ गईं, रूथ और मैं तख़्त पर।

''देखो,'' विचित्रा मौसी ने कहा, ''यह नाश्ता निकाल लो—हम जल्दी आने वाले थे मगर निकलते-निकलते देर हो गई तो रास्ते में छोले-भटूरे भी बँधवा लिये।''

''इन्होंने नोटिस भी नहीं किया,'' पति मुड़कर रूथ और रेचल से बोले।

''क्या?'' तभी मेरी नज़र मेज़ पर उस जगह गई जहाँ इनकी 'वार एंड पीस' रखी रहती थी—बन्द, पर बुकमार्क के सहित। ''आपने वह भी दे दी? अपनी प्रिया?''

पति हँसने लगे, ''ख़त्म हो गई थी—लौटा दी—जिससे मँगनी माँगी थी।''

''ख़त्म हो गई? पूरी पढ़ ली—और तब से चुप बैठे हैं?''

पति मुस्कुराए जा रहे थे।

रेचल फुदककर पति की कुर्सी के हत्थे पर बैठ गई थी। ताली बजाकर बोली, '''वार एंड पीस' ख़त्म हो गई—तब तो पार्टी होनी चाहिए।''

''हाँ, हाँ, क्यों नहीं! अरे माधवमोहन, वह फ्रेंच शैम्पेन की बोतल तो लाना,'' पति ने कहा।

वह बोतल हमें किसी ने उपहार में दी थी और महीनों से वह फ्रिज में किसी विशेष अवसर के लिए रखी थी।

''हमें तो वोदका पीनी चाहिए—वह भी विशुद्ध रूसी।'' रेचल ने कहा।

''रूसी है मगर थोड़ी ही,'' पति ने कहा, ''चलेगी?''

रेचल ने मुँह बना दिया, ''चलिए, वही सही।''

माधवमोहन के आने में बहुत समय लगा, ''जाकर देखूँ,'' मैं उठने को हुई।

''ले आएगा, तुम बैठो। पार्टी हो रही है न, तो एन्जॉय करो।'' पति ने मुझसे कहा।

तब तक हम समोसा और दही पापड़ी का मज़ा लेते रहे। रूथ और रेचल को समोसे बहुत पसन्द थे।

माधवमोहन सँभालकर बड़ी-सी ट्रे लेकर आया—उसमें शैम्पेन की बोतल थी और चाँदी के चमकते हुए छह गिलास। तब मैं समझी—माधवमोहन ने शैम्पेन के लिए जेठानी जी का बोरा खोला होगा, उसमें से यह गिलास निकाल पॉलिश किए होंगे।

''अरे वाह, माधवमोहन! यह शैम्पेन पीने के लिए शुद्ध चाँदी के गिलास? कमाल है!''

विचित्रा मौसी की तारीफ़ उसे हमेशा भाती है, वह मुस्कुराने लगा।

''और हमारी वोदका?''

''ला रहा हूँ,'' कहकर वह चला गया।

पति ने शैम्पेन की बोतल खोली, कॉर्क बड़े धमाके से जाकर एक अलमारी से टकराया। पति ने उड़ेली और रेचल ने हम सबको गिलास बाँटे।

''पीने से पहले टोस्ट होना चाहिए।''

'''वार एंड पीस' की शुभ समाप्ति के लिए,'' मैंने कहा।

''आपकी यात्रा शुभ हो!'' रूथ ने कहा।

''ख़ुश रहें!'' मम्मी बोलीं।

''हम जल्दी ही अमेरिका में मिलें!'' रेचल थिरकती हुई बोली।

हम सबने घूँट-घूँट पी।

वोदका की बोतल आई पर उसके पेंदे में थोड़ी ही थी।

उस समय हम प्रसन्न थे, मुस्कुरा रहे थे।

''आई वांट टु डांस—मैंने हाल में ही सीखा है, गाना भी।'' रेचल के पैर पूरे कमरे में थिरक रहे थे।

वह क्या गुनगुना रही थी, हमें समझ में नहीं आया।

एकाएक वह रुक गई, ''यू नो, मुझे ऐसा लगा कि मैं पहले भी इस जगह नृत्य कर चुकी हूँ—शायद पूर्वजन्म में।''

हम हँसने लगे।

रूथ जितनी शान्त थी, रेचल उतनी ही चपल। 'कल की किसको ख़बर—एक रात हो के निडर।' उसने गाया।

विचित्रा मौसी की ओर मुड़कर, ''आंटी सिखा रही हैं, थोरा-थोरा आता है।''

''यह शैम्पेन का असर है,'' पति ने कहा।

उस समय वह बहुत प्रसन्न दिख रहे थे।

''व्हाटएवर,'' उसने नाचना बन्द कर दिया। ''मुझे एक बहुत ज़ोरदार आइडिया आ रहा है,'' वह कहने लगी, ''क्यों न हम सब कनॉट प्लेस चलें—वहाँ टॉल्स्टॉय की प्रतिमा के पास वोदका पिएँ—उन्हें टोस्ट करें?''

कोई कुछ कहे, उससे पहले पति तत्परता से उठ खड़े हुए, ''गुड आइडिया।''

विचित्रा मौसी ने कहा, ''इतने जने? कैसे?''

मम्मी बोलीं, ''मुझे तो रहने ही दो, इत्ती रात में।''

''हम अपनी बड़ी कार ले चलेंगे।'' पति ने कहा, ''माधवमोहन ने पी नहीं है, वह ड्राइव कर लेगा। मैं आगे, आप और मौसी बीच की दो सीटों पर। और ये तीनों लड़कियाँ पीछे की बेंच पर।''

उन्होंने अपने कंधे पर लोई खींचकर डाली, वोदका की बोतल उठाकर माधवमोहन को पकड़ा दी—रेचल ने दो गिलसियाँ और हम निकल पड़े।

मम्मी शायद पति का यह आह्लादित रूप पहली बार देख रही थीं, उठकर साथ हो लीं। उनके साथ विचित्रा मौसी।

''पार्टी! पार्टी! पार्टी!'' रेचल लय से कहती जा रही थी, हम उसके साथ हँस रहे थे, जैसे यह मेरे लौटने के उपलक्ष्य में ही सब हो रहा था! बाक़ी सब बहाना था।

रात में भी कहीं-कहीं चौराहों पर भीड़ थी—कहीं ख़ाली।

''मेरे साथ गाइए न!'' रेचल ने पीछे से कहा।

''मुझे तुम लोगों जैसे गाने नहीं आते,'' पति ने कहा।

मगर रेचल ने अपने-आप एक अँगरेज़ी गीत गाना शुरू कर दिया :

"अगर तुम्हारी ट्रेन छूट जाए—तो तुम समझ जाना कि मैं चला गया हूँ—रेल की सीटी बजेगी—सौ मील दूर, सौ मील दूर..."

"पाँच सौ मील दूर, पाँच सौ मील दूर..." पति ने एकाएक साथ दिया।

"वाह! वाह!" मैंने दाद दी।

वे तीनों यही गाना बार-बार गाते रहे, जब तक हम टॉल्स्टॉय मार्ग नहीं पहुँच गए।

इस समय रात थी पर बहुत देर नहीं हुई थी, फिर भी आसपास दुकानें बन्द थीं और अँधियारा था।

माधवमोहन ने बैग में से बोतल निकाली और पूछा, "कौन-कौन पिएँगे?"

"हम और रेचल," पति ने कहा।

गाड़ी रेलिंग के पास खड़ी थी, हम उतरे। मम्मी और विचित्रा मौसी गाड़ी में ही बैठी रहीं।

"अरे, देखकर चलो," यह मम्मी थीं।

हम रेलिंग के पास खड़े हो गए। उस ओर टॉल्स्टॉय की मूर्ति थी—अपेक्षाकृत अन्धकार में, वही विचारक मुद्रा और लम्बा चोगा।

माधवमोहन ने गिलसिया में बोदका उड़ेली।

"मुझे भी!" रेचल ने कहा।

माधवमोहन ने उसे बोतल पकड़ा दी।

उसने बोतल मुँह में लगाई, "अरे, इसमें तो एक घूँट तक नहीं...बहरहाल—टोस्ट!"

माधवमोहन को न जाने क्या हुआ—उच्च स्वर में बोला, "जय हो ऽ ऽ!"

हम सब ठहाका मारकर हँस दिये।

पति ने एक घूँट में गिलसिया ख़ाली की और उछालकर रेलिंग के पार फेंक दी। वह मूर्ति पर ठक् जाकर लगी और फिर नीचे गिर गई।

रेचल ने जब हाथ उठाया तो माधवमोहन ने उसके हाथ से बोतल ले ली।

हम सब कार में वापस बैठ गए।

"अलविदा—अलविदा!" हम तीनों और पति हाथ हिलाकर मूर्ति से कह रहे थे।

गाड़ी कस्तूरबा गांधी मार्ग पर आ गई।

"चाँदी की गिलसिया वहीं फेंक दी?" कुछ देर बाद विचित्रा मौसी बोलीं।

"मौसी," पति ने कहा, "जिसे मिलेगी, ख़ुश हो जाएगा।"

हम सब प्रसन्न थे। उन सबके जाने के बाद हम दोनों ख़ाली लाइब्रेरी में आ गए।

"माधवमोहन, कुछ शैम्पेन बची है क्या?" मैंने पुकारकर पूछा।

"नहीं, बोतलिया ख़ाली है, एक बूँद नहीं।"

"कोई बात नहीं।"

"दूसरी रख दी है, अभी ठंडी नहीं हुई है," माधवमोहन बोला।

"ठीक—कल ब्रेकफ़ास्ट में पी लेंगे," मैंने हँसकर पति से कहा।

"अच्छा है, मम्मी मौसी के पास हैं," पति मुस्कुरा दिये, "नहीं तो मुझे दोष देतीं कि मैंने उनकी बेटी को कैसी बुरी लतें लगा दी हैं।"

मुझे थोड़ा आश्चर्य हुआ, जब वह कपड़े बदलकर पलंग पर आए और बत्ती बुझा दी।

"अभी-अभी तो आप इतने प्रसन्न थे, अब क्या?" मैंने पूछा।

"अवसाद! उत्सव के बाद अवसाद!"

मैंने उनका हाथ पकड़कर हलके से दबाया, "आप कितना भी छिपाने की कोशिश करें—मुझे मालूम है, आपको अपनी किताबों से बिछुड़ने का दुःख तो हो ही रहा होगा।"

वह चुप रहे।

"फिर आपने पुस्तक भी ख़त्म कर दी—ख़ाली-ख़ाली लग रहा होगा?"

वह अब भी चुप हैं। अँधेरे में उनकी मुखमुद्रा नहीं दिखती।

मैं उनके पास सरक आई, "अच्छा है, अब पूरा-पूरा समय मुझे दीजिएगा—प्यार में, मनुहार में।"

अँधेरे में उनकी हलकी हँसी की खनक सुनाई दी।

"आपका गाना मुझे बहुत अच्छा लगा।" मैंने कहा।

उस रात उन्होंने मुझे प्यार नहीं किया। मैं भी उनके शरीर से सटी उनकी गर्मी महसूस करती रही।

शायद वह सो गए थे।

पर मैं जागती रही—सुनती रही उनके दिल की धड़कन; और शायद फिर मैं भी सो गई।

सुबह वह आदत के अनुसार जल्दी उठ गए होंगे। जब मैं उठी तो माधवमोहन से पूछा, "यह कहाँ हैं?"

"वहीं—अपनी लाइबरेरी में," उसने चाय और टोस्ट की ट्रे रखते हुए कहा।

मैं चाय का प्याला लिये-लिये उधर चली गई। एक बार फिर ख़ाली हॉल, ख़ाली बरामदे और ख़ाली अलमारियाँ देखकर झटका-सा लगा।

पति बैठे हुए कुछ लिख रहे थे। मुझे देखकर रुक गए।

"उठ गईं?" ज़ाहिर था।

मैंने कुछ नहीं कहा, फिर तख़्त पर बैठ गई, और ख़ाली कमरे को देखकर बोली, "इतने वर्षों की सम्पदा यों ही, एक झटके में दान कर दी?"

"एक झटके में नहीं—बहुत दिनों से विचार मन में था। पुरातत्त्व लाइब्रेरी का नया विंग बन रहा है, काम की पुस्तकें जो होंगी, वे रख ली जाएँगी—अगली पीढ़ी के काम आएँगी।"

''और बाक़ी?''

''रद्दी में।''

''रद्दी में?'' मेरे मुँह से निकला।

''हाँ। मेरा प्लेज़र था ख़रीदने में, पढ़ने में, संचित करने में—अब समय आ गया है माया-मोह को छोड़ने का।''

मैं चुप रही।

यह नवाब का रंगमहल कितना सूना, कितना ख़ाली-ख़ाली था—जैसे अब फिर कारपेट बिछेंगे, सारंगी बजेगी, क़तार की क़तार युवतियाँ नृत्य करेंगी। ऊपर की बालकनी में से, चिलमन के पीछे से पर्दानशीन बेगमें झाँकेंगी।

''किस सोच में पड़ गईं?'' वह उठे और पास आकर बैठ गए।

''कैसे—एकदम—बस—दे डालीं?'' मैंने धीरे-धीरे कहा। ''हज़ारों किताबें—विश्व के कोने-कोने से एकत्र की हुईं—मोह नहीं लगा? मैं तो एक मोज़ा भी खो जाता है तो कितने दिन सोग मनाती हूँ।''

वह हँसने लगे, ''आपसे कहा था कि अक्सर खोई हुई चीज़ मिल भी जाती हैं—पर आपने सुना ही नहीं।'' फिर चुप रहकर बोले, ''अब बैरागी होने का समय आ गया है। यह गढ़ी भी तो टूटेगी, मॉल बनेगा—हाँ, ऊपर के फ्लैट में लाइब्रेरी बन सकती थी, पर मेरे बाद किताबों को दीमक खा जाए, इससे अच्छा तो यही है कि इन्हें दूसरे, नये छात्र और स्कॉलर पढ़ें...अरे, ये आँसू? तुम्हें तो मेरी किताबों से कितनी चिढ़ और जलन होती थी?''

वह 'तुम' और 'आप' के बीच आते-जाते रहते हैं। मुझे उनके मुँह से दोनों ही अच्छे लगते हैं। दोनों में ही अपनत्व और मीठापन है।

मैंने झट से अनायास आए आँसू पोंछ लिये।

''आप मानेंगे नहीं, मगर मैं तो कहूँगी कि मुझे भी आपकी सम्पदा, पुराने प्रिंट, पुराने काग़ज़ों वाली किताबों से लगाव हो गया था—इसलिए बिछोह का दुःख लग रहा है।''

वह उठ खड़े हुए। मेज़ की दराज़ से दो किताबें निकालकर मुझे पकड़ा दीं, ''ये मुंशी हुलास राय से ख़रीदी थीं—मध्यकालीन बुंदेलों की कहानियाँ। ध्यान से पढ़ें, देखें, कैसे कहानी बढ़ाई जाती है, कैसे संवाद लिखे जाते हैं और कैसे पात्रों की भावनाएँ व्यक्त होती हैं।''

मैंने किताबें ले लीं, 'गढ़कुंडार' और 'विराटा की पद्मिनी'।

वह गुनगुनाने लगे, ''धन्न कुची तारौ, बिलैया ले गई पारौ।''

''यह क्या?''

''पुस्तकें रख लें—मेरी लाइब्रेरी के अवशेष। आप उपन्यास लिखेंगी तो काम आएँगी।''

''आपने तो मेरी बात सीरियसली ले ली ! अरे, मुझसे यह सब कहाँ होने वाला ? मैं तो कोरी गप्प कर रही थी।''

वह कुछ देर चुप रहे, फिर बोले, ''अल्प विराम...''

''क्या ?''

मेरा प्रश्न अनुत्तरित ही रहा।

माधवमोहन मुझसे कहता है, ''क्रेट पर क्रेट, ट्रंकें भर-भर कर—सारा कुछ दे डाला—सारी किताबें चली गईं, कित्ता ख़ाली लग रहा है !''

''मुझे भी बहुत ख़राब लग रहा है,'' मैंने कहा।

पति पर दृष्टि गई, छज्जे की ओर की चिकें और पर्दे उठे हुए थे। अब कमरे में धूप आने पर कोई प्रतिबन्ध नहीं था।

पति वहाँ खड़े थे—विरक्त, उदासीन मुद्रा में। मुड़कर बोले, ''उनसे विदा लेने का समय आ गया था।'' मुस्कुराए, ''आपका सामान तो कब से पैक है, मेरी पैकिंग माधवमोहन कर देगा।''

# 16

पति आजकल एकदम सुस्थ और सन्तुष्ट दिख रहे हैं, जैसे अपनी सम्पदा का दान करके किसी भार से उबर गए हैं! अक्सर ख़ाली हॉल के बीचोबीच अपनी पुरानी मेज़-कुर्सी पर बैठे दिखते हैं। मेज़ भारी भरकम, शीशम की लकड़ी की क़ायदे से बनी है। पितामह ने किसी अँगरेज़ से ख़रीदी थी। विद्यार्थी जीवन से वही संगिनी है। उसी पर पढ़ाई-लिखाई, परीक्षाएँ, शोध पुस्तकें सम्पन्न हुई हैं। उस पुराने हॉल के किवाड़ भी भारी-भारी और मज़बूत हैं और ऊँची छत की धन्नियाँ भी। पर वहाँ अतीत की शेरो-शायरी या नवाब साहब के रंग-विलास की कोई प्रतिध्वनि नहीं है, जैसे अतीत के सारे भूत-प्रेत, अतृप्त आत्माएँ, मुक्ति पाकर चली गई हैं! बाहर के ज़ीने पर अब आने वालों की पदचाप नहीं है, न फाटक में बग्घी या घोड़ों की हिनहिनाहट। एक सन्नाटा है—शान्त, मन्थर गति से प्रवाहित गुप्त जलधारा जैसा। उसी के बीच पति बैठे रहते हैं—कभी-कभी कुछ लिखते दिखाई देते हैं। वह क्या लिख-पढ़ रहे हैं, इसमें मेरी रुचि नहीं है। उनकी आने-जाने वाली डाक ही गड्डियों-गड्डियों होती है। मैं आश्वस्त हूँ। पति स्वस्थ लगते हैं। मम्मी जब पहली बार आई थीं तो स्तब्ध रह गई थीं। हॉल में खड़े होकर दीवार और छत तक चुनी अलमारियों को देखकर उनके मुँह से अपने-आप निकल गया था, 'इतना कबाड़ा?' अब वहाँ कुछ नहीं था—केवल ख़ाली अलमारियाँ और दीवारें।

वह अचानक बोले, "यात्रा करने के विचार से आप उत्साहित लग रही हैं, देखकर अच्छा लग रहा है।"

"हाँ, यहाँ रहते-रहते चार-पाँच महीने तो हो गए—अच्छा है, चेंज होगा। लोगों से फिर मिलना होगा..." मैंने कहा।

"हाँ—वह हैं न, शायर महाशय, आपके पुराने आशिक़—मेरा मतलब पुराने परिचित..."

मैंने उन्हें घूरकर देखा, "क्या मतलब?"

"अरे, वही लकी प्रसाद—जो बाँहें फैलाकर आपके लौटने की प्रतीक्षा कर रहे होंगे।"

"आप क्या कह रहे हैं? कुछ पता है? मैं उन्हें ठीक से जानती भी नहीं, आशिक़ कहाँ से हो गए?"

उन्होंने कुछ कौतुक, कुछ विनोद से मेरी आँखों में आँखें डालकर देखा, ''अरे ज़ालिम! तड़पाना तो हसीनों की अदा होती है, जैसे मुझे बरसों तड़पाया।''

मैं कुछ कहूँ, इससे पहले बोले, ''हाँ, हाँ, बरसों—उलझा लिया फिर लोप हो गईं कि बीमार हैं। ठीक हुईं तो अमेरिका चली गईं। कितने समय प्रतीक्षा करवाई? पहले ही 'हाँ' कर देतीं तो यह समय साथ गुज़रता कि नहीं?''

मैं मुस्कुराने लगी, ''आप भी बस—क्या करूँ, मूर्खा हूँ; समझने में समय लगा—पर वह 'अन-अवॉयेडेबल' था। कोई जान-बूझकर तो बीमार पड़ी नहीं थी—और फिर अमेरिका प्रवास मेरे लिए बहुत ज़रूरी था।''

''ताल-तलैया तो यहाँ है नहीं—बस, सूखी पड़ी खाई है। दूसरे, मैं किसी भूत-प्रेत या जिन्न को पास आने नहीं दूँगा—हाँ, मेरे बाद क्या होगा, यह मालूम नहीं।''

''आप कैसी बातें कर रहे हैं? आप तो हज़ार चाँद के दर्शन करेंगे—अस्सी वर्ष तक तो जिएँगे ही जिएँगे।''

''काश!'' उनके मुँह से निकल गया, फिर उन्होंने मुझे बाँहों में समेट लिया और गुनगुनाने लगे, ''इस पार प्रिये, तुम हो, मधु है, उस पार न जाने क्या होगा!'' फिर पूछा, '''मधुशाला' का नाम सुना है?''

''नहीं!'' मैंने कहा।

''कोई बात नहीं—पढ़ने के लिए बहुत ज़िन्दगी पड़ी है।

''आपको अपने समझने के लिए भी पूरी ज़िन्दगी है—जैसे तलैया के ऊपर बर्फ़ की एक परत—ऐसी ही तो लगी थीं पहली दृष्टि में—दूर-दूर, अलग-थलग।'' पति कहते गए, ''तभी तो न जाने क्यों मन हुआ निकट से जानने का, जैसे मालूम था कि बर्फ़ की परत हटाने पर नीचे एक धधकती हुई आग है। बस, बर्फ़ की परत हटानी पड़ती है। कितना समय लगा, पर...''

''पर क्या?''

''उफ़, अपनी प्रशंसा सुनने को इतनी उतावली? औरतों के रहस्य को समझना हर मर्द को नहीं आता। तभी तो रह गए वह महाशय—छूँछे के छूँछे...''

अब मैं सन्दर्भ समझी, ''उनके ग्रीक पत्नी थी—अथीना। उसने सब सिखाया, अथीना ने मुझे स्वयं बताया।''

''अच्छा?'' पति बोले, ''और इतनी बड़ी बात मुझसे सीक्रेट रखी? कोई बात नहीं, हम सबकी ज़िन्दगी में सीक्रेट होते हैं।''

उन्होंने कम्प्यूटर का ढकना बन्द किया और उठ खड़े हुए। उनकी दृष्टि की स्निग्धता में लकी शॉ की स्मृति विलीन हो गई।

''बोतलिया तो टूट गई।'' माधवमोहन का मुँह लटका हुआ था।

''क्या फ्रीज़र में ही छोड़ दी थी?'' पति ने पूछा।

उसने सिर हिलाया।

"चलो, कोई बात नहीं—कल जहाज़ में पी लेंगे।"

कल हम जा रहे हैं—यह सोचकर उल्लसित हो उठी।

न जाने क्यों, चलते वक़्त आँखें भर आईं। बालाजी बिल्डर यह नवाब कोठी तोड़ देंगे—यह बग्घी खड़ी करने का फाटक, अस्तबल, ड्योढ़ियाँ, मेहराबदार बारादरी और हर तरफ़ से ऊपर जाने के ज़ीने, मुजरे वाली कोठी और बड़ी-बड़ी छतें, बरसातियाँ और चौमंज़िले की ख़ूब बड़ी फैली हुई छत, जहाँ की बारादरी से चारों तरफ़ दिल्ली दिखती थी। तब तो दूर, दक्षिण में कुतुब मीनार ही अपनी ऊँचाई और भव्यता में खड़ी दिखाई देती होगी।

टैक्सी चल देने के बाद भी आँखें डबडबाई ही रहीं।

"गढ़ी छोड़ने का दुःख हो रहा है?" पति ने कोमल स्वर में कहा।

"हाँ। मुझे यहाँ आपने बहुत ख़ुशी दी, मुझे इतना सुख कभी नहीं मिला—धन्यवाद।"

उन्होंने मेरा हाथ अपने हाथों में ले लिया। उनकी हथेलियाँ पसीजी हुई थीं और उँगलियों में हलका-सा कम्पन था।

"सुनकर अच्छा लग रहा है," फिर वह चुप हो गए और रास्ते भर चुप ही रहे।

यद्यपि जहाज़ रात को पौने तीन बजे जाता था, हमें तीन घंटे पहले पहुँचना था। हमें छोड़ने ढेरों लोग आए थे—एक छोटा-सा जुलूस जैसा। मम्मी तो थीं ही, भाई भी भोपाल से आ गए थे। विचित्रा मौसी, रूथ, रेचल, बड़की भौजी भी। जेठ-जेठानी दिल्ली से बाहर थे, इसलिए नहीं। और भी पति के परिचित, जिन्हें मैं पहचानती नहीं थी। मैं उल्लसित थी, पति चुप। एकदम, काफ़ी उदास। बड़की भौजी ने वहीं एयरपोर्ट पर सभी के सामने रोली-चावल का टीका किया, दहीं-शक्कर खिलाया, कहा, "बमभोला, जल्दी ही लौटना, वहीं के मत हो जाना।" और आँखें पोंछने लगीं।

"अरे भौजी, यह क्या? मैं जल्दी ही वापस लौटूँगा। आप फ़िक्र न करें।" पति बोले।

सबको पीछे छोड़कर हम अन्दर आ गए। एक विमान परिचारिका हमारे साथ हो ली। उसी ने सब कुछ करवाया—टिकट चेकिंग, लगेज, सीटें। हम लाउंज में आकर बैठ गए। उड़ान में अभी देरी थी।

"कुछ खाएँगी?" पति ने पूछा।

"नहीं, अभी बीच रात में भूख नहीं है, कुछ पीने को कह दीजिए।"

"इनके लिए शैम्पेन और मेरे लिए सिंगल माल्ट।"

मैं शैम्पेन के झाग भरे घूँट ले रही थी। 'यह होती है पैसे की माया,' मैं अनायास ही सोच उठी, 'ऊँचे दर्जे में यात्रा करने का सुख। पिछली बार टूरिस्ट टिकट था, छोटी-छोटी सीटों पर हम तीनों ठुसकर गए थे।'

मुझे जहाज़ में यात्रा करना अच्छा लगता है। एयरपोर्ट की भीड़-भाड़, हलचल—सभी ओर एक आकुल-व्याकुल, पर उत्सुक माहौल। बाहर खड़े मित्र और सम्बन्धियों के चेहरे धूमिल होने लगते हैं, अन्दर उड़ान की प्रतीक्षा।

''आपने तो अपनी ड्रिंक छुई भी नहीं?'' मैंने अपनी शैम्पेन ख़त्म करके पति को देखा।

''पी रहा हूँ—हलके-हलके मज़ा लेकर,'' उन्होंने कहा।

''थक गए हैं क्या?'' उनका क्लान्त और उदास चेहरा देखकर मैंने कहा।

''हाँ, थोड़ा-सा। पर रात है तो जहाज़ में सो लूँगा।''

हम जहाज़ पर पहले चढ़े। हमारा रास्ता भी अलग था और आदर-सत्कार भी। मैं अभिभूत थी पर दिखाने की चेष्टा कर रही थी कि जैसे इस सबकी आदी होऊँ। बैठते ही कम्बल, तकिया, पेय—सब प्रस्तुत हो गया। आरामदेह सीट, जो पलंग की तरह पूरी खुल जाती थी। सामने अपना टी.वी., संगीत सुनने के लिए हेड फ़ोन।

टी.वी. बाद में देखूँगी, अभी समझना पड़ेगा कि कैसे चालू करूँ—पति से कह दूँगी। सोएगा कौन, रात भर कोई फ़िल्म देखूँगी, संगीत सुनूँगी।

मैंने खिड़की के पास वाली सीट ली, और हलके कोहरे से ढकी दिल्ली को देखा।

जहाज़ उड़ने पर हम दोनों ही बाहर देख रहे थे, अपने शहर को—नीचे चारों ओर बत्तियाँ छिटकी हुई थीं, जगह-जगह अँधियारे के पैबन्द। मैं एकटक बाहर देख रही थी—मेरा शहर, मेरा घर, मेरे पति। मैंने उनका हाथ पकड़ लिया।

''डर लग रहा है?'' उन्होंने हलके से पूछा।

''नहीं—डर नहीं, सोच रही हूँ कि पहली बार जीवन में, इस शहर में कितना प्यार-कितना सुख मिला। इससे पहले पापा के साथ, फिर भाई के साथ, जहाँ उनकी पोस्टिंग हुई, उनके साथ पुछल्ले की तरह चली गई। पहली बार यह शहर अपना शहर लगा।''

मैंने उनकी ओर देखा—वह अभी भी बाहर देख रहे थे, पर वहाँ अब अन्धकार था—बिजलियों की रोशनी और शहर पीछे छूटा जा रहा था। उनका चेहरा हमेशा की तरह शान्त था। न जाने क्यों मेरे मन में उनके लिए छोह उमड़ आया और मैंने अपना सिर, एक छोटे क्षण को उनके कन्धे से टिका दिया।

''आई वाज़ हैप्पी हियर,'' मैंने कहा, ''थैंक यू शहर।''

''थैंक यू शहर?''

यह पब्लिक जगह थी, उन्होंने हलके से अपने को अलग कर लिया।

''हाँ—और थैंक यू टू।''

''थैंक यू तो मुझे कहना चाहिए।''

मुस्कुराती हुई एयर होस्टेस गर्म और ठंडे तौलिये लेकर आ गई—मैंने गर्म लिया, पति ने ठंडा। हाथ अच्छी तरह से पोंछे और वापस ट्रे में डाल दिया।

तब तक दिल्ली पीछे छूट गई थी और विमान के इंजन एक सम गति से अपनी लय पर, उड़ने लगे थे। केबिन में शान्ति थी। स्पष्ट था कि इस कक्ष के थोड़े से यात्री इस सबके आदी होंगे। सब अपनी-अपनी तरह से यात्रा के लिए प्रस्तुत। पेय पदार्थों की ट्रॉली लिये एक नवयुवक और साथ में वही सुन्दर-सी, दुबली-पतली चुस्त- दुरुस्त लड़की, जो हाथ में पैड लिये हमारा ऑर्डर लेने तत्परता से खड़ी हुई थी।

पति ने अपने लिए टोस्ट पर कैवियार लिया।

"और शैम्पेन?" मुड़कर मुझसे पूछा।

"थोड़ी-सी," झागदार शैम्पेन के बगूले मुझे गुदगुदा रहे थे।

पति ने भोजन में थोड़ा-सा विलायती खाना लिया, झींगे और सलाद। मैंने जमकर खाया—गोभी-मेथी, शाही पनीर, कोरमा, सफ़ेद बिरियानी, ऊपर से मलाईदार सेवईं।

फिर ट्रे हटा ली गईं, बत्तियाँ मद्धिम हो गईं, सीट खुलकर बिस्तर बन गई—गुदगुदी। हलकी-सी रज़ाई ओढ़कर मैंने भी मुफ्त की फ़िल्म देखने का लालच छोड़कर सोने की तैयारी की। शायद दिन भर की भाग-दौड़ की थकान थी, या यात्रा की उत्सुकता या दो गिलास शैम्पेन का नशा—मुझे तुरन्त नींद आ गई।

शायद अधिक देर नहीं सोई थी, अपनी बाँह पर पति के स्पर्श से मैं जाग गई। उनकी ओर देखा तो धक् से रह गई। उनका चेहरा एकदम सफ़ेद, रक्तहीन लगा। वह लम्बी-लम्बी साँसें लेने का उपक्रम कर रहे थे।

"अरे ऽ ऽ!" मैंने कहा और एयर होस्टेस को बुलाने के लिए घंटी दबा दी।

वह तुरन्त आ गई।

"इन्हें साँस लेने में..."

मेरी बात पूरी बिना सुने ही वह मुड़कर वापस चली गई और पलक झपकते ही ऑक्सीजन लेकर वापस लौटी। उसके साथ दूसरी लड़की भी थी।

पति की आँखें बन्द थीं, चेहरा एकदम म्लान। ज़ाहिर था कि ऑक्सीजन से भी कुछ राहत नहीं मिल रही थी।

उनके हाथ एकदम ठंडे हो गए थे।

मैं हत्बुद्धि, उनको टुकुर-टुकुर ताक रही थी। मैं क्या करूँ? ऐसी स्थिति में मैं ही क्या, कोई दूसरा भी क्या करता?

"यदि जहाज़ पर कोई डॉक्टर हो तो कृपया ऽ ऽ!"

मैंने घोषणा सुनी। मगर यह हमारे लिए की जा रही है, यह ग्रहण करने में समय लगा।

केबिन का पर्दा हटाकर एक प्रौढ़ सज्जन ने अन्दर प्रवेश किया।

"मैं डॉक्टर हूँ," उन्होंने अँगरेज़ी में कहा।

"आप मेरे साथ आएँगी?" लड़की ने मुझसे कहा।

उसके स्वर में आश्वासन था।

"मैं इन्हें छोड़कर..."

मैं कह ही रही थी कि डॉक्टर ने मुझसे कोमल स्वर में कहा, ''आपके जाने से हमें उपचार करने में आसानी होगी। आपके रहने से यह उद्विग्न रहेंगे।''

''आप मेरे साथ आएँ।'' लड़की ने दुबारा कहा, ''डॉक्टर आ गए हैं, हम ऑक्सीजन दे ही रहे हैं, स्थिति क़ाबू में है...

मैं लाचार होकर वहाँ से हट गई। उसने मुझे लाकर किचेन के पास वाली अपनी सीट पर बिठा दिया।

''आप जूस लें—डॉक्टर की जाँच के बाद हम आपको वापस ले चलेंगे। आपके पति बीमार हैं क्या?''

''नहीं—बिलकुल ठीक। अभी तो खाना खाया—शायद झींगा नुकसान कर गया।''

जूस में उसने कुछ ज़रूर मिला दिया होगा, मेरी आँखें अपने-आप मुँदने लगीं।

इस बार जगाया गया तो प्रौढ़ डॉक्टर आकर सामने खड़े हुए थे, ''मैंने उन्हें इंजेक्शन दे दिया है, उन्हें आराम आ जाएगा...''

मैं विभ्रमित, अनबुझी दृष्टि से उन्हें देखती रही।

''आप समझ नहीं रही हैं?'' डॉक्टर ने कहा।

मैं टुकुर-टुकुर उनको देखती रही।

''आप उनके पास जा सकती हैं। वह शान्त हैं। उन्हें अब कोई दर्द या तकलीफ़ नहीं होगी।''

मैं चुप।

एयर होस्टेस मुझे वापस ले गई—मुझे बैठने में सहायता की। मुझे बिना कुछ कहे रज़ाई उढ़ा दी। पति की रज़ाई थपथपाई और चुपचाप चली गई।

वह निश्चल थे—सोये हुए, जैसे हमेशा नींद में लगते थे। शान्त और मृदुल होंठ ऐसे कि अभी-अभी मुस्कुरा पड़ेंगे। मैंने उनका हाथ अपने हाथ में ले लिया। उनकी हथेली ठंडी थी। उसके द्वारा जैसे मैं उनके सम्पूर्ण शरीर को छू रही थी।

कुछ समझ में नहीं आया, क्या कहूँ। जो भी मन में था, हथेली के उस स्पर्श से उन तक पहुँच रहा होगा। वह हलके से कराहे। वह कराह थी या आह या विदा?

वह अभी भी शान्त थे—निश्चल, निस्तब्ध।

वह मर चुके थे।

# पाँचवाँ खंड

# 17

क्या यह सब जो अभी घट रहा है, सच है?

क्या यह सब पूर्वनिश्चित था? मुझे विश्वास नहीं हो रहा था। मैं ऊपर से नीचे तक सुन्न थी : यह सब क्या हो रहा है?

अमेरिका की यात्रा का निर्णय, अस्पताल, बैंक, वकीलों के साथ लम्बे-लम्बे अपॉइंटमेंट, अपनी प्रिय पुस्तकों का दान, गढ़ी का बेचना—यह सब वह जानते थे। शायद उन्हें आभास था। मैं ही हमेशा की तरह अपने में मगन, अपनी ख़ुशी में बावली, अनजान, बेसुध।

मुझे केबिन की दूसरी सीट पर बैठा दिया गया था। उनकी सीट के आगे पर्दा खिंचा हुआ था। जाते-जाते मैंने एक बार उन्हें फिर देखा—उनका चेहरा छुआ। एयर होस्टेस मेरी बाँह पकड़कर मुझे अलग ले गई। शायद केबिन के अन्य यात्रियों को पता भी नहीं चला कि अभी-अभी उनके एक सहयात्री के साथ क्या घट गया है।

मेरे मन में कटे-फटे विचार बुदबुदों की तरह उठ रहे थे। मैं अपने सहसा उलट-पलट गए जीवन को समेटना चाह रही थी, पर कैसे—यह समझ नहीं पा रही थी।

क्या रात थी वह? जैसे उसका विस्तार जीवन के सारे सुखों को लील गया था! दिल्ली से बौस्टन तक केवल रात, रात। भोजन के बाद अन्य यात्री सो गए थे और पन्द्रह घंटे की कुम्भकर्णी नींद से जागने का नाम ही नहीं ले रहे थे। केबिन में अँधेरा था—एकदम शान्ति, केवल इंजन की हलकी घर्र-घर्र।

मेरी आँख झपक जाती थी—फिर खुलती थी। परदे के उस पार पति का ध्यान आते ही मैं उठ खड़ी हुई। लड़खड़ाती हुई उस तरफ़ गई। वह वैसे ही सीट खुलकर बन गई शैया पर लेटे थे। मैंने उनकी बाँह छुई, वैसी ही नरम—केवल उनका चेहरा एकदम सफ़ेद हो गया था—रक्तहीन। शायद कुछ समय बाद शव काठिन्य प्रारम्भ हो जाएगा। मैंने उनके सीने पर सिर टिका दिया। वहाँ कोई हरकत—धड़कन नहीं थी।

शब्दहीन।

मेरे अन्दर से, बहुत अन्दर से, पूरे शरीर को मथती हुई एक आह निकली।

मेरी बाँह को किसी ने छुआ—एयर होस्टेस थी।

"मैं आपको आपकी सीट पर ले चलती हूँ," उसने कहा।

मेरे अन्दर से एक चीख़ निकली, पर वह शब्दहीन थी, मौन।

शायद मेरी आँखों से आँसू टपकने लगे होंगे। उसने मेरे पीछे पर्दा खींच दिया और ले जाकर मेरी सीट पर बैठा दिया।

"मैं आपके लिए पानी लाती हूँ।"

जब तक पानी गिलास से घूँट-घूँट कर पिया, वह पास खड़ी रही।

"सोने का प्रयत्न करें," उसने कोमल स्वर में कहा। "कल का दिन आपके लिए बहुत भारी पड़ेगा।"

क्या उस अँधेरे में, उस उड़ते विमान की आवाज़ में मेरे आँसू गिरे थे? क्या शरीर सिसकियों से हिला था?—मुझे मालूम नहीं। जब एक स्पर्श से मैं जागी तो देखा, विमान ख़ाली हो रहा था। एयर होस्टेस मेरे पास खड़ी थी। उसकी साड़ी का लाल और पीला छापा मेरी आँखों के सामने हिल-डुल रहा था।

मेरी दृष्टि अपने-आप अपनी पहली सीट की ओर गई—दोनों सीटें ख़ाली थीं। पर्दा खुला हुआ था।

मेरी प्रश्नसूचक दृष्टि के उत्तर में उसने कहा, "आपके पति को..." वह रुकी कि क्या कहे। "सीधे अस्पताल ले गए हैं—हमारी एयर लाइन का रूल है। आप चलिए।"

तब मैंने अपने को बटोरा, धीरे से पाँव सीधे किये, उठकर खड़ी हुई, लड़खड़ाई, सीट का हत्था पकड़कर अपने को सँभाला। एयर होस्टेस ने मेरा बैग पकड़ लिया और हाथ पकड़कर बाहर लाने लगी, क्योंकि मुझे सहारे की ज़रूरत थी।

चलते-चलते मैंने विमान पर नज़र डाली—उसका नाम 'कोणार्क' था। क्या कुछ ही घंटे पहले हम उत्साहित, यात्रा के विचार से उत्फुल्ल इस पर चढ़े थे, मैंने शैम्पेन पी थी—अब वह कितनी दूर, कितनी पकड़ से बाहर का क्षण लग रहा था!

मैं रो नहीं रही थी—चुप थी, स्तब्ध। जैसे छोटे बच्चे को अप्रत्याशित चाँटा लग जाए तो वह रोता नहीं, स्तब्ध रह जाता है—वैसे ही।

दिल पर जैसे एक अनाम शोक, भय, सन्ताप की गहरी परत जम गई थी। मैं एयर होस्टेस के साथ निकली और वह मुझे वी.आई.पी. लाउंज में ले आई।

"बैठिए—कुछ चाय, कॉफ़ी?" वह पूछ रही थी।

मैं हत्बुद्धि उसे देख रही थी। आँखें सब कुछ देख चुकने के बाद भी जैसे पति की प्रतीक्षा कर रही थीं कि अभी आह्लाद-भरी मुस्कान के साथ आकर सामने खड़े हो जाएँगे।

एक दम्पति हमारी ओर बढ़े। वह सोफ़े पर बैठे जैसे मेरी ही प्रतीक्षा कर रहे थे। स्त्री ने मेरा हाथ पकड़ा पर कुछ कहा नहीं; पति ने कहा, "हमें बहुत दुःख और सदमा है," फिर एक छोटे अन्तराल के बाद, "हम रूथ और रेचल के माता-पिता। आप दोनों को रिसीव करने आए थे—यहाँ आकर मालूम हुआ।"

हम तीनों चुप खड़े थे। एयर होस्टेस की ड्यूटी अभी ख़त्म नहीं हुई थी, वह कुछ हटकर खड़ी हुई थी।

''आप हमारे साथ घर चलें,'' रूथ-रेचल के पिता ने कहा। ''कई क़ानूनी कार्रवाइयाँ बाक़ी हैं। आप फ़िक्र न करें—हमारी फ़र्म सब सँभाल लेगी।''

''थैंक यू,'' मैंने कहा। मुझे लगा कि मैं रो पड़ूँगी, पर पब्लिक जगह में कोई रोता-धोता नहीं। ''यदि आप माइंड न करें तो मैं होटल जाना चाहूँगी।''

''ठीक है—ठीक है,'' वह हर बात दोहराते थे, ''मैंने भारत परिवार को ख़बर भेज दी है, ख़बर भेज दी है।''

उनकी पत्नी ने कहा, ''जैसा आप चाहें—मगर अकेली कैसे रहेंगी?''

तीनों चुप।

मैंने कहा, ''बहुत थकी हुई हूँ।''

पिता, जिनका नाम मुझे बाद में पता चला, इसाक गोल्डबर्ग और माँ, रिबेका—दोनों साथ हो लिये।

एयरपोर्ट से सामान लेना, उनकी गाड़ी में बैठना, होटल पहुँचना—सब मेरे आगे धुँधला-धुँधला था। क्या मैं फिर किसी तलैया में डूबती जा रही थी—निष्क्रिय, बिना चीख़ों के, बिना छटपटाए या हाथ-पैर मारे?

यह एक अयथार्थ धुन्धभरा संसार ही तो था जहाँ मैं दृष्टिहीन चलती जा रही थी।

वे दोनों कुछ देर मेरे साथ रुके, ''तुम थकी हो—और जेट लैग भी हो रहा होगा। हम शाम को फिर आएँगे—अगर तुम चाहो तो मैं रुक सकती हूँ।''

''धन्यवाद। मुझे लगता है कि मैं सो जाऊँगी—शाम को ज़रूर आएँ।''

ये मेरे शब्द थे? कहाँ से निकल रहे थे? जैसे एक भारी चट्टान के नीचे दब गए प्राणी के बोल!

''चलो,'' इसाक गोल्डबर्ग ने अपनी पत्नी से कहा। उन्होंने मेरा हाथ पकड़कर दबाया, ''तुम्हें इस समय बहुत बहादुर बनना होगा।''

और वे चले गए।

यूरोप में पहले भी ऐसे शानदार होटलों में पति के साथ रह चुकी हूँ—पर इन दो-तीन कमरों के सेट की सज्जा ही अलग है। दीवार पर भारतीय कला के चित्र, कोने में एक बड़ा-सा चाँदी का बाज़, जिसमें बहुत बड़ा गुलदस्ता लगा है। पति को यात्रा और होटल में विलासपूर्ण निवास अच्छा लगता था—बढ़िया होटल, खानपान, साज-सज्जा—सब प्रकार की सुविधाएँ।

मैं कमरे में खड़ी हूँ। मेज़ पर फलों की टोकरी रखी है। सोफ़े पर मखमल, ज़री और ब्रोकेड के कुशन हैं। बैठक में दो दर्जन लाल गुलाब—जिन पर लिखा है : 'स्वागत—और मेरा नाम।' मैं कार्ड हाथ से गिर जाने देती हूँ।

वह हर बात की पहले से ही परिकल्पना कर लेते थे, फिर मैं तो बहुत कल्पनाहीन, परिपाटी-प्रिय शुष्क-सी स्त्री हूँ। गुलाब के अतिरिक्त मुझे बहुत कम फूलों की जानकारी है, इसलिए मेरे लिए लाल गुलाब ही—पर यह मेरा स्वागत नहीं कर रहे हैं—मेरी उत्फुल्ल यात्रा शवयात्रा बन गई है।

मैं पलंग पर कटे वृक्ष की तरह गिर गई। आँखें बन्द करने पर भी ध्यान बार-बार उधर चला जाता कि पति का प्राणहीन शरीर कहाँ होगा? मैं उस एयरकंडीशन मुर्दाघर के बारे में नहीं सोचना चाहती थी, न उन कोष्ठकों की, जहाँ वस्त्रहीन शव रखे जाते हैं। केवल अँगूठे पर एक बिल्ला—व्यक्ति के नाम का।

अब मैं इन दो बड़े कमरों में, बड़े पलंग पर अकेली थी—सुन्न, भावशून्य। बार-बार अपने को एहसास दिलाने की कोशिश करती कि पति अब नहीं हैं। शायद पोस्टमार्टम की ठंडी मेज़ पर तेज़, निर्दय बिजली के नीचे उनका वस्त्रहीन शरीर पड़ा होगा—नग्न, उधड़ा हुआ और डॉक्टर—नहीं, आगे नहीं सोचूँगी। चलो, पीछे मुड़ो, मुड़कर देखो वह सब मतवाले क्षण, जो अब लौटकर नहीं आएँगे? जीवन अपनी धुरी से हटकर टेढ़ा हो गया है। उसे कैसे वापस धुरी पर लाऊँगी—यह मैं समझ नहीं पा रही थी—तो फिर ऐसे ही, कभी शून्य, कभी पिघलता हुआ तीक्ष्ण दर्द।

ब्याह के प्रथम दिनों में उन्होंने सवाल किया था : 'तुम सुखी हो न, मेरी प्यारी?'

उनके सम्बोधन पर मैं मुस्कुरा पड़ी थी। उन प्रथम दिनों में बार-बार शरीर को ढकने का प्रयत्न करती थी—कभी चादर, कभी कम्बल, कभी बेड कवर।

सन्तुष्ट—मेरा पूरा शरीर एक अनचीन्ही, पर सुखद अनुभूति से परिपूर्ण था—सुखी? यह कैसा प्रश्न था? ऐसे आत्मीय, अन्तरंग क्षण में ऊभ-चूभ होने के बजाय पति नामक व्यक्ति मुझसे आत्मविश्लेषण की अपेक्षा कर रहा था।

इस विशिष्ट क्षण में—शायद हाँ—पूरी-पूरी—परन्तु...

बस, चुप! एकदम चुप्प...!

मैंने अपने को बटोरकर उठने का उपक्रम किया। उन्होंने मुझे फिर बाँहों में घेर लिया, 'अभी तो सारी ज़िन्दगी बाक़ी है मेरी जान।'

उनका शरीर हमेशा उष्ण-सा रहता था, जैसे हलका-सा ज्वर हो! दिल समगति से धड़कता रहता था। उनकी उँगलियाँ लम्बी-लम्बी थीं, और स्पर्श कोमल। वह केवल एक सोने की मोटी-सी अँगूठी पहनते थे, पर वह कभी मुझे चुभी नहीं। उस पर उकेरी हुई उस ग्रीक देवी की आकृति हमारे समागम पर अवश्य मुस्कुराती होगी, अगर मुस्कुरा सकती तो।

× × ×

वहाँ, भारत से आने में सम्बन्धियों को दो-तीन दिन तो लगेंगे ही। कल से रिबेका लगातार मेरे पास ही हैं। सुबह नौ-साढ़े नौ बजे पति को उनके दफ्तर छोड़कर आ जाती

हैं। कॉफ़ी मँगवाती हैं और बहुत इसरार के साथ मुझे पीने को बाध्य करती हैं। लगता है, उन्हें हर स्थिति को कंट्रोल में करने की आदत है। वह नेवी रंग की स्कर्ट और जैकेट पहनती हैं। जैकेट कुर्सी के हत्थे पर तहा कर रख देती हैं, उस पर अरमानी का लेबल लगा है।

मैं चुप हूँ। भारत से बड़े भैया और भाभी तो आएँगे ही। शायद मम्मी भी—पर उनके आने की सम्भावना कम है। अभी कुछ समय पहले तो गई हैं, तब शिखा आंटी ने टिकट ले दिया था, पर अब? शायद भाई से माँगने में हिचकिचाएँ।

रिबेका हलके से पूछती हैं, ''पति की वसीयत और ज़मीन-जायदाद के काग़ज़ों के बारे में तो तुम्हें पता ही होगा? एक पुराना विल तो इसाक के दफ्तर में है, नया ज़रूर बनाया होगा। इस मामले में तुम्हारे पति बहुत सतर्क थे। बरसों पहले रूथ और रेचल के सारे पेपर्स उन्होंने ही बनवाए थे। मैं इसाक से कहूँगी कि फ़ोन करके पता कर लें—यहाँ, परदेस में रहकर क्या करोगी? तुम तो शायद वापस जाना पसन्द करोगी?''

मैं अब भी चुप हूँ—क्या कोई और विकल्प है? एक व्यक्ति था, जिसने मुझे शिद्दत से चाहा था, अपने प्यार से आपादमस्तक सराबोर कर दिया था, जो प्यार करने के बाद याददाश्त से कविता की पंक्तियाँ गुनगुनाता था—कभी-कभी ऐसी भाषा में, जो मैं समझ नहीं पाती थी। वह व्यक्ति, जो कुछ समय तक मेरी ज़िन्दगी का साझेदार रहा था, अब नहीं है—मुझे रोना चाहिए, पर अब रुलाई या एक आँसू तक नहीं है। मैं अपने अन्दर अपनी भावनाओं को खखोलती हूँ—वहाँ एक सन्नाटा है, कोई रुदन नहीं, कोई विलाप नहीं, केवल एक रिक्तता, दूर-दूर तक एक ख़ालीपन, पर एक गहरी उदासी है। क्या यही उदासी, ख़ालीपन अब मेरा साथी है?

''परिवार दो-तीन दिन में आ जाएगा।'' रिबेका ने दोहराया। कुछ देर चुप रहकर बोलीं, ''अन्तिम संस्कार में पहनने के लिए तुम्हारे पास कपड़े हैं? सादी-सी काली साड़ी, नहीं तो एक पैंट-सूट ख़रीदवा दूँ। स्कर्ट या फ्रॉक तो शायद तुम पहनना पसन्द न करो।''

''हमारे यहाँ स्त्रियाँ शव-यात्रा में नहीं जातीं।''

''शव-यात्रा क्या? शव तो पोस्टमार्टम के बाद शवगृह चला ही गया है।''

''चला गया?'' मैंने ताज्जुब से पूछा।

''हाँ। उन लोगों की वैन आकर ले जाती है। फिर वहाँ तैयार करके...काफ़िन खुला रहना पसन्द करोगी या बन्द?''

मैं उनकी तरफ़ एकटक देखती रही।

''ख़ैर, तुम चिन्ता न करो, परिवार वालों को आने दो।''

''मैं बहुत थक गई हूँ,'' मैंने जैसे अपने-आपसे कहा।

''लो, यह गोली खा लो। बेकार मानसिक कष्ट झेलने से क्या फ़ायदा? दो-

एक घंटे आराम कर लो—फिर हम लंच के लिए, अगर तुम्हारा मन हुआ, तो बाहर चले जाएँगे, नहीं तो यही मँगा लेंगे।''

''आप परेशान क्यों... ?''

रिबेका ने मुझे पीले रंग की आधी गोली पकड़ा दी, फिर पानी का गिलास देते हुए बोलीं, ''कोई परेशानी नहीं। तुम्हें इन दिनों अकेला नहीं रहना चाहिए—तुम सो लो, तब तक मैं अपनी किताब पढ़ूँगी।''

मैंने आँखें बन्द कर लीं। मुझे कोई दुःख, कोई पीड़ा, कोई विषाद क्यों नहीं महसूस हो रहा है ? यह कैसा सन्नाटा है—भीतर-बाहर ? मैंने उन्हें कितना चाहा—स्वयं अन्दाज़ नहीं है। साथ रही, सुख भोगा और अब जब वह नहीं हैं तो और बेवाओं की तरह छाती पीटकर भूमि पर लेटकर क्यों नहीं धाड़ मार-मारकर रो पा रही हूँ ? बेवा! मैं अब बेवा हूँ ?

जैसे एकदम ज़िन्दगी ख़ाली और हलकी हो गई है! किसी भी चीज़ की ज़िम्मेदारी अब मुझ पर नहीं है। मैं अकेली हूँ, ख़ाली हूँ—और अभी तो कितनी लम्बी ज़िन्दगी सामने है!

मैं पति को याद करती हूँ—दुबला शरीर, एकदम उजला रंग, प्रशस्त ललाट और गहरी, प्रखर दृष्टि—कभी मधुर, कभी स्निग्ध। कभी-कभी उन्हें अपनी ओर एकटक देखता पाती थी, दृष्टि मिलने पर हलके से मुस्कुरा पड़ते थे, और मैं हाथ में फटा मोज़ा, या धुलने के लिए तौलिया; बैंगन, शलजम काटने के लिए चाकू—ऐसी कोई ज़िन्दगी में काम आने वाली चीज़ पकड़े-पकड़े अक्सर उस मुस्कान का जवाब भी नहीं देती थी। मैं सचमुच एक मूर्खा, एक सतही और उथले व्यक्तित्व वाली स्त्री हूँ। इतना चाहने वाला पति अचानक मर गया और अब दो दिन बाद मेरी आँख में एक आँसू नहीं, होंठों पर एक आह भी नहीं।

सचमुच, मैं हैरान हूँ अपने इस ठंडेपन पर—मन की इस विरक्ति से, शोक की इस अनुपस्थिति से। इसका मतलब क्या है ? मैं इसी बिन्दु पर अटकी हुई हूँ—हैरान हूँ अपने पर। पर आँसुओं की अनुपस्थिति शोक की अनुपस्थिति तो नहीं होती ?

रिबेका ने लंच ऑर्डर करने से पहले मुझसे पूछा नहीं है। रूम सर्विस वाला बैरा सामान मेज़ पर सजा जाता है। पालक-पनीर है, तड़के वाली पीली दाल—शायद चने की। सलाद और नान की टोकरी। एक छोटी प्लेट में पापड़ी चाट, और एक में गाजर, मूली और टमाटर का सलाद।

''कुछ और ?'' रिबेका पूछती हैं।

''नहीं,'' मैं सिर हिला देती हूँ।

''दो प्लेट गुलाब जामुन और दो मैंगो लस्सी।'' फिर वह स्वयं कहती हैं, ''दो अमेरिकन/भारतीय बेटियों की माँ हूँ मैं—सप्ताह में एक बार हम भारतीय खाना ज़रूर खाते हैं।''

ताज्जुब है, आँसू चाहे हों न हों, कई दिन बाद भूख लग आई थी।

रिबेका कुछ सोचने लगी थीं, ''मेरे पास काले रंग की साड़ी है, हलका पारसी काम है, तुम पहन सकती हो—अगर बुरा न मानो। मगर वह ड्रेस की तरह सिली हुई है, चुन्नट की जगह ज़िप लगी है।''

मैंने सिर हिलाया, फिर कहा, ''ठीक है—दिखा दें।'' उनका मन रखने के लिए।

× × ×

शाम को इसाक आए तो बोले, ''वह सब कल दोपहर तक आ जाएँगे।''

''इतनी जल्दी ?'' रिबेका ने पूछा।

''हाँ, वीज़ा झटपट मिल गया। मैंने सारे पेपर्स कान्सुलेट को फैक्स करवा दिये थे।'' फिर मेरी ओर मुड़कर बोले, ''तुम हमारे साथ चलो न, अकेले रात कैसे काटोगी ?''

''धन्यवाद। मैं नींद की दवा ले लूँगी।''

''वैसे बाहर गलियारे में द्वारपालिन लड़की तो रात भर बैठी ही रहेगी।''

रिबेका ने इस बार पूरी गोली दी। फिर शीशी बन्द करके पर्स में डाल ली, ''टाटा ग्रुप के होटल होने का फ़ायदा है, हिन्दी चैनल है...'' उन्होंने कहा, ''टी.वी. देख लेना, जल्द ही नींद आ जाएगी।''

उस पर कोई हिन्दी फ़िल्म शुरू हो चुकी थी। उसे देखते हुए कुछ समय के लिए मुझे लगा कि मैं दिल्ली में ही हूँ—नवाबगढ़ी में। पति अपनी लाइब्रेरी में बैठे कुछ पढ़-लिख रहे हैं। माधवमोहन काम ख़त्म करके नीचे सोने चला गया है और मैं मुलायम गद्दे और तकियों में धँसी हुई टी.वी. देखते हुए फ़ालतू समय काट रही हूँ। फ़र्क़ केवल इतना है कि इस होटल की चादरें बेहद चिकनी और गद्दा, तकिये बहुत मुलायम हैं।

पर शव तो अब एयर कंडीशन कोष्ठक में रखा होगा—नग्न ? केवल अँगूठे में नाम का बिल्ला ? अब तक तो पूरा अकड़ गया होगा जमकर और तब ? ऊपर से नीचे तक, अन्दर, बहुत अन्दर झकझोरता हुआ एक आँसू टपका—एक आँसू। उसके बाद एक और। फिर बाढ़—हिचकियाँ। मैंने टी.वी. की आवाज़ तेज़ कर दी है जिससे मेरा हाहाकार बाहर तक न सुनाई दे।

पर न जाने क्या-क्या, कहाँ-कहाँ की छबियाँ मन में उभरने लगीं। तेज़ी से उमड़तीं और लोप हो जातीं—एक पुरानी पद्धति से बने दुर्ग की बुर्ज़ी। अँधेरा। मेरे दिल में इतना दु:ख क्यों उमड़ रहा है ? चेहरे पर हवा का ठंडा थपेड़ा और एक चीख़—जो पूरे अस्तित्व को झकझोरती हुई, अपने को बुर्ज़ी से कूदकर मिटा देने की अतीव इच्छा ! मेरे गाल आँसुओं से क्यों तर हैं ? और यह कौन पागल-सा आदमी 'धन्न कुची तारो'

गाता हुआ किस ओर चला जा रहा है—कौन और कहाँ हूँ मैं—किसी राजमहल में, या किसी पुरानी वैभवशाली इमारत में? यह पेड़ों पर शव क्यों लटक रहे हैं? क्या है यह सब भूलभुलैया?

मेरी आँख खुल जाती है, मेरे गाल गीले हैं—टेलीविज़न खुला ही है और अब रात के अँधेरे में कोई सन्त 'सीमाहीन प्रेम' पर प्रवचन दे रहे हैं। मेरा हाथ अँधेरे में घंटी पर पड़ गया है और कुछ ही क्षणों में दरवाज़े पर थपकी, 'कुछ चाहिए मैडम?' एक अमरीकी आवाज़ पूछ रही है।

डगमगाती हुई दुनिया स्थिर हो जाती है। यह होटल, यह राजभवन की तरह सजा कमरा—यथार्थ की दुनिया।

दरवाज़े पर फिर थपकी पड़ती है। उसे खोलना ही पड़ेगा।

वह स्त्री भारतीय है।

"आप ठीक तो हैं न?" वह पहले अँगरेज़ी में पूछती है।

मैं सिर हिलाती हूँ, जैसे एक तन्द्रा में। जाग रही हूँ, पर सचेत नहीं हूँ।

"कोई ज़रूरत पड़े तो..." वह हिन्दी बोलती है पर गुजराती लहजे में, "मैं यहाँ बाहर ही हूँ—और हाँ, आपके लिए यह ब्रीफ़केस है—एयर लाइन ने भेजा है। जहाज़ में छूट गया था।"

# 18

उन सबके आने में दो दिन लगे। मुझे पता नहीं था कि कौन आ पाएगा। दिल्लीवाले तो सीधे उठकर आ जाएँगे—पर भोपाल से आने में कुछ समय लगेगा।

कमरे में मैं अकेली थी। सुबह थी। रिबेका अभी आई नहीं थीं। घंटी बजी। मैंने दरवाज़ा खोला, लोगों का एक छोटा-सा समूह दरवाज़े के बाहर था। आगे जेठ और जेठानी जी, उनके पीछे दो स्त्रियाँ, कई युवक—जो अनजान और अपरिचित थे।

जेठानी जी, जो कभी भाव-प्रदर्शन नहीं करती थीं—इस समय रोने लगीं। मुझे हलके से आलिंगन में लिया और रोती हुई बोलीं, ''सब उजड़ गया...!''

उनके पीछे खड़ी हुई स्त्री सस्वर रोने लगी, ''हम तो लुट गए...अरे ऽ ऽ, इतनी जल्दी चले गए...''

कई युवक अस्वस्ति की मुद्रा में खड़े हुए थे। उनमें से एक ने आगे बढ़कर कहा, ''नहीं अम्माँ—नहीं, आपकी तबीयत ख़राब हो जाएगी।''

सफ़ेद सिल्क की साड़ी, सिन्दूर-बिन्दीयुक्त वह महिला जैसे लड़खड़ाकर फ़र्श पर बैठ गई, पल्ला आँखों पर रखकर सस्वर रुदन करती रही।

जेठानी जी ने हाथ पकड़कर मुझे सोफ़े पर बैठा लिया। पति को देखा—जेठ जी ने खँखारकर कहा, ''यह अमृतकला है बमभोला की...'' वह ठिठके, ''पहली पत्नी, और ये उनके चारों बेटे।''

मेरे दिल पर जैसे घूँसा पड़ा।

मैं विभ्रमित सबको देख रही थी—चारों बेटे? पहली पत्नी...?

''डाइवोर्स कर दिया था,'' जेठानी जी ने धीमे से कहा, ''तुम्हें तो पता ही होगा?''

मैंने सिर हिलाया—नहीं।

एक पूरा का पूरा परिवार—और यह बात पति ने मुझसे छिपाई? सभी ने?

मैं उठकर अन्दर कमरे में चली गई। पलंग पर बैठ गई।

बैठक से आवाज़ें आती रहीं। सामान आ गया—स्वर सामान्य हो गए थे। दो कमरों में कौन कहाँ सोएगा, बातचीत चालू हो गई थी—परिवार यहीं रहेगा। कोई रूम सर्विस पर चाय-नाश्ता ऑर्डर करने लगा था।

जेठ जी ने हलके से दरवाज़ा खोला, ''मैं नीचे जाकर दो कमरों का प्रबन्ध करता हूँ...''

उनके अपने कमरे में जाने के बाद मैं चुपचाप जाकर पलंग पर लेट गई।

× × ×

मैं एकदम सुन्न थी। मुझसे पहले जो उनका जीवन था, उसमें एक अदद तलाक़शुदा पत्नी और चार बेटे और एक बहू भी थी। पर वह उनका अतीत था और उन्होंने न जाने क्या सोचकर उस अतीत से मुझे अपरिचित रखा?

मैंने मन में झाँका, न क्रोध, न दुःख—केवल एक गहरा-गहरा अन्धकार जिसमें मेरी सारी व्यथा कहीं छुपकर बैठी होगी।

सन्नाटा—एकदम सन्नाटा।

कभी-कभी मेरे शरीर का रोम-रोम बिलखने लगता। और कभी वह सब चुककर शान्त हो जाता। दरवाज़े पर थाप पड़ी। मैंने दरवाज़ा खोला। जेठ-जेठानी के साथ रिबेका और गोल्डबर्ग थे।

''तुम्हारे लिए कुछ कपड़े लाई हूँ—रख लो।'' रिबेका ने कहा।

कपड़े नये थे क्योंकि उनमें टैग लटक रहे थे।

''ठंड पड़ने लगी है। यह लम्बी स्कर्ट और स्वेटर, बूटस बाद में ले लेना। तुम्हारा नाप नहीं मालूम था और कोट मैं अपना ले आई हूँ—यह भी नया-सा ही है। कुछ दिनों के लिए। अगर चाह नहीं तो नया ले लेना—अभी कुछ दिन इसी से काम चला लो।''

''थैंक यू! आप मेरी सब ज़रूरतों के बारे में सोच रही हैं,'' मैंने फँसे गले से कहा।

# 19

ऊपर और नीचे की मंज़िलों में कितना फ़र्क़ था! मेरा कमरा छोटा और घुटा हुआ था। खिड़की के बाहर मुख्य सड़क नहीं। पिछवाड़े की गली नज़र आ रही थी जहाँ होटल की मिनी ट्रकें और प्रतीक्षा करती टैक्सियों की क़तार थी। एक सँकरा पलंग, छोटा टी.वी., एक कुर्सी—क्या यही मेरी ज़रूरत बन गई थी?

और वह ऊपर वाला शानदार दो कमरों का सेट, जो पति ने मेरे और अपने लिए बुक कराया था, जहाँ शयनकक्ष अलग था, बैठक अलग। एक बालकनी भी और चाय-कॉफ़ी बनाने का प्रबन्ध भी। वहाँ उनका असली परिवार टिक गया था—उनके बेटे, बहू!

जब भी उन लोगों के बारे में सोचती, मेरा दिल तड़प उठता—कितना लम्बा विवाहित जीवन गुज़ारा होगा और मेरे साथ सिर्फ़ छह सात महीने... ?

अब मैं इस अँधेरे-से कमरे में चुपचाप बैठी थी, निरर्थक। उनके जाने के बाद मैं जैसे ज़ीरो बना दी गई थी।

अब जेठ जी ने सारा भार ले लिया था—शव-दहन से लेकर बच्चों को शहर घुमाने-फिराने का। बच्चों को बाप से क्या लगाव होता? सब अपने पैसे से टिकट लेकर आए थे, तो थोड़ी-बहुत सैर तो बनती ही थी। गोल्डबर्ग और रिबेका रोज़ाना आते थे।

मैं अपने-आपमें, अकेलेपन में रोती हूँ—कभी बिलख-बिलखकर, हिचकियों-सिसकियों के साथ, कभी एकदम निढाल, निशब्द। आँसुओं का कनपटी से होकर तकिए पर विलीन होना महसूस करती हूँ।

पहली पत्नी, पहला विवाह—चार-चार पूर्ण युवा बेटे-बहू; मेरे अलावा एक और संसार, एक और समानान्तर जीवन अपनी गति पर चला जा रहा था। नाम भी क्या मृत्युंजय, शत्रुंजय और तीसरे-चौथे के भी ऐसे ही होंगे। अभी तो उन्हें बट्टन और छुट्टन ही बुलाया जा रहा था। वह बीस-बाईस साल की भ्रमित-सी, संकुचित-सी पुत्रवधू; शायद वन्दना।

और उच्च स्वर में विलाप—उस पुरुष के लिए, जो मेरा भी प्राणप्रिय था, मेरा भी पति।

मैं अपने हाहाकार के साथ कभी इतनी अकेली नहीं थी—बाहर दुनिया बिखरी हुई है। चौड़ी सड़कें, यातायात, पत्तियों के बिना नग्न वृक्ष, और उधर चार्ल्स नदी का विस्तार—उसके पार विद्यार्थियों की आवाजाही होगी, कक्षाएँ चल रही होंगी, कॉफ़ी हाउस में भीड़ होगी, टूरिस्ट दुकान-दुकान घूम रहे होंगे—मैं भी तो यही सब करने वाली थी।

पर अब मैं अकेली हूँ। ऐसा हो जाएगा, यह तो कभी सोचा भी न था।

मालूम नहीं, खिड़की के मोटे पर्दों के पार दिन है या रात?

मैं उठकर बैठ गई हूँ। गाल पोंछ लिये हैं। पानी के कुछ घूँट पीती हूँ—क्या करूँ, कहाँ जाऊँ—कैसे अपने विचारों और यथार्थ से पीछा छुड़ाऊँ?

मैंने उठकर टी.वी. चला दिया—कोई हिन्दी चैनल पहले से ही लगा था। उस पर कोई फ़िल्म आ रही थी। 'बोल राधा बोल—संगम होगा कि नहीं का' संगीत गूँजने लगा। मैंने टी.वी. बन्द कर दिया। मेरा दुःख अगाध है। मैं चुप हूँ—रोती हूँ, फिर चुप हो जाती हूँ। कोई पुचकारने वाला, दिलासा देने वाला या अँकवार में भरकर हृदय से सटा लेने वाला नहीं है। कोई पानी का गिलास लेकर नहीं खड़ा है। इस अनन्त दुःख का साझेदार कोई नहीं है—केवल मैं हूँ—अकेली।

मैं जाकर बाथरूम के फ़र्श पर लेट जाती हूँ। संगमरमर के ठंडेपन से मेरे तपते शरीर को थोड़ी राहत मिलती है। मैं आँखें बन्द कर लेती हूँ, फिर भी आसपास का संसार चेतना में संक्रमण करता रहता है।

सन्नाटे में एकाएक टी.वी. अपने-आप चालू हो गया—शायद किसी ने टाइमर पर लगाकर छोड़ दिया होगा—'अब आप देखें 'ज़िन्दगी गुलज़ार है' का अगला भाग...'

क्या मैं उठूँ और टी.वी. बन्द कर दूँ? पर मेरी इच्छा हिलने की नहीं है—वैसे ही फ़र्श पर पड़ी रहती हूँ। हमने कितने प्लान बनाए थे—हम दो सप्ताह इसी 'ताज' में रहेंगे, फिर अपने फ्लैट में चले जाएँगे—मैं शहर में घूमती रहूँगी और वह पुश्किन की कविताएँ पढ़ते रहेंगे—रात को नग्न पेड़ों के तनों के पार हम शहर की झिलमिलाती रोशनी देखेंगे...।

और प्यार करेंगे।

एकाएक फ़ोन बजने लगता है। घंटी बजती है, बजती है—रुकती ही नहीं।

मैं बस भूखी-प्यासी, रोने से चुकी हुई, अन्धकार और दुख के गर्त में डूबती-उतराती यों ही पड़ी रहूँगी। अब मैं नितान्त अकेली हूँ।

दरवाज़े पर खटखट, कई बार। फिर चाबी घूमती है और एक आवाज़ पुकारती है, "हलो ऽ ऽ ऽ ऽ!"

कमरे की रोशनी जल जाती है, टी.वी. चल रहा होगा।

"कोई है? हलो..."

बाथरूम का दरवाज़ा भड़ाक से खुल जाता है, यूनिफ़ार्म पहने एक युवती है, "अरे, आप यहाँ—फ़र्श पर? ठीक तो हैं? गिर पड़ीं क्या?"

उसके पीछे-पीछे रिबेका—रेचल और रूथ की माँ।

दोनों ने मुझे सहारा देकर उठाया, खड़ा किया। लाकर बैठा दिया।

लड़की ने दरवाज़ा बन्द करते हुए अँगरेज़ी में कहा, "अपना ख़याल रखो," फिर रुककर, "आपके पति के बारे में जानकर दुःख हुआ।"

यह हुआ यहाँ का शिष्टाचार।

"धन्यवाद," मैंने कहा।

रिबेका कुर्सी पर बैठ गईं—मुझे पलंग पर लेटा दिया।

"कुछ खाया? नहीं न! अच्छा, मँगाती हूँ।"

"भूख नहीं है," मैंने क्षीण स्वर में कहा।

"फिर भी कुछ तो खा लो—अभी तो तुम्हें बहुत बहादुर बनना है।"

× × ×

सुविधा के अनुसार दहन अगले दिन होना था। मेरा उसमें सम्मिलित होना ज़रूरी नहीं था, वैसे भी मैं हाशिये पर सरका दी गई थी। जेठ जी अपने लिए काला सूट लाए थे, लड़कों को भी उपयुक्त कपड़े दिलवा दिये थे।

"तुम क्या पहनोगी—कोई काली या सफ़ेद साड़ी? यहाँ तो काला रंग ही चलता है," जेठानी जी पूछ रही थीं। वह काले शिफ़ान की साड़ी पहने थीं, हलका मेकअप। "बन्द काफ़िन या खुला?"

"बन्द," मैंने कहा।

"बन्द क्यों? लड़का लोग अपने बाप का चेहरा देखेंगे नहीं क्या?"

मैंने नज़र उठाकर सपत्नी को देखा—वह भी एक सफ़ेद रंग की सिल्क की साड़ी पहने थी—वैसे ही लग रही थी, जैसी आने पर दिखी थी।

लड़की एकदम चुप रहती थी, भ्रमित सी—बड़े बेटे की बहू। मेरी ओर कभी-कभी प्रश्नवाचक दृष्टि उठ जाती।

मैं चुप रही।

"जैसा आप लोग ठीक समझें," मैंने धीरे से कहा।

"तो तुम क्या पहनोगी?" जिठानी जी ने पूछा।

"मैं नहीं जाऊँगी," मैंने कहा।

"आख़िरी बार चेहरा भी नहीं... ?"

"नहीं," मैंने कहा।

अंत्येष्टि गृह के न्यूटिशियन द्वारा सजाया, सँवारा, मेकअप किया हुआ मृत चेहरा—उसे क्या देखना? एयर कंडीशन कोष्ठक में सुरक्षित रखा, कटा-पिटा शरीर या सजाया हुआ चेहरा स्मृति में नहीं टाँकना चाहती थी। मैं तो एक मदमय, प्यार और चाहत से

भरपूर चेहरे को याद रखना चाहती थी—पुस्तक में लीन, गम्भीर—जब पढ़ने का चश्मा नाक पर टिका रहता था। जब वह हँसते थे—उनका वह संवेदनशील, कोमल, स्नेही चेहरा—ताबूत में रखा चेहरा नहीं।

"वह जा चुके हैं," मैंने कहा। "मैं अकेली रहना चाहती हूँ—आप सब जाएँ।"

"सब कुछ विधिवत होगा," जेठानी जी बोलीं, "अगर तुम्हारी यही इच्छा है तो—तुम तो बहुत हिम्मत वाली लड़की हो—अच्छा, हम चलें।"

पिछवाड़े तीन काली गाड़ियाँ खड़ी थीं। हरेक पर एक झंडा था—यानी कि यह शव-यात्रा है। मैं दरवाज़े पर खड़ी-खड़ी लिफ्ट का आना और परिवार के सदस्यों को उसमें प्रवेश करते देखती रही। ये सब जा रहे हैं, पति का दाह-संस्कार करने—मैं चिंघाड़ कर रो क्यों नहीं पा रही हूँ? रोऊँ भी तो कैसे? वहाँ एक निस्तब्धता है, चीड़ और देवदार के वनों जैसी शान्ति। मुझे बहुत-बहुत चाहने वाले व्यक्ति का तो कई दिन पहले ही अस्तित्व समाप्त हो गया था। यह सब तो कर्मकांड है—चाहे वह ठेले पर लावारिस, मैली चादर से ढँकी लाश हो; या फिर भारत से अमेरिका यात्रा करके आया परिवार, जिसने नये कपड़े ख़रीदे हैं; जिसके भोज के लिए गोल्डबर्ग दम्पति ने अपने घर पर आयोजन किया है। बटन पति का सबसे बड़ा पुत्र दबाएगा।

× × ×

मम्मी की आवाज़ सुनी तो एकदम दुःख का ज्वार उमड़ पड़ा—इतना रोना, इतनी सिसकियाँ कि गले से आवाज़ ही नहीं निकल सकी। वह भी रो रही होंगी।

"हिम्मत रखो बेटी—तुम लौट रही हो न? वहाँ रहकर क्या करोगी?" फिर कहा, "अच्छा, गुणेश्वर जी को फ़ोन दो।"

जेठ जी कह रहे थे, "हाँ, दाह-संस्कार हो गया, कल अस्थियाँ मिलेंगी। हम लोग उन्हें फ्यूनरल होम से लेकर सीधे न्यूयॉर्क निकल जाएँगे, फिर शाम की फ्लाइट से नॉन स्टॉप दिल्ली। ...हाँ, बमभोला की दुलहन, आप फ़िक्र न करें, हम सँभाले हुए हैं। फिर कल-परसों में वे लड़कियाँ वापस आ जाएँगी, तब वे आकर अपने साथ लिवा ले जाएँगी। ...हाँ, आठ-दस दिन तो काग़ज़ी कार्रवाई में लग जाएँगे, तब तक इन्हें रुकना पड़ेगा। होटल तो है ही। अभी वैसे भी इस हालत में नहीं हैं कि लम्बी यात्रा करें। कुछ दिन में सँभल जाएँगी। तब कोई पहुँचा जाएगा। शायद दोनों, गोल्डबर्ग दम्पति साथ आएँ, कह रहे थे। आप निश्चिन्त रहें—जब तक फ्लैट नहीं बनता, हमारे पास ही रहेंगी।"

जेठानी जी ने निषेध में सिर हिलाया—जेठ जी ने पूरी-पूरी अवज्ञा कर दी, "फिर फ्लैट में भी अकेली कैसे रहेंगी? ख़ैर, वह बाद की बात है।"

उन्होंने खँखारकर रुँधा हुआ गला साफ़ किया। फ़ोन रखकर कुछ देर चुपचाप बैठे रहे—फिर एक लम्बी साँस छोड़कर बोले, "अब तुम बस अपने को सम्हालो,

बटोरो। जब तक मैं हूँ, तुम्हें फ़िक्र की ज़रूरत नहीं है।'' वह मुझसे कह रहे थे, ''लौटकर हमारे पास ही रहोगी, इधर नहीं तो परली कोठी में। तुम्हारा बहुत ख़याल रखा जाएगा।''

मैं चुपचाप आँसू पोंछती रही।

× × ×

मैं उस छोटे से, अँधेरे कमरे में चुपचाप बिस्तर पर बैठी रहती हूँ। पर्दा खोलने से सामने गली में खड़ी टैक्सियाँ दिखाई देती हैं—अकेली, सुनसान। कभी-कभार ही कोई वर्दी पहने ड्राइवर आकर क़तार में खड़ी पहली टैक्सी को निकालकर ले जाता है, फिर सन्नाटा।

चार्ल्स नदी चुपचाप बह रही होगी। मुझे मालूम नहीं था कि मेरी कल्पनाशक्ति इतनी प्रखर होगी। मैं सोचकर भी नहीं सोचना चाहती पर ठंडी मेज़ पर, सफ़ेद बत्तियों के प्रकाश में, उनका शरीर नग्न पड़ा रहा होगा। सारी काट-पीट के बाद जो भी वक्तव्य आएगा, उसमें मुझे दिलचस्पी नहीं है। वह शरीर जो कितनी गरमाई, कितने प्रेम, कितने उन्मादित उद्वेग से पुलकित रहता था—शवगृह के एयरकंडीशन कमरे में रखा रहा होगा। नहीं, उस राह नहीं जाना। जैसे तभी उससे उबरने के लिए दरवाज़े पर थाप पड़ी। अवश्य ही रिबेका होंगी। अपने गीले गालों को पोंछते हुए मैंने दरवाज़ा खोला—सामने जेठ जी थे, साथ में जेठानी जी, जो लगातार रोये जा रही थीं। आँखों से अनवरत धार पोंछतीं और आँखें फिर उमड़ आतीं। इन्हें अपने देवर से इतना लगाव था, मैंने सोचा—जीते जी तो कभी हमारी तरफ़ झाँकी भी नहीं।

रिबेका आगे आईं। मुझे सहारा दिया और बाँह से थामे-थामे ही वह मुझे बाहर ले आईं।

''कॉन्फ्रेंस रूम में चलते हैं,'' इसाक ने कहा।

कमरा पास ही था। बड़ी-सी मेज़ के चारों तरफ़ कुर्सियाँ थीं। हर कुर्सी के आगे राइटिंग पैड, पेन, पेंसिल—पानी की बोतल।

''इन काग़ज़ों पर आपके दस्तख़त चाहिए,'' इसाक ने कहा।

हम मेज़ के इर्द-गिर्द बैठ गए। मेरे निकट रिबेका, एक कुर्सी छोड़कर जेठानी जी, सामने इसाक और जेठ जी। मैंने उन्हें देखा तो पाया, उनकी आँखें डबडबाई हुई थीं। वह शायद आँसुओं को रोके हुए थे।

''आप यहाँ दस्तख़त कर दें—अपने पति के अवशेष देश से बाहर भेजने की अनुमति। और अस्पताल से पोस्टमार्टम रिपोर्ट मिलने के हस्ताक्षर।''

मैंने चुपचाप उनकी बताई हुई जगहों पर दस्तख़त कर दिये।

''कैंसर पूरे शरीर में फैल गया था,'' इसाक का स्वर कोमल था अँगरेज़ी में।

"मुझे मालूम नहीं था," मैंने अँगरेज़ी में ही उन्हें उत्तर दिया।

मुझे तो कुछ नहीं मालूम था—केवल यह यथार्थ कि पति मुझसे बहुत प्रेम करते थे और इसी धागे को पकड़े-पकड़े मैं सुबह, दोपहर, शाम, रात-पर-रात जी रही हूँ।

इसाक ने काग़ज़ बटोरे और उठ खड़े हुए।

रिबेका ने फिर मेरा सिर सहलाया, "वेलियम की आधी गोली ले लेना। यातना सहने से कोई फ़ायदा नहीं।"

"ले ली थी," मैंने हलके से कहा, "कल रात को पूरी, आज सुबह आधी।"

"ठीक है, हम अभी यहीं हैं।"

इसाक और रिबेका के साथ जेठानी जी भी बाहर चली गईं।

जेठ जी ने एक घूँट पानी पिया, जैसे अपने को सम्हाला, फिर कहा, "यह समय इन बातों का नहीं है, फिर भी तुम्हें जानना ज़रूरी है। बमभोला ने विच्छेद के समय अपनी करोड़ों की सारी जायदाद अमृतकला और बच्चों के नाम कर दी थी। उनकी यही शर्त थी," जेठ जी रुके, शायद यह सोचने के लिए कि क्या कहें, "हमारी कुछ सम्पत्ति ट्रस्ट में है, पर हम दोनों भाइयों के जीवनकाल तक ही—बमभोला की वही आय थी, काफ़ी बड़ी रक़म थी—पर वह तो अब समाप्त ही हो गई। पर तुम अपने को असहाय या कंगाल मत समझो। नवाबगंज वाली जायदाद नानी बमभोला के नाम कर गई थीं, उस पर अमृतकला का कोई हक़ नहीं बनता था। बमभोला उसे बालाजी बिल्डर को बेच गए हैं। अब उसका पैसा मिलेगा, कई सौ करोड़ तो होगा ही।"

एक सौ करोड़ में कितने ज़ीरो होते हैं, मुझे तो यह भी नहीं पता—मैं सोच रही हूँ।

जेठानी जी कमरे में वापस आ गई थीं और खड़ी-खड़ी सुनने लगीं।

"वहाँ मॉल बनेगा और ऊपर चार मंज़िलों में फ्लैट। चार फ्लैट तुम्हारे नाम हैं—पर उस सबमें समय लगेगा—तब तक तुम हमारे साथ रहना।"

जेठानी जी ने फिर निषेध में सिर हिलाया—शायद अपने-आप, बिना जाने। मैंने भी देखा, जेठ जी ने भी। उन्हें अनदेखा करके वह कहते गए, "हम सब हैं—तुम अपने को अकेला मत समझना।"

"मैं भाई के साथ रहूँगी," मैंने कहा, "कोई छोटी-मोटी नौकरी तो मिल ही जाएगी।" अब मेरा गला रुँध गया और आँसू बहने लगे।

जैसे एक तन्द्रिल क्षण में मैं वहाँ वापस चली गई, जहाँ पति अपनी लाइब्रेरी में बैठे किताब पढ़ रहे थे, उस रंगमहल में—जिसके सामने बग्घियों और पालकियों की क़तारें लगी थीं, जहाँ बड़े हॉल में नृत्य हो रहा था, पर्दानशीन बेगमें ओट से देख रही थीं—खान-पान, हँसी-ठट्ठे, नाचगान से सब गूँज रहा था।

फिर एक क्षण में सब शान्त हो गया, मशालें बुझ गईं—एकदम अँधेरा, घुप्प अँधेरा। सिसकियाँ, कराहें, गोलियों की आवाज़ें, काँपते स्वरों में बद्दुआएँ, पेड़ों

से लटके मानव शरीर गर्मी, धूप और भूख-प्यास से तड़प-तड़पकर मरते हुए—और फिर एकदम नग्न, सुहास, एक आवेश से नाचती जा रही है—नाचती जा रही है।

शायद मैं कुछ क्षणों के लिए बेहोश हो गई थी—जेठानी जी मेरे माथे पर भीगा रूमाल रख रही थीं, जेठ जी मेरी हथेली थपथपा रहे थे।

"तुम कुछ देर यहीं विश्राम करो—तुम्हें कोई डिस्टर्ब नहीं करेगा—हम अभी आते हैं।"

उनके जाने के बाद रिबेका कमरे में आईं। मैं उठकर बैठ गई।

"तुम किसी बात की फ़िक्र मत करो," वह कहने लगीं। फिर थोड़ी देर चुप रहकर बोलीं, "आज दाह हो गया है, कल सुबह ऐशेज़ मिल जाएँगी।"

"सब ख़त्म हो गया," मेरे मुँह से निकला।

रिबेका ने लम्बी साँस ली, "चलो, तुम्हारे कमरे में तुम्हें ले चलूँ।"

"मैंने समझा, आप चली गईं।"

"नहीं, हम बाहर बैठे थे, तुम्हारी फ़ैमिली को प्राइवेसी देना चाहते थे।"

हम कमरे में आ गए।

"अब तुम आराम करो—खाना वग़ैरह मँगवा लेना—समझीं?"

"जी," मैंने कहा।

अब फिर वही कमरा, वही अकेलापन—शरीर भी नहीं रहा—न कुछ छूने को, न कुछ पकड़कर रख लेने को।

वह दिन, वह रात—सब एक में गड्ड-मड्ड। पति का हँसता हुआ मृदुल चेहरा, प्रेम से लबालब आँखें—अब सब कुछ समाप्त—अग्नि में भस्म!

× × ×

"हम आज साढ़े दस बजे की फ्लाइट से निकल जाएँगे," जेठानी जी कहने लगीं, "न्यूयॉर्क और वहाँ से नॉन स्टॉप दिल्ली। यहाँ रिबेका और उनकी लड़कियाँ तो तुम्हारा ध्यान रखेंगी—जब चाहो, वापस आ जाना।"

मैं चुपचाप सुनती रही।

सुबह उठकर मैंने पति की पसन्द की माटी के रंग की रेशम की माहेश्वरी साड़ी पहन ली थी। मुझे न जाने क्यों लगता आया था कि मैं हाशिये पर अंकित एक छोटी-सी टिप्पणी मात्र बनकर रह गई हूँ। अपने अधिकार का दावा न करना, स्वयं पीछे हटकर पति के प्रथम परिवार को महत्त्व देना, यह मेरा ही निर्णय था। शवदाह से पहले पति का चेहरा न देखना, उसमें सम्मिलित न होना—यह भी बिना किसी दुविधा या तर्क के हुआ था। सच बात तो यह थी कि मेरे मन में उनकी हँसती हुई, उष्णता से

भरी हुई छबि थी। उस पर मैं एयर कंडीशन में फ्रीज़ किया हुआ, सजाया-सँवारा मृत चेहरा स्थापित नहीं करना चाहती थी।

फिर वे चारों बेटे? अन्तिम संस्कार पर उनका अधिकार बनता था।

''सुनो,'' जेठानी जी कह रही थीं, ''यह रख लो, तुम्हें ज़रूरत पड़ेगी। देवर जी के क्रेडिट कार्ड तो अब बेकार हो गए होंगे।''

मैं टुकुर-टुकुर उनका मुँह देख रही थी। ज़रूर उन्होंने होटल में फ़ेशल कराया होगा—हलका मेकअप और त्वचा चमक रही थी। उनके हाथ में एक क्रेडिट कार्ड था।

''रख लो—तुम्हारे पास कुछ डॉलर हैं?''

''जी, उन्होंने दिये थे, शॉपिंग के लिए,'' मैंने कहा।

''कितने?''

''गिने नहीं—शायद पाँच हज़ार होंगे।''

जेठानी जी ने सिर हिलाया, कुछ क्षण दुविधा में रहीं, फिर बोलीं, ''फिर भी यह क्रेडिट कार्ड रख लो—हर जगह कैश नहीं चलता।''

मैंने क्रेडिट कार्ड ले लिया।

हम दोनों आमने-सामने खड़े रहे।

जेठ जी अधखुले दरवाज़े से अन्दर आए। कुछ कह नहीं सके, हलके से मेरे सिर पर हाथ रखा और मुड़कर बाहर चले गए।

शायद रो रहे थे, मुझे ऐसा लगा।

मैं भी रोई—फिर आँसू पोंछ लिये।

वे दोनों चले गए—रुककर अस्थियाँ लेंगे—फिर एयरपोर्ट चले जाएँगे। प्रथम परिवार सुबह-सुबह ही डिज़्नी की सैर करने फ्लोरिडा निकल गया था—वहाँ से लॉस वेगास, लॉस एंजेलिस में हॉलीवुड की सैर करके वापस।

मैं एकाएक छटपटा उठी। अकेले कमरे में बैठना असह्य हो गया। मैंने पति का ब्रीफ़केस उठाया और बाहर आ गई। फ्रंट डेस्क पर कमरे की चाभी छोड़ी तो साड़ी पहने एक लड़की ने कहा, ''आज आपका सामान वापस उसी कमरे में भिजवा दूँ? ख़ाली हो गया। दो सप्ताह का पेमेंट तो हो चुका है।''

मैं हिचक गई, चुप। फिर सिर हिलाया, ठीक है।

''आप कहीं जा रही हैं? होटल की टैक्सी बुला दूँ?''

''नहीं—मेरा वाक् करने का मन है।''

उसने मेरी साड़ी को देखा, रिबेका के कोट को, फिर बाहर सड़क को। बोली, ''सीधे जाएँगी तो बौस्टन कॉमन, उसके पार मशहूर दुकानें, शॉपिंग—बाईं ओर जॉगिंग ट्रेल है, वह नदी तक जाती है—थोड़ी दूर है...''

''धन्यवाद।'' मैंने कहा।

"अपना ध्यान रखें," वह बोली।

मुझे लगा कि इस होटल के कर्मचारियों को, कम-से-कम जो भारतीय हैं, पता चल चुका है कि यात्रा के दौरान मेरे पति की मृत्यु हो चुकी है। वह डेस्क के पीछे से बाहर आई और मेरे साथ चलती हुई मुख्य द्वार तक आई।

"किसी चीज़ की ज़रूरत हो तो हमें बेधड़क फ़ोन करें।"

"धन्यवाद।" अमेरिकन चलन के विपरीत न वह मुस्कुराई, न मैं।

मैं बाहर आ गई।

नदी का पानी शान्त है। केवल ध्यान देने से हलकी-हलकी हिलारें उठतीं और विलीन होती दिखाई देती हैं। प्रवाह है मगर हलका-हलका। ठंड का मौसम होने से यहाँ सन्नाटा है—न नाविक, न प्रेमी, न पिकनिक वाले। पेड़ों पर जो बचे-खुचे पत्ते हैं, हवा के झोंकों से नीचे आ गिरते हैं।

मैं एक ख़ाली बेंच पर बैठ गई। थोड़े बादल आ गए थे, फिर भी चार्ल्स नदी के उस पार केम्ब्रिज शहर की टेक्निकल कम्पनियों की ऊँची-ऊँची इमारतें दिखाई दे रही थीं। मेरे पीछे बौस्टन शहर का लगातार बहता यातायात।

अब मैं अकेली हूँ—पर मुझे किसी प्रकार का भय नहीं लग रहा है। आगे क्या होगा या होने वाला है, न इसकी सोच। जैसे अधर में टँगी हूँ!

वेलियम की गोली का असर देर तक रहता है। एक तन्द्रिल शिथिल अवस्था में मैंने ब्रीफ़केस खोला—एक बड़े से पीले लिफाफे पर पति की हस्तलिपि में मेरा नाम लिखा था।

काग़ज़ों की गड्डी थी, बेतरतीबवार। यह वही काग़ज़ थे जो वह रात-बिरात बैठकर लिखा करते थे।

'तुम्हारे लिए प्रेमपत्र,' उन्होंने कहा था।

# छठा खंड

## 20

मैं उस ब्रीफ़केस को पहचानती हूँ। चमड़े के इस ब्रीफ़केस को पति ने बरसों पहले न जाने किस देश में ख़रीदा था! प्रयोग करते-करते जगह-जगह से चमड़ा घिस गया था, पर यह उन्हें इतना प्रिय था कि वह यात्रा में इसे ही लेकर चलते। इसमें होंगे उनके तीन जोड़ी पढ़ने के चश्मे, दवाइयाँ, काग़ज़-पत्र और नोटों की गड्डी।

अब उसमें बेतरतीबवार काग़ज़ों की गड्डी थी, जैसे लिखते-लिखते क्रमवार रखने का समय नहीं मिला! बस, यों ही इकट्ठा करके रख दिये गए थे। इतनी सुव्यवस्था से काग़ज़-पत्र सम्हालने वाले पति के लिए यह अजीब बात थी। मैंने ऊपर के कुछ काग़ज़ निकाले :

### प्रेमपत्र उर्फ़ पति की डायरी

'मेरी अत्यन्त प्रिय शिंजिनी...'

यानी मैं, यह मेरे लिए है। वही जो बैठे-बैठे लिखा करते थे। मेरे लिए प्रेमपत्र। उन्होंने यही तो कहा था।

मैं इन काग़ज़ों को उलट-पलट रही हूँ। उनमें कोई पृष्ठ संख्या, कोई तरतीब नहीं है। जब मन में उबाल आया तो लिखने बैठ गए। मेरी आँखों के सामने उनकी छबि हटती नहीं। मेरे अचानक आ जाने पर लिखना बन्द कर देते थे। पृष्ठ ढक देते थे। उनकी सहज मुस्कान और प्रीतिमयी दृष्टि, सब कुछ मेरे लिए। और मैंने उस प्यार को समझा ही नहीं, उसका मूल्य जाना ही नहीं, बावली मैं...!

'मेरी प्यारी शिंजिनी, जानता हूँ, तुम्हें तुम्हारे नाम से कोई नहीं बुलाता—मैं भी नहीं। मगर आज बार-बार तुम्हारा नाम लेकर बुलाने का मन कर रहा है। तुम नहीं सुन पाओगी मेरा आह्वान, जो मूक है। जब सुनोगी तो शायद अकेली होगी, मैं नहीं रहूँगा। मैं यह लिख ही इसलिए रहा हूँ कि इस छोटी-सी अवधि में तुम्हें कभी बता ही नहीं पाया कि तुम मेरे लिए क्या हो। मैं तुम्हारे साथ कुछ ही महीने बिता पाया—पर यह समय मिला तो! मैं आत्मा, परमात्मा, पुनर्जन्म—किसी पर विश्वास नहीं करता। हमको बाँधती हैं हमारी भावनाएँ, हमारा प्यार। और उसी ने पहली ही दृष्टि से तुम्हें बाँध लिया

था। जब तुम्हें छाती से लगाता हूँ तो मेरे पूरे शरीर में एक ऐसी ठंडक व्यापने लगती है कि मुझे लगता है कि मैं अजेय हूँ, अभेद्य हूँ। कोई भी रोग तुम्हें मुझसे छीन नहीं सकता।

× × ×

अन्ततः तुम लौट आईं। मुझे भरोसा नहीं था कि तुम वापस आओगी। तुम वहाँ इतनी रमी हुई थीं, इतनी ख़ुश—अपने में इतराती हुई, गाड़ी चला पाने का घमंड। शायद तुम्हें पता नहीं है कि तुम अपने में संघर्ष करती उन स्त्रियों से मुक्ति पा चुकी हो, वही जो तुम्हें कभी एक पल भी चैन से नहीं बैठने देती थीं—वह मेमें, वह मध्यकालीन रानी। पहली बार की मुलाक़ात वाली तुम वह कृशकाय, मुरझाई, कभी न बोलने या मुस्कुराने वाली फीकी-फीकी-सी लड़की नहीं थीं। तुम्हारे शरीर में उभार दिखने लगे थे, तुम्हारी आँखों में चमक आ गई थी और जब तुम हँसीं तो उसकी खनक मेरे सीने में दूर तक बस गई। तुम अब, इस रूप में मेरे जैसे ढले हुए पुरुष की ओर मुख़ातिब भी होगी, इसकी मुझे ज़रा भी उम्मीद न थी। मगर अपनी बात तो कहनी ही थी। अगर न कहता तो तुम्हें कभी गुमान भी न होता कि तुम मुझे कितनी अच्छी लगती हो। शायद तुम कभी भी मेरे पास न आओ, जानते हुए भी मैं तुम्हारी ही सोच में डूबा रहता था। मेरे बरसों से सूखे पड़े सेक्सविहीन जीवन में एक बार फिर रक्त संचरण करने लगा और सुबह के झुटपुटे में, हस्तमैथुन करते हुए, मैं तुम्हारे सामीप्य की ही कल्पना करता था।

मैं तुम्हें बता क्यों नहीं सका कि मुझे कुछ वर्ष पहले लंग कैंसर हो गया था! क्या यह लगातार सिगरेट पीने का परिणाम था? बौस्टन के डेनाफेबर कैंसर सेंटर में इलाज हुआ—सर्जरी, रेडियेशन, कीमोथेरैपी।

मैं ठीक हो गया—परन्तु इस इलाज से मेरे वीर्य के सारे शुक्राणु नष्ट हो गए। अक्सर वीर्य को फ्रीज़ कर देते हैं जिससे बाद में पिता बन सकें—पर तब मुझे जीवन में सन्तान शामिल होने की सम्भावना का विचार ही नहीं आया।

कई बार सोचा कि तुम्हें बता दूँ—सब कुछ, खुलकर। पर मोहवश चुप रह गया। वैसे भी तुम मुख्यतः प्रेयसी ही हो, मातृत्व की इच्छा या चाह तुममें नहीं देखी—न विवाह के महीनों बाद भी सन्तानहीन रहने की कोई चिन्ता; बल्कि तुम आश्वस्त लगीं कि गर्भाधान के झंझटों से मुक्त हो।

अभी तुम पूर्ण युवती हो मेरी प्रिया—मेरे बाद भी तुम्हें माँ बनने का अवसर मिलेगा—यदि तुम चाहोगी तो।

मैं उम्मीद करता था कि डॉक्टरों ने कैंसर को जड़-मूल से समाप्त कर दिया होगा, पर अब लगने लगा है, शायद कहीं उसका एक अंश रह गया होगा।

आज रात जब मैं मुँडेर के पास खड़ा हुआ था तब तुम चुपचाप मेरे पास आकर

खड़ी हो गईं। वह शायद एकादशी की रात थी, चाँदनी थी, मगर एकदम उजली नहीं। एक बार मन में आया कि कह दूँ, 'अब मेरे पास ज़्यादा समय नहीं बचा है'—पर तुम्हारी उन विश्वास भरी उनींदी-उनींदी आँखों को देखकर मौन रह गया। नज़र टिका दी नीम, चम्पा और इमली के पेड़ों की अन्धकार भरी आकृति पर—जिन शाखों पर कितने पक्षी, कितने तोते झपकियाँ ले रहे थे—चौकन्ने, रात के अँधेरे में शिकारी जानवरों की टोह लेते। साँप या जंगली बिल्लियाँ या उल्लू।

हम भी कितने असहाय हो जाते हैं, पर मैंने कभी भी आत्मदया को नहीं पाला। मैंने इस रोग की ज़िम्मेदारी पूरी-पूरी ओढ़ ली थी। और अब भी केवल अपने को ज़िम्मेदार ठहराता हूँ। फ़र्क़ केवल इतना है कि सालों पहले मैं अकेला था, पर अब तो मेरे जीवन में इतने गहरे स्तर तक तोष है कि तुम मेरी पत्नी हो। चाकू, कैंची, मोज़े खो जाने पर तुम्हारी खीज, नौकरानियों से असन्तोष, आसपास के शोरगुल पर तुम्हारा ग़ुस्सा—मुझे तुम पर हर वक़्त प्यार आता है। बेचारी भोली-भाली लड़की—नाज़ों और नख़रों से पली अब आलू-मेथी का हिसाब रखती है; चीनी, तेल और साबुन का लेखा-जोखा करती है, कहाँ आकर फँस गईं ? पर जब तुम मुझे देखकर अकारण मुस्कुरा देती हो, तब मेरा सारा अपराध-भाव धुल जाता है।

मालूम उस समय, उस रात के अँधेरे में मैं क्या याद कर रहा था ? वह सारे सुख के क्षण, प्रथम रात्रि, रात्रि नहीं, वह दिन था, जो हमने पेरिस होटल में बिताया था। उस दिन हम कहीं नहीं गए थे—लूव्र म्यूज़ियम दस क़दम पर था जहाँ विश्वनिधियाँ हमारी प्रतीक्षा ही करती रह गईं क्योंकि हम सारी रात की यात्रा के बाद, नहा-धोकर सुस्ताने लेटे तो फिर सारे दिन उठे ही नहीं। बाहर कब सूरज निकला; कहाँ, किस उद्यान, किस महल, किस प्रासाद में झुंड के झुंड सैलानी घूमते रहे—कब शाम हुई, और कब रात—हम बिना पिये ही जैसे मदहोश—और तब मुझे लगा कि यह जो हुआ है, एकदम सही हुआ है। तुम्हारे मन में मुझसे विवाह को लेकर कहीं कोई अफ़सोस या ख़लिश नहीं है। कितना-कितना आह्लादित था मैं! मेरी उस ख़ुशी और तोष का नाम नहीं था।

मैंने तुम्हें पेरिस घुमाया—मैं उस शहर की हर गली, हर रास्ते से परिचित था—और तुम ? एम.ए. करने के बावजूद तुम्हें फ्रांस या रूस की क्रान्ति के बारे में कुछ नहीं मालूम था। मालूम नहीं, उस रूसी उपन्यास वाले कोर्स में तुमने क्या पढ़ा था—शायद एक किताब भी नहीं।

मगर मैंने तुम्हारी विद्वत्ता के कारण तुमसे ब्याह थोड़े ही किया था!

× × ×

अभी कितनी दुनिया बाक़ी है! तुम्हें वह सब खँडहर और जगहें दिखाना चाहता हूँ जहाँ मैंने जीवन बिताया है। ग्रीस और टर्की के बीच के सारे द्वीप जहाँ प्राचीन सभ्यताओं

के भव्य अवशेष बिखरे हुए हैं, और मैं वादा करता हूँ कि मैं तुम्हें ले चलूँगा और अपने इतिहास और पुरातत्त्व के भाषणों से उतना ही उबाऊँगा जितना कि तुम्हें यूरोप में तंग किया था। वहाँ तो तुम्हारा मन बड़े-बड़े डिपार्टमेंट स्टोर्स में शॉपिंग करने में ही उलझा रहता था।

मुझे उन बातों पर कभी खीझ नहीं हुई, बल्कि बहुत लाड़ आता था। तुम्हारा बच्चों की तरह उल्लसित चेहरा देखता तो मेरा मन तुम्हें बहुत दुलार करने को होता था।

हम वह सब देखेंगे; तुम जी भर शॉपिंग करना, कुनबे भर के लिए—मैं मुस्कुराता रहूँगा और तुम्हारा सामान हाथों में सँभालता हुआ साथ चलूँगा—तुम्हें पेरिस के पटु जेबकतरों से बचाता हुआ।

तुम्हें मालूम है, वहाँ जेबकतरों को हुनर सिखाने के लिए स्कूल भी हैं?

× × ×

उन तीन दिनों की प्राचीन इतिहास और पुरातत्त्व की कॉन्फ्रेंस में मैं अनिच्छा से गया था परन्तु मुख्य प्रवक्ता था। आग्रह के साथ बुलावा आया था नये-नये नियुक्त हुए वाइस चांसलर का, परन्तु मेरी हिचकिचाहट का कारण था उनकी पत्नी से मेरा सम्बन्ध। जब उसका विवाह नहीं हुआ था। युवावस्था में बहुत ही रतिलोलुप और सम्भोगप्रिय व्यक्ति था मैं। स्त्री मेरे लिए उपभोग की वस्तु मात्र थी। जो भी स्त्री मुझे संकेत देती, मैं उसे स्वीकार कर लेता। यह सम्बन्ध, कम-से-कम मेरे लिए अस्थायी और बेमानी होते थे, इसलिए दो-तीन सप्ताहों बाद मैंने अपने को अलग कर लिया—यद्यपि वह बहुत छटपटाई, बार-बार बुलाया, पर मेरी ओर से कोई उत्तर न पाकर शान्त हो गई।

अब उससे दोबारा मिलने में हिचक-सी लगी, परन्तु समय काफ़ी बीत गया था, इसलिए मैंने निमंत्रण स्वीकार कर लिया। वह जगह इतनी दूर, उजाड़ और अकेली थी कि वहाँ आना-जाना ही मुश्किल था। जहाज़ हफ्ते में एक-दो बार ही जाता था और रेल स्टेशन भी पास नहीं था। इसके बावजूद विश्वविद्यालय की इमारत नई थी और छात्र आसपास के छोटे-छोटे क़स्बों और शहरों, गाँवों से आते थे। उनके चेहरे पर एक चाव था, सीखने की ललक—जो बड़े शहरों के विद्यार्थियों में कम दिखाई देती है। मैं वहाँ गया, अनिच्छा से, पर गया।

मुझे फेफड़े के कैंसर से उबरे ढाई-तीन साल हो चुके थे। उसके उपचार ने मेरे शरीर पर छाप छोड़ी थी, मेरा शरीर कृशकाय था, रंग पीला। बाल उग आए थे पर कहीं-कहीं सफ़ेदी लिये। यह बात तुम्हें स्पष्ट कर दूँ, मैं अब वह नहीं रहा था जो पहले था। मेरे जीवन में एक अलौकिक, दिव्य अनुभूति हुई थी

और वह भोग-विलास और कामुकता का व्यर्थ जीवन मैं सालों पहले ही त्याग चुका था।

मैं कैंसर-फ्री था—हर दिन मेरे लिए कामकाज से पूर्ण था। बरसों से मेरे जीवन में कोई स्त्री नहीं थी, जैसे युवावस्था के अनुभवों से छक चुका था।

× × ×

एयरपोर्ट पर लेने हमें कई गाड़ियाँ आई थीं। मेरे लिए जो गाड़ी थी, वह शहर के कलेक्टर श्रीमय वर्मा की थी। हम सब सरकारी डाक बँगले में ठहराए गए थे। उसी शाम, कॉन्फ्रेंस अगले दिन प्रारम्भ होने से पहले, कलेक्टर साहब ने सभी अतिथियों को अपने घर रात्रि-भोज पर आमंत्रित किया था।

यद्यपि आसपास की हर चीज़ सूखी और मुरझाई लग रही थी, लॉन हरा और घास मख़मली थी। यह शीत का अन्त था और न जाने किस लता की एकदम भीनी सुगन्ध का झोंका मेरी ओर बह आया।

मैंने देखा—दो स्त्रियाँ मेरे पास आकर बैठ गई हैं—श्रीमय की माँ, गरिमामय और मुदित—और मेरे पास की कुर्सी पर उनकी बहन—यानी तुम। वह सुगन्ध का झोंका तुमसे ही आया था। पर तुम्हारा चेहरा एकदम बुझा और फीका था। मुझे लगा कि तुमने जो साड़ी पहनी है, उसका रंग तुम्हारे लिए एकदम ग़लत था। उसने तुम्हारे चेहरे की आभा ही छीन ली थी। चेहरे पर मेकअप नहीं था, लिपस्टिक तक नहीं। बाल सीधे सँवारे गए थे—माथे से चिपटे-चिपटे।

तुम चुप बैठी थीं—मेरे पास, पर न जाने कहाँ खोई हुई! कितनी दूर! कभी-कभी आँख उठाकर मुझे देख लेतीं, और अपना नींबू पानी पीने लगतीं। शायद वापस चली जातीं उस अन्तर्देश में, उसी जगह, जहाँ तुमने अपने को स्थित कर लिया था—मेरी या अन्य अतिथियों की उपस्थिति से एकदम दूर।

न जाने क्यों मन हुआ कि किसी तरह उस दुनिया में झाँक सकूँ तो अच्छा लगेगा।

बस, उसी क्षण मन में उग आई चाहना, आकर्षण। मुझे अपने पर आश्चर्य हुआ। कितने वर्षों से तापस जीवन जी रहा था। वह भोग-विलास का जीवन छूटा तो छूट ही गया। लम्बे वर्ष पढ़ने-लिखने में लीन रहा, पर अब क्या? पचास के पार पहुँचकर एक नवीन प्रकार की लालसा—एक चाहना, जैसे लम्बे-लम्बे व्यवधान के बाद मन में प्यार की एक कोमल फूटी। अक्सर होता है कि पेड़ सूख जाता है, ठूँठ बनकर खड़ा रहता है बरसों, फिर देखो, तो लगता है—अरे, इसमें तो नवीन पत्ते आ रहे हैं! जैसे सौभाग्यवती स्त्री के पदाघात से अशोक वृक्ष फूलने लगता है, कुछ ऐसा ही मुझे उस समय लगा। जैसे हृदय ने एक करवट ली, एक कम्पन-सा हुआ।

तुम उस समय एक बहुत कोमल, सहज टूटने वाली कच्ची मिट्टी की प्रतिमा-सी लगीं, जिसमें अभी शिल्पी ने रंग नहीं भरे थे। अभी भट्ठी में तपाई नहीं गई थी। उसे किसी ने छुआ नहीं था। पर सम्भावनाएँ अनेक थीं। अगर यही बाल ठीक से सँवारे जाएँ और कंधों पर ढलक आएँ—अगर चेहरे को हलकी कूची से सँवार दिया जाए और प्राण भर दिए जाएँ तो यह कितनी जीवन्त और सुन्दर लगेगी!

और तब, इस बूढ़े शरीर में एक अदम्य इच्छा जागी—तुम्हें हलके-हलके छूने की—हलके-हलके चूमकर तुम्हें उस स्वप्निल तन्द्रा से जगा देने की—तुम्हारे शरीर को अपनी बाँहों में कोमलता से भरकर, धीरे-धीरे तुम्हारे अंग-अंग में आग लगा देने की।

'अपने को सँभालो—बुढ़ऊ!' मैंने अपने को झिड़का, 'यह राह पकड़ने की सोचो भी नहीं। तुमसे वयस में आधी यह अनगढ़, अनछुई-सी लड़की—और कहाँ तुम एक नम्बर के विलासी, स्वार्थी, निर्मोही, देश-विदेश की स्त्रियों के संसर्ग के भोगी! और सबसे बड़ी बात—तुम्हारे पास समय ही कितना बचा है?'

मैं उठ खड़ा हुआ, दूसरे अतिथियों से बात करने में अपने को व्यस्त कर लिया—मुड़कर तुम्हें देखा भी नहीं।

अगले तीन दिन कितनी व्यस्तता में बीते, मैंने अपने को डुबा लिया उन परिचित आलेखों, वाद-विवाद, तर्कों और कुतर्कों में। आख़िरकर वही तो थी मेरी दुनिया। पर उस सबके बीच कभी-कभी एक गोरी-गोरी-सी, खोई-खोई, रिक्त दृष्टि वाली, पीले रंग के शिफ़ौन की साड़ी में लिपटी एक लड़की की छबि उभरती और मैं उसे बार-बार पीछे ठेल देता।

मैं लौट आया। पर व्यस्तताओं में भी एक आकर्षक, बेरंग, पर सुन्दर प्रतिमा जैसी लड़की हरदम मन में उभर आती—कलेक्टर श्रीमय वर्मा की बहन।

'तुम होते कौन हो,' मैं अपने को झिड़कता, 'किसी को आँच में तपाकर रंग भरने वाले? कुछ पटल उदास रंगों में ही अच्छे लगते हैं।'

मैं बार-बार उस उजड़े-वीराने शहर में क्यों जाने लगा—कभी विश्वविद्यालय में पुरातत्त्व विभाग की स्थापना कर वहाँ लेक्चर शृंखला के लिए, कभी कोई पुरातत्त्वी व्यक्ति की नियुक्ति करने के बहाने? यह सही था कि यह प्रदेश आपस के और मुसलमान शासकों के युद्ध के लिए प्रसिद्ध रहा, पर मैं तो प्राचीन इतिहास का मर्मज्ञ था, मुझे उससे क्या लेना-देना?

जब भी वहाँ रहता, कलेक्टर साहब के घर ज़रूर जाता। उनके साथ चाय पीता, ड्रिंक करता, पर आँखें तुम्हीं को खोजती रहतीं और जब तुम आतीं तो जैसे मेरे लिए पूरा वातावरण ही रंगमय हो जाता।

तुम्हें बातों में उलझाना चाहता, पर तुम्हारे उत्तर छोटे-छोटे होते, 'हूँ—जी नहीं, जी हाँ कुछ-कुछ, जी नहीं कभी नहीं...' मेरा मन होता तुम्हें झकझोरने का—चीख़-चीख़कर कहने का—अरे, देखो, मेरी ओर देखो, मैं कितना असाधारण हूँ—मैं कितना

प्रसिद्ध विद्वान हूँ—मैं समृद्ध हल्दीपुरी परिवार का बेटा हूँ—स्त्रियाँ मुझ पर मरती थीं, पर वह सब व्यर्थ था। तुम किसी और दुनिया में विचरण कर रही थीं और उसमें प्रवेश का रास्ता मुझे असम्भव लगता था।

एक दिन साहस करके कह ही दिया, 'मुझे आपकी बहन बहुत अच्छी लगती है श्री। जानता हूँ कि वयस में उनसे बहुत बड़ा हूँ, फिर भी उनसे विवाह करना चाहता हूँ।'

श्रीमय मुझे अचरज से देखने लगे। उन्होंने अपनी ड्रिंक मेज़ पर रख दी।

'नहीं—मैं नशे में नहीं हूँ,' मैं गम्भीर था, 'बस, मन में बात थी तो कह दी। आगे आप लोगों का निर्णय।'

'मैं माँ से बात करूँगा,' कुछ देर बाद बोले, 'वह आम लड़कियों से अलग है। कल्पना संसार में जीती है। उसे पूरा विश्वास है कि वह पूर्वजन्म में एक विख्यात महारानी थी और उसका महल यहीं, इसी जगह था। यह बँगला उसी के ध्वंसावशेषों पर बना है—वह अदृश्य शक्तियाँ इस जन्म में उसे यहाँ खींच लाई हैं।'

वह इस भाव से हँसे—मूर्ख है—और अपना गिलास उठाकर पीने लगे।

× × ×

मैं उसके बाद वहाँ नहीं रुका। तुम तक पहुँचने का एक सूत्र मेरे हाथ आ गया था। तुम फँस गईं मेरे जाल में। तुम्हें नहीं पता था कि मैं कहानियाँ गढ़ने में कितना माहिर हूँ। हम पुरातत्त्वी होते ही हैं ऐसे—एक ठीकरे के बल पर पूरा साम्राज्य खड़ा कर देते हैं।

जब मैंने तुम्हें बताया कि खम्भे पर कदाचित कई सौ साल पहले की तारीख़ ख़ुदी हुई है तो तुम कैसे खिल उठी थीं! पहली बार तुमने भरपूर नज़र से मुझे देखा। तुम्हारी नज़रों से मैंने पहली बार अपने को देखा। आकर्षक मैं कभी नहीं था, पर युवावस्था में पैसे की पौलिश और दुबला-पतला, धधकता शरीर स्त्रियों को खींचने के लिए काफ़ी था। अब मैं अपने को बहुत नगण्य, बहुत हेय पा रहा था। अब रंग में कालौंस आ गई थी, चेहरे की हड्डियाँ उभर आई थीं, एकदम सूखी टहनी-सा शरीर—निचुड़ा हुआ, रिक्त। मेरे पास अब तुम्हें देने को था ही क्या—न जवानी—न भविष्य—केवल एक उमड़ता हुआ समुन्दर था। जीवन में पहली बार प्यार करने का उन्माद—क्या उम्र वाले, बीमार, मरणासन्न व्यक्तियों को प्यार करने का हक़ नहीं होता? मैं अब कैंसर-फ्री था, बीमार नहीं था और मरणासन्न तो बिलकुल नहीं। मेरे मन में एक निःस्वार्थी सैलाब था, तुम्हें हँसते हुए देखना चाहता था—उन्मुक्त, खिलखिलाते हुए। तुम्हें देश-विदेश के अनुभव कराना चाहता था।

हाँ, उम्र अधिक थी, पर क्या तुम मुझे मिल नहीं सकती थीं? मेरे जीवन में जैसे

नये रक्त का संचार होने लगा—हाँ, मैं तुम्हें पाना चाहता था—पूर्ण रूप से। अपने को पूरा-पूरा तुम पर लुटा देना चाहता था।

पर तुम्हारी मम्मी प्रस्ताव पाकर भी चुप रह गईं। श्रीमय ने बाद में कहा, 'वह अभी राज़ी नहीं है। उसमें बचकानापन बहुत है। आप जैसे मैच्योर व्यक्ति के लिए वह...'

बात वहीं रह गई।

पर हम पुरातत्त्व के साधकों में धीरज की कमी नहीं होती। तो मैं भी इन्तज़ार करने लगा। उम्र हो गई थी पर जिस सम्मोहन के कारण स्त्रियाँ जवानी में मेरी ओर खिंच आती थीं, वह एकदम चुका नहीं है, इसका मुझे विश्वास था।

× × ×

इस समय तुम कमरे में सो गई होंगी। पहले तुम मेरा इन्तज़ार करती थीं, मगर कुछ दिनों से मैं अलग कमरे में सोने लगा, तब तुम बत्ती बुझाकर सो जाती हो। मैं कितनी-कितनी देर, आधे उढ़के हुए दरवाज़े की दहलीज़ पर चुपचाप खड़ा तुम्हें देखता रहता हूँ। कमरे में हिमालयन सॉल्ट लैम्प की हलकी-हलकी मद्धिम रोशनी में तुम्हारे सोते हुए चेहरे को ताकता रहता हूँ—और मन-ही-मन अचम्भा करता रहता हूँ कि तुम मेरी पत्नी हो—तुम मुझे उतना ही प्यार करती हो जितना कि मैं तुमसे—मैंने कभी पूछा नहीं, और पूछूँ भी क्यों? तुम्हारी हर बात में मेरे लिए ढेर सारा प्यार झलकता रहता है।

## प्रेमपत्र-II

कभी-कभी सोचता हूँ कि यदि पहली बार ही मेरा विवाह-प्रस्ताव स्वीकृत हो जाता तो हमें डेढ़ साल का समय सहवास के लिए और मिल जाता। फिर विचार आता है, कि तब तो वही होता जो पहली बार हुआ था। जैसे डैडी का निर्णय मान लिया था सत्रह साल की उम्र में, वैसे अब भी भाई और मम्मी का निर्णय मान लेतीं। सच है, हमें डेढ़ वर्ष का समय मिल जाता मगर अब, जो आपने बिना भाई और मम्मी की स्वीकृति लिये, अपने-आप स्वतंत्र निर्णय से मेरा वरण किया, जानते हुए भी कि आप स्वयं उदय हुए और चढ़ते हुए सूरज की तरह हैं और मेरा जीवन अस्त हो रहा है, मैं ढल रहा हूँ—फिर भी आपने स्वेच्छा से वरण किया और इस विवाह में पूरी-पूरी साझेदारी की—इससे ये सात महीने कितने परिपूर्ण, सुखद, लबालब रहे!

हाँ, यह सही है कि शायद आप उस त्रासद घटना से बच जातीं, तलैया में डूबने की। आप बच गईं और डॉक्टरों ने स्किज़ोफ्रीनिया का उपचार कर आपको सहज और

नॉर्मल बना दिया—वह सारी आवाज़ें, वह सारी छायाएँ निर्वासित कर दीं। सुन्दर, स्वस्थ और नये अनुभवों में पूरा-पूरा डूबकर आपने अपने को पा लिया और फिर मुझे स्वेच्छा से वरा, मैं धन्य हो गया।

असल में मैं सोचा करता था कि मुझे भी अधिकार है, सुखी होने का—चाहे अंजुली भर ही। मैंने एक क्षण में अपने से कहा था कि यदि मुझे आपके साथ सात-आठ महीने भी मिले तो मैं उसे एक उपहार की तरह अपना लूँगा—शायद किसी विचरते हुए यक्ष ने मेरी बात सुन ली होगी—और मुझे प्रदान कर दिया यह समय। यह भी तो हो सकता था कि आपकी प्रतीक्षा करते-करते ही मुझे इससे पहले ही कैंसर हो जाता और इतना समय भी न मिलता। मैं इतना स्वार्थी नहीं हूँ और डॉक्टर बराबर मुझे-कैंसर-फ्री बताते रहे।

मैं गर्व और दावे के साथ कह सकता हूँ कि जितनी गहराइयों से मुझे तुमसे प्यार है, वैसा प्यार बिरले ही अनुभव कर सकते हैं। मुझे तुमसे इस समय यह कहने में गहन ग्लानि हो रही है कि युवावस्था में, अपने तबके के ऐयाश और बिगड़े हुए लड़कों की तरह स्त्री मेरे लिए भी एक उपभोग की वस्तु थी—चाहे कुछ रुपये देकर माली की जवान बीवी को कुछ समय के लिए ख़रीद लिया जाए या ट्रेन के कूपे में मिल गई, ऊपर की बर्थ पर बेख़बर पति की अभी-अभी विदा की गई सद्य:विवाहिता पत्नी—मेरे स्पर्श पर वह पहले चौंकी थी, फिर नि:शब्द समर्पित हो गई थी। वे दोनों सो ही रहे थे जब सुबह चार बजे मेरा स्टेशन आया और मैं चुपचाप उतर गया। मुझ नीच को कुछ दिन यह सोचकर कौतुक होता रहा कि अगली रात पति को देखकर उसे कितना आश्चर्य हुआ होगा!

× × ×

रूस के दूतावास में संलग्न होने पर भी यही पीने-पिलाने और वेश्यागमन का दौर चलता रहा। उन दिनों वह सोवियत यूनियन था। हम हर सप्ताहान्त पर यूरोप में कहीं जाते—कभी हेलसिन्की, कभी स्टाकहोम, कभी एमस्टरडैम। उस बार हम इटली गए थे। वहाँ के ध्वंसावशेष देखते हुए मैं अकेला था और न जाने कब बेहोश होकर गिर पड़ा—शायद पिछली रात बेहद शराब पीने के कारण। मुझे लगा, मैं शरीर से निकलकर कहीं अधर में टँगा हुआ हूँ। भूकम्प से नष्ट हुए अवशेषों के बीच मेरा युवा शरीर औंधा पड़ा था, अपने ही वमन से तर-ब-तर—और उस क्षण मुझे अपने अन्दर एक दिव्य प्रकाश जागता हुआ लगा। मेरे चारों ओर एक जगमगाता हुआ, शान्तिपूर्ण वातावरण था—उसमें मेरा शरीर एक अर्थहीन और विलासी जीवन का प्रतीक लगा। एकाएक मुझे होश आ गया। मैंने अपने को खड़े होने को बाध्य किया। मेरे चारों ओर अभी भी वह दिव्य प्रकाश था। मेरे अन्दर कुछ जाग उठा था, जिसे अँगरेज़ी में एपेफ़नी कहते

हैं— एक अलौकिक दिव्य ज्ञान, जिसने मेरे जीवन की दिशा ही बदल दी। मेरे पूरे शरीर और कपड़ों से वमन की दुर्गन्ध आ रही थी।

मैं वहीं बहुत देर तक बैठा रहा—अपने विलासी और अर्थहीन जीवन पर बेहद लज्जित।

एकाएक वह प्रकाश लुप्त हो गया, परन्तु मेरे अन्दर जो नई लौ जगा गया था, उससे मैं एक अर्द्धनिद्रित, स्वयंचालित अवस्था में वापस लौटा।

वह अवस्था कई दिन रही। मैं अपनी जीवन-पद्धति मन में लोटता-पोटता रहा। मुझे लगा कि मैंने जीवन के पच्चीस-छब्बीस साल एक बेमानी, निरर्थक और स्वार्थी युवक के रूप में नष्ट कर दिये हैं। मुझे भाग्य ने कितना कुछ दिया है, और मैं एक पशु-रूप में जीता आया हूँ।

मैं मॉस्को लौटा तो एक नया ही व्यक्ति था। मैंने नौकरी छोड़ दी और अनातोलिया, मध्य टर्की में जाती हुई पुरातत्त्व टीम का एक अदना-सा सदस्य बनकर उसके साथ हो लिया, जैसे मुझमें एक नये व्यक्ति ने जन्म लिया था! वह पुराना चोला त्यागकर मुझे जीवन में एक नई और सही दिशा मिली—ख़ुदाई, रिसर्च, अध्ययन-मनन में मेरा मन एकदम रम गया।

और फिर बरसों-बरसों के इस तापस जीवन के पुरस्कार में जैसे नियति ने तुम्हें मेरे सामने लाकर खड़ा कर दिया।

इस छोटी-सी अवधि में जितना भी मिला, मैं भरपूर जिया। सच कहूँ—मैं अब, तुम्हारे साथ ही जी रहा हूँ, यही मेरे जीवन की परिणित है। वह पिछली ज़िन्दगी, वह युवावस्था की विलासिता, गाँव में पत्नी—एक खोखली, सारहीन प्रथा थी। जी तो अब रहा हूँ—पूरा-पूरा—आपादमस्तक डूबकर।

× × ×

तुम्हारी आदत एकदम पाटी से सटकर सोने की है—पलंग चाहे कितना बड़ा हो—एकदम पाटी पर, कि अब गिरीं, अब गिरीं, पर गिरतीं नहीं—मेरी बाँह जो घेरे रहती है। तुम बाएँ हाथ की कोहनी मोड़कर, हथेली पर गाल टिकाकर ऐसे ही सोती हो, और मुझे बहुत सुन्दर लगती हो। पूरे दायरे में यह बात प्रचलित हो गई है कि मुझ जैसे बूढ़े, रसहीन, खूसट, गर्द भरी किताबों में नाक अड़ाये यह डॉक्टर हल्दीपुरी अपनी जवान पत्नी पर महा लट्टू हैं और महाविभोर रहते हैं। तुम्हारा वह पीला, मुरझाया हुआ आत्मतल्लीन चेहरा कितना बदल गया है! तुम्हारे अनजाने में ही आसपास आत्मविश्वास-प्रभामंडल रहता है। उससे सारा वातावरण जगमग करता रहता है। सुहास ने देखा था, जाना था, चाहा था कि वह भी पति-प्रेम अनुभव करे, परन्तु पति तो अपने को नपुंसक समझ बैठा था। उसके पास आने में भी डरता था। थोड़ी-सी काउंसलिंग के बाद

उसको आत्म-विश्वास आ गया था—मैं आशा करता हूँ कि सुहास अब तुमसे ईर्ष्या नहीं करती होगी।

× × ×

तुम्हारे भाई एक अच्छे आतिथेय थे। विश्वविद्यालय में दो दिन की लगातार मीटिंग के बाद हमारे स्वागत में की गई वह पार्टी एक सुखद अन्तराल थी। मैं तो अन्तिम सत्र की अध्यक्षता करता हुआ एकदम पस्त हो गया था, क्योंकि उसमें काफ़ी तू-तू, मैं-मैं हुई थी। एक बार सोचा कि न जाऊँ, पर उस मच्छर भरे अतिथिगृह में अकेले शाम गुज़ारने के विचार से ही मन में ऊब होने लगी।

पार्टी का आयोजन लॉन में था। जाड़ों की हलकी-हलकी धूप और आसपास टेसू के फूलभरे वृक्ष। किनारे-किनारे गुलदाऊदी के गमले रखे थे जिनके फूल वृहदाकार थे और बाँस की डंडियों के सहारे टिकाए गए थे। बँगला वैसा ही था, जैसाकि अँगरेज़ बनवाते थे—घेरेदार ड्राइव-वे, फिर बड़ा-सा पोर्च, सीढ़ियाँ। हम लोग अन्दर नहीं गए पर बाहर से देखकर ही समझ सकते थे कि अन्दर का भूगोल क्या होगा।

कलेक्टर साहब की शराब अच्छी थी। मैं धीरे-धीरे मज़ा ले रहा था। पूरे होश में था। मुझे वैसे भी नशा देर में चढ़ता है—कि तुम लॉन में निकल आईं। तुम एकदम हलकी पीली शिफ़ान की साड़ी पहने थीं, चेहरा मुरझाया, उदास। आँखें खोई-खोई, हमें देखकर भी न देखती हुईं। इत्तेफ़ाक से मेरे पास की दो कुर्सियाँ ख़ाली थीं, तुम और तुम्हारी मम्मी मेरे पास आकर बैठ गईं।

माँ एकदम कलेक्टर साहब की गरिमा से परिपूर्ण। गोरा रंग, बिना फ्रेम वाला चश्मा, चेहरे पर जीवन्तता और पतले-पतले होंठों पर लिपस्टिक की हलकी लाली। वह हँसीं, उसमें खुलापन था, पारदर्शिता—तुम्हारी मुद्रा से विपरीत, जो जैसे अपने को परत-दर-परत गाँठों में बाँधकर ऐसी उलझी बैठी थी कि किसी से सीधे नज़र मिलाना भी तुम्हारे लिए एक सज़ा समान था। अक्सर सुन्दर, मुखर, वाचाल माताओं की बेटियाँ उनके व्यक्तित्व से दबी हुई और बुझी-बुझी हो जाती हैं। मैंने तुममें तुम्हारी माँ के व्यक्तित्व का बीज देखा और सोचा कि यह लड़की खुले बालों में, खुलकर हँसती और पूरी तरह जीते हुए कैसी लगेगी?

और तभी मन में चाह उठी कि वहीं, सबके सामने—तुम्हारी माँ, भाई, भृत्य, कर्मचारी, सहयोगियों के सामने—तुम्हें कोमलता से बाँहों में ले लूँ और तुम्हारे पूरे खुले और ढके शरीर को अपने चुम्बनों से भर दूँ।

वह एक पागल, पर कैसा अद्‌भुत क्षण था? जैसे भीषण तपन के बाद एक ठंडी हवा का झोंका!

हमारे हृदय और चाहना का आयु से कोई सम्बन्ध नहीं होता। अस्सी वर्ष के पुरुष-स्त्री में भी आकर्षण और प्रेम हो जाता है। फिर मैं तो इतना बूढ़ा भी नहीं।

× × ×

वह क्षण मेरी ज़िन्दगी का एक क्रान्तिकारी क्षण था जब तुम मेरा हाथ पकड़कर क़रीब-क़रीब खींचती हुई बँगले के उस खम्भे तक ले गई थीं जिसके बारे में मैंने तुम्हें बताया था। कितना धूर्त और चालबाज़ हो गया था—बस, चाहता था कि एक नज़र डालकर तुम मुझे देखो तो! कैसी मनगढ़न्त कहानी मैंने तुम्हें सुनाई थी! अपनी गढ़ी के पास पेड़ों पर लटके हुए क्रान्तिकारियों को मैंने फ़र्ग्युसन साहब के बँगले के आसपास के वनों पर आरोपित कर दिया था। हो सकता है, तेरहवीं-चौदहवीं शताब्दी में वहाँ कोई राजमहल, कोई गढ़ी रही हो—पर फ़र्ग्युसन साहब—कलेक्टर साहब का बँगला उस जगह इसलिए बना था कि वह हलकी ऊँचाई पर स्थित वन के आक्रमण और पशुओं से सुरक्षित रहे। तुम एक अबोध, अननुभवी बच्ची की तरह थीं। तुम्हारे चेहरे पर एक कोमलता रहती थी और आँखें निष्कपट। तुम मेरे जैसे धूर्त के जाल में फँस गईं। तुम्हें विश्वास हो चला कि तुम्हारे पूर्व जीवन के प्रसंग सही हैं। पर क्या था वह, शायद हलका-सा स्किज़ोफ्रिनिया—मानसिक बीमारी का प्रारम्भ, जहाँ रोगी को तरह-तरह की आवाज़ें और छायाएँ दिखाई देती हैं; या फिर उर्वर कल्पना। हो सकता है कि पूर्वजन्म का आभास हो, मुझे क्या पता? मैं तो बस यही समझता था कि मेरा बाक़ी जीवन भी पढ़ने-लिखने में डूब कर, शोध और लेखन में दत्तचित्त होकर बीतेगा। मेरी लाइब्रेरी की किताबें, जो तुम्हें पुरानी, फटी, और धूलभरी लगीं, उनके बीच रहकर मुझे कितना अच्छा लगता था! फ़र्श से लेकर दुमंज़िली छत तक चुनी हुई अलमारियाँ, जिनमें रखी हर पुस्तक मुझे प्रिय थी। हाशिये पर मेरे विचार, मेरी टिप्पणियाँ, मेरे विचार अंकित थे। सुबह से रात तक उन्हीं में डूबे रहना, लिखते रहना और थक जाने पर उस तख़्त पर लुढ़क जाना—बिना गिलाफ़ वाले तकिये का सिरहाना बनाकर और अपनी लोई ओढ़कर रात बिता देता था। उन दिनों मेरा जीवन एकदम सादा और सीधा था, और ऐसा रहेगा, यह मैंने स्वीकार कर लिया था। मध्य प्रदेश के एक उजाड़-से शहर में तुम मिलोगी, यह मैं सोच भी कैसे सकता था?

× × ×

मैं बार-बार अशोक वृक्ष के फूलने की बात करता हूँ। मैंने स्वयं देखा है लाल-लाल फूलों के गुच्छों से भरा, फूलता हुआ अशोक वृक्ष—कन्या कुमारी जाते हुए राह में! वह एक राजप्रासाद है और अवश्य किसी सौभाग्यवती, पतिप्रिया रानी के स्पर्श से

वह फूलने लगा होगा। मैंने सोच रखा है कि कहीं से, खोजबीन करके अशोक वृक्ष की एक शाखा लाऊँगा और रोप दूँगा अपने उद्यान में। और तुम्हारे स्पर्श से वह फूल उठेगा। लोग देखेंगे और अचरज करेंगे और सब जान लेंगे कि तुम्हारे चरण कितने मांगलिक हैं, कि तुम कितनी सौभाग्यवती और पति की प्राणप्रिय हो।

परन्तु समय मेरे पास नहीं है—कम-से-कम अशोक वृक्ष के लाने, रोपने और फूलने तक। मगर तुम रहोगी मांगलिक, पतिप्रिया—पति के न होने पर भी, क्योंकि मेरे जाने के बाद भी मेरा अक्षुण्ण प्यार तो रहेगा।

## 21

तुम्हारी ओर से मेरा विवाह-प्रस्ताव ठुकरा दिया गया। कारण मुझे पता नहीं चला—शायद वयस का अन्तर। मैंने पूछा भी नहीं, एक सहज मित्र की तरह बना रहा, सम्पर्क रखा। तुम बीमार हो गईं, इलाज से तुम्हारा रोग चला गया, फिर तुम अमेरिका चली गईं परन्तु मेरे मन में जो इच्छा जलने लगी थी, किसी प्रकार बुझ नहीं रही थी। मैंने उसे बुझाने की कोशिश भी नहीं की। उस अतृप्ति का भी एक खट्टा-मीठा सुख था, जैसे त्वचा में भिदी फाँस को बार-बार कुरेदने पर होता है।

और जब तुमने कहा, 'मुझे लगता है कि मुझे आपसे प्यार हो रहा है', तो मैंने कहना चाहा, 'मैं तो तुम्हें कब से प्यार कर रहा हूँ...' पर कहा नहीं। उस क्षण के सुख में डूबकर मौन रह गया। तब सोचा, तुम्हें हर प्रकार से समृद्ध बनाऊँगा—विचारों से, अनुभवों से। देश-विदेश ले चलूँगा। हम साथ-साथ पुस्तकें पढ़ेंगे, उन पर वार्तालाप करेंगे, संगीत सुनेंगे; कार्यक्रमों में जाएँगे। तुम मेरे साथ भ्रमण पर निकलीं तो—पर तुम्हें शॉपिंग का क्रेज़ था—पेरिस में जूते, चप्पल, पर्स और इत्र; स्विट्ज़रलैंड में कपड़े, घड़ियाँ। हर जगह तुम्हें कुछ-न-कुछ ख़रीदने को मिल ही जाता था। तुम्हारी प्रज्ञा या पठन-पाठन में रुझान बिलकुल नहीं था, मगर तुम जैसी थीं, मैंने तुम्हें उसी तरह पूरा का पूरा स्वीकार कर लिया। कोशिश थी कि कहीं भी तुम्हें ऐसा न लगे कि तुम्हारी इच्छा के विपरीत मैं तुम्हें किसी और तरह से गढ़ रहा हूँ।

फिर मुझे अच्छा लगने लगा—तुम्हारा शॉपिंग करना, उसे ठूँस-ठूँसकर सूटकेसों में भरना, उन्हें ढोना। फिर तुम्हारा घर आकर उन्हें खोलना, ख़ुश होना, फिर तह करके रख देना, कुछ देर बाद फिर तहें खोलना। दूसरी बात जो मुझे भाने लगी थी, वह छोटी-छोटी निरर्थक बातों पर तुम्हारा खीजना, झुँझलाना। तुम उन छोटी बातों में इतना उलझ जाती थीं कि बस, उलझी ही रह जाती थीं। क्रमशः मेरा अपनी लाइब्रेरी में बैठना कम होता गया, काग़ज़-क़लम पर धूल जमने लगी। मीटिंग या भाषण के आमंत्रणों को मैं बिना झिझक के नकार देता—जैसे मेरा जीवन तुम्हारे इर्द-गिर्द सिमट आया था और उसी में मेरी ख़ुशी निहित थी! मैं भूलने लगा कि कभी मैं फेफड़ों के घातक रोग का मरीज़ रह चुका हूँ। एक बार तो रोग को पछाड़ ही चुका था। मुझे अपने दिल में पूरा

विश्वास था कि मैं इसी तरह, तुम्हीं में केन्द्रित जिऊँगा। इसी तरह का आकंठ प्यार मेरा सिंचन और रक्षण करता रहेगा। हाँ—तुमने मुझे अप्रत्याशित सुख दिया। शायद तुम स्वयं भी न समझ सकीं कि तुम मेरे जीवन में क्या मायने रखती हो।

हाँ, मैं हैप्पी था—पर फिर मुझे एकाएक लगने लगा कि मेरे शरीर के अन्दर कहीं कुछ ग़लत हो रहा है। इस बार पहली तरह के लक्षण नहीं हैं—फिर भी एक बार चेकअप करा ही लेना सही होगा। एक बार सब कुछ सही है, यह जान लेने के बाद हम पूरा अमेरिका घूमेंगे और तुम मन भर के शॉपिंग करना, अम्बार के अम्बार—मैं ख़ुश-ख़ुश पेमेंट करता रहूँगा—और सब वापस लाने का प्रबन्ध भी करूँगा—मेरा वादा। सच!

× × ×

जब तुमसे मिला, उस शाम, तुम्हारे कलेक्टर भाई के लॉन पर छिड़काव के कारण ठंडक थी। ख़ानसामा शर्बत और शराब की ट्रे लेकर घूम रहे थे। चहारदीवारी के पास टेसू और गुलमोहर के पेड़ खचाखच फूल रहे थे। तुम अपनी माँ के पास बैठी थीं! तुम्हारा पेय छोटी मेज़ पर अनछुआ रखा था। यद्यपि कली होने की आयु पार कर चुकी थीं, पर तुम थीं एक अविकसित कली, जिसे सही ऊष्मा, सही वातावरण की आवश्यकता थी, कुछ ऐसे कि जो तुम्हारे होंठों को हलके-हलके चूमे और आग लगा दे तुम्हारे पूरे शरीर में—ऐसी आग, जो तुम भी आकर गर्मी भरी दोपहर में मेरे दरवाज़े पर थपकी दो और समर्पित हो जाओ। वह फ़र्ग्युसन साहब का बँगला, ग़दर में जला दिये जाने की कहानी, बाग़ियों द्वारा सम्पूर्ण सर्वनाश, या फिर मचला दे का प्यार—यह सब मेरी कल्पना की उपज थी, मेरी शिंजिनी! उसमें लेशमात्र भी सच नहीं था। वह बँगला ग़दर के बाद अँगरेज़ कलेक्टरों के रहने के लिए बनवाया गया था। वह चबूतरा, पिछवाड़े बैठकर साहब लोगों के जिन और टॉनिक पीने के लिए था। और वह तलैया—शायद ढलान पर होने के कारण अपने-आप बरसात में पानी से भर जाती थी। न भूत-प्रेत, न मचला दे। सब तुम्हारा ध्यान केन्द्रित करने के तरीक़े थे। मगर इस सब झूठ और कपोल कल्पना के पीछे इस विकृत और विलासप्रिय व्यक्ति का केवल एकमात्र प्रयत्न था—तुम्हें आकर्षित करना। जानता था कि आयु में तुमसे कितना बड़ा हूँ, शरीर पर रोग और विलास के प्रत्यक्ष चिह्न हैं, फिर भी तुम्हें चाहा—अपने स्वार्थ और भोग के लिए नहीं प्रिया, प्रेयसी-पत्नी रूप में तुम्हें पाने और दिल में बहुत-बहुत सहेजकर रखने के लिए।

पर जानता था कि यह एक बालक की चाहना है, आकाशदीप के लिए।

और पहली बार मैंने जाना कि प्यार क्या होता है—उन्मत्त, उतावले शरीरों को मथना, कुचलना, ख़रीदना, रौंदना नहीं—पर यह टीस भरी, कसक भरी एक हताशा,

पर साथ-साथ प्रतीक्षा और यह प्रत्याशा कि शायद मेरा जादू तुम पर भी असर कर जाए।

× × ×

कितने दिनों तुमने मुझ पर दुबारा नज़र भी नहीं डाली। तब मैंने जाना कि तुम उन लोगों में हो जिन्हें किसी और की ज़रूरत नहीं होती, अपने में ही सम्पूर्ण रहते हैं। तुमने एक स्वप्नलोक रच लिया था और उसी में रमी हुई थीं—तुम्हें उसमें किसी और की ज़रूरत नहीं थी।

और जब तुम मेरे जीवन में आईं, मेरी पत्नी बनकर, तब मैंने बचा-खुचा सब कुछ तुम पर लुटा दिया। कितनी ख़ुशी और आश्चर्य हुआ था यह जानकर कि भोग और रतिक्रिया के लिए तुम्हारी इच्छा शतप्रति मेरी इच्छा के पूर्णत: अनुरूप थी—न मैं थकता था, न तुम। नौकरानी दरवाज़ा खटखटाकर लौट जाती थी, और जब दोपहर को आती तब भी हम इस अवस्था में न होते कि दरवाज़ा खोलते—'जाने दो,' तुम चादर में कुछ लिपटी, कुछ उघड़ी कहतीं।

ब्याह के बाद तुम और सुन्दर हो गई थीं। रंग निखर आया था। चेहरा भर गया था। त्वचा एकदम दमकती हुई, जैसे कितनी आग दहकने लगी हो! चाल में एक शराबी की-सी मस्ती। मेरा मन होता था कि तुम्हें हमेशा बाँहों में जकड़े रखूँ, कभी शैया से उठने ही न दूँ—और तुम्हें भी तो, यह सब कितना अच्छा लगने लगा था!

और फिर—एक दिन पता चला कि बीमारी लौट आई है। मेरी हिम्मत नहीं हुई कि तुमसे कुछ कहूँ। शर्मिन्दा था कि ब्याह से पहले तुमसे सब खुलासा करके क्यों नहीं कहा—कि मुझे कैंसर था, कई साल बाद मुक्त रहने के बाद वह लौट आया है। इस बार बढ़-चढ़कर। कैसे कहता कि पिछली बार की दो साल की कीमोथेरैपी ने मुझे अनुर्वर कर दिया है? डॉक्टरों ने पूछा भी था कि क्या मैं वीर्य प्रशीशित करवाना चाहूँगा? पर मुझे तब नहीं लगा कि मुझे जीवन में सन्तान की चाहना या आवश्यकता होगी। पर तुम्हें देखकर बार-बार दिल में यह पीड़ा दंश देती है कि मैंने तुम्हें सन्तान-सुख से वंचित रखा। मगर तुम्हें देखकर कभी यह नहीं लगा कि तुम्हें विवाहित जीवन में सन्तान की कमी महसूस हो रही है। तुम उन स्त्रियों में हो जो प्रेयसी-प्रेमिका रहकर सन्तुष्ट रहती हैं। मगर यदि तुम माँ बनोगी तो कितनी वत्सल, स्नेहिल होंगी, यह मैं जानता हूँ; और अब, चाहने लगा हूँ कि तुम्हें मातृत्व-सुख का अनुभव करने का अवसर मिले। शर्मिन्दा हूँ अपने आचरण पर—तुम्हें खो नहीं देना चाहता था, इसीलिए चुप रहा।

तुमसे धोखाधड़ी की, और उससे भी, जिससे परम्परानुसार विद्यार्थी जीवन में ही ब्याह दिया गया था। बड़े ज़मींदार की अकेली, नख़रीली बेटी अमृतकला—शादी के बाद ही सबसे झगड़ा करके वापस मायके चली गई थी, फिर कभी लौटी ही नहीं।

मैं ही हर छुट्टी में वहाँ जाता था, और कुछ ही महीनों बाद वह एक सन्तान को जन्म दे देती थी। तुम्हें झटका लगेगा, उससे मेरी चार सन्तानें हैं—सब-के-सब बेटे। उस गाँव में क्या बेटियों का पैदा होते ही टेंटुआ दबा दिया जाता था? जब तक पढ़ाई ख़त्म हुई, मेरे चार बेटे हो चुके थे। फिर जब कम्पटीशन में आ गया तब उस स्त्री के साथ रहने का सवाल ही नहीं उठा। ससुर मर चुके थे और मैनेजर की सहायता से वह सब ज़मीन-जायदाद सँभाल रही थी। हममें केवल एक क़ानूनी रिश्ता था—और न मुझे उससे कोई लगाव था, न उसकी सन्तान से। वह सब मेरी ही औलाद थे, इसका भी भरोसा मुझे नहीं था।

इस तरह बहुत साल बीत गए, अलग-अलग दुनिया में रहते हुए। फिर तुम मिलीं—मैं तुम्हें पत्नी का दर्जा देना चाहता था। यद्यपि उन्हें ज़रूरत नहीं थी, फिर भी जब उनसे विच्छेद की बात की, तो उन्होंने मेरी पूरी विरासत की माँग की—सारी जायदाद, सारा रुपया-पैसा। और मैंने सब दे दिया। आख़िर वे लड़के मेरी भी तो ज़िम्मेदारी हैं, क़ानून की नज़र में मैं ही पिता था। असलियत में चाहे पानी भरने वाला मुस्टंडा कहार रहा हो या वह पीक टपकाते मैनेजर साहब।

सच कहता हूँ कि मेरी छाती से एक भारी बोझ उतर गया। कंगाल हो गया पर हो गया मुक्त। सोचा, शिंजिनी से ब्याह करूँगा—उसे पूरा-पूरा सुख दूँगा—शारीरिक, भावनात्मक—हर प्रकार का सुख।

पर यह कमबख़्त फेफड़ों का कैंसर, उस लम्बे विलासी जीवन की सज़ा, या केवल जीवन का जुआ, जिसके पाँसे पर कैंसर लिखा हुआ मिला?

हाँ—तुम्हें छोड़कर जाने के ख़याल से ही काँप जाता हूँ, अभी तो प्रारम्भ ही हुआ था और इतनी जल्दी अन्त?

नहीं चाहता कि तुम संन्यासिनी बनकर मेरे लिए रोती-धोती रहो। जीवन जीने के लिए है। अभी तुम्हारे जीवन में बहुत कुछ बाक़ी है, जो मैं देना चाहता था। पर दे न सका। समय बहुत कम मिला, पर मिला तो!

× × ×

मुझे जो आशंका थी, वही सच निकली। मौन कैंसर मेरे सारे शरीर के अंगों में फैल चुका है। तीन से छह महीने—डॉक्टरों ने कहा नहीं, मगर मैं समझ गया। इसी अवधि में सारा जीवन जी लेना चाहता था। तुम्हारे सारे अरमान पूरे करना चाहता था। तभी बाला जी बिल्डर को हामी भर दी, तुम्हारे लिए फ्लैट बुक कर दिये और बौस्टन जाने का निर्णय ले लिया। मेमोरियल ड्राइव वाला फ्लैट ख़ाली करवाने का नोटिस भेज दिया। सोचा, जितना भी समय बचा है, वहीं रहेंगे—बड़ी खिड़की के पास, जहाँ शाम की धूप आती है, बैठकर चाय पिएँगे। तुम रोज़-रोज़ जाना और ढेर-ढेर शॉपिंग करना,

प्रसन्न मुद्रा में घर लौटना और हम सारे पैकेट खोलेंगे और साथ-साथ देखेंगे। मैं एक बार भी, कभी कुछ नहीं कहूँगा—अकेले में बैठकर पुश्किन की कविताएँ पढ़ूँगा। मैं तुम्हारा भविष्य निर्धारित नहीं कर रहा हूँ—बस, उसकी राह सुगम कर रहा हूँ। मैं समझता हूँ कि मैं चला गया हूँ—इसको ग्रहण करने और स्वीकार करने में तुम्हें बरसों लगेंगे—पर मैं तुम्हारे जीवन में ग्रहण नहीं बनना चाहता। तुम जिसमें सुखी रहो, वही मेरी अन्तिम और चरम तुष्टि की सीमा होगी।

वे चार पुत्र कब पैदा हो गए, मैं समझ ही न सका। जवानी का जोश था, बीवी नाम की सतत उपलब्ध औरत थी। मन मिले या न मिले, शरीर अपना सुख ढूँढ़ ही लेता है। बिलकुल वैसा नहीं, जब तुम मेरी बूढ़ी बाँह पर सिर रखकर सो जाती थीं। एक परम तुष्टि और शान्ति तुम्हारे लावण्य को दुगुना-तिगुना कर देती थी—तब मैं एकटक तुम्हें देखता था। यदि देखने में अड़चन होती तो तुम्हारे उष्ण, युवा शरीर की उन्मत्तता महसूस करता रहता था। उन क्षणों में लगता कि अपनी चाहना, अपने तीव्र प्रेम में मैंने तुम्हारे साथ कितना अन्याय किया है! तुम्हें मातृत्व से वंचित रखा। कभी-कभी विचार उठता—कैसा होता वह क्षण, जब तुम इसी तरह मेरे पास सोती होतीं और पास खटोले पर होता लल्ला या मुनिया? तुम बहुत स्नेहमयी और केयरिंग माँ बनतीं—बनोगी—इसमें मुझे सन्देह नहीं।

मैं नहीं दे पाया यह सुख—न लम्बा सहवास, इसकी कसक बनी हुई है।

× × ×

कभी-कभी बताना चाहता हूँ कि प्रस्तावना, इलिकी और उनकी पाँत की स्त्रियाँ आपसे इतना क्यों जलती हैं—क्योंकि आपमें अपने को सही रोशनी में देखने की क्षमता ही नहीं है। चेहरे की कमनीयता और मासूमियत ही तो है जिसने पहली बार मेरे जैसे निर्लिप्त व्यक्ति को आकर्षित किया था। मैंने अपने जीवन में सब कुछ उपलब्ध किया, भाग्य ने साथ दिया, ऐशोआराम के बीच जन्म दिया और साथ-साथ दी एक प्रखर बुद्धि, ख़ानदानी विरासत, जिसे पूर्वजों ने धन और जायदाद अर्जित करने में लगाया और मैंने अध्ययन और स्वाध्याय में। मैं सन्तुष्ट था। सरकारी नौकरी भी की, पढ़ा-लिखा, किताबें मेरा जीवन-प्राण थीं और हैं। सम्पन्नता इसमें साधन बनी। पर जब आपसे मिला तो न जाने कितने अरमान मन में जाग उठे! टूटा-हारा शरीर जैसे नये उत्साह और उमंगों से भर उठा!

यह सब मेरे चेहरे, मेरी आँखों से दिखता है, सारी दुनिया को, सिर्फ़ आपको नहीं—मगर मुझे शिकायत नहीं है। आपका अनावृत और तृप्त शरीर, आपकी शर्मीली मुस्कान ही मेरे लिए सबसे बड़ी उपलब्धि है। आपको प्यार करते-करते अघाता नहीं और एक दिन ऐसे ही—जाने दें, उन बातों में क्या रखा है!

# 22

परिपाटी के अनुसार बीस-बाईस साल की उम्र में मेरा विवाह हुआ था—आपको जानकर धक्का लगेगा। शायद क्रोध आए कि इतनी बड़ी बात मैंने गोपन रखी। परन्तु वह विवाह केवल प्रथा को निभाना था। अमृतकला, मेरी पत्नी, एक बहुत सम्पन्न ज़मींदार की इकलौती बेटी हैं—एकदम आराम की ज़िन्दगी की आदी। ज़िद्दी और महादम्भी। बड़की भौजी से उनकी नहीं पटी तो लौट गईं और फिर कभी नहीं आईं—अपनी रियासत में रहीं और साल के साल बच्चा जनती रहीं। यह पुरुष स्वभाव भी विचित्र है—मेरी भी उनसे कभी नहीं पटी। मेरा अध्ययन, मेरी किताबें हमेशा उनके विद्रूप का कारण बनीं, पर मैं हर छुट्टी, हर गर्मी ससुराल जाता रहा और अमृतकला के साथ सोता भी रहा। वह केवल दो शरीरों की रगड़ थी, जैसे द्रव का आदान-प्रदान। अमृतकला के मन में मेरे लिए शायद परम्परागत भावना रही होगी—पति नाम के व्यक्ति के लिए, पर मेरे लिए एक सुलभ नारी शरीर—इसके अतिरिक्त कुछ और नहीं। और वे चार सन्तानें? वे सम्पूर्ण रूप से उनकी थीं—उनकी जायदाद। मैं केवल प्रजनन-क्रिया के लिए एक उपकरण मात्र था। चौथी सन्तान के बाद, जब मैं एम.ए. कर चुका था, मैंने बिना किसी क़ानूनी विधि-विधान के अमृतकला से नाता तोड़ लिया। वहाँ जाना बन्द कर दिया। उन्होंने भी सम्बन्ध रखने का कोई प्रयत्न नहीं किया, चार पुत्रों की माँ बनने की गरिमा से अभिभूत रहीं। मुझे कभी नहीं लगा कि उन बच्चों से मेरा कोई नाता है, पर वह सम्बन्ध टूटा नहीं। जब आपसे ब्याह करना चाहा तो हिमालय बनकर सामने खड़ा हो गया। उनसे सम्बन्ध-विच्छेद करने में मेरे हिस्से की सारी सम्पत्ति चली गई—या यों कहिए, मैंने स्वयं दे दी। अपने पास कुछ नहीं रखा—सब कुछ वार दिया आपके साथ कुछ समय बिता पाने की सम्भावना में। इतना तो जानता ही था कि आपको मेरे धनाढ्य परिवार के बारे में पता ही नहीं है, न आप लोग धनलोलुप ही हैं। आप कितनी सहज रीति से इस पुरानी गढ़ी में चली आईं! चाँदी से भरे बोरे कभी खुले ही नहीं। आपने कभी जानना चाहा ही नहीं कि मेरी आय कितनी है। विदेश भ्रमण करते हुए, हर चीज़ उठाने से पहले आपकी आँखें मौन प्रश्न करती थीं—'ले सकती हूँ?' और आपकी छोटी-छोटी खुशियाँ पूरी करने की सामर्थ्य तो मुझमें थी ही। आपको मैंने कहाँ-कहाँ नहीं घसीटा—पेरिस और एमस्टरडैम के संग्रहालय,

चित्रकारों पर लम्बे-लम्बे भाषण, प्राचीन ग्रीस और टर्की की सभ्यता और अवशेष। आपने सुने, पता नहीं कितना ग्रहण किया, कितना नहीं। पर मैं कितना-कितना तृप्त था! मुझे प्रत्याशा नहीं थी कि आपका प्यार मुझे आकंठ सराबोर कर देगा और आपने जाना कहाँ—बस, खोये हुए मोज़े, जमुना के गन्दे काम-काज को लेकर उलझी रहीं और मैं सुखी रहा आपके नैकट्य और आपके रसभरे हाथों के स्पर्श से।

जीवन के अन्तिम चरण में क्या इतना अधिक सुख पा लेना जायज़ है? कितना स्वार्थी हो रहा हूँ मैं? मगर मेरे मन में एक गहरा बोध है कि मेरे बाद आपका जीवन रुकेगा नहीं, बल्कि भविष्य आप पर मुस्कुराएगा। वह सब देगा, जो मैं न दे सका। मैं तो सही में, ज़िन्दगी की कथा में एक छोटा-सा कौमा हूँ जिसके बाद कथा चलती रहती है।

× × ×

कभी-कभी तुम्हें पता ही नहीं चलता कि मैं कितनी देर से कितनी प्यार-भरी दृष्टि से तुम्हें निहारता रहता हूँ। तुम्हारे लिए तो मैं अपनी पुस्तक में लीन हूँ पर किताब की इबारत के ऊपर भी एक इबारत है, तुम्हारे प्रति मेरे प्रेम की। सच कहूँ तो मैंने कभी जाना ही न था, सोचा ही न था कि मेरे अन्दर एकाग्र प्रेम का इतना गहरा, इतना मीठा, कभी न अवरुद्ध होने वाला स्रोत है। और जैसे सौभाग्यवती स्त्री के पदाघात से अशोक वृक्ष फूल उठता है, उसी प्रकार तुम्हारे स्पर्श से मैं अभिभूत हो जाता हूँ। कहाँ मिलीं तुम मुझे, अचानक और जैसे मेरा ऑबसेशन बन गईं। मुझे मालूम था कि तुम आयु में मुझसे आधी हो, तुमने अभी अपने को जाना-पहचाना ही कहाँ, पर एक बात तुमने प्रारम्भ से ही स्पष्ट कर दी कि तुम्हें मुझसे प्यार है—भले ही उतना नहीं, जितना मैं करता हूँ, परन्तु उतना तो, जितने की तुममें सामर्थ्य है। तुम्हें अपने-आपको चीन्हने का, पहचानने का अवसर ही कहाँ मिला? शायद डिप्टी कलेक्टर की बेटी होने के कारण सभी निर्णय तुम्हारे हाथ से छीन लिये गए। बावली-सी लड़की, दुनियादारी से अपरिचित—यह क्या जानेगी, क्या समझेगी? पर अब आ गया है तुम्हारे जीवन में वह मोड़, वह क्षण, जब तुम एकदम अकेली होगी, महत्त्वपूर्ण निर्णय तुम्हीं को करने होंगे और अपनी ज़िन्दगी की ज़िम्मेदारी भी स्वयं लेनी होगी। मेरे मन में यह आश्वासन जन्म ले रहा है कि तुम कर लोगी। लड़खड़ाओगी, गिरोगी, पर फिर उठकर चल पड़ोगी। मैं तुम्हें सँभालने के लिए, दिशा-निर्देश देने के लिए नहीं रहूँगा, सब कुछ तुम्हारे कंधों पर ही आकर टिक जाएगा। क्या इतना भार तुम ढो सकोगी? तुम्हें बाँहों में बाँध लेना चाहता हूँ, तुम्हें धूप-छाँह से बचाना चाहता हूँ। जब तुम्हारे आँसू गिरेंगे, मैं नहीं रहूँगा। तुम जी भरकर रो लेना—सिर पटककर, छाती पीटकर, विलाप करके। फिर एक क्षण आएगा जब तुम चुप हो जाओगी, आँसू पोंछ लोगी और दरवाज़ा खोलकर दहलीज़

के बाहर क़दम रखोगी। बाहर जो तुम्हें दुनिया मिलेगी, उससे तुम्हारी रक्षा नहीं कर सकूँगा—तुम्हें स्वयं ही सीखना होगा। मैं तुम्हारे भविष्य के लिए बहुत आशापूर्ण हूँ। जानता हूँ, तुम्हारे जीवन का एक भाग हमेशा ही 'बनवास दिया-सा' रहेगा, और वही तुम्हें मार्गदर्शन देगा।

इन कुछ महीनों में ही तुम कितनी मैच्योर हो गई हो! प्रस्तावना जैसी नारे लगाने वाली स्त्रियों से तुम अभिभूत नहीं होतीं, दूषित कीटाणु भी अब तुम्हें डिस्टर्ब नहीं करते, न छोटी-मोटी चीज़ें। तुम आश्वस्त हो—अपने में, मेरी और अपनी रिलेशनशिप में, मगर तुम्हें यह नहीं पता कि समय बहुत तेज़ी से जा रहा है। जो भी बचा है, उसमें मैं तुम्हें एकदम परितृप्त, एकदम सुखी देखना चाहता हूँ। विदेश-यात्रा के विचार से तुम कितनी प्रसन्न हो, देखकर अच्छा लगता है। तुमने उलाहना दिया था कि मैंने गुनगुनाना बन्द कर दिया है। सच में, मुझे स्वयं पता नहीं चला कि कब मेरे स्वर अवरुद्ध हो गए। और अब बार-बार, 'इस पार प्रिये, तुम हो, मधु है, उस पार न जाने क्या होगा...' गुनगुनाना चाहता हूँ। मुझे बिलकुल भय नहीं है, क्योंकि मैं जानता हूँ कि वहाँ एक तरल, निस्तब्ध अन्धकार है, शून्य है। आत्मा, परमात्मा, जन्म, पूर्वजन्म—यह सब हमारी हिन्दू मान्यताएँ हैं। मन समझाने के लिए। मैं इनमें विश्वास नहीं करता। मेरी मान्यता है कि एक बार जब हृदय धड़कना रुक जाए, एक बन्द हो गए कम्प्यूटर की तरह जब ब्रेन काम करना बन्द कर दे, तो वही अन्त है।

जाने दो, इस राह अभी न जाना ही सही।

तुम्हें कभी बताया नहीं, जब मैं इलाहाबाद में पढ़ता था तब कवि बच्चन अपनी पराकाष्ठा पर थे। 'मधुशाला' तो बहुचर्चित थी ही, उनकी अन्य कविताएँ भी हर स्टूडेंट के होंठों पर थीं। हर कवि सम्मेलन में ठट्ठ के ठट्ठ जमा हो जाते थे। बच्चन जी की एक ख़ास अदा थी। वीमेन्स हॉस्टेल की लड़कियाँ हमेशा प्रथम पंक्तियों में बैठती थीं और उन्हें दस बजे वापस लौटना होता था। हम लोग प्रतीक्षा करते थे कि कब ये लड़कियाँ उठें, और बच्चन जी अपना पाठ शुरू करें। 'शेष बहुत है रात, अभी मत जाओऽऽऽ'—बच्चन जी की यह कविता इलाहाबाद कैम्पस में गूँजती थी। तब विश्वविद्यालय अपनी प्रतिष्ठा, पराकाष्ठा पर था—चारों ओर फूल, लताएँ, हर पन्द्रह मिनट पर बजती हुई घड़ी। हम लोग जैसे एक नशे में रहते थे। मज़े की बात है, फ़ॉरेन सर्विस में आने के बाद जो इलाहाबाद छूटा तो छूट ही गया—कभी वापस नहीं गया, और ये कविताएँ भी तो, कितने-कितने सालों बाद होंठों पर लौट आईं, 'मैं इसलिए खड़ा रहा कि तुम मुझे पुकार लो...' मैं होंठों ही होंठों में गुनगुनाता रहता था, मगर तुम इस सबसे अपरिचित हो—आधुनिक पीढ़ी की तरह। बच्चन जी के काव्य नहीं, उनकी वंशावली से परिचय है पर बच्चन जी ने हमें समृद्ध किया था अँगरेज़ी पढ़ाकर, अपनी कविताओं और काव्य माधुर्य से, अपने पाठ से। जीवन भर के लिए हमारी पीढ़ी के मानस में हिन्दी कविता और साहित्य-प्रेम भिद गया था।

मैं गुनगुना रहा था, तुम मुस्कुरा रही थीं—हर्षित, पुलकित, क्योंकि तुमने उलाहना दिया था, और यह पंक्ति अपने-आप होंठों पर उभर आई थी। तुम्हें अच्छा लगा था। मैं जान रहा था कि तुम बहुत बाद में यह क्षण याद करोगी और तब तक तुम्हें पता चल चुका होगा कि उस विशेष क्षण में, मेरे होंठों पर यही पंक्ति क्यों आई थी।

तुम्हें याद है, तुम्हारे पुराने परिचित, लकी शॉ, आकर अचानक खड़े हो गए थे? उस एक क्षण में मैंने क्या देखा? तुम्हारे चेहरे पर क्या भाव आया? और तुमने उसे तुरन्त दबा लिया। बताओ, क्या देखा मैंने? अपनी प्राणप्रिया के चेहरे की एक अनूठी पर क्षणिक चमक। मैं समझ गया कि तुम्हें यह लकी शॉ अच्छे लगते थे। कब? यह प्रासंगिक नहीं था, क्योंकि वह दहलीज़ के बाहर खड़े थे, और हम-तुम आत्मीय दाम्पत्य के दायरे में सुरक्षित। तभी मन में आया कि पता करूँ कि यह महाशय हैं कौन, जो अचानक भारत में दिखाई दिये और उसी रात लौट गए? हाँ, उसी रात। मत पूछो, मुझे कैसे मालूम? खोजबीन करना मेरा काम है—चाहे पत्नी का प्रथम पति हो या शताब्दियों से दबे पड़े अवशेष।

अब, जब मुझे अपना अन्त निकट आता प्रतीत हो रहा है, कभी-कभी मैं अपने से पूछ उठता हूँ कि तुम्हें पाने के लिए प्रयत्न करना क्या मेरा पुरुष-केन्द्रीय स्वार्थ नहीं था? तुम अच्छी लगीं, तुमसे प्यार करने लगा, तो वहीं बात क्यों नहीं समाप्त कर दी? क्यों बार-बार आता था उस शहर में? क्यों अपने को बहला लिया यह कहकर कि अमेरिका की एक कॉन्फ्रेंस में मुझे भाषण देने का निमंत्रण था? वहाँ चला गया था, और बाद में बौस्टन भी पहुँच गया—केवल तुम्हें देखने, तुमसे मिलने। पर अपने को बहला लेता हूँ कि भले ही मैं तुम्हें अपने जीवन में अपनी तुष्टि, अपने स्वार्थ के लिए खींच लाया, परन्तु वह प्रयत्न तुम्हें भी अपनी उस बँधी हुई ज़िन्दगी से नहीं निकाल लाया? तुम खुले आकाश में विचरण करने का सुख जान नहीं गईं? तुम्हें अपने-आपको समझने-पहचानने का अवसर नहीं मिला? पहले पापा, फिर भाई के साथ रहते हुए तुम्हारा जीवन क्या था? एक आज्ञाकारी बेटी और सीमाओं में बँधी बहन! हाँ, तुम भाई के साथ रहतीं, तो वही फीके-फीके रंगों की साड़ियाँ और म्लान चेहरे और भविष्यहीन जीवन में। पर मुझसे विवाह करने का निर्णय तो तुम्हीं ने लिया था—स्वेच्छा से मेरा वरण किया था, यह जानते हुए भी कि मैं आयु में तुमसे कितना बड़ा हूँ। मुझे सन्तोष है कि तुम अब तक जो निष्क्रिय ज़िन्दगी जीती आई थीं, उसके दायरे से निकलकर तुमने अपनी ज़िन्दगी को एकज़ामिन करने की शक्ति उत्पन्न की। शायद पहली बार, पुरुष के कंट्रोल से निकल सोचा कि तुम क्या हो—मेरी पत्नी ही नहीं, उसके दायरे के बाहर एक स्वतंत्र इकाई की तरह। तुम प्रस्तावना और इलिकी से कितना चिढ़ती थीं! शायद तुम्हें कहीं अन्दर-ही-अन्दर यह रोष, यह आक्रोश सालने लगा होगा कि तुम्हारे पास भी यही अवसर थे—पढ़ाई के बाद नौकरी करना, अपनी पहचान

बनाना, अपनी अस्मिता को खोजकर 'सार्थकता' उपलब्ध करना। मैंने तुम्हें किसी बन्धन में नहीं बाँधा। तुम यदि चाहतीं कि बाहर निकलो, नौकरी करो तो मैं रोकता नहीं, बल्कि प्रोत्साहित ही करता। तुम्हारा सुख ही मेरा सुख बन गया है। पर तुम जो हो, वह हो। लन्दन और पेरिस की वह शॉपिंग का दीवानापन, अब मुझे लगता है कि शायद जीवन में पहली बार तुमने जाना था कि तुम जो चाहो, वह करने के लिए स्वतंत्र हो। तुम्हें जो भी पसन्द आए, वह ले सकती हो। एक छोटी बच्ची खिलौने की दुकान में स्वतंत्र थी, उसे यह गुड़िया भी चाहिए थी, वह भी—लेने से पहले मेरी ओर देखना, मेरी सहमति पाना शायद तुम्हारी पुरानी आदत रही होगी—हमेशा पापा और भाई की स्वीकृति, उनकी मंजूरी की प्रतीक्षा। पर हिन्दुस्तान लौटकर तुम कभी उस तरह की शॉपिंग के लिए नहीं गईं। विचित्रा मौसी के इतने उकसाने पर भी। जहाँ तक मैं जानता हूँ, तुमने एक भी कपड़ा, जूता या पर्स यहाँ नहीं ख़रीदा, गहनों की तो बात ही दूर रही।

गेस्ट हाउस में न रहकर यहाँ, इस नवाबगंज की गढ़ी में रहना भी तुम्हारा ही निश्चय था। यद्यपि यहाँ रहना तुम्हें कभी भाया नहीं, फिर भी तुम मुझे प्रसन्न, तुष्ट और तृप्त लगती हो। शुरुआत चाहे मेरी ओर से हुई हो पर तुम मुझसे बेहद प्यार करती हो, इसका मुझे विश्वास है। मैं इतना अहंवादी नहीं हूँ कि कहूँ कि मेरे स्पर्श से तुममें जान आ गई, पर इतना तो सोचने का हक़ बनता ही है कि मेरे सहवास से तुम्हें अपने को पहचानने की सामर्थ्य आ गई है। मुझे पूरा विश्वास है कि मेरे न रहने पर, और निश्चित है, अभी नहीं तो कुछ समय बाद, तुम अपनी आगे की राह का सही-सही निर्णय कर सकोगी। मैंने तुम्हें गढ़ा नहीं, केवल तुम्हें अपने-आपको पहचानने की राह दिखाई। मैं जानता हूँ कि हमारा समाज स्त्रियों के प्रति कितना अन्यायी है। बड़की भौजी को देखो, विचित्रा मौसी को देखो—उनमें कितनी सम्भावनाएँ थीं! पर छोटी उम्र में वकील साहब को ब्याह दी गईं और पूरे जीवन वही लीक पकड़कर बैठी रहीं। उस पीढ़ी की स्त्रियाँ और करती भी क्या? उन्हें तो बचपन से ही पुरुष की छत्रच्छाया में रहकर सारे विधि-विधानों का पालन करना सिखाया जाता था। उसी में वह अपना सुख पाती थीं और जो स्थिति होती थी, उसे क़िस्मत समझकर स्वीकार कर लेती थीं।

और मैं भी तो, उसी परम्परा को निभाता चला आया था। यदि इटली के ध्वंसावशेषों के बीच मेरे अन्दर एक ज्ञान, एक बोध न जाग्रत हुआ होता, मैं अब तक वही ऐयाश, लम्पट जीवन जीता रहता—शायद कब का मर चुका होता। उस क्षण मुझे अपने पर बहुत ग्लानि हुई थी, अपने पर रोष हुआ कि मैं क्यों बेमानी ज़िन्दगी बिता रहा हूँ? मेरे पास सब कुछ है, मेधा, अवसर, युवावस्था—क्यों मैं सब बहाए दे रहा हूँ? और उसके बाद जीवन में जो परिवर्तन लाया, उसमें मैं कितना तुष्ट रहा! एक परिपूर्ण और सार्थक जीवन जीने के बोध से मैं गर्वित था। एक शोधार्थी, तापस और भिक्षु जीवन जीने का कितना गहन सन्तोष था! तब तो मुझे टर्की की वे सुन्दर वेश्याएँ भीं न लुभा सकीं।

अब मैं जान रहा हूँ कि हमारी पौराणिक गाथाओं में कितना सत्य है। विश्वामित्र जैसे तपस्वी का मेनका जैसी अप्सरा पर रीझ जाना अब मैं पूरी तरह समझ सकता हूँ। अब जब मैं बैठकर तुम्हारे लिए यह लिख रहा हूँ तो जानता हूँ कि माधवमोहन के सारे काम समाप्त करने पर भी तुम रसोई में गैस ठीक से बन्द है या नहीं, नीचे से ऊपर आने वाली सीढ़ियों के दरवाज़े वाली साँकल बन्द है या नहीं, यह दुबारा-तिबारा जाँच रही होंगी। फिर तुम नहाने जाओगी, रात्रि-वस्त्र पहनकर पलंग पर आओगी—तब तक मैं भी यह पत्र बन्द करके—तुम्हें तुम्हारी प्रतीक्षा करता मिलूँगा।

और उस सम्भोग की परणिति में मेरे यह सारे तर्क-कुतर्क, सारे सन्देह और अनिश्चिता बह जाएगी। तुम बाईं कोहनी मोड़कर हथेली पर अपना गाल रखकर सो जाओगी और मैं तुम्हें देर तक एकटक देखता रहूँगा।

# 23

एक बात जो बार-बार होंठों तक आती थी और मैं उसे दफ़न कर देना चाहता था—वह यह कि लकी शॉ नाम का व्यक्ति ही तुम्हारा पहला पति है—प्रवाल श्रीवास्तव।

हाँ—तुम्हें यह जानना ही चाहिए—यह तुम्हारा हक़ है कि तुम्हें पूरी-पूरी सच्चाई का पता रहे। मैंने यह भेद छुपाकर क्यों रखा—मैं अच्छी तरह जानता और समझता हूँ, मुझे यह जानकर बड़ी डाह हुई थी—और अब इस समय लिखते हुए भी बहुत डाह हो रही है क्योंकि वह अभी युवा हैं—लम्बा जीवन उनके आगे है, और मेरे पास गिने-चुने महीने, सप्ताह, दिन। इस डाह की लपट मुझे एहसास दिलाती है कि मेरा ख़ून अभी पानी नहीं बना है।

जिसे बरसों पहले पुलिस ने, क़ानून ने मृत घोषित कर दिया, उसके लिए मैं इतने दावे के साथ कैसे कह सकता हूँ? मुझे कहने में यह लज्जा नहीं है कि मैंने अमेरिका की एक एजेंसी से बाक़ायदा छानबीन करवाई थी। मुझे उनके बारे में, तुम्हारे पहले ब्याह के बारे में, राजकुमार नाम के निर्दोष लड़के पर अत्याचार और उसकी अन्ततः मृत्यु के बारे में—सब मालूम था। तुमने कुछ नहीं कहा था—पर तुम्हारी विचित्रा मौसी ने बता दिया था और मैंने भी उन्हें अपने प्रथम परिवार के बारे में। चुप रहना उनका निर्णय था और उसके पीछे उनका तुम्हारे प्रति प्यार ही था। वह तुम्हें किसी भी प्रकार के आघात से बचाना चाहती थीं।

तुम्हें यह वृत्तान्त 'चन्द्रकांता सन्तति' के समान लगेगा। तुम्हें बता दूँ, यह तिलिस्म और जासूसी से भरा हिन्दी का लम्बा उपन्यास है, शायद बत्तीस भागों में—जिसमें किसी के साथ कुछ भी हो सकता है, भेस बदलकर कोई भी कुछ और बन सकता है। वह भी ऐसे ही ऐयार के समान हैं—जो दिखते हैं, वह हैं नहीं, और जो हैं, वह दिखाई नहीं देता।

अमेरिका आने पर प्रवाल ने बौस्टन बन्दरगाह के एक रेस्तराँ में काम ले लिया था। छात्रवृत्ति थी पर बहुत कम। अक्सर विदेशी विद्यार्थी ऐसे ही काम ले लेते हैं जिन्हें अमेरिकन करने के अनिच्छुक रहते हैं—रेस्तराँ की सफ़ाई, गन्दी प्लेटों को धोना, कूड़ा फेंकना।

किसी को डिटेल नहीं मालूम। उन्हें नौकरी करते हुए तीन-चार दिन ही हुए थे। वह किचेन के पिछवाड़े वाले हिस्से में काम करते थे। एक दिन न जाने कैसे रेस्तराँ में दो गुटों में झगड़ा हो गया, मारपीट होने लगी। साथ में किसी ने पिस्तौल निकालकर गोलियाँ भी चलाईं। उस धका-पेल में जिसको जहाँ जगह मिली, वह वहाँ भागा। एक हुजूम किचेन में भी घुस आया। रेस्तराँ एक पुरानी बोट में था। पीछे की बालकनी भीड़ के दबाव या बोझ से टूट गई और दस-बारह लोग समुद्र में गिर गए—कुछ स्वयं तैरकर किनारे आ गए, कुछ को घटनास्थल पर पहुँची पुलिस ने निकाला, पर प्रवाल का पता नहीं चला। चूँकि विदेशी विद्यार्थी थे, विश्वविद्यालय ने भी खोजबीन करवाई। कुछ दिन बाद उनका ओवरकोट मिला। उसकी जेब में जो प्लास्टिक की थैली में सीलबन्द काग़ज़ थे, उनकी बिना पर उनको लापता या मृत क़रार कर दिया गया। रिपोर्ट भारतीय दूतावास और परिवार को भेज दी गई।

पर वह मरे नहीं थे।

हमारे यहाँ लकी शॉ ने जिस प्याले में चाय पी थी, उसके फ़िंगर प्रिंट मैंने अमेरिका भेजे थे। एफ.बी.आई. के कम्प्यूटर ने उन्हें प्रवाल श्रीवास्तव से मैच किया, यानी तुम्हारी मम्मी सही थीं, वह प्रवाल ही हैं। इस बीच वह प्रवाल से लकी कैसे बन गए, यह डिटेल तो वही जानें, पर बौस्टन के एक अस्पताल में उनके रेकॉर्ड थे—लकी शॉ के नाम से, जहाँ किसी दुर्घटना में सिर में चोट लगने से उनका इलाज हुआ था।

जब बहुत ढूँढ़ने के बाद भी उनका शव नहीं मिला, तो वह मृत घोषित कर दिये गए। भारत में सबने स्वीकार कर लिया, अधिक खोजबीन होती भी तो कैसे?

पर वह मरे नहीं थे। न जाने कैसे अथीना ने उन्हें बचा लिया, और उस बेसुध, तन्द्रिल, ज़ख़्मी अवस्था में जो इतिहास गढ़कर बताया, वह कदाचित प्रवाल ने स्वीकार कर लिया। प्रवाल श्रीवास्तव से लकी शॉ हो गए, मछुआरे। अथीना के पति।

फिर उन्हें अपनी वह अटैची मिली जो अथीना झूठ बोलकर उनके अपार्टमेंट से उठा लाई थी। उसमें थे एम.आई.टी. में प्रवेश के काग़ज़-पत्र, और परिवार की फ़ोटोग्राफ़। तभी उन्हें अपनी पहचान पता चली और वह खोजते हुए तुम तक आए। पर तुम तो मेरी पत्नी थीं—एक प्राचीनकालीन पति की तरह मैं तुम्हें जकड़े बैठा था।

पर एक बात, छोटी ही सही, मेरे दिल में तीर बनकर चुभी—वह थी तुम्हारे चेहरे की क्षणिक चमक। उन्हें पहचानकर तुम अनायास ही मुस्कुरा पड़ीं, पर तुमने तुरन्त दृष्टि नीची कर ली। पर मेरे ईर्ष्यालु हृदय के लिए वह क्षण काफ़ी था। मैं समझ गया था कि तुम इस पुरुष को किसी स्तर पर आकर्षक पाती हो और तभी जुट गया यह पता लगाने में कि असलियत क्या है।

कितना मूर्ख निकला वह व्यक्ति प्रवाल/लकी, जिसने दो-दो अवसर पाकर भी तुम्हें गँवा दिया! तुम्हें जाने दिया। तब मुझे अपनी धूर्तता पर गर्व हुआ—

क्योंकि तुम मेरी पत्नी थीं। भले ही वह आकर्षक लगे हों, पर प्यार तुम्हें मुझसे था—है—रहेगा।

हमारी भावनाएँ भी अजीब होती हैं। किसी का स्थूल शरीर न रहने पर भी उसके प्रति प्रेम मर नहीं जाता—एक स्तर पर क़ायम रहता है। उसका रूप भले ही बदल जाए, पर रहता है—एक टीस बनकर, दिल में एक गड्ढा-सा बनकर।

ब्याह होने पर भी तुमने प्रवाल से प्यार नहीं किया। तुम्हें प्यार करने का अवसर ही नहीं मिला।

वह तो अमेरिका का खुला वातावरण था जिसमें तुमने अपनी समवयसी लड़कियों को देखा—जिसने तुम्हें भी पूर्वग्रहों से मुक्त कर दिया और यह मेरा सौभाग्य था कि तुम्हें मैं अच्छा लगा और तुमने मेरे जीवन में प्रवेश करने का निश्चय लिया।

अब मुझे लगता है कि मैं शायद बिलकुल नहीं बदला। धूर्तता, लम्पटपन, अपने सुख और इच्छा पूर्ण करने का स्वार्थ, वहीं का वहीं रहा। मैं अपनी पीठ अपने-आप थपथपाता था कि देखो, मैंने अपने को कितना बदल डाला! उस विलासी जीवन को एकदम त्याग दिया जिसमें शराब थी, देश-विदेश की ख़रीदी हुई लड़कियाँ थीं—केवल अपना सुख और सन्तुष्टि थी।

पर नहीं, शायद मैं अपने प्रति कठोर और निर्दय हो रहा हूँ। तुम्हारे लिए जो प्रेम का स्रोत फूटा, वह बिलकुल अलग एहसास था। इसलिए नहीं कि तुम अनगढ़ और जवान थीं, बल्कि वह तुम्हारी सादगी, अपनेपन से बेख़बरी और तुम्हारा अप्रस्फुटित सौन्दर्य था। तुम्हें रौंदने का, खूँदने और लूटने का मन में विचार भी नहीं आया। मैंने चाहा, यही चाहा कि तुम पर निसार हो जाऊँ और हो भी गया—चुपचाप, उस कहानी की बुलबुल की तरह, जिसने अपने हृदय में काँटा चुभोकर गुलाब के फूल को अपने रक्त से लाल रंग में रँग दिया था।

मेरे हृदय में कई काँटे थे—मेरी उम्र, मेरा कैंसर से युद्ध और मेरा सन्तान न दे पाने का एहसास।

मेरा जीवन-वृत्त क्या है? यही न, एक पचास वर्ष का पुरुष जिसने जवानी ऐयाशी और लम्पटता में बिताई, पर पिछले पच्चीस वर्षों से तापसी जीवन अध्ययन, खनन और शोध में बिताया है, जो मृत्यु की कगार पर खड़ा है—अपने से आधी उम्र की, बेफ़िक्र, बेख़बर लड़की के प्रेम में पड़ जाता है।

और जब वह लड़की पूर्ण विश्वास के साथ उसका वरण कर लेती है तो वह अपने उन्मत्त प्यार से उसे सराबोर करता है और दिन-प्रतिदिन उसे प्रस्फुटित होते, उसे अपने को पहचानने का प्रयत्न करते देखता है। उसे आशा है कि वह लड़की एक दिन आत्मसाक्षात्कार करने में सफल होगी, और तभी मुझे बहुत शान्ति, बहुत सुकून मिलेगा।

मेरी भटकन तो समाप्त हो गई है, मुझे मृत्युदंड सुना दिया गया है। कुछ दिन, कुछ महीने, यह अनिश्चित है। तुम मेरे बाद, स्वयंसिद्ध होकर अपनी राह खोज सको तो मुझे बहुत तसल्ली होगी। इसीलिए मैं बार-बार कहता हूँ कि मैं तुम्हारे जीवन में अल्प विराम हूँ, पर उसका भी बहुत महत्त्व होता है, यह तो तुम जान ही चुकी हो।

## एक अकेला, अधूरा पृष्ठ

जब मैं अकेला रहता था तो हर दीवार, दरवाज़ा अपना एक इतिहास सँजोये लगता था। अच्छा लगता था कि मैं भी इस शहर के सदियों पुराने इतिहास की एक कड़ी हूँ। तुमने यहाँ आकर जीवन में रंग भर दिये, तो लगता था कि पुराने खँडहरों में रौनक़ आ गई है। तुम अपने साथ जो ख़ुशी लाईं, वह मेरे लिए वर्णानातीत है और लिखते समय मुझे कभी भी शब्दों का अभाव नहीं हुआ, जैसे इस समय हो रहा है। अब सब चाहते हैं कि यह गढ़ी छोड़कर हम कहीं नई जगह चले जाएँ, गढ़ी ढहाकर दुकानें या मॉल बन जाए, चमकते हुए शीशों और दीवारों वाला सोचकर मुझे दहशत होती है मगर समय और समुद्र की लहरों को रोका नहीं जा सकता।

जितना भी मिला, मैं भरपूर जिया। सच कहूँ, जिया तो मैं अब तुम्हारे साथ इन्हीं दिनों—कुछ साल—पहले एक आशा में, फिर कुछ महीने आशा के फलीभूत होने पर।

पिछली ज़िन्दगी, वह गाँव वाली पत्नी, वे बेटे, अब तो मुझे चेहरे भी याद नहीं रहे। वह देश-विदेश में औरतों की क़तार—सब एक खोखला, उथला, अर्थहीन, सारहीन प्रयत्न था। मैं उसे पूर्ति समझता था, ज़िन्दगी जीने का सुख समझता था। जिया तो मैं अब—पूरा-पूरा आपादमस्तक डूबकर—केवल तुम्हारे साथ मेरी बिलव्ड, मेरी प्रिया, मेरी शिंजिनी!

कब विदा का समय आ जाएगा, क्या मालूम! पर क्षितिज पर घिरे बादलों की तरह यह बोध मेरे अन्दर हमेशा रहता है। जब हर सुबह जागता हूँ तो सुखद आनन्द होता है कि अरे, मैं जीवित हूँ! आज का दिन मुझे भेंट में मिला है। एक दिन और तुम्हारे साथ बिताऊँगा—और मैं आह्लाद से भर उठता हूँ। पर उसको रेखांकित करती हुई एक उदासी भी रहती है, यह बोध कि मौत कभी भी आकर मुझे दबोच सकती है।

जब ऐसा दिन आएगा तो मुझे विदा देना।

मैं तो यही चाहता हूँ कि तुम प्रसन्न रहो, जीवन-प्रवाह को जारी रखो। उसे दुबारा अपनाओ—स्वीकारो। जो तुम्हें मैं न दे सका, उसे झोली फैलाकर ग्रहण

करो। जानता हूँ कि मेरे जाने के बाद तुम्हारे जीवन में जो गहरा गड्ढा रहेगा, वह तो रहेगा। उसका यथार्थ मिट नहीं सकता। पर फिर भी, हम साँसें तो लेते ही रहते हैं, हँसते भी हैं, मगर... [पंक्ति अकस्मात् ही अधूरी रह गई]

× × ×

तुम्हारी छगुनिया का नाख़ून भी कोई पुरुष छू भर ले, मुझे यह भी बरदाश्त नहीं होने का। अपनी इस क्षुद्रता को पूर्णतः स्वीकार करता हूँ। क्या करूँ, विवश हूँ। जानता हूँ कि समय की घड़ी लगातार टिक-टिक कर रही है; दूसरी ओर यह भी चाहता हूँ कि तुम परिपूर्ण, सुखी रहो—तुम भटकोगी नहीं, इसका मुझे पूरा विश्वास है। क्या विडम्बना है, जब मुझे सुख मिला तो मेरा समय समाप्ति पर है! पर ग्रेटफुल हूँ, भाग्य कहो, ग्रहों का विधान कहो, मुझे यह सुख अनुभव करने का अवसर तो मिला—केवल एक स्त्री के प्रतिबद्ध होने का सुख, यह जानने का सुख कि तुम जागोगी तो जानोगी कि मैं तुम्हारे निकट ही हूँ—उन अनगिनत स्त्रियों की तरह नहीं, जो बीच रात में पाती होंगी कि मैं न जाने कब शैया से उठकर चला गया हूँ और अगले दिन उन्हें पहचानूँगा भी या नहीं। जाने दो, वह बीत चुका है। मैंने अपने को बदल डाला है। अब केवल तुम हो और तुम्हारी ख़ुशी सर्वोपरि...।

मुझे मालूम था कि तुम्हारा कम उम्र में विवाह हो चुका था। तीन दिन के सहवास के बाद तुम्हारा पति विदेश चला गया और कभी लौटा ही नहीं, परन्तु मैं तुरन्त जान गया कि उस सब रीति-रस्मों के बावजूद तुम अछूती और बेदाग़ थीं। हमने अपना हनीमून औरंगाबाद से प्रारम्भ किया था—मैं तुम्हें एलौरा और अजन्ता से परिचित कराना चाहता था। जिस दिन हम एलौरा गए, उस दिन पानी बरसने लगा था। वर्षा में उन गुफ़ाओं की छटा अद्‌भुत होती है। हमने प्रारम्भ किया था शिव-पार्वती, रावण वाली गुफ़ा से। उस बरसात में भी पेड़ों पर से तोतों का कलरव सुनाई दे रहा था। अन्दर शान्ति थी, अँधेरा-अँधेरा। मैंने गाइड लिया था—उस नीरव, सुनसान, मेघाच्छादित दिन में एक दिन की कमाई से वंचित न रहे, इसलिए। पर जब मैंने तुम्हें बताना शुरू किया तो वह चुप हो गया और एक शिष्य की तरह हमारे साथ-साथ चलता रहा। मैंने तुम्हें अपनी प्रिय भित्ति दिखाई जिसमें शिव-पार्वती के विविध कार्यकलाप अंकित थे—शिव-पार्वती की द्यूतक्रीड़ा (जुआ), जिसमें शिव हार रहे थे और नन्दी उदास भाव से निकट बैठा था। हर भित्ति चित्र में शिव बार-बार हार जाते थे। अन्त में हुई नृत्य-प्रतियोगिता। शिव को तो उसमें विजय पानी ही थी। सलाह की नारद मुनि से—नारद तो ठहरे नारद! उन्हीं के छल से तप करती कन्या पार्वती कुमारी ही रह गईं और उस स्थान पर बना कन्याकुमारी का मन्दिर...!

तो नारद ने सुझाया, नृत्य के दौरान शिव अपने दाहिने पैर का अँगूठा अपने माथे

से छुलावें—नारी सुलभ लज्जा के कारण पार्वती अपनी टाँग इतनी ऊपर उठाकर माथे से नहीं लगाएँगी, यही हुआ। पार्वती हार गईं। मेरी यह कहानी सुनकर तुम खिलखिला-कर हँस पड़ीं—और तभी से तुम सकुची-सिमटी कली की तरह शरीर को समेटे रहने के बजाय—सहज प्रस्फुटित होते पुष्प की तरह खिलने लगीं। तुम्हारे शरीर का अंग-अंग पूर्ण रूप से एक टहनी पर खिले, प्रस्फुटित पुष्प की तरह झाँकने लगा—और तुम पूर्ण रूप से मेरी सहभागिनी बन गईं। मेरा अभिप्राय तुम्हें कुछ सिखाने का नहीं था—तुम्हें कामशास्त्र में पी-एच.डी. थोड़े ही निर्देश कर रहा था—पर तुम्हारी उन्मुक्तता मुझे हर बार मोह लेती थी। पीछे से आकर मुझे बाँहों में भर लेना, धीरे-धीरे मेरे कान की लवों को कुतरना, मेरे तलवों को अपने तलवों से सहलाना या कभी नख प्रहार करना—यह सब मुझे कितना आह्लादित कर देता था, तुम्हें बता नहीं सकता। हम ऐसे ही रहते रहेंगे, मुझे विश्वास हो चला था—एक-दूसरे में निहित, एकाकार, जैसे हमारी साँसें। हम एक-दूसरे में ऐसे घुलने-मिलने लगे थे कि जैसे...

[यह पृष्ठ भी अधूरा रह गया है]

× × ×

अब मेरे मन में बराबर आपको लेकर उधेड़बुन होती रहती है।

मेरे बाद आप क्या करेंगी ? अकेली रह पाएँगी ? मैं नहीं चाहता कि आप फिर उसी मम्मी, भाई की दुनिया में लौट जाएँ।

फिर—फिर क्या ? पर आपका पुनर्विवाह ? किसी और पुरुष से सम्बन्ध ? किसी और का सामीप्य सुख ?—नहीं, नहीं, यह विचार आते ही मैं तड़प उठता हूँ। मेरे मन में बराबर यह कशिश चलती रहती है और डाह से मेरा सारा शरीर, हृदय सुलग उठता है। मुझे अपनी क्षुद्रता पर लज्जित होना चाहिए, मगर मैं एकदम निर्लज्ज हूँ। मैंने अपनी यह भावना स्वीकार कर ली है कि मैं आपको लेकर बहुत पज़ेसिव, बहुत ज़्यादा ही संकुचित हो रहा हूँ। मैं अपनी प्रिया को किसी दूसरे के सुपुर्द नहीं कर सकता। किसी और की बाँहों में बँधकर उसके तुष्टिपूर्ण चेहरे की कल्पना से मेरा तन-बदन तड़प उठता है। मैं हर वक़्त अपनी क्षुद्रता से जूझता रहता हूँ—आशा है, उससे उबर सकूँगा और उस बिन्दु तक पहुँच सकूँगा कि यदि मेरी प्रिया स्वेच्छा से किसी अन्य पुरुष का चयन करे और उससे सुखी हो तो उस विचार को मैं तार्किक रूप से अपना सकूँ। यदि वह मेरे बाद किसी और को चुने तो यह उसका अधिकार होगा। वह उस राह चले जहाँ उसे सुख और परिपूर्णता मिले, तो फिर मुझे भी उस तथ्य को स्वीकार कर लेना होगा। मेरी आत्मा दुखी नहीं होगी, न वह मेरे साथ विश्वासघात ही होगा क्योंकि आत्मा नाम की इकाई में मैं विश्वास ही नहीं करता। फिर भी सच तो यह है कि यह सब अपने को बहलाने के, झुठलाने के तरीक़े हैं—आप ऐसी राह चुनें जहाँ किसी के

भी संसर्ग में सुख पाएँ—नहीं-नहीं, मैं यह सोच भी नहीं सकता, पर मेरे सोचने न सोचने से फ़र्क़ ही क्या पड़ेगा? मैं तो राख बनकर कन्याकुमारी के तीन सागरों में विलीन हो चुका होऊँगा।

तो आगे अपने जीवन का क्या करना है, क्या राह पकड़नी है, यह तो आपको स्वयं ही निर्धारित करना होगा। आप स्वतंत्र होंगी, स्वाधीन, सम्पन्न—सारी दुनिया आपके सामने बिखरी होगी। आप जो भी चाहें, करें—सड़क पर घूमते नंग-धड़ंग आवारा बच्चों को इकट्ठा करके स्कूल चलाएँ; उन्हें खाना, कपड़ा और शिक्षा दें; या प्रस्तावना और इलिकी की संगत में असमर्थ और निरुपाय स्त्रियों को समर्थ बनाएँ—यह सब आपकी इच्छा। इसीलिए नवाबगढ़ी के पीछे पड़ी हुई विस्तृत ज़मीन मैंने नहीं बेची है—यही सोचकर कि यदि आप चाहेंगी तो वहाँ स्कूल चला सकेंगी।

सब कुछ आपकी इच्छा पर। कोई दबाव नहीं। कोई अनुशासन या कोई सीमा नहीं। मेरी ओर से पूर्ण स्वतंत्र। जो भी इच्छा हो, उसे बेधड़क परिपूर्ण करने की खुली छूट—यह मेरे तार्किक स्वयं का मत है। मैं तो एक स्मृति, एक प्रतिध्वनि, एक कसक, आपके शरीर पर सुख की एक अमिट छाप बनकर रह जाऊँगा।

आप रोएँगी, बिलखेंगी, ठोकर खाएँगी, गिरेंगी क्योंकि यह तो स्वाभाविक है, पर अपने को उठाने और सँभालने की सामर्थ्य आपमें आ गई है। आप जो भी निर्णय लेंगी, सही निर्णय होगा क्योंकि ग़लत राह पकड़ना आपकी प्रकृति के विरुद्ध है।

यही सोचकर दिल थाम लेता हूँ।

# परिशिष्ट

# 24

मैं कितनी देर उन पन्नों को हाथ में पकड़े बैठी रही—समय का कोई अनुमान ही नहीं रहा, न मुझे कहीं जाने की जल्दी ही थी। मैं पढ़ते-पढ़ते रोने लगती थी। मेरी शिथिल उँगलियों से काग़ज़ निकलकर नीचे घास पर गिरने लगे थे।

बर्फ़ का एक हलका-सा गोला तैरता हुआ आया और मुझे छूता हुआ नीचे गिर गया। साथ ही साथ हवा के झोंके भी आने लगे और पलक झपकते ही सब ओर बर्फ़ गिरने लगी।

'अरे!' मैंने जल्दी-जल्दी काग़ज़ बटोरने की कोशिश की—यह मेरी थाती, मेरे लिए पति के उद्‌गार और सन्देश, इनकी स्याही कैसे मिटने दूँ? मैं बटोरती और हवा आसपास उड़ा ले जाती। मैंने जल्दी-जल्दी बेंच के पायों के इर्द-गिर्द काग़ज़ बटोरे, पर एक काग़ज़ था जिसे हवा का झोंका उड़ा ले गया। मैंने बाक़ी काग़ज़ ब्रीफ़केस के नीचे दबा दिये—काग़ज़ का पीछा करना चाहा, पर पाया कि वह मेरी पहुँच से दूर उड़ गया है, और फिर एक झोंके ने उसे चार्ल्स नदी में जा गिराया।

मैं थककर वहीं ठंडी, सूखी घास पर नि:शक्त होकर बैठ गई—अब यह बहाव काग़ज़ को कहाँ ले जाएगा? चार्ल्स नदी अटलांटिक समुद्र में जाकर नहीं गिरती, कहीं आगे जाकर लोप हो जाती है—गुप्त सरस्वती की तरह। बिना किसी सन्दर्भ के मुझे वह पौराणिक कथा याद आ गई : व्यास 'महाभारत' रच रहे थे, गणेश उसे लिख रहे थे, परन्तु नदी सरस्वती की कलकल ध्वनि सुनने में बाधा डाल रही थी। व्यास मुनि ने क्रोधित होकर उसे अन्तर्ध्यान होने का शाप दे दिया। यह हमारे ऋषि-मुनि भी शाप देने में कितने माहिर होते थे, झट से शाप दे दिया। विशेषकर स्त्री को, चाहे व्यास हों या दुर्वासा, या अहल्या के पति, जिनका नाम मैं भूल रही हूँ...।

पर वह काग़ज़ पानी में गिरा ही था कि एक हाथ ने बढ़कर उसे निकाल लिया। कुछ क्षणों में लकी शॉ मेरे सामने खड़े थे, "हमारी नदी में प्रदूषण करने का क्या तुक है?"

मेरी पलकों पर बर्फ़ के कण थे, या शायद आँखों का पानी। मैं टूटकर घास पर ऐसे बैठी थी कि बस, यहाँ से उठूँगी ही नहीं। लकी झुके, हाथ पकड़कर उठाना चाहा, पर जब मैं हिली भी नहीं, तो वह झुके, कमर में हाथ डाला और सहारा देकर उठने में मदद की।

"आपको तो पता नहीं होगा," वह रुके, "आज बहुत बड़ा बर्फ़ का तूफ़ान आने वाला है।" उन्होंने आकाश की ओर देखा, हथेली फैलाई, उस पर बर्फ़ के कुछ कण आ गिरे, "सारा शहर, यातायात, एयरपोर्ट—सब बन्द हो जाएँगे। शायद अठारह-बीस इंच बर्फ़ गिरे..."

वह आकर मेरे पास बैठ गए। बर्फ़ गिर रही थी, हलकी-हलकी। वृक्ष चुप थे। अब कहीं हवा का झोंका तक न था।

"यह सब क्या हो गया?" मैंने अपने-आपसे पूछा, "हम कितने चाव से घर से निकले थे—फिर यह सब—यह सब? मुझे लग रहा है, यह सब अयथार्थ—एक दुःस्वप्न, अभी आँखें खोलूँगी और सब ठीक मिलेगा—पहले जैसा..."

वह चुप रहे, फिर धीरे से बोले, "यह दुःख का पहला चरण है—अस्वीकरण—वंचना का—मैं कह सकता हूँ कि यह सब नहीं हुआ है, पर वह झूठ है—सच जो है, वह आपके साथ घट रहा है।"

मैंने आँखें पोंछने के लिए साड़ी का छोर उठाया, उन्होंने तुरन्त मुझे एक सफ़ेद रूमाल पकड़ा दिया—एकदम नया, कोरा, जैसे आज ही ख़रीदा हो!

अचानक हवा का तेज़ झोंका आया और टहनियों से बर्फ़ के बड़े-बड़े गोले हम पर गिर गए।

"बहुत बड़ा तूफ़ान आ रहा है—कुछ देर में एयरपोर्ट और सारा यातायात बन्द हो जाएगा," उन्होंने कहा, "अब हमें यहाँ से उठना चाहिए।"

मैं चुप।

वह पन्नों को इकट्ठा करके ब्रीफ़केस में रखने लगे।

"उठिए," उन्होंने मेरी बाँह पकड़ी और मुझे खड़ा करने का प्रयत्न किया।

मेरा शरीर कितना भारी हो गया था—मुश्किल से उठ पाई। अपने पर से बर्फ़ झाड़ी—भारी सिल्क की साड़ी, ऊपर रिबेका का लम्बा कोट। बर्फ़ अब तेज़ी से गिरने लगी थी। पेवमेंट एकाएक सुनसान हो गया—मगर सड़क के किनारे बने छोटे-छोटे रेस्तराँ में उजाला था। अन्दर लोगों की भीड़ थी। हम सुन नहीं सकते थे, बस, देख सकते थे। उनके हाथों में गिलास—हँसते-मुस्कुराते चेहरे। जैसे उन्हें बाहर गिरती बर्फ़ की कोई फ़िक्र नहीं थी!

"कहीं चलें? कुछ खाएँगी?" लकी शॉ/प्रवाल श्रीवास्तव ने पूछा।

मैंने सिर हिलाया, "नहीं, इच्छा नहीं है, पर यदि आप... ?"

"मेरा भी मन नहीं हो रहा है। पर चलना चाहिए—बर्फ़ बहुत गिरने लगी है," उन्होंने मुझे देखा, "आप साड़ी पहने हैं और चप्पल? बर्फ़ में कैसे चल पाएँगी?"

"जब मैं होटल से निकली थी तब बर्फ़ नहीं थी। एकाएक ही गिरने लगी।"

एक टैक्सी रेंगती हुई हमारे पास से निकली।

''हमें टैक्सी ले लेनी चाहिए,'' कहते हुए उन्होंने हाथ उठाया और टैक्सी रुकने का संकेत पाकर ठहर गई।

''चलिए।''

टैक्सी ड्राइवर अपनी तरफ़ का ही था। उसने हमें देखा पर कुछ बोला नहीं।

''कहाँ ?'' कुछ देर बाद उसने पूछा।

''आप होटल जाएँगी ? कहाँ ठहरी हैं ?''

''नहीं, होटल नहीं,'' मैं बिना सोचे-समझे कह उठी ''वह कमरा मेरे लिए जेल बन गया है।''

''बीकन स्ट्रीट,'' उन्होंने कहा।

टैक्सी ड्राइवर ने खट से मीटर चालू किया और टैक्सी चल पड़ी।

मुझे लगा कि इस तूफ़ान की आशंका ने किसी को नहीं रोका है। सारे लोग निकलकर रेस्तराओं में खाने-पीने, जश्न मनाने निकल पड़े हैं, मगर सड़क और किनारे-किनारे एक अबोली, अपहचानी निस्तब्धता, जैसे प्रकृति भी मेरा साथ दे रही है। जब धूप होती है तो सड़कें और रास्तों पर चहल-पहल होती है। लोग आते-जाते, भागते-दौड़ते दिखाई देते हैं, पर जब बर्फ़ का तूफ़ान आता है तो सब कुछ स्थिर, शान्त, नीरव हो जाता है।

पृथ्वी अपनी धुरी पर घूम रही थी।

टैक्सी होटल के सामने से गुज़री, पर मैंने रुकने को नहीं कहा। जैसे शरीर में इतनी थकान, इतना क्रन्दन, इतना अवसाद भर गया था कि टैक्सी को रुकने के लिए कहना पहाड़ जैसा लगा।

मैं अब भी चुप रही।

होटल पीछे छूट गया। आज ही मेरा सामान उस पहली बुकिंग वाले सेट में ट्रांसफ़र हो गया होगा। मैं वहाँ जा सकती थी, पर उस कमरे में घुसने के ख़याल से ही मैं एक अनजानी वितृष्णा से काँप उठी।

''न्यूयॉर्क से उड़ान कब है ?'' मेरी आवाज़ काँप गई।

''साढ़े तीन। वहाँ बर्फ़ नहीं है, वे लोग निकल जाएँगे।''

टैक्सी ड्राइवर अपने शीशे में हम दोनों को उत्सुकता से घूर रहा था। शायद जानने के प्रयत्न में—कि हम दोनों कौन हैं, और हमारे बीच क्या रिश्ता है। हम दूर-दूर बैठे थे, इसलिए भाई-बहन या मित्र या दम्पति हो नहीं सकते थे। फिर ?

औरत कभी आँसू पोंछने लगती है, कभी आँखें बन्द कर चुप हो जाती है। पुरुष उससे हटकर बैठा है, उसे सान्त्वना देने का कोई प्रयत्न नहीं करता—फिर भी वह अजनबी नहीं है... ?

टैक्सी को झटका लगा।

''सम्हलकर चलाइए।'' आवाज़ में सख़्ती थी।

''सड़कों पर रपटन होने लगी है,'' ड्राइवर ने कहा।

टैक्सी पते पर पहुँचकर खड़ी हो गई। इस बार उसने उतरकर मेरी तरफ़ का दरवाज़ा खोला। मुझे उसकी आँखों में सहानुभूति दिखाई दी।

जब वह भाड़ा दे रहे थे तब मैंने जाना कि मैं बिना सोचे-समझे होटल से निकल आई थी—बेसुध, बेख़बर कितनी दूर चलती-चलती वहाँ चार्ल्स नदी तक पहुँच गई थी।

''मेरा पर्स होटल में ही...''

''कोई बात नहीं—चलिए,'' उन्होंने मेरा हाथ पकड़कर सहारा दिया।

सीढ़ियाँ सँकरी और घुमावदार थीं—टूटी-फूटी।

''सम्हलकर।''

वह मुझे सम्हाले थे और उस बाँह के सहारे मैं एक-एक करके, धीरे-धीरे सीढ़ियाँ चढ़ने लगी। मेरी साड़ी का बौर्डर गीला था और बार-बार पैरों में लिपट रहा था।

''हमें चौथी मंज़िल तक जाना है—चल सकेंगी?''

''हूँ,'' मेरे मुँह से निकला।

दूसरी मंज़िल पर हम रुके—आगे अँधेरा था।

''लगता है, बल्ब फिर फ्यूज़ हो गया है—सम्हलकर।''

अब उनकी बाँह मेरी कमर को घेरे हुए थी और मैं हर सीढ़ी पर रुक जाती थी और वह धैर्य से मेरे अगली सीढ़ी चढ़ने का इन्तज़ार करते थे। वह स्पर्श केवल सौहार्द का था।

आख़िरकार हम सबसे ऊपर की मंज़िल पर पहुँच गए। सामने छत पर बर्फ़ इकट्ठी हो रही थी और उसके पार का शहर, सागर, इमारतें, उद्यान—सभी एक धुँधले-से पर्दे में छिपे हुए थे।

उन्होंने कमरे का ताला खोला। बत्ती जलाई।

''आइए!'' उन्होंने कहा।

बड़ा-सा कमरा ख़ाली-ख़ाली था। दो कुर्सियाँ, एक छोटी-सी गोल मेज़, दीवार से सटी एक चौकोर मेज़ थी, जिस पर कॉफ़ी बनाने की मशीन रखी हुई थी। दूसरी दीवार से सटा एक पतला-सा अस्पताली जैसा पलंग।

''आप थक रही हैं—ठंड भी लग रही होगी। मैं कॉफ़ी बनाता हूँ।'' उन्होंने कहा।

उन्होंने मेरा कोट लेकर खूँटी पर टाँग दिया। उसके पास अपनी जैकेट भी। कॉफ़ी मशीन में पानी पहले से ही होगा, उन्होंने उसे चला दिया।

''बैठिए।''

मैं कुर्सी पर बैठ गई। धुँधलाई आँखों से देखती रही। उन्होंने मेज़ के पास की छोटी-सी अलमारी खोली और उसमें से दो मग निकाले।

''चीनी? दूध?'' उन्होंने पूछा।

''जी, दोनों।''

शायद वह काली और फीकी कॉफ़ी पीते होंगे। उन्हें चीनी के लिए काफ़ी खोज करनी पड़ी—दराज़ों में, इधर-उधर, फिर उन्हें दो मुड़े-तुड़े काग़ज़ के पैकेट मिल ही गए, जैसे अक्सर रेस्तराँ में मुफ्त मिलते हैं। कॉफ़ी गर्म थी, गाढ़ी। उसके कुछ घूँट लेकर मैंने स्वस्ति महसूस की। शरीर में धीरे-धीरे गर्मी-सी आने लगी।

"कुछ खाएँगी? भूख लगी होगी। कौन-सा सैंडविच—चिकेन या पनीर?"

"पनीर।" मेरा गला भर्राया हुआ था।

उन्होंने अपने बैकपैक से दो पैकेट निकाले, शायद किसी दुकान से सैंडविच लिये होंगे।

मैंने खाना शुरू किया, मगर वह गले में फँस रहा था। मैंने उसे वापस रख दिया।

"आपको कोशिश करनी चाहिए—सुबह आने में अभी देर है—पूरी रात पड़ी हुई है।"

"बाद में खा लूँगी," मैंने उसे सावधानी से काग़ज़ में लपेट दिया।

"आप थकी हैं। थोड़ा आराम कर लें।"

थकान जैसे मेरे पोर-पोर से रिस रही थी। मैंने अस्पताली पलंग को देखा।

"देखने में सँकरा है पर वैसे है आरामदेह—आप लेटिए।"

"और आप?"

"मैं बैठा हूँ।"

मैंने पलंग की ओर देखा। किसी और के बिस्तर पर लेटना—मैं थोड़ा झिझकी।

जैसे मेरी अनिच्छा को पढ़कर उन्होंने कहा, "बिस्तर आज ही बदला गया है। सफ़ाई वाली सुबह आई थी—इसीलिए कमरा भी इतना व्यवस्थित है..." कहते-कहते रुक गए।

"आप यहीं रहते हैं?" मैंने पूछा।

"जी हाँ।"

उन्होंने ख़ाली मग उठाए, मेज़ के पास जहाँ शायद जग में पानी होगा, उन्हें धोया, पोंछा और वापस अलमारी में रख दिये। सैंडविच लपेटे और खिड़की के पास रख दिये, "यहाँ ख़राब नहीं होंगे—बाहर ठंड है।"

"मुझे तभी समझ जाना चाहिए था, जब उन्होंने अपनी हज़ारों किताबें दे डालीं, अपनी नानी की दी हुई गढ़ी बिल्डर्स को दे दी—और मैं मूर्ख—कुछ नहीं समझ पाई," मैं यह सब अपने से ही कह रही थी।

वह चुपचाप मुझे ताकते रहे—उनकी दृष्टि द्रवित थी, संवेदनापूर्ण।

"मैं कितनी मूर्खा हूँ—महामूर्खा। कभी जीवन का मूल्य समझा ही नहीं। मेरे पास क्या है—इसकी क़दर ही नहीं की—बस, ट्रिवियल बातों में उलझी रही—वह धीरज से इन्तज़ार करते रहे।"

उन्होंने मन्द स्वर में कहा, "वह सब जानते थे। वह बहुत सुलझे हुए, समझदार व्यक्ति थे।"

मैं एकाएक चुप हो गई—मैं कहाँ हूँ? बर्फ़ के तूफ़ान ने मुझे कहाँ लाकर पटक दिया है?

मेरी पलकें झँपने लगीं।

"अब आप सो जाएँ—बहुत थकी लग रही हैं।" प्रवाल ने पास आकर मेरी बाँह पकड़कर खड़े होने में सहारा दिया।

मैं जाकर पलंग पर बैठ गई, "और आप?"

"अभी दिन के चार बजे हैं—शाम होने वाली है। आप आराम करें, बहुत थकी लग रही हैं—मुझे कुछ काम करना बाक़ी है।"

वह जाकर कुर्सी पर बैठ गए, टेबल लैम्प जला लिया।

"सारी रात बैठे रहेंगे?" मेरे मुँह से क्या बात निकल रही थी, जैसे उस पर मुझे कंट्रोल नहीं था। "जैसे वहाँ—सहारनपुर में बैठे रहे थे, और मैं पलंग पर सोती रही थी?"

उन्होंने चौंककर मुझे देखा, फिर कहा, "मुझे उसकी याद नहीं है।"

"मैं कौन हूँ, इसकी याद तो रही नहीं—आप स्वयं कौन हैं, इसकी याद है?" मेरे मुँह से उपालम्भ के स्वर में निकला, "तीन रात मैं सोती रही और आप बैठे-बैठे पढ़ते रहे।" मेरे मुख से शब्दों की झड़ी निकलने लगी, "फिर चौथे दिन बिना मिले, बिना कुछ कहे विदेश के लिए निकल गए—घर में खुसपुस होती रही, 'लल्ला को दुलहिन पसन्द नहीं आई।'" लगा, बहुत बोल रही हूँ—होंठ भींच लिये।

"लल्ला? लल्ला कौन? मेरा घर का नाम लल्ला था?"

मैं चुप तो चुप।

"आपने कोई दवा की गोली खाई है?" उन्होंने पूछा।

"हाँ—तनाव कम करने की, पूरी की पूरी—सुबह।"

"तभी," वह बोले, "तनाव कम करने की गोली खाने से, कभी-कभी अर्द्धतन्द्रिल अवस्था में वर्जनाओं की पकड़ शिथिल हो जाती है। आपके स्वर में कभी इतनी कटुता नहीं थी, जितनी इस समय है—इसलिए सोचा।"

"बस, सोचते ही रहिए," मुझे लगा कि क्या सचमुच मेरे अन्दर इतनी कड़वाहट भरी हुई थी?

"बर्फ़ रुकेगी तो मैं चली जाऊँगी और फिर आप ज़िन्दगी भर सोचते ही रहिएगा।"

"सॉरी!" प्रवाल ने कहा। उनका स्वर मन्द था, "पर जान-बूझकर तो नहीं।"

हम दोनों मौन हैं—एक लम्बा मौन। मैंने कुछ ज़्यादा ही कह दिया।

वह चुप बैठे हैं। बस, मुझे देख रहे हैं। उनका चेहरा मैं पढ़ नहीं पाई।

जब मौन असह्य हो गया तो अपने को बटोरकर सहज करने की मुद्रा में मैंने कहा, ''जाने दीजिए, बात पुरानी हो गई। ज़िन्दगी बहुत आगे बढ़ गई है।''

वह अब भी चुप हैं, विचारमग्न।

''यह बताएँ, आपको कैसे ख़बर मिली?''

वह कुर्सी खिसकाकर एकदम मेरे सम्मुख आ गए—हाथ में पेंसिल को घुमाते-घुमाते मन्द स्वर में बोले, ''कल एकाएक 'बौस्टन ग्लोब' में निधन समाचार के पृष्ठ पर एक परिचित चेहरा दिखा—विश्वास नहीं हुआ : 'शीर्षेन्दु हल्दीपुरी, देहान्त...'

बाक़ी उनके जीवन पर टिप्पणी और पुस्तकों की सूची। शवगृह में दाह का समय लिखा था। मैं वहाँ श्रद्धांजलि देने गया, पर आप वहाँ नहीं थीं। कई अपरिचित चेहरे थे। दो स्त्रियाँ गँवार औरतों की तरह ज़ोर-ज़ोर से रो रही थीं।''

''उनकी पहली पत्नी और बहू। उनके चार बेटे हैं—मृत्युंजय, शत्रुंजय, धनंजय और रिपुंजय।''

प्रवाल चुप रहे।

''अब मैं समझा कि आप वहाँ क्यों नहीं थीं। मैंने सोचा कि शायद आप उनके साथ आईं नहीं, फिर भी समाचार पाकर तो आएँगी। उनके भाई से पूछता कैसे? आज सुबह एयरपोर्ट गया, पर आप वहाँ भी नहीं थीं। पता नहीं, किस दिव्य ग्रह की कृपा से आप नदी के किनारे बैठी दिखाई दीं! पढ़ती थीं और आँसू पोंछती जाती थीं। बहुत इच्छा हुई ढाढ़स देने की, पर आपके शोक में व्याघात नहीं देना चाहा। दूर एक झाड़ी की ओट में बैठा रहा।''

मैंने उनकी ओर सीधी दृष्टि से देखा, ''धन्यवाद।''

''धन्यवाद कैसा? धन्यवाद तो मैं उन्हें देना चाहता था—चलिए, अब आराम करें—बातें बाद में...''

''हाय!'' मेरे मुँह से अनायास फूट पड़ा।

वह परेशान होकर उठ खड़े हुए, ''बस, बस! अब आराम करने की कोशिश करें।''

''वे लोग कहाँ होंगे?''

''बस, जहाज़ कुछ समय पहले दिल्ली के लिए चल पड़ा है।''

मैं पलंग पर लुढ़क गई—शिथिल, निढाल।

न जाने कहाँ से एक भारतीय छापे की चादर लाकर मुझ पर हलके से डाल दी, ''अब आँखें बन्द करें और सो जाएँ।''

मैंने पैर फैला लिये और आँखें बन्द कर लीं।

जब मेरी आँख खुली तो कुछ क्षणों के लिए भ्रमित-सी, खोई-सी रही। पहले स्मृति में एकदम अन्धकार का बगूला-सा था, फिर एक अत्याचारी प्रहार के साथ सब कुछ याद आ गया। मैं हड़बड़ाकर उठ बैठी। कमरे में अँधेरा था—बस, एक टेबल लैम्प का प्रकाश था जिसमें वह कुर्सी पर बैठे एक पुस्तक पढ़ रहे थे।

"दिन है या रात?" मेरा गला भर्राया हुआ था, जैसा बहुत बोलने या रोने से हो जाता है। "न जाने कैसे इतनी गहरी नींद आ गई!"

"रात। आप बहुत थकी हुई हैं, सो जाइए।"

"आप सारी रात कुर्सी पर बैठे-बैठे काट देंगे?"

"आप बहुत आश्वस्त सो रही थीं।"

यह मेरी बात का उत्तर नहीं था।

मैं थोड़ी देर चुप रहकर स्थिति को भाँपती रही।

"बाहर का क्या हाल है?"

"सारी सड़कें, सारे रास्ते बन्द हैं। अब सुबह जब बर्फ़ साफ़ होगी तभी जा सकेंगी। फ़िक्र न करें—मैं फ़र्श पर सो जाऊँगा।"

"फ़र्श पर?" मेरे मुँह से निकला। मेरे लहजे से स्पष्ट था, 'इतने पुराने, गर्द भरे फ़र्श पर?'

"नहीं तो—फिर?" उन्होंने पत्रिका मेज़ पर रख दी।

मैं पलंग के किनारे सरक गई, "आइए," कहकर मैंने उनके लिए जगह बना दी।

वह मुझे कुछ देर ताकते रहे, फिर उठे और पलंग की पाटी से सटकर लेट गए।

× × ×

"पलंग सचमुच बहुत छोटा है," प्रवाल ने कहा, "आप उधर गिर न जाएँ..." और बाँह से मुझे घेर लिया।

उफ़, कितनी पुष्ट और बलिष्ठ बाँहें थीं वह! पहले तो पाटी ही चुभ रही थी, अब उनकी बाँहें भी पीठ से गड़ने लगीं। जब वैसे लेटना असह्य हो गया तो मैंने करवट बदली, पर रही उतनी ही बित्ता भर जगह में। अब मैं उनकी ओर उन्मुख थी। वह कमीज़ पहने थे, मगर उसके कई बटन टूटे होंगे क्योंकि अस्त-व्यस्त हो जाने से मेरा चेहरा उनकी छाती के घुँघराले बालों को महसूस कर रहा था। उन जड़ों में एक अनजानी, मोहक महक गुँथी हुई थी। उनकी उँगलियाँ हलके-हलके मेरा चेहरा छूने लगीं—भँवें, पलकें, कपोल, फिर होंठों की रूपरेखा।

उस स्पर्श में कोई हड़बड़ी नहीं है, बस, एक सहज, भावभीना स्पर्श है। मैं चुप हूँ—उनकी बाँहों में इसीलिए बँधी हुई कि कहीं नीचे न गिर जाऊँ।

बाहर बर्फ़ गिरती जा रही है। दूर, कहीं बहुत दूर एक जहाज़ उड़ता हुआ भारत की ओर चला जा रहा है।

"अब तक जहाज़ कहाँ पहुँचा होगा?" मैंने अपने-आपसे पूछा।

"उत्तरी यूरोप में कहीं," उत्तर उन्होंने दिया।

मेरे अन्दर से अनायास एक सिसकी उभर आई—उसके बाद एक हिचकी। प्रवाल ने मुझे अपने हृदय से लगा लिया। हमारे शरीर तो पास-पास थे मगर उनमें अभी दूरी-सी भी थी। पर अब मैंने उनके सामीप्य की उष्णता में सिमटकर अपने-आपको कंट्रोल करने का प्रयत्न किया क्योंकि मुझे याद आ गया कि प्रवाल को भी बेहद चाहने वाली पत्नी ने कुछ ही महीने पहले आत्महत्या कर ली है, जिसके साथ दस वर्ष बिताए थे, उसका अभाव तो इनको भी नहीं लगता होगा? भले ही वह झूठी, मक्कार रही हो पर उससे कमी में कोई अन्तर नहीं आता। झूठ तो पति ने भी छिपाया था—अपनी पहली पत्नी का, अपने चार जवान बेटों का, अपने कैंसर का, मगर उसने मेरा शोक कम नहीं किया। दिल पर एक घूँसा-सा लगा। पर जो सत्य था, उसे मैं मिटा नहीं सकती थी।

प्रवाल हलके-हलके मेरा चेहरा छू रहे थे, पर वहाँ आँसू नहीं थे—बस, पूरे अस्तित्व को झिंझोड़ती हुई एक सिसकी उभरी थी—जैसे यह संकेत देने को, कि यह सब जो हुआ, अभी ताज़ा है। क्या कहा था जेठ जी ने, जब वह मेरे पास अकेले हुए थे—मुझे अपने नये कमरे की ओर नीचे ले जाते हुए, 'तपेशुरी—बड़की, भुइँया पर लोट-लोटकर रो रही थीं।'

उनकी कलफ़ लगी साड़ी, उनके मैचिंग गहने?

उनके सारे भृत्य उनके साथ रो रहे होंगे, उन्हें सँभालने में असमर्थ—उनकी सारी गृहस्थी बेबस उन्हें टुकुर-टुकुर देख रही होगी।

मैंने आह अन्दर ही अन्दर भींच ली।

प्रवाल मुझे हलके-हलके चूमने लगे थे, पहले थोड़ी झिझक और संकोच से। मेरी ओर से कोई उत्तर नहीं था—न नकार, न आह्वान। पर जैसे हम लेटे थे, मेरा शरीर उनकी ओर उन्मुख था।

मैंने अपने को रोका नहीं, समर्पित भी नहीं किया। वह एक उष्ण, अदम्य वेगमयी लहर थी जिसमें मैंने अपने को बह जाने दिया।

उनके होंठ तप रहे थे—मेरे माथे पर, मेरी आँखों की पलकों पर और फिर झिझक गए। कुछ देर हम मौन, निस्पन्द लेटे रहे फिर उनके होंठ मेरे होंठों पर आ टिके—एकदम हलके से, जैसे एक तितली किसी फूल पर आकर बैठ गई हो! वह क्षण एक गहन अनुभूति का क्षण था। मेरा शरीर उनका आतुर सामीप्य महसूस कर रहा था। मेरा मस्तिष्क एकदम रिक्त था—सपाट। वहाँ किसी विचार, किसी सम्भावना, किसी भी ग्लानि या अपराधभाव की जुम्बिश तक नहीं थी। मैं एक द्रव्य अन्धकार में डूब रही थी—वहाँ एक थकान थी, एक टूटन।

उस क्षण में प्रवाल की निकटता ने मुझे बहुत दिलासा-सा दिया, जैसे रिसते हुए घाव के लहू को किसी ने हथेली से रोक दिया हो! एक टूटकर गिरते हुए प्राणी को सँभाल लिया हो!

उनके स्पर्श में एक आकुल प्रेमी नहीं था, एक सान्त्वनापूर्ण अच्छा मित्र था और

एक अच्छे मित्र को एक अच्छे प्रेमी में बदलने में एक पलक झपकने तक का समय लगता है। हमारे शरीर इतनी सहजता, इतने स्वाभाविक रूप से एकाकार हो गए—उस समय मुझे कुछ भी ग़लत या अस्वाभाविक नहीं लगा, जैसे ऐसा तो होना ही था। जैसे प्रवाल बरसों से यही प्रतीक्षा कर रहे थे कि कब उस खो गई पत्नी को बाँहों में भरकर उस पर बरस जाएँ। उस शरीर-सुख में मेरी आँखें अपने-आप मुँदने लगीं। जब उन्हें सायास खोलती तो उनका चेहरा अपनी ओर उन्मुख पाती। उनकी पलकें भी ढली हुई थीं और उनका चेहरा जैसे सुख की चरमसीमा पर पहुँचते हुए दिपने लगा था।

कमरे में एक हलकी-सी सीत्कार मँडराने लगी। शायद वह मेरी आवाज़ थी—इस प्रेम-प्रसंग की परिणति की।

उनका उष्ण शरीर इस ठंडी, बर्फ़ीली, दुखद रात्रि के अन्त का आह्वान था।

× × ×

मैं दूर नहीं हट सकती, हटना भी नहीं चाहती। जैसी आदत है, वैसे ही पाटी से सटकर लेटी हूँ। प्रवाल समगति से साँसें ले रहे हैं। उनकी आतुरता को मेरा शरीर महसूस कर रहा है, परन्तु अभी तो रात शेष है, बर्फ़ भी गिर रही है, सब ओर घटाटोप अन्धकार है।

मैं अनायास ही उनकी ओर उन्मुख हो गई थी, तब भैंगी मामी के अनुसार मांस को चीरकर प्रविष्ट होते खंजर की तरह पीड़ादायक नहीं, बल्कि एक सहज आतुरता, आवेश और कोमलता के साथ हमारे शरीर एकाकार हो गए। क्या कभी-कभी हृदय शरीर के सम्मुख अवश हो जाता है? शरीर अपना सुख ले रहा था, और मेरा हृदय, इस समय बिलखने या छटपटाने की बजाय कुछ और ही पुकारने लगा। इस समय न मुझे अपने शरीर पर वश था, न हृदय पर; क्योंकि इस क्षण मेरा पूरा अस्तित्व जो पुकारने लगा था, उससे मैं स्तब्ध हो गई थी। कैसी अजीब बात थी, महीनों पति के संसर्ग में मुझे कभी गर्भाधान की कामना नहीं हुई। मन में कहीं था—अभी तो नया-नया ब्याह है, जल्दी क्या है! जब प्रकृति चाहेगी, हो जाएगा। हो जाएगा तो उसे सँजो लूँगी—अभी तो यह उन्मुक्तता, बन्धनहीन स्थिति ही सुखकर है। पर आज, अब, अभी मुझे इतनी तीव्र लालसा क्यों होने लगी है? क्यों मेरे शरीर की हर शिरा, हर रक्त कण इस समय गहराई से एक ही पुकार कर रहा है? क्या इसीलिए बिना सोचे-समझे, प्रवाल के बिस्तर पर मेरा शरीर उस सँकरे पलंग पर उनके आह्वान के उत्तर में प्रस्तुत हो गया था?

हाँ, मुझे चाहिए—लल्ला या मुनिया, इसी समय, इसी क्षण, एक शिशु, जिसे मैं पास में खटोला डालकर सुला सकूँ। यह क्षण एक आत्म प्रकटन का था; उस इच्छा

को पहचानने, स्वीकारने का जो मेरे मन में कहीं न कहीं छुपी रही होगी। एक स्त्री की मातृत्व की च।हना—यह अब, इस समय क्यों फूट पड़ी है, नहीं जानती।

मैंने सायास आँखें उघाड़कर प्रवाल को देखा। उनका गाल मेरे गाल पर टिका हुआ था और वह पूर्ण रिक्तता की स्थिति में सो गए थे। मैं भी नींद, थकान और अँधेरे के बीच डूबती-उतराती रही। कभी झपक जाती, कभी जाग जाती।

मेरे हिलने से प्रवाल ने झट से आँखें खोल दीं। उन गहरी काली पिघलती हुई दृष्टि में क्या था, मैं उसे बूझ न सकी। मैंने आँखें बन्द कर लीं।

प्रवाल ने धीरे से अपने को अलग किया, उठे, नीचे फ़र्श पर गिरी हुई जींस उठाकर चढ़ा लीं, और एक दरवाज़ा खोलकर अन्दर चले गए। वह गुसलख़ाना ही होगा क्योंकि अन्दर से पानी गिरने की आवाज़ आ रही थी।

मैं पैर फैलाकर पूरे पलंग पर लेट गई। आह—मेरे शरीर ने सुख की साँस ली। मैं हिली-डुली नहीं, उस आप्लावित स्थिति में ही—आलस्य और तुष्टि की अवस्था में निश्चल पड़ी रही, जैसे प्रकृति को अपना चमत्कार करने के लिए पूरा-पूरा अवसर दे रही हूँ!

वह कब लौटे, मुझे पता नहीं चला, पर मैंने अपने-आप उस आधी नींद में सरककर उन्हें जगह दे दी। मैं फिर झपक गई। यह रात ऐसे ही कटेगी—मुझे लगा। बाहर निरन्तर गिरती बर्फ़, हर ओर सन्नाटा, एक सँकरा-सा पलंग।

और उस पर थकी हुई मैं, अबूझ भावनाओं से उलझी हुई। जैसे एक लहर मुझे दूर-दूर बहाकर ले जाती है और फिर लाकर सागर तट की चट्टानों पर पटक देती है। मैं क्षत, लहूलुहान अपने को उन लहरों की दया पर छोड़े दे रही हूँ—और प्रवाल हैं जैसे मुझे बाँहों में बाँधे, रात भर यों ही प्यार करते रहेंगे—अथक, आतुर, उन्मादपूर्ण।

× × ×

मैं जागी तो पलंग पर अकेली थी।

मैंने अपने अस्त-व्यस्त कपड़े बटोरे—गीली, दाग-धब्बों से भरी हुई, गुँजली-मुँजली, गठरी बन गई साड़ी, कमर तक उठा हुआ पेटीकोट। चोरी-छिपे ब्लाउज़ का ज़िपर बन्द किया। प्रवाल शिष्टतावश मेरी ओर पीठ किए, जग से ढालकर पानी पीने लगे थे।

मैंने पल्ला कन्धे पर डाला और दरवाज़ा खोला—आगे गुसलख़ाना था। मैं खड़ी देखती रह गई—बैठने के कमरे से आकार में डेढ़ गुना, संगमरमर और ग्रेनाइट। बीचोबीच स्थापित, बड़ा सा, शेर के पंजों जैसे पैरों वाला बाथटब, जिसमें तीन-चार लोग बैठकर नहा सकें। दाईं ओर पूरी दीवार पर ऊपर, रोशनदाननुमा लम्बी खिड़की थी, जिससे अब बाहर गिरती निरन्तर बर्फ़ दिखाई दे रही थी। इसी से सूर्योदय और चन्द्रोदय भी दिखता होगा—टब में बैठकर स्नान करते हुए और अपनी प्रतिच्छवि भी,

क्योंकि पूरी दीवार पर, खिड़की के नीचे संगमरमर मंडित दर्पण था जो अब धुँधला हो चला था।

दूसरी ओर एक सिंक था—हाथ धोने के लिए, शायद बाद में लगाया हुआ। उसके ऊपर छोटा-सा शीशा टँगा था, जो एक तरफ़ से टूट गया था।

मैं फुहार के नीचे खड़ी हो गई। यह होटल जैसा शावर तो नहीं था पर पानी गर्म था। गर्म पानी मेरे अंगों को सहला रहा था।

पानी बन्द करके मैंने इधर-उधर देखा, कोई तौलिया नहीं थी। तभी दरवाज़े पर हलकी-सी थपकी पड़ी, संधि में से एक हाथ अन्दर आया जिसमें तौलिया थी।

तौलिया साफ़ थी, सफ़ेद, पर इस घर की हर वस्तु की तरह फटेहाल, पुरानी—इतनी पुरानी कि उसके कहीं-कहीं रोयें उधड़ गए थे और वह तौलिये की जगह अँगोछा लग रही थी।

मुझे अन्दाज़ नहीं लगा था कि मैंने अन्दर गुसलख़ाने में कितना समय लगा दिया।

जब नहा-धोकर, बाल और चेहरा सँवारकर बाहर आई तो देखा, मेज़ और कुर्सियाँ दीवार के सहारे सरका दी गई हैं और फ़र्श पर भारतीय छापे की वही जयपुरी सूती चादर बिछी हुई है जिसे ओढ़कर मैं सोई थी। उस पर प्रवाल सो गए थे—जींस पहने हुए। ऊपर की छाती नग्न, शायद ऐसे ही सोने की आदत रही होगी। मैं कुछ देर असमंजस में खड़ी रही—क्या करूँ? मैं पलंग पर लेटूँ और प्रवाल फर्श पर? अच्छा नहीं लगेगा। फिर क्या अपने-आप जाकर उनके पास चादर पर लेट जाऊँ? न जाने क्यों इस विचार से लाज-सी हुई। अजीब-सी बात है, मैं सोच उठी—अभी कुछ देर पहले हम कितने निकट, एकाकार थे, और अब?

उन्होंने एकाएक आँखें खोल दीं, "नीचे लेटने की तो आदत नहीं होगी?"

"नहीं, ऐसी बात नहीं है।" मैं जाकर चादर पर बैठ गई, फिर धीरे से लेटी—थोड़ी दूर हटकर।

उन्होंने देखा—मुस्करा दिये, फिर पूछा, "कुछ खाएँगी? कॉफ़ी पिएँगी?"

"नहीं—आप लें।"

"अभी सुबह होने में देर है—सड़कें साफ़ होने में समय लगेगा।"

मैं कुछ देर लेटी रही—असमंजस में, फिर शरीर की टूटन झेलना दुश्वार लगने लगा तो जहाँ बैठी थी, वहीं लुढ़क गई—प्रवाल के न निकट, न दूर।

× × ×

मुझे बार-बार नींद की झपकी-सी आ जाती थी। शरीर में थकान है—अनवरत बहते आँसुओं की, मन में घूँटकर दफ़न हुई वेदना की, एक बहुत गहरे स्तर पर सतत क्रन्दन की। जब भी आँखें खोलती हूँ तो पाती हूँ—प्रवाल कुर्सी पर बैठे हैं, या उनका गाल

मेरे गाल पर टिका हुआ है, या वह फ़र्श पर जयपुरी छापे की चादर पर लेटे हैं, सिर्फ़ जींस पहने हुए। आँखें मुँदी हुईं, जैसे सोच में डूबे हों!

''हल्दीपुरी बहुत विलक्षण व्यक्ति थे—बहुत उदार, बहुत करुणामय...'' उन्होंने कहा।

मैं उन्हें देख रही हूँ। कुछ कहती नहीं कि वह मेरे पति थे, मुझे प्राणों से भी प्रिय।

''उन्होंने मेरा खोया हुआ जीवन, मेरा खोया हुआ आत्मपरिचय मुझे लौटा दिया। अगर वह मेरा पता न लगाते तो मैं आजीवन भटकता रहता, खोजता रहता कि मेरा यथार्थ क्या है। मुझे तो अथीना ने बताया था कि मैं अवैधानिक रूप से इस देश में घुस आया था। उसने मुझसे विवाह करके मुझे पहचान दी थी, पर वह सब झूठ था, उसका स्वार्थ था। मेरी पहचान तो मुझे अब मिली है। मैं बिलकुल क़ानूनी ढंग से इस देश में आया था,'' वह चुप हो गए, ''पर मैं अथॉरिटी के पास जाने में, पूछताछ करने में डरता था कि कहीं निष्काषित न कर दिया जाऊँ।''

''रिबेका ने मुझे वेलियम की दस गोलियाँ दी थीं। रात को भी ली थीं और सुबह भी, इसीलिए, तन्द्रा-सी छाई हुई है।'' मैंने कहा।

''कॉफी पिएँगी?''

''नहीं-नहीं,'' मैंने कहा।

''भूख नहीं लगी?''

''नहीं...''

कमरे में बिजली के बल्ब का प्रकाश था।

''बत्ती बुझा दूँ?'' उन्होंने पूछा।

''बुझा दीजिए,'' मैंने कहा।

जब बर्फ़ गिरती है तो चारों तरफ़ एक हलका, सफ़ेद उजियारा-सा छाया रहता है। दरवाज़े के ऊपर के काँच से वही उदास, फीका-सा उजाला अन्दर था।

मेरा हाथ अचानक प्रवाल के सीने से छू गया। मैंने अनुभव की, उनके घने बालों वाली छाती और लोहे की कठोर घुंडियों जैसे हो आए उनके कुचाग्र।

मेरा हाथ उनके वक्ष पर टिका रहा—उनकी साँसों का उतार-चढ़ाव महसूस करता हुआ।

फिर उन्होंने बहुत हलके से, जैसे अभी भी असमंजस में हों—मुझे अपनी ओर खींच लिया और प्यार करने लगे।

''यह तो बहुत पहले होना चाहिए था,'' आवाज़ जैसे उनके गले में फँस रही थी, ''मैं मूर्ख था, अनजान। स्त्री को प्यार कैसे करते हैं, इसकी जानकारी बिलकुल नहीं थी—और तुमने भी प्रोत्साहित नहीं किया।''

''मामियों ने बहुत डरा दिया था,'' फिर मुझे उस अँधेरे में छोटी-सी हँसी आ गई, ''क्या करती? कहती कि जी, मुझसे ज़ोर-ज़बर्दस्ती कीजिए?''

वह मुझे प्यार करने लगे। मैं एक बार फिर उनके पुष्ट युवा शरीर को महसूस करने लगी। उनकी मांसपेशियों का दबाव, उनकी जंघाओं की पकड़ भार नहीं लग रही थी। वह बार-बार मुझे चूम रहे थे। उनके होंठों में कसी हुई प्रत्यंचा के समान धार थी।

और यह मेरा शरीर, जैसे मेरे वश के बाहर, जिसे सतत काम-केलि की आदत पड़ी हुई थी, अपनी ही लय पर झूमने लगा था। उसके साथ-साथ हृदय था जो एक बार फिर पूरी गहराई, पूरे वेग से एक शिशु की कामना कर रहा था। यह बीजारोपण के निमित्त एक पुरुष मात्र नहीं थे, इस क्षण में प्रवाल वह व्यक्ति थे जिनसे दस वर्ष पहले मेरा ब्याह हुआ था। किसी स्तर पर मैं उनसे जुड़ी हुई थी। शायद बौस्टन में मिलने पर मेरे अन्दर आकर्षण का बीज पड़ा था, वह मैंने नकार दिया था, पर पति ने उसे पहचान लिया था और मौक़े-बेमौक़े मुझे खिजाते रहते थे। पर प्रवाल को इस सबका क्या पता था—वह अपनी यात्रा पर थे और अब मुझे दुबारा पाकर शायद उस कहानी का सूत्र फिर जोड़ रहे थे जो अनजाने में सालों पहले टूट गया था। क्या कहा था इन्होंने उस अन्तिम रात्रि, हम दोनों एक-दूसरे को जान लें—पहचान लें; तब हमारे बीच सम्बन्ध स्थापित हो, केवल एक रस्मअदायी नहीं—और वह तीन साल की अवधि दस साल में बदल गई। हम अलग-अलग राहों पर चल दिये। पर आज, इस रात, इस समय मुझे प्रवाल से एक शिशु चाहिए—मैं इसे बेहिचक, बेझिझक स्वीकार कर रही हूँ—और इस प्रसंग में पूरी-पूरी भागीदारी कर रही हूँ—शायद उन्हें नहीं पता कि मेरे मन में क्या चल रहा है।

चुक जाने पर भी प्रवाल ने मुझे अपनी बाँहों से अलग नहीं किया, वैसे ही भींचे रहे, और मैं—जान रही थी कि जो होना था, हो चुका है। इस क्षण में प्रवाल मुझे शिशु दे चुके हैं।

"क्या तुम भी वही सोच रही हो जो मैं सोच रहा हूँ?"

"शायद," मैंने कहा।

"एक खटोला ख़रीदना पड़ेगा।"

चेहरा न दीखने पर भी मैं समझ गई कि वह मुस्कुरा पड़े हैं, और यह भी कि चार्ल्स नदी के तट पर काग़ज़ बटोरते हुए उनकी दृष्टि अनायास कुछ पंक्तियों पर पड़ गई होगी।

"ज़रूरी नहीं," मेरी आवाज़ मन्द थी।

"वह तो तुम सोचना भी मत—कि सब पीछे छोड़कर तुम एक बार फिर चली जाओगी। इस बार नहीं जाने दूँगा—साथ चलूँगा, या यहीं रख लूँगा।"

"अत्याचारी," मैंने कहा।

"हमेशा का," प्रवाल बोले, "और फिर तुम्हारी मम्मी दुबारा ब्याह कराए बिना मानेंगी नहीं।"

वह धीरे-धीरे हँसने लगे। बात में सच्चाई थी।

"मम्मी तो हमेशा से ही श्योर थीं—बस, आपको ही सन्देह था।"

"और तुम्हें?"

"क्या मालूम—डाँवाँडोल थी। सोचकर अच्छा भी लगता था और डर भी।"

"और अब?"

मैं चुप हूँ। सोच रही हूँ कि मानव हृदय के चाहे चार कोष्ठक हों, पर यह भावात्मक हृदय है, उसमें न जाने कितनी परतें हैं—अलग-अलग नहीं, एक में एक गुँथी हुई, शरीर की त्वचा की तरह, जो अलग नहीं की जा सकतीं।

इस भावात्मक हृदय में कोई हदें, कोई सीमाएँ नहीं होतीं। जैसे अनन्त महासागर की लहरें अलग-अलग नहीं गिनी जा सकतीं, हर लहर दूसरी लहर में समावेत हो जाती है, उसी तरह से प्यार के रिश्ते भी—एक से दूसरे में समालीन, अलग-अलग लहर की तरह—पर साथ ही एक, केवल एक, वेगमयी लहर। उसी तरह एक हृदय में कितनी भावनाएँ, कितनों के प्रति प्यार, लगाव समाहित रह सकता है—प्यार मुझे पति से था—है—और इस समय? प्रवाल से कितना सामीप्य, कितना आकर्षण, कितना लगाव महसूस हो रहा है! सच है, एक हृदय में कितनों के प्रति प्यार, कोमल भावनाएँ समाहित रह सकती हैं। कभी कोई भावना या आकर्षण प्रबल हो जाता है तो यह नहीं है कि और भावनाएँ तल में चली जाती हैं—उनमें कभी द्वन्द्व या संघर्ष नहीं होता। यह नहीं कि मैं इस समय तुम्हें प्यार कर रही हूँ तो अन्य के प्रति भावनाओं या अपने गहन, गूढ़ प्रेम के साथ अन्याय कर रही हूँ। दोनों के प्रति भावनाएँ गड्डमड्ड हो जाती हैं पर उनमें कोई वैषम्य या द्वन्द्व नहीं होता—अभी तुम यथार्थ, कभी वह था यथार्थ। अभी भी प्राणप्रिय, जो अब कुछ मुट्ठी राख बनकर भारत की ओर जा रहा है। वह विमान कहाँ उड़ रहा होगा—अटलांटिक के ऊपर से उड़ता हुआ आइसलैंड, ग्रीनलैंड, उत्तरी नॉर्वे या फ़िनलैंड के घने जंगलों के ऊपर से रूस, कज़ाकिस्तान? कहाँ होंगे आप इस समय? और जहाँ भी होंगे—मन में तोष होगा क्योंकि आपकी प्रिया ने आपको सब कुछ दिया, पर अब वह देगी जिसकी ललक लिये आप चले गए। उसे वह मिलेगा जो आप बहुत चाहते हुए भी न दे सके। आप भले ही अवशेष रूप में, अभी इस पृथ्वी पर हैं—इसीलिए यह शिशु तो आपकी हल्दीपुरी ही कहलाएगा और शायद अभी, इसी समय बालाजी बिल्डर की बड़ी-बड़ी मशीनें नवाबगढ़ी को ध्वंस करने लगी होंगी, जहाँ रहने वाली आत्माएँ इधर-उधर बिखर गई होंगी। वे छोटे-छोटे दुकानदार भी अपना सामान उठाकर इधर-उधर चले गए होंगे।

"कहाँ चली गईं?"

"कहीं नहीं," मैंने उन्हें देखा—कितना निकट था वह चेहरा—गाल पर टिका गाल, अधमुँदी आँखें—एक हलकी-सी तोष-भरी मुस्कुराहट।

"फ़र्श गड़ रहा होगा?"

"नहीं—अब उठना चाहिए।"

"क्यों?"

"कुछ पीने को मन हो रहा है, प्यास लग रही है।"

वह झट से उठ खड़े हुए और उधर चले गए जिधर गुसलख़ाना था।

मैंने भी अपने को बटोरा, सम्हाला। बाहर अब घुप्प अँधेरा था। बस, शीशे पर हवा के झोंकों की थपकियाँ थीं। बाहर, ऊपर-नीचे दूर-दूर तक, बौस्टन शहर की ऊँची-ऊँची इमारतों, ऐतिहासिक स्थलों, समुद्र—सब पर बर्फ़ गिर रही होगी, पक्षी अपने-अपने घोंसलों में दुबके बैठे होंगे—और हाँ, अब वहाँ दिल्ली में नवाबगंज गुरुद्वारे में संगीत शुरू हो गया होगा।

प्रवाल ने उठकर अलमारी खोली, थोड़ी देर खड़े-खड़े देखते रहे, फिर अपने-आप बोले, "क्या पिएँगी—चाय, कॉफ़ी? मेरे पास कोन्याक है।"

उन्होंने बोतल निकाली। बोतल में क़रीब एक-तिहाई रही होगी। नहीं—मैं उस ओर वापस नहीं सोचूँगी जहाँ हमने चाँदी के गिलासों में शैम्पेन पी थी। प्रवाल ने वही कॉफ़ी वाले मग निकाले और लाकर बोतल सहित मेज़ पर रख दिये। कुर्सी आगे सरकाई, अब हम आमने-सामने थे।

"आपका बाथरूम बहुत अद्भुत है," उनकी दृष्टि से बचने के लिए मैंने कहा।

वह हँसने लगे, "इस बिल्डिंग में एक समय बौस्टन का प्रसिद्ध और विशिष्ट वेश्यालय था—हर मंज़िल पर केवल दो-दो कमरे हैं, जैसाकि यह, और साझे का बाथरूम। हर कमरे का अलग नम्बर—इस ओर आने के लिए सीढ़ियाँ, उस ओर पुरानी जर्जर लिफ्ट।" उन्होंने जम्हाई रोकने के लिए मुँह पर हाथ रखा, "यह अथीना की नानी का था। ग्रीक सुन्दरी—शहर में विख्यात। उसके बाद उसकी माँ ने चलाया। अथीना तो कम उम्र में पैट्रिक के साथ भाग गई थी। उसके बाद बन्द हो गया। मुझे विरासत में मिला। मुझे खुली छत के कमरे पसन्द हैं, तो यह मेरा डेरा बना।"

"तभी," मेरे मुँह से निकल गया।

"तभी क्या?" उन्होंने पूछा।

"कुछ नहीं," मैंने बात बना दी, "आप इस जगह कैसे आ टिके?"

सच कैसे कहती, कि वेश्या का पति ही इतना पटु प्रेमी बन सकता है—या फिर वह, जिसने अपने को एक सम्भोगप्रिय लम्पट कहा था।

मैंने एक लम्बी साँस ली।

उन्होंने बोतल उठाई, और एक मग में डाल दी।

"कल दोपहर तक रास्ते खुलेंगे, मगर एयरपोर्ट में तो खचाखच भीड़ होगी। आज तो दोपहर के बाद कोई जहाज़ गया नहीं होगा। कल के जहाज़ में पहले से ही बुकिंग होगी। आज के यात्रियों को ख़ाली सीटों का इन्तज़ार करना पड़ेगा। आजकल ख़ाली सीटें होती कहाँ हैं?"

मेरी नज़र बार-बार उनके खुले सीने पर चली जाती थी। उनकी छाती घुँघराले बालों से भरी हुई थी। मुझे ताज्जुब हुआ कि अभी कुछ ही देर पहले मेरा चेहरा इसी सीने से सटा हुआ था और मेरी साँसों में उनकी महक थी।

वह कहते जा रहे थे, ''मेरा हक़ तो नहीं बनता, मगर कुछ दिन आपको रुकना पड़ेगा। आप चाहें तो होटल जा सकती हैं। कई दिन सीट मिलने में लगें शायद।'' फिर वह एकाएक मुस्कुरा दिये, ''शायद आपको यहाँ रोकने के लिए किसी को घूस देनी पड़े कि जहाज़ में जगह ही न मिले।''

''कब तक?'' मैंने पूछा।

''बरसों तक।''

''बरसों तक,'' मैंने दोहराया, ''हमेशा के लिए नहीं।''

''चाहूँगा तो यही, कि हमेशा—मगर पलंग इतना छोटा है।''

अब हम दोनों पर मुस्कुराहट आ गई।

''आपको थोड़ा बड़ा पलंग रखना चाहिए था।''

''मेरे अकेले के लिए काफ़ी था—मुझे क्या मालूम था कि एक दिन अचानक बर्फ़ भरी ठंडी रात में कोई और साझा करने आ जाएगा!''

''और आप उसे रोक लेंगे?''

''चाहता तो यही हूँ—मगर...''

''मगर?'' क्या यह कोन्याक का नशा था जिसने मुझे इतना उद्धत और वाचाल बना दिया था?

''मगर कहने का अधिकार तो कब का खो बैठा हूँ—कुछ समय और घटनाओं के कारण, कुछ अपनी मूर्खता से...'' वह चुप हो गए।

''तो अब आप मान रहे हैं कि आप सचमुच प्रवाल हैं जो बरसों पहले यहाँ पढ़ने के लिए आए थे?''

प्रवाल की कोन्याक समाप्त हो चुकी थी। उन्होंने मेरी ओर बोतल बढ़ाई। उसमें मुश्किल से दो घूँट बची होगी—एक के लायक़ ही...।

''बस,'' मैंने कहा, ''और नहीं।''

उन्होंने बची-खुची अपने मग में डाल ली—पर पी नहीं। वैसे ही अनछुई रखी रही।

वह उठे और फिर जाकर फ़र्श पर लेट गए। मेरी ओर हाथ बढ़ाया—उसमें आह्वान था। मैं जाकर उनके पास लेट गई—पास, पर सटकर नहीं।

वह कहने लगे—उनकी आवाज़ मन्द थी और उदास—एक फुसफुसाहट मात्र—जैसे किसी अँधेरी गली में रास्ता ढूँढ़ रहे हों!

''मैं समझ नहीं पा रहा था कि मेरे जीवन में हो क्या रहा है। अथीना ने मुझे जो कहानी बताई थी, उस पर मैंने विश्वास कर लिया था। मुझे उससे सहानुभूति थी। सारा

जीवन वेश्या बनकर बिताने की बजाय वह कम उम्र में नाविक पैट्रिक के साथ भाग आई थी। वह बहुत उग्र स्वभाव का व्यक्ति निकला। मारना-पीटना उसके लिए रोज़ की हरकत थी। अथीना सब सहती रही। जाती भी कहाँ—उसी वेश्यालय में—उससे तो वह भागकर आई थी।

उसने भी मेरे साथ नाइंसाफ़ी की। मेरा नया इतिहास गढ़कर अपनों से दूर कर दिया। जब वह समुद्र में डूबकर मर गई, तो मेरे अन्दर अपराध-भावना तो थी ही। दु:ख भी था पर मैं उससे बहुत क्रुद्ध भी था, क्योंकि उसके कारण मैं अपनों से बिछुड़ गया था। मुझे तो बहुत बाद में पता चला कि मेरे साथ हुआ क्या था—अचानक डॉ. हल्दीपुरी का डाक से पुलिन्दा मिला। उन्होंने उस लड़की से ब्याह किया था जो मुझे अच्छी लगती थी। उसमें वह काग़ज़ थे, अख़बार की कटिंग, मेरे दोस्तों के बयान, और वह सब सबूत जिनके अनुसार मैं प्रवाल श्रीवास्तव था। पर बरसों लकी शॉ का व्यक्तित्व कैसे दूर कर देता? तुम्हारी तो आशा ही छोड़ दी थी। अथीना की मृत्यु के बाद गया तो था, पर तुम्हारा ब्याह हो चुका था—एकदम छकी हुई, प्रेममुग्ध थीं तुम। क्या करता—लौट आया।

सिर में चोट लगने के कारण मैं अपना अतीत भूल चुका था। अथीना की जीवन-पद्धति मेरी बन गई थी—रात को जाकर समुद्र में जाल डालना, केकड़ों के लिए पिंजरे, फिर उन्हें वापस जाकर निकालना, उन्हें बेचने के लिए तैयार करना—मुझे यह सब परिश्रम, रात को समुद्र की लहरों का गान, अच्छा लगने लगा था। मेरा दुबला-पतला शरीर भर गया। देख रही हो ये मांसपेशियाँ?

पर कभी-कभी मन बहुत अकुला उठता था। मैं निद्राहीन सड़क पर मीलों दौड़ता रहता था, पर अथीना की वही कहानी—'तुम जिप्सी हो, रोमनी, ख़ानाबदोश, लड़-झगड़कर देश छोड़कर चले आए थे। अब तुम मेरे हो—मेरे लकी शॉ।'

और यह सब बरसों चलता रहा—मछली और झींगे और केकड़े पकड़ना, जाल डालना, जाल निकालना। फिर न जाने कैसे उस बाँसुरी वाले कन्सर्ट में चला गया—फ्री था। उसका पोस्टर देखा और बिना सोचे-समझे पहुँच गया। वहाँ दिखीं तुम, बड़ी अच्छी लगीं और तभी मम्मी जी ने कहा, 'दूल्हा बाबू! प्रवाल!' उस क्षण से शुरू हुई मेरी शान्त, बहती हुई ज़िन्दगी में खलबली, उठापटक—अस्पष्ट से चित्र, अजीब-अजीब सपने, चेहरे जो अजनबी थे और पहचाने से भी—मैं विक्षिप्त हो गया था और नहीं भी था। तुम सामने पड़तीं तो अपने-आप मुँह से जो निकलता, वह सुनकर मैं स्वयं हैरान रह जाता था। तुम्हारा दायरा बहुत सीमित था—'पटेल ब्रदर्स' पर सब्ज़ी-भाजी, दोसा फ़ैक्टरी की जलेबी और दोसा। तुम्हारे बार-बार वही सवाल पूछने पर बेतरह खीज और झुंझलाहट लगती थी।

पर तुम अच्छी लगती थीं। तुम्हें निकट से जानना-पहचानना चाहता था, पर मैं तो विवाहित था—अथीना का पति।''

वह चुप हो गए। बहुत देर चुप रहे। इतनी देर कि मुझे लगा, उन्हें नींद आ गई है।

फिर वह कहने लगे। अँधेरे में उनका स्वर बहुत उदास लग रहा था, जैसे वह अपने-आपसे बातें कर रहे हों, ''अब नये-नये प्रयोग हो रहे हैं। माना जा रहा है कि स्मृति विलुप्त नहीं होती। मस्तिष्क के किसी कोष्ठक में ऐसी दबी रहती है कि उसे निकालना सम्भव होता है—किसी-किसी को सफलता मिल जाती है। मैं इस बारे में बहुत सोचता हूँ, अभी निश्चय नहीं कर पा रहा हूँ। बाहरी साक्ष्य, मेरे फिंगर प्रिंट, परिवार की तसवीरें, तुम—धीरे-धीरे मेरे अन्दर की उस ख़ाली जगह को भर रहे हैं। तुम दस साल पहले क्या थीं—यह जानकर क्या करना? अब जो हो, परिपक्व, आकर्षक—मेरे लिए पर्याप्त है। और रहे मेरी स्मृति में जो बड़े-बड़े छेद, उन्हें तुम ही भरोगी और बचपन का याद करने का क्या प्रयोजन? मुझे अपने पेपर्स में एक दस-बारह पृष्ठ की लिस्ट मिली थी, ए टू ज़ेड—हर चीज़, जो मेरे ब्याह में तुम्हारे डैडी-मम्मी ने दी थी। मैं बहुत शर्मिन्दा हुआ कि मेरे माँ-बाप ने मेरा इतना मोल लगाया।''

उन्होंने एक लम्बी आह भरी।

''एक लड़की पलंग पर सो रही थी। उसके गालों पर आँसू सूखकर लम्बी-लम्बी श्वेत धारियाँ बन गए थे, क्या वह तुम थीं? इतना रोई क्यों थीं?''

''केवल मानवीय संवेदना। अत्याचार के सामने अपनी टोटल हेल्पलेसनेस।''

उन्होंने मेरे गाल छुए—गीलापन अभी शेष था, ''पर यह तो प्यार है।''

''हाँ, मैंने उन्हें बहुत प्यार किया और करती हूँ—करती रहूँगी।''

उन्होंने आगे कुछ नहीं कहा—चुप रहे। फिर अपने-आप, जैसे स्वगत भाषण, ''स्मृति का चला जाना, खो जाना—मालूम, कैसा लगता है? जैसे तुम एकदम अन्धकार में चले जा रहे हो। घटाटोप अँधेरा। मालूम नहीं कि कहाँ हो, कहाँ जा रहे हो। फिर चलते-चलते एकाएक राह ख़त्म हो जाती है और तुम पैर बढ़ाते हो, पर वहाँ ठोस धरती नहीं है। तुम एक अन्धे कुएँ में गिरने लगे हो। बस, अन्धकार। कुछ सहारा ढूँढ़ने को हाथ बढ़ाओ तो बस, चारों ओर शून्य।

मैं उन दिनों एकदम बदहवास रहता था—एकदम बौखलाया। उसी अन्धे कुएँ में निरर्थक हाथ-पैर मारता। लकी शॉ के अलावा भी कुछ और हूँ, मगर क्या हूँ, यह पकड़ में नहीं आता।''

''अभी भी नहीं?''

''नहीं। मगर इस समय, यहाँ सब कुछ ठीक, सब कुछ सही लग रहा है। मन में एक सुकून-सा है, पर डर भी—अभी सुबह होगी और तुम चली जाओगी, फिर कभी अलोप न हो जाओ—अब, इस बार पकड़कर, बाँधकर रख लेना चाहता हूँ, पर मेरा कोई अधिकार नहीं है।''

अब हम दोनों चुप हैं।

वह एक लम्बी साँस लेते हैं, ''कितने अपराधबोध के बोझ से दबा हुआ हूँ! अथीना की आत्महत्या, मेरी मृत्यु की ख़बर सुनकर परिवार पर क्या बीती होगी? उस सत्रह-अठारह साल की मासूम-सी पत्नी, उसके माता-पिता, जिन्होंने दहेज़ से घर पाट दिया था। ढूँढ़ता हुआ गया था, मगर वह लड़की, जो कभी मेरी पत्नी रही होगी—इन सालों में कितनी बदल गई थी—बैठी थी सामने सुहागिन बनी, पति की प्रेमवर्षा से सराबोर!

लौट आया पर भटकन समाप्त नहीं हुई। शायद वह दर्द की काट थी जिसके कारण मेरा लेखन एक दूसरे ही स्तर पर पहुँच गया। कविताएँ छपने लगीं प्रसिद्ध पत्रिकाओं में—भेजते समय समझ नहीं आया कि क्या नाम दूँ—लकी शॉ या प्रवाल?''

वह चुप हो गए। थोड़ी देर बाद बोले, ''बस, रहने लगा यहाँ, इसी कमरे में—पहले किरायेदार के पीछे छूटे हुए सामान के साथ।''

मैंने पूछना चाहा, 'अब?' पर अवरुद्ध कंठ के कारण स्वर नहीं फूटा।

थोड़ी देर हम दोनों ही चुप रहे। बाहर बर्फ़ दरवाज़ों के बन्द शीशों पर गिरकर रगड़ कर रही थी—वृक्ष चुप खड़े होंगे।

फिर उन्होंने स्वयं ही सूत्र पकड़ा, ''अथीना से मैं बार-बार पूछता और वही जवाब मिलता। एक दिन बोली, 'वह लड़की कौन है?'

'कौन-सी लड़की?'

'वही जो अपने को तुम्हारी पत्नी कहती है?'

मैं बहुत दिनों तक यह बात मन में लोटता-पोटता रहा—विचार मुझे अच्छा लगा। सच कहूँ, तो बहुत अच्छा लगा। तब मैंने कल्पना भी नहीं की थी कि एक दिन हम और तुम आमने-सामने बैठे होंगे और साथ-साथ कोन्याक पिएँगे। अभी भी पूरा-पूरा भरोसा नहीं होता कि मैं प्रवाल हो सकता हूँ।''

''लकी शॉ और प्रवाल—दोनों एक-दूसरे में समाहित, अभिन्न। जो आपने अथीना के साथ समय बिताया, वह भी जीवन का सत्य है और रहेगा।''

''हाँ; हमेशा समुद्र का आवाहन; समुद्र की लहरों का संगीत।''

जैसे वह सारी रात बोलते रहेंगे!

न जाने कितने वर्षों का भार उठाए-उठाए भटक रहे होंगे! स्मृति और भूल जाने की स्थिति, कुछ अस्पष्ट यादों की अनिश्चितता, कि यह सच है या स्वप्न या केवल परिकल्पना? कितना द्वन्द्वमय रहा होगा इस व्यक्ति का जीवन?

अब मुझे मौन रहकर सुनना ही चाहिए—वह सब, जो इनके अन्दर परत-दर-परत बरसों से दफ़न रहा और अब धीरे-धीरे रिस रहा है।

''जब मैं होश में आया तो मैं मेन प्रदेश के एक छोटे से अस्पताल में था। डॉक्टर ने मुझसे अँगरेज़ी में पूछा, 'तुम्हारा नाम क्या है? आजकल कौन-सा वर्ष चल रहा है? हमारे राष्ट्रपति का क्या नाम है?'

मैंने अँगरेज़ी में ही जवाब दिया होगा। यदि किसी ने हिन्दी में पूछा होता तो...शायद मैं हिन्दी में ही जवाब देता, शायद अवचेतन से नाम उभर आता। तभी अथीना ने मेरा एक नया इतिहास गढ़ दिया—मेरा नाम लकी था। मैं जिप्सी था। मेरे देश या परिवार का मुझे कुछ पता नहीं। मैं उसके और उसके पति की नाव पर मछुआरे की नौकरी करता हूँ। और उसका बॉयफ्रेंड हूँ।''

वह कुछ देर चुप रहे।

''वह मेन प्रदेश के समुद्र तट पर स्थित एक छोटा-सा क्लिनिक था। छोटे से शहर का अकेला डॉक्टर उसे चलाता था। जब माथे की चोट ठीक हो गई तब उसने मुझे स्मृति वापस लाने के लिए बड़े अस्पताल ले जाने को कहा। पर अथीना वही बता रही थी जो वह चाहती थी। मुझे कभी-कभी बड़ी बेचैनी, बड़ी छटपटाहट होती थी—मेरे सपने बड़े गड्डमड्ड, बड़े अजीब-अजीब से हुआ करते थे। जब पैट्रिक शॉ के मरने की ख़बर आई तो वह सब बेच-बाचकर मुझे बौस्टन ले आई।

वह अब पूर्णतया आश्वस्त थी। मुझे कोई नहीं जानता था। मेरा कोट उसने उतारकर पानी में फेंक दिया था। उसी की बिना पर मैं मृत घोषित कर दिया गया और तुम सबने स्वीकार भी कर लिया। भारत से कौन आता पता करने? वह दो-एक दिन बाद मेरे फ्लैट पर जाकर मेरा सामान भी ले आई। फिर एक दिन तुम मिल गईं। उन दिनों मेरा अजीब हाल था। अथीना अब मुझे बाँध नहीं पाती थी, वह डरने लगी थी। उन दिनों मैंने एक स्कूल में अँगरेज़ी टीचर की जगह का विज्ञापन देखा। जिन बच्चों को अँगरेज़ी नहीं आती थी, उन्हें बेसिक अँगरेज़ी सिखाने के लिए। स्कूल ने मेरा इंटरव्यू लिया और मुझे रख लिया। बच्चे थे चीनी, कोरियन, मेक्सिकन और इक्का-दुक्का भारतीय। मैं उन्हें पढ़ाने लगा। वह सब बड़ी सहजता से आ गया, तब मुझे याद नहीं था कि यह मेरी विशेषता थी।

फिर स्कूल से निकलते वक़्त मैंने एक आवाज़ सुनी, एक स्त्री कह रही थी, 'सम्हलकर चलो—गिर जाओगे तो चोट लग जाएगी।'

और मुझे हर शब्द समझ में आ गया।

अगले दिन मैंने पूछा, 'तुम घर में कौन-सी भाषा बोलते हो?'

'हिन्दी।' उसने कहा।

'तो तुम मुझसे हिन्दी में बात करोगे?'

वह अचरज से मुझे देखता रह गया। मुझे भी अचरज होता था कि मुझमें यह भाषा इतने सहज रूप से कैसे उभर आती है, पर मैंने कुछ नहीं किया। तुम बार-बार पूछती थीं, क्या मैं प्रवाल हूँ?

मुझे चिढ़ लगती थी, क्योंकि मैं अपने को केवल लकी शॉ के रूप में जानता था। मुझे मालूम नहीं, मैं क्यों तुमसे अटपटी बातें करता था। मुझे लगने लगा कि मुझे कुछ करना होगा, पर क्या, यह मैं समझ नहीं पाता था। फिर एक दिन तुम्हारी मम्मी

सन्तूर कन्सर्ट में मिलीं। उन्होंने बताया कि तुम वापस भारत चली गई हो और जल्दी ही तुम्हारा ब्याह होने वाला है।

मैं जैसे पगला गया—मैंने घर जाकर अथीना से कहा, 'मैं उसे छोड़ रहा हूँ। उसके साथ मेरा दम घुट रहा है। मैं भारत जा रहा हूँ।' उसी रात, जबकि समुद्र पर एक तूफ़ान आनेवाला था, वह अपनी नाव लेकर अँधेरे में ही निकल गई। अगले दिन उसका शव मिला, नाव के टूटे-फूटे अंश। उसे एक दुर्घटना कहा गया, पर मैं जानता था कि सच क्या था। उसके सामान में मिला मुझे वह अपना बक्सा जो वह मेरे फ्लैट से ले आई थी। उसमें मुझे अपनी आइडेंटिटी के पेपर्स, विवाह की तसवीरें मिलीं। मैंने तुम्हें तुरन्त पहचान लिया। मैं बदहवास भारत दौड़ा गया, पर तब तक तुमने ब्याह कर लिया था। उस क्षण तुमसे और तुम्हारे पति से मिलकर जैसे मेरे सारे सपने हरहराकर गिर पड़े। मैं अगली फ्लाइट से लौट आया—और अपनी टूटी-फूटी, कटी-पिटी ज़िन्दगी में पैबन्द लगा-लगाकर जीने की कोशिश करने लगा। मुझे अभी भी कुछ ज़्यादा याद नहीं है—बस, मैं लकी शॉ नहीं हूँ, कौन हूँ, यह अभी तक ढूँढ़ रहा हूँ...''

''मुझे क्यों खोजते रहते थे—कभी सड़क पर, कभी दुकान पर?''

''मालूम नहीं। एक खिंचाव महसूस करने लगा था। पहले कभी मिला था या कोई रिश्ता था, इसकी याद कहाँ थी? हर बार जब तुम्हें देखता था, मुझे अपने अन्दर एक बेचैनी, एक अकुलाहट-सी, शायद स्मृति-अंश कुलबुलाते होंगे—पर कुछ याद नहीं आता। जब मैंने अपना सूटकेस पाया और उसे खोला तो काग़ज़ों में, पन्नों में, तस्वीरों में मेरा अतीत बिखरा था, पर मुझे कुछ याद नहीं था। विवाह की फ़ोटो में तुम्हें फ़ौरन पहचान लिया। नहीं, उसकी याद नहीं थी। यह पहचाना कि तुम बार-बार मुझसे वही प्रश्न क्यों पूछती थीं?''

''तो अब—कौन हैं—लकी या प्रवाल?''

''निश्चय ही प्रवाल—इस रात के बाद...।''

वह एकदम उठ खड़े हुए—और बची हुई शराब घूँट-घूँट पीने लगे।

यह वोदका नहीं है कि एक साँस में पीकर गिलास तोड़ दिया जाए।

और यह मग, जिस पर हार्वर्ड यूनिवर्सिटी का मौटो 'वेरितास' छपा है, टूट जाएगा तो फिर इनकी गिरस्ती में एक ही मग बचेगा।

वह वापस आकर लेट गए—बहुत देर चुप रहे—जैसे सो गए हों! फिर उनका स्वर उभरा, ''मगर इतना जानता हूँ, बहुत पहले समझना चाहिए था—अगर तुम वापस चली गईं तो यह सूत्र यहीं नहीं समाप्त होने दूँगा।''

मैं चुप हूँ।

''मुझे जल्दी नहीं है, धैर्य से प्रतीक्षा करूँगा—कि तुम जब भी दुःख से उबरो—तब पाओ कि मैं तुम्हारे सामने हूँ—तुम मेरे पास आओ—वह विकल्प तुम्हारा ही होगा।''

"नहीं तो ऐसे ही रहते रहेंगे—इसी कमरे में—एक अकेला जीवन?"

वह चुप रहे। मेरी ओर देखते रहे। फिर उन्होंने अपने-आप खींचकर मुझे अपने सीने से लगा लिया। हम दोनों मौन थे—अपने-अपने अँधियारों के गर्त में डूबे हुए।

मैं उस गड्ढे में गिरना नहीं चाहती, जहाँ हाथ-पैर मारूँ, चीख़ूँ-चिल्लाऊँ, पर कोई सुनने वाला नहीं। कोई हाथ पकड़कर ऊपर निकालने वाला नहीं।

मेरे अन्दर से एक गहरी साँस निकली—उन्होंने सुनी और गुनी, पर चुप रहे।

यह बाक़ी रात ऐसे ही बीतेगी। दो देह एक-दूसरे में गुँथी रहेगी क्योंकि फ़र्श पर लेटना दोनों को ही असहनीय होने लगा था। हम उठकर फिर उस पलंग पर आ लेटे थे, पर इस बार वह इतना सँकरा नहीं लग रहा था।

बाहर बर्फ़ पड़ती रहेगी और एक जहाज़ इस पृथ्वी के न जाने किस आकाश में चुपचाप उड़ता रहेगा!

× × ×

सड़क पर बर्फ़ साफ़ करने वाले ट्रैक्टरों की आवाज़ से हम दोनों ही जाग जाते हैं।

"शायद बर्फ़ पड़ना बन्द हो गई है," उनकी आवाज़ में उनींदापन था।

"क्या बजा है?" मैंने पूछा।

"साढ़े पाँच।"

"मुझे जाना चाहिए—नहीं?" मैंने कहा, जैसे अपने-आपसे।

"अभी नहीं—अभी सड़कें साफ़ होने में घंटा-डेढ़ घंटा लगेगा।"

हम दोनों चुप, आलिंगनबद्ध—पलंग जो इतना सँकरा है? दूसरे, शायद अलग होने की इच्छा भी नहीं है। हम फिर प्यार करने लगे हैं। इसमें एक ठहरापन है। एक आश्वस्ति—एक सम्भावना।

× × ×

"मैं शायद आज ही लौट जाऊँ।" मैं जैसे अपने-आपसे कह रही हूँ।

"कई दिन तक जगह नहीं मिलेगी," उन्होंने मेरे जैसे ही मन्द स्वर में कहा, "फिर मैं भी साथ-साथ आऊँगा—यह धमकी भी है और वादा भी।" फिर हल्की मुसकान के साथ, "फिर मम्मी का इन्तज़ार कर लें—आठ-दस दिन में तो आने ही वाली हैं।"

"हाँ—मम्मी," मैंने कहा।

वह हलके से उठे, बोले, "कज़ाकिस्तान।"

"क्या?"

"दिल्ली तक पौने चार घंटे बचते हैं, जहाज़ को।"
"हाँ—कज़ाकिस्तान।"
फिर आँखें मूँद लेती हूँ।

× × ×

"उठो, चलने का समय हो गया है।" वह मुझे जगा रहे थे।

मेरे शरीर से जैसे सारा बल रिस गया था! उन्होंने मुझे पलंग से उतरने में सहायता की—खूँटी से उतारकर रिबेका का कोट पहनाया—झुककर चप्पलें ढूँढ़ी—कोट से मेरे अस्त-व्यस्त कपड़े ढक गए थे।

"चलें!"

तब मैंने सायास पलकें उघाड़कर उन्हें देखा, वह एकदम तैयार थे, जाड़ों की पोशाक में—बूट, जींस, पार्का, बैकपैक। उन्होंने दरवाज़ा खोला—छत पर बर्फ़ का अम्बार था। मेरे पैर सीढ़ियाँ उतरते हुए लड़खड़ा रहे थे। वह मुझे सहारा दे रहे थे। उनकी पकड़ दृढ़ थी।

नीचे टैक्सी खड़ी हुई थी। हमारे पैरों के नीचे बर्फ़ चर्र-मर्र कर रही थी। चप्पलों में मेरे पैर एक क्षण में सर्द हो गए।

मैंने गिरते-गिरते अपने को सम्हाल लिया—हाथ बढ़ाकर टैक्सी का सहारा लेकर। टैक्सी का स्पर्श कितना ठंडा था!

"केयरफुल," उन्होंने कहा।

हमारे बैठते ही टैक्सी चल दी। उसके पहियों ने जमी हुई बर्फ़ की रगड़ से कर्कश आवाज़ की।

सड़क ख़ाली थी, पर आसपास पेवमेंट पर बर्फ़ के पहाड़ खड़े हुए थे। सड़क के किनारे खड़ी कारों की क़तार अपने में छोटे-छोटे पर्वत लग रही थीं। आकाश अभी भी मेघाच्छन्न था। घरों की छतें, पेड़, जिधर भी दृष्टि जाती, सब अनछुआ, एकदम धवल, श्वेत।

"साढ़े इक्कीस इंच गिरी," ड्राइवर ने कहा।

हमने उत्तर नहीं दिया।

टैक्सी होटल के आगे जाकर खड़ी हो गई। सब तरफ़ सन्नाटा था। सड़क साफ़ थी पर बड़े-बड़े पेड़ बर्फ़ से एकदम ढके पर सीधे सतर खड़े थे। एकाएक चर्र की आवाज़ के साथ एक शाख टूटकर नीचे गिर गई।

मेरे अन्दर से एक गहरी साँस उभरी।

"आप दो मिनट ठहरें," प्रवाल ने ड्राइवर से कहा, "मैं अभी आता हूँ।"

ड्राइवर चुप रहा।

दरवाज़े पर दरबान नहीं था। हम अन्दर आए। होटल का हॉल वैसा ही था—बड़े-बड़े गुलदस्ते, मेज़ें, सोफ़े, काउच—पर इस समय सोए-सोए। फ्रंट डेस्क पर रोशनी थी पर कोई व्यक्ति नहीं।

''नींद की गोली है?'' प्रवाल ने पूछा, ''आधी ले लें, पर ख़ाली पेट नहीं।''

हम मद्धिम रोशनी के झाड़ के नीचे खड़े हैं।

शायद बाहर लगे कैमरे से ड्यूटी अफ़सर ने हमें आते हुए देखा होगा। वह हड़बड़ाता हुआ बाहर निकला।

''मेरी चाभी?'' मैंने जैसे अपने-आपसे कहा।

प्रवाल ने मुझे देखा—मैंने कमरे का नम्बर बताया—ताज्जुब है कि मुझे याद था। जब तक वह चाभी लेकर आए, मैं धीरे-धीरे चलकर लिफ्ट तक पहुँच गई थी।

उन्होंने मुझे चाभी थमा दी। निश्चय ही वह ऊपर तक नहीं आने वाले थे।

''मैं शाम को कॉलेज से वापस आकर मिलूँगा।''

मैं चुप उन्हें देखती रही।

लिफ्ट आकर खड़ी हो गई। दरवाज़ा अपने-आप खुल गया। चारों तरफ़ की रोशनी में उसके अन्दर के दर्पण चमचमा रहे थे। प्रवाल अब खड़े हैं और मैं भी।

''मैंने एयरलाइन से पता किया है,'' वह कहने लगे, ''तुम्हें जगह मिल जाएगी, जैसे ही उड़ानें शुरू होंगी। विशेष परिस्थिति देखते हुए और टिकट भी ऊँचे दर्जे का है, इसलिए...'' उन्होंने बात बीच में छोड़ दी।

मैं उन्हें अनझिप दृष्टि से ताकती रही—तीसरी बार—तीसरी बार मुझे जाने दे रहे हैं। नहीं—मैंने सोचा, यह इक्कीसवीं सदी का पुरुष है, मुझे विकल्प दे रहा है।

''क्या करूँ?'' उन्होंने कहा, ''बुक करा दूँ?'' उनका स्वर मद्धिम था—और उदास।

मैं बिना कुछ कहे उन्हें देखती रही।

जब हम एक क्षण में निश्चय करते हैं तो वह अकस्मात् अचानक लिया निर्णय नहीं होता। हमारे अवचेतन में वह कब का उलट-पलट होता रहता है।

मैंने हलके से उनका हाथ छुआ, ''सोच रही हूँ, मम्मी के आने का इन्तज़ार कर लूँ?'' यह प्रश्न नहीं था, मेरा उत्तर था।

फिर मैंने अपने हाथ हटा लिये—लिफ्ट के खुले दरवाज़े से अन्दर जाते हुए कहा, ''तो शाम को आइएगा!''

उन्होंने स्वीकृति में सिर हिलाया, लिफ्ट का दरवाज़ा बन्द हो गया।

ऊपर गलियारे में सन्नाटा था। यहाँ भी बत्तियाँ जल रही थीं, पर मद्धिम थीं। ऊपर का झाड़ भी जल रहा था, मगर उनींदा-सा।

मैंने दरवाज़ा खोला—वही बड़ा-सा कमरा, वही साज-सज्जा। गुलदस्तों के फूल बदल दिये गए होंगे, ताज़े थे।

मेरे चेहरे पर यथार्थ ने एक तमाचा मारा। सब कुछ मन में उमड़ने लगा—पति, उनकी पहली पत्नी, उनके चार-चार पूर्ण युवा पुत्र—पर किसी का कोई चिह्न नहीं था।

मैंने गुसलख़ाने में जाकर कपड़े उतारे, ड्राइक्लीनिंग के लिए जाने वाले बैग में साड़ी, ब्लाउज़, पेटीकोट सब ठूँस दिये।

कुछ देर असमंजस में खड़ी रही, फिर नहाने का निश्चय स्थगित कर मैंने होटल की बाथरोब पहन ली।

बाहर निकलकर खोई-खोई-सी खड़ी रही। बाहर सड़कें अभी भी एकदम सूनी थीं। वहाँ अभी भी धुँधलापन था। मेरी दृष्टि पति के ब्रीफ़केस पर पड़ी। जब मैं बाथरूम में थी तो कोई कर्मचारी आकर चुपचाप रख गया होगा। मुझे उसे लाने की याद नहीं है—प्रवाल ही अपने कमरे से लाए होंगे और ऊपर भिजवाया होगा।

मैं अनमनी उँगलियों से ब्रीफ़केस खोलती हूँ—नहीं, मैं उनके पत्र फिर नहीं पढ़ूँगी। पति का पढ़ने का चश्मा, उनका महँगा फ़ाउंटेन पेन, जिससे उन्होंने रात-बिरात बैठकर मुझे प्रेमपत्र लिखे थे, एक सफ़ेद लिफ़ाफ़े में उनकी अँगूठी थी—जो मैंने अब देखी। शायद पोस्टमार्टम के लिए भेजते समय एयर लाइन वालों ने उँगली से निकालकर ब्रीफ़केस में सहेज दी होगी।

और सबसे अन्त में, एकदम पेंदी में एक छोटा-सा पैकेट—सफ़ेद डोरी से बँधा हुआ। डोरी आसानी से खुल जाती है। उसमें कपड़े का एक टुकड़ा है। मैं उसे पहचानती नहीं। हाथ में जैसे ही लेती हूँ, एकदम मन में कौंधता है—अरे, यह तो मेरी पीली शिफ़ौन की साड़ी का टुकड़ा है! पल्ला कहीं उलझकर फट गया था। शायद इनकी दृष्टि पड़ गई होगी तो निकालकर सहेज लिया होगा। हमारी प्रथम भेंट की यादगार। इतने सम्हालकर रखा—अपने पास? दूसरी चीज़—वह था चाँदी का झुनझुना, स्वयं के बचपन का। बड़की भौजी ने मुझे शगुन के रूप में दिया था।

मैंने दोनों चीज़ें लपेटकर वापस रख दीं। दिल भर आया—मुझे इस कमरे में नहीं आना चाहिए था—मैं सोचती हूँ—पर जो सत्य है, जो हो चुका है, जो झेलना है, वह तो अमिट रहेगा—यथार्थ से साक्षात्कार तो करना ही होगा। मैंने ब्रीफ़केस बन्द कर दिया। तभी दरवाज़े पर थाप पड़ी।

मैं होटल की बाथरोब पहने हूँ—स्वच्छ, सफ़ेद, नरम, रोयेंदार। जानबूझ कर नहाई नहीं थी, शायद प्रकृति को कुछ और समय देना चाह रही थी। मेरे शरीर पर प्रवाल के चिह्न थे—इन्हें धोना तो होगा ही, पर अभी, तुरन्त नहीं। प्रवाल के बाल कितने घुँघराले हैं, हर जगह! अचानक मन में विचार उठा।

मैंने दरवाज़ा खोला। गलियारे में सन्नाटा था। मेरे दरवाज़े पर रूम सर्विस की ट्रॉली थी। रूम सर्विस की वेट्रेस ने दरवाज़ा खुलते ही उसे अन्दर धकेल दिया। काँच के बर्तन हलके से खनखनाए।

''पर मैंने तो ऑर्डर नहीं दिया?'' मैंने कहा।

"ऑर्डर पौन घंटे पहले ही आ गया था।"

उसने कहा और एक-एक करके ढक्कन उठाने लगी—चाय, कॉफ़ी, दूध, शक्कर का बड़ा-सा ढेर, टोस्ट, मक्खन, जैम, कटे हुए फल, ताज़ा निकला नारंगी का रस।

उसने अन्तिम प्लेट का ढक्कन उठाया—एक जादूगर की तरह और बोली, "मसाला दोसा।"

वह मेरी ही उम्र की भारतीय लड़की थी। उसके बिल्ले पर सुजाता लिखा हुआ था।

"हमारे पास रिक्वेस्ट आई थी कि आपको कुछ खिला-पिलाकर वापस जाऊँ। यह हमारा स्लो वक़्त है इसलिए मेरे पास समय है। क्या दूँ, चाय या कॉफ़ी?"

"चाय।"

उसने चाय छानी, अन्दाज़ से दूध डाला, "चीनी? एक चम्मच?"

"एक," मैंने कहा।

उसने प्याला मुझे पकड़ा दिया। चाय गर्म थी, मीठी और ख़ुशबूदार—गोमती तो नहीं मगर मिलती-जुलती।

"आह!" उसकी मिठास और गर्माई से मुझे राहत मिली। मेरे मुँह से अचानक सन्तुष्टि की आह निकल गई।

सुजाता मुस्कुराने लगी, "आपको मसाला दोसा दूँ? हमारा मसाला दोसा मशहूर है, उडुपी से विशेष कुक आया है।"

"नहीं—मन नहीं है।"

"एक कौर खाकर तो देखिए मैडम," उसने कहा, "आपको अच्छा लगेगा।"

"ठीक है," मैंने कहा।

उसने दोसे का एक छोटा टुकड़ा काटा। साँभर में डुबोया और मुझे चम्मच पकड़ा दी।

वह कितनी आसानी से गले के नीचे उतरा—मुझे स्वयं आश्चर्य हुआ।

"अच्छा है," मैंने कहा।

"और लीजिए मैडम," सुजाता मुझे चम्मच से कौर-कौर टुकड़े पकड़ाती जाती और मैं चुपचाप खाती रही। मेरा पेट कितना ख़ाली था, यह मुझे अब पता चल रहा था।

आधा दोसा खाने के बाद मैंने कहा, "धन्यवाद सुजाता। अब और नहीं।"

उसने नये प्याले में ताज़ी चाय छानी, दूध और चीनी डालकर मुझे प्याला पकड़ाते हुए बोली, "इसे पी लीजिए—आपको अच्छा लगेगा। बाहर बहुत बर्फ़ है।"

"तुम्हारे बच्चे हैं सुजाता?"

"जी, तीन। उन्हें माँ के पास छोड़कर आई हूँ—गोवा में।"

उसका चेहरा उदास हो गया था।

"अब ट्रॉली हटा दो," मैंने कहा।

"ठीक है, जूस और फल मेज़ पर रख दूँगी—बाद में ले लीजिएगा।"

मैंने पर्ची पर साइन कर दिये, सुजाता के लिए बड़ी-सी टिप सहित।

"क्या पलंग से कम्बल लाकर मुझे उढ़ा दोगी?"

"श्योर मैडम।"

मैं काउच पर लेट गई, उसने कम्बल उढ़ा दिया। गर्म-गर्म दोसा और चाय। मैंने सचमुच कितने समय से कुछ नहीं खाया था। पूरे बदन में गर्माई आ गई थी। उस उनींदी अवस्था में मैंने सोचा—कज़ाकिस्तान से दिल्ली—चार घंटे?

छोटी-सी, पीली, तनाव कम करने की गोली मेरी हथेली पर है। रिबेका ने मुझे दस गोलियाँ दी थीं, अब यह अन्तिम है। माँगने पर और दे ही देगी, पर गिन-गिनकर।

यह छोटी-सी गोली जो जकड़े हुए स्नायुओं को ढीला करने में सहायता करती है, ब्रेन के किसी बन्द कोने को छूती है, जिससे रुद्ध भावनाएँ, आँसू उमड़ने लगते हैं और सामाजिक और नैतिक वर्जनाएँ किसी छोटे से छिद्र से बाहर आकर लुप्त होने लगती हैं। यह सब मुझे कहाँ मालूम था! यह तो पिछले दिनों से मेरी सहेली है, मेरी संगिनी, तनाव कम करती है, पीड़ा की काट को थोड़ा-सा भोथरा कर देती है, जिससे हाथ-पैर पटककर, निष्क्रिय पड़े रहने के बजाय उठने में, खाने-पीने में, नित्य दिनचर्या में, अपने को घिसटने में सहायता करती है।

गोली के बीचोबीच एक छोटी-सी धारी है, वहाँ से टूटकर दो आधी-आधी हो जाती हैं। मैं आधी गोली पानी के साथ निगल लेती हूँ और आधी को सम्हालकर वापस रख देती हूँ।

मेरे मन में असम्बद्ध विचार मँडराते हैं। लौटने के लिए एयरलाइन में सीट मिल सकती है, पर मैं अब जान रही हूँ कि मैं वापस नहीं जाऊँगी। कभी नहीं। यही रहूँगी; पति के फ्लैट में और निर्वाह करने के लिए छोटी-मोटी नौकरी कर लूँगी, जैसे अवैधानिक लोग करते हैं। और अपना उपन्यास लिखूँगी। मम्मी आएँगी तो मालूम ही है कि वह क्या करेंगी। हम दोनों को साथ देखकर हमारे चेहरे से सब समझ जाएँगी। बहुत ख़ुश होंगी। उन्होंने तो हमेशा यही चाहा। वह जो भी निर्णय लेंगी, हल्दीपुरी परिवार कुछ नहीं कहेगा। और मैं तो निर्णय ले ही चुकी हूँ—भले ही उस स्तर पर, जहाँ मैं भी नहीं जानती कि मैं किस राह पर चल पड़ी हूँ। चल पड़ी हूँ तो अब मुड़ना नहीं चाहती।

× × ×

हम बड़की भौजी के आँगन में खड़े हैं। पति वैसे ही दिख रहे हैं, जैसे हैं—सजीव, साकार, सदेह। बड़की भौजी निहाल, गद्‌गद।

पति की गोद में एक बच्ची है, जिसके हाथ में स्वयं का झुनझुना है। वह मुस्कुरा रहे हैं। उनकी मृदु, स्निग्ध दृष्टि मुझ पर टिकी है। चेहरे पर वही मुद्रा, मुझे खिजाने वाली, 'नताशा के बाल कितने घुँघराले हैं!'

मैं मुस्कुरा रही हूँ—गूढ़, भेदभरी मुस्कान। नताशा—'वार एंड पीस' की हीरोइन। मैं उन्हें छूने के लिए हाथ बढ़ाती हूँ।

मेरी आँख खुल जाती है। कुछ देर उस सुन्दर, इच्छापूर्ति स्वप्न को मन में सँजोती हूँ। मेरी हथेलियाँ पति को छूने के लिए मचल रही हैं।

× × ×

फ़ोन की पिंग से मेरी नींद टूटी। सायास आँखें खोलीं। कड़वाहट भरी, उनींदी। जैसे सोती ही रहूँ, कभी जागूँ ही नहीं। कभी यथार्थ का सामना ही न करूँ। पर यथार्थ तो मेरे मन में है, शरीर पर भी। कमरे में बर्फ़ गिरने के बाद की हल्की-हल्की उदास धूप बिखरी हुई है।

फ़ोन पर भाई का संदेश था—मेरे लिए :

'फ़्लाइट अभी-अभी लैंड की है। मैं यहाँ मम्मी के साथ हूँ। अस्थियों के विसर्जन के लिए हम भी कन्याकुमारी जा रहे हैं। एयरपोर्ट पर श्रद्धांजलि देने के लिए बहुत लोग आए हैं। मैं और मम्मी जल्दी ही आने की क़ोशिश कर रहे हैं। तुम अपना ख़याल रखना—श्रीमय।'